ANKE PETERSEN

Die
FARBE
des
MEERES

TEIL 2

Der Kaffeegarten

Ein Sylt-Roman

Besuchen Sie uns im Internet:
www.knaur.de

Originalausgabe Juli 2021
Knaur Taschenbuch
© 2021 Knaur Verlag
Ein Imprint der Verlagsgruppe
Droemer Knaur GmbH & Co. KG
Maria-Luiko-Straße 54, 80636 München
Redaktion: Clarissa Czöppan
Covergestaltung: ZERO Werbeagentur, München
Coverabbildung: Ildiko Neer / Arcangel, shutterstock.com /
Vasya Kobelev, shutterstock.com / Benno Hoff, shutterstock.com /
Pawel Kazmierczak und shutterstock.com / Nor Gal
Satz: Daniela Schulz
Printed in Germany

ISBN 978-3-426-52659-0

Kontaktadresse nach EU-Produktsicherheitsverordnung:
produktsicherheit@droemer-knaur.de

3   5   6   4   2

1. KAPITEL

Keitum, 2. September 1921

Wiebke begutachtete ihr Werk von allen Seiten mit skeptischem Blick. »Was meinst du, Alwine? Ist es so gut? Oder sollten noch mehr Marzipanrosen drauf?«

»Also mir gefällt es«, antwortete die am Küchentisch sitzende Alwine und nahm noch einen weiteren Keks. »Das ist die schönste Friesentorte, die ich in meinem Leben gesehen habe.«

Wiebkes Miene blieb weiterhin unsicher. Die klassische Friesentorte war Elins Lieblingskuchen. Daher sollte sie auch ihre Hochzeitstorte sein. Nur war so eine Hochzeitstorte dann doch etwas größer und prachtvoller als ein normaler Kuchen. Also hatte Wiebke in den letzten Tagen getüftelt und überlegt, Entwürfe gezeichnet, sie wieder verworfen. Vier Stockwerke hatte das süße Machwerk aus Biskuit, Sahne und Pflaumenmus. Obenauf standen natürlich Braut und Bräutigam, umgeben von hübschen Marzipanrosen. Wie es sich für eine anständige Hochzeitstorte gehörte.

»Denkst du, Elin wird sie gefallen? Es ist mein Hochzeitsgeschenk für sie.«

»Sie wird begeistert sein«, antwortete Alwine und streckte sich gähnend. »Hast du vielleicht noch einen Kaffee für mich? Das Kindchen von Wehn Jansen hat sich wirklich Zeit gelassen. Fünfzehn Stunden hat es gedauert. Und derweil ist es schon das fünfte. Vermutlich schlafe ich heute in der Kirche ein.«

»Und warum bist du dann bei uns im Kaffeegarten aufgekreuzt und schläfst nicht noch ein wenig?«, fragte Wiebke. »Es ist erst fünf Uhr morgens. Also noch eine Menge Zeit, bis die Trauung beginnt.«

»Wenn ich mich jetzt hinlege, dann komme ich gar nicht mehr in die Gänge«, antwortete Alwine. »Das zerstört vollkommen meinen Achtzehn-Stunden-Tages-Rhythmus.«

»Wer hat denn, bitte schön, einen solchen Rhythmus?«, fragte Wiebke und schüttelte den Kopf.

Die aus Berlin stammende Alwine hatte der Krieg nach Sylt gebracht. Sie war die leitende Oberschwester in dem Lazarett gewesen, das damals im Herrenhaus eingerichtet worden war. Anfangs hatte sie keiner gemocht. Sie war mit ihrer herrischen Art überall angeeckt. Doch das Sprichwort »Harte Schale, weicher Kern« traf bei Alwine zu, und nach und nach war sie zugänglicher geworden. Alwine bewohnte nun das Haus der Seefahrerwitwe Moiken Jacobsen, die es nach Westerland verschlagen hatte. Sie war eine hervorragende Krankenschwester, hatte aber auch eine Hebammenausbildung. Und eine versierte Hebamme konnten sie auf der Insel gut gebrauchen. Über mangelnde Arbeit konnte sich Alwine, sie hatte im letzten Jahr ihren sechzigsten Geburtstag gefeiert, wahrlich nicht beklagen.

Wiebke nahm die Kaffeekanne vom warmen Ofen, füllte einen Pott und setzte sich stöhnend Alwine gegenüber an den Küchentisch. In Wiebkes Augen war die Küche, oder Backstube, wie sie neuerdings offiziell bezeichnet wurde, noch immer der schönste Platz im Herrenhaus. Obwohl ihr die alte Küche noch ein wenig besser gefallen hatte. Aber wat mut, dat mut, sagte man auf der Insel so schön. Und ein anständiges Caféhaus brauchte eine große und geräumige Backstube. Oder besser gesagt, ein anständiger Kaffeegarten. So wurde das Herrenhaus auf der ganzen Insel beworben. Hansens Kaffeegarten. Schönster Ausflugsort am Wattufer in Keitum gelegen.

Das Herrenhaus am Watt, das so gar nicht zwischen die vielen Reetdachhäuser passen wollte. Paul Hansen hatte es für die Liebe seines Lebens, seine Anna, erbauen lassen. Er hatte sie von Amerika nach Sylt, seiner Heimat, gebracht. Eigene Kinder waren dem Paar verwehrt geblieben, sie hatten jedoch die beiden Waisen Elin und Matei bei sich aufgenommen und waren ihnen liebevolle Zieheltern gewesen. Und heute würde Elin vor dem Traualtar stehen.

Wiebke erinnerte sich gern an das Gartenfest, das sie damals zur Eröffnung des Kaffeegartens gegeben hatten. Über sieben Jahre war dies nun her. Sieben Jahre, in denen die Welt eine andere geworden war. Vorbei war die Zeit des Kaiserreichs, der Krieg hatte ihr Leben verändert und unendlich viel Leid gebracht. Nur langsam erholten sich das Reich und auch Sylt wieder.

Wiebke strich sich eine ihrer grauen Haarsträhnen hinters Ohr und betrachtete die Torte noch einmal mit skeptischem Blick von allen Seiten. »Anna hätte der Kuchen bestimmt gefallen. Es ist ein Jammer, dass sie diesen für Elin so besonderen Tag nicht miterleben kann.« Sie seufzte und rückte den Bräutigam noch ein winziges Stück nach links. Sie selbst war über Umwege vor vielen Jahren auf die Insel gekommen. Zuvor hatte sie in Westerland in einem Strandpavillon erfolgreich ein kleines Café betrieben. Bis es von einer Sturmflut fortgeschwemmt worden war und sie ihr Weg nach Keitum geführt hatte. Dort hatte sie rasch den Ökelnamen Wiebke Gehtherum erhalten, weil sie aus Langeweile ständig durch den Ort spaziert war. Sie hatte sich in jener Zeit verloren und einsam gefühlt. Doch mit dem Kaffeegarten war alles anders geworden. Hier war sie angekommen, hier war sie zu Hause. Matei und Elin waren ihre Familie geworden, und ihr Spitzname Gehtherum gehörte nun der Vergangenheit an.

Matei trat ein und riss sie aus ihren Gedanken. Sie trug nur ihr Nachthemd, ein wollenes Tuch lag über ihren Schultern. Ihr braunes, kinnlanges Haar war zerzaust.

»Moin, Matei«, grüßte Wiebke verwundert. »Wat machst du denn zu dieser frühen Stunde hier?«

»Es geht um Elin«, sagte sie. »Sie hat gebrochen und sitzt nun heulend auf der Bettkante.« Matei registrierte erleichtert Alwines Anwesenheit. »Alwine. Gott sei Dank bist du da. Dir als Krankenschwester fällt bestimmt etwas ein, wie wir Elin wieder gesund bekommen. Eine spuckende Braut will doch niemand haben.«

»Du liebe Zeit«, antwortete Alwine und stand auf. »Die Ärmste.«

»Dat sind bestimmt die Nerven«, sagte Wiebke. »Ich koch ihr gleich einen Tee. Ich hab da noch irgendwo so eine Spezialmischung von Moild aus dem Laden. Magenwohl oder so ähnlich. Dat wird schon wieder.«

Alwine und Matei eilten über den noch im Dunkeln liegenden Hof zu dem neben dem Herrenhaus stehenden alten Kapitänshaus, das Matei und Elin als privater Wohnsitz diente.

Dort angekommen, ging es die Stufen in den ersten Stock hinauf. Elin saß in ihrer Kammer auf der Bettkante ihres Alkovenbetts. Tränen liefen über ihre Wangen. Ihr blondes Haar war zerzaust, ihr Nachthemd wies einige Flecken auf. Selbst in dem schlechten Licht, es brannte nur eine auf der Fensterbank stehende Petroleumlampe, war zu erkennen, wie blass sie war.

»Elin, Schätzchen«, sagte Alwine. »Wir sind jetzt bei dir. Wir bekommen das wieder hin. Gewiss sind es nur die Nerven. Es war ja recht aufregend in den letzten Tagen. Die kurzfristig geplante Hochzeit, dazu der Wasserrohrbruch im Herrenhaus. Und dann auch noch der plötzliche Tod von unserer geliebten Rieke. Da muss es einem ja übel werden.« Sie sank neben Elin auf die

Bettkante und tätschelte tröstend ihre Schulter. Was sie alles aufzählte, dachte Matei. Obwohl sie damit schon recht haben konnte. In den letzten acht Wochen war tatsächlich viel passiert. Lorenz hatte Elin aus heiterem Himmel einen Antrag gemacht. Der Wasserrohrbruch im Keller des Herrenhauses hatte sie viele Nerven und eine hübsche Stange Geld gekostet. Und dann war auch noch ganz plötzlich ihre Nachbarin Rieke verstorben. Einfach so hatte die alte Bäuerin morgens tot im Bett gelegen. Der arme Hinnerk, seit Jahren war er als helfende Hand fester Bestandteil des Kaffeegartens, war nun Witwer. Er hatte so verloren an ihrem Grab gewirkt und war es noch immer. Er kam jeden Tag zu ihnen in den Kaffeegarten, saß in der Gaststube am Fenster und starrte, seine Pfeife im Mund, aufs Watt hinaus. Wiebke saß manchmal neben ihm. Einfach so, damit er nicht allein war. Irgendwann kommt er ins Leben zurück, hatte Alwine erst vor einigen Tagen gesagt. Es braucht nur noch etwas Zeit.

»Vielleicht war es die Muschelsuppe«, mutmaßte Matei. »Ich will Emil Eschels, dem neuen Inhaber vom Nordfriesischen Gasthaus, nichts anhängen, aber es wäre möglich. Es war die letzten Tage recht warm. Da werden Muscheln häufiger schlecht. Ich hab dir gleich gesagt, iss lieber den Gemüseauflauf.«

»Ich hasse Brokkoli«, antwortete Elin und zog die Nase hoch.

»Obwohl er sehr gesund ist«, antwortete Alwine.

Elin gab ein knurriges Geräusch von sich.

»Gemüseaufläufe werden grundsätzlich überbewertet«, fügte Alwine rasch hinzu und bemühte sich um ein Lächeln. »Wie steht es denn jetzt? Die Muscheln sind nun raus, oder? Grummelt es noch arg? Noch übel?«

»Es geht besser«, murmelte Elin.

»Der Magen weiß sich eben oftmals selbst zu helfen«, konstatierte Alwine.

Die Zimmertür öffnete sich, und Wiebke betrat, ein Tablett mit einer Teekanne und einem Teepott in Händen, den Raum.

»Kinners, ich sag euch. Dat wird ein herrlicher Tag. Es wird langsam hell, und keine Wolke ist am Himmel zu sehen. Perfekteres Hochzeitswetter findet sich auf unserem Inselchen so schnell nicht wieder.«

»Jetzt müssen wir nur noch die Braut geraderücken, dann ist alles wieder gut«, sagte Matei. Sie hatte sich Elin gegenüber auf einen Stuhl gesetzt und nickte ihrer Schwester aufmunternd zu.

»Und lüften wäre nicht schlecht«, meinte Wiebke und rümpfte die Nase. Sie stellte das Tablett auf dem Tisch ab und öffnete das Fenster. Sogleich strömte der Geruch des nahen Watts in den Raum, und ein sanfter Wind rüttelte an den gehäkelten Scheibengardinen. »Ich hasse den Gestank von Erbrochenem.« Wiebke besah sich das Bett näher. »Das müssen wir gleich frisch beziehen. Kannst du aufstehen? Der Tee ist eine Mischung aus Pfefferminz, Fenchel und Kamille. Moilds Magenwohl rückt bestimmt alles wieder an den richtigen Platz.«

Elin erhob sich mit Alwines Hilfe, und es wurde beschlossen, sie aus dem Raum und in die Wohnstube des alten Friesenhauses zu bringen. Dann konnte Wiebke in aller Ruhe das Malheur im Bett beseitigen. Dem Herrn im Himmel sei Dank hing das seidene Hochzeitskleid sicher im Schrank und hatte nichts abbekommen. Das wäre einer Katastrophe gleichgekommen. Alwine beschloss, das Kleid ebenfalls mit nach unten zu nehmen. Sonst nahm das gute Stück noch den unschönen Geruch an, und das wäre jammerschade. Eine Braut sollte nicht nur hübsch aussehen, sondern auch gut riechen.

In der Wohnstube angekommen, wurde Elin in das sich hier befindliche Alkovenbett verfrachtet. Sie legte sich auf die Seite und schloss die Augen. »Ich bin so müde«, murmelte sie. »Und das ausgerechnet heute. Was wird Lorenz nur von mir denken?«

»Er muss es nicht erfahren«, sagte Matei. »Bis er dich zu Gesicht bekommt, ist bestimmt alles wieder gut. Dafür werden wir sorgen.« Sie verlieh ihrer Stimme einen hoffnungsvollen Unterton. Matei ging in die Küche, um eine der Petroleumlampen zu holen. Es wurde langsam hell draußen, doch im Raum war es noch düster. In der Küche hielt sie kurz inne. Wie sehr sie diesen Raum, ja, dieses ganze alte Haus doch liebte. Die blau-weiß gekachelten Wände, den alten Ofen und die grün-weiß karierten Vorhänge an den kleinen Fenstern. Hier spürte man den Geist vergangener Zeiten, als es auf Sylt noch keinen Tourismus gegeben hatte, Keitum der Hauptort der Insel gewesen war und Seefahrer und Kapitäne in die Welt hinausgezogen waren, um ihr Auskommen zu verdienen. Neben dem Ofen stand der alte Besen aus Dünenhalmen, im Nebenofen backte Wiebke ihnen, trotzdem, dass sie eine modern eingerichtete Backstube im Herrenhaus besaß, noch immer ihren geliebten Mehlpudding. Besonders gern hatte Matei jedoch den Außenbereich des Kaffeegartens. Wenn die Tische unter den Schatten spendenden Ulmen standen, der Geruch des nahen Watts in der Luft hing, karierte Tischdecken im Wind flatterten und Sonnenflecken über den Rasen tanzten, dann spürte sie in ihrem Inneren dieses ganz besondere Glücksgefühl, das sie mit Wärme erfüllte. Sylt, und ganz besonders Keitum, waren ihr Zuhause. Doch durch Elins Hochzeit standen Veränderungen an, und sie wusste noch nicht, ob sie diese gutheißen sollte. Elins Auserwählter, Lorenz Christiansen, stammte von der Insel, aus dem Ort Morsum. Sein Großvater war noch zur See gefahren. Sein Vater hatte in Westerland sein Glück mit einem Gästehaus gesucht, es jedoch nicht gefunden und war kurz nach Kriegsende an einem Herzanfall verstorben. Elin und Matei

11

hatten Lorenz vor dem Krieg nur flüchtig gekannt. Er hatte der Insel vor einigen Jahren den Rücken gekehrt und in Hamburg ein Architekturstudium begonnen, dieses jedoch abbrechen müssen, als der Krieg begonnen hatte. Er hatte an der Westfront gedient und in Verdun den Großteil seiner Kameraden sterben sehen. Vor einem Jahr war er nach Sylt zurückgekehrt und unterstützte nun seinen Onkel Karl Christiansen, der ein Architekturbüro in Westerland betrieb. Er wohnte bei seinem Onkel und seiner Tante Carla in einer Villa im Norden von Westerland. Sie war eine korrekte Hausmutter, die keinen Damenbesuch auf dem Zimmer zuließ und stets auf die Sittlichkeit achtete. Elin war zum Essen geladen und inspiziert worden. Carlas strenger Blick und ihre stocksteife Art, auf dem Stuhl zu sitzen, hatten Elin an Fräulein Rottenmeier aus den *Heidi*-Büchern erinnert. So hatte sie ihr diesen Ökelnamen verpasst. Wie ein gemeinsames Eheleben aussehen sollte, wussten weder Elin noch Lorenz so recht. Das Kapitänshaus war zu klein, im Herrenhaus wurden die Zimmer vermietet, und zu Fräulein Rottenmeier würde Elin auf keinen Fall ziehen.

»Magst du jetzt was von dem Tee?«, fragte Alwine. »Der wird sonst kalt, und dann hilft er nicht mehr so gut.«

»Ich mag keinen Tee«, Elin gähnte. »Ich bin so müde. Matei, kommst du zu mir?« Sie streckte die Hand nach ihrer Schwester aus.

Matei wusste sogleich, was Elins Frage bedeutete. Sie brauchte Schwesternliebe und Geborgenheit. Selbst Alwine verstand das auch ohne Erklärung.

»Dann geh ich mal nach Hause und versuch doch noch etwas Schlaf zu finden, Tagesrhythmus hin oder her«, sagte sie. »Sonst plumps ich noch aus der Kirchenbank, und das wäre unschön. Sollte noch etwas sein, dann wisst ihr ja, wo ihr mich findet. Ich sag Wiebke Bescheid, dass sie nicht stören soll. Schlaf ist immer noch die beste Medizin.«

Matei kuschelte sich neben Elin in das Alkovenbett und lauschte ihrem gleichmäßiger werdenden Atem. Sie konnte es noch immer kaum glauben: Ihre Schwester würde heute heiraten. Lorenz Christiansen, einen Insulaner. Obwohl Matei nicht sonderlich viel von Lorenz hielt, gönnte sie Elin das Glück. Sie konnte nicht sagen, was der Grund für ihre Abneigung ihm gegenüber war. Er war nett und höflich, sie kannte ihn von Kindheit an, wenn auch nur flüchtig, denn er war sechs Jahre älter als sie. Er vergötterte Elin, las ihr jeden Wunsch von den Augen ab. Er schränkte sie nicht ein und gab ihr den Halt, den sie brauchte. Trotzdem wurde Matei nicht warm mit ihm. Sie hatte neulich mit Wiebke darüber gesprochen. Doch die hatte Lorenz mit seinem Charme ebenfalls eingefangen. Er sah gut aus. Dunkles Haar, leuchtend blaue Augen, kantiges Kinn und breite Schultern. Er tat weltmännisch, hatte Lebenserfahrung, in Hamburg studiert. Aber weshalb hatte er sein Studium nach dem Krieg nicht beendet? Wieso war er nach Sylt zurückgekommen? Oder war sie zu misstrauisch? Aber es ging um Elin. Um das Wichtigste in ihrem Leben. Um ihre Schwester. Sie waren eine Einheit. Die Mädchen vom Herrenhaus. Durch den Tod ihrer Eltern waren sie dazu geworden. Die Erinnerungen an ihre Kindheitsjahre in Tinnum und an ihre leiblichen Eltern, die bei einer Sturmflut gestorben waren, verschwammen immer mehr. Verluste. Sie prägten ihr Leben. Matei dachte an ihre Fehlgeburt. Das kleine Mädchen war nicht lebensfähig gewesen. Sie hatte Jan, ihre große Liebe, an die Spanische Grippe verloren. Damals hatte Elin Matei den Halt gegeben, den sie gebraucht hatte. Sie hatten stets aufeinander geachtet. Und das tat Matei nun auch. Sie legte den Arm um Elin und kuschelte sich noch enger an sie. Doch ging das überhaupt? Konnten Schwestern immer aufeinander aufpassen? Oder sollten sie besser lernen loszulassen? Sie wusste es nicht. Matei hatte sich ebenfalls wieder verliebt. Sie hatte nicht mehr daran geglaubt, dass sie es könnte. Aber sie tat es. In einen Künstler, was auch sonst. Er war im letzten Frühjahr in ihr Leben getreten, hatte sich bei Wilhelm Bartzen im Friesenhaus Melite eingemietet. Sein Name war Hannes von Bransbeck. Einfacher Landadel, so hatte er ihr erzählt. Er war unangepasst, etwas verrückt und liebenswert. Blondes, halblanges Haar, das er zu einem Zopf zusammenband, ein Kinnbart, stets trug er weite weiße Hemden, dazu schmal geschnittene schwarze Hosen. Sie liebte seine muskulösen, braun gebrannten Arme. Mit ihm streunte Matei seit Wochen täglich über die Insel, stets auf der Suche nach dem perfekten Motiv. Und er sprach ihr ein großes Talent zu, lobte ihre Bilder, sie liebten sich in den Dünen, ohne jede Scham. Elin mochte ihn nicht, bezeichnete ihn als Taugenichts. Er wird dir das Herz brechen, hatte sie erst neulich zu ihr gesagt. Aber was gab es an einem gebrochenen Herzen noch zu zerstören? Schlimmer als nach Jans Tod konnte es nicht mehr werden. Und mit Hannes an ihrer Seite fühlte sich ihr Leben wieder lebenswert an.

Matei strich Elin eine Haarsträhne aus der Stirn und betrachtete sie im Licht der auf dem Fensterbrett stehenden Lampe. Keine mochte den Auserwählten der anderen. Vielleicht weil sie sich zwischen sie drängten. Weil sie das kaputt machten, was sie hatten. Sich, das Vertrauen zueinander. In diesem Moment hätte Matei weinen können. In der Kirche würde sie es gewiss tun. Wenn Elin in ihrem wunderschönen Brautkleid zum Altar schreiten und die Frau von Lorenz werden würde.

»Ich hoffe, du wirst glücklich«, flüsterte Matei und legte den Kopf aufs Kissen. »Ich hoffe es so sehr.« Sie schloss die Augen und schlief irgendwann ein.

Einige Stunden später stand Elin im Gastraum des Kaffeegartens auf einem Hocker. Unter ihr kniete ihre Freundin, die Schneiderin Heike Peters, die in Westerland ein kleines Atelier direkt neben Elins und Mateis Souvenirladen betrieb, den sie im letzten Jahr nach längerer Überlegung eröffnet hatten.

»Dass so etwas ausgerechnet mir passieren muss«, sagte Alwine, die unweit der Braut an einem der bereits für die Feierlichkeiten eingedeckten Tische saß. »Ich Trampel aber auch. Da trete ich ausgerechnet auf die Schleppe der Braut.«

»Es ist gleich gerettet«, sagte Heike. »Nur noch wenige Stiche. Es ist Gott sei Dank direkt an einer Naht gerissen. Das kleine Malheur wird niemandem auffallen.«

Wiebke trat ein. Ihr folgten Matei und die beiden im Kaffeegarten angestellten Mädchen für alles. Hanne und Vollig. Sie kümmerten sich um die Gästezimmer im Haus und arbeiteten als Bedienungen. Hanne war siebzehn Jahre alt, hatte aschblondes Haar und war dünn wie ein Dünenhalm. So hatte es Wiebke gesagt. Sie war ständig in Sorge, dass das Mädchen verhungern könnte, und lud ihr stets reichlich auf den Teller. Doch so recht wollte an Hanne nichts hinwachsen. Das ist der Stoffwechsel, hatte Alwine erklärt. Bei manchen jungen Mädchen ist das einfach so. Sie selbst hätte auch gern einen solchen gehabt. An sie wuchs schon was hin, wenn sie das Essen nur ansah. Von der neuen Mode, die Korsetts wegzulassen, hielt Alwine aus diesen Gründen so gar nichts. Ohne das unbequeme Ding sähe sie aus wie ein unförmiger Wal. Für das Fest hatte sie sich in ihr Sonntagskleid gezwängt. Ein dunkelblaues, etwas aus der Mode geratenes Seidenkleid mit weinroter Spitze an den Ärmeln und dem Rock. Gerade so hatte Wiebke es zugebracht. Luft würde Alwine keine mehr bekommen. Aber die wurde überbewertet. Wiebke trug ein ähnliches Kleid. Sie hatte die Farbe Dunkelgrün

15

gewählt. Auch bei ihr hatte das Korsett kräftig nachgeschnürt werden müssen.

Hanne und Vollig würden sich heute gemeinsam mit drei weiteren, extra für das Fest eingestellten Aushilfskräften um die Bedienung der Gäste kümmern. Die beiden trugen schwarze Kleider mit hübschen weißen Rüschenschürzen, jede ein passendes Häubchen auf dem Kopf. Sie machten sich daran, kleine Vasen mit Rosen darin auf den Tischen zu verteilen.

»Wie sieht es denn aus?«, fragte Matei. »Ist der Schaden behoben? Hinnerk ist eben mit dem Wagen vorgefahren. Der Blumenfritze«, so wurde Nicolas Lausten vom ortsansässigen Gartenbau-Betrieb bezeichnet, »hat sich wirklich ins Zeug gelegt. Der Wagen sieht fantastisch aus.«

»Also fährt Hinnerk nun doch den Brautwagen?«, fragte Alwine.

»Ja, das tut er. Vorhin kam er und hat gemeint, er könne das doch machen. ›War ja immer der Fahrer‹, hat er gebrummelt.«

»Ja, das war er«, meinte Alwine und lächelte. »Es ist schön, dass er nun doch zur Hochzeit kommt. Ohne ihn hätte etwas gefehlt.«

»Das Kleid ist wieder heile«, sagte Heike und erhob sich. Sie legte Nadel und Faden zurück in das kleine, auf einem der Tische stehende Nähkörbchen und strich ihren hellgrauen Rock glatt.

Matei, die ein sommerliches hellrosa Kleid mit tief angesetzter Taille trug, trat näher und musterte Elin von oben bis unten, sachte berührte sie den Spitzenschleier, der Elin bis auf die Taille fiel und an ihrem Hinterkopf mit einem Kamm festgesteckt worden war. Das Brautkleid bestand aus weißer Seide und war schmal geschnitten, eine Schärpe betonte Elins schlanke Taille. »Du siehst so bezaubernd aus«, sagte Matei. »Wie eine Prinzessin aus dem Märchen. Was macht der Bauch? Alles gut?«

»Alles bestens«, antwortete Elin. Matei fiel auf, dass ihre Hände zitterten. »Bin ich noch blass?«

»Nein, gar nicht«, sagte Matei. »Das Rouge auf den Wangen sorgt zusätzlich für Farbe. Es ist bezaubernd. So wie es sein soll.«

Plötzlich lag eine ganz besondere Stimmung im Raum. Mateis Blick blieb an dem alten Lehnstuhl hängen, der früher am Fenster gestanden hatte und nun in der Kaminecke Platz fand. Paul Hansen hatte stets in ihm gesessen und aufs Meer hinausgeblickt. Matei wusste, dass er stolz auf sie wäre. Seine Mädchen, wie er sie oftmals genannt hatte, würden sich nicht unterkriegen lassen. Er und Anna saßen jetzt gewiss dort oben gemeinsam mit ihren Eltern und sahen ihnen lachend zu. Er würde Elins Wahl begrüßen. Lorenz war ein Insulaner, alter Sylter Kapitänsadel. Matei lächelte. Elin erriet ihre Gedanken.

»Sie sind bei uns. Ich weiß es.«

»Ich auch«, murmelte Matei. »Und Mama würde dein Kleid lieben. Komm.« Sie hielt Elin die Hand hin. »Lass uns gehen. Hinnerk wartet.«

Elin nickte und trat von ihrem Hocker. Matei nahm ihre Hand und führte sie aus dem Raum. Im Eingangsbereich, der nun als Verkaufsraum der Bäckerei diente, hier stand eine beeindruckende Kuchentheke, wurde Elin mit Applaus begrüßt. Es waren Kunden, Vollig und Hanne, ihr angestellter Bäckermeister Piet und ihr Lehrling Jens, der ganz gerührt dreinblickte. Draußen empfing sie die vertraute Aussicht auf den Kaffeegarten. Die Tische mit ihren karierten Decken darauf. Sie erwarteten heute die Hochzeitsgäste. Die Sonne schien vom wolkenlosen Himmel. Der sanfte Wind brachte den gewohnten Geruch des Watts mit sich. Das Meer funkelte und glitzerte, als wüsste es, dass ein Festtag war. Friedrich Beck stand neben Hinnerk. Der Maler aus Berlin, der seit seiner Rückkehr nach Kriegsende auf die Insel zum

17

Kaffeegarteninventar gehörte, hielt den Brautstrauß in Händen und sah, wie gewohnt, etwas schlampig aus. Er trug einen schwarzen Anzug. Doch die Hosen waren zu kurz, die Fliege saß schief. Es wäre sonderbar, wäre es anders gewesen. Elin blieb vor Hinnerk stehen. Er hatte seine Kapitänsmütze gegen einen schwarzen Zylinder eingetauscht. In seinen Augen schimmerten Tränen.

»Min Deern«, sagte er. »Es ist mir eine Ehre, dat ich dich heute fahren darf.«

»Mir ist es eine Ehre, von dir gefahren zu werden«, antwortete Elin. »Und es wäre mir eine noch viel größere, wenn du mich in die Kirche führen würdest. Paul hätte es so gewollt.«

»Ja, dat hätte er.« Hinnerk wischte sich über die Augen. »Dat hätte er.«

2. KAPITEL

Tinnum, 15. September 1921

Matei stand im Garten ihres Elternhauses im Schatten des alten Kirschbaums und blickte auf das vor ihr auf einer Staffelei stehende Bild. Es war ein Ölgemälde, das die aufgewühlte See an einem grauen Tag zeigte. Wellen, die dramatisch ans Ufer schlugen, Wolkenberge, die sich bis zum Horizont auftürmten. Es war ein windiger und kühler Tag gewesen, als sie am Weststrand von Sylt in der Nähe von Wenningstedt diese Eindrücke festgehalten hatte. Nun galt es, die fehlenden Schattierungen zu machen, Kleinigkeiten zu verbessern. Diese Tätigkeit übte Matei gerne aus. Es war der letzte Feinschliff, bevor das Gemälde endgültig vollendet war. Elin hatte sie bei einem Spaziergang im letzten Jahr auf die Idee gebracht, ihr Elternhaus in Tinnum als Atelier zu nutzen. Anfangs war Matei skeptisch gewesen, denn das alte Friesenhaus war in keinem guten Zustand gewesen. Der Außenputz war abgebröckelt, das reetgedeckte Dach war voller Moos und an einer Stelle undicht gewesen. Einige Fensterscheiben waren eingeschlagen, die Möbel in der Stube waren fort gewesen. Schmerzhafte Erinnerungen hingen in dem Haus und schwebten durch die Räume. Inzwischen war der Blick in die Vergangenheit nur noch verschwommen. Immer gleiche Szenen aus einem verlorenen Leben. Ihre Mutter in der Küche am Herd, der Duft von gebratener Scholle, ihr Vater, wie er abends mit seiner Pfeife im Mund auf der Bank vor dem Haus saß. Der alte Kater Mikesch, der lieber den ganzen Tag schlief, als

19

Mäuse zu jagen. Das Lachen ihrer Mutter, der Geruch des Tabaks, sie glaubte ihn oftmals noch riechen zu können. Der Garten war verwildert, bezauberte dadurch jedoch. Der Verfall beeindruckte auf seine eigene Art, zeigte er doch die Vergänglichkeit des Lebens. Er weckte in ihr eine ganze eigene Art von Kreativität, die stets von Wehmut begleitet war. Das Haus erzählte so viele alte Geschichten, und manchmal hatte sie das Gefühl, ihr Vater würde neben ihr stehen und sie bei ihrem Tun beobachten. Von ihm hatte sie das künstlerische Talent geerbt. Er hatte ebenfalls gern gezeichnet, war jedoch nie über einfache Skizzen hinausgekommen. Er wäre stolz auf sie. Das hoffte sie jedenfalls. Manchmal fragte sie sich, wie ihr Leben wohl verlaufen wäre, wenn die beiden damals nicht gestorben wären. Gewiss anders, vielleicht besser. Wer wusste das schon. Der große Krieg hatte so vieles verändert, Lebenswege und Pläne zunichtegemacht, andere Wege eröffnet. Ihr eigenes Leben war von ihm beeinflusst worden. Der Krieg hatte ihr ihr Glück gebracht und wieder genommen. So viele Narben waren geblieben. Sie hatten das Haus notdürftig instand gesetzt und einen Umbau durchgeführt. Es gab nun eine große Fensterfront, damit sie mehr Licht hatte, eine Terrassentür. Der alte schmiedeeiserne Ofen sorgte für Wärme, in der noch immer vorhandenen Küche konnte sie sich Tee und Kaffee kochen, eine Mahlzeit zubereiten. Doch meist nahm sie Verpflegung aus dem Kaffeegarten mit. Die Stube war erweitert worden, die Mauer zum Nebenraum existierte nicht mehr, das Alkovenbett war fort. Nun hatte sie genügend Platz, um ihre Gemälde an die Wände zu stellen, viele lagerte sie auch in der Abstellkammer. Ihre letzte Ausstellung im Kurhaus von Westerland war ein Erfolg gewesen. Sie hatte sie gemeinsam mit Friedrich Beck veranstaltet. Viele Bilder waren verkauft worden. Hauptkäufer waren Inhaber von Pensionen und Hotels gewesen, die ihre Gästezimmer und Aufenthaltsräume damit schmücken wollten. Aber auch einige Kurgäste nahmen Bilder als Andenken von der Insel mit nach Hause. Matei ließ den Pinsel sinken und betrachtete ihr Werk. »Was meinst du?«, fragte sie in die Stille des Nachmittags. »Ist es gut genug?« Sie fragte Jan, ihren größten Kritiker, ihren ersten richtigen Lehrmeister, der ihr keine Antwort mehr geben würde. »Du hast recht«, sagte sie. »Die Schaumkronen auf den Wellen müssen noch deutlicher hervorgehoben werden, der Himmel auf der rechten Seite gefällt mir noch nicht so recht. Hast du einen Tipp für mich?« Sie betrachtete das Bild, und plötzlich stieg Bitterkeit in ihr auf. Er würde niemals wieder einen Tipp für sie haben. Er war fort, tot, würde nicht mehr wiederkommen, hinter sie treten, die Arme um sie legen und mit ihr gemeinsam den Pinsel führen. Hannes kam ihr in den Sinn. Liebte sie ihn wirklich? Wie oft hatte sie sich diese Frage in den letzten Wochen gestellt? Wenn er in ihrer Nähe war, schien das Leben leichter. Er hatte eines Tages einfach so in Keitum neben ihr gestanden. Sie war gerade damit beschäftigt gewesen, eines der alten Friesenhäuser für eine ihrer Postkarten zu skizzieren. Diese verkauften sie noch immer hervorragend. Im Kaffeegarten, aber auch im Souvenirladen in Westerland. Inzwischen ließen sie die jeweiligen Bilder drucken. Doch sie zeichnete hin und wieder neue Motive, denn die Touristen liebten die Abwechslung. Hannes hatte sie sogleich für sich eingenommen, ihr Komplimente gemacht. Er war zu ihrer Ausstellung gekommen und hatte eines ihrer Bilder erworben. Hartnäckig hatte er damit begonnen, ihr den Hof zu machen. Irgendwann hatte sie seinem Werben nachgegeben, und sie hatten einen vergnüglichen Abend in Westerland im Restaurant Viktoria gehabt. Sie hatte an diesem Abend zu viel Wein getrunken, der ihre Zweifel betäubt hatte und die Erinnerungen an Jan verblassen ließ. Sie hatten einander in Westerland auf der Strandpromenade geküsst, und es hatte sich gut und richtig angefühlt. Das Leben geht weiter, du kannst nicht immer zurückblicken. Elin hatte diese Worte zu ihr gesagt, als sie einmal wieder von den dunklen Schatten eingeholt worden war und alles in Zweifel gestellt hatte. Ihr Leben, ihr Sein. Wieso war sie noch hier, wenn Jan und ihr geliebtes kleines Mädchen es nicht mehr sein durften? Doch Elin hatte recht mit dem, was sie sagte: Das Leben schritt voran, und sie musste mitgehen. Ob sie den Weg in Traurigkeit ging oder mit neuem Mut nach vorne sah, war ihre Entscheidung. Sie hatte sich für die Zukunft entschieden, war neugierig auf Neues und hatte doch die Erinnerungen an das Gestern in sich bewahrt. Ob Jan Hannes gemocht hätte? Vermutlich nicht. Er war anders als er. Kein bodenständiger Friese, eher ein Lebemann. Einer, der es verstand, einen mit seinem Charme einzuwickeln. Hannes von Bransbeck. Dass er zum einfachen Landadel gehörte, hätte Anna gefallen. Sie hätte ihn nach seiner Herkunft gefragt, hätte alles ganz genau wissen wollen. Matei hatte bisher kaum Fragen gestellt. Er war bei ihr und brachte sie zum Lachen. Das genügte. Wie lange er noch auf Sylt bleiben, was werden würde, wusste sie nicht. Fragen machten es nur kompliziert. Es könnte sein, dass ihr die Antworten nicht gefielen.

Sie beschloss, es für heute mit dem Ölgemälde gut sein zu lassen. Im Atelier lag noch eine Auftragsarbeit, die fertiggestellt werden musste. Rasmus Nielsen hatte sie gefragt, ob sie eine Zeichnung von seinem Logierhaus anfertigen könne. Es lag nicht weit von ihrem Kaffeegarten entfernt ebenfalls am Kliff. Das Haus war ein Neubau und fügte sich durch die inseltypische Bauweise perfekt in das Bild von Keitum ein. Rasmus unterhielt zehn Gästezimmer und hatte einen hübschen Garten angelegt. Nur leider fehlte es ihm, wie vielen Logierhäusern auf der Insel, an

Gästen. Matei stellte das Ölgemälde zu den unfertigen Bildern in die hintere Ecke ihres Ateliers und begann, ihre Pinsel zu reinigen. Der vertraute Geruch des Terpentins stieg ihr in die Nase. Und plötzlich stand unvermittelt Hannes hinter ihr, umarmte sie und begann, ihren Hals zu küssen. Matei schrie kurz erschrocken auf. »Hannes, du wieder«, sagte sie und ließ den Pinsel sinken. Sie lehnte sich nach hinten und genoss seine warmen Lippen auf ihrem Hals, seine Bartstoppeln kitzelten ihre Wange. So begrüßte er sie häufig. Ohne Worte, mit einer Umarmung und innigen Küssen.

Nachdem sie ihr kurzes Liebesspiel beendet hatten, betrachtete er das eben abgestellte Ölgemälde. »Ist es fertig?«, fragte er. »Es sieht fantastisch aus. In Hamburg oder Paris könntest du einen hohen Preis dafür erzielen. Es ist so herrlich düster und plastisch dargestellt. Für solche Bilder gibt es viele Liebhaber. Es muss nicht immer die heile Welt sein.«

»Ich weiß noch nicht so recht«, antwortete Matei zögerlich. »Ich wollte noch einiges verbessern. Es könnte noch mehr Schaum an den Strand gespült werden, der Himmel benötigt noch einige Nuancen.«

»Meine kleine Perfektionistin«, er lächelte. »Eine wahre Künstlerin mit kritischem Blick. Das liebe ich so sehr an dir. Deine Kunst ist es auch, die mich heute zu dir führt. Ich habe eine Überraschung für dich.«

»Eine Überraschung?«, hakte Matei nach.

»Sie ist großartig. Ich hatte so sehr darauf gehofft, dass es wahr werden würde. Mein alter Freund Jakob aus Hamburg wird uns bald einen Besuch abstatten, und er hat mir fest versprochen, deine Bilder anzusehen. Er leitet eine gut gehende Galerie in Hamburg. Dort finden Ausstellungen mit den ganz Großen der Kunstszene statt. Wenn er deine Bilder für gut befindet, könnte das für dich die große Karriere bedeuten. Und ich wüsste ehrlich gesagt nicht, was er an ihnen auszusetzen haben sollte. Sie sind wunderbar.«

Matei schmeichelten seine Worte. Allerdings reagierte sie auf zu viel Lob auch mit Skepsis. Sie selbst empfand ihre Bilder nur als durchschnittlich. Obwohl auch Friedrich neulich angemerkt hatte, welch große Fortschritte sie in den letzten Jahren gemacht habe. Allerdings lagen nach ihrer Meinung zwischen Fortschritten und wunderbar Welten. Oder war sie zu zurückhaltend? Sie sollte mehr Selbstbewusstsein haben.

»Und aus dem Grund möchte ich dir gern etwas zeigen«, fuhr Hannes fort. »Es befindet sich allerdings in Westerland. Du wirst nicht enttäuscht sein. Das verspreche ich.« Er sah sie mit diesem gewissen Blick an, dem Matei nicht widerstehen konnte. Sie stimmte zu.

Bald darauf schlenderten sie die Friedrichstraße in Westerland hinunter. Es war einer dieser Herbsttage im Jahr, die noch einmal das Gefühl von Sommer aufkommen ließen. Die Souvenirgeschäfte hatten noch geöffnet, die letzten Kurgäste saßen in den Straßencafés in der milden Nachmittagssonne und genossen Kaffee und Kuchen. Ein kleines Mädchen bekleckerte sein weißes Kleid mit Schokoladeneis, was Matei zum Schmunzeln brachte. An den Postkartenständern wurde noch immer ausgewählt. Welches Motiv war am schönsten, um es den Lieben in die Heimat zu senden? Fähnchen und Wimpel wehten im Wind. Ausverkaufsschilder hingen jedoch bereits in dem einen oder anderen Schaufenster. Besonders Badeartikel waren rabattiert. Bald schon würden viele Geschäfte schließen, es würde keine Kurkonzerte mehr geben, die Cafés und Restaurants würden endgültig ihre Stühle und Tische von den Straßen holen. Der Westerländer

Strand würde zur Ruhe kommen, der bunte Burgenstrand mit seinen vielen heroisch verteidigten und mit Fähnchen und Muscheln dekorierten Kratern würde verschwinden. Sylt würde in den wohlverdienten Winterschlaf fallen. Matei fürchtete sich davor. Der Sommer brachte Ablenkung. Sie hatte zu tun, arbeitete im Souvenirladen oder im Kaffeegarten mit. Es fanden sich viele Motive, die sich festzuhalten lohnten. Die Insel wurde von Licht geflutet. Lange Tage, goldene Sonnenuntergänge am Strand, an denen sie sich nicht sattsehen konnte. Der Winter brachte Kälte und Stürme, er nahm das Licht und machte sie müde, traurig. Sie wünschte, sie könnte den Sommer für immer festhalten, die hellen Tage. Doch es galt, sich von ihnen zu verabschieden.

Sie erreichten die Strandpromenade, wo gerade ein Konzert stattfand. Ein illustres Publikum hatte sich vor der Konzertmuschel versammelt, um der Sängerin zu lauschen, die ein fröhlich klingendes Chanson von sich gab. Auch Matei und Hannes blieben stehen, um ihr zu lauschen. Sie war dunkelhaarig, hager und trug ein schwarzes, schmal geschnittenes Kleid, in dem sie blass aussah. Aber ihre Stimme war schön und einnehmend. Rau, etwas verrucht klang sie. Matei hörte ihr gern zu. Als sie geendet hatte, erhielt sie kräftig Beifall, auch Matei klatschte in die Hände.

»Sie ist gut«, sagte Hannes neben ihr. »Vermutlich stammt sie aus Berlin. Dort soll das Nachtleben im Moment aufstrebend sein.« Die Dame ging von der Bühne, und ein blonder Mann in Seemannskluft trat nun hinter das Mikrofon. Was nun folgte, war eines der üblichen Seemannslieder, wie sie oft gespielt wurden, um die Touristen bei Laune zu halten. Matei und Hannes wandten sich ab.

»Nun wird es Zeit, dass ich dir meine Überraschung zeige«, sagte er. »Es wird dir bestimmt gefallen. Komm.« Er legte den Arm um sie und führte sie die breite Freitreppe hinauf, die zu der direkt hinter dem Musikpavillon stehenden Kurhausstrandhalle führte. In ihr war eine große Restaurationshalle untergebracht. Davor standen viele Tische, die heute gut besetzt waren. Ausgerollte Markisen sorgten für Schatten. Ober und Bedienungen huschten durch die Reihen und erfüllten die Wünsche der Gäste. Es wurden Kuchen und Kaffee, aber auch feinste Austern, Berliner Kindl und gekühlte Limonade serviert. Hannes führte Matei ins Innere der Strandhalle und begrüßte dort einen schlaksigen Mann um die dreißig mit Handschlag, der hinter der Theke stand.

»Moin, Carsten, mein Freund. Wie steht es?«

Der Mann grüßte zurück und beantwortete die Frage: »Ich kann nicht klagen. Bei dem schönen Wetter haben wir eine Menge Zulauf. Unsere Terrasse ist beliebt. Ich hoffe, es hält noch ein paar Tage.« Sein Blick fiel auf Matei.

»Darf ich vorstellen«, Hannes legte den Arm um Matei. »Matei Bohn, die begnadete Künstlerin, von der ich berichtet habe. Carsten Hellner, Pächter der Strandhalle und Kunstliebhaber.«

»Guten Tag, die Dame«, grüßte Carsten und zeigte ein Lächeln, das Matei leicht schmierig vorkam. So wie der gesamte Mann. Sie konnte nicht sagen, was der Grund für ihre Abneigung war. Irgendetwas gefiel ihr an ihm nicht. Sein Name war ihr bereits bekannt. Er hatte die Kurhausstrandhalle erst im Frühjahr von dem vorherigen Pächter übernommen, der, wie so viele Pächter von Restaurationsbetrieben in den letzten beiden Jahren, den Betrieb leider nicht hatte halten können. »Hannes hat mir berichtet, was für ein ausnehmend großartiges Talent Sie doch haben. Darf ich fragen, ob Sie auf der Insel ansässig oder nur Gast sind?«

Hannes antwortete für Matei. »Sie ist auf Sylt geboren, also quasi alter Inseladel.« Er lachte über seinen eigenen Scherz. »Ihr und ihrer Schwester gehört der Kaffeegarten in Keitum. Gewiss hast du davon schon gehört.«

»Wer nicht«, antwortete Carsten. »Es finden sich ja ständig Anzeigen in der *Kurzeitung* und sogar ein Werbeschild auf dem Inselbus. Obwohl ich mich schon frage, ob in dem verschlafenen Keitum ein anständiges Geschäft möglich ist? Es liegt ja doch recht weitab vom Schuss.«

Matei wollte ihm Antwort geben, doch Hannes kam ihr erneut zuvor.

»Unterschätze Keitum nicht«, sagte er. »Das Örtchen hat mit seinen alten Friesenhäusern seinen ganz eigenen Zauber und zieht besonders Künstler magisch an, die mit dem Trubel in Westerland oftmals überfordert sind. Ich würde es schon fast als das Künstlerdorf der Insel bezeichnen.«

»Wo wir wieder beim Thema wären«, warf Carsten ein. »Du möchtest deiner Freundin gewiss den Ausstellungsraum zeigen.«

»Ausstellungsraum?« Verdutzt sah Matei von Carsten zu Hannes.

»Du hast ganz richtig gehört«, antwortete er. »Es wird großartig werden.«

»Wenn die beiden Künstler mir bitte folgen möchten.« Carsten trat hinter seiner Theke hervor. Es ging durch die Restaurationshalle zu einem der Nebenräume, in den die Nachmittagssonne durch die hohen Fenster fiel. Hier standen ebenfalls Caféhaustische, eine schimmernde hellblaue Tapete zierte die Wände. Es roch leicht muffig. Häufig schien dieser Raum nicht genutzt zu werden.

»Hier soll sie stattfinden«, sagte Hannes. Er war in die Mitte des Raumes getreten und breitete die Arme aus. »Deine erste eigene Vernissage. Wir müssen Jakob etwas bieten. Es muss groß und opulent sein, damit wir ihn beeindrucken können. Wenn alles nach Plan läuft, dann wirst du bald nicht mehr auf Sylt, sondern in Hamburg oder in Paris, Mailand, vielleicht sogar in New York ausstellen. Du wirst der neue Stern unter den Künstlern werden.«

Matei wusste nicht, was sie antworten sollte. Sie fühlte sich vor den Kopf gestoßen. Eine eigene Vernissage, hier, in der Kurhaushalle? Paris, Mailand, New York. Ja, war er denn verrückt geworden?

3. KAPITEL

Westerland, 20. September 1921

Elin rührte lustlos in ihrem Suppenteller. Sie verabscheute Leberkloßsuppe. Und ausgerechnet heute musste es diese zur Vorspeise bei Lorenz' Onkel und seiner Tante geben. Wenn sie sie nicht essen würde, würde ihr das Carla gewiss zu ihrem Nachteil auslegen. Obwohl Fräulein Rottenmeier, wie Elin sie insgeheim bezeichnete, ihr auch ohne Leberkloßsuppe das Gefühl vermittelte, alles falsch zu machen. Sie musterte sie stets mit einem abwertenden Gesichtsausdruck von oben bis unten. Anscheinend war die Inhaberin eines Keitumer Kaffeegartens nicht die gute Partie, die sie sich für ihren Neffen gewünscht hatte. Elin gab sich wirklich Mühe, ihre Vorbehalte gegen diese Frau abzulegen, doch es wollte ihr nicht gelingen. Auch Wiebke konnte Carla nicht leiden. Sie bezeichnete die hagere Frau mit den grauen Haaren als arrogante Zicke, die gern mehr wäre, als sie war. Carla wurde nicht müde darin, ihre adlige Herkunft zu betonen. Ein Baron von Schwellnitz war ihr Vater gewesen. Er hatte wohl ein Gestüt in der Nähe von Rostock besessen. Leider war er noch vor ihrer Geburt bei einem Reitunfall tödlich verunglückt. Ihre Mutter hatte zwei Jahre später erneut geheiratet, nicht adelig, und so ihren Titel verloren. Barone sind doch eh nur so kleine Lichter, hatte Alwine zu der Thematik bemerkt. Ganz unten in der adligen Nahrungskette angesiedelt. Wieso Carla ausgerechnet Karl, einen von der Insel Sylt stammenden Architekten, geehelicht hatte, würde wohl für immer ihr

Geheimnis bleiben. Vielleicht war es tatsächlich Liebe gewesen. So unterkühlt, wie die beiden miteinander umgingen, sah es jedoch nicht danach aus. Oder die füreinander gehegte Zuneigung hatte sich mit den Jahren wieder gelegt. Kinder waren dem Paar verwehrt geblieben. Früher waren die beiden öfter auf Annas Festen im Herrenhaus anwesend gewesen. Nach Pauls Tod und dem Bekanntwerden ihrer finanziellen Misere hatten sie sich nicht mehr dort blicken lassen.

Elin schob den Leberkloß in ihrer Suppe von rechts nach links und wieder zurück. Sie saßen in dem geräumigen Speisezimmer der Christiansens an einem ovalen, aus Nussbaumholz gefertigten Esstisch. Durch die Fenster fiel helles Sonnenlicht auf den blank polierten Parkettboden. Der Tisch war mit feinstem Porzellan gedeckt, ein Papagei namens Eduard, er war Carlas Liebling, saß in einer Voliere in einer Ecke und krächzte hin und wieder. Carla behauptete, er könne sprechen. Elin hatte bisher jedoch noch kein einziges Wort von dem Tier gehört. Ihr tat der Vogel leid. So ein Papagei gehörte in wärmere Gefilde und nicht in einen Käfig auf der Insel Sylt.

Dass sie in der Villa der Christiansens nicht willkommen war, ließ sie sogar das Personal spüren. Besonders den Hausdiener, Albert, fand sie gruselig. Eine breite Narbe zog sich über seine rechte Wange, und seine unter buschigen Augenbrauen liegenden dunklen Augen blickten böse drein. Er hätte einen guten Mörder in einem Kinofilm abgegeben. Am Ende war es zumeist der Gärtner, aber ein Hausdiener wäre als Täter auch nicht zu verachten.

»Wie steht es denn in Keitum?«, erkundigte sich Karl. »Ich komme so selten in das verschlafene Nest, obwohl es doch recht hübsch ist. Ich hatte ja irgendwann einmal überlegt, mir dort ein Anwesen zu kaufen oder eines zu errichten, so wie Paul es getan hat. Aber mir war Westerland dann doch lieber. Keitum ist, verzeih es mir, liebe Elin, meiner Meinung nach noch immer zu provinziell. Hier in Westerland lassen sich einfach bessere Geschäfte machen, und ich ziehe den Weststrand dem Watt vor.«

»Also ich finde, du tust Keitum unrecht«, antwortete Lorenz. »Der Ort hat seine Reize durch die vielen reetgedeckten alten Häuser. Besonders Künstler zieht es vermehrt dorthin. Und du darfst die sicherere Lage nicht vergessen. An der Ostseite sind die Häuser nicht so sehr von Sturmfluten gefährdet. Erst im letzten Winter stand im Süden Westerlands das Wasser hüfthoch auf den Straßen.«

»Ich kenne diese Argumente«, antwortete Carl. »Trotzdem bevorzuge ich Westerland. Und du, mein lieber Lorenz, warst doch bisher ebenfalls recht zufrieden hier. Deshalb dachte ich, mache ich euch ein Angebot, das ihr nur schwer ausschlagen könnt.« Er sah zu Elin, die nun endgültig den Löffel sinken ließ.

»Du kennst doch die Villa Seerose, wir haben sie erst vor zwei Wochen endgültig fertiggestellt. Sie liegt nur wenige Häuser von unserem entfernt direkt hinter den Dünen. Ein nettes Häuschen mit allem Komfort. Elektrisches Licht, Zentralheizung und ausreichend Platz für eine große Familie. Der Besitzer wird nicht einziehen, denn er ist in finanzielle Schieflage geraten. Ich könnte ihm das Haus zu einem Spottpreis abkaufen. Er hat noch Schulden bei mir. Ich würde es euch beiden gern überlassen. Du wirst es ja schlussendlich sowieso erben, und bevor ich es an Fremde vermiete … Söhne hat uns das Schicksal leider nicht zugedacht. Vielleicht war es am Ende besser so. Wer weiß, wie es gekommen wäre. So mussten wir wenigstens nicht um sie trauern.« Kurz trübte sich seine Miene ein. Er winkte ab. »Aber über den Krieg und seine unschönen Details wollen wir jetzt nicht reden. Es gilt, nach vorne zu blicken. Du hast zwar dein Architekturstudium nicht beendet, aber was soll's. Du leistest im

Betrieb gute Dienste und könntest mein Nachfolger in der Geschäftsleitung werden. Angestellte Architekten und Bauleiter lassen sich gewiss finden. Im Moment ist noch nicht alles wie vor dem Krieg, aber ich bin mir sicher, dass es in Westerland in wenigen Jahren einen regelrechten Ansturm auf Baugrundstücke geben wird. Besonders dann, wenn der Wattenmeerdamm gebaut wird, wovon ich ausgehe. Diese leidige Verbindung über Dänemark kann nicht auf ewig Bestand haben.«

»Hm«, war alles, was Lorenz antwortete. Er suchte kurz den Blickkontakt mit Elin. Sie hatten geahnt, dass etwas im Busch war, nachdem die kurzfristige Einladung zum Essen ausgesprochen worden war.

Carla richtete ihr Wort nun an Elin.

»Ich weiß, Liebes, wie sehr du an dem Kaffeegarten in Keitum hängst. Schließlich ist es das Erbe deiner wunderbaren Zieheltern. Gott hab sie selig. Aber das sind ja keine Lebensumstände für eine Ehe. Verheiratete Leute benötigen einen gemeinsamen Hausstand. Ich meine, der Kaffeegarten ist das doch gar nicht. Es ist ein richtiger Betrieb mit Gästezimmern und einem Ladengeschäft. An einem solchen Ort können doch keine Kinder anständig großgezogen werden. Diese ständige Unruhe. Und selbstverständlich ist der Mann der Herr im Haus. In dieser Hinsicht bin ich altmodisch. Du bist nun eine Ehefrau, und als solche hast du die Pflicht, deinen Ehemann zu unterstützen, und wir sind beide der Meinung«, sie sah zu Karl, »dass … «

Sie kam nicht dazu, den Satz zu beenden, denn Elin erhob sich. Wut war in ihr aufgestiegen, und sie ballte die Fäuste. Was bildeten sich die beiden ein, sich so in ihr Leben einzumischen? Villa Seerose, hübsch hinter den Dünen gelegen. Sie wusste, was Carla von ihr erwartete. Die perfekte Mutter sein, nett lächeln und an den Nachmittagen bei Kaffeekränzchen versauern.

»Was meine Pflichten als Ehefrau sind, entscheide ich ganz allein. Ihr könnt eure Villa Seerose behalten. Ich habe bereits ein Zuhause. Und noch etwas: Ich hasse Leberkloßsuppe.«

Sie lief aus dem Raum in das weitläufige Treppenhaus, riss die Haustür auf und rannte die Auffahrt hinunter. Erst ein ganzes Stück vom Haus entfernt blieb sie nach Atem ringend und sich die Seite haltend stehen. Nun weinte sie endgültig. Wieso nur konnten sie die beiden nicht akzeptieren, wie sie war?

»Elin.« Es war Lorenz' Stimme. Er kam zu ihr und schloss sie in seine Arme. Seine körperliche Nähe fühlte sich tröstend an. Elin beruhigte sich und löste sich aus seiner Umarmung. »Es tut mir so unendlich leid. Ich hätte ahnen müssen, worauf dieses Mittagessen hinausläuft. Aber dass sie dann dermaßen mit der Tür ins Haus fallen, hat selbst mich überrascht.«

Er wirkte hilflos. Die Situation überforderte sie beide. Was ihre Wohnverhältnisse anging, musste Elin, so schwer es ihr fiel, Carla und Karl jedoch recht geben. Ein Ehepaar sollte unter einem Dach leben. Allerdings gestaltete sich das in ihrem Fall nicht so einfach. Und da half auch keine Villa Seerose. Elins Lebensmittelpunkt war Keitum. Sie konnte und wollte nicht nach Westerland ziehen, da konnte ihr neues Zuhause eine noch so komfortable Villa sein. Allerdings gab es im Herrenhaus keinen privaten Bereich für sie. Im Kaffeegarten wurden die Fremdenzimmer vermietet. Diesen Sommer waren einige Künstler für mehrere Wochen zu Gast gewesen, die Mieteinnahmen hatten ihrer Kasse gutgetan, im Friesenhaus fehlte der Platz, und es gab durch Mateis Anwesenheit keine Privatsphäre. Es war verzwickt.

»Wollen wir ein Stück am Strand entlanglaufen, zur Promenade?«, fragte Lorenz. »Ich spendiere uns ein Mittagessen. Wir könnten ins Astoria gehen. Dort waren wir länger nicht. Also ich hätte noch Hunger. Und soweit ich weiß, bietet Fritz Lewerenz keine Leberkloßsuppe an.« Er zwinkerte ihr schelmisch grinsend zu.

Elins Wut verrauchte endgültig.

»Ich hasse Leberkloßsuppe«, antwortete sie. »Nicht einmal anständiges Essen können sie servieren.«

»Ich mag sie auch nicht sonderlich.« Lorenz legte den Arm um sie. Ein Stück weit folgten sie noch der Norderstraße, dann bogen sie in einen schmalen, zu den Dünen führenden Seitenweg ein. Sie erreichten einen der vielen hölzernen Dünenübergänge und liefen die Treppen hinauf. Oben angekommen, lagen das Meer und der Strand vor ihnen. Das Wasser funkelte im hellen Licht der Mittagssonne, es herrschte nur leichter Wellengang. Der Wind rüttelte an Elins Haar und löste einige Strähnen. Nur wenige Spaziergänger waren an der Wasserlinie unterwegs. Trotz der fortgeschrittenen Jahreszeit hatten einige von ihnen noch die Hosen hochgekrempelt und die Füße nackt. Sie liefen die Stufen nach unten und stapften durch den Sand. Er war warm und angenehm. Ein älterer Herr saß in einem der letzten, noch zurückgebliebenen Strandkörbe und schlief. Auf seinem Schoß lag ein aufgeschlagenes Buch, seine Brille war auf seiner Nase ein Stück nach unten gerutscht. Sein Anblick brachte Elin zum Lächeln. Er sah so friedlich aus. Hand in Hand gingen sie bis zur Wasserlinie.

»Ich glaube, ich war ewig nicht mehr am Strand«, sagte Elin und beobachtete eine Gruppe Strandläufer, die emsig auf und ab rannten und im feuchten Sand nach etwas Essbarem suchten. Die Septembersonne ließ das Wasser glitzern, es war eine Freude.

»Ich kann mich ehrlich gesagt auch nicht mehr daran erinnern, wann ich zuletzt hier gewesen bin«, gab Lorenz zu. »Wir wohnen im Paradies und genießen es viel zu selten.«

»Vielleicht, weil es selbstverständlich für uns ist«, sagte Elin. »Das Meer, der Strand und die Wellen sind stets um uns. Und im Sommer bin ich nicht gern hier. Dann ist es mir am Strand zu trubelig.«

»Wollen wir auch die Schuhe ausziehen?«, fragte Lorenz und deutete auf zwei Herren, die mit hochgekrempelten Hosen und barfuß Richtung Wenningstedt liefen. »Ich weiß, wir haben bereits September, und gewiss ist das Wasser kühl. Aber der Sand ist herrlich warm.«

Elin gefiel seine Idee, und sie stimmte zu. Sie setzten sich in den warmen Sand und zogen rasch Schuhe und Strümpfe aus. Der erste Schritt ins kühle Nass brachte Elin zum Quietschen.

»Huch, ist das frisch«, rief sie lachend. Sie stand am Flutsaum und ließ das Wasser über ihre Zehen laufen. Lachend hob sie etwas von dem weißen Meeresschaum auf und pustete hinein. Sie gingen Hand in Hand und wie kleine Kinder kichernd Richtung Kurpromenade. Der Ärger von eben schien vergessen. Das Wasser lief gerade ab, was für kleinere Pfützen sorgte, durch die Elin freudig watete. Die von den Wellen zurückgelassenen Ribbeln unter ihren Füßen fühlten sich herrlich an. Sie beobachteten Möwen, die vor ihnen in den Wellen zu spielen schienen, und blieben immer wieder stehen, um das Funkeln der Sonne auf der Wasseroberfläche zu beobachten. Besonders Elin konnte sich daran nicht sattsehen. Hie und da hob sie eine Muschel auf und betrachtete sie eingängig. Eine besonders hübsche Austernschale steckte sie in ihre Rocktasche.

»Wie anders das Meer hier doch ist«, sagte sie. »Hier ist seine Gewalt spürbarer als in Keitum. Dort wirkt es oftmals träge und friedfertiger.«

»Ich mag beides gern«, antwortete Lorenz. »Sylt bezaubert mit solch vielen Eindrücken. Kein Wunder, dass wir von Künstlern heimgesucht werden.«

»Ja, das stimmt. Nur auf einen von ihnen hätte ich verzichten können.« In ihrer Stimme schwang plötzlich Ernsthaftigkeit mit.

»Hannes von Bransbeck«, sagte Lorenz.

Elin nickte. »Er hat Matei so sehr verändert. Sie ist mir regelrecht fremd geworden.«

»Du solltest nicht so streng mit ihm sein«, beschwichtigte Lorenz. »Ich habe mich neulich mit ihm unterhalten, und er machte keinen schlechten Eindruck auf mich. Er mag etwas unangepasst sein, aber so sind Künstler nun mal. Denk an Friedrich. Er ist auch ziemlich eigentümlich.«

»Ja, das stimmt«, gab Elin zu. Lorenz' Vergleich brachte sie zum Schmunzeln.

»Und Matei hat eine schwere Zeit hinter sich.« Er legte nun die Arme um Elin, hob die Hand und strich eine Haarsträhne aus ihrer Stirn. »Sei nicht so streng mit ihr. Gewiss ist dieser von Bransbeck nur eine Episode, und er wird bald wieder aus ihrem Leben verschwunden sein.«

»Darauf will ich hoffen«, Elin seufzte hörbar.

»Es wird bestimmt bald alles wieder gut werden«, sagte Lorenz. Er zog sie noch enger an sich und küsste sie. Seine Zunge drang in ihren Mund und fand die ihrige, seine Umarmung war fest, Elin glaubte, in ihr zu versinken. Er schmeckte nach einer eigentümlichen Mischung aus Wein und Leberkloß. Sie war süchtig nach seiner Wärme und Nähe. Sie liebte ihn. Den Insulaner aus Morsum, der früher einer von vielen Bekannten gewesen und nun zu dem wichtigsten Menschen in ihrem Leben geworden war. Oder stimmte das? War das nicht Matei? Wieder haderte sie. Matei und Elin, die Mädchen vom Herrenhaus, eine Einheit, so war es stets gewesen. Doch das Leben hatte seinen eigenen Rhythmus und veränderte sich. Nicht immer gefielen einem die neuen Töne, die es anschlug. Auch ihre Beziehung war nicht perfekt. Vielleicht hatte sie auf Carlas und Karls Vorstoß auch deshalb so harsch reagiert. Sie wünschte sich, sie könnte Lorenz stets um sich haben und mit ihm unter einem Dach leben. So wie es Ehepaare nun einmal taten. Sie wünschte sich Kinder von ihm. Und sie sollten in Keitum aufwachsen. Nicht in Westerland, diesem Ort ohne Seele, der ständig anders aussah. Oder tat sie Westerland unrecht? Der Ort hatte durchaus seine Reize. Und auch sie profitierten von der jährlichen Sommersaison. Ohne den Seebadbetrieb würde es keinen Kaffeegarten und keine Sommergäste geben.

Nachdem sie sich voneinander gelöst hatten, herrschte plötzlich eine eigentümliche Stimmung. Schweigend liefen sie nebeneinander an der Wasserlinie entlang. Lorenz war es, der diese Stille irgendwann durchbrach.

»Ich weiß, mein Onkel und meine Tante haben sich mit ihrem Vorpreschen zu sehr in unsere Angelegenheiten eingemischt«, sagte er. »Aber wir sollten uns wirklich Gedanken über unsere Wohnverhältnisse machen. Ich möchte nicht mehr nur Gast im Herrenhaus sein. Das Haus bietet genügend Platz für eine Familie. Vielleicht sollten du und Matei noch einmal darüber nachdenken, ob ihr wirklich weiterhin Zimmer vermieten wollt. Wir könnten uns im oberen Teil des Hauses einen privaten Bereich einrichten. Einen Salon, Schlaf- und Kinderzimmer. Ich bin im Gegensatz zu meiner Tante durchaus der Meinung, dass Kinder in einem Kaffeegarten aufwachsen können. Wieso auch nicht?«

Elin hatte geahnt, dass dieser Vorschlag irgendwann kommen würde. Sie selbst hatte ebenso darüber nachgedacht. Doch wollte sie diese Veränderung? Es tat gut, dass sich alles gefunden und eine gewisse Ordnung Einzug gehalten hatte. Aber diese Veränderung war positiv. Sie war die beste, vermutlich auch die einzige

Lösung, um das leidige Thema, getrenntes Wohnen, endgültig zu den Akten zu legen. Doch da war noch Matei. Sie war Mitinhaberin des Hauses und finanzierte ihren Lebensunterhalt auch mit den Vermietungen der Gästezimmer. Wie würde sie darauf reagieren?

4. KAPITEL

Keitum, 15. Oktober 1921

Elin stand in ihrer Töpferwerkstatt und ließ ihren Blick über die vielen Pötte, Töpfe und Tiegel in den Regalen schweifen, die die Wände säumten. Es war später Vormittag, und durch die kleinen Fenster fiel Sonnenlicht in den Raum und auf ihre Werkbank, auf der weitere Keramiken auf ihre Weiterverarbeitung warteten. Sie nahm einen der unfertigen Pötte zur Hand. Er war bauchig geformt, an der rechten Seite hatte er einen Henkel. Er war nicht lasiert, das Bild fehlte noch. Bei so vielen der Pötte tat es das. Elin begann zu überlegen, wann Matei zuletzt hier gewesen war und gearbeitet hatte. Letzte Woche, oder war es noch länger her? Ach, es war zum Verrücktwerden. Seitdem dieser Hannes von Bransbeck in Mateis Leben getreten war, hatte sie sich verändert, war unzuverlässig geworden. Alles, was sie sich miteinander aufgebaut hatten, schien plötzlich unwichtig zu sein. Und jetzt redete er ihr auch noch ein, dass sie berühmt werden könne, und die beiden organisierten diese unselige Vernissage in der Kurhaushalle. Sie stellte den Pott zurück auf den Tisch, und ihr Blick wanderte nach draußen. Hinnerk und Jens waren damit beschäftigt, die Gartentische und Stühle zusammenzuklappen und auf einem Wagen zu verstauen. Sie würden in Hinnerks Schuppen überwintern. Diese Sommersaison war nun endgültig vorbei. Noch Ende September hatte es sonnige und milde Nachmittage gegeben. Doch seitdem der Oktober angebrochen war, waren die Temperaturen stetig zurückgegangen,

39

und dicke Wolkenpakete wurden von einem strammen West-
wind über die Insel getrieben, die teils kräftige Regenschauer im
Gepäck hatten. Gewiss würde es nicht mehr lange dauern, bis sie
der erste Herbststurm heimsuchte. Die zurückliegende Sommersaison war, wenn man nur das Wetter betrachtete, gut gewesen.
Ab Mitte Juli hatte es eine lange Schönwetterperiode, ja eine
richtige Hitzewelle gegeben. Selbst bei ihnen auf der Insel waren
die Tagestemperaturen auf beinahe dreißig Grad gestiegen. Die
perfekten Voraussetzungen für eine großartige Saison. Doch die
Nachwehen des Krieges machten ihnen noch immer zu schaffen.
Es waren mehr Gäste gekommen als im Jahr zuvor, aber die noch
immer im Reich vorherrschende schlechte wirtschaftliche Lage,
aber auch die ungünstige Verkehrsverbindung auf die Insel sorgten dafür, dass die Gästezahlen zurückgingen. Gäste, die nach
Sylt wollten, mussten weiterhin durch feindliches Land in ver-
plombten Zügen fahren. In Hoyerschleuse mussten die Passagiere in einer mit Ketten verschlossenen Wartehalle, bewacht von
mit Flinten bewaffneten dänischen Posten, auf ihre Weiterfahrt
mit dem Fährdampfer warten. Dies war auch der Grund dafür,
weshalb die Pläne zum Bau eines Eisenbahndamms vom Festland
nach Sylt wieder in den Mittelpunkt gerückt waren. Elin wusste,
dass es ein Bürgerverein aus Niebüll gewesen war, der vor dem
Beginn des Ersten Weltkriegs die Planungen für den Dammbau
hartnäckig vorangetrieben hatte. Der Dammbau war 1913 vom
preußischen Landtag bewilligt worden, die erforderlichen Mittel
bereitgestellt. 1917 hätte er fertig sein sollen. Doch dann war der
Krieg ausgebrochen, und niemand hatte mehr vom Damm geredet. Doch nun wurden die Rufe danach wieder lauter. Die Arbeitslosigkeit auf Sylt war im Vergleich zum deutschen Durchschnitt exorbitant hoch. Dies wurde auf die unzulängliche Verbindung auf die Insel zurückgeführt. Die Dänen kümmerten sich

nicht um das Ausbaggern der Fahrrinne, was die Fährverbindungen unzuverlässig machte. Bauprojekte stockten, da die Überführung der Waren zu teuer war, die Zahl der Touristen stieg nicht wie erwünscht. Ein vom Festland nach Sylt führender Damm wäre die Lösung, um den Wohlstand auf die Insel zurückzubringen. Elin hoffte darauf. Mehr Touristen auf der Insel bedeuteten bessere Einnahmen, und die hatten sie dringend nötig. Sollte die nächste Saison nicht besser werden, müsste sie ernsthaft darüber nachdenken, ihr Andenkengeschäft in Westerland erneut zu schließen. In dieser Saison hatten sie mit dem Ladengeschäft Verlust gemacht. Von einem größeren Gewinn war sie noch weit entfernt.

Lorenz trat ein. »Hier steckst du«, sagte er. »Ich habe nach dir gesucht.« Elin verwunderte sein Auftauchen.

»Was machst du hier?«, fragte sie. »Solltest du heute nicht deinem Onkel bei einem Neubauprojekt in Westerland zur Seite stehen?«

»Das dachte ich auch«, antwortete Lorenz. »Aber mein werter Herr Onkel hat es mal wieder vorgezogen, mich im Büro zu lassen. Ich soll Schreibarbeiten erledigen. Seitdem wir sein großzügiges Angebot abgelehnt haben, behandelt er mich noch mehr von oben herab und lässt mich spüren, dass ich kein ausgelernter Architekt bin. Ich bin es leid. Obwohl die Baustellenbegehung gewiss niederschmetternd war. Der Bauherr scheint in finanzielle Schieflage geraten zu sein. Wie so viele auf der Insel.« Seine Miene war ernst.

Elin hätte gern tröstende Worte gefunden, aber so recht wollte ihr nichts einfallen. Sie wusste, wie sehr Lorenz darunter litt, dass er sein Architekturstudium nicht beenden hatte können. So viele Träume und Ziele hatte der Krieg ihnen genommen. Lebenswege verändert, ihnen geliebte Menschen geraubt. Vielleicht sollten sie demütiger sein. Dankbarer für das, was sie hatten. Doch was war das schon? Ein wackeliger Alltag, der sich von dem großen Beben gerade wieder erholte und oftmals noch immer taumelte. Von dem noch 1914 vorherrschenden Wohlstand im Reich waren sie weit entfernt.

»Wenn das so weitergeht, muss ich mir eine andere Aufgabe suchen«, sagte Lorenz und seufzte.

»Also ich hätte hier noch einige Pötte, die eine Lasur benötigen ...« Elin legte lächelnd die Arme um ihn. »Du könntest aber auch bei Wiebke in der Backstube Einsatz zeigen.«

»Du liebe Zeit. Für die Kunst bin ich nicht gemacht, noch weniger zum Backen. Wiebke hätte ihre liebe Not mit mir. Mich treibt im Moment eher eine andere Überlegung um. Die Planungen für den Dammbau schreiten immer weiter voran. Vielleicht könnte ich mich dort etwas mehr einbringen.«

»Das wäre eine Möglichkeit«, meinte Elin. »Obwohl Hinnerk dich dann vermutlich verteufeln wird. Er ist, wie viele Bauern auf der Insel, strikt gegen das Projekt. Und ich kann ihre Einwände durchaus verstehen. Über den Damm könnten Waren zu äußerst günstigen Preisen auf die Insel gebracht werden. Dann hätten die einheimischen Landwirte rasch das Nachsehen.«

»Ich weiß«, gab Lorenz zu. »Aber ich denke, ihre Ängste sind unbegründet. Der Damm wird der Insel Wohlstand bringen, dessen bin ich mir sicher. Die Anreise über Dänemark ist äußerst umständlich. Was für eine Erleichterung es doch wäre, wenn man einfach über einen Damm mit der Bahn weiter bis Westerland fahren könnte. Ich habe mich neulich mit meinem Bekannten Ole darüber unterhalten. Er befürwortet das Bauprojekt ebenfalls, und er kommt aus einer Bauernfamilie. Er schmiedet Pläne für einen Ausbau des Hofes. Dann könnte er auch an Gäste vermieten. Ihr Anwesen liegt zwar am östlichsten Rand von

Westerland, aber zum Meer ist es nicht weit. Er hat mich gefragt, ob ich ihm mit den Bauplänen helfen könnte. ›Bist ja fast ein Architekt‹, hat er gesagt.«

»Das hört sich doch nach einem guten Plan für die Zukunft an.« Elin lächelte. Sie reckte ihr Kinn, und ihre Lippen fanden sich. Seine Umarmung wurde fester, der Kuss rasch leidenschaftlich. Sie atmete den Duft seines Rasierwassers tief ein. Seine Hand landete auf ihrem Po und blieb dort liegen. Seine Lippen wanderten nach unten und streiften ihren Hals. Das warme Gefühl in ihrem Inneren breitete sich in ihrem Körper aus, und sie drängte sich enger an ihn, legte den Kopf in den Nacken. Seine Hände berührten ihre Brüste. »Du bist so wunderschön«, raunte er in ihr Ohr. Sie hatten einander in ihrer Hochzeitsnacht zum ersten Mal geliebt, und er war äußerst zärtlich und vorsichtig gewesen. Sie war noch Jungfrau gewesen. Ein anständiges Mädchen tat es nicht vor der Hochzeitsnacht und hielt seine Beine zusammen. Elin konnte nicht sagen, wie oft Anna diesen Satz zu ihnen gesagt hatte. Sie war stets um ihre Tugendhaftigkeit bemüht gewesen, hatte sie aber trotzdem schleunigst unter die Haube bringen wollen. Was sie wohl von Lorenz gehalten hätte? Vermutlich nicht sonderlich viel. Er war kein gut betuchter Mann, eher ein armer Schlucker, der vom Gutdünken seines Onkels abhängig war. Oder war er das jetzt überhaupt noch? Er war nun ihr Ehemann. Eigentlich hatte er jedes Recht dazu, das Zepter an ihrer statt im Herrenhaus zu übernehmen und den Kaffeegarten nach seinen Wünschen zu leiten. Trotzdem hielt er sich zurück. Auch auf seinen Vorschlag den Umbau des Obergeschosses betreffend, hatte sie ihm noch keine endgültige Antwort gegeben. Ständig fand sie Ausflüchte. Sie wusste, dass sie dem Gespräch mit Matei aus dem Weg ging, und schämte sich dafür. Matei war ihre Schwester, sie würde gewiss Verständnis dafür zeigen. Und in der letzten Zeit hielt sie sich sowieso die meiste Zeit in ihrem Atelier in Tinnum auf. Trotzdem tat sich Elin schwer damit, das Thema bei ihr anzusprechen.

»Weshalb hast du eigentlich nach mir gesucht?«, fragte Elin, nachdem sie ihr kurzes Liebesspiel beendet hatten. Er sah sie für einen Augenblick verdutzt an. Dann fiel es ihm wieder ein.

»Wegen eurem geplanten Umbau des Gastraums. Du hattest doch vor einer Weile mit dem Gedanken gespielt, einen Durchgang zu deinem Andenkenladen im Herrenhaus zu machen. Ich habe Pläne dabei, und wir könnten eine Ortsbegehung machen. Dann kannst du dir alles besser vorstellen. Und bevor ich es vergesse: Ich habe Matei und Hannes in Westerland getroffen. Sie lässt dir ausrichten, dass sie es heute nicht mehr schaffen wird. Die beiden wollen Richtung Ellenbogen und dort die herbstliche Stimmung einfangen.«

»Sie wollen jeden Tag irgendwo etwas einfangen«, stieß Elin aus. »Und was sie dann tun, darüber redet bereits die ganze Insel. Neulich habe ich Kresde Jansen abfällig über Matei reden hören. Dass es mal so weit mit ihr kommen würde, hat sie zu ihrer Nachbarin am Gartenzaun gesagt. Ein ehrenwertes Mädchen verkommt zu einer … Sie hat es nicht laut ausgesprochen, aber wir wissen beide, was sie meinte. Dieser Hannes tut ihr nicht gut.«

»Kresde mal wieder. Das alte Tratschweib«, schimpfte Lorenz. »Sie zerreißt sich doch jeden Tag über irgendwen das Maul. Da würde ich nicht so viel darauf geben.«

»Ich weiß«, lenkte Elin ein. »Du hast ja recht. Trotzdem sollte sich Matei Gedanken um ihren guten Ruf machen. Mit ihrem Verhalten schadet sie auch dem Ansehen des Kaffeegartens. Sie hat noch immer Verantwortung zu tragen.« Elins Stimme klang streng.

Lautes, von draußen in den Raum dringendes Schimpfen ließ sie aufmerken. Es war eindeutig Wiebkes Stimme.

»Was ist denn nun schon wieder los?«, fragte Elin und verließ gemeinsam mit Lorenz die Töpferwerkstatt.

Wiebke stand auf der obersten der zum Eingang des Herrenhauses führenden Stufen und blickte auf das vor ihr liegende Malheur, das eindeutig von Jens verursacht worden war. Der blonde, hagere Junge war von Elin im August eingestellt worden. Er war der Neffe von Antje, ihrer Freundin, die die Insel bereits vor dem Krieg verlassen hatte und in Husum lebte. Sie hatte ihr einen langen Brief geschrieben und sie gebeten, den Jungen unter ihre Fittiche zu nehmen. Nach der Schule hatte Jens nicht so recht gewusst, was er mit sich anfangen sollte. Anfangs hatte er im Postbüro ausgeholfen, doch dort war er nach einigen Wochen weggeschickt worden. Der Vierzehnjährige war nicht der Hellste, wie sich Wiebke ausdrückte, und er war ein Tollpatsch. Zwei Tage hatte er in der Backstube Probe gearbeitet, und so viele Dinge waren innerhalb so kurzer Zeit noch nie auf dem Boden gelandet. Dazu hatte er sich kräftig am Ofen verbrannt. Wiebke hatte Elin von der Einstellung des Jungen abgeraten. Doch Elin hatte sich Antje gegenüber verpflichtet gefühlt. Und nun stand Jens wie ein Häufchen Elend auf der dritten Treppenstufe und blickte auf die vielen zerbrochenen Eier hinab. Zwei ganze Stiegen hatte er fallen gelassen. Das Innere der Eier lief die Stufen hinunter, überall lagen Schalen. Sein Kopf war hochrot. Er sah aus, als würde er gleich in Tränen ausbrechen.

»Das waren vierzig Eier«, zeterte Wiebke. »Und wie sollen wir bitte heute Kuchen backen? Du bist aber auch ein Dösbaddel, min Jung.«

»Ich bin über die Stufe gestolpert«, murmelte Jens, noch immer hielt er den Kopf gesenkt. Gut, dass Wiebke so weit von ihm entfernt stand. Andernfalls hätte sie ihm gewiss eine Ohrfeige verpasst. Davon hatte er in den letzten Wochen schon einige kassiert. Elin versuchte, die Situation zu schlichten.

»Das ist natürlich Pech«, sagte sie. »Aber wie ich sehe, haben es einige Eier überlebt. Die sammelst du jetzt schnell ein, und ich rufe rasch bei Gesa an und ordere Nachschub. Wenn wir Glück haben, liefert sie uns die Eier noch bis zur Mittagszeit. Das nächste Mal achtest du besser auf die Stufen.« Sie tätschelte Jens die Schulter und sah zu Wiebke, die ein »Grmpf« von sich gab, auf dem Absatz kehrtmachte und im Haus verschwand.

Lorenz grinste. »Wenn wir nicht gekommen wären, hätte sie wer weiß was mit ihm gemacht«, raunte er Elin ins Ohr. »Jetzt weißt du, weshalb ich die Backstube lieber meide.«

Elin antwortete nichts. Lorenz und Wiebke waren nie miteinander warm geworden. Sie hielt ihn für arrogant, er bezeichnete sie als aufbrausende Kuh, die sich nur allzu gern als Herrin aufspielte. Und Elin stand zwischen den Fronten.

Die beiden folgten Wiebke und betraten den Eingangsbereich des Herrenhauses. Die Auswahl an Kuchen und Torten war heute nicht so groß wie während der Hauptsaison, aber immer noch beträchtlich. Hinter der Theke lagen in Regalen unterschiedliche Brotsorten und Brötchen. In einem seitlich stehenden Regal befanden sich hübsch verpackt Kekstüten. Etiketten wiesen sie als original Sylter Friesenkekse aus. Linker Hand gelangte man durch geöffnete und in freundlichem Weiß gestrichene Flügeltüren in den Gastraum. Der ehemalige Salon war nun mit Caféhaustischen ausgestattet. Mateis Gemälde von Sylt zierten die in einem hellen Gelbton gestrichenen Wände. Ihre Bilder zeigten ausschließlich Keitum. Romantische Reetdachhäuser, den Wattweg, die St.-Severin-Kirche, das Herrenhaus und den Kaffeegarten. Es waren keine Ölgemälde. Elin hatte sich für leicht kolorierte Skizzen entschieden, die durch hübsche vergoldete Rahmen gut zur Geltung kamen. Über den Tischen hängende rustikale Porzellanlampen sorgten ebenso für Gemütlichkeit wie andere dekorative Details. Schiffsmodelle auf den Fensterbrettern, Laternen, in denen an düsteren Tagen Kerzen brannten. Die Tische wurden je nach Jahreszeit dekoriert. Nun standen Vasen mit Astern darauf. Einen Hingucker stellte die Leseecke am offenen Kamin dar. Dort lagen auf einem Beistelltisch stets die aktuellen Tageszeitungen bereit, und es war eine Auswahl von Lektüre für jeden Geschmack vorhanden. In einem der Lehnstühle saß Friedrich Beck. Er erhob sich, als Elin und Lorenz den Raum betraten. Er war der einzige Gast, was nicht verwunderlich war, denn heute war eigentlich Ruhetag. Doch für Friedrich galt eine Ausnahme. Friedrich und Lorenz verstanden sich hervorragend. Die beiden liebten es, sich über Politik auszutauschen. Auf dem Beistelltisch neben dem Lehnstuhl lag der aktuelle *Inselbote*.

»Moin, Friedrich«, grüßte Lorenz. »Und, was gibt es für lesenswerte Neuigkeiten?«

»Ach, nichts Besonderes. Obwohl. Das könnte für unser Inselchen interessant sein: Die Reichsregierung hat eine Erhöhung der Eisenbahntarife um dreißig Prozent beschlossen. Für einen gefahrenen Eisenbahnkilometer müssen in der vierten Klasse nun siebzehn Pfennige, in der ersten Klasse siebenundvierzig Pfennige bezahlt werden. Da kommt für eine Reise von Berlin nach Sylt schon einiges zusammen.«

»Das sind keine guten Neuigkeiten«, meinte Elin. »Bestimmt werden durch diese Preiserhöhung noch weniger Besucher zu uns kommen. Ich habe das Gefühl, dass alles im Moment stündlich teurer wird.«

»Das liegt an der steigenden Inflation«, antwortete Friedrich. »Und dann machen uns die Dänen zusätzlich das Leben schwer.

Bisher gelten ja weiterhin nur bestimmte Tage als zoll- und pass-frei, was uns den Handel erschwert. Auch stünde längst eine weitere Ausbaggerung der Fahrrinne an. Aber die Dänen erledigen diese Aufgabe nur sehr leidig. Erst gestern muss mal wieder eine Fähre im Schlick stecken geblieben sein. Die Überfahrt soll mehr als zehn Stunden gedauert haben. Die armen Passagiere sind zu bedauern. Es war ja doch eine recht kühle Nacht, windig und feucht. Erst um vier Uhr morgens konnten sie in Munkmarsch von Bord gehen. Es gilt zu hoffen, dass der Dammbau bald beginnt, damit dieser Unsinn ein Ende hat. Den Syltern wurde in großen Tönen während der Abstimmung versprochen, dass die Anbindung zum Reich besser werden würde, sollten sie für einen Verbleib in Deutschland stimmen. Nun muss die Regierung ihr Versprechen auch einhalten. Sonst gehen wir doch noch zu den Dänen.« Seine Stimme klang bestimmt. Friedrich redete sich stets in Rage, wenn es um dieses Thema ging.

»Zu den Dänen, dat wäre ja noch schöner«, sagte plötzlich eine bekannte Stimme hinter ihnen. Es war Hinnerk, der näher trat. »Zum Feind gehen wir auf gar keinen Fall. Aber du hast schon recht mit dem, wat du da sagst, Friedrich. Steht ja wirklich nicht zum Besten mit der Lage auf der Insel. Gibt viele Arbeitslose. Aber der Damm wird neuen Ärger bringen. Vielleicht findet sich ja doch noch eine andere Lösung. Emil hat da neulich was von einem Vorschlag mit Brücken bei Nösse erzählt. Obwohl sich dat schon bisschen umständlich angehört hat.«

»Ein Gastwirt wie Emil Eschels ist mit Sicherheit nicht der beste Ansprechpartner für solche Fragen«, gab Friedrich zu bedenken.

»Unterschätz mir mal den Emil nicht«, entgegnete Hinnerk und hob mahnend den Zeigefinger. »Der hat schon Ahnung. Er hat früher mal auf dem Bau gearbeitet. Da muss man schon was von solchen Sachen kapieren. Und er hat dat ja nur gehört. Gibt halt auch Diskussionen für Alternativen. Der Wattenmeerdamm ist ja schon recht teuer. Angeblich soll auch überlegt werden, die Norder Aue mit Baggerungen zu vertiefen, dann könnte ein Fährverkehr nach Dagebüll klappen. Obwohl ich daran nicht so recht glauben mag. Die schlickt es ihnen doch gleich wieder zu.« Hinnerk winkte ab.

»Es führt kein Weg an einem Dammbau vorbei«, sagte Friedrich. »Alle anderen Projekte stehen auf wackeligen Beinen. Die Sylter brauchen Sicherheit, und die bekommen sie nur durch den Damm. Dann wird der Wohlstand auf der Insel einziehen.«

»Und die Milch, die Eier und dat Fleisch vom Festland. Und dann gucken wir Bauern auf der Insel dumm aus der Wäsche«, entgegnete Hinnerk.

»Für den Warentransport lassen sich gewiss Regelungen finden«, erwiderte Friedrich. »Nur ein besserer Transportweg wird für erneuten Wohlstand und für die Rückkehr der Sommerfrischler in notwendiger Zahl sorgen.«

Wiebke kam in den Raum. Sie machte einen recht aufgelösten Eindruck. »Heike hat eben angerufen. Du sollst sofort nach Westerland kommen, Elin. Stell dir vor: Im Laden ist eingebrochen worden.«

5. KAPITEL

Westerland, 20. Oktober 1921

Elin holte einen Pott aus einem der Regale, wickelte ihn in Zeitungspapier und legte ihn in eine neben ihr auf dem Dielenboden stehende Kiste. Ihm folgte ein weiteres Exemplar. Jeder von ihnen war ein Unikat, und trotzdem wiesen sie eine Gemeinsamkeit auf: Allesamt zeigten sie Inselmotive, die von Matei gezeichnet worden waren. Leuchttürme, Strandlandschaften, alte Friesenhäuser. Ihre Pötte hatten den Ruf, eines der schönsten Mitbringsel von ganz Sylt zu sein.

»Also die Kaffeekannen finde ich besonders bezaubernd«, sagte Heike. Elin wandte sich um. Heike stand hinter der Verkaufstheke und hielt ein bauchiges Exemplar in Händen, auf dem eines der Keitumer Friesenhäuser abgebildet war. Ihre Keramiken fanden sich inzwischen in vielen Gästehäusern auf der Insel. Besonders die kleineren Pensionen bestellten gern bei ihnen. Sie wollten bei ihren Gästen mit etwas Besonderem punkten, das ein Hotel Miramar und ein Hotel zum Deutschen Kaiser nicht hatte. Elin nickte und ließ ihren Blick wehmütig durch den Verkaufsraum schweifen. Sie liebte das kleine Ladengeschäft. Regale säumten die hellblau gestrichenen Wände, hübsche Kommoden sorgten für zusätzliche Gemütlichkeit, Stehlampen für warmes Licht. Auf einem mitten im Raum stehenden, weiß lasierten Holztisch standen ebenfalls Keramiken. Döschen in den unterschiedlichsten Größen, Vasen in allen Farben und Formen. Zusätzlich zu den Keramiken bot Elin auch noch Waren von Heike im Laden an. Bestickte Tischtücher und Kissen, die ebenfalls Nordseemotive zeigten oder passende Schriftzüge hatten. *Moin, moin* war bei den Touristen beliebt, aber auch niedliche Seehunde wurden gerne gekauft. Hinzu kamen Mateis Postkarten, die sich in mehreren Verkaufsständern fanden. Ein buntes Sammelsurium an Gemütlichkeit. Elin war froh darüber, dass es bei dem Einbruch keine größeren Zerstörungen gegeben hatte. Eine Teekanne und nur wenige Pötte waren zu Bruch gegangen, das Türschloss war aufgebrochen worden. Geld hatte sich in der Kasse keines mehr befunden. Das hatte sie bereits zur Bank gebracht. Die Diebe hatten nichts mitgenommen. Dass überhaupt ein Einbruch stattgefunden hatte, war sonderbar. Nach Kriegsende hatte es viele Diebstähle auf der Insel gegeben, aber hauptsächlich bei den Bauern. Da waren Hühner, Schafe und Getreidesäcke weggekommen. Doch seitdem waren die Straftaten auf der Insel zurückgegangen, Einbrüche in Geschäften fanden so gut wie nie statt. In den letzten Wochen häuften sie sich jedoch. Der Wachtmeister, Nils Brodersen, hatte ihr davon berichtet, dass es in der Strand- und Friedrichstraße in mehreren Geschäften Überfälle oder Einbruchsversuche gegeben habe. Im Kolonialwarenladen von Marie Köhler hatten sie einige Hundert Reichsmark erbeutet, die noch in der Kasse gelegen hatten. Die Ärmste musste ganz aufgelöst gewesen sein. Brodersen hatte fest versprochen, alles daranzusetzen, um die Diebesbande zu erwischen.

Der Einbruch hatte Elin ins Grübeln gebracht und mit Matei ein längeres Grundsatzgespräch über den Laden führen lassen. Sie waren nach einigem Hin und Her übereingekommen, das Geschäft in Westerland erneut aufzugeben. Besonders Elin fiel die Schließung alles andere als leicht, doch eine bessere Lösung fiel ihnen nicht ein. Der Laden war in dieser Saison nicht so gut gelaufen wie erhofft. Es waren weniger Kurgäste auf der Insel gewesen, und ein Wasserschaden zu Pfingsten hatte ihnen eine Menge Ärger mit dem neuen Vermieter eingebracht, der ihnen die Schuld dafür in die Schuhe schieben und die Reparaturkosten auf sie hatte abwälzen wollen. Ursprünglich hatte sie den Laden von Marie Peters gemietet. Doch die alte Dame, Elin und Matei kannten sie bereits seit Kindertagen, war im April urplötzlich verstorben, und ihr Neffe, er lebte nicht auf der Insel, sondern in Berlin, hatte ihnen nach dem Antritt seiner Erbschaft gleich mal die Miete um eine stattliche Summe erhöht. Hinzu kam, dass im September ihre extra für den Laden eingestellte Aushilfskraft, Inga Tadsen, gekündigt hatte. Sie hatte sich in einen Kurgast verliebt, und er hatte ihr einen Antrag gemacht. Sie hatte die Insel mit ihm gemeinsam bereits verlassen und würde noch in diesem Monat heiraten. Auch Lorenz hatte ihr zur Schließung des Ladengeschäfts geraten. Der Umbau im Kaffeegarten war eine hervorragende Idee. Ihr Andenkengeschäft würde dadurch besser zur Geltung kommen, und in Keitum wurden die Kurgäste bereits zahlreicher. Und Gästehäuser und Pensionen konnten sie auch von Keitum aus beliefern. Elin wusste, dass er recht hatte. Trotzdem fiel ihr der erneute Abschied schwer. Nach Kriegsende hatte sie sogleich mit den Planungen für den Laden im Zentrum der Kurstadt Westerland begonnen. Die Schmach, dass sie ihr erstes Geschäft wegen der kriegsbedingten Schließung des Bades hatten aufgeben müssen, hatte sie nie überwunden. Matei war ebenfalls mit Feuereifer bei der Sache gewesen. Der Laden in dem winzigen, hellblau gestrichenen Haus war schnell gefunden gewesen, liebevoll eingerichtet, und Elin und die Nachbarin Heike, die den süßen Ökelnamen Heike Schneiderlein trug, hatten Freundschaft geschlossen.

»Und du willst es dir wirklich nicht noch einmal überlegen?«, fragte Heike und schlug die Kaffeekanne in Zeitungspapier ein. »So schlecht lief das Geschäft auch wieder nicht, und vielleicht kommen im nächsten Jahr mehr Gäste auf die Insel. Du könntest doch nur im Winter schließen und im Frühjahr wieder öffnen.«

»Diese Überlegung hatte ich bereits. Aber die Miete muss ich auch außerhalb der Saison bezahlen, und das lohnt sich einfach nicht. Mach es mir doch nicht so schwer. Ich werde dich und unsere gemeinsamen Stunden ebenso vermissen. Aber ich bin ja nicht aus der Welt.«

»Ich weiß, ich weiß«, seufzte Heike. »Es ist nur Keitum, aber eben mal auf einen schnellen Kaffee und einen Schnack nach nebenan, das geht dann nicht mehr. Und wer weiß, wer als nächster Mieter einziehen wird.«

»Bestimmt kein alter, griesgrämiger Tabakhändler mit dem bösen Blick mehr«, versuchte Elin Heike aufzuheitern. Ganz zu Beginn ihrer Freundschaft hatte Heike ihr von ihrem Vorgänger erzählt. Einem älteren Herrn mit einem eiskalten Blick und einer streng klingenden Stimme, der sie stets von oben herab betrachtet und ihr Angst eingejagt hatte. Sogar Albträume hatte sie von ihm bekommen. Er hatte stets einen schwarzen Frack und einen Zylinder getragen. Der ist bestimmt aus der Geisterbahn am Hamburger Dom ausgebrochen, hatte Heike einmal scherzhaft zu Elin gesagt. Elin hatte, im Gegensatz zu Heike, die in Hamburg aufgewachsen war, keine Ahnung von Geisterbahnen, aber es hörte sich gruselig an.

»Denkst du, sie werden die Einbrecher bald schnappen?«, fragte Heike. »Ich hab ein ungutes Gefühl. Was ist, wenn sie auf einen der Ladenbesitzer treffen und gewalttätig werden? Das will ich mir gar nicht ausmalen. Ich sitze doch abends oftmals noch lange im Hinterzimmer an meiner Nähmaschine.«

»Die Polizei wird sie bestimmt bald erwischen«, versuchte Elin Heike die Angst zu nehmen. »Oder sie haben die Insel inzwischen verlassen. Viele Läden haben saisonbedingt geschlossen. Hier gibt es doch gar nichts mehr zu holen.«

»Du denkst also auch, dass es welche von auswärts waren?«, fragte Heike. Sie hatte eine weitere Kaffeekanne in Zeitungspapier eingewickelt und in einen Karton verfrachtet.

»Bestimmt. Von uns Insulanern kommt doch keiner auf die Idee, Geschäfte zu überfallen. Die gehen eher an den Strand, um zu gucken, ob sich brauchbares Treibgut findet.« Sie zwinkerte Heike zu.

Heike lachte laut auf. »Das erzählst du mir immer wieder. Mir ist aber noch nie ein Insulaner am Meer begegnet, der wertvolle Dinge einsammelt.«

»Das machen sie doch nicht vor aller Augen«, antwortete Elin mit Entrüstung in der Stimme. »Sonst können sie ja gleich zum Strandvogt gehen.«

»Erzähl mir noch was. Irgendetwas von damals«, bettelte Heike. Sie liebte es, wenn Elin alte Geschichten oder Kuriositäten von Sylt wiedergab.

Elin überlegte kurz. Dann fiel ihr etwas ein.

»Du schneiderst doch gerade das Hochzeitskleid für Jule Nissen?«, fragte sie. Heike bejahte. »Hast du dann auch die Leichenhemden für die weiblichen Gäste bereitgelegt?«

»Leichenhemden?«, hakte Heike verwundert nach.

»Du hast schon richtig gehört. In früheren Zeiten hatten die Frauen solche für den Fall des Falles bei einer Hochzeit dabei.«

»Warum das denn?«, wollte Heike wissen.

»Früher wurde auf Sylt vornehmlich dann geheiratet, wenn die Männer von der See zurück waren, und das war im Herbst und Winter der Fall. Da konnte es dann in der Keitumer Kirche schon mal enger werden. Im November 1700 sollen an einem Tag dreizehn Paare gleichzeitig vor den Traualtar getreten sein. Nach der Kirche ging es im Haus des Bräutigams dann stets hoch her. Es wurden reichlich Bier und Swetskilk getrunken, Letzteres ist eine Mischung aus Sirup und Branntwein. Meist kam es bei solchen Feierlichkeiten zu Streitigkeiten, und Todesfälle waren keine Seltenheit. Die Täter wurden jedoch nie bestraft. Schlägereien mit Totschlag gehörten damals zur Tagesordnung auf Sylt. So wurde am folgenden Tage gefragt, ob sie viel Vergnügen gehabt und ob sie sich auch brav geschlagen hätten. War dies nicht der Fall, glaubte man, die Gäste hätten sich nicht gut genug vergnügt. Um auf alle Eventualitäten vorbereitet zu sein, brachten die Männer ihre Streithämmer zur Hochzeitsfeier mit, die Frauen die Leichenhemden.«

»Liebe Zeit«, rief Heike aus. »Das waren recht raue Sitten damals. Da können wir froh sein, dass das vorbei ist. Mord und Totschlag bei einer Hochzeitsfeier. Man glaubt es kaum.« Sie schüttelte den Kopf. »Aber einen Swetskilk würde ich gern mal probieren. Branntwein, gemischt mit Sirup, das hört sich spannend an.«

»Ich glaube nicht, dass wir den heute noch irgendwo auf der Insel bekommen«, meinte Elin. »Aber wir könnten uns ein Tässchen Kaffee und ein Stück Kuchen gönnen. Was meinst du? Für heute ist es genug mit der Packerei. Morgen ist auch noch ein Tag.« Sie legte den eben eingepackten Pott in den Karton und klappte den Deckel zu.

Wenige Minuten später eilten sie die Strandstraße hinunter. Es war ein kühler, windiger und feuchter Tag. Sie trugen beide Regenmäntel und hatten die Kapuzen übergezogen. Ein Regenschirm wäre ihnen fortgeflogen. Ihr Ziel war das am Ende der

Friedrichstraße gelegene Café Hamelau. Elin kannte den Besitzer, den Konditormeister Heinrich Hamelau, gut. Er war nur wenige Jahre älter als sie und hatte den Betrieb nach dem Krieg von seinem Vater übernommen. Das Café lag in einem kleinen roten Backsteinhaus mit blau gestrichenen Fensterrahmen. Die Jahreszahl 1874 prangte über der Eingangstür. Hamelau vermietete auch Gästezimmer zu günstigen Preisen. So stand es in den Werbeanzeigen, die er regelmäßig in der *Westerländer Kurzeitung* veröffentlichte. Der Gastraum, den Elin und Heike nun betraten, war gemütlich eingerichtet. Über den Tischen hingen Lampen mit weißen Porzellanschirmen, auf den Fensterbrettern stand allerlei Nippes. Schiffsmodelle, Trockenblumen in bauchigen Vasen neben Keramikleuchttürmen. Sie nahmen an einem Fenstertisch Platz. Gemeinsam mit Hans Peter Christansen waren sie an diesem trüben Tag die einzigen Gäste. Der grauhaarige, leicht rundliche Mann, der in Westerland bei der Stadtverwaltung tätig war, saß bei Heinrich an der Theke und machte seinem allseits bekannten Ökelnamen IchundminFadder mal wieder alle Ehre.

»Ich und min Fadder sind ja der Meinung, dass dat heute Nacht noch Sturm gibt. Dat Barometer ist bedenklich gefallen. Da gilt es, die Schotten dicht zu machen.«

»Hm«, machte Heinrich, der gerade ein Glas abtrocknete. »Mal abwarten.« Er war einsilbig, und sein Blick wanderte zu der Tür hinter der Theke.

»Noch nix Neues?«, fragte IchundminFadder.

Heinrich schüttelte den Kopf. »Seit über zehn Stunden geht das jetzt schon. Ich hoffe, es geht ihr gut.« Er strich sich über seinen blonden Schnauzbart.

Elin ahnte, von was gesprochen wurde.

»Ist es endlich so weit?«, erkundigte sie sich. Heinrich hatte vor zwei Jahren Marianne Jansen geheiratet. Sie war nur zwei

Monate älter als Elin und stammte ebenso aus Tinnum, wo ihre Eltern eine Schweinezucht betrieben. Zuletzt war sie vor einigen Wochen in Elins Laden auf einen kurzen Schnack gewesen und hatte für das Café eine Bestellung von zwölf Pötten aufgegeben. Bereits da war sie arg rund gewesen und hatte über Wasser in den Beinen geklagt.

Heinrich nickte. »Gestern am späten Abend haben die Wehen eingesetzt, und Alwine Mertens ist gleich gekommen. Seitdem trau ich mich nicht mehr so recht in das obere Stockwerk. Einmal stand ich auf der Treppe, aber Mama hat mich gleich wieder weggeschickt. Ich soll mich beschäftigen. Das ist gar nicht so einfach. Hoffentlich geht alles gut.«

»Bestimmt«, munterte Elin ihn auf. »Mit Alwine an ihrer Seite wird sie die Geburt gut überstehen. Sie ist die beste Hebamme, die Sylt je gesehen hat.«

»Wenn du das sagst«, antwortete Heinrich. »Kennst sie ja recht gut, nicht wahr? Sie hat ja bei euch im Lazarett gearbeitet. Was wollt ihr zwei Hübschen denn? Ich hätte heute Quarkbällchen, dazu ein Pharisäer? Der wärmt bei dem nasskalten Schietwetter.«

»Also gegen einen Pharisäer hätte ich auch nix einzuwenden«, sagte IchundminFadder. »Aber die Quarkbällchen kannste gern alle den Damen geben. Mit dem Süßkram hab ich es nicht so.«

Elin wollte eine Antwort geben, doch sie wurde durch die sich öffnende Tür hinter der Theke unterbrochen. Heinrichs Mutter, Else Hamelau, trat ein. Die dickliche Frau mit grauen gelockten Haaren strahlte über das ganze Gesicht.

»Min Jung«, sagte sie. »Es ist geschafft. Unsere Marianne hat einem gesunden Mädchen das Leben geschenkt. Die beiden erwarten dich bereits. Hach, sie ist Zucker. So eine niedliche Deern. Und die kleinen Fingerchen.«

»Eine Tochter, wie schön«, rief Heinrich erfreut. Ihm war die Erleichterung über die frohe Kunde anzusehen. Elses Blick fiel auf IchundminFadder, Elin und Heike.

»Es tut mir schrecklich leid. Aber wir schließen nun«, sagte sie. »Familienangelegenheiten. Wie ihr eben gehört habt.«

»Och«, maulte IchundminFadder. »Jetzt gibt es doch keinen Pharisäer. Wat für ein Jammer. Der hätte mich für den Heimweg noch gut gewärmt.«

Im nächsten Moment läutete das hinter der Theke an der Wand hängende Telefon.

»Wer stört denn nun schon wieder?«, fragte Else und nahm den Hörer ab. »Verstehe, das klingt dringlich. Ich werde es ausrichten. Ist ja schon das vierte Kind. Ja, da kann es mal schnell gehen. Hier ist alles so weit überstanden.« Sie legte den Hörer auf.

»Soll einer sagen, Alwine Mertens wäre nicht gefragt. Das nächste Kindchen will auf die Welt geholt werden.« Sie sah zu Elin. »Ist bei euch in Keitum. Gesa von der Hühnerfarm.«

»Oh«, stieß Elin freudig aus und erhob sich. »Das sind aber schöne Neuigkeiten. Wird auch Zeit, dass es losgeht. Gesa hat dieses Mal arg unter Schwangerschaftsübelkeit gelitten und sich bis zum Ende übergeben müssen. So etwas kannte sie bisher noch gar nicht.«

»Jede Schwangerschaft ist anders«, sagte plötzlich Alwine. Sie hatte hinter Else den Gastraum betreten. »Eigentlich war ich auf der Suche nach einer Tasse Kaffee. Aber so wie es aussieht, bleibt mir mal wieder keine Zeit für eine Pause. Zurzeit kommen Babys wie am Fließband auf die Welt.« Sie schüttelte den Kopf. »Dann geh ich mal meine Tasche packen.« Sie wandte sich Else zu. »Ich komme dann morgen wieder, um nach Ihrer Schwiegertochter und dem kleinen Fräulein zu sehen. Ihr Sohn ist schon ganz verliebt in die Kleine. Sie ist aber auch niedlich. Ganz der Papa.«

»Angeblich soll der Herrgott es ja so eingerichtet haben, dass die Babys am Anfang wie die Väter aussehen. Damit sie auch wissen, dass das Kind von ihnen ist«, antwortete Else.

»Stimmt leider nicht immer«, merkte Alwine zwinkernd an. Dann wandte sie sich Elin und Heike zu. »Die Damen. Es ist schön, euch zu sehen. Eigentlich wollte ich heute mal wieder auf einen Schnack im Kaffeegarten vorbeikommen. Aber einer Hebamme ist ein solches Vergnügen anscheinend nicht vergönnt.« Sie zog eine Grimasse.

»Ein Wagen wird Sie abholen kommen, Fräulein Mertens«, sagte Else.

»Das ist fein«, antwortete Alwine. »Dann muss ich bei dem zugigen Wetter wenigstens nicht an der Bushaltestelle stehen. Der Wind wird ja immer schlimmer. Unter dem Dach hört man das Brausen und Tosen. Das gibt bestimmt einen heftigen Sturm.«

»Dat hab ich eben schon gesagt«, warf IchundminFadder ein. »Der Blanke Hans zeigt zum ersten Mal in diesem Jahr sein Können. Und deshalb mach ich mich mal lieber auf den Heimweg. Ich hab es ja nicht weit. Und so ein Pharisäer wird im Angesicht einer glücklichen Geburt vollkommen überbewertet. Meine Glückwünsche an die frischgebackenen Eltern. Ich und min Fadder sind von jeher der Meinung, dass Kinderchen ein Segen sind.« Er erhob sich, ging zur Garderobe, schlüpfte in einen dunkelblauen Wachsmantel, setzte seine Mütze auf und verabschiedete sich.

»Also wenn das hier keinen Pharisäer mehr gibt, dann mach ich mich auch auf den Heimweg«, sagte Heike. »Ich hab noch Arbeit in der Nähstube liegen. Könnten wir die Quarkbällchen auch mitnehmen?« Sie sah Else fragend an.

»Sicher doch«, antwortete Else. »Wie viele sollen es denn sein?«

Alwine erkundigte sich bei Elin, ob sie ihr auf der Fahrt nach Keitum Gesellschaft leisten wolle. Dankbar nahm Elin das Angebot an. Die Aussicht, an der zugigen Bushaltestelle zu stehen, hatte ihr ebenso wenig behagt. Alle drei bekamen von Else Quarkbällchen eingepackt, die aufgrund des freudigen Ereignisses aufs Haus gingen. Nur wenige Minuten später stand Günter Schneider, der Fahrer von Gesa und ihrem Mann Tam, in der Tür. Der Mittfünfziger machte einen recht abgehetzten Eindruck.

»Ich soll die Hebamme hier abholen«, sagte er. »Wäre dringlich.«

Rasch wurde sich von Else verabschiedet. Elin umarmte Heike. Sie würden sich bereits am nächsten Tag wiedersehen, denn die Packaktion im Laden war noch nicht beendet.

Wenig später saß Elin neben Alwine auf dem Rücksitz von Gesas Wagen. Tam war besonders stolz darauf, Besitzer eines Automobils zu sein. Er liebte alles, was mit Motoren zu tun hatte, und hielt sich neuerdings öfter in der Autowerkstatt seines Freundes Niels auf, wo die neuesten Motorentechniken und -Modelle diskutiert wurden und ständig an irgendwelchen Fahrzeugen geschraubt wurde. Auf der Insel fuhren noch wenige Automobile. Meist waren es die Inhaber der großen Hotels, die ihren Gästen den Komfort eines solchen Transports boten.

Sie ließen Westerland rasch hinter sich. Der Wind peitschte den Regen gegen die Autoscheiben. Günter, der kein Dach über sich hatte, wurde ordentlich nass.

»Es ist gut, dass ich dich getroffen habe«, sagte Alwine zu Elin. »Ich überlege bereits seit einer Weile, ob ich mit dir reden soll, denn ich bin in Sorge um Matei. Allerdings unterliege ich ja der Schweigepflicht, aber …« Elin beunruhigten Alwines Worte. »Du musst mir versprechen, es für dich zu behalten«, sagte Alwine. »Wenn Matei erfährt, dass ich mit dir darüber geredet habe, reißt sie mir den Kopf ab. Ich denke jedoch, du solltest es wissen.«

»Was wissen?«, hakte Elin nach. Ihr Herz klopfte wie verrückt. Sie ahnte, was kommen würde. Nein, bitte nicht. Bitte, bitte nicht. Das würde endgültig alles ändern und sämtliche Hoffnungen darauf, dass dieser Hannes von Bransbeck aus ihrem Leben verschwand, zunichtemachen.

»Matei war schwanger. Aber sie hatte vor drei Tagen eine Fehlgeburt. Achte Woche«, sagte Alwine. »Sie hat es wohl selbst nicht gewusst. Die schrecklichen Schmerzen waren es, die sie zu mir geführt haben. Vielleicht kannst du ja irgendwie gegensteuern. Wie du weißt, halte ich von diesem hochwohlgeborenen Künstler nur wenig. Er setzt ihr Flausen in den Kopf. Und das nächste Mal könnte ...« Sie vollendete den Satz nicht.

Elin spürte die Erleichterung in sich. Dem Herrn im Himmel sei Dank, sie hatte das Kind verloren. Doch der Erleichterung folgte Hilflosigkeit. Sie konnte Matei nicht vorschreiben, wen sie lieben durfte. Es galt zu hoffen, dass die Beziehung doch noch in die Brüche gehen würde. Und hoffentlich wurde sie unterdessen nicht erneut schwanger.

6. KAPITEL

Tinnum, 30. Oktober 1921

Und da war er weg. Durch die geöffnete Terrassentür geflohen. Nun hopste der kleine Mann fröhlich auf der Wiese vor Mateis Atelier herum und machte sogar einen Purzelbaum. Matei brachte sein Übermut zum Lächeln. Seiner Mutter, Inge Matzen, war das Verhalten ihres Jüngsten peinlich, und sie entschuldigte sich. Sie trug, ebenso wie ihr Mann Hauke und ihre Tochter Elke, ihren Sonntagsstaat. Extra herausgeputzt hatte sich die Familie für den Termin bei der Malerin. Ein neues Familienporträt als Geburtstagsgeschenk für Haukes auf dem Festland lebende Mutter sollte es werden. Porträtzeichnungen waren seit Kriegsende eine feste Einnahmequelle für Matei geworden, die sie nicht mehr missen wollte. Friedrich hatte ihr all die Kniffe und Tricks gezeigt, um einen Menschen perfekt und lebensecht in Szene zu setzen. Ein wenig könne man schummeln, hatte er gemeint. Weniger Augenringe hier, eine Hakennase etwas dezenter. Dann sei die Kundschaft zufriedener. Bei den Matzens benötigte Matei diesen Schwindel nicht. Inge Matzen, sie war Mitte dreißig, war eine gut aussehende Frau. Sie trug ihr blondes, langes Haar hochgesteckt. Von der neuen Mode, die Haare halblang zu tragen, hielt sie offenbar nur wenig. Ihre Gesichtszüge waren ebenmäßig, und sie hatte große blaue Augen. Ihr zehn Jahre älterer Ehemann Hauke war ebenfalls blond, hatte jedoch bereits eine Halbglatze. Die achtjährige Elke war das Ebenbild ihrer Mutter. Dieselben Augen, dasselbe schmale Kinn. Der einzige Unterschied bestand darin, dass ihr blondes Haar gelockt war. Sie glich einem Engel. Der Letzte im Bunde, der kleine Nils, war weißblond wie sein Vater, im Nacken hatte er noch kleine Löckchen, wie es öfter bei Kindern seines Alters der Fall war. Er hatte im Garten inzwischen den Kater Justus aus der Nachbarschaft gefunden und streichelte ihn mit strahlenden Augen.

»Sein Verhalten tut mir schrecklich leid«, sagte Inge und erhob sich.

»Das lange Posieren ist eben nicht jedermanns Sache«, antwortete Matei. »Besonders bei kleineren Kindern benötigt es oftmals mehrere Sitzungen. Er hat sowieso lange durchgehalten. Über eine halbe Stunde still sitzen ist für einen Dreijährigen eine großartige Leistung.«

»Das stimmt«, meinte Hauke. »Zu Hause schafft er es kaum fünf Minuten.« Er stand ebenfalls auf und streckte sich kurz. »Ich muss gestehen, für mich ist dieses Posieren auch nichts. Und dann muss man ja immer ähnlich gucken. So ein Familienporträt ist schon eine aufwendige Sache. Wie weit bist du denn? Wir müssen gewiss noch mal kommen, oder? Darf ich mal sehen?«

Er trat neben die Staffelei und betrachtete das Bild. Matei hatte sich wirklich beeilt und einige Dinge nach ihrem letzten Termin bereits aus dem Kopf nachbearbeitet. Alle vier Familienmitglieder waren festgehalten und die jeweiligen Gesichtsausdrücke eingefangen. Sie hatte heute damit begonnen, das Ganze farblich auszugestalten. Hauke trug ein dunkles Jackett, darunter ein weißes Hemd mit Krawatte. Diese lockerte er nun und seufzte erleichtert. Inge trug eine weinrote Bluse und einen hellbeigen Rock dazu. Elke steckte in einem ganz entzückenden, ebenfalls weinroten Kleid mit Streublümchen darauf. Vermutlich war es extra für das Familiengemälde neu angeschafft worden. Nils trug ein Matrosenhemd, dazu dunkle Stoffhosen. Matei fand, er sah

in dieser Kleidung niedlich aus. Fehlte nur noch die Kapitänsmütze und er wäre der perfekte Kapitän.

»Es ist immer wieder faszinierend, wie ihr Künstler das macht«,
sagte Hauke. »Es sieht schon jetzt so aus, als würde ich in einen
Spiegel blicken.«

»So soll es sein.« Das Kompliment von Hauke erfreute Matei.
»Ich denke, wir werden keinen weiteren Termin mehr benötigen. Den Rest schaffe ich auch so. Es fehlt noch etwas Farbe hier
und dort. Aber das dürfte kein Problem darstellen. Ich weiß ja,
wie ihr aussieht.«

»Oh, das erleichtert mich aber«, sagte Hauke. »Und unseren
Nils wird es ebenso freuen.« Sein Blick wanderte in den Garten,
den an diesem Herbstnachmittag goldene Sonnenstrahlen flute-
ten, was zu dieser fortgeschrittenen Jahreszeit nicht mehr jeden
Tag selbstverständlich war. Elke leistete dem kleinen Mann inzwischen Gesellschaft und streichelte ebenfalls den Kater, dem
die viele Aufmerksamkeit zu gefallen schien, denn er umrundete
die Beine der Kinder mit hocherhobenem Schwanz. Inge ging zu
den beiden nach draußen. In Händen hielt sie einen Teepott.
Sie setzte sich auf einen der noch verbliebenen Gartenstühle
und ließ es sich gefallen, dass Justus auf ihren Schoß sprang. Lächelnd streichelte sie den Kater. Sie sah so glücklich aus. Umringt von ihrem Sohn und ihrer Tochter. Der Anblick ließ Matei wehmütig werden, und sie dachte an ihre verlorene Tochter
Sieke. Sie wäre heute vier Jahre alt. Vielleicht ebenso ein kleiner blonder Wirbelwind. Wenn sie nach ihrem Vater geraten
wäre. Oder sie hätte ihre dunklen Augen geerbt. Matei würde es
nicht erfahren. Und dann war da ja noch das andere kleine Wesen in ihrem Inneren gewesen, nur wenige Wochen alt. Sie hatte es geahnt, leichte Übelkeit hatte sich bereits in den Morgenstunden eingestellt gehabt, sie war über die Zeit gewesen. Doch

das war sie öfter. Sie hatte es abgetan, hatte es nicht wahrhaben wollen. Und doch hatte sie häufiger die Hand auf den Bauch gelegt. Es hatte sich jedoch anders angefühlt als damals. Es hatte das Empfinden freudiger Erwartung gefehlt. Dann war der Schmerz gekommen. Wie ein Messer war er in ihren Unterleib gefahren und hatte den aufkeimenden Funken Hoffnung zerstört. Aber vielleicht war das gut so. Die Natur kennt meist den richtigen Weg, hatte Alwine zu ihr gesagt und ihr das vom Schweiß nasse Haar aus der Stirn gestrichen, sie im Arm gehalten und getröstet. Ihr Blick wanderte in den Garten. Hauke war zu seiner Familie gegangen. Er hob Nils hoch und drehte sich mit ihm im Kreis, der Junge quietschte vor Glück. So wäre Jan auch gewesen. Ein liebevoller Vater, der sich fürsorglich um seine Kinder gekümmert und seine eigenen Bedürfnisse stets hintangestellt hätte. Doch würde Hannes das können? Er war unkonventionell und genoss seine Freiheit. Genau das war es, was Matei bisher beeindruckt hatte. Er gab nichts auf die Maßstäbe der Gesellschaft. Doch war das immer gut? Regeln waren wichtig, ein stets gleich ablaufender Alltag gab Halt. Er hatte ihr noch nicht einmal einen Antrag gemacht. War sie froh darüber? Sie war Frau Bohn. Der Nachname zeigte, wohin sie gehörte. Zu Jan, den sie noch immer schmerzlich vermisste. Der auch in diesem Augenblick hinter ihr zu stehen und sie zu beobachten schien.

»Du hättest sie vermutlich besser zeichnen können«, sagte sie leise. »Manchmal frag ich mich, wie unser Leben heute aussehen würde, wenn du noch bei mir wärst. Hätten wir dann auch mehrere Kinder? Einen kleinen Jungen und ein Mädchen? Wir hätten unsere Künstlerkolonie. Gewiss würden viele von Friedrichs Bekannten aus Berlin bei uns wohnen. Er hatte uns empfehlen wollen. Wir hätten Ausstellungen gegeben, könnten im

Wintergarten zeichnen. Jetzt gehört das Grundstück Paul Dierksen. Er hat unser Haus darauf gebaut. Du hattest es von ihm für uns planen lassen. Ich kann den Anblick nicht ertragen.« Sie verstummte und blinzelte die aufsteigenden Tränen fort. Wieder redete sie mit einem Toten. Er war wie ein ruheloser Geist, der ständig um sie war. Wiedergänger kamen oftmals wegen unerledigter Sachen zurück. Jan hatte viele solcher unerledigter Dinge, ein ganzes Leben, das er nicht leben hatte dürfen. Liebte sie Hannes? Wie oft hatte sie sich diese Frage in den letzten Wochen gestellt? Sie wusste es nicht. Doch es musste so sein. Sie wünschte es sich so sehr, wieder lieben zu dürfen, es zu können. Jan würde immer ein Teil von ihr bleiben. Doch das Leben musste weitergehen.

»Matei.« Es war Inge, die sie aus ihren Gedanken riss und sie erschrocken zusammenzucken ließ.

»Ist alles gut? Du hast gerade so traurig ausgesehen.«

»Es ist nichts.« Matei bemühte sich um ein Lächeln. »Ich hatte nur etwas überlegt. Organisatorisches.«

Inge nickte und stellte ihren leeren Teepott auf dem Tisch ab. »Dann können wir für heute Schluss machen, oder? Hauke hat gesagt, wir müssten nicht mehr zum Modell stehen kommen. Du schaffst das jetzt auch so? Bis wann wäre das Gemälde denn dann fertig? Ich will dich nicht drängen. Aber es wäre nett, wenn wir es in zwei Wochen abholen könnten. Dann feiert Haukes Mutter Geburtstag, und wir wollen sie in Niebüll besuchen. Mir graut ehrlich gesagt jetzt schon vor der Reise. Erst die unzuverlässige Fähre, dann die Fahrt durch Feindesland. Aber sie wird nur einmal siebzig.« Inge seufzte. Matei wusste, dass sie sich nicht sonderlich gut mit ihrer Schwiegermutter verstand und ganz froh darüber war, dass sie auf dem Festland wohnte.

»Hauke hat recht. Ich benötige eure Anwesenheit nun nicht mehr. Gern könnt ihr das Bild vor eurer Abfahrt nach Niebüll abholen. Ich hoffe, es wird der Jubilarin gefallen.«

»Das hoffe ich auch. Obwohl sie ja ständig an allem etwas auszusetzen hat. Ich werde berichten. Hab erst einmal vielen Dank für deine Mühen und dafür, dass du uns noch dazwischengeschoben hast. Ich weiß, dass du schon mitten in den Vorbereitungen für deine Ausstellung steckst. Sie soll in der Kurhaushalle stattfinden, oder?«

»Ja, das soll sie. Aber bis dahin ist es noch ein Weilchen. Wir haben uns jetzt auf einen Termin im Frühjahr geeinigt. Während der Saison gibt es dann doch etwas mehr Aufmerksamkeit für Veranstaltungen dieser Art als im Winter.«

»Wo du recht hast. Im Winter liegt unser Inselchen immer im Dornröschenschlaf.« Sie zwinkerte Matei zu. »Wir freuen uns schon darauf und werden auf jeden Fall kommen. Und vielleicht klappt es und du wirst berühmt. Macht ja schon überall die Runde.«

»Mal sehen …« Matei gefiel nicht sonderlich, dass die Vernissage bereits zu den Sylter Klatschgesprächen zählte. Und ob sie dadurch berühmt werden würde, stand in den Sternen.

Die beiden Frauen gingen in den Garten, und es wurde sich verabschiedet. Nachdem die Familie gegangen war, blieb Matei noch eine Weile auf dem Rasen stehen. Er war feucht, das Gras, in dem die Blätter des Kirschbaums lagen, funkelte im Licht der Sonnenstrahlen. Es war einer dieser Herbsttage, die man noch für eine Weile festhalten wollte. Sonnig und mild, doch der in der Luft hängende Duft von Holzrauch zeugte vom nahenden Winter. Vielleicht würde es ihr letzter Winter auf der Insel sein. Oder griff sie zu weit vor? Am Ende würden diesem Galeristen ihre Bilder nicht gut genug sein, und sie würde Schiffbruch erleiden.

Die Zweifel eines Künstlers. Gute und schlechte Tage, sie gehören dazu. Wieder Jans Worte. Er war und blieb allgegenwärtig.
Matei wandte sich um. Sie wollte ins Haus zurückgehen, doch
plötzlich hielt sie eine ihr wohlbekannte Stimme zurück. Es war
Hannes, der den Garten betrat.

»Moin, meine Liebste«, sagte er. Als er näher kam, nahm Matei den Geruch von Alkohol wahr.

»Du hast getrunken«, sagte sie, nachdem er ihr einen Kuss auf
die Wange gegeben hatte.

»Ja, das hab ich«, gab Hannes zu. »Aber natürlich nur des Geschäfts wegen. Ich hatte doch heute den Termin bei Heinrich
Griepke in der Pension Hannover. Sie hatten wegen einer Aus-
stattung der Gästezimmer angefragt. Du erinnerst dich? Heinrich
Griepke ist ein recht redseliger Bursche, das muss man ihm lassen. Und er verträgt etwas. Während ich nur zwei Gläser Wein
und einen Köm getrunken habe, hat er eine Flasche Schnaps
allein geleert.«

»Hm«, brummte Matei. »Hat der Alkoholgenuss wenigstens zu
einem Auftrag geführt?«

»Bedauerlicherweise nicht, seine Gattin kam hinzu. Eine un-
angenehme Person. Sie empfand mein Angebot für zu teuer. Und
derweil haben wir die Bilder sowieso schon zu einem Spottpreis
angeboten.«

»So etwas passiert leider häufiger«, wusste Matei zu berichten.
»Mir hat erst gestern Minna Dirks vom Haus Braunschweig einen
Auftrag abgesagt, den sie erst eine Woche zuvor erteilt hatte. Immerhin hab ich noch nicht damit begonnen. Leider haben viele
Hotels und Gästehäuser in diesem Jahr nicht die erhofften Einnahmen erzielt, und deshalb wird an Renovierungsmaßnahmen
und der Dekoration gespart. Uns im Kaffeegarten hat es ja auch
getroffen. Und dann noch der Wasserrohrbruch.« Sie winkte ab.

»Ja, ich weiß.« Hannes' Miene war plötzlich ernst. Die beiden gingen zum Haus. »Aber wir brauchen Einnahmen. Mehr als das bisschen, was hie und da mal ein Porträt einbringt. Die Ausstellung wird Geld kosten. Sie soll ja beeindrucken. Und für Hamburg werden wir ebenfalls Startkapital benötigen. Ich würde gern sagen, dass ich über ausreichend Vermögen verfüge, aber dem ist leider nicht so. Meine finanziellen Möglichkeiten sind begrenzt. Ich dachte, hier auf Sylt ließen sich bessere Geschäfte machen. Aber ständig brechen die Aufträge weg. Mit den Einnahmen aus der Pension Hannover hätten wir einen Großteil finanzieren können.«

Matei wusste nicht, was sie erwidern sollte. Über Geld hatten sie bisher nicht so offen gesprochen. Alles hatte sich so leicht angehört. Die Zweifel in ihrem Inneren gewannen erneut die Oberhand.

»Vielleicht war die Vernissage in der Kurhaushalle doch keine so gute Idee«, sagte sie. »Es ist alles eine Nummer zu groß für mich. Und dann Hamburg, Paris oder gar New York. Ich bin noch nie über Sylt hinausgekommen und zeichne doch erst seit wenigen Jahren.«

»So etwas will ich nicht hören.« Hannes nahm sie in die Arme. »Wir werden einen Weg finden. Dann klappt eben die Pension Hannover nicht. Wir werden andere Auftraggeber finden, vielleicht auch Unterstützer. Du hast ein solch großes Talent, deine Bilder sind großartig und werden das Publikum begeistern. Und man sieht ihnen wahrlich nicht an, dass du keine jahrelange Erfahrung oder gar ein Kunststudium vorweisen kannst. Du hast Talent. Das ist ein Geschenk Gottes. Ich werde dich unterstützen. Das verspreche ich dir. Und Jakob wird Augen machen. Deine Vernissage wird eines der Großereignisse im nächsten Frühjahr werden, auf ganz Sylt wird dein Name in aller Munde sein.«

Hannes' Worte beruhigten Matei wieder. Und plötzlich kam ihr eine Idee: Der Kaffeegarten. Das Herrenhaus. Sie war Mitbesitzerin, nutzte das Haus jedoch gar nicht mehr. Ihr Lebensmittelpunkt waren Tinnum und ihr Atelier geworden. Vielleicht bestand ja die Möglichkeit, dass Elin ihr ihren Erbanteil ausbezahlte. Gewiss würde diese Summe als Startkapital für Hamburg reichen.

7. KAPITEL

Elin war wie vor den Kopf gestoßen. Vor ihrem Schreibtisch saß, in Tränen aufgelöst, Vollig. Das blonde Mädchen stammte von Föhr und arbeitete bei ihnen seit Anfang des Jahres. Sie hatte es bisher weiß Gott nicht leicht im Leben gehabt. Ihre Eltern und ihre jüngere Schwester waren bei einem Hausbrand ums Leben gekommen, da war sie gerade mal acht Jahre alt gewesen. Ihre Tante, Ursel Johannsen, hatte sie und ihren Bruder daraufhin zu sich nach Sylt geholt. Ihr Bruder war im Krieg gefallen. Ursel Johannsen war vor zwei Jahren an Krebs gestorben. Vollig hatte nach dem Krieg eine Anstellung im Hotel Miramar in Westerland angenommen. Dort war jedoch einer der Gäste mehrfach zudringlich geworden, woraufhin sie von der Hausdame entlassen worden war. Dem armen Mädchen war die Schuld an der Misere in die Schuhe geschoben worden. So war es leider meistens. Der Gast oder der Hausherr hatten nie Schuld. Stets war es das Dienstmädchen, das sich unsittlich verhalten hatte. Alwine hatte Vollig zu ihnen vermittelt. Ihr hatte das Mädchen leidgetan. Hier im Kaffeegarten würde so etwas nicht passieren. Und nun saß Vollig vor ihr. Und selbst wenn sie heulte, war sie noch hübsch anzusehen. Schlank, mit Rundungen an den richtigen Stellen, ein Gesicht wie eine Puppe, hellblonde, wellige Haare, große blaue Augen mit langen Wimpern. Die perfekte Unschuld von der Nordseeinsel. Na ja, jetzt war sie es nicht mehr. Elin hatte eigentlich

71

nur geraten und leider den Nagel auf den Kopf getroffen. Sie hatte Vollig dabei beobachtet, wie sie schnurstracks aus einem der Gästezimmer im ersten Stock in die Toilette gelaufen war und sich übergeben hatte. Schon seit einer Weile war ihr Vollig verändert vorgekommen. Sie war blass und still, was sie früher nicht gewesen war. Vollig war ein aufgewecktes Mädchen und bei ihnen im Kaffeegarten regelrecht aufgeblüht. Alle hatten sie ins Herz geschlossen.

»Ich hab das nicht gewollt«, brachte sie zwischen zwei Schluchzern hervor.

»So etwas will nie jemand«, antwortete Elin mit ernster Miene.

»Ich weiß gar nicht, wie ich es ihm sagen soll. Er wird bestimmt ganz schlimm wütend werden. Immerhin ist er ja verlobt und will noch vor Weihnachten heiraten.«

Das wird ja immer besser, dachte Elin.

»Also ist klar, wer der Vater ist?«

Vollig nickte.

»Und du hast ihn gern?«

Vollig nickte erneut. »Ja, sogar sehr. Aber …«

»Kein Aber«, entgegnete Elin. »Er ist der Vater des Kindes und hat Verantwortung zu tragen. Darf man erfahren, wer der junge Mann ist?«

»Theo Erdmann«, murmelte Vollig leise. »Seinem Vater gehört die Apotheke in Westerland.«

»Die Erdmanns also«, sagte Elin. »Ich kenne Ilse Erdmann ganz gut. Sie war schon häufiger bei mir im Laden. Sie mag meine Keramiken gern und hat schon einige Stücke erworben. Die Familie stammt aus Kiel. Arbeitet der Sohn nicht als Arzt im Inselkrankenhaus?«

»Ja, das tut er«, antwortete Vollig.

»Weiß er es schon?«

Vollig schüttelte den Kopf. »Wir sehen uns nicht mehr. Er hat es beendet. Das ist sechs Wochen her. Da wusste ich noch gar nichts von …« Sie unterbrach sich, schluckte und zog die Nase hoch. »Er hat gesagt, es geht nicht mehr wegen Else, seiner Verlobten. Ihr Vater ist der Chefarzt in der Klinik, und er hat Theo im Studium unterstützt. Karl Erdmann und Elses Vater kennen sich aus irgendeinem Lazarett an der Westfront.«

»Verstehe.« Elin konnte zwei und zwei zusammenzählen. »Wie sehr ich es doch liebe, wenn Frauen von Männern wie Ware verschachert werden. Solche Verbindungen werden gern während eines netten Abendessens eingefädelt. Der junge Arzt ist eine gute Partie für das Töchterchen, die Anstellung im Inselkrankenhaus begehrt. Und schnell findet sich das, was sich angeblich finden soll. Manche Dinge werden sich wohl niemals ändern.« Elin seufzte.

»Und was jetzt?«, fragte Vollig.

Elin wusste, dass sie die Angelegenheit als ihre Arbeitgeberin in die Hand nehmen musste. Vollig wurde erst im nächsten Jahr volljährig und war eine Waise. Niemand anderer würde für sie einstehen.

»Er sollte von dem Kind erfahren, und wenn er ein Ehrenmann ist, dann wird er Verantwortung übernehmen und dich zur Frau nehmen.«

»Und was, wenn er das nicht macht? Dann denken doch alle, ich bin eine Hure.« Erneut brach Vollig in Tränen aus.

Elin wollte beschwichtigen, doch es fehlten ihr die passenden Worte. Die Situation war mehr als verzwickt. Bestimmt war die Verlobung nicht so leicht zu lösen.

Die Tür öffnete sich, ohne dass vorher angeklopft worden war, was Elin so gar nicht leiden konnte. Doch heute war sie für die Störung dankbar.

Es war Hinnerk, der eintrat und sogleich drauflosredete.

»Also ich will ja nix gesagt haben: Aber so geht dat nicht. Wiebke schnupft und hustet durch die Backstube und keift alle an. Du solltest ein Machtwort sprechen, Elin.«

»Wiebke ist in der Backstube?«, fragte Elin erstaunt und erhob sich. »Ich hatte ihr doch heute Morgen ausdrücklich gesagt, dass sie sich ausruhen soll. Dieser gottverdammte Sturkopf.« Sie trat hinter ihrem Schreibtisch hervor und vertröstete Vollig damit, das Gespräch später weiterzuführen.

In der Backstube angekommen, traf sie tatsächlich auf Wiebke, die sich damit beschäftigte, Nüsse klein zu hacken. Sie war allein. Weder Jens noch Piet waren anwesend. Wiebke nieste kräftig. Einmal, zweimal, dreimal. Ihre Nase begann zu laufen. Der Rotz tropfte auf die auf einem Holzbrett liegenden Nüsse. Elin war fassungslos.

»Wiebke«, sagte sie mit einem scharfen Unterton in der Stimme. »Was machst du hier? Du bist krank. Ich hatte dich gebeten, dich heute auszuruhen. Du bist die reinste Krankheitsschleuder und hast gewiss auch Fieber.«

»Ausruhen, ausruhen«, grummelte Wiebke. »Und wer soll bitte schön die ganze Arbeit erledigen? Der feine Herr Bäckermeister hat sich vorhin vom Acker gemacht. Dat wäre schon lange abgesprochen, dat er heute Nachmittag freihätte. Er hat was von einem Termin mit einem Hausbesitzer gefaselt. Und unser Lehrling ist weiß der Himmel wo. Der Bursche schafft es ja nicht einmal, sich abzumelden. Also mit dem hast du dir keinen Gefallen getan. Dat sag ich dir. Dat ist ein Tunichtgut.«

»Jens habe ich heute Morgen nach Westerland in den Laden geschickt, um dort die restlichen Kisten zusammenzupacken. Entschuldige bitte. Ich hätte es dir sagen müssen«, antwortete Elin. »Und jetzt tu mir den Gefallen und leg das Messer weg.«

Wiebke schnaubte, folgte aber Elins Bitte. Sie nieste mehrfach, fischte ein Stofftaschentuch aus ihrer Schürzentasche und putzte sich die Nase. »Elende Erkältung. Und der Kopf brummt. Alle Jahr ist es dasselbe.«

»Ich weiß«, meinte Elin. »Dieser Schnupfen kann einen festen Termin im Jahreskalender erhalten. Wie wäre es mit einem warmen Tee? Dazu Friesenkekse«, schlug sie vor. »Heute ist doch sowieso unser Ruhetag. Wir lassen die Backstube mal Backstube sein, setzen uns wie früher an den Küchentisch und klönen ein wenig.«

»Also wenn du in meinen Pott einen ordentlichen Schuss Rum kippst, bin ich dabei«, antwortete Hinnerk. Elin brachte sein Kommentar zum Lächeln.

»Und was ist mit den Nussecken?«, fragte Wiebke. »Die wollte ich heute noch fertig machen. Sollen morgen in den Verkauf. Die Leute haben sie doch so gern.«

»Das wird Piet gewiss später erledigen.« Elin nahm eine der Teedosen vom Regal. Unzählige von ihnen standen darauf, säuberlich beschriftet. Sämtliche Sorten stammten aus Moilds Kolonialwarenladen. Es fehlte an nichts. Vom klassischen Pfefferminztee bis zum Fühldichwohltee war alles vorhanden. Moild bezog ihre Teesorten von einem direkt in der Hamburger Speicherstadt gelegenen Kontor. In ihren Laden kam nur beste Qualität. Besonders der aus Indien gelieferte Darjeeling begeisterte sie. Solch einen Tee bekommt man auf Sylt sonst nirgendwo, betonte sie stets mit stolzgeschwellter Brust. Elin entschied sich heute jedoch nicht für den Darjeeling, sondern für einen Kräutertee, der Pfefferminz und Salbei enthielt. Diese profanen, auch auf der Insel wachsenden Kräuter sah sie eindeutig als bessere Erkältungsbekämpfer an.

Bald darauf saßen sie am Küchentisch in gemütlicher Runde beisammen. Elin liebte die Küche des Herrenhauses noch immer, obwohl sie sich durch den Umbau verändert hatte. Sie war um den Nebenraum erweitert worden und durch den Einbau moderner Öfen zu einer richtigen Backstube geworden. Leider hatten durch die Vergrößerung einige der blau-weißen Kacheln dran glauben müssen. Jedoch nicht alle, worauf Elin geachtet hatte. Die Kacheln gehörten zur Insel wie das Watt und die reetgedeckten Häuser. Das Herrenhaus war keines von ihnen. Der nach amerikanischem Stil errichtete Bau wollte nicht so recht in das von alten Kapitänshäusern geprägte Keitum passen. Doch die Bewohner hatten ihren Frieden mit ihm gemacht. Früher waren hier prunkvolle Feste gefeiert worden. Elin erinnerte sich gerne daran, wie der Salon damals ausgesehen hatte. Von Kerzenlicht erfüllt, elektrisches Licht hatte es damals nicht gegeben. An runden Tischen war feudal diniert worden, später getanzt, Champagner floss in Strömen. Einmal hatte Paul sogar ein Feuerwerk organisiert. Nach seinem Tod hatte sich dann alles verändert. Das Geld war fort, ihre Existenz war ins Wanken geraten. Doch sie hatten sich nicht unterkriegen lassen, Gästezimmer vermietet, den Kaffeegarten ins Leben gerufen. Heute ging es ihnen gut. Es gab noch Nachwehen des Krieges, besonders die Verkehrssituation machte es ihnen nicht leicht. Aber auch für diese Probleme würde es eine Lösung geben. Das Reich blickte nach vorn, es wurden Pläne für die Zukunft geschmiedet. Sie selbst war in eine neue Zukunft mit Lorenz gestartet. Der Gedanke an ihn zauberte ihr ein Lächeln auf die Lippen, und ein warmes Gefühl breitete sich in ihrem Inneren aus.

»Jetzt kommt wieder die ruhige Zeit«, sagte Hinnerk. »Die hatte Rieke immer besonders gern.« In seiner Stimme lag Wehmut, und er nippte an seinem Tee. Elin wusste, dass es die Einsamkeit war, die ihn immer wieder zu ihnen in den Kaffeegarten führte. Noch vor einem Jahr hatten er und Rieke Pläne geschmiedet. Sie hatten überlegt, den Hof auszubauen, einen Reiterhof einzurichten. Kinder liebten Pferde, und Hinnerk liebte Kinder. Doch Riekes Tod hatte alles verändert.

»Ach, ich weiß nicht recht«, sagte Wiebke. »Ich mag den Trubel und die warmen, hellen Tage lieber. Wenn die Stühle und Tische draußen stehen und es keine Stürme oder Kälte gibt«, sie nieste erneut und putzte sich die Nase, »dann gibt es auch keinen Schnupfen. Wegen mir könnte das ganze Jahr Sommer sein.«

Der Gedanke gefiel Elin. Ein ewiger Sommer, immer blühende Blumen in den Gärten und der herrliche Duft der Strandrosen in der Luft. Ihr Blick wanderte aus dem Fenster. Die Realität zeichnete ein anderes, aber nicht minder freundliches Bild. Die Ulmen hatten ihr Blätterkleid inzwischen fast vollständig abgeworfen. Es bildete einen gelben Teppich auf dem Rasen, auf den die warmen Strahlen der herbstlichen Nachmittagssonne fielen. Ihr Blick lief weiter aufs Meer hinaus. Das Wasser war wieder aufgelaufen und funkelte im Sonnenlicht. Möwen kreisten darüber, in der Ferne konnte sie ein Schiff ausmachen. Vermutlich irgendein Kutter. Die vertraute Ansicht des Meeres und des Gartens beruhigten sie. Es war verrückt. Wie oft hatte sie bereits hier gesessen und zu den unterschiedlichsten Jahreszeiten nach draußen gesehen? Der Anblick hätte alltäglich sein müssen. Doch er war es nicht und bezauberte sie mit seiner Schönheit immer wieder aufs Neue. Plötzlich spürte sie das Bedürfnis, nach draußen zu gehen, die nach Schlick und herbstlichem Laub riechende Luft tief einzuatmen, den Geschmack von Salz auf den Lippen zu schmecken. Wie lange war sie nicht mehr den Wattweg hinuntergelaufen? Sie wusste es nicht.

»Wärt ihr mir böse, wenn ich mich verabschiede?«, fragte sie. »Ich möchte noch ein wenig an die frische Luft gehen. Gerade scheint die Sonne so schön. Das ist im November selten.«

»Geh ruhig«, antwortete Wiebke. Sie sah erschöpft aus, ihre Wangen waren gerötet, ihre Augen glänzten fiebrig. »Ich verschwinde in meine Kammer und mach ein wenig die Augen zu. Aber vergiss mir die Nussecken nicht. Sonst sind die Kunden morgen traurig.« Sie erhob sich schwerfällig und verließ den Raum.

»Dann will ich auch mal wieder.« Hinnerk stand ebenfalls auf. »Ich muss nach dem Dach vom Stall gucken. Dat ist in der rechten Ecke undicht. Und ausmisten muss ich auch noch. Dat schieb ich heut schon den ganzen Tag vor mir her. Danke für Tee und Kekse.«

Elin beobachtete, wie er keine Minute später über den Hof ging. Er trug seine übliche Latzhose, eine blaue Wachsjacke darüber, auf seinem Kopf saß die gewohnte Kapitänsmütze. Er war nie ein Kapitän gewesen. Aber das war nicht wichtig. Während des Krieges war er als Hausmeister und Fahrer fester Bestandteil des Herrenhauses gewesen. Damals, als im Salon weiße Metallbetten gestanden und sie die Verwundeten aus dem Reich gepflegt hatten. Als der große Krieg alles verändert und ihre vertraute Welt unwiederbringlich zerstört hatte. Was war Hinnerk heute? Der Bauer aus der Nachbarschaft, ein guter Freund. Mehr als das. Er war ein Vertrauter, wie ein Familienmitglied. Sie waren eine sonderbare Familie. Matei, Wiebke und Hinnerk. Es war eben, wie es war.

Elin schlüpfte in ihren Mantel, verließ das Haus und lief zum Wattweg hinunter. Es war sonnig, aber kühl. Sie steckte ihre Hände in die Manteltaschen und schlug den Weg Richtung St.-Severin-Kirche ein. Es galt, einige Pfützen zu umrunden, im Schilf raschelte es, und zwei Stockenten kamen hervor, die ihre Anwesenheit nicht zu stören schien. Sie liefen an ihr vorüber und verschwanden in einem der Gärten. Elin atmete die nach

Schlick riechende Luft tief ein und schloss für einen Moment die Augen. Es war eine Wohltat, hier unten zu sein und den Alltag für eine Weile hinter sich zu lassen. Wieso tat sie das so selten? Ihr Leben drehte sich um den Kaffeegarten, ihr Souvenirgeschäft. Sie hatte sich verliebt, hatte geheiratet. Der Trubel des Sommers hatte sie fest im Griff gehalten und ihr nur wenige Momente für sich selbst gelassen. Hinnerk hatte schon recht mit dem gehabt, was er gesagt hatte: Jetzt begann die ruhigere Zeit, und wenn der Blanke Hans ums Haus tobte, wurde es in den Häusern gemütlich.

»Hier steckst du«, drang plötzlich eine wohlbekannte Stimme an ihr Ohr. Sie wandte sich um. Es war Lorenz, der auf sie zugelaufen kam. Sofort ergriff das kribbelige Wohlgefühl von ihr Besitz, das sie stets empfand, wenn er in ihrer Nähe war. Er umschloss sie mit seinen Armen, und seine Lippen berührten kurz die ihren. Doch heute brachte sein Anblick auch das Gefühl von Zweifel mit sich. Lorenz hatte sie erst neulich wieder auf den Umbau des Herrenhauses angesprochen. Er hatte bereits Pläne zum Umbau des ersten und zweiten Obergeschosses angefertigt. Er wolle Kinder und sie jeden Tag um sich haben. Elin wünschte sich ebenso ein gemeinsames Leben. Doch würde sie dadurch nicht ihre Eigenständigkeit verlieren? Sie war die Herrin über den Kaffeegarten, der ihr Ein und Alles darstellte. Was war, wenn Lorenz nun doch mehr Mitspracherecht einfordern würde? Oder sah sie zu schwarz? Sie sollte zu grübeln aufhören und die Veränderungen annehmen. Die Umbaupläne, so musste sie zugeben, beeindruckten sie. Lorenz verstand, obwohl er das Studium nicht beendet hatte, sein Handwerk. Das ehemals private Aufenthaltszimmer ihrer Eltern sollte mit dem Lesezimmer verbunden werden und einen Salon ergeben. Ein frisch renoviertes und geräumiges Badezimmer stand ihnen bereits zur Verfügung. Er wollte ein Herrenzimmer einrichten, ein eigenes Büro haben. Im zweiten Stock wären die Schlafgemächer untergebracht. Drei Kinderzimmer hatte er angedacht. Ihr Schlafzimmer würde einen Ankleideraum bekommen. Unter dem Dach sollten weiterhin die Dienstboten leben. Das Herrenhaus würde einen Teil seines alten Charakters zurückerhalten. Nur leider hatte Elin bisher noch nicht mit Matei darüber gesprochen. Als zweite Erbin des Hauses hatte sie ein Mitspracherecht, auch wenn sie sich nur noch wenig um die Belange des Hauses kümmerte. Sie hatte Lorenz versprochen, mit ihr über den Umbau zu reden. Doch bisher hatte sich dafür noch nicht der passende Moment ergeben. Matei war oft tagelang nicht anwesend, und wenn sie im Kaffeegarten auftauchte, hatte sie meist Hannes im Schlepptau, der Elin weiterhin suspekt war.

»Was machst du hier draußen?«, fragte Lorenz.

»Was man eben so macht, wenn man auf einer Nordseeinsel ist. Ich genieße die gute Seeluft und erhole mich.«

»Du bist also eine Novemberfrischlerin«, sagte er lachend.

»So ähnlich«, antwortete Elin. »Ich wollte zur Kirche, mal nach Annas und Pauls Grab sehen. Ich war lange nicht dort.«

»Ich begleite dich gern.« Er legte den Arm um sie. Sie schlenderten den Wattweg hinunter. Die Sonne verschwand hinter einigen Schleierwolken, was die Umgebung in diffuses Licht tauchte. Noch bevor sie den zur Kirche führenden Abzweig erreichten, kam Lorenz wie befürchtet auf das Thema Hausumbau zu sprechen. »Hast du mit Matei wegen dem Umbau gesprochen?«

»Nein, noch nicht«, gab Elin zu. »Sie ist kaum da und wenn, dann hat sie immer Hannes bei sich. Es ist ein Graus. Seitdem er aufgetaucht ist, ist sie so verändert. Ich kenne sie kaum wieder. Und jetzt hat er ihr auch noch den Floh mit dieser Vernissage ins

Ohr gesetzt. Plötzlich redet sie von Paris und Mailand, sogar eine Ausstellung in New York wäre möglich. Ich weiß nicht recht. Das klingt doch alles sehr weit hergeholt. Sie kann zeichnen, und ihre Bilder sind großartig, das sagt auch Friedrich. Aber ... « Sie unterbrach sich und blieb stehen. »Aber vielleicht bin ich ja kindisch, oder gar neidisch, eifersüchtig. Ich hab das Gefühl, er nimmt sie mir weg. Meine Matei. Wir waren doch immer eine Einheit. Die Mädchen vom Herrenhaus. Und nun scheine ich ihr, scheint ihr alles gleichgültig zu sein, was wir uns aufgebaut haben.« In Elins Augen traten Tränen.

Lorenz zog sie an sich und strich ihr liebevoll über den Rücken. »Scht«, sagte er. »Du bist nicht neidisch oder eifersüchtig. Es ist normal, dass du sie als Ältere beschützen willst. Ihr beide habt so früh um eure Eltern trauern müssen. Dann habt ihr Anna und Paul verloren. Matei ihren Ehemann. Ihr Kind. Ihr habt viel durchgemacht. Da ist es doch verständlich, dass du in Sorge bist. Aber vielleicht ist jetzt endgültig der Zeitpunkt gekommen, sie loszulassen, auch wenn es schwerfällt. Und Hannes von Bransbeck ist Künstler wie sie. Die beiden sind ein hübsches Paar. Gib ihm eine Chance. Du verhältst dich ihm gegenüber äußerst abweisend.«

Elin wusste, dass Lorenz recht hatte. Doch es fiel ihr schwer, die Neuerungen anzunehmen. Sie musste sich einen Ruck geben und Hannes endlich akzeptieren. Er machte Matei glücklich, und das war alles, was zählte. Und sie musste lernen, dass auch ihr Leben neue Wege ging. Lorenz' Ausbaupläne für das Herrenhaus waren richtig.

»Du hast ja recht«, antwortete sie. »Ich verspreche, netter zu ihm zu sein. Und ich rede, so schnell es geht, mit Matei wegen dem Umbau des Herrenhauses. Sie wird bestimmt nichts dagegen haben. Dessen bin ich mir sicher.«

8. KAPITEL

Keitum, 19. Dezember 1921

lso eure Pfefferkuchen sind die besten von ganz Sylt«, sagte Moild und verfrachtete das von Elin geschnürte Paket in ihren mitgebrachten Korb. »Die gehen bei mir im Laden im Moment weg wie warme Brötchen.«

»Und hier erst«, antwortete Elin lächelnd. »Wir kommen mit dem Backen gar nicht hinterher. Und ich selbst nasche viel zu viele von ihnen. Ich werde immer runder.« Sie strich sich über ihren Bauch.

Sie befanden sich im Verkaufsraum des Kaffeegartens, den Matei und Elin auch in diesem Jahr wieder weihnachtlich dekoriert hatten. Auf der Theke stand ein hübsches Gesteck aus Tannengrün, dessen Mittelpunkt eine dicke rote Kerze ausmachte, die Elin jeden Morgen entzündete. Aus Keramik gefertigte Schnee- und Weihnachtsmänner standen in den Regalen neben kleinen Engelchen. Dazu gab es hübsch verpackte Tüten mit Weihnachtsgebäck zu kaufen. Die hochgelobten Pfefferkuchen, aber auch andere Sorten, wie Vanillekipferl oder Butterplätzchen. In der Theke lagen nun auch Früchtebrot und Weihnachtskuchen, wie Wiebke einen Rührkuchen mit Nüssen und Zimt bezeichnete. An Weihnachten würde es dann auch die auf der Insel beliebten Futjes geben. Davor wurden sie nicht gebacken. So war es Tradition. Erst dann würde Elin auch die Gaststube mit gleich mehreren Jöölboomen dekorieren. Auf den Fensterbrettern würde diese friesische Form des Weihnachtsbaums, die aus einem

mit Buchsbaum umwickelten und hübsch dekorierten Holzge-
stell bestand, für eine festliche Atmosphäre sorgen. An Heiligabend hatten sie geschlossen, doch am ersten Feiertag bereits
wieder geöffnet. Dann kamen meist Stammgäste, und sie saßen
in gemütlicher Runde bei weihnachtlichem Tee, Kaffee, Pharisäer, Plätzchen und Futjes beisammen und klönten. Elin hoffte,
dass auch Gesa in diesem Jahr wieder mit von der Partie sein
konnte. Sie erholte sich nur langsam von der Geburt ihres letzten Kindes. Leider hatte es schwere Komplikationen gegeben,
und Alwine hatte eine Verlegung ins Inselkrankenhaus veranlasst, wo sofort ein Notkaiserschnitt gemacht worden war. Dem
Baby, es war ein Mädchen, das auf den Namen Antje getauft
worden war, ging es gut. Aber Gesa hatte arg mit den Nachwehen der Operation zu kämpfen.

»Ach Gott, Kindchen.« Moild lächelte und winkte ab. »Du bist
doch rank und schlank.« Ihr Blick wanderte in die gut gefüllte
Gaststube, und ihr Lächeln verschwand. Heute fand das Treffen
der Keitumer Strickdamen statt. Alle zwei Wochen trafen sie sich
im Kaffeegarten, um bei Plätzchen und Kaffee zu klönen und gemeinsam zu stricken. Extra für die Damen waren mehrere Tische
zu einer großen Tafel an der Fensterfront zusammengestellt worden. Lautes Gelächter war zu hören. Auch Wiebke war ein Teil der
Truppe. Moild nahm nicht an den Stricktreffen teil, was sie oftmals bedauerte. Leider hab ich kein Talent für Handarbeiten, hatte sie Elin einmal gestanden. Mir fehlt einfach die Geduld dazu.

Elin folgte ihrem Blick und verstand. Moild würde gern dazu-
gehören.

»Vielleicht lernst du das Stricken ja doch noch«, versuchte sie
Moild aufzuheitern. »Es ist noch kein Strickmeister vom Him-
mel gefallen. Selbst ich hab es gelernt, und das will was heißen.
Ich habe Matei im letzten Winter einen Schal gestrickt, der sogar

ein richtiges Muster hat. Ich kann gern mit Wiebke reden, und sie übt mit dir.«

»Ach, ich weiß nicht recht. Mit meinen Augen steht es nicht mehr zum Besten. Dat wird wohl nichts mehr.« Moilds Stimme klang zögerlich.

Im nächsten Moment tat es einige kräftige Schläge über ihren Köpfen, und lautes Poltern war zu hören, die Wände wackelten. Moild zuckte erschrocken zusammen und sah zur Decke, wo der Lampenschirm bedenklich hin und her schwankte.

»Das sind die Bauarbeiter«, entschuldigte sich Elin, die ebenfalls erschrocken zusammengezuckt war. »Wir bauen doch das Obergeschoss in unseren privaten Wohnbereich um.«

»Richtig, du hattest es gesagt«, erwiderte Moild. »Scheinen ja recht große Veränderungen zu sein.«

Es polterte erneut heftig.

»Vermutlich reißen sie gerade eine Wand ein«, erklärte Elin. »Zwei Räume im ersten Stockwerk sollen zusammengelegt und als privater Salon genutzt werden.«

»Also werdet ihr jetzt gar keine Zimmer mehr vermieten?«, fragte Moild.

»Vorerst nicht mehr«, antwortete Elin. »Wir hatten überlegt, Räumlichkeiten im alten Kapitänshaus anzubieten. Aber dann müssten wir auch dort erst einmal gründlich renovieren. Es gibt auf den Zimmern noch immer keine Zentralheizung und keinen Strom. Nur in die Küche, in die Wohnstube und meine Werkstatt haben wir Leitungen verlegen lassen. Und Matei bewohnt es noch. Obwohl sie sich inzwischen die meiste Zeit in ihrem Atelier in Tinnum aufhält.«

»So ändern sich die Zeiten«, meinte Moild. »Aber es ist schon gut so. Und im Ort gibt es inzwischen viele, die Zimmer vermieten. Kommen ja noch immer gern Künstler in unser hübsches

Keitum. Kann ich schon verstehen, dass es sie zu uns treibt. In Westerland mit seinem kruden Mischmasch an Bauten fände ich auch keine Inspiration. Aber weil du gerade von Matei sprichst. Ich hab sie lange nicht gesehen. Plant sie noch diese große Ausstellung in der Kurhaushalle mit diesem Künstler? Wie war sein Name noch gleich?«

»Hannes von Bransbeck«, sagte Elin. »Und ja, sie plant die Ausstellung noch. Allerdings steht noch kein genaues Datum fest. Vermutlich wird es erst im Frühjahr so weit sein. Dann finden sich auf der Insel auch wieder mehr Besucher.«

»Soll ja so ein Galerist aus Hamburg kommen, und angeblich soll Matei dann berühmt werden. Kresde hat das erzählt. Sie hat behauptet, dass Mateis Bilder dann sogar in Paris oder New York zu sehen sein werden. Dat muss man sich mal vorstellen. Eines unserer Inselmädchen würde so berühmt werden. Da wären wir aber so was von stolz.« Moilds Stimme überschlug sich beinahe. Elin seufzte innerlich. Da hatte die Gerüchteküche mal wieder ganze Arbeit geleistet.

»Wir werden sehen«, meinte sie. »Talent hat sie, der Rest wird sich finden. Jetzt muss erst einmal die Ausstellung auf der Insel ein Erfolg werden. Dann sehen wir weiter.«

Erneut rumpelte es arg über ihnen.

»Wie lange geht dat denn noch?«, fragte Moild. »Jetzt so kurz vor Weihnachten ist so ein Umbau doch recht unpassend. Überall der Staub und der Dreck. Da will man es in der Stube doch eher gemütlich haben.«

»Wir feiern privat im Kapitänshaus«, gab Elin zurück, um ein Lächeln bemüht. Eigentlich klönte sie gern mit Moild, aber jetzt wurde es ihr zu viel. Sie war heute allein im Verkauf, denn ihre übrig gebliebene Bedienung, Hanne, hatte eine scheußliche Bronchitis und hütete das Bett. Vollig war nicht mehr bei ihnen angestellt. Nachdem Elin ein ernsthaftes Gespräch mit Ilse Erdmann geführt hatte, hatte ihr Sohn keine drei Tage später mit einem großen Blumenstrauß im Laden gestanden und dem Mädchen einen Antrag gemacht. Die Hochzeit der beiden hatte vor einer Woche im kleinen Kreis stattgefunden. Elin war sich ein wenig wie die Brautmutter vorgekommen. Heike hatte den Auftrag für Volligs Hochzeitskleid bekommen und sie in einen Traum aus Seide und Taft gehüllt. Ein aus weißen Rosen bestehender Blumenkranz hatte auf ihren blonden Haaren gelegen, der Schleier war bis auf ihre Hüfte gefallen. Nun war sie die Ehefrau eines Arztes, und die beiden hatten ein hübsches Anwesen in Wenningstedt bezogen. Arbeiten würde Vollig in diesem Leben nicht mehr müssen. Elin gönnte dem Mädchen das Glück. Wenn es eine verdient hatte, dann sie. Allerdings litten sie nun unter Personalmangel. Sie hatte eine Anzeige in der *Kurzeitung* geschaltet, aber die bisherigen Bewerberinnen hatten ihr alle missfallen.

Es war ihr Bäcker Piet, der sie erlöste.

»Chefin, kommen Sie mal. Irgendwas stimmt mit dem rechten Ofen nicht. Der gibt sonderbare Geräusche von sich.«

»Du entschuldigst mich, Moild. Die Pflicht ruft.« Sie folgte Piet in die Backstube und erschrak. Der Ofen gab nicht nur ein sonderbares Geräusch von sich, sondern qualmte auch recht ordentlich. Im nächsten Moment standen sie im Dunkeln.

»Jetzt hat es die Sicherung rausgehauen«, sagte Piet.

»Na prima«, stöhnte Elin. »Und was nun?«

»Sie muss wieder reingemacht werden. Ich vermute, der Sicherungskasten ist im Keller?«

Elin bejahte die Frage. Sie wusste, von welchem Kasten Piet sprach. Allerdings hatte sie keine Ahnung, wie man eine Sicherung wieder reinmachte. Sie hustete, der Rauch hatte sich im Raum ausgebreitet. Plötzlich war Wiebkes Stimme zu hören.

»Wat ist denn passiert?«, wollte sie wissen, eine Kerze in Händen, die für etwas Licht sorgte. »Liebe Güte, wat ein Qualm. Ist der Ofen explodiert?«

»Beinahe«, antwortete Elin. »Die Sicherung hat uns gerettet.«

»Und nu?«, fragte Wiebke. »Bleibt jetzt alles dunkel, oder kann so eine Sicherung wieder Licht machen?«

»Von allein nicht«, sagte Lorenz, der plötzlich hinter ihr stand. »Aber wir werden etwas nachhelfen. Fritz ist schon auf den Weg zum Sicherungskasten. Was ist denn passiert?«

»Der rechte Backofen hat zu qualmen begonnen«, berichtete Piet. »Da ist bestimmt ein Kabel durchgeschmort. So eine Elektrik hat manchmal ihre Tücken.«

Im nächsten Moment ging das Licht wieder an, und alle atmeten erleichtert auf. Elin öffnete sogleich das Fenster, damit sich der Qualm verziehen konnte. Kalte, nach Schnee riechende Luft zog herein.

»Dann geh ich mal die Strickdamen beruhigen«, sagte Wiebke. »Auf den Schreck hin sollten wir eine Runde Kekse verteilen. Oder vielleicht doch besser einen Schnaps? Der ist besser für die Nerven.« Sie verließ die Küche. Piet sah ihr kopfschüttelnd nach. »Eine schöne Chefin ist das«, murmelte er. »Die halbe Küche explodiert, und sie geht lieber stricken und Schnaps trinken.«

Elin musste ihm recht geben. Allerdings waren Wiebke ihre Stricktreffen heilig, und die Damen sollten beruhigt werden. Und Piet konnte man durchaus als fähige Vertretung für sie bezeichnen. Er war Mitte dreißig und hatte seine Ausbildung bei Bäcker Willing in Westerland gemacht. Gebürtig stammte er aus Morsum. Er zog die ruhigere Ostseite von Sylt der Westseite vor. Hier war es beschaulicher und nicht so trubelig. Die Touristen brachten der Insel ein gutes Auskommen, aber Piet, der für einen

Sylter typisch blond und blauäugig war, mussten sie nicht zu nahe kommen. Als er das Stellenangebot des Kaffeegartens gelesen hatte, hatte er sich sofort beworben. Inzwischen hatte er mit seiner Tesje und den Kindern Merle und Matz ein Anwesen in Keitum bezogen.

»Ich denke, bei dem Ofen ist ein Kabel durchgeschmort, oder es hat einen Kurzschluss gegeben. Das sollte sich ein Techniker ansehen. Wer hat denn die Öfen eingebaut?«, fragte Lorenz.

»Olaf Schulz aus Westerland«, gab Elin zurück. »Dann geh ich ihn mal anrufen. Vielleicht haben wir Glück und er schafft es noch heute zu uns. Einen langen Ausfall des Ofens können wir uns so kurz vor dem Fest nicht leisten.«

»Wollen wir dann weiterarbeiten?«, fragte Fritz. Der stämmige Mann mit den stets geröteten Wangen war einer der Bauarbeiter, die Lorenz angeheuert hatte. »Walter wartet oben auf uns. Wir wollten heute die Mauer noch vollständig wegkriegen.«

»Die Arbeit ruft, meine Liebe«, sagte Lorenz und gab Elin einen kurzen Kuss auf die Wange. Seine knappe Liebesbekundung zauberte Elin ein Lächeln auf die Lippen, und sie nahm seine Hand und drückte sie flüchtig. Heute Abend würden sie wieder Zeit für sich haben. Sie hatten eines der Schlafzimmer im zweiten Stock bezogen. Elin genoss es, Lorenz nun täglich um sich zu haben. Er hatte seine Tätigkeit bei seinem Onkel endgültig eingestellt und steckte nun all seine Tatkraft in den Umbau des Herrenhauses. Zusätzlich streckte er seine Fühler in Richtung Dammbau aus. Die Planungen dafür schritten weiter voran, und er wollte sich unbedingt bei den Bauarbeiten einbringen. Er ging fest davon aus, dass im neuen Jahr mit den ersten Arbeiten begonnen werden würde.

Wenig später legte Elin in ihrem kleinen Büro den Telefonhörer erleichtert auf die Gabel. Sie hatte Olaf Schulz erreicht, und er hatte versprochen, sogleich zu kommen und nach dem Rechten zu sehen. Erneut rumpelte es über ihrem Kopf. Das schien eine hartnäckige Wand zu sein. Ihr Blick wanderte nach draußen. Es schneite kräftig, und es hatte sich bereits eine recht ansehnliche Schneedecke gebildet. Dieser Dezember war bis vor wenigen Tagen noch nasskalt, schmuddelig und stürmisch gewesen. Kein Tag war vergangen, an dem nicht irgendjemand von einer sich anbahnenden Sturmflut gesprochen hatte. Doch diese war ausgeblieben. Der erste Schnee war über Nacht gefallen. Am Morgen des vierten Advents war alles weiß gewesen. Elin liebte es, wenn es schneite und Väterchen Frost die Welt zur Ruhe zwang. Dann versank Keitum in einer wunderbaren Stimmung, und besonders in ihrer Keramikwerkstatt war es gemütlich. Sie sah zum alten Kapitänshaus hinüber, stützte das Kinn auf die Hand und seufzte. Die ganze Woche hatte sie es nicht geschafft, sich dorthin zurückzuziehen. Ständig hatte es etwas rund um die Baustelle im Obergeschoss zu organisieren gegeben, und ihre Mithilfe in der Backstube war gefragt. Ihr Blick fiel auf den Stapel Rechnungen auf ihrem Schreibtisch. Darum musste sie sich auch noch kümmern. Den anfallenden Papierkram und besonders die Buchhaltung konnte sie so gar nicht leiden.

Die Tür öffnete sich, und Elin blickte auf. Es war Matei, die eintrat. Sie machte einen recht eingeschneiten Eindruck.

»Matei, Liebes. Was führt dich denn bei diesem kalten Wetter zu uns?«, fragte Elin verdutzt. »Ich dachte, du hättest dich in deinem Atelier in Tinnum verkrochen.«

»Dort war ich auch. Aber nun bin ich hier, weil ich etwas mit dir besprechen möchte.« Matei knöpfte ihren Mantel auf. »Gute Güte. Was das aber auch so schneien muss.« Sie nahm die Mütze vom Kopf, strich ihr Haar glatt und sank in den vor Elins

Schreibtisch stehenden Sessel. »Es riecht komisch im Haus. Als hätte es gebrannt.«

»Einer der Backöfen begann zu qualmen«, erzählte Elin. »Aber es ging noch einmal gut. Wohl dem, der eine Sicherung im Keller hat. Möchtest du einen Tee? Pfefferkuchen?«

»Nicht jetzt.« Mateis Miene war ernst, was Elin irritierte. Was war plötzlich los? Erst gestern hatten sie bei den diesjährigen Planungen für das Weihnachtsessen eine Menge Spaß gehabt und in alten Erinnerungen geschwelgt. Elin dachte an ihre Begegnung mit Alwine von neulich. Am Ende war Matei wieder schwanger und sie wollte es ihr sagen.

»Es geht um euren Umbau und die private Nutzung des Herrenhauses«, sprach Matei weiter. »Ich denke, wir sollten darüber reden, ob es nicht besser wäre, wenn du mir meinen Erbanteil ausbezahlst.«

Elin sah Matei verdutzt an. »Ja, aber weshalb das denn plötzlich?«, fragte sie. »Wir waren uns doch einig darüber, dass du das Kapitänshaus weiterhin nutzen kannst. Damit warst du zufrieden. Und du hast doch noch dein Atelier in Tinnum. Wie du weißt, haben wir den Ausbau von den Einnahmen des Kaffeegartens finanziert. Und dieses Haus nutze ich gar nicht, obwohl es ebenfalls zur Hälfte mir gehört.«

»Du willst mich also nicht ausbezahlen?«, fragte Matei. Ihre Stimme klang kühl.

»Wieso sollte ich das tun? Du bist doch noch immer ein Teil des Kaffeegartens. Oder etwa nicht?«

»Ich weiß nicht recht«, antwortete Matei. »Ich verbringe immer weniger Zeit hier. Und sollte mich meine Kunst wirklich von Sylt wegführen, könnte ich ein Startkapital gebrauchen.«

»Wenn dich deine Kunst von der Insel wegführt …« Elin hatte Mühe, die aufsteigende Wut in sich unter Kontrolle zu halten.

Sie wusste genau, wer Matei angestachelt hatte. »Du solltest erst einmal abwarten, wie deine Ausstellung läuft und welche Einschätzung dieser Galerist aus Hamburg hat.«

»Er wird meine Bilder lieben. Hannes sagt das. Und er kennt sich aus. Hannes ist ein Künstler von Welt. Er hat gesagt, ich werde groß rauskommen. Er will mich fördern, und er liebt mich.« Matei reckte das Kinn nach vorn. Ihre Stimme klang trotzig. Sie benahm sich wie ein kleines Mädchen, das unbedingt seinen Willen durchsetzen wollte.

»Und weshalb hat er dir dann nicht längst einen Heiratsantrag gemacht?«, fragte Elin. »Wenn er dich liebt, dann kann er doch auch Verantwortung übernehmen. Auch im Hinblick darauf, dass du ja bereits von ihm schw…« Elin biss sich auf die Zunge.

Mateis Augen wurden groß.

»Du weißt es also. Oh, diese verdammte Alwine. Sie kann nichts für sich behalten. Ja, ich hab es verloren. Ich wusste nicht einmal, dass es da gewesen ist. Und wann mir Hannes einen Antrag machen wird, ist seine Sache. Ich dränge ihn nicht. Er ist ein Künstler und braucht seine Freiheit. Aber davon verstehst du ja nichts.« Matei sprang auf. »Du lebst hier zwischen Friesenkeksen und Keramikpötten den biederen Traum einer braven Sylter Bürgerin. Nun noch schnell einige hübsche Kinder in die Welt setzen und schön darauf achten, nicht aufzufallen, damit die Tratschtanten nichts haben, worüber sie sich das Maul zerreißen können.«

»Du wirst ungerecht«, entgegnete Elin. Sie war nun ebenfalls aufgestanden.

»Nein, das werde ich nicht«, widersprach Matei. »Ich sage nur endlich die Wahrheit. Ich will deinen Lebenstraum nicht mehr leben, Elin. Ich will meinen eigenen haben. Und dafür will ich meinen Anteil vom Erbe. Ob es dir gefällt oder nicht.« Sie rauschte aus dem Raum und schlug laut die Tür hinter sich zu.

Elin zuckte zusammen. Ihr Herz schlug wie verrückt, ihre Hände zitterten. Sie sank zurück auf ihren Stuhl und beobachtete, wie Matei über den Hof lief. Was war nur in sie gefahren? Weshalb war sie plötzlich so aggressiv? Und wozu brauchte sie so viel Geld?

9. KAPITEL

Rantum, 31. Dezember 1921

Matei ließ den Pinsel sinken und blickte auf die vor ihr liegende Szenerie. Das Meer war aufgewühlt und spülte Unmengen an Schaum an den Strand, der wie ein weißer, wabernder Teppich wirkte. Ein böiger Wind rüttelte an den vor ihr liegenden Dünengräsern. Der Himmel bot ein Wechselspiel der Dramatik, wie es einem Künstler gerade recht sein konnte. Dunkle Wolkenberge türmten sich auf, durchteilt wurden sie von lichten Stellen, hie und da kam die Sonne hervor. In ihrem goldenen Licht wirkten die Wolken noch bedrohlicher, ergaben sich einmalig schöne Schattierungen von Grau und schimmerte das aufgewühlte Meer für einige Augenblicke, was es besonders reizvoll aussehen ließ. Möwen flogen kreischend über das Wasser. Sie stellten an diesem ungemütlichen Silvestertag ihre einzige Gesellschaft dar. Matei betrachtete das vor ihr auf der Staffelei stehende Gemälde. Sie hatte das von der Natur gezeichnete Bild hervorragend eingefangen. Die Dramatik der Wolken und Wellen, das Dünengras im Vordergrund, dahinter der Strand. Die Düsternis, die auch in ihr tobte und sie hierhergeführt hatte. Jan war heute Nacht in ihren Träumen zu ihr zurückgekehrt. Er hatte vor ihr gestanden, sie angesehen und den Kopf geschüttelt. Sie hatte zu ihm gehen und ihn umarmen wollen. Doch es hatte nicht funktioniert. Sie konnte ihre Beine nicht bewegen. Sie kämpfte und bettelte. Sie schrie ihn an. Er solle etwas sagen, er solle zu ihr kommen. Doch er blieb unverändert an seinem Platz stehen. Dann ging er. Den Weg hinunter, der der C.-P.-Hansen-Allee mit ihren Baumreihen glich. Immer kleiner wurde er, bis sie ihn nicht mehr sehen konnte. Da sank sie auf die Knie, sie spürte das feuchte Gras unter sich, den kalten Regen, der auf sie einprasselte. Der Schmerz drang in sie wie eine scharfe Messerklinge. Als sie aus dem Schlaf aufgeschreckt war, hatte es bereits gedämmert. Unruhe hatte von ihr Besitz ergriffen, und sie hatte beschlossen, hierherzukommen. Hier war sie mit Jan gewesen. Genau an dieser Stelle hatten sie in einem anderen Leben Wind und Wellen festgehalten, hatte er sie angeleitet, ihr Tipps gegeben. Hier noch etwas mehr Farbe, dadurch schaffst du mehr Tiefe. Das Grau dunkler, die Schaumkronen mehr betonen. Tränen stiegen in ihre Augen.

»Ich vermisse dich noch immer«, sagte sie laut. »Ich weiß, ich habe jetzt Hannes, und er ist gut zu mir. Aber er ist nicht du. Was hat dein Kopfschütteln bedeutet? Mache ich etwas falsch? Was wolltest du mir sagen? Oder wolltest du das überhaupt? Wieso kannst du mich nicht einfach in Ruhe lassen?« Sie verstummte und wischte sich die Tränen von den Wangen. Plötzlich stieg Wut in ihr auf. Wie dumm sie doch war. Sie klammerte sich an Erinnerungen, an einen Menschen, der niemals wiederkommen würde. Jan war fort, tot. Das Leben musste weitergehen. Und das tat es, mit Hannes. Plötzlich ballte sie die Fäuste und schrie gegen den Wind an. »Verschwinde! Hörst du! Komm nicht mehr in meine Träume, in meine Gedanken. Geh endlich! Lass mich allein. Geh und nimm den gottverdammten Schmerz mit.« Die letzten Worte flüsterte sie nur noch. Der Wind brachte erste Regentropfen mit sich. Wie kalte Stiche fühlten sie sich auf ihrem Gesicht an. Sie blickte nach Westen. Eine bedrohliche Wolkenwand hatte sich dort gebildet, die nichts Gutes versprach. Sie seufzte. »Ich hätte es wissen müssen. Was mach ich überhaupt hier?« Sie packte rasch ihre Malutensilien ein, schlug ein Tuch über die Leinwand und klappte die Staffelei zusammen. Sie rutschte die Düne hinunter und gelangte zu einem geschotterten Weg. Es war nicht weit bis zur Haltestelle der Inselbahn. Doch der Wolkenbruch holte sie vorher ein. Der Himmel öffnete seine Schleusen, und es war kein Regen, sondern kalter Graupel, der auf sie einprasselte. Sie rannte fluchend los und erreichte vollkommen außer Puste und durchnässt die Haltestelle. Hier sorgte ein windschiefer Holzunterstand für etwas Schutz gegen Wind und Wetter. Sie sank auf die Bank darin. Im nächsten Moment wehte der Wind ein altes Mütterchen unter den Unterstand. Es war Silke Jansen. Die Wirtin des unweit der Haltestelle gelegenen Gasthauses Rantum Inge.

»Moin, Matei«, grüßte sie und klopfte sich den Graupel von der Mütze und dem Schal. Ihr graues Haar hatte sie zu einem Zopf geflochten. »Wat für ein Wetter. Wenn dat so weitergeht, werden die Lütten beim Rummelpottlaufen heute ordentlich durchweicht. Aber wir sind auf unserem Inselchen ja Wetterkummer gewohnt, auch ihr Künstler, gell? Wie steht es denn in Keitum und mit eurem Kaffeegarten? Längst hätte ich euch einen Besuch abstatten sollen. Aber du weißt ja, wie das ist. Wie geht es Elin? Sie soll ja so tüchtig sein. Ich hab gehört, du planst eine Ausstellung deiner Bilder in Westerland. Es wird erzählt, dass du sogar nach Hamburg oder Paris gehen wirst. Sogar von New York war die Rede. Liebe Güte, bis nach Amerika. Hach, dat wäre was. Eine von den Unsrigen wird auf der ganzen Welt berühmt.«

Matei stöhnte innerlich. Silke hatte nichts von ihrer Schwatzhaftigkeit verloren. Würde sie in Keitum wohnen, würde sie sich vermutlich hervorragend mit Moild und Kresde verstehen. Andererseits plapperte sie vielleicht nur deshalb so viel, weil sie froh darüber war, jemandem außerhalb ihres Dunstkreises zu begegnen. Rantum war einer der kleinsten Orte der Insel und trug den Namen Fünfhäuserdorf. Hierher verschlug es noch immer nur wenige Touristen. Der Ort hatte arg mit seiner Lage an der schmalen Stelle der Insel zu kämpfen. Sturmfluten und Flugsand machten ihm das Leben schwer. Früher einmal hatte es hier sogar eine Kirche gegeben. Doch auch sie hatte den rauen Umständen nicht standgehalten und war abgerissen worden. Aber das Gasthaus Rantum Inge war geblieben, und wenn es Touristen hierher verschlug, dann erzählte Silkes Mann, der alte Ole, die Geschichten von Ekke Nekkepenn, dem alten Meergeist, dem es nicht gelungen war, die schöne Inge für sich einzunehmen.

»Elin geht es gut, und der Kaffeegarten läuft hervorragend«, antwortete Matei. »Und ja, es ist eine Ausstellung in Planung. Ob Hamburg klappt, weiß ich noch nicht.« Sie spürte die Zweifel in sich aufsteigen. Elin gehe es gut, hatte sie gesagt. Oder vielleicht doch nicht? Weihnachten hatte eine eigentümliche Stimmung zwischen ihnen geherrscht. Sie hatten den Heiligen Abend gemeinsam verbracht. Hannes war ebenfalls anwesend gewesen. Elin hatte distanziert gewirkt. Auch Lorenz' Verhalten war anders als sonst gewesen. Wiebke hatte sich früh verabschiedet, angeblich eine Magenverstimmung. Sie hatten im Herrenhaus in dem neu eingerichteten Gästezimmer im zweiten Stock genächtigt, denn in ihrer Kammer im Friesenhaus wäre es zu zweit zu eng gewesen. Matei war sich seltsam fremd im Haus vorgekommen, obwohl es doch ihr Zuhause war. Oder bildete sie sich das nur ein? Grenzte sie sich nicht selbst bewusst von den anderen ab? Hannes hatte ihr dazu geraten, für ihre Eigenständigkeit einzustehen. Sie war eine Künstlerin mit einem wunderbaren Talent, der die Welt offen stand. Sie sollte sich nicht mit so plumpen Dingen wie einem Kaffeegarten beschäftigen. Aber das

Herrenhaus war doch ein Teil von ihr. Sie hatte den Kaffeegarten mit erschaffen. Heute war Silvester, und sie plante keinen Besuch. Nie zuvor hatte sie einen Jahreswechsel ohne Elin erlebt.

»Also mich würden ja keine zehn Pferde von Sylt fortbringen«, plapperte Silke fröhlich weiter. »In so einer Stadt wie Hamburg wären mir zu viele Leute. Und in diesem St. Pauli sollen ja Sodom und Gomorra hausen. Da bleib ich lieber auf unserer beschaulichen Insel. Mir reichen schon die alljährlich Unruhe stiftenden Touristen. Dich fördert ja so ein Künstler. So ein Adliger, gell?«

Sie sah Matei mit dieser besonderen Art von Blick an. Erwartungsvoll und hoffend, Neuigkeiten zu erfahren, die es sich lohnte weiterzuverbreiten. Die einfahrende Inselbahn war es, die Matei von einer Antwort entband, was sie erleichterte. Ein falsches Wort, und die Gerüchteküche brodelte erneut los. Um Silke und ihrem Getratsche zu entgehen, wählte sie im Inneren des Waggons einen Platz gegenüber einem alten Bekannten, der ebenso wie sie einen etwas durchweichten Eindruck machte. Es war der Maler Carl Feddersen, dem das feuchte Haar an der Stirn klebte. Auch er hatte seine Zeichenutensilien bei sich. Er grüßte Matei mit einem Lächeln.

»Matei, min Deern. Wie schön, dich mal wieder zu sehen. Lass mich raten: Du wolltest ebenso die Dramatik dieses besonderen Lichts einfangen.«

Matei nickte.

»Es ist das Los des Künstlers, dass er auch mal in den Regen kommt. Oder besser gesagt: in den Graupel.« Er zwinkerte ihr zu. »Ich hab gehört, du planst eine große Vernissage. Wie steht es denn damit? Gibt es schon einen Termin? Es kommt so ein Galerist aus Hamburg, oder? Vielleicht könntest du den ja mal fragen, ob er auch andere Künstler von der Insel unterstützt. Dat wäre schon was.« Carls Frage brachte Matei zum Schmunzeln. Wie gewohnt versuchte er sein Glück. Er war kein schlechter Künstler. Seine Bilder waren meist Kohlezeichnungen, die durchaus Ausdruckskraft hatten. Sie hingen inzwischen in vielen Häusern auf der Insel. Matei wusste, dass ihm die Inselbewohner seine Werke meist aus Mitleid abkauften. Schlecht waren sie nicht. Doch für eine Ausstellung in Hamburg sah sie schwarz. Dafür müsste er mehr bieten. Er schien ihre Gedanken zu erraten. »Kohle ist denen wohl nicht gut genug, oder?«

»Das kann ich nicht sagen«, erwiderte Matei. Ihre Antwort musste möglichst diplomatisch klingen. Sie wollte Carl auf keinen Fall verletzen. Er hatte es wahrlich nicht leicht im Leben und geriet leider häufiger in finanzielle Schieflage. Erst neulich hatte er seine Schulden bei Emil Eschels mit einer Zeichnung der Keitumer Kirche begleichen wollen. Doch der hatte abgewinkt. Eine Kirche gehöre nicht in eine Gastwirtschaft. Es war dann wohl ein anderes Bild gewesen, das Emil ihm abgenommen hatte. »Ich war noch nie in Hamburg und kenne den Galeristen noch nicht. Aber ich kann mich gern erkundigen, ob er Interesse an Kohlezeichnungen von der Insel hat.«

»Warst schon immer eine gute Lütte«, meinte Carl. »Dat wär schon was. Obwohl ich ein gutes Geschäft in der Warteschleife hab. Ein Großauftrag von einem Gästehaus in Westerland. Zwanzig Bilder wollen die haben. Dat ist schon was Feines.«

Matei nickte, erwiderte jedoch nichts. Es gab immer einen Großauftrag von irgendeinem Gästehaus, der dann meist aus irgendwelchen Gründen doch nicht klappte. Carl hatte sich sein Künstlerdasein gewiss anders vorgestellt. Wie würde es ihr selbst ergehen? Hannes lobte ihre Bilder und umgarnte sie mit großen Plänen. Doch was war, wenn daraus nichts wurde? Die Häme der anderen wäre ihr gewiss. Sie erreichten den Bahnhof von

98

Westerland. Inzwischen war der Graupel in Schneefall überge-gangen. Es schneite in dicken weißen Flocken. Vor dem Bahn-hofsgebäude stand der Bus nach Keitum. Rasch stiegen sowohl Matei als auch Carl ein. Die Fahrt begann. Es ging durch die Straßen Westerlands, vorbei an den üblichen, im Winterschlaf liegenden Logierhäusern. In Tinnum stieg Matei aus und verab-schiedete sich von Carl, wünschte ihm einen guten Rutsch. Es schneite noch immer kräftig. Sie eilte die Dorfstraße hinunter und bog rasch in den schmalen Seitenweg ein, in dem ihr El-ternhaus lag. Die Wiese davor war bereits von einer dünnen Schneeschicht überzogen. Im Inneren brannte Licht, was sie stutzig werden ließ. Es war Elin, die sie erwartete. Sie stand in ihren Flickenmantel gehüllt in ihrem Atelier.

»Moin, Matei«, grüßte sie. Sie wirkte angespannt. »Ich dachte, ich komme mal nach dir sehen. Wie geht es dir? Du warst bei dem scheußlichen Wetter draußen malen?« Sie deutete auf die Malutensilien, die Matei an die Wand neben der Tür lehnte.

»Aufgewühltes Meer lässt sich schlecht bei gutem Wetter fest-halten«, gab Matei eine Spur zu ruppig zurück. Sie spürte die Unruhe in ihrem Inneren. »Was willst du wirklich?«, fragte Ma-tei. Ihre Stimme klang angriffslustig, sie wusste nicht, warum. Wieso verhielt sie sich Elin gegenüber so? Vielleicht weil sie ihre Zweifel spürte, weil sie die große Schwester war und ihr das in den letzten Wochen auch zeigte. Weil Elin glücklich war? Weil sie selbst haderte? Mit sich, mit dem Leben?

»Ehrliche Antwort?«, fragte Elin.

Matei erwiderte nichts. Sie sah sie abwartend an.

»Ich will meine Schwester zurück. Ich vermisse dich. All die-ses Gerede von einer Vernissage, von Hamburg, Paris oder New York. Denkst du nicht, dass das alles zu viel ist? Wieso willst du Sylt, wieso willst du dem, was wir geschaffen haben, unbedingt den Rücken kehren? Das Herrenhaus ist doch unser Zuhause. Du bist ein Teil davon. Gemeinsam haben wir den Kaffeegarten erschaffen. Ich denke, Hannes hat dir …«

»Daher weht also der Wind. Du bist gekommen, um ihn schlechtzureden. Du glaubst ihm nicht. Oder bist du am Ende neidisch auf mich? Ich werde es schaffen, Elin. Ich werde diese Insel verlassen und endlich die Welt kennenlernen. Hier ist alles voller Kleingeister, voller Tratschweiber und Ewiggestriger. Dort draußen ist die Welt. Und ich werde sie erobern. Hannes hat das gesagt. Ob es dir gefällt oder nicht.« Ihre Stimme war laut geworden. »Und ich bleib dabei. Ich will meinen Anteil vom Kaffeegarten ausbezahlt bekommen. Das Herrenhaus ist unser gemeinsames Erbe. Und ich nutze es nicht. Das Geld steht mir zu.« Ihre Stimme klang trotzig.

Elins Miene veränderte sich. Ihr Blick wurde hart.

»Du weißt, dass kein Geld zum Auszahlen da ist. Nur Schulden gibt es. Wenn du die haben willst, bitte gern. Wir haben damals gemeinsam den Ausbau entschieden. Vergiss das nicht. Dieser Hannes hat dich so verändert. Siehst du nicht, dass er uns entzweit? Du denkst also, die Welt dort draußen sei besser als Sylt. Dann versuch es. Lern sie kennen. Aber jammere nicht, wenn sie dir nicht gefällt.«

»Geh«, sagte Matei und wies zur Tür. »Verschwinde. Ich schaff es auch ohne das verdammte Geld. Ohne deine Unterstützung. Du wirst schon sehen.«

Elin hielt noch einen Moment lang ihren Blick fest. In ihren Augen lag keine Wut, schimmerten da Tränen? Sie ging. Die Tür klappte. Matei trat ans Fenster und beobachtete, wie sie durch das dichte Schneetreiben davonging. Durch den Garten ihres Elternhauses, in dem so viele gemeinsame Erinnerungen lagen. Die Wut verrauchte, und es wurde ihr schwer ums Herz.

»Vielleicht hat sie recht«, sagte sie laut. »Vielleicht ist alles falsch, vielleicht bin ich naiv. Wieder rede ich mit dir, Jan, verdammt noch eins.« Matei ballte die Fäuste. Vielleicht war es das, was sie antrieb. Was sie Elin und all das Vertraute von sich stoßen ließ. Sein Verlust, die Erinnerungen an ihn, die den Schmerz anfeuerten. Er musste verschwinden, sie musste ihn endgültig ausschalten. Und wenn sie dafür Sylt verlassen musste, dann war dem eben so.

10. KAPITEL

Keitum, 21. Februar 1922

Elin sank auf einen der am Esstisch stehenden Stühle und schloss für einen Moment die Augen, in die Tränen stiegen. Es würde alles wieder gut werden, sprach sie sich in Gedanken Mut zu. Doch so recht wollte das nicht funktionieren. Sie fühlte sich müde, erschöpft und überfordert. Eine erste Träne begann über ihre Wange zu laufen. Sie schniefte und öffnete die Augen wieder. Ihr Blick schweifte durch den Raum. Die Umbauarbeiten waren Ende Januar abgeschlossen worden. Sie hatten ihren privaten Salon hübsch eingerichtet. Die Wände zierte eine altrosafarbene, sanft schimmernde Tapete. Die Decke war weiß gestrichen, Stuck war in den Ecken und um den Kronleuchter herum angebracht worden, der über dem neuen, aus dunklem Holz gefertigten Esstisch hing, der acht Personen Platz bot und im rechten Teil des Salons den Mittelpunkt ausmachte. Auf der anderen Seite säumten die Bücherregale des ehemaligen Lesezimmers die Wände, auch das mit dunkelblauem Stoff bezogene Kanapee war geblieben. Ein heller Teppich und zwei Lehnstühle waren hinzugekommen. Dazu neue Vorhänge aus schwerem weinrotem Brokatstoff. Auf den Fensterbrettern standen Schiffsmodelle, allesamt stammten sie aus der Werkstatt von Ole Brodersen, den alle nur den Schiffsbauer nannten. Es waren ein Dreimaster und ein Zweimaster, beide nicht zu groß. An den Wänden hingen Bilder von Matei. Was auch sonst. Sie zeigten das Herrenhaus, das Watt, Dünen und den Weststrand. Elins Blick wanderte aufs

Wattenmeer hinaus. Die schönsten Bilder malt die Natur noch immer selbst, so hatte es Matei einmal gesagt. Ein Künstler kann sich noch so sehr anstrengen. Die Schönheit der Realität würde er niemals zu Papier bringen können. Das Wasser funkelte im Licht der tief stehenden Sonne. Schneereste lagen auf dem Rasen vor dem Haus, die Äste der Ulmen waren karg. Möwen kreisten am Himmel. Auf dem Wattweg waren zwei Spaziergänger unterwegs. Sylt malte diesen für die Insel so besonderen Februartag golden. Es war das perfekte Wetter für das stets am 21. Februar stattfindende Biikebrennen. Trocken und nicht zu kalt. Schon seit gestern liefen die Vorbereitungen dafür im Kaffeegarten auf Hochtouren. Im letzten Jahr hatte das zum Biikebrennen gehörende traditionelle Grünkohlessen im Nordfriesischen Gasthof von Emil Eschels stattgefunden. Es war auch für dieses Jahr dort geplant gewesen. Doch leider hatte sich Emil vor einer Woche das Bein gebrochen. Seine Frau Erna war im achten Monat schwanger und hatte Elin am letzten Wochenende um Hilfe gebeten. Ihr hatten noch dazu zwei extra eingeplante Aushilfskräfte abgesagt, und allein konnte sie den Ansturm unmöglich bewältigen. So waren sie also dazu gekommen, das größte Grünkohlessen Keitums auszurichten, und nach dem Feuer würde eine recht ansehnliche Menschengruppe zu ihnen in den Kaffeegarten strömen. Wiebke war über die zusätzliche Arbeit nicht erfreut und zeterte bereits seit Tagen. Piet bekam das meiste Geschimpfe ab, aber auch die extra eingestellten Aushilfen wurden gegängelt und getriezt. Elin war der Wirbel in der Küche zu viel geworden. Ihr Unterleib schmerzte, und ihr war leicht schwindelig. Sie hatte so sehr zu hoffen gewagt, dass es dieses Mal geklappt hatte, denn sie war einige Tage über der Zeit gewesen. Doch heute Morgen war sie erneut enttäuscht worden. Wieso nur war sie nicht in der Lage, ein Kind zu empfangen? Andere schafften das nach nur einem Mal, oftmals ungewollt. Oder war sie zu ungeduldig? Alwine meinte, sie solle sich entspannen. Nicht immer klappe es gleich auf Anhieb. Aber wie sollte man sich bei diesem Chaos entspannen?

»Hier steckst du.« Lorenz betrat den Raum. »Deine Anwesenheit wird benötigt.« Sogleich fiel ihm auf, dass mit Elin etwas nicht stimmte. Er trat näher, legte seine Hand auf ihren Arm und musterte sie mit besorgter Miene. »Hast du geweint? Geht es dir nicht gut?«

»Es ist nichts«, antwortete Elin. Im selben Moment kullerten jedoch erneut die Tränen über ihre Wangen. Rasch wischte sie sie fort und wollte aufstehen. Doch Lorenz drückte sie zurück auf den Stuhl. Er ging neben ihr in die Hocke und umschlang ihre Hände mit den seinen.

»Wegen nichts weint man nicht. Was ist passiert? Ist es wegen Matei? Sie wird sich bestimmt bald wieder bei dir melden. Da bin ich mir sicher.«

Der Streit mit Matei. Er kam zu all dem anderen Übel noch hinzu. Oder war er das größte Übel? Elin fühlte sich wie ein halber Mensch. Matei war nicht in ihrer Nähe, sprach nicht mit ihr, verkroch sich in ihrem Atelier in Tinnum, angeblich war Hannes dort bei ihr eingezogen. So berichtete es jedenfalls die Gerüchteküche. Nachdem sie das Geld gefordert und nicht erhalten hatte, war ihr Verhältnis frostig geblieben. Dazu der Streit an Silvester. Seitdem hatten sie sich nicht mehr gesehen, kein Wort mehr miteinander gewechselt.

»Ach, es ist so vieles. Nicht nur Matei. Wiebke ist anstrengend. Ihr ständiges Gezeter zehrt an meinen Nerven. Und heute, ich dachte, ich, ich hoffte …« Sie kam ins Stocken. Er ahnte, was sie sagen wollte, und legte die Arme um sie. Nun weinte sie endgültig. Er strich ihr beruhigend über den Rücken.

»Ich weiß, Liebes. Es ist gut. Es wird irgendwann klappen. Davon bin ich überzeugt. Wir müssen nur Geduld haben. Ich bin mir sicher, dass wir in einigen Jahren einen ganzen Stall voller Kinder haben werden. Und sie werden alle so bezaubernd wie ihre Mama sein.«

Seine tröstenden Worte beruhigten Elin. Sie löste sich aus seiner Umarmung und wischte sich die Tränen von den Wangen. Undamenhaft zog sie die Nase hoch.

»Wie steht es denn unten?«, fragte sie.

»Das Übliche. Wiebke schimpft wie ein Rohrspatz, Piet erträgt ihre Eskapaden mit leidender Miene, und die beiden Aushilfen sind, so glaube ich, kurz davor, das Haus zu verlassen. Und ehe ich es vergesse: Hinnerk ist eben eingetroffen. Was er will, weiß ich nicht so recht.«

»Er will Gesellschaft«, wusste Elin. Sie hatte sich inzwischen ein Taschentuch aus einer Kommode geholt und überprüfte in einem Spiegel ihr Äußeres. Sie sah scheußlich aus. Verheult, die Haare zerrupft. Nicht wirklich wie eine Herrin, die alles im Griff hatte. Rasch strich sie über ihr halblang geschnittenes Haar und wischte sich hektisch mit dem Taschentuch über Wangen und Augen. Viel besser wurde es dadurch nicht.

»Ich weiß«, Lorenz seufzte. »Der Tod seiner Rieke setzt ihm noch immer arg zu. Neulich hat er gemeint, dass es die Stille im Haus wäre, die er am meisten hasste. Rieke hat immer etwas geplappert. Früher hat ihn das oft gestört, heute wäre er froh darüber, ihre Stimme noch einmal zu hören. Er tut mir so leid. Es ist nicht leicht, seinen Partner nach über vierzig Ehejahren zu verlieren.«

»Bei uns findet er wenigstens genügend Unruhe«, sagte Elin. Nun lächelte sie wieder etwas. »Dann wollen wir mal sehen, wo Wiebke der Schuh drückt. Es soll ja ein gutes Biikebrennen werden.«

In der Küche angekommen, empfing sie eine düstere Stimmung. Wiebke stand am Herd und verfrachtete Grünkohl in einen Topf. Sie blickte grimmig drein. Piet saß am Tisch und schälte Kartoffeln. Ihm leistete Hinnerk Gesellschaft. Vor ihm stand eine Kömflasche, daneben zwei Schnapsgläser. Von den beiden Aushilfen war weit und breit keine zu sehen. Elin ahnte, was geschehen war. Sie sah zu Piet, der mit den Schultern zuckte. Wiebke zeterte sogleich los.

»Ach, die feine Frau Hausherrin bequemt sich auch endlich zu uns in die Küche.« Sie stemmte die Hände in die Hüften. »Hast du eigentlich eine Ahnung, was hier los ist? Über sechzig Gäste haben sich für heute Abend angemeldet. Der größte Teil des Grünkohls liegt noch in der Vorratskammer. Und diese dämlichen Lütten haben uns sitzen gelassen. Nur weil ich ihnen jeweils zwei kräftige Ohrfeigen verpasst hab. Unfähig waren die. Gutes Personal findet sich auf der Insel auch nicht mehr.«

Elin sog scharf die Luft ein. Liebe Zeit. Wiebkes Laune hatte sich seit dem Morgen noch weiter verschlechtert. Sie war es gewohnt, dass sie zeterte und schimpfte, aber das jetzige Verhalten stellte einen neuen Höhepunkt dar.

»Du hast die Aushilfskräfte geschlagen?«, hakte Elin nach.

»Sie waren eben dämlich. Sind beide nicht in der Lage, Grünkohl anständig zu waschen. Überall war noch Sand zwischen den Blättern. Wenn die Gäste da drauf rumkauen. Da müssen wir uns schämen, dat sag ich dir.« Sie wischte energisch mit einem Küchentuch über die Arbeitsplatte.

Friedrich betrat hinter Lorenz die Küche und grüßte fröhlich in die Runde.

»Moin, zusammen. Ist das nicht ein herrliches Wetter zum Biikebrennen heute? Das wird ein großartiges Fest. Gibt es Kaffee?

Vielleicht einen Pharisäer? Dann läuft es sich nachher noch etwas beschwingter.«

»Gar nix gibt es«, blaffte Wiebke ihn an. »Das Café ist heute geschlossen. Hat dir das keiner gesagt?«

»Jetzt ist es aber gut«, sagte Elin. Ihre Stimme war laut geworden. »Was ist nur in dich gefahren, Wiebke? So geht das ganz und gar nicht.«

Wiebke funkelte Elin wütend an. »Was in mich gefahren ist, fragst du? Sieh dich doch um. Wir versinken im Chaos. Kein Problem. Wir machen das Grünkohlessen zum Biikebrennen, lieber Emil. Schone dein Bein, Emil. Bin ich gefragt worden, ob ich mir die ganze Arbeit antun möchte? Nein, bin ich nicht. Seit Tagen piesackt mich dieser verdammte Rücken, kaum noch Schlaf finde ich. Aber das will ja niemand hören.«

»Dir schmerzt der Rücken?«, fragte Elin verdutzt. »Du hast nie ein Wort darüber verloren.«

»Doch, hab ich«, moserte Wiebke. »Ich sag es dauernd. Kaum noch rühren kann ich mich.«

»Also von einem schmerzenden Rücken höre ich heute zum ersten Mal«, sagte Piet. Auch seine Miene war verblüfft. Einen Moment herrschte Stille in der Küche. Wiebke wusste anscheinend nicht so recht, was sie nun sagen sollte. Kam selten vor, dass ihr die Worte fehlten. Sie musste tatsächlich mit der Situation überfordert sein. Elin ging zu ihr und legte beruhigend den Arm um sie.

»Nun komm und setz dich erst einmal. Wenn du Schmerzen hast, musst du nicht arbeiten. Wo genau tut es denn weh? Vielleicht sollte sich die Sache ein Arzt ansehen.«

Wiebkes Wut verrauchte endgültig. Nun saß sie mit eingesunkenen Schultern, wie ein Häufchen Elend wirkend, auf einem Stuhl. »Die rechte Seite, ganz schlimm. Und es kribbelt ganz fürchterlich im Bein.«

»Dat ist bestimmt die Bandscheibe«, gab Hinnerk sogleich eine Diagnose ab. »Dat hatte im letzten Frühjahr Sönke Bratzen. Dem hat auch das Bein gekribbelt, und dann ist es taub geworden. Dat musste sogar operiert werden. Zwei Wochen hat er im Inselkrankenhaus verbracht.«

Wiebke riss erschrocken die Augen auf.

»Jetzt malen wir den Teufel mal nicht an die Wand«, versuchte Elin zu beruhigen. »Es könnte ja auch etwas anderes sein. Mama hatte sich mal den Ischiasnerv eingeklemmt. Die Symptome waren ähnlich. Um eine Untersuchung beim Arzt wirst du auf keinen Fall herumkommen.«

Wiebke zog eine Grimasse und gab ein »Grmpf« von sich.

»Ich weiß, sind alles Quacksalber«, sagte nun Lorenz. »Aber so hin und wieder sind sie dann doch zu etwas zu gebrauchen. Ich geh dann mal bei unserem Hinkebein anrufen. Wenn wir Glück haben, kann er es einrichten und kommt zu einem Hausbesuch.« Er verließ, ohne eine Antwort von Wiebke abzuwarten, den Raum.

»Und wir kümmern uns jetzt alle gemeinsam um den restlichen Grünkohl«, sagte Elin und krempelte die Ärmel hoch. »Wäre doch gelacht, wenn wir das mit vereinten Kräften nicht hinbekommen würden. Du wirst uns doch auch helfen, Friedrich, oder?«

»Aber gewiss. Die Verarbeitung von Grünkohl gehörte bisher zwar noch nicht zu meinen Aufgaben, aber ich werde den Anforderungen wohl gewachsen sein.«

»Fein gesagt«, lobte Hinnerk. »Darauf einen Köm für alle. Dann grünkohlt es sich doch gleich viel besser, wat?« Er grinste und füllte die Gläser. Auch Wiebke bekam eines. Schnaps heiligte ja schließlich die Mittel. Lorenz kam zurück und vermeldete, dass der Arzt gleich kommen würde. Auch er wurde nun zu Küchendienst verdonnert.

Doktor Hinkebein, eigentlich war sein Nachname wie der seines Vaters, Johannsen, diagnostizierte nach seinem Eintreffen tatsächlich einen eingeklemmten Ischiasnerv. Die Erleichterung über diese Diagnose war Wiebke, sie war arg blass um die Nase, anzusehen. Es schmeckte ihr jedoch gar nicht, dass sie nun eine Spritze gegen die Schmerzen bekommen sollte. Sie befand sich mit Elin in deren privatem Salon, wo der Arzt die Untersuchung durchgeführt hatte.

»Das Schmerzmedikament ist erst seit wenigen Wochen auf dem Markt, aber äußerst hilfreich«, sagte der Arzt. »Erst gestern habe ich es in der Apotheke in Westerland abgeholt. Auch Heinrich ist ganz begeistert davon. Er ist, genauso wie ich, ein Freund von Neuerungen in der Medizin. Obwohl wir natürlich Altbewährtes nicht aus dem Fokus verlieren sollten. Sie werden sehen, danach geht es Ihnen innerhalb weniger Minuten besser, meine Teuerste.« Er kramte in seinem Koffer. Wiebke beobachtete ihn mit Argusaugen. Sie war noch eine Spur blasser geworden. Elin wusste, dass sie vor Nadeln panische Angst hatte. Frauen, die sich freiwillig die Ohren durchlöchern ließen, hielt sie für verrückt. Sie tätschelte fürsorglich Wiebkes Hand. »Ich bin bei dir. Am besten guckst du gar nicht hin. Wir drehen uns jetzt um, du siehst mich an, und wir reden über irgendwas Hübsches.« Wiebke antwortete nicht. Sie war wie erstarrt. Lieber Gott. Sie würde ihnen doch jetzt nicht umkippen. Der Arzt stand neben dem Kanapee und zog die Spritze auf.

»Es geht ganz schnell. Nur ein kleiner Piks. Ich verspreche es.« Er klopfte gegen das Glas und drehte sich um. Da kam Leben in Wiebke.

»Nicht mit mir. Dat geht nicht. Quacksalber seid ihr doch alle. Am Ende schnippelt ihr noch an mir rum. Nein, dat lasst ihr mal schön bleiben. Ich weiß, wat dat heißt. Zu guter Letzt bin ich einer von den Krüppeln. Nicht mit mir.« Flott lief sie zur Tür und riss sie auf. Verdutzt blickten ihr der Arzt und Elin hinterher.

»Ich hab es kommen sehen«, Elin seufzte. »Wiebke und Ärzte. Das wird in diesem Leben nichts mehr.«

»Ich ehrlich gesagt auch«, meinte der Arzt. »Ich kenne ja meine Pappenheimer. Oder besser gesagt kenne ich sie nicht. Wiebke Olsen hat in ihrem ganzen Leben meine Praxis noch nicht betreten. Und derweil hätte ihr die Spritze hervorragend geholfen. Friesischer Sturschädel aber auch.« Er schüttelte den Kopf.

»Und was nun?«, fragte Elin.

»Ich habe für diesen Fall vorgesorgt.« Der Arzt zwinkerte Elin zu. »Frau Olsen ist nicht die einzige Patientin, die Spritzen argwöhnisch gegenübersteht.« Er holte einen kleinen braunen Glasbehälter mit einem Etikett darauf aus seiner Tasche und reichte ihn Elin. »Darin befindet sich dasselbe Schmerzmittel. Zwanzig Tropfen in Wasser aufgelöst, und es dürfte ihr ebenfalls bald besser gehen. Allerdings setzt die Wirkung dann nicht ganz so schnell ein.«

Elin nahm das Medikament etwas verwundert entgegen. Wieso kam er dann überhaupt mit der Spritze? Der Arzt erriet ihre Gedanken. »Einen Versuch war es wert.« Er zwinkerte ihr zu, schloss seine Tasche und verabschiedete sich. »Sollte noch etwas sein, wissen Sie, wo Sie mich finden. Und zu später Stunde bin ich ja auch wieder vor Ort. Meine Amalie und ich freuen uns schon sehr auf das Grünkohlessen bei Ihnen nach dem Feuer.« Die beiden gingen nach unten, und der Arzt verabschiedete sich mit einem festen Händedruck von ihr. Wenn es etwas mit dem Grünkohlessen wird, dachte Elin. Liebe Zeit, was für ein Tag.

Einige Stunden später, die Dämmerung brach herein, war dann doch alles geschafft. Der Grünkohl war gekocht, Pinkel und Bauchspeck lagen darin, die Kartoffeln waren ebenfalls gerichtet.

Im Salon und auch in dem weitläufigen Treppenhaus standen eingedeckte Tische, die Elin mit Buchsbaum, roten Äpfelchen und Kerzen hübsch dekoriert hatte. Auch die Aushilfen waren wieder mit an Bord. Elin hatte Telefonate geführt, und die beiden waren zurückgekommen. Zähneknirschend hatte sich Wiebke bei ihnen entschuldigt, und Elin hatte ihnen für die Unannehmlichkeiten mehr Lohn versprochen. Die Mädchen würden bei der Bedienung der Gäste helfen. Sie sahen in ihren dunkelblauen Kleidern mit den weißen Schürzen und ihren geflochtenen blonden Zöpfen ganz entzückend aus. Auch Piet, der ebenfalls die Gäste bedienen würde, hatte sich herausgeputzt. Er trug eine schwarze Weste über seinem dunkelgrauen Hemd, dazu sogar eine Fliege. Sein blondes Haar hatte er zurückgegelt.

Elin hatte sich ebenfalls umgezogen. Da sie gemeinsam mit Lorenz zum Fackelzug und dem Feuer gehen wollte, hatte sie einen warmen Wollrock und einen kuscheligen Pullover gewählt. Darüber trug sie ihren alten Mantel voller Flicken, den sie eigentlich längst ausrangieren sollte. Aber sie liebte ihn. Sie hatte ihn in einer Kiste auf dem Dachboden gefunden. Weiß der Himmel, wem er einmal gehört hatte. Um den Hals hatte sie einen von Wiebke gestrickten dunkelgrünen Schal gewickelt, eine über die Ohren gezogene Wollmütze schützte vor dem Wind, der im Laufe des Nachmittags wieder aufgefrischt hatte. Gewiss würde es ordentlich Funkenflug geben.

Hand in Hand liefen Elin und Lorenz vom Hof. Ihnen schloss sich Hinnerk an.

»Na, dat nenn ich mal ein Wetterchen zum Biikebrennen«, sagte er fröhlich. Er roch nach einer eigentümlichen Mischung aus Mottenkugeln, Alkohol und Schweiß. »Endlich regnet es mal nicht, wie in den letzten Jahren. Und der Blanke Hans lässt uns auch in Ruh. Der ist in diesem Winter sowieso recht ruhig. Wundert einen schon fast.«

In diesem Fall musste Elin ihm recht geben. Bisher hatte es noch keine schwereren Stürme gegeben. Es galt zu hoffen, dass dies so bleiben würde. Sylt war durch die Nachwehen des Krieges genug gebeutelt. Eine Sturmflut mit größeren Schäden konnte die Insel wahrlich nicht gebrauchen.

Sie folgten dem Weg und liefen an verschlafen wirkenden Friesenhäusern vorüber. Vor manch einem Haus stand eine flackernde Laterne, in dem einen oder anderen Fenster brannte bereits Licht. Der Geruch von Holzrauch lag in der Luft, Elin liebte ihn. Der Treffpunkt für den Beginn des Fackelzuges war das im Jahr 1893 errichtete Uwe-Jens-Lornsen-Denkmal. Dort angekommen, trafen sie auf Moild, die von der Kälte gerötete Wangen hatte und einen braunen Mantel trug, der bereits bessere Tage gesehen hatte. Elin wusste, dass sie das Kleidungsstück stets zum Biikebrennen anzog, denn bei dem alten Fetzen, wie sie ihn bezeichnete, kam es auf das eine oder andere durch den Funkenflug verursachte Brandloch auch nicht mehr an. Neben ihr stand Carl Feddersen.

»Nein, Carl. Dat geht so nicht. Du kannst deine Lebensmittel nicht ständig mit Bildern bezahlen«, sagte Moild gerade mit energischem Unterton in der Stimme. »Wenn dat jeder macht, muss ich meinen Laden dichtmachen.«

»Es wäre nur noch dieses eine Mal. Ich hab Aussicht auf einen guten Abnehmer, ein Gästehaus in Wittdün. Die Bude soll im Frühjahr gebaut werden. Der Bauherr, so ein Berliner Schnösel, will seine ganzen Räume mit meinen Bildern ausstatten. Dat ist ein Großauftrag.«

Moilds Miene blieb skeptisch. Elin grinste. Großaufträge bekam Carl häufiger. Jedenfalls hoffte er stets darauf. Seine Stimme klang schnoddrig. Sein schwarzer Mantel war abgetragen, und sein graues Haar sah wie gewohnt etwas wirr aus.

»Moin, zusammen«, grüßte Elin. Auch Lorenz grüßte freundlich und wandte sich sogleich an Carl. »Von welchem Gästehaus sprichst du denn? Doch nicht etwa das von Heinrich Kleistmann? Ich habe gestern erfahren, dass das Haus aufgrund der prekären Verkehrslage auf der Insel wohl nicht gebaut werden soll. Kleistmann treibt die Sorge um, dass das mit dem Wattenmeerdamm doch nichts wird.«

Carl wurde blass. »Also, ich denke, also …«

Elin grinste. Wieder einmal war ihm einer seiner Großaufträge durch die Lappen gegangen. Der arme Mann konnte einem wirklich leidtun. Da entdeckte sie plötzlich Matei. Sie stand nicht weit von ihnen entfernt neben einer Kindergruppe, sah in ihre Richtung und hob die Hand. Elins Herz begann höherzuschlagen. Matei war hier. Und sie schien wegen ihr gekommen zu sein. Hoffentlich mit der Absicht, Frieden zu schließen. Eine weitere Szene ihrerseits konnte Elin heute nicht ertragen. Sie straffte die Schultern und ging auf ihre Schwester zu. Sie blieben voreinander stehen.

»Moin, Matei«, grüßte Elin. Matei grüßte zurück.

»Wie geht es dir?«, fragte Elin.

»Gut. Ich dachte, ich wollte …« Sie unterbrach sich und setzte neu an. »Ich will nicht streiten.«

Erleichterung breitete sich in Elin aus.

»Ich auch nicht«, antwortete sie.

»Und wegen der Auszahlung meines Anteils«, sagte Matei. »Ich verzichte darauf. Es gibt ja sowieso nichts.« Sie lächelte. Da schloss Elin sie in ihre Arme und drückte sie fest an sich. Sie hatten einander wiedergefunden. Jedenfalls für diesen Augenblick.

11. KAPITEL

Westerland, 2. März 1922

Matei stand am Fenster von Hannes' Wohnung und blickte auf die gegenüberliegende, unter einer dicken Schneedecke liegende Baustelle. Ein neues Gästehaus sollte an dieser Stelle entstehen. So wies es ein Schild aus, auf dem ein Bild des Gebäudes prangte. Drei Stockwerke, hölzerne Balkone, im Erdgeschoss ein Wintergarten. Wieder eines mehr. Wie Pilze schossen sie aus dem Boden, und jeder Bauherr erhoffte sich ein Leben in Wohlstand von dem aufstrebenden Seebad. Doch die Realität trübte das Bild. Bauarbeiten zogen sich meist in die Länge, Material fehlte oder wurde verspätet geliefert. So mancher Bauherr gab auf, bevor das Haus fertiggestellt war. Westerland würde noch einige Jahre brauchen, um sich endgültig von den Nachwehen des Krieges zu erholen. Der Tag versank im Dämmerlicht des winterlichen Spätnachmittags. Hannes hatte zu Beginn des Jahres sein Zimmer in Keitum gekündigt und nun diese Wohnung im Haus Kruse in der Steinmannstraße gemietet. Hier hatten sie mehr Privatsphäre und genossen die Anonymität des im Winterschlaf liegenden Westerlands. Der Besitzer der Wohnungen wohnte in Berlin. Seinem Hausverwalter, ein schmieriger, in Wenningstedt wohnender Geselle, war es egal, was in den von ihm betreuten Unterkünften passierte. In Keitum war so etwas niemandem gleichgültig. Die meist ortsansässigen Hausherren achteten sehr auf die Tugendhaftigkeit in ihren Häusern. Damen- oder Herrenbesuche auf den Zimmern waren gänzlich ausgeschlossen. Sollte es doch vorkommen, dann wurde sogleich Sodom und Gomorra gewittert, und das Gerede im Ort war groß. Immer noch war Moilds Laden der Hauptort für Klatsch und Tratsch. Und Matei und Hannes waren in den letzten Wochen zum Hauptgesprächsthema geworden. Eines der Gerüchte war, dass er zu ihr ins Atelier gezogen wäre und sie eine wilde Ehe führen würden. Hannes hatte darüber nur gelacht. Doch Matei tat solches Gerede nicht so leicht ab. Dazu die Blicke und das Getuschel hinter vorgehaltener Hand. Es war kaum auszuhalten. Hannes galt als die Wurzel allen Übels. Der zugereiste Maler aus Hamburg, der dem naiven Inselmädchen Flausen in den Kopf setzte. So oder so ähnlich geisterte es durch den Ort. An schlimmere Gerüchte wollte Matei gar nicht denken. Kresde hatte sie einmal auf offener Straße in Gegenwart von Gesa als Hure bezeichnet. Matei hatte, hinter einem Busch an der nächsten Wegbiegung stehend, ihr Gerede belauscht. Gesa hatte nicht viel gesagt, was sie der alten Freundin hoch anrechnete. Was war falsch daran, wenn eine Frau ihren eigenen Weg ging? Wenn sie nicht das tat, was alle von ihr verlangten? Jan kam ihr in den Sinn. Er war doch ebenso Künstler gewesen. Sie hatten gemeinsam eine Künstlerkolonie in Keitum geplant. Ihn hatten sie sofort akzeptiert, Elin hatte ihn gemocht und niemals irgendetwas hinterfragt. Allerdings stammte Jan auch von Amrum, war ein Friese durch und durch und äußerst heimatverbunden gewesen. Er hatte bodenständiger gedacht. Im Ingiwai hätte ihr neues Zuhause entstehen sollen.

Sie hatte sich mit Elin versöhnt, doch wie früher war ihr Verhältnis nicht. Elin forderte, dass Hannes Verantwortung übernahm, dass er ihr einen Antrag machte. Aber wollte Matei diesen wirklich? Wollte sie wieder heiraten?

Sie hörte, wie die Wohnungstür ging, Schritte im Flur. Hannes betrat den Wohnraum, und Matei wandte sich um.

»Moin, min Deern. Das sagt man doch hier oben so«, begrüßte er sie überschwänglich und legte seinen Mantel ab. Achtlos warf er ihn über einen Sessel. »Ich habe gute Nachrichten für dich. Wir haben jetzt endlich einen Termin für die Vernissage gefunden. Sie wird Anfang Mai stattfinden. Jakob und ich haben eben noch länger telefoniert. Du hast großes Glück. Ende April erwartet er einen einflussreichen Kunstkritiker aus New York. Er möchte ihn dazu überreden, ihn nach Sylt zu begleiten. Ist das nicht großartig?« Er sah sie mit strahlenden Augen an.

Matei nickte und bemühte sich um ein Lächeln. Es waren gute Neuigkeiten, doch in ihrem Inneren blieb ein schales Gefühl, das sie sich nicht erklären konnte. War das alles nicht zu viel des Guten? Oder stellte sie ihr Licht unter den Scheffel? »Ja, das ist es«, antwortete sie. »Ganz wunderbar.« Ihre Stimme klang nicht sonderlich freudig. Ihm schien dieser Umstand nicht aufzufallen.

»Das sollten wir feiern. Ich führe dich heute Abend zum Essen ins Hotel Miramar aus. Was hältst du von feinsten Austern oder Lachs? Wir stoßen mit Champagner auf dich an.« Er schlang seine Arme um sie. »Es ist ein solches Wunder, dass ich dich getroffen habe, meine Schöne. Hach, das wird dein Jahr werden. Du wirst schon sehen.« Er küsste sie voller Leidenschaft. Matei ließ es geschehen und versank in seiner Umarmung. Seine Freude vertrieb ihre trübsinnigen Gedanken endgültig. Was galt schon das Getratsche der Leute? Sie redeten doch immer über irgendetwas. Und Elin würde akzeptieren müssen, dass sie ihren eigenen Weg ging. Inzwischen wusste sie mehr über Hannes. Er hatte seine Eltern und seine kleine Schwester bei einem Brand verloren. Ihr Landgut in der Nähe von Hannover war ein Opfer der Flammen geworden. Er selbst hatte sich durch einen Sprung vom Balkon retten können. Wie durch ein Wunder kam er dabei nur mit einer Verstauchung davon. Nach dem Unglück kam er zu seinem Onkel nach Hamburg, einem Kunsthändler. Er galt als schwarzes Schaf der Familie. Hannes liebte ihn. Sein Onkel brachte ihm die Kunst näher und förderte sein Talent. Er starb kurz vor Kriegsbeginn an einem Schlaganfall. Auf dem Weg in sein direkt am Jungfernstieg gelegenes Atelier war er zusammengebrochen. Hannes war in den Krieg gezogen, hatte die Grausamkeiten in Bildern und Porträts seiner Kameraden eingefangen. Matei kannte keines dieser Bilder. Er habe sie verbrannt, hatte er gesagt. Vielleicht war es besser so. Der Krieg gehörte der Vergangenheit an. Es galt, nach vorne zu sehen, weiterzumachen und nicht zurückzublicken. Er hatte geerbt, von seinen Eltern, seinem Onkel. Es reichte für ein Auskommen, doch wie lange noch? Geld war immer wieder Thema. Wie es um seine Ambitionen als Künstler stand, wusste sie nicht. Er war ein guter Maler, seine Bilder beeindruckten. Aber nach Mateis Meinung fehlte ihnen das gewisse Etwas. Sie konnte nicht sagen, was es genau war. Es schien, als wären sie seelenlos. Aber vielleicht war sie zu kritisch. Was wohl Jan sagen würde? Immer wieder Jan. Es wurde Zeit, dass sie ihn endgültig aus ihren Gedanken verbannte.

Eine Stunde später saßen sie im Restaurant des Hotels Miramar. Sie hatte sich aufgehübscht und ihr bestes Kleid angezogen. Es war größtenteils aus dunkelblauem Samt gefertigt, die Taille saß, der Mode entsprechend, etwas tiefer. Die langen Ärmel waren weit geschnitten und aus einem leicht durchsichtigen, weichen Stoff, der ein florales Muster hatte. Der Rock reichte nicht ganz bis zu den Knöcheln. Sie hatte das Kleid erst kürzlich im Modehaus Seifen entdeckt, und Hilde, die Tochter des Inhabers, hatte ihr freundlicherweise einen Rabatt gewährt. Ihr Haar hatte sie in die üblichen Wellen gelegt, ihre Augen hatte sie mit Kajal und Wimperntusche betont, ihre Lippen zierte ein tiefroter

Lippenstift. Sie kam sich in diesem Aufzug fast ein wenig verrucht vor. So mussten sich die Frauen Berlins fühlen, wenn sie sich in das dortige Nachtleben stürzten. Erst neulich hatte sie einen Zeitungsartikel über die nächtlichen Vergnügungen in der Hauptstadt gelesen. Varietés, Theater und Kinos schossen dort nur so aus dem Boden. Ganze Straßenzüge wurden von blinkenden Leuchtreklamen erhellt. Es war ein Bild von einem großen Theater namens Scala abgedruckt gewesen, davor hatten die hübschen Tänzerinnen des Hauses in Reih und Glied gestanden. Matei hatte sich in diesem Moment gewünscht, sie könne einmal in ihrem Leben ein solches Haus besuchen, diesen Glanz und diese Pracht erleben. Auf Sylt war so etwas nicht möglich. Es gab ein Kino, auch Theater oder Varietés fanden statt. Aber dagegen war das alles doch nur Tingeltangel. Obwohl es heute im Restaurant Miramar durchaus besonders war. Sie speiste zum ersten Mal in diesem luxuriösen Etablissement. Die Wände waren weiß gestrichen und mit Stuck verziert, ein dunkler Teppich dämpfte die Schritte. Ein prachtvoller Kronleuchter hing von der Decke, das Licht war gedimmt. Auf den perfekt eingedeckten Tischen sorgten silberne Kerzenleuchter für warmes Licht. Sie saßen auf mit rotem Samt bezogenen und gepolsterten Lehnstühlen, die gediegen wirkten. Ihr Tisch stand direkt am Fenster. Von hier aus hatte man einen guten Blick auf die Strandpromenade und das Meer. Dieses lag jedoch im Dunkeln. In die Lichtkegel der Straßenlaternen fielen vereinzelte Schneeflocken. Matei fühlte sich besonders und wertgeschätzt. Hannes hatte Champagner geordert, den der Ober in Kristallgläser füllte. Nachdem sich der Mann entfernt hatte, hob Hannes sein Glas.

»Auf dich, meine Liebste«, sagte er lächelnd. »Und auf die erfolgreichste Vernissage, die Sylt jemals sehen wird. Dafür werde ich sorgen.«

Sie stießen an, und Matei nippte an ihrem Glas. Der Champagner lief prickelnd ihre Kehle hinunter. Sie hatte noch nie welchen getrunken. Bisher hatte es zu feierlichen Anlässen stets Sekt gegeben. Im Vergleich dazu schnitt das teure Getränk in ihren Augen schlechter ab. Aber das musste sie Hannes ja nicht auf die Nase binden. Sie richtete ihre Aufmerksamkeit auf die vor ihr liegende Speisekarte. Sie wusste nicht so recht, was sie wählen sollte. Es gab natürlich Austern. Sie stammten von den Lister Austernbänken. Matei war im September zuletzt in dem im Norden der Insel gelegenen Ort gewesen. Im Krieg war List eine Marinestation gewesen. Viel war davon nicht mehr übrig. Ein gewaltiges Eisengerippe, das wohl eine Zeppelinhalle hätte werden sollen. Die Betonterrassen eroberte sich das Heidekraut zurück. Doch in den Baracken herrschte noch Leben. Sie waren zu Kinderheimen umgewandelt worden und dienten so immerhin einem guten Zweck.

Hannes wusste, dass sie keine besondere Vorliebe für Austern hegte, weshalb er zur Vorspeise eine Krabbensuppe wählte. Als Hauptgericht bestellte er Lachs mit Schwarzwurzelgemüse an Weißweinschaum für sie beide. Er wusste, dass sie Lachs gernhatte. Sie klappte die Karte zu und schenkte dem Ober ein Lächeln. Ein wenig fühlte es sich so an, als wären sie als Ehepaar hier. Er bestellte für seine Gattin und sich. Sie nippte versonnen lächelnd an ihrem Champagnerglas. Sie waren nicht die einzigen Gäste heute Abend. Vier weitere Tische waren besetzt. Zumeist waren es Pärchen, an einem saßen drei Männer, die über den Bau des Wattenmeerdamms diskutierten. Matei kannte niemanden. Ein älterer Herr saß am Klavier und spielte eine hübsche Melodie. Der Champagner stieg ihr in den Kopf, und sie fühlte einen leichten Schwindel.

Die Krabbensuppe wurde serviert. Sie war versalzen, was Matei zum Schmunzeln brachte.

»Die Suppe ist sehr salzig. Der Koch scheint verliebt zu sein«, sagte sie, nachdem sie einige Löffel gegessen hatte.

»Das mag ich so an dir.« Hannes sah sie mit diesem besonderen Blick an, den Matei so gar nicht leiden konnte. Etwas mitleidig und von oben herab. Als wäre sie ein Schulmädchen. »Dir ist jede Form der Etikette egal, und du sprichst stets laut aus, was du denkst.«

»Wenn es doch so ist. Oder ist deine Suppe nicht salzig?«, fragte Matei verdutzt.

»Doch, sie ist versalzen. Aber in einem solch edlen Etablissement spricht man seine Kritik nicht derart offen aus. Und schon gar nicht als Frau. Zurückhaltung ist das Zauberwort.«

»Ich darf nicht sagen, dass die Suppe versalzen ist? Na, das ist ja ein Unsinn. Und das bei dem Preis. Also in Keitum bekommt man im Nordfriesischen Gasthof bei Emil Eschels aber eine bessere Suppe mit mehr Krabben darin. Und sie ist günstiger zu haben. In der teuren Brühe muss man die Tierchen suchen.« Sie legte den Löffel weg und sah Hannes herausfordernd an. Sie spürte Wut in sich aufsteigen. Wieso redete er so?

»Bei Emil Eschels bekommt man aber nicht dieses luxuriöse Ambiente«, konterte er. »Nimm mir meine Bemerkung nicht krumm, Liebes. So war es nicht gemeint. Du darfst natürlich jederzeit sagen, was du denkst.« Er legte seine Hand auf die ihre und drückte sie.

Mateis Wut verrauchte.

»Unsere Ziehmutter Anna hat uns früher auch immer gesagt, was wir als Frauen zu tun und zu lassen hätten«, sagte sie. »Tu dies nicht und lass das. Sei nicht vorlaut, sitz still, widersprich niemals deinem Gatten. Reden ist Silber, Schweigen ist Gold. Das war eine ihrer beliebtesten Redensarten. Unser Ziehvater Paul hat dieses Gerede stets für Unsinn gehalten. Jeder darf seine Meinung offen äußern, hat er gesagt. Dafür haben wir ihn geliebt. Er fehlt so sehr.« Sie spürte Wehmut in sich. Was Paul wohl von Hannes gehalten hätte? Paul, Jan. Ständig fragte sie sich, was irgendwer von Hannes gehalten hätte. Als müsste sie ihre Wahl rechtfertigen. Ihre Gefühle für diesen unkonventionellen Mann, die nun einmal da waren und sich nicht verleugnen ließen. Folge stets deinem Herzen, hatte Paul einmal zu ihr gesagt. Es kennt den richtigen Weg. Der Verstand wird zumeist überbewertet.

Und plötzlich geschah das, was Matei sich seit Wochen im Stillen erhofft hatte. Hannes erhob sich und sank neben ihrem Stuhl auf sein rechtes Knie. Er hielt eine kleine schwarze Schmuckschatulle in Händen, in der sich ein goldener Ring mit einem Brillanten befand.

»Ich trage diesen Ring bereits seit einer Weile mit mir herum«, sagte er. »Und ich warte die ganze Zeit auf den richtigen Moment, um dir endlich die Frage aller Fragen zu stellen. Aber keiner kam mir dafür passend vor. Dieser hier ist es wohl auch nicht, obwohl das Ambiente nicht zu verachten ist. Aber die Suppe ist versalzen. Ich hätte wohl ebenso zu viel davon in den Topf getan, denn ich bin verliebt. Alle Welt soll es wissen: Ich liebe dich, Matei Bohn. Willst du meine Frau werden?«

Die Gespräche im Raum waren verstummt. Ebenso die Klaviermusik. Sämtliche Blicke waren nun auf sie gerichtet. Matei spürte die aufsteigenden Tränen. Er machte ihr einen Antrag. Jetzt, heute, er liebte sie und wollte sie heiraten. Sie nickte, Tränen der Freude rannen über ihre Wangen. »Ja«, brachte sie heraus. »Aber ja doch.« In diesem Moment schienen all die Zweifel, schien Jan weit fort zu sein.

Da erhob Hannes sich, schloss sie in seine Arme und gab ihr einen Kuss. Der Mann am Klavier spielte einen Tusch, alle Umstehenden klatschten. Mateis Hand zitterte, während Hannes ihr den Ring ansteckte. Sie war vollkommen überwältigt. Und da sah sie plötzlich Elin. Sie stand in der Eingangstür des Restaurants und lächelte. Sie war hier, machte jedoch keine Anstalten, sich ihrem Tisch zu nähern. Sie stand da, in ihrem braunen Wollmantel mit den aufgenähten Flicken, ihre Strickmütze auf dem Kopf, den grünen, von Wiebke gestrickten Schal fest um den Hals gewickelt. Als wäre sie aus einer anderen Welt in dieses feine Haus gefallen. Matei entschuldigte sich bei Hannes und ging zu ihr. Sie traten in die Eingangshalle des Hotels und standen einen Moment schweigend voreinander. Matei war diejenige, die als Erste das Wort erhob.

»Was machst du hier?«, fragte sie.

»Ich war bei Heike, bisschen klönen«, gab Elin zurück. »Durch Zufall hab ich dich durchs Fenster gesehen. Und da dachte ich, sag ich mal kurz Moin. Aber dann kam ich mir in meinem Flickenmantel in dem feinen Ambiente unpassend vor.« Sie zupfte an einem der Flicken.

Matei lächelte. »Ach, die kochen auch nur mit Wasser. Und mit viel Salz.«

»Er hat dir also einen Antrag gemacht«, sagte Elin.

Matei nickte und hielt die Hand mit dem Ring nach oben.

»Ja, das hat er. Wir lieben uns. Er ist kein Tunichtgut. Ich werde mit ihm glücklich werden. Ich weiß es. Du musst mit uns anstoßen. Flickenmantel hin oder her.«

Elin nickte, dann umarmte sie Matei und drückte sie fest an sich. Matei wusste, dass ihre Worte Elins Zweifel Hannes betreffend nicht vertrieben hatten. Zweifel, die auch in Matei nicht zur Ruhe kommen wollten. Der Moment, als ihr Jan einen Antrag gemacht hatte, kam ihr in den Sinn. Damals, im Kaffeegarten, nach seiner Rückkehr von der Westfront. Das Gefühl des unendlichen Glücks, das sie damals verspürt hatte. Heute fühlte es sich nicht so an.

12. KAPITEL

Westerland, 4. Mai 1922

Ich vergesse immer, wie dat heißt«, sagte Hinnerk und nippte an seinem Kaffee.

»Vernissage«, antwortete Alwine, die mit ihm am Küchentisch in der Backstube des Herrenhauses saß. »Du kannst es aber auch ganz profan Ausstellung nennen.«

»Also so wat Französisches«, sagte Wiebke. Sie war gerade damit beschäftigt, frisch gebackene Friesenkekse aus dem Ofen zu holen. Ihre Wangen waren gerötet und ihr Haar zerzaust. Seit drei Uhr morgens stand sie bereits in der Küche. Ihrer Meinung nach musste es bei einer auf Sylt stattfindenden Vernissage Friesenkekse geben. Und die schmeckten nur dann perfekt, wenn sie sie backte. Piet hatte von solchen Dingen ja keine Ahnung, und Jens schon gar nicht. Der stellte sich noch immer äußerst ungeschickt an. Erst gestern hatte er sich das Handgelenk am Ofen verbrannt und eine fiese Blase davongetragen. Danach hatte er wehleidig dreinblickend mit einem kalten Lappen über eine Stunde am Tisch gesessen und sich dadurch erfolgreich vor dem Reinigen der Backbleche gedrückt. Aktuell saß er vor dem Haus und pulte Krabben. Wenigstens das brachte er einigermaßen hin. Der Kaffeegarten hatte heute wegen der anstehenden Abendveranstaltung geschlossen. Trotzdem gab es einiges zu tun, denn Elin hatte angeboten, für die Bewirtung während der Vernissage zu sorgen. Es wurden sogenannte Kanapees gereicht. Wieder so ein Wort, mit dem Hinnerk nichts anfangen konnte. Er sah Alwine dabei zu, wie sie kleine Röllchen, bestehend aus Lachs, Kräuterfrischkäse und Gurke, anfertigte und fein säuberlich auf ein Tablett legte. Piet schnitt Weißbrot in schmale Scheiben. Darauf sollten kalter Braten und Ei, garniert mit Petersilie kommen. Fertig vorbereitet waren schon winzige Zitronentörtchen und viereckige Kuchenhappse mit Rhabarber. Letzteres Wort hatte Hinnerk erfunden. Ein Happs, und der Kuchen war weg. Besonders stolz war Wiebke auf die hübschen Blätterteigsternchen, die mit einer schokoladigen Creme gefüllt waren. Bestimmt würden die Gäste begeistert sein.

Friedrich Beck betrat die Backstube.

»Moin, Friedrich«, grüßte Wiebke. »Pünktlich wie immer.« Ihr Blick fiel auf eine Wanduhr, die fünfzehn Uhr anzeigte. »Kaffee? Der Streuselkuchen ist noch warm. Magst ein Stück?«

»Da sag ich nicht Nein.« Friedrich sah zu Hinnerk und Alwine und wirkte zögerlich. Normalerweise saß er stets an seinem Stammplatz in der Gaststube. Aber heute schien er eine Planänderung zu erwägen.

Hinnerk erriet, was ihm durch den Kopf ging.

»Setz dich zu uns, min Freund«, sagte er. »Wat macht die Kunst? Oder die Politik? Neuigkeiten?« Er deutete auf die Zeitung, die Friedrich in Händen hielt.

»In der Politik gibt es immer Neuigkeiten.« Friedrich setzte sich neben Hinnerk. »Die Maikundgebungen verliefen in diesem Jahr ohne Zwischenfälle. Das Wetter war jedoch schlecht. Bei strömendem Regen haben in Berlin trotzdem über vierhunderttausend Menschen im Lustgarten an den Demonstrationen teilgenommen. Eine beachtliche Zahl.«

»Also ich wäre da bei dem Sauwetter nicht hingegangen«, sagte Wiebke und stellte einen Kaffeepott vor Friedrich. »Und wegen was demonstrieren die denn da noch gleich?«

Friedrich seufzte und winkte ab. »Nicht so wichtig.«

Alwine grinste und beantwortete Wiebkes Frage.

»Der Erste Mai ist traditionell der Kampftag der Arbeiterklasse«, erklärte sie. »Sie kämpfen für die Völkerversöhnung, für Freiheit und Sozialismus und den Schutz des Achtstundentages.«

»Hm«, meinte Wiebke. Friedrich überlegte, ob sie wusste, was Sozialismus bedeutete. Er vertiefte den Gedanken jedoch nicht. Er hatte akzeptiert, dass es Menschen gab, die an Politik kein Interesse zeigten, auch wenn es ihm schwerfiel.

»Also ich wäre dafür, dass wir auf Sylt auch mal so eine Kundgebung machen«, sagte Piet. »Kann ja nix schaden. In den großen Hotels können viele Angestellte während der Saison von Achtstundentagen nur träumen.«

»Die sollen froh sein, dass sie überhaupt Arbeit haben«, erwiderte Wiebke. »Und im Winter können sie sich dann lange genug ausruhen.«

»Also einen Achtstundentag gibt es bei mir auch nicht«, warf Alwine ein. »Babys kennen grundsätzlich keine Zeitpläne. Da dauert es so lange, wie es eben dauert. Es kommt einem Wunder gleich, dass es im Moment so ruhig ist. Bereits seit einer Woche hat es keine Geburt mehr gegeben. Aber das wird sich bestimmt bald wieder ändern. Ich kann zehn Frauen aufzählen, bei denen es jeden Moment losgehen kann. Über die Zeiten für die Fürsorge rede ich gar nicht.« Sie winkte ab. »Aber der Dienst am Menschen ist ja auch eher eine Berufung.«

»Das ist so ähnlich wie die Kunst«, erwiderte Friedrich. »Obwohl ich diese eher als eine Leidenschaft bezeichnen würde.«

»Wo wir wieder beim Thema des Tages wären«, sagte Hinnerk. »Du wirst doch heute auch zu der Verni…« Er unterbrach sich. »Na, zu Mateis Ausstellung kommen, oder?«

»Bedauerlicherweise werde ich es nicht schaffen«, meinte Friedrich. »Ein wichtiger Termin hält mich davon ab.«

»Na, da will ich aber wissen, wat das ist«, fragte Hinnerk nach. »Matei wird dir den Kopf abreißen, wenn du nicht kommst. Sie hält doch große Stücke auf dein Urteil.«

»Also gut«, lenkte Friedrich ein und seufzte hörbar. »Ich kenne den Galeristen Jakob Stegmann noch aus meiner Zeit in Berlin, und ich mag ihn nicht sonderlich. Oder besser gesagt, ich kann diesen Möchtegern nicht ausstehen.«

»Daher weht also der Wind«, sagte Hinnerk. »Weiß Matei davon?«

»Nein, natürlich nicht. Und sie soll es auch nicht erfahren. Ihren großen Abend soll nichts trüben. Und schon gar nicht meine alten Geschichten. Vielleicht hat sich Jakob ja auch zu seinem Vorteil verändert. Immerhin ist er jetzt als Galerist tätig und hat seine Ambitionen als Maler endgültig an den Nagel gehängt.«

»Du hast ihm gesagt, dass er kein Talent hat, oder?«, fragte Alwine.

»So oder so ähnlich. Die Gemüter hatten sich damals, wie soll ich es ausdrücken, etwas erhitzt.«

»Sag nicht, dass dat eine Schlägerei gegeben hat?« Hinnerks Augen wurden groß. Friedrich Beck bestach durch seinen ausgeglichenen Charakter. Mit schwingenden Fäusten konnte ihn sich keiner vorstellen.

»Es hat eine Schlägerei gegeben?«, fragte plötzlich Elin. Sie stand in der Küchentür.

»Elin, meine Teuerste«, rief Friedrich erleichtert. Er hoffte, dass mit ihrem Auftauchen das Thema nun erledigt wäre. Doch dem war nicht so.

»Unser Friedrich kann diesen Schnösel aus Hamburg auch nicht leiden«, sagte Wiebke trocken.

Elin sah verwundert von ihr zu Friedrich.

»Na, diesen Galeristen. Diesen Jakob Stegmann«, fügte Alwine hinzu. »Dem hat er mal eine verpasst.«

Friedrichs Wangen färbten sich rot. Genau das hatte er verhindern wollen. Jetzt erfuhr Elin von seinen Zweifeln um die Person Jakob Stegmann. Und derweil wünschte sie sich für Matei ja nur das Allerbeste.

»Das ist viele Jahre her«, versuchte er sogleich zu beschwichtigen. »Das war damals in Berlin, und wir waren noch jung und auf der Universität. Gewiss hat er sich inzwischen verändert. Er soll ein äußerst erfolgreicher Galerist sein.« Er warf sowohl Hinnerk als auch Alwine einen flehenden Blick zu. Sie sollten es in Gottes Namen gut sein lassen.

»Also ich hab den ja gestern nur aus der Entfernung kurz gesehen«, sagte Piet. »Und mir gefällt er nicht. Aber das ist auch nicht sonderlich schwer. Ich hab immer schon ein Problem mit diesen schnieken Stadtherren gehabt. Die kommen auf unser Inselchen und glauben, sie wären was Besseres. Aber ich sag euch, das sind die nicht. Die waschen auch bloß mit Wasser. Nix für ungut, Friedrich. Dich nehm ich jetzt mal raus. Bist einer von den Anständigen.«

Und weit entfernt von schnieke, fügte Alwine in Gedanken hinzu. Auch heute hatte Friedrich bei seiner Kleiderwahl experimentelles Talent bewiesen. Sein hellgraues Hemd war falsch geknöpft, und seine braune Strickjacke sah ausgeleiert aus. Wo hatte er das schreckliche Ding überhaupt her? Alwine sah sie zum ersten Mal. Es fehlte ihm eindeutig die passende Frau an der Seite. Aber das würde in diesem Leben vermutlich nichts mehr werden.

»Ich finde ihn auch nicht sonderlich sympathisch«, sagte Elin. »Aber unsere Meinung zählt heute nicht. Es geht um Matei und ihre Vernissage. Und ihre Bilder sind großartig. Wir müssen sie mit besten Kräften unterstützen. Das ist unsere Pflicht.«

Sämtliche Anwesende nickten.

»Und deshalb werde ich heute Abend fortbleiben«, bekräftigte Friedrich. »Denn es ist Matei nicht geholfen, wenn ein alter Widersacher ihres zukünftigen Galeristen auftaucht, der ihr vielleicht zu Weltruhm verhelfen könnte. Wo steckt sie überhaupt? Ist sie noch hier?«

»Wo denkst du hin«, antwortete Elin. »Im Kaffeegarten war sie bereits seit Wochen nicht mehr. Sie pendelt zwischen ihrem Atelier in Tinnum und Hannes' Wohnung in Westerland. Gottlob sind die beiden jetzt verlobt. Somit hat das Getratsche etwas nachgelassen.«

»Na ja«, warf Wiebke ein. »Ich war heute bei Moild im Laden, und da war Kresde anwesend und …«

»Bitte verschone mich mit dem Gerede von Kresde«, fiel Elin ihr ins Wort.

»Weil wir gerade von ihr sprechen«, meinte Piet. »Hat sich ihre Nichte jetzt eigentlich bei dir vorgestellt?«

»Ja, hat sie«, sagte Elin. »Und ich kann das Mädchen auf gar keinen Fall nehmen. So jemanden kann man unmöglich als Bedienung einstellen. Sie ist in einem Hühner- oder Kuhstall mit Sicherheit besser aufgehoben.«

»War es so schlimm?«, hakte Piet nach. »Ich hatte Thur extra noch gesagt, dass sich das Mädchen anständig anziehen und die Hände waschen soll.«

»Es war schlimm«, erwiderte Elin. »Ich habe weder gewaschene Hände noch anständige Kleidung gesehen. Und sie hat, als sie sich für einen Moment unbeobachtet fühlte, ich war nur kurz im Nebenraum, in der Nase gebohrt. Mehr wollt ihr nicht wissen.« Elin winkte ab.

»Dann eben der Kuhstall. Den Tieren ist es egal, wo sie den Finger hinsteckt«, sagte Alwine trocken.

128

Einen Moment herrschte Stille, dann prusteten alle los. »Alwine, also wirklich«, Wiebke schüttelte den Kopf.

»Was?«, fragte Alwine mit großen Augen. »Ist doch so. Oder habt ihr schon mal eine Kuh gesehen, die das interessiert hätte?«

»Also ich hab keine Kühe, sondern nur Schafe«, erwiderte Hinnerk und wischte sich die Lachtränen aus den Augen. »Aber denen wäre es wohl auch egal.«

»Jetzt ist es aber genug mit den Albernheiten.« Wiebke stemmte die Hände in die Hüften. »Wir trödeln hier herum, und die Häppchen sind noch nicht fertig. Sie sollen doch bereits in zwei Stunden in Westerland sein. Und aufhübschen müssen wir uns auch noch. Guter Gott. Ich war mein Lebtag noch nicht in der Kurhaushalle. Was soll ich nur anziehen?«

»Ach, die kochen auch nur mit Wasser«, winkte Elin ab. Obwohl sie selbst ebenso viel Ahnung wie Wiebke von dem Etablissement hatte. Und über ihre Garderobe für den Abend war auch sie sich noch im Unklaren.

»Sagt mal: Wieso läuft Jens denn nu weg?«, fragte Hinnerk und deutete nach draußen.

Sämtliche Blicke wanderten aus dem Fenster. Jens lief über den Hof, als wäre der Teufel persönlich hinter ihm her. Wiebke ahnte, was geschehen war.

»Man kann den Bengel keine fünf Minuten aus den Augen lassen«, zeterte sie los und verließ die Küche. Elin und die anderen folgten ihr. Der Grund für seine Flucht war schnell ausgemacht. Die Krabbenschüssel lag auf dem Boden, ein Großteil der Krabben daneben. Drei Möwen machten sich gerade über den Schmaus her.

»Wie hat er das denn nu wieder geschafft?« Hinnerk lüpfte seine Kapitänsmütze und kratzte sich am Kopf. »Dat ist wirklich ein rechter Dösbaddel.«

»Dat kannst du laut sagen«, sagte Wiebke. »Jetzt ist es ein für alle Mal genug mit der Geduld. Dieser Nichtsnutz kommt mir nicht mehr in meine Küche. Ansonsten kündige ich.«

Elin sagte nichts. Sie wusste, dass Wiebke recht hatte. Antje und Gefallen hin oder her. So leid es ihr tat, aber sie musste den Jungen entlassen.

»Immerhin die Möwen freuen sich«, sagte Alwine. »Also keine Krabbenbrötchen auf der Vernissage. Gibt es eine Alternative?«

»Wir haben noch Räucherfisch«, antwortete Piet. »Den hat heute Morgen Paul Warmbier gebracht. Garniert mit Gürkchen und Dill wird das schon gehen. Die Gäste kommen ja auch wegen der Kunst und nicht wegen des Essens.«

Elin stimmte ihm seufzend zu. »Na, dann lasst uns mal fertig werden.« Sie atmete tief durch und ging zurück ins Haus. »Ich wünschte, der Abend wäre schon vorbei.«

Wiebke sah zu Hinnerk, der nickte. Elin tat sich noch immer schwer damit, Mateis Lebensveränderung zu akzeptieren. Sie konnten sie gut verstehen. Matei sprach immer häufiger darüber, Sylt zu verlassen. Doch einen Kaffeegarten ohne Matei konnte und wollte sich niemand vorstellen.

Einige Stunden später standen Matei und Elin in der Damentoilette der Kurhaushalle nebeneinander vor dem Spiegel. Matei zupfte an ihren Haaren herum. Sie hatte sie in die gewohnten Wellen gelegt, doch eine Strähne wollte nicht so recht sitzen und stand unschön in die Höhe. Elin rubbelte an einem Fleck auf dem Ärmel ihrer weißen Bluse. Sie hatte sich nach langem Hin und Her für eher schlichte Kleidung entschieden. Sie trug eine weiße, locker fallende Bluse und dazu einen dunkelblauen, glockig geschnittenen, schimmernden Rock, der bis zu ihren

Knöcheln reichte. Ihr blondes Haar hatte sie seitlich mit hübsch verzierten Spangen hochgesteckt. Sie hatte die Augen schwarz umrandet, die Wimpern getuscht. Rouge auf ihren Wangen sorgte für etwas Farbe im Gesicht. An ihren Ohren hingen silberne Perlenohrringe, die ihr Lorenz geschenkt hatte. Sie trug sie nur selten, denn sie hatte stets Sorge, eines der kostbaren Schmuckstücke zu verlieren. Doch für den heutigen Abend erschienen sie ihr passend. Jetzt jedoch verfluchte sie sich für ihre Kleiderwahl. Wie hatte sie nur so dämlich sein und eine weiße Bluse anziehen können? So aufgeregt, wie sie war, musste ja ein Missgeschick passieren. Ausgerechnet von der Rote-Bete-Creme, die Piet zum Räucherfisch angefertigt hatte, musste etwas auf dem Ärmel landen. Durch ihr Rubbeln schien der Fleck nur größer zu werden.

Matei ließ die Hände sinken. »Ich glaube, das wird nichts mehr«, sagte sie und seufzte. »Diese doofe Strähne aber auch. Warum muss sie ausgerechnet heute so widerspenstig sein?«

Elin musterte ihre Schwester im Spiegel. »So tragisch ist das auch wieder nicht. Du bist Künstlerin. Da darf man doch ein bisschen aus der Reihe tanzen, oder? Sieh dir Friedrich an. Er ist immer etwas schlampig.«

»Stimmt auch wieder«, antwortete Matei. Bis auf die abstehende Strähne sah sie bezaubernd aus. So erwachsen, fand Elin. Sie trug ein weinrotes, schmal geschnittenes Kleid mit tief angesetzter Taille. Der Rock reichte bis zur Mitte ihrer Waden. Der untere Rand und die locker fallenden Ärmel waren mit schwarzer Spitze verziert. Elin wusste, dass Matei das Kleid extra für den Anlass erworben hatte. »Wo steckt Friedrich eigentlich?«, fragte Matei. »Ich habe ihn noch gar nicht gesehen.«

Elin verfluchte sich dafür, ihn erwähnt zu haben. Auf gar keinen Fall durfte Matei erfahren, dass Friedrich Jakob Stegmann kannte und eine schlechte Meinung von ihm hatte. Das würde

Matei nur noch mehr verunsichern. Elin kannte ihre Schwester gut. Sie war entsetzlich aufgeregt. Ständig zuppelte sie an ihrem Ärmel, strich sich durchs Haar und rückte die Tabletts des Buffets zurecht.

»Er kommt bestimmt noch.« Elin gab es endgültig auf, den Fleck entfernen zu wollen.

Matei nickte. Ihre Miene war plötzlich ernst.

»Was denkst du?«, fragte sie. »Ist es richtig? Ich meine, die Vernissage und das alles. Oder ist es zu viel Wirbel? Sind meine Bilder wirklich gut genug? Was würde Jan sagen?«

Da war er wieder, dachte Elin. Jan. Mateis erste große Liebe. Wieso nur hatte er an dieser scheußlichen Krankheit sterben müssen? Matei und er wären so glücklich miteinander geworden. Er war ihr Seelenverwandter gewesen. Hannes gab sich alle Mühe. Aber die Lücke, die Jan hinterließ, würde er niemals vollständig ausfüllen. Das wusste Elin, und Matei wusste es ebenso. Auch wenn sie es sich vermutlich nie eingestehen würde. In Elin sträubte sich alles, Matei ihre wahren Gedanken zu der Veranstaltung mitzuteilen. Ihre Zweifel, ihre Ängste als große Schwester. Sie musste nun stark sein und sie ermutigen, ihr zur Seite stehen, so wie Matei es von ihr einforderte. Und vielleicht ging ja alles gut aus. Hannes gab sich heute alle Mühe und zeigte sich von seiner besten Seite. Auch Lorenz hatte vorhin sein Engagement gelobt. Vermutlich waren es nur Gespenster, die sie sah.

»Jan würde es wunderbar finden.« Sie nickte Matei aufmunternd lächelnd zu. »Und es ist nicht zu groß. Es ist perfekt so. Dieser Jakob Stegmann wird Augen machen. Und ich werde irgendwann ganz stolz allen erzählen, was für eine berühmte Schwester ich habe. Eine Künstlerin von Weltruhm.«

»Denkst du das wirklich?«, fragte Matei.

»Ja, das denke ich«, antwortete Elin. »Und jetzt komm«, sie hielt Matei die Hand hin. »Es ist deine Vernissage, also solltest du dich auch blicken lassen und dich nicht auf der Damentoilette verkriechen.«

Matei ergriff Elins Hand, und die beiden gingen zurück in den Ausstellungsraum. Dort wurden fünfzig Werke von Matei präsentiert. Sie hingen an den Wänden oder standen auf Staffeleien oder Ständern. Allesamt waren es Ölgemälde. Es waren Landschaftsbilder, aber auch Porträts, manche zeigten alltägliche Lebenssituationen der Inselbewohner. Der Raum hatte sich inzwischen gut gefüllt.

»Da ist sie ja endlich«, rief Hannes. »Die großartige Künstlerin.« Er trat näher und legte den Arm um Matei. »Ein Applaus für Matei Bohn. Eines der größten Talente, das Sylt jemals gesehen hat. Und ich darf sogleich eine Ankündigung machen. Ihre Bilder beeindrucken einen besonderen Gast auf das Außerordentlichste. Den Galeristen und Kunstkenner Jakob Stegmann, der extra zu dieser Vernissage angereist ist.« Er deutete auf einen schlaksigen blonden Mann, der mit einem Sektglas in Händen neben einer der Staffeleien stand. »So bald wie möglich soll eine weitere Vernissage mit ihren Werken in seiner renommierten Galerie am Jungfernstieg in Hamburg stattfinden. Dort, wo die ganz Großen der Branche ausstellen. Darauf stoßen wir an. Auf diesen wunderbaren Erfolg.« Er hielt sein Sektglas in die Höhe und gab Matei vor aller Augen einen Kuss. Alle Anwesenden klatschten. Auch Elin. Doch in ihrem Inneren überwogen noch immer die Zweifel. Sie dachte an Friedrich und seine Worte. Hinter seinen Aussagen über Jakob Stegmann steckte mehr. Sie musste unbedingt noch einmal mit ihm reden.

13. KAPITEL

Keitum, 15. Juni 1922

Matei ließ den Pinsel sinken und sah nach draußen. Dort verteilte Elin die grün-weiß karierten Tischdecken auf den im Schatten der Ulmen stehenden Tischen. Endlich hatte der Regen aufgehört, und der kühle Wind, der in den letzten Wochen jeden Tag über die Insel gebraust war, hatte nachgelassen. Es war mild, und das Wasser des Meeres funkelte im hellen Sonnenlicht. Drei Stockenten leisteten Elin im Garten Gesellschaft. Ein Weibchen und zwei Männchen, die sich nicht stören ließen und zwischen den Tischen hin- und herliefen. Es war der perfekte Tag für den neunzigsten Geburtstag von Ricklef Martensen. Der alte Kapitän wollte diesen mit seiner Familie im Kaffeegarten feiern. Sechzig Gäste waren angekündigt. Geschwister gab es keine mehr. Dafür zehn Kinder, jede Menge Enkel und Urenkel, Nichten und Neffen und natürlich viele Freunde und Bekannte aus Keitum. Es würde eine lustige friesische Runde werden. Wiebke und Piet waren bereits seit den frühen Morgenstunden am Backen und Vorbereiten. Ricklef hatte sich eine Friesentorte als Geburtstagstorte gewünscht. Und da diese schon etwas Besonderes sein sollte, hatten sich Wiebke und Piet dazu entschlossen, ein dreistöckiges süßes Machwerk zu kreieren, auf dem tatsächlich neunzig Kerzen Platz finden sollten. Matei war vor einigen Wochen von einer seiner Töchter, ihr Name war Thur, und sie hatte die sechzig bereits überschritten, beauftragt worden, ein Porträt von ihm anzufertigen. Es war bereits gerahmt, verpackt und lehnte hinter ihr an der Wand. Hoffentlich würde es dem Jubilar gefallen. Sie hatte sich Mühe gegeben, seinen stets verschmitzt wirkenden Blick einzufangen. Trotz seines hohen Alters war er noch immer attraktiv. Ging nicht gebeugt und ohne Gehhilfe, hatte volles, wenn auch ergrautes Haar. Besonders seine Augen bestachen durch ein helles Blau. Als junger Mann mussten ihm die Frauen reihenweise zu Füßen gelegen haben.

Mateis Blick fiel auf ihren Verlobungsring, und in ihr breitete sich ein eigentümliches Gefühl aus. Hannes war vor einigen Tagen nach Hamburg gefahren, um alles für die bevorstehende Vernissage in der Galerie von Jakob vorzubereiten. Ihre Bilder waren bereits einen Tag zuvor vorausgeschickt worden. Sie wäre gern mit ihm gekommen, doch er hatte sie vertröstet. Er wolle erst noch eine passende Bleibe für sie beide in Hamburg suchen. Ein Hotel sei zu unpersönlich. Auch hatte er sie an Elins Geburtstag erinnert. Gewiss würde sie sich freuen, wenn ihre Schwester an diesem besonderen Tag noch anwesend wäre. Nur widerwillig hatte sie ihn ziehen lassen. Elins Geburtstag lag nun drei Tage zurück, und sie hatten ihn nicht groß gefeiert. Elin hatte sich den ganzen Tag über unwohl gefühlt, es war kühl und regnerisch gewesen. Erst gegen Abend hatten sie auf sie angestoßen. In dem neuen Salon von ihr und Lorenz im ersten Stock in kleiner Runde, nur Wiebke, Hinnerk, Alwine und Friedrich waren als Gäste anwesend gewesen. Blass und still war Elin gewesen, erschöpft hatte sie ausgesehen. Vielleicht war sie schwanger, hatte Matei überlegt. Aber hätte sie ihr das nicht erzählt? Schwestern redeten über solche Dinge. Allerdings hatte auch sie Elin ihren Abgang verschwiegen. Sie hatten nie Geheimnisse voreinander gehabt, stets alles Vertrauliche miteinander besprochen. Verloren sie einander?

Sie beobachtete, wie Lorenz nach draußen kam. Wie er Elin in den Arm nahm, wie sie sich küssten. Sie sahen so verliebt aus. Er war der perfekte Ehemann für Elin. Ein Sylter durch und durch, der sie auf Händen trug. Aber war dem tatsächlich so? Liebte er Elin wirklich, oder ging es ihm vielleicht doch darum, einen sicheren Betrieb zu übernehmen? Lorenz hatte sich Stück für Stück in ihr Leben geschlichen und wurde tagtäglich mehr zu einem Teil des Kaffeegartens, entschied Dinge, die früher allein Elin und sie entschieden hatten. Er kümmerte sich neuerdings um die Buchhaltung und überwachte auch die Zahlungen, die sie erhielten. Diese Tatsache wurmte Matei. War es Neid, den sie empfand? Elin hatte ihr Glück mit Lorenz gefunden. Sie hatte ihren Platz im Leben und schien zufrieden damit. In ihr tobten keine Rastlosigkeit und keine oftmals unbegreifbare Wut. Matei spürte die aufsteigenden Tränen und wischte sie fort. Wieso empfand sie so? Wieso war sie nicht mit dem zufrieden, was sie erreicht hatte? Gewiss würde Hannes bald ein Telegramm senden und ihr den Termin für die Vernissage mitteilen, ihr sagen, dass sie nachkommen konnte. Er wollte die perfekte Wohnung für sie finden. Ihr kleines privates Domizil, unweit von der am Jungfernstieg, direkt an der Außenalster gelegenen Galerie. Dort ist es wunderschön, hatte er ihr gesagt. Du wirst besonders die Alsterschwäne lieben, kannst die Schiffe auf dem Wasser beobachten. Du bist doch ein Inselmädchen. Du brauchst Wasser. Sie hatte ihn für diese Aussage geliebt.

Erst gestern war sie in der Badebuchhandlung in Westerland gewesen und hatte sich einen Stadtführer von Hamburg gekauft. Darin wurde besonders die Schönheit der Außenalster gepriesen. Theater, Varietés und Kinos in St. Pauli, dem Vergnügungsviertel der Stadt, wie sie wusste, warben um Kundschaft, ebenso Restaurants und Cafés. Oh, es würde alles so aufregend werden.

Endlich kehrte sie Sylt mit seiner gewohnten Eintönigkeit den Rücken. Sie konnte es kaum erwarten.

Sie richtete ihre Aufmerksamkeit wieder auf den Kaffeepott in ihren Händen. Er gehörte zu einem größeren Auftrag, den sie von einem Gästehaus in Westerland erhalten hatten. Die Pötte, dreißig Stück waren bestellt worden, sollten allesamt weiß lasiert und mit unterschiedlichen Inselmotiven versehen werden. Der Leuchtturm von Hörnum, ein Friesenhaus in Keitum, Dünengras, dahinter das Meer am Weststrand. Hinzu würden noch Teller und sechs Kaffeekannen kommen. Alles sollte handbemalt werden, man wollte keine Drucke. Sie bezahlten gut, und Elin hatte Matei versprochen, ihr den Großteil dieser Einnahme zu überlassen.

Plötzlich sah sie Knudt Olsen auf den Hof radeln. Er war der ortsansässige Postbote, weswegen er von allen nur Knudt Postmann gerufen wurde. Er blieb vor Elin stehen und reichte ihr einige Briefumschläge. Elin bedankte sich, es wurde kurz geredet. Mateis Herz begann sogleich höherzuschlagen. Vielleicht war Hannes' Telegramm unter den Umschlägen. Sie musste es wissen und legte den Pinsel zur Seite.

Auf dem Hof angekommen, war Knudt bereits wieder fort, und Elin sah die Umschläge durch. Matei trat näher und wischte ihre schweißnassen Hände an ihrem Rock ab.

»Es ist kein Telegramm von ihm dabei«, beantwortete Elin ihre unausgesprochene Frage.

Matei trafen ihre Worte, und sie ließ die Schultern sinken.

»Er ist doch erst seit vier Tagen fort«, versuchte Elin Matei zu trösten. »In dieser Zeit kann man doch gar keine Bleibe gefunden haben. Bestimmt wird er sich bald melden.«

»Hast ja recht«, antwortete Matei. »Ich bin zu ungeduldig.«

»Das wäre ich an deiner Stelle auch«, gab Elin zu. »Aber

das wird schon werden. Bestimmt wirst du bald eine Nachricht erhalten. Willst du uns bei den Vorbereitungen für das Geburtstagsfest von Ricklef helfen? Das lenkt ab.«

»Würde ich gern. Aber das Geschirr für das Gästehaus in Westerland soll doch nächsten Montag fertig sein. Ich bin erst bei der Hälfte der Pötte, dazu noch die Teller und Kaffeekannen. Alles handbemalt. Es dauert länger als gedacht. Wir hätten mehr Geld verlangen sollen.«

»Ich weiß«, Elin seufzte. »Der Inhaber hat mit mir gehandelt. Hätte ich sein letztes Angebot nicht angenommen, hätten wir den Auftrag womöglich nicht bekommen. Und wir können das Geld sehr gut gebrauchen. Ich hoffe, du wirst wie geplant vor deiner Abreise nach Hamburg damit fertig.«

»Da stehen sie klönend im Garten herum, und derweil kommen bald die Gäste.« Matei und Elin wandten sich um. Auf dem obersten Treppenabsatz stand Wiebke mit finsterer Miene, die Hände in die Hüften gestemmt. »Ihr glaubt wohl, die Arbeit macht sich von allein.«

»Wir kommen ja schon.« Elin sah zu Matei, die ein Grinsen nicht unterdrücken konnte. Wiebke hatte Elins Antwort nicht abgewartet und war bereits wieder im Haus verschwunden.

Matei ergab sich in ihr Schicksal. »Dann eben Geburtstagsfeier. Ein Neunzigster ist ja etwas Besonderes. Male ich eben später Pötte weiter. Wie steht es denn mit der neuen Küchenhilfe? Ich komme bei dem fliegenden Wechsel gar nicht mehr mit. Ständig gibt es andere Gesichter und Namen.« Die beiden gingen zum Haus. Da kam Torben Jensen angelaufen. Er war einer von Ricklefs Urenkeln. Der zwölfjährige Blondschopf blieb vollkommen außer Puste vor ihnen stehen.

»Er ist tot«, brachte er hervor. »Der Opa.«

Elin sah ihn verdutzt an. »Wie, tot?«, hakte sie nach.

»Mausetot«, antwortete Torben, der wieder zu Atem gekommen war. »Mama hat ihn im Sessel am Fenster gefunden. Er wollt nur 'n büschen ausruhen, hat er gesagt. Aber nu ist er tot. Ich soll ausrichten, dass die Feier ausfällt.«

»Du liebe Zeit«, Elin bekreuzigte sich. »Der Herr im Himmel sei seiner Seele gnädig.«

»Also Onkel Ludwig hat gemeint, dass das ein schöner Tod gewesen ist. Im Sessel sterben will er auch.«

Elin wusste nicht so recht, was sie antworten sollte. Torben schien der plötzliche Verlust seines Urgroßvaters so gar nicht nahezugehen. Allerdings hatte sie schon häufiger erlebt, dass Kinder mit dem Tod anders umgingen als Erwachsene.

Hinnerk trat näher. Seine Miene war bedrückt. Anscheinend hatte auch er die traurigen Neuigkeiten bereits erfahren. Sein Blick blieb kurz an Torben hängen.

»Ihr wisst es also bereits«, sagte er mit hängenden Schultern. »Dat darf nicht wahr sein. Unser Ricklef. Und ich Doofkopp dachte, er wird hundert. Kein Zipperlein hatte der, immer aufrecht, immer fidel. Und nu das. Einfach so im Sessel den Löffel abgegeben.« Er schüttelte den Kopf.

»Wer hat wo den Löffel abgegeben?« Wiebke war erneut nach draußen getreten und blickte in die Runde.

»Ricklef, unser Jubilar«, antwortete Elin. »Der Geburtstag ist abgesagt.«

»Wie, abgesagt?«, wiederholte Wiebke mit entsetztem Blick. »Und wat wird mit dem ganzen Kuchen und den Häppchen? Die halbe Nacht hab ich Krabbenbrote belegt, Friesenkekse und Streuselkuchen gebacken. Über die dreistöckige Friesentorte reden wir erst gar nicht. Und wird dat denn jetzt alles bezahlt?«

Elin wusste nicht, was sie erwidern sollte. So etwas war noch nie vorgekommen. Sie entschloss sich, diplomatisch vorzugehen, und wandte sich zuerst an Torben, der noch immer auf der dritten Stufe der zum Eingang führenden Treppe stand.

»Das sind wirklich äußerst traurige Neuigkeiten. Bitte richte der Familie unser aller Beileid aus. Über alles andere können wir in einigen Tagen sprechen. Gewiss wird sich eine moderate Lösung finden.«

Torben nickte und verschwand. Elin sah ihm nach, wie er die Einfahrt hinunterrannte.

»Obwohl im Sessel mit neunzig den Löffel abgeben nicht das Schlechteste ist«, sagte Hinnerk. »So einen Tod wünschen wir uns doch alle. Einschlafen und feddisch.«

»Aber vorher hätte er schon noch Geburtstag feiern können. Die schöne Friesentorte.«

Alle gingen ins Haus und in die Küche. Piet, der mal wieder ein Kippchen auf der hinteren Terrasse geraucht hatte, stieß zu ihnen. »Hab ich was verpasst?«, fragte er.

»So 'n büschen wat«, antwortete Hinnerk. »Der Ricklef ist tot.«

Piets Augen wurden groß.

»Im Sessel gestorben«, fügte Matei hinzu. »Gibt kein Geburtstagsfest.«

»Ach du je. Der Ärmste«, meinte Piet. »Andererseits ist es kein schlechter Tod. Ich hätte ihm die Feier aber noch gegönnt. Unser Ricklef hat so gern gefeiert. Wat machen wir denn jetzt mit dem ganzen Essen?« Er deutete auf die dreistöckige Friesentorte, auf der bereits bis zur Hälfte Kerzen standen.

Alwine betrat die Küche.

»Kinners, Kinners«, sagte sie ohne Gruß und schüttelte den Kopf. »Das muss man sich mal vorstellen. Da stirbt der gute Mann einfach so an seinem Neunzigsten im Sessel.«

»Na, der Tod hat sich ja schnell herumgesprochen«, sagte Elin.

»Ich komm aus Moilds Laden. Vollgestopft mit allen Tratschweibern des Ortes. Die plappern alle durcheinander, kaufen tut
da keine was. Ich wollt eigentlich nur bisschen Gallseife für meine Leinenservietten organisieren. Hab da Blaubeerflecken drauf,
die ich einfach nicht rausbekomme. War nix zu machen. Ich hab
es nicht einmal bis zur Theke geschafft.« Ihr Blick blieb an der
Geburtstagstorte hängen. »Was macht ihr jetzt mit dem Kuchen?
Sieht ja prächtig aus.« In ihren Augen lag plötzlich ein Aus-
druck, den Elin zu deuten wusste. Gegen ein Stück Torte hätte
Alwine nichts einzuwenden.

»Hm«, brummte Elin. »Wir könnten den Kaffeegarten für Besucher öffnen und ihn normal verkaufen. Jetzt gibt es ja keine
geschlossene Gesellschaft mehr.«

»Schon mal eine gute Idee«, erwiderte Wiebke. »Machen wir
für Friesentorte heute doch einen Sonderpreis. Das Machwerk
aus Sahne lässt sich ja nicht ewig aufheben. Da wäre es gut, es
flott unter die Leute zu bringen.«

Wiebkes Idee fand Anklang. Ricklefs Tod war bedauernswert,
aber es musste ja weitergehen. Rasch wurden die Tafeln am Watt-
aufgang und am Eingang neu beschriftet. *Heute Friesentorte zum
halben Preis*, stand nun darauf geschrieben. Wiebke verfrachtete
die Streuselkuchen in die Kuchentheke. Es dauerte nicht lange,
bis die ersten Gäste eintrudelten. Bald schon waren im Garten
sämtliche Tische besetzt, und es wurde freudig Friesentorte geordert. Alwine bekam ein extragroßes Stück geschenkt und half,
nachdem sie es mit einer beeindruckenden Geschwindigkeit aufgegessen hatte, beim Bedienen der Gäste mit. Zur gewohnten
Uhrzeit tauchte Friedrich auf, der sein Bedauern über den Tod von
Ricklef ausdrückte und sich ebenfalls ein großes Stückchen Torte
gönnte. Dazu orderte er einen Pharisäer. Hinnerk leistete ihm an
seinem Tisch Gesellschaft und trank solidarisch einen mit.

Gegen Abend zeigte sich Elin zufrieden. Sie brachte erneut ein Tablett mit leeren Tellern in die Küche. »Das Geschäft läuft hervorragend«, sagte sie strahlend. »Schon zwei Drittel der Torte sind fort. Und der Streuselkuchen ist ebenso beliebt. Hach, das freut mich. So muss ich Ricklefs Familie nichts in Rechnung stellen. Sein plötzlicher Tod bereitet ja schon Kummer genug. Da muss es nicht auch noch eine Rechnung von einer abgesagten Geburtstagsfeier geben.«

»Ich glaub, ich gönn mir jetzt auch mal ein Stückchen Torte«, sagte Wiebke. »Ist ja nu etwas ruhiger geworden. Und ein Pharisäer dazu. Dann räumt es sich später um einiges beschwingter auf. Wo steckt eigentlich Matei? Eben war sie noch hier.«

»Sie ist draußen bei Friedrich und Hinnerk. Zu den beiden hat sich noch Carl Feddersen gesellt. Bestimmt geht es mal wieder um die Kunst.«

»Weil Hinnerk davon ja so viel versteht«, warf Wiebke ein, die sich gerade ein recht ansehnliches Stückchen Friesentorte abschnitt und auf einen Teller verfrachtete.

Elin grinste, nahm sich einen Friesenkeks von einem Tablett und ging zurück in den Garten, um nach dem Rechten zu sehen.

Da sah sie plötzlich Matei aufspringen. Sie schrie Friedrich an. »Du lügst doch. Das ist nur der Neid, weil du es nie so weit gebracht hast.« Sie rannte Richtung Wattufer davon. Verdutzt sah Elin ihr nach. Friedrich hatte sich nun ebenfalls erhoben.

Elin eilte zu ihm. »Was ist los? Wieso lügst du?« Sie ahnte, was kommen würde.

Friedrichs Miene war zerknirscht. »Ich habe Erkundigungen über Jakob Stegmann eingeholt. Er scheint mit seiner Galerie ziemlich am Ende zu sein. Es gibt Gerüchte, dass er in einen Kunstraub verwickelt gewesen ist. Das konnte ich nun nicht mehr für mich behalten. Ich musste sie warnen, bevor sie in ihr

Unglück läuft. Ich nehme an, dass dieser Hannes von Bransbeck da ebenfalls seine Finger mit im Spiel hat. Mir kam dieser Bursche von Beginn an seltsam vor.«

Elin nickte. Ihre Hände zitterten. Wieso nur lag ihr Bauchgefühl stets richtig? In diesem einen Fall hätte es sich doch irren können.

»Danke dir«, sagte sie. »Ich gehe und versuche sie zu beruhigen.«

Mit klopfendem Herzen eilte Elin die Stufen zum Wattweg hinunter. Matei lief Richtung St.-Severin-Kirche. Sie folgte ihr und rief laut ihren Namen. Doch Matei blieb nicht stehen. Elin beschleunigte ihre Schritte. Sie rannte nun.

»Matei. Verdammt noch eins. Lass mit dir reden.«

Matei blieb stehen und wandte sich um. Ihre Miene war wie versteinert, Wut lag in ihrem Blick, ihre Hände waren zu Fäusten geballt.

»Ich weiß, was du sagen willst«, schleuderte sie Elin entgegen, noch ehe diese etwas von sich gab. »Du denkst, dass Friedrich recht hat. Dass ich auf zwei Betrüger hereingefallen bin und mich blenden habe lassen. Aber dem ist nicht so. Friedrich ist doch nur neidisch. Er hatte niemals eine solche Möglichkeit. Ihr gönnt mir mein Glück nicht. Hannes liebt mich. Er würde mich niemals über den Tisch ziehen. Das weiß ich genau.« Tränen standen in ihren Augen, ihre Stimme war mit jedem Satz lauter geworden.

»Aber das stimmt doch gar nicht. Was ist nur in dich gefahren, so zu reden?«, versuchte Elin Matei zu beruhigen. »Ich gönne dir dein Glück. Und du weißt, dass Friedrich niemals neidisch sein würde. Er ist doch unser Freund und meint es nur gut. Er würde niemals Lügen verbreiten.«

»Ich brauche seinen Ratschlag aber nicht. Und dich brauch ich auch nicht. Hörst du! Die große Schwester, die stets glaubt, sie könnte mir Anweisungen erteilen. Ich will mein eigenes Leben. Weit weg von Sylt, von den Erinnerungen. Von Jan. Verdammt noch mal.« Sie drehte sich um und rannte fort.

Elin sah ihr wie erstarrt nach. Mateis Worte trafen sie tief im Innersten. Sie war noch immer in der Trauer um Jan gefangen. Und sie war zu wenig darauf eingegangen. Sie war zu sehr mit anderen Dingen beschäftigt gewesen, mit dem Umbau des Kaffeegartens, der Neueröffnung ihres Ladens in Westerland. Sie hatte Lorenz kennen- und lieben gelernt. Sie war nicht mehr die große Schwester gewesen, die Matei brauchte. Und was nun? Sie schlang die Arme um den Körper. Trotz der Wärme fröstelte sie plötzlich.

»Sie beruhigt sich schon wieder«, drang plötzlich eine ihr bekannte Stimme an Elins Ohr. Es war die von Alwine. Die Hebamme stand direkt hinter ihr. Elin ließ sich in ihre Arme sinken. Die Anspannung fiel von ihr ab, und sie begann zu weinen.

»Ist schon gut«, tröstete Alwine und strich ihr über den Rücken. »Scht. Es wird bestimmt alles wieder gut werden. Beruhige dich. Aufregung ist in deinem Zustand kein guter Begleiter.«

Elin blickte verwundert auf. Sie war erst seit zwei Wochen über der Zeit, zaghaft hatte sie zu hoffen begonnen.

»Ich sehe es in den Augen«, sagte Alwine und lächelte. Sie legte den Arm um Elin. »Komm. Ich bringe dich nach Hause.«

14. KAPITEL

Hamburg, 24. Juni 1922

Matei blickte auf die vorüberfliegende Welt vor ihren Augen. So viel Land, so viele Häuser, Bäume und Felder, hatte sie noch niemals zuvor gesehen. Dörfer und Weiden mit Pferden und Kühen darauf huschten an ihr vorüber. Einmal waren es Hunderte Gänse, die auf einer Wiese vor einer Mühle im hellen Licht der Nachmittagssonne standen. Ein anderes Mal sah sie Rehe am Rand eines Waldes. Wälder, Bäume, soweit das Auge reichte. Wie hübsch das doch aussah. Sie hielten an Bahnhöfen. Sie kannte die Namen der Städte. Husum und Itzehoe. Bisher hatte sie nur eine vage Vorstellung davon gehabt, wie sie aussahen. Die Festlandorte, weit weg von Sylt, in einer anderen, für sie fremden Welt, die nun ein Gesicht bekam. Die Überfahrt mit dem Schiff war bereits aufregend gewesen. Zum ersten Mal in ihrem Leben hatte sie in Munkmarsch eine der Fähren bestiegen, um aufs Festland zu reisen. Ihr Herz hatte wie verrückt geschlagen, ihre Hände gezittert. Sie hatte an Deck Platz genommen, obwohl es kühl gewesen war, so früh am Tag, um fünf Uhr morgens. Es war die erste Fähre gewesen, die an diesem Sommertag, es war bereits hell, zum Festland gefahren war. Schafe und in Käfigen sitzende Hühner hatten sie auf ihrer Fahrt begleitet. Ein älteres Ehepaar beschwerte sich über den Gestank der Tiere. Eine junge Mutter hatte Mühe damit, ihre dreijährige Tochter zu trösten. Das Mädchen hatte seine Puppe verloren und weinte bitterlich. Es ging nur langsam voran. Einmal mussten sie länger halten, denn ein anderes Boot versperrte den Weg. Die Fahrrinne war begrenzt, die Dänen hatten sie mal wieder nicht gut genug ausgekoffert. Sie beobachtete, wie das Sonnenlicht auf dem Wasser funkelte, hielt ihre Nase in den salzigen Wind und versuchte, das dumpfe Gefühl in ihrem Inneren zu vertreiben, das sie in den letzten Tagen nicht in den Schlaf finden hatte lassen. Anfangs war sie wie gelähmt gewesen. Was sollte sie tun? Auf Nachricht von Hannes warten? Ihm schreiben? Nur wohin? Sie wusste nur von einer Galerie am Jungfernstieg, die von Jakob Stegmann betrieben wurde. Keinen Namen, keine Adresse, nichts. War sie zu blauäugig gewesen? Der Entschluss, nach Hamburg zu reisen, war plötzlich gekommen. Um zwei Uhr morgens, sie hatte vor ihrem Atelier gesessen und in eine Wolldecke gehüllt den Sternenhimmel betrachtet, den blumigen Duft des Sommers eingeatmet, der das kleine Friesenhaus umgeben hatte. Ihr Elternhaus, in dem so viele Erinnerungen lebten, die immer mehr verschwammen. Erinnerungen, die schmerzten, Sylt schmerzte. Sie musste nach Hamburg und Hannes finden. Dann würde alles gut werden. Er liebte sie, er hatte ihr einen Antrag gemacht. Er wollte eine Bleibe an der Außenalster suchen, weil sie Wasser gernhatte. In ihrem Reiseführer von Hamburg hatte sie die Außenalster gesehen. Es war eine Art Binnensee, wurde hübsch beschrieben. Es gab dort Ausflugslokale, Segel- und Tretboote fuhren darauf. Der Jungfernstieg lag an der Binnenalster. Die beiden Seen teilte die Lombardi-Brücke. Sie würde die Galerie gewiss finden. So schwer konnte das doch nicht sein. Und dann würde alles gut werden. Elin und Friedrich hatten unrecht, und sie würde es ihnen beweisen.

Die Fähre hatte in Feindesland angelegt. Mit einem mulmigen Gefühl hatte sie auf dem Weg vom Fähranleger zur nahen Bahn die dänischen Soldaten betrachtet, die, mit Gewehren bewaffnet, auf sie geachtet hatten, als wären sie böse Angreifer. Derweil waren sie nur zwei Dutzend Reisende gewesen, die in die Zugabteile geklettert waren, die hinter ihnen verplombt worden waren.

Nun war Hamburg nicht mehr weit. Die Häuser wurden mehr. Vierstöckige Wohnbauten, auf Balkonen hing Wäsche, standen Blumenkübel. Auf einem saß ein älterer Herr und las Zeitung. Sie sah Hinterhöfe und Parkanlagen. Straßen, auf denen die Straßenbahn fuhr. Zum ersten Mal in ihrem Leben sah sie eine Straßenbahn. Und dann erblickte sie einen herrlichen See, umgeben von Häuserreihen, eine Wasserfontäne stieg in seiner Mitte in die Höhe. Sie sah Ausflugs- und Tretboote darauf. Das musste die Binnenalster sein, von der sie in ihrem Reiseführer gelesen hatte. Dahinter lag der Jungfernstieg. Sie spürte ein wunderbares Kribbeln in ihrem Inneren. Was für ein herrlicher Ort für eine Galerie das doch war. Nun verstand sie, weshalb Hannes so geschwärmt hatte. Ihr Herz schlug nun schneller. Es erklang eine Durchsage. Nächster Halt war der Hamburger Hauptbahnhof. Neben ihr saß ein älterer Herr, der bereits vor einer Weile eingeschlafen war. Als Matei aufstand, schreckte er hoch und sah sich verwirrt um.

»Wo, was?«, fragte er.

»Wir erreichen den Hamburger Hauptbahnhof«, antwortete Matei.

»Oh, dann sind wir schon da«, erwiderte er und schob seine auf der Nase liegende Nickelbrille nach oben. »Wie schön.« Er klappte das in seinem Schoß liegende Buch zu und erhob sich ebenfalls.

Einige Minuten später stand Matei auf dem Bahnsteig und sah sich mit großen Augen um. Auf dem gegenüberliegenden Gleis war gerade ein Zug aus München eingefahren. Unmengen an Menschen strömten an ihr vorüber. Stimmen schwirrten durch die Luft, Durchsagen waren zu hören. Sie wurde angerempelt, jemand bat um Entschuldigung. Ihr Zug fuhr fort und gab den Blick auf die anderen Bahnsteige frei. Auf andere Züge, mehr Menschen, auf Anzeigen und Zeitungskioske. Schilder wiesen den Weg zum Ausgang, zur Straßen- und Hochbahn. Die vielen Eindrücke überforderten sie. Wohin sollte sie gehen? Was war der richtige Ausgang? Und wie kam sie zum Jungfernstieg? Ihr fiel ihr Reiseführer ein. Vielleicht gab es darin die passende Auskunft. Unter »Ankunft« fand sich tatsächlich eine Information. Sie solle sich von einem der Polizei-Wachtmeister am Ausgang eine Droschkenmarke geben lassen. Damit bekomme man bei den Droschkenfahrern einen Festpreis und könne nicht über den Tisch gezogen werden. Das wäre eine Lösung. Ein Droschkenfahrer würde den Weg zum Jungfernstieg sogleich finden. Sie könnte jedoch auch zu Fuß laufen. *Bis zur Alster den Wallanlagen folgen*, stand im Führer. Vom Alsterdamm aus wäre die Orientierung einfach. Liebe Güte. Was waren Wallanlagen? Sie fand sich auf diesem Bahnsteig kaum zurecht, wie sollte sie dann den Weg zum Alsterdamm finden? Sie entschloss sich, eine Droschke zu nehmen. Das war der sicherste Weg, um voranzukommen. Alles andere würde sich auf dem Jungfernstieg gewiss finden. Sie nahm ihren Koffer und verließ über eine Treppe den Bahnsteig. In der sogenannten Wandelhalle war sie erneut etwas überfordert. Hier gab es Restaurants und Geschäfte, Zeitungsverkäufer, Blumenläden und Fischhändler, die ihre Waren anpriesen. Allein in dieser Halle hielten sich mehr Menschen auf als in Westerland auf der Kurpromenade. Und dazu diese Lautstärke. Überall waren Stimmen und Geräusche. Suchend blickte sie sich nach dem Ausgang um und folgte einem Hinweisschild. Dort angekommen, stand tatsächlich ein Polizei-Wachtmeister an der Tür. Sein Anblick erleichterte sie so sehr, sie hätte weinen können. Doch wie

148

sprach sie ihn an? In Keitum und Westerland kannte sie jeden Wachtmeister seit vielen Jahren. Er war ein Fremder. Liebe Güte, dachte sie. Sie stellte sich an, als wäre sie vom Mond gefallen. Schüchternheit war noch nie eine ihrer Eigenschaften gewesen. Allerdings war sie auch noch nie zuvor am Hamburger Hauptbahnhof gewesen. Sie atmete tief durch und hielt auf den Schutzmann zu. Am Ende war alles ganz einfach. Er grüßte sie höflich und erkundigte sich sogleich, ob sie eine Marke für eine Droschke benötige. »Willkommen in Hamburg, mein Fräulein«, fügte er noch verschmitzt grinsend hinzu und hielt ihr, nachdem sie die Marke dankend entgegengenommen hatte, die Tür auf. Das Zittern ihrer Hände ließ nach. Gut, dass sie den Reiseführer gekauft hatte. Er würde ihr bestimmt noch einige Male gute Dienste erweisen. Obwohl sie ihn, wenn sie Hannes erst gefunden hatte, gewiss nicht mehr benötigen würde. Auf dem Vorplatz sah sie sich staunend um. Das hier war also Hamburg. Das Tor zur Welt, wie oft gesagt wurde. Die hier gebauten Häuser sahen luxuriös aus. Viele von ihnen waren Hotels. Die Straßenbahn fuhr bimmelnd an ihr vorüber. Ein junger Bursche mit einem mit Koffern beladenen Handkarren machte gerade eine Pause und rauchte eine Zigarette. Auch hier gab es Verkaufsstände für Zeitungen, Blumen, Postkarten und Fisch. Rechter Hand standen die Droschken. Sie ging darauf zu und wurde sogleich von dem Fahrer einer Kraftdroschke in Empfang genommen.

»Moin, min Fräulein«, grüßte der braunhaarige Mann mit Schnauzbart freundlich, Matei schätzte ihn auf Mitte fünfzig.

»Zum Jungfernstieg. Der Schutzmann hat mir eine Marke gegeben.«

»Aber gern. Sogleich, min Fräulein. Da haben Sie sich eine hervorragende Adresse ausgesucht. Zum ersten Mal in Hamburg?« Er nahm Matei die Marke ab, kassierte das Fahrgeld, achtzig Pfennige, und verstaute ihren Koffer im Wagen. Zuvorkommend hielt er ihr die Tür auf. Sie stieg ein, und die Fahrt begann. Mit großen Augen betrachtete sie die am Fenster vorbeihuschende Stadt. Geschäfte, Menschen, Pferdewagen und Karren. Auf Wasserkanälen sah sie kleine Boote. Der Wagen hielt alle naselang. Mal stand etwas im Weg, dann einfach so, weil es dem Fahrer wohl zu gefallen schien. Oder lag es an den seltsamen dreifarbigen Dingern, die über den Straßen hingen? Rot bedeutete wohl stehen bleiben.

»Es tut mir leid, wenn es länger dauert«, sah sich der Fahrer bemüßigt, sich zu entschuldigen, als sie erneut hielten. »Neuerdings hängen in der Stadt sogenannte Ampeln, die den Verkehr regeln sollen. Die Dinger sind erst letzte Woche in Betrieb genommen worden. Ich mag sie nicht sonderlich. Ging doch bisher auch ohne diesen Firlefanz.«

Matei antwortete nicht. Sie war von den vielen Eindrücken und der Größe der Stadt wie erschlagen. War sie zu blauäugig gewesen? Vielleicht wäre es doch besser gewesen, auf Hannes' Telegramm zu warten. Sie erreichten den Jungfernstieg, und der Wagen blieb an einer der Haltestellen für Droschken stehen. Der Fahrer hielt ihr die Tür auf und reichte ihr galant ihren Koffer.

»Ich wünsche Ihnen einen schönen Aufenthalt.«

Matei überlegte, ihn nach der Galerie zu fragen. Vielleicht kannte der Mann sich hier aus. Aber ihr blieb keine Zeit dafür, denn ein neuer Fahrgast wartete bereits. Ein älterer Herr mit Schnauzbart, der einen recht ungeduldigen Eindruck machte.

Sie entfernte sich von der Haltestelle und lief Richtung Binnenalster. Wie hübsch es hier doch war. Das Wasser funkelte im hellen Sonnenlicht. Ein sanfter Wind rüttelte an den Zweigen der Schatten spendenden Laubbäume. Eine Kindergruppe fütterte fröhlich lachend die Möwen mit Brotkrumen. Gerade legte einer der Ausflugsdampfer an, und die Besucher strömten von Bord. Tret- und Segelboote fuhren auf dem Gewässer. Linker Hand lag ein Café, das den hübschen Namen Alsterpavillon trug. Seine Terrasse war gut gefüllt. Etwas sehnsuchtsvoll blickte Matei auf ein großes Stück Erdbeerkuchen, das eben einer älteren Dame serviert wurde. Erst jetzt wurde sie sich klar darüber, dass sie heute noch nichts gegessen hatte, und ihr Magen begann zu knurren. Sie zog für einen Augenblick einen Cafébesuch in Erwägung, verwarf den Gedanken jedoch wieder. Sie musste die Galerie und Hannes finden. Danach blieb immer noch genügend Zeit für einen Imbiss. Sie wandte sich von der Binnenalster ab und ließ ihren Blick über die dahinter liegende Häuserreihe schweifen. Irgendwo hier musste die Galerie sein. Nur wo? Es waren so viele hohe Häuser, die es abzusuchen galt. Wie sollte sie sich hier zurechtfinden? Wo lagen Galerien? Im Erdgeschoss, wie ein Ladengeschäft? Oder doch in einem der vielen Stockwerke? Sie entschloss sich dazu, jemanden zu fragen, und sah sich um. Nur wen? Es musste jemand sein, der sich hier auskannte. Ein Einheimischer, kein Tourist. Nach kurzer Überlegung entschied sie sich dazu, in einem der Geschäfte zu fragen. Dort bekam sie bestimmt die richtige Auskunft. Die Galerie von Jakob Stegmann war bekannt, angeblich besaß sie Weltruhm. Gewiss kannte sie hier jemand. Nur, in welches Geschäft sollte sie gehen? In das Bekleidungsgeschäft rechter Hand? Sie blieb davor stehen. Guter Gott, sah das schick aus. Im Schaufenster wurden sündhaft teure Kleider der neuesten Mode ausgestellt. Auf den Schildern standen schwindelerregende Preise. Plötzlich kam sie sich in ihrer schlichten Kleidung, sie trug einen wadenlangen hellblauen Rock und eine weiße Bluse, schäbig vor. Hannes hatte von dem Wohlstand Hamburgs gesprochen. Der reichen Handelsstadt am Meer. Hier stand der Luxus im Schaufenster. Neben dem Bekleidungsgeschäft befand sich ein Juweliergeschäft. Goldschmuck und Perlenohrringe funkelten in der Auslage neben teuer aussehenden Armbanduhren. Preisschilder suchte man hier allerdings vergebens. Wer in einem solchen Laden einkaufen ging, benötigte diese Auskunft vermutlich auch nicht. Neben dem Juwelier lag eine Apotheke. Diese machte auf Matei einen vertrauensvollen Eindruck. Eine Apotheke war etwas Bodenständiges. Dort würde sie fragen. Sie betrat das Ladengeschäft. Die Apotheke glich ein wenig der in Westerland, was Matei noch mehr Sicherheit gab. Die Wände waren mit Holz vertäfelt, hinter dem Verkaufstresen gab es Unmengen an beschrifteten Schubladen, und ein sanfter Duft nach Kräutern hing im Raum. Eine ältere Dame mit lockigen grauen Haaren in einem dunkelblauen Kleid begrüßte sie mit einem Lächeln.

»Moin, mein Fräulein. Was kann ich für Sie tun?«

Mein Fräulein. Diese Anrede hörte Matei heute nicht zum ersten Mal. Es gefiel ihr, so angesprochen zu werden. Obwohl sie als Witwe eigentlich gar kein Fräulein mehr war. Aber das musste sie der Frau ja nicht auf die Nase binden. Auf Sylt sprach sie niemand so an. Aber dort kannte sie auch jeder.

»Ich wollte um eine Auskunft bitten«, sagte sie, nachdem sie den Gruß erwidert hatte. »Ich bin auf der Suche nach der Galerie des Herrn Jakob Stegmann. Sie soll hier am Jungfernstieg ansässig sein.«

Die Miene der Frau wurde nachdenklich.

»Also einen Jakob Stegmann kenne ich nicht«, antwortete sie. »Aber es gibt drei Galerien. Eine befindet sich im Eckhaus zum Alsterdamm. Das ist hier gleich linker Hand, können Sie nicht verfehlen. Sie ist im zweiten Stock. Und die andere, ich weiß den Namen gerade nicht, liegt ein Stück weiter Richtung Neuer Jungfernstieg runter. Die gibt es noch nicht lange. Und die dritte im Bunde liegt eigentlich schon in der Großen Bleiche, in einem Hinterhof. Galerie Lichtblick heißt sie. Da war ich neulich mit meinem Albert. War eine Vernissage von Heinrich Klaubmann. Kennen Sie den? Ein großartiger Hamburger Künstler. Sie müssen seine Bilder unbedingt sehen. Eher modern, aber lebensecht. Er wird es mal weit bringen. Das sag ich Ihnen.«

Gleich drei Galerien. Nun gut. Besser als keine. Sie bedankte sich für die Auskunft und versprach, sich die Bilder dieses Herrn Klaubmann anzusehen. Wieder auf der Straße, entschied sie sich dazu, zuerst die erstgenannte der Galerien aufzusuchen. Aus irgendeinem Grund kam ihr diese am vielversprechendsten vor. Sie wandte sich nach rechts Richtung Alsterdamm. An dem besagten Haus angekommen, konnte sie zunächst keinen Hinweis auf eine Galerie entdecken. Im Erdgeschoss befand sich eine Weinhandlung, die gerade eine neue Lieferung erhielt. Ein Pferdefuhrwerk stand davor, und zwei junge Burschen mit Schirmmützen auf den Köpfen luden Kisten ab. Einer von ihnen warf Matei begehrliche Blicke zu. Peinlich berührt wandte sie sich ab und lief raschen Schrittes ein Stück weiter. Liebe Güte. Mit einem solch offenkundigen Interesse hatte sie schon lange niemand mehr angesehen. Doch wo befand sich nun die Galerie? Die Apothekerin hatte etwas vom zweiten Stock gesagt. Es musste also einen weiteren Eingang geben. Sie entdeckte ihn schließlich auf der anderen Seite der Weinhandlung. Und tatsächlich. Auf einem großen Schild neben einer mit allerlei Schnitzereien verzierten Eingangstür hing das Galerieschild. *Kunstgalerie Stegmann* war in geschwungenen Lettern auf einem großen Metallschild eingraviert. *Zweites Obergeschoss.* Sogleich begann ihr Herz höherzuschlagen. Sie hatte die Galerie gefunden. Nun würde sie auch Hannes finden. Alles würde gut werden. Sie schob die nicht verschlossene Eingangstür auf und betrat das geräumige Treppenhaus, in dem es nach Putzmittel roch. Der Boden war mit grauen Kacheln gefliest. Es gab sowohl einen Fahrstuhl als auch eine Treppe. Matei blieb vor dem Fahrstuhl stehen und betrachtete ihn näher. Es gab einen Knopf auf der rechten Seite. Schwarze Metallgitter versperrten den Zutritt. Metallseile waren zu sehen, die nach oben führten. Zum ersten Mal in ihrem Leben sah sie einen Fahrstuhl. Ob sie es wagen sollte, mit ihm zu fahren? Sie war sich unsicher. Hatte nicht irgendein Gast im Kaffeegarten einmal davon berichtet, in einem solchen stecken geblieben zu sein? Eine ganze Nacht hatte er auf Hilfe gewartet. Dann doch lieber die Treppe. Auf der würde es nicht zu einer solchen Notsituation kommen. Sie lief die Stufen nach oben. Mit jeder Stufe wuchs ihre Nervosität. Was würde sie erwarten? Vielleicht war Jakob Stegmann nicht anwesend. Vielleicht war die Galerie geschlossen. Was sollte sie dann tun? Sie hatte keine Bleibe, hatte sich keinerlei Gedanken darüber gemacht, was sie tun sollte, wenn sie Hannes nicht fand. In ihrem Reiseführer standen natürlich Hotels und Unterbringungen. Doch sie hoffte, sich nicht danach auf die Suche machen zu müssen. Sie erreichte das zweite Obergeschoss und stellte zu ihrer Erleichterung fest, dass die Tür weit geöffnet war. Ein Aufsteller mit einer Ausstellungs-Ankündigung stand auf dem Treppenabsatz.

Große Sylt-Vernissage am 26. Juni. Eintritt frei. Bewundern Sie die großartigen Gemälde des Künstlers Magnus Hansen, der Neuentdeckung des Jahres.

Magnus Hansen. Wer war das denn nun? Sylt-Ausstellung. Es waren doch ihre Bilder, die ausgestellt werden sollten. Sie betrat die Galerie und stieß auf eine junge, dunkelhaarige Empfangsdame in einem weinroten Kleid, die hinter einem Tresen stand und sie mit einem aufgesetzt wirkenden Lächeln begrüßte. Der arrogante Blick, mit dem sie Matei von oben bis unten musterte, sagte mehr als tausend Worte.

»Guten Tag. Was kann ich für Sie tun? Im Moment haben wir geschlossen.«

Matei spürte, wie ein sonderbares Gefühl in ihr hochstieg. Hier stimmte etwas ganz und gar nicht. Magnus Hansen, Sylt-Ausstellung. Sie versuchte sich zu beruhigen. Gewiss würde es eine Erklärung dafür geben.

»Ich bin eine Bekannte des Inhabers, Herrn Stegmann. Er war vor einigen Wochen auf Sylt, um meine Gemälde zu bewundern. Ist er im Haus? Ich würde ihn gerne sprechen. Es sollte eine Vernissage mit meinen Bildern stattfinden.«

Der Blick der Frau verlor seine Arroganz. Nun war es Neugier, die darin lag.

»Auf Sylt also. Herr Stegmann war dort vor einigen Wochen. Allerdings hat er die Gemälde von Herrn Magnus Hansen betrachtet und für gut genug befunden, sie in der Ausstellung zu zeigen. Es sollen gleich mehrere Kunstkritiker aus dem Ausland der Vernissage beiwohnen. Paris, Mailand, New York. Von den Gemälden einer jungen Frau hat er nicht gesprochen. Tut mir leid. Er ist aktuell auch nicht im Haus. Termine. Aber ich kann ihm gern ausrichten, dass Sie da gewesen sind und nach ihm gefragt haben. Wie ist Ihr Name?«

Matei schluckte. Ein ungutes Gefühl breitete sich in ihr aus. Konnte es sein, dass Elin und Friedrich doch … Sie dachte den Gedanken nicht zu Ende. Es durfte nicht sein. Hannes liebte sie. Er würde sie niemals betrügen. Trotzdem wollte sie Gewissheit.

»Hängen die Gemälde dieses Herrn Hansen bereits?«, fragte sie. »Könnte ich einen kurzen Blick darauf werfen?«

Die Frau zögerte. »Ja, das tun sie. Aber ich weiß nicht recht … «

155

Matei wartete ihre Zusage nicht ab. Sie lief an dem Tresen vorbei und betrat einen der Ausstellungsräume. Er war schlicht gehalten, weiße Wände, grauer Teppichboden, der die Schritte dämpfte. Es waren ihre Gemälde, die dort hingen. Die Bilder von Keitum, von St. Severin, von Tinnum, ihrem Elternhaus, vom Weststrand, dem Leuchtturm in Hörnum. Sie war fassungslos. In ihren Ohren begann es zu rauschen. Magnus Hansen. Was sollte das? Wo war Hannes? Wieso tat er das? Sie trat näher an eines der Bilder heran, und ihr Blick fiel in die rechte untere Ecke. Ihre Signatur war fort. Dort stand nun eine andere. M. H. war zu erkennen.

»Fräulein«, drang die Stimme der Empfangsdame wie durch eine Wand an ihr Ohr. »Sie sollten wirklich nicht hier sein. Die Ausstellung ist noch nicht eröffnet.«

Matei starrte auf das Bild. Es war ihr Elternhaus, so wie es früher gewesen war. Ihr Vater saß davor, die Pfeife im Mund. Er hatte es gestohlen. Ihr ihre Erinnerung geraubt.

Und dann hörte sie plötzlich seine Stimme.

»Was ist los, Katharina?«

Sie wandte sich um. Es war Hannes. Er sah sie mit einem kühlen Blick an.

»Hannes«, brachte sie hervor. Er erwiderte nichts.

»Da muss eine Verwechslung vorliegen«, sagte die Empfangsdame. »Darf ich vorstellen, Magnus Hansen. Der Künstler persönlich. Es tut mir schrecklich leid, Herr Hansen. Die Dame ist einfach so in die Ausstellung gelaufen und ließ sich nicht aufhalten.«

Matei sah ihn fassungslos an. Sie war wie betäubt. Sein Gesicht war wie versteinert. Er sah sie an wie eine Fremde.

Sie wollte etwas sagen, doch es fehlten ihr die Worte. Wer war der Mann, der vor ihr stand? Ein Räuber, ein Betrüger. Sie liebte ihn doch.

»Es sind meine Bilder«, sagte Matei. Erst leise, dann wurde ihre Stimme lauter. Sie spürte Wut in sich aufsteigen. »Du wolltest mich heiraten.« Sie hielt ihre linke Hand mit dem Verlobungsring daran in die Höhe. »Nur wenige Tage, hast du gesagt. Du wolltest eine Bleibe suchen. Am Alsterufer gelegen, weil ich Wasser gernhabe. Die Signatur. Du hast sie geändert. Es ist mein Bild. Mein Elternhaus, das es zeigt. Es ist mein Vater, der vor dem Haus sitzt. Du gottverdammter Betrüger. Du Lügner.« Und da ging sie auf ihn los und begann, wie wild auf ihn einzuschlagen. Sie konnte nicht anders. Die Verzweiflung brach sich Bahn. Er wehrte sich und schlug sie. Fest ins Gesicht. Sie glaubte, ihr Kopf flöge fort. Sie landete auf dem Boden und war unfähig, sich wieder zu erheben. Der metallische Geschmack von Blut lag auf ihren Lippen. Sie hörte die Frau kreischen, Hände griffen nach ihr. Zwei junge Burschen waren es, die sie auf die Beine zerrten. Sie wurde aus dem Raum gebracht, es ging durch das Treppenhaus. Sie wehrte sich, schlug um sich, rief immer wieder Hannes' Namen. Doch es half alles nichts. Er antwortete nicht. Unsanft landete sie auf dem Straßenpflaster, und die Tür fiel hinter ihr ins Schloss. »Nein«, rief sie. »Hannes. Nein!« Ein unbändiger Schmerz ergriff von ihr Besitz, und sie sackte in sich zusammen. Tränen begannen über ihre Wangen zu laufen. Es waren doch ihre Bilder, ihr Leben, ihre Seele, die sie zeigten. Er hatte sie gestohlen. Oh, was war sie dumm gewesen. So verdammt dumm.

15. KAPITEL

Keitum, 20. Juli 1922

Mild sah Elin mit diesem besonderen Blick an, den sie so gar nicht leiden konnte. Mitleid lag darin, aber auch noch etwas anderes. Sensationsgier könnte man es nennen. Mateis so plötzliche Abreise von der Insel war noch immer der Mittelpunkt des Keitumer Tratsches. Vermutungen kreisten durch den Ort wie üble Schmeißfliegen. Natürlich hatte sich herumgesprochen, dass die Schwestern gestritten hatten. Elin kam dabei gut weg, Matei war das schwarze Schaf. Sie war mit ihrem Liebhaber durchgebrannt, war schwanger, ihr war der Ruhm zu Kopf gestiegen. Sylt war ihr nicht mehr gut genug. Gottverdammte Gerüchteküche. Elin wusste nicht, wie es weitergehen sollte. Sie fühlte sich hilflos und allein gelassen. Ohne Matei war sie nur ein halber Mensch. Und da half es auch nichts, dass Lorenz an ihrer Seite stand und alles versuchte, um ihr eine Stütze zu sein. Wiebke reagierte seltsam auf Mateis Verschwinden. Sie schimpfte und redete nicht darüber, kommentierte nichts. Sie schien hilflos und überfordert, vergrub sich in ihrer Backstube und produzierte noch mehr Friesenkekse als sonst. Sogar ihr ständiges Gezeter hatte sie eingestellt. Elin hatte nicht geglaubt, dass sie ihr Geschimpfe mal vermissen würde. Es schien, als würde der gesamte Kaffeegarten nur auf halber Flamme laufen. Oder bildete sie sich das nur ein? Matei hatte sich bereits vor Monaten aus dem Tagesgeschäft zurückgezogen, um sich mehr ihrer Malerei zu widmen, die meisten Tage hatte sie in

Tinnum in ihrem Atelier verbracht. Doch trotzdem hinterließ sie eine große Lücke. Es hatte nie einen Tag gegeben, an dem Elin nicht gewusst hatte, wie es ihr ging, wo sie war. Und nun war sie seit bald einem Monat fort, und es gab keine Nachricht. Lorenz hatte die Galerie von Jakob Stegmann in Hamburg angerufen. Doch dort kannte niemand eine Matei Bohn. Wo war sie nur? Arthur Nann, der Besitzer des Hotels Munkmarsch, hatte sie auf die Fähre gehen sehen. Wieso nur sandte sie kein Telegramm, schrieb sie keinen Brief, sie konnte anrufen. Sie wusste doch, dass sie in Sorge war. Zu der Ungewissheit um Mateis Verbleib kam eine heftige Schwangerschaftsübelkeit, die sie plagte. Vielen Frauen war nur morgens schlecht, ihr den ganzen Tag. Gestern hatte sie sich mehr als zwanzig Mal übergeben. In den letzten beiden Wochen hatte sie ihre privaten Räume kaum noch verlassen. Lorenz freute sich wie ein kleines Kind auf den Nachwuchs. Sie hatte es ihm zwei Tage nach Mateis Verschwinden beim Frühstück erzählt. Oder besser gesagt im Garten, nachdem sie ihr Frühstück wieder hergegeben hatte und er mit besorgter Miene neben ihr gestanden hatte. Seitdem war er ganz aus dem Häuschen und behandelte sie wie ein rohes Ei. Seine Fürsorge war Balsam für ihre geplagte Seele.

Heute ging es ihr etwas besser, und sie hatte beschlossen, sich nicht länger zu verkriechen. Sie musste versuchen, einen normalen Alltag zu leben, auch wenn es schwerfiel.

»Elin, min Deern. Ich will ja nicht unhöflich sein«, sagte Moild. »Aber wir kennen uns nu schon eine halbe Ewigkeit, und da darf dat ja mal gesagt werden. Du siehst scheußlich aus. Arg blass um die Nase. Wie sieht dat denn bei euch im Café aus? Wat von Matei gehört? Man macht sich so seine Gedanken. Ganz Keitum macht sich dat. Matei ist doch eine von uns.«

Elin verfluchte sich dafür, auf die Idee gekommen zu sein, in

Moilds Laden zu gehen, um in ihrem unerschöpflichen Teesortiment zu stöbern. Sie hatte die Hoffnung gehegt, eine Mischung zu finden, die ihre Übelkeit erträglicher machte. Moild und Lorenz hatten ihren Kolonialwarenladen nach dem Krieg um einen Anbau erweitert, in dem sie nun allerlei Nippes für die Touristen und auch ihre Teesorten verkauften. Fähnchen und Wimpel, Windlichter und Lampen, deren Füße mit Muscheln verziert waren oder die wie Leuchttürme aussahen, Buddel- und Modellschiffe, Handtücher und Postkarten. Auch Elins Keramiken waren im Angebot. Aber auch andere Tassen und Becher mit Schriftzügen darauf. Dämlich guckende Schafe verkauften sich nach Moilds Angabe hervorragend. Matei war der Meinung, sie würde sich eher die Hand abhacken, als ein dämlich guckendes Schaf auf eine Tasse zu malen. Elin konnte das gut verstehen. Es war eine Schande, dass ihre hochwertigen Motive neben solchem Kitsch im Regal stehen mussten. Aber so war nun einmal das Geschäftsleben. Es nahm nicht immer Rücksicht auf die Seele einer Künstlerin. Und irgendwie drollig waren die Schafe ja schon. Erneut spürte Elin dieses ungute Gefühl in ihrem Inneren. Es schwoll in ihrem Hals an. Sie schluckte, doch sie konnte die Übelkeitsattacke nicht verhindern.

»Eine Schüssel, schnell«, brachte sie hervor und hielt sich die Hand vor den Mund. Moild reagierte flott. Sie warf die Lakritzbonbons aus der neben der Kasse stehenden Schale, und Matei erbrach den Zwieback und den Tee wieder, die sie heute Morgen zu sich genommen hatte.

»Liebe Güte«, sagte Moild. »Deshalb siehst du so blass aus. Das wird doch wohl kein übler Magen-Darm-Infekt sein? Carsten hatte so etwas erst vor drei Wochen. Da hat der aber Bröckchen gelacht, dat kann ich dir sagen. Ich bin, dem Herrn im Himmel sei Dank, verschont geblieben. Irgendjemand muss sich schließlich um den Laden kümmern. Wir können ja nicht einfach zusperren. Geht wohl immer noch um. Solche Dinge grassieren ja meist im Sommer. Erst neulich muss es im Hotel Stadt Hamburg in Westerland gleich zehn Fälle gegeben haben. Da könnte es aber auch der Nudelsalat mit Mayonnaise gewesen sein. So etwas kippt ja gerne mal um. Gab einen Grillabend.«

»Es ist kein Magen-Darm-Infekt.« Elin wischte sich mit dem Papiertuch, das Moild ihr gereicht hatte, den Mund ab. »Ich bin schwanger.« Nun war es raus. Spätestens übermorgen würde es ganz Keitum wissen.

Sogleich begannen Moilds Augen zu strahlen.

»Oh, welch eine wunderbare Neuigkeit. Hach, dat freut mich aber. Herzlichen Glückwunsch, meine Liebe. Und dann ist dat mit der Übelkeit gar nicht so schlimm. Geht es der Mutter schlecht, geht es dem Kindchen umso besser.« Sie zwinkerte Elin verschmitzt grinsend zu.

»Das mag sein«, meinte Elin. »Aber sich bis zu zwanzig Mal am Tag übergeben zu müssen, ist keine Freude. Ich dachte, du könntest mir vielleicht mit einem Tee gegen Übelkeit helfen.«

»Dat ist natürlich etwas viel Übelkeit. Aber ich kann tatsächlich Abhilfe schaffen. Ich könnte dir eine Spezialmischung anfertigen. Lass mal überlegen: Pfefferminz ist gut, Melisse wirkt beruhigend, dazu noch Kamille und Fenchel, Anis müsste ich auch noch dahaben, etwas Kümmel könnte auch nicht schaden.«

»Moin, zusammen.« Kresde betrat den Laden. »Oh, Elin, meine Liebe. Sieht man dich auch mal wieder.« Ihre Stimme klang schmeichelnd. Elin seufzte innerlich. Auf ein Zusammentreffen mit Kresde hätte sie verzichten können. »Schon was von Matei gehört?«, fragte Kresde direkt. »Also in Westerland geht ja ein neues Gerücht um. Es kommt von einem der Ober in der

Kurhaushalle. Der will gehört haben, wie dieser von Bransbeck mit dem Galeristen über die Bilder geredet hat. Angeblich hat er aufgeschnappt, dass sie irgendwas fälschen wollten. Ich hab das von Siegrid. Ihre Antje arbeitet dort in der Küche. Ich hatte ja von Beginn an den Verdacht, dass mit diesem von Bransbeck etwas nicht stimmt. Der hat unserer Matei nur Flöhe in die Ohren gesetzt und ihren guten Ruf in den Dreck gezogen. Ich hab ihr gleich gesagt, dass man ihm nicht trauen kann. Aber sie wollte ja nicht hören. Und nun bringt sie solch ein großes Unglück über den Kaffeegarten. Du siehst ganz mitgenommen aus, meine Liebe. Wenn ich das so sagen darf.«

Elin spürte, wie Wut in ihr aufstieg. Ständig dieses Geläster und Getratsche. Wie satt sie es doch hatte. Zu früheren Zeiten hätte man Leuten wie Kresde den Mund mit Kernseife ausgewaschen, damit sie mit der Verbreitung der Lügen endlich aufhörten. Elin beschloss, die Flucht nach vorne anzutreten. Auch wenn das bedeutete, dass auch sie die Unwahrheit sagte. Aber dieses unmögliche Gerede und die Mutmaßungen über Matei mussten endgültig ein Ende haben.

»Wieso sollte Matei den Kaffeegarten denn ins Unglück gestürzt haben?«, fragte sie. »Erst gestern hat sie mich angerufen, und wir haben länger telefoniert. Sie weilt in Hamburg, und es laufen die Vorbereitungen für ihre Vernissage in der Galerie von Herrn Stegmann. Sie wohnt in einer entzückenden kleinen Pension in der Nähe der Außenalster und genießt Hamburg in vollen Zügen. Besonders der Hafen mit den vielen Schiffen hat es ihr angetan. Dort liegen die beeindruckenden Überseedampfer. Die Ausstellung ist für Anfang August geplant.«

Kresde sah Elin verdutzt an. Mit einer solchen Antwort hatte sie nicht gerechnet.

»Hach, das sind doch wunderbare Neuigkeiten«, war Moild diejenige, die als Erste etwas sagte. »Dann geht es unserer Matei also gut. Wir hatten uns ja nur Gedanken gemacht. Nicht wahr, Kresde? Ist ja immer so eine Sache, wenn ein Inselmädchen in die große Stadt kommt. Hamburg ist mit unserem Sylt doch gar nicht vergleichbar. Obwohl ich auch schon gern mal dorthin fahren würde. Besonders die Landungsbrücken sollen beeindrucken und der Fischmarkt. Aber wer soll sich dann um den Laden kümmern?« Sie seufzte. »Wo waren wir gleich noch? Ach ja, richtig: bei dem Tee gegen die Übelkeit. Kümmel sollte mit rein. Es soll ja auch helfen, Sonnenblumenkerne zu kauen. Gesa hat sie während ihrer Schwangerschaften stets pfundweise bei mir eingekauft.«

»Schwangerschaften?«, wiederholte Kresde, und ihre Augen wurden groß. »Deshalb bist du so blass um die Nase, Elin. Man darf also endlich gratulieren. Dat hat ja schon ein Weilchen gedauert. Manch eine schleppt das Kindchen unter dem Herzen bereits heimlich mit zum Traualtar. Ich hab da neulich mit der alten Wen drüber geredet. Sie hatte schon Sorge, du könntest kinderlos bleiben. Dat war ja bei Anna auch so. Sie hat da schon drunter gelitten und Paul auch. Der wollt immer einen Stall voller Lütten haben. Obwohl sie dat nie laut gesagt haben. Und dann haben sie ja dich und Matei zu sich genommen. Dat war ein Segen für die beiden. Wahrlich ein Segen.«

»Nu ist aber mal gut, Kresde«, fuhr Moild ihr über den Mund. »Wie lang dat bei wem dauert, geht dich wirklich nichts an. Wir freuen uns jetzt erst einmal mit Elin. Und die Übelkeit legt sich gewiss bald wieder. Sie bleibt ja meist nur die ersten Wochen. Und dass sich Matei gemeldet hat, ist wunderbar. Wird schon werden mit der Lütten. Ich misch dir deinen Tee gleich nachher zusammen und lass ihn in den Kaffeegarten bringen. Sagen wir, vier Pakete, jeweils ein halbes Pfund? Dann hast du etwas Vorrat. Ich setz es dann auf die Rechnung.«

Elin bedankte sich. Ihr wurde es nun endgültig zu viel mit dem Alltag. Sie spürte erneute Übelkeit in sich aufsteigen. Vermutlich lag es an den vielen unterschiedlichen, im Laden hängenden Gerüchen, die ihren Magen dazu verleiteten, eine erneute Rebellion anzukündigen.

»Ihr entschuldigt mich«, sagte sie. »Ich müsste mal an die frische Luft.« Sie lief an Kresde vorüber nach draußen. Die Tür hatte sich hinter ihr noch nicht geschlossen, da begann sie erneut zu würgen. Das Erbrochene landete in einem am Wegesrand stehenden Busch Strandrosen. Oh, dieser verdammte Magen. Wenn es doch nur endlich aufhören würde. Dazu diese elende Kresde mit ihrem dummen Geschwätz. Vermutlich war sie die größte Tratsche der ganzen Insel. Und sie lebte ausgerechnet in Keitum.

Elin richtete sich auf und schob sich eine Haarsträhne hinters Ohr. Tränen stiegen in ihre Augen. Sie wischte sie fort und entfernte sich eiligen Schrittes von Moilds Laden. Sie bog in die C.-P.-Hansen-Allee ein, die sich an diesem freundlichen Sommertag alle Mühe gab, sie mit ihrer Schönheit zu betören. Die Ulmen trugen ihr sattgrünes Blätterkleid, Sonnenflecken tanzten über den Weg. Die alten Friesenhäuser waren von den bunten Farben des Sommers umgeben. Auf den Steinwällen blühten Strandrosen in Hülle und Fülle, ihr süßer Duft schien über allem zu liegen. In einem der Gärten blühten Unmengen an verschiedenfarbigem Rittersporn in einem der Beete. In einem anderen waren es Kletterrosen an Spalieren und an der Hauswand, die einen mit ihrer Blütenpracht in ihren Bann zogen. Im nächsten Garten hing Wäsche zum Trocknen. Weiße Laken, die im sanften Wind wehten. Dazwischen stand ein Kinderwagen, in dem die kleine Lotte, die Tochter von Jenni Martensen, ihren Mittagsschlaf hielt. Es war ruhig auf der Straße, kaum Touristen waren unterwegs. Die trieb es an einem warmen Tag wie dem heutigen zum Burgenstrand nach Westerland. Elin bog in den schmalen Weidemannweg ein und wich einem entgegenkommenden Fuhrwerk aus. Auf dem Bock saß der Bauer Ole Nissen, der ihr nur kurz mit ausdrucksloser Miene zunickte. Elin lief weiter, erreichte den Kaffeegarten und blieb an der Einfahrt stehen. Nur wenige Gäste saßen an den Tischen im Schatten der Ulmen. Ihr neues Küchenmädchen, ein sechzehnjähriger Blondschopf, Gantje war ihr Name, und sie kam aus Morsum, saß an einem der Tische und schälte Kartoffeln. Ein kleines Damenkränzchen hatte sich eingefunden. Eine der Frauen, Elin kannte keine von ihnen, lachte wie eine Ziege und vertrieb damit eine der Stockenten, die auf der Suche nach ein paar Kuchenkrümeln zwischen den Tischen unterwegs gewesen war. Ihr Blick schweifte über den Garten hinweg aufs Meer hinaus. Es funkelte im Licht der Sonne, der Horizont lag im Dunst, kein Schiff war zu erkennen. Wenn sie jetzt den Garten betrat, würde sie der Alltag einholen. Wiebke würde sich nach ihrem Befinden erkundigen. Sie würde die Post durchsehen und sich um die Gäste bemühen. Und wenn sie einfach die Straße weiter hinunterlief? An der nächsten Ecke könnte sie Richtung Wattweg abbiegen. Ein Spaziergang würde ihr guttun. Sie entschied sich dafür.

Am Wattweg angekommen, atmete sie tief die nach Schlick riechende Luft ein. Dieser eigentümliche Geruch, gern auch als Gestank bezeichnet, löste keine Übelkeit in ihr aus. Er war so vertraut wie der Wind, das Meer, der Anblick des Schilfs am Ufer. Eine Eiderente verschwand gerade darin. Möwen zogen kreischend über ihr ihre Bahnen. Sie beobachtete, wie eine von ihnen ins Wasser stieß. Tatsächlich hatte sie einen Fisch ergattert.

Sie war mit der Natur allein. Im Augenblick waren keine Spaziergänger, keine Touristen unterwegs, die alles bewunderten, die Keitum wie ein Spielzeugdorf betrachteten, Fotos machten und davon träumten, in einem der alten Friesenhäuser zu leben. Es würden zumeist Träume bleiben. Und es war wohl auch besser so. Keitum war ihr Zuhause, es sollte sich nicht derart verändern wie Westerland. Der frühere Hauptort der Insel, geschaffen von den Kapitänen, erzählte so viele Geschichten, hier spürte man die Vergangenheit. Keitum war Heimat, die ihr jeden Tag mit ihrer bloßen Anwesenheit Kraft spendete und sie mit ihrer Wahrhaftigkeit und Ehrlichkeit jedes Mal wieder bezauberte. Und sie sollte so bleiben, wie sie war. Sie folgte dem Weg Richtung St.-Severin-Kirche und dachte an Matei. Sie konnte nicht sagen, wie oft sie diesen Weg gemeinsam beschritten hatten. Hand in Hand, klönend, manchmal schweigend, zu den unterschiedlichsten Jahreszeiten. Viele von Mateis Bildern zeigten den Wattweg, unterschiedliche Teile des Ufers. Sie hatte den Blick auf St. Severin aus der Ferne festgehalten. Auf die trutzige Kirche, die seit Jahrhunderten auf dem Geest über den Ort wachte. Gemeinsam waren sie oft in die andere Richtung gelaufen. Zum Tipkenhoog, dem alten Hünengrab. Wenn es die Zeit zugelassen hatte, waren sie weiter bis zum Morsum Kliff gelaufen. Dem einzigartigen Naturwunder, das besonders bei Sonnenaufgang mit seinen Rottönen bezauberte. Matei hatte es eingefangen. Sie hatte es geschafft, die besondere Stimmung des Augenblicks in einem Bild zu transportieren. Ob Wind und Regen, Schnee oder Sonnenschein. Ob Winter oder Sommer, die Magie der Jahreszeiten mit ihren unterschiedlichen Farben. Sie fing die Beschaulichkeit Keitums ein, die Facetten des Meeres. Es gab so viele Künstler auf Sylt, die sich alle Mühe gaben, den Zauber der Insel abzubilden. Doch in keinem der Bilder hatte Elin die Ausdrucksstärke gefunden, die in Mateis lag. Kein anderer schaffte es, die Farben des Meeres so einzufangen, wie sie es konnte. Vielleicht lag es daran, dass Sylt ihre Heimat war. Dass sie die Insel in- und auswendig kannte. Sie liebte und hasste, ihren Schmerz und ihre Freude verstand. Sie fehlte so sehr.

Elin erreichte den Abzweig zur Kirche und entschied sich dazu, dem alten Gotteshaus einen Besuch abzustatten. Besonders der die Kirche umgebende Friedhof strahlte eine besondere Form von Ruhe aus. Die alten Grabsteine erzählten Geschichten von Bewohnern aus längst vergessenen Zeiten. Wie gewohnt, blieb Elin vor einigen von ihnen stehen und las die vertrauten Namen. Bahnsen und Jensen, Petersen und Hansen. Manch ein Grabstein stammte noch aus dem 17. oder 18. Jahrhundert. Matz Bleicken ruhte hier mit seiner Ehefrau Karen. Sie war im Jahr 1792 im Alter von einundachtzig Jahren, acht Monaten und einem Tag gestorben. So stand es auf dem Grabstein. Früher war es so festgehalten worden. Jahre, Monate, Lebenstage. Elin gefiel dieser Brauch aus jener Zeit, weshalb sie veranlasst hatte, dass auch auf dem Grab von Anna und Paul diese Daten festgehalten worden waren. Die gesamte Lebenszeit, die sie sie bei sich hatten haben dürfen.

Da entdeckte sie Alwine. Sie legte gerade eine Rose auf eines der Gräber. Sie ging zu ihr, ahnend, vor welchem Grab sie stand. Die Erde war noch frisch aufgeschüttet, Kränze und ein kleines Kuscheltier lagen darauf.

Elin trat neben Alwine.

»Sie war ein so hübsches kleines Mädchen«, sagte sie irgendwann. »Aber acht Wochen waren einfach zu früh. Es kam einem Wunder gleich, dass sie nach der Geburt überhaupt zu atmen begonnen hat.«

Es war die Tochter von Hilda und Hein Gerdsen. Wiebke hatte von der Frühgeburt und dem Tod des Säuglings berichtet.

»Sie hat meinen Finger festgehalten. Und ich dachte, sie schafft es vielleicht doch. In Berlin wäre es möglich gewesen. Da bringen sie sogar kleinere Neugeborene inzwischen durch. In Inkubatoren und Wärmebettchen. Aber hier auf Sylt haben wir so etwas nicht. Ich hab sie Hilda in die Arme gelegt, sie hat sie betrachtet, wir hofften gemeinsam, dass sie es schaffen würde. Das tue ich jedes Mal in solchen Momenten. Und manchmal geschehen tatsächlich Wunder. Wie bei dem kleinen Tam. Der kleine Kämpfer hat sich nicht unterkriegen lassen und kann heute schon laufen. Allerdings plagen ihn ständig Hustenattacken. Ist oft so bei denen, die zu früh kommen. Die Lungen hätten mehr Zeit gebraucht.« Sie seufzte. Dann richtete sie den Blick auf Elin, musterte sie näher und fragte: »Was macht die Übelkeit?«

»Im Moment geht es. Heute habe ich erst viermal gebrochen. Das ist ein guter Schnitt. Einmal davon allerdings bei Moild im Laden. Jetzt weiß endgültig ganz Keitum, dass Lorenz und ich unser erstes Kind erwarten. Kresde kam auch noch hinzu.«

»Ach du je.«

»Das trifft es. Sie hat mich natürlich sogleich auf Matei angesprochen. Und spätestens morgen wird das ganze Dorf wissen, dass ich mit Matei telefoniert habe, alles in bester Ordnung und ihre Vernissage für Anfang August in Hamburg geplant ist.«

»Das sind doch aber wunderbare Neuigkeiten«, antwortete Alwine. »Wann hat sie denn angerufen?«

»Gar nicht«, erwiderte Elin. »Ich wollte nur endlich, dass das Geschwätz aufhört. Sagen wir mal: Es war eine Notlüge.«

»Schade. Aber manchmal heiligt der Zweck die Mittel«, meinte Alwine. »Jetzt werden sie hoffentlich endlich den Mund halten. Obwohl ich mir so sehr wünsche, dass sie sich endlich meldet. Ob ein Anruf oder ein Telegramm, wegen mir schickt sie eine Brieftaube. Mir gefällt ihr Schweigen so gar nicht.« Ihre Miene war besorgt.

»Mir auch nicht«, pflichtete Elin ihr bei. »Am Ende ist ihr etwas zugestoßen. Wenn alles gut verlaufen wäre, hätte sie gewiss längst von sich hören lassen. Und in dieser Galerie kennt man nicht einmal ihren Namen. Das ist doch seltsam. Ach, am liebsten würde ich nach Hamburg fahren und nach ihr suchen.«

»Das wäre, als würdest du die Nadel im Heuhaufen finden wollen«, gab Alwine zu bedenken. »Und in deinem Zustand hältst du es auf einer Fähre selbst bei schwachem Seegang keine fünf Minuten aus.«

»Auch wieder wahr«, räumte Elin ein und seufzte. »Wäre nur der Wattenmeerdamm schon fertig. Dann könnte ich einfach so mit der Bahn aufs Festland fahren.«

»Das wäre fein. Obwohl ich ja immer noch bezweifle, dass das was wird. Ein Bahndamm durchs Wattenmeer. Das klingt in meinen Ohren doch recht weit hergeholt.«

Die beiden setzten sich in Bewegung und liefen an der Kirche vorüber Richtung Friedhofsausgang.

»Lorenz ist davon überzeugt, dass er bald Realität sein wird. Im Frühjahr kam die endgültige Genehmigung für den Bau.«

»Ja, ich weiß. Stand im *Inselboten*.« Sie erreichten wieder den Wattweg. »Aber so einen Damm über das Meer zu bauen, ist ja kein Zuckerschlecken. Wir dürfen gespannt sein, wie das weitergeht. Wie sieht es denn im Kaffeegarten aus? Habt ihr noch Pflaumenkuchen? Da hätte ich jetzt richtig Lust drauf. Und ein

Kaffee mit Sahne wäre nett. Aber ohne Schnaps. Es könnte ja sein, dass heute noch ein Kindchen auf die Welt kommen will. Da muss ich alle Sinne beisammenhaben.«

Sie erreichten den Kaffeegarten. Es war Piet, der ihnen vollkommen aufgelöst entgegengelaufen kam.

»Gott sei Dank bist du zurück, Elin. Es geht um Wiebke. Sie ist in der Küche zusammengebrochen.«

16. KAPITEL

Hamburg, 30. Juli 1922

Matei saß auf ihrem Bett in der Frauen-Pension von Inge Mumm und beobachtete, wie ihre Zimmerkameradin, Lena Schauer, ihren Koffer packte. Lena hatte die erhoffte Anstellung als Zimmermädchen im Hotel Esplanade, einem Haus ersten Ranges, erhalten und war überglücklich. Sie kam aus einem kleinen Dorf südlich von Hamburg. Bothel oder Bethel. Matei hatte sich den Namen nicht behalten. Als Einöde und Niemandsland hatte Lena es bezeichnet. Da sagen sich Fuchs und Hase Gute Nacht. Sie hatte ihre Ausbildung zum Zimmermädchen in dem Hotel ihrer Tante in Göttingen gemacht. Diese war jedoch vor einigen Wochen verstorben, und ihr einziger Nachkomme, er war vor Jahren nach Amerika ausgewandert, hatte kein Interesse an dem Hotel. Er hätte auch nur Schulden geerbt, das Hotel zur Traube war in die Jahre gekommen, heruntergekommen, hatte Lena gesagt. Sie hatte schon immer nach Hamburg gewollt. In die Stadt an der Elbe, das Tor zur Welt. Ein Großonkel mütterlicherseits war Seemann gewesen. Er hatte ihr stets von dem großen Hafen vorgeschwärmt, ihr Postkarten mit hübschen Bildern mitgebracht. In Hamburg kannste mit anständiger Arbeit was werden, hatte er gesagt. Und Lena wurde nun Zimmermädchen. In Mateis Augen war das ein bescheidener Traum vom Glück. Auf Sylt gab es in den Hotels viele Zimmermädchen, und selbst diejenigen, die in den Häusern ersten Ranges ihren Dienst taten, wurden oftmals nicht glücklich. Trotzdem freute sie sich für Lena mit. Sie kannten sich nun seit einer knappen Woche. So lange war Lenas Einzug in die bescheidene, im vierten Stock der Pension liegende Kammer her. Zuvor hatte Matei das Zimmer mit einer blonden Mittvierzigerin geteilt, die auf die Überfahrt nach Amerika gewartet hatte. Ihre in New York lebende Schwester hatte ihr das Ticket für die Schiffspassage zukommen lassen. Sie war Witwe, und ihr Mann hatte ihr nichts als Schulden hinterlassen. Sie hoffte in Amerika auf einen Neuanfang. Matei hatte ihr Glück gewünscht. Sie zum Abschied sogar umarmt, obwohl die Frau, ihr Name war Constanze gewesen, stets nach Schweiß gerochen hatte. Amerika, New York, eine Zukunft. Auch sie hatte vor nicht allzu langer Zeit geglaubt, sie könne die Stadt auf der anderen Seite des Ozeans kennenlernen. Allerdings nicht als verarmte Witwe, sondern als gefeierte Künstlerin. Oh, wie blauäugig und dumm sie doch gewesen war. Sie hätte auf die warnenden Stimmen hören sollen. Friedrich hatte von Jakob Stegmann nichts gehalten, Elins Zweifel hatte sie verteufelt. Sie hatte all die warnenden Stimmen nicht hören wollen. Warum nur? Weil sie sich seit Langem mal wieder geliebt gefühlt hatte? Oder hatte sie das wirklich? Hatte sie für Hannes tatsächlich Liebe empfunden? Oder hatte sie sich das nicht einzureden versucht? Sie liebte Jan. Noch immer. Er war in ihren Gedanken, mit ihm hielt sie Zwiesprache, vor ihm schämte sie sich nun. Vor einem Toten. Das war doch Unsinn. Doch noch viel mehr schämte sie sich davor heimzukehren. Sie würde als Gefallene zurückkommen. Alle würden über sie lachen. Die dumme Lütte von Sylt, die geglaubt hatte, sie könne berühmt werden. Sie hatte sich Elin gegenüber so schäbig verhalten. So etwas tat eine Schwester nicht.

»Was wirst du nun machen?« Lena riss sie aus ihren Gedanken.

»Ich weiß es ehrlich gesagt nicht.« Matei seufzte. Am Vorabend hatten sie vor dem Einschlafen länger geredet, und Matei hatte Lena alles erzählt. Es hatte gutgetan, darüber zu reden und sie an ihrem Kummer teilhaben zu lassen. Auch wenn es das nicht unbedingt besser machen würde.

»Also ich an deiner Stelle würde mir das nicht gefallen lassen«, sagte Lena. »Es ist Betrug. Es sind deine Bilder. Du musst deine Schwester anrufen und mit ihr reden, ihr erklären, was passiert ist. Sie wird dir bestimmt helfen. Diese Männer bestehlen dich. Damit sollten sie nicht durchkommen. Wer weiß, wie oft sie dieses Spiel bereits getrieben haben.« Sie klappte ihren Koffer zu.

Matei wusste, dass Lena recht hatte. Elin und auch Friedrich könnten bezeugen, dass es ihre Bilder waren. Sie könnten die Polizei holen, und der Schwindel würde auffliegen. Doch dafür müsste sie über ihren Schatten springen und ihre Niederlage eingestehen, und dazu war sie noch nicht bereit.

»Ich werde darüber nachdenken«, antwortete Matei verbindlich.

»Tu das«, erwiderte Lena. Sie schlüpfte in ihre Jacke. Es war Ende Juli, aber Hamburg zeigte sich heute von seiner wenig sommerlichen Seite. Eine graue Wolkendecke hing über der Stadt, und es nieselte.

»Wünsch mir Glück«, sagte sie. »Ich wünsche es dir auch. Lass dich nicht unterkriegen.«

Sie breitete die Arme aus. Die Umarmung war nur kurz, Lena duftete nach Kölnischwasser. Nachdem sich die Tür hinter ihr geschlossen hatte, sank Matei zurück auf ihr Bett. Eine Weile starrte sie auf die gegenüberliegende Wand. Es hing ein Regal daran, auf dem einige abgegriffene Bücher lagen. Schmachtlektüre, wie Elin sie gerne las. Ihr Blick wanderte zum Fenster. Auf dem Dachfirst gegenüber trotzten einige Tauben dem Nieselregen. Nachdem sie in der Galerie rausgeflogen war, hatte sie eine Weile wie betäubt an der Binnenalster gesessen. Hannes hatte sie die ganze Zeit über belogen. Es waren ihre Bilder, ihre Erinnerungen, es war ihre Seele, die er ihr genommen hatte. All seine Worte, seine Zärtlichkeit. Sein Heiratsantrag war eine Lüge gewesen. Er hatte sich ihr Vertrauen mit Schmeicheleien erschlichen. Sie hatte den Ring an ihrer Hand angestarrt. Gewiss war er billiger Tand, bei einem Straßenhändler gekauft. Sie hatte ihn vom Finger gezogen und in die Alster geworfen. Nur wenige Minuten danach hatte sie einsetzender Regen von ihrem Platz vertrieben, und sie hatte unter dem Vordach eines Ladengeschäftes Schutz gesucht. Der Regen war zu einer Sintflut geworden, die von einem böigen Wind über den Jungfernstieg geweht worden war. Blitze erhellten die düsteren Wolken, der Donner krachte so laut, dass sie zusammenzuckte. Sie stand nicht allein unter dem Dach. Ein älteres Ehepaar neben ihr begann einen Streit. Edeltraud, so hieß die Dame, habe schon am Morgen gewusst, dass es gewittern würde. Ihr Kopf habe geschmerzt, das sei ein untrügliches Zeichen. Migräne, wie das hämmere. Ihr Ehemann, Heinz, ein rundlicher Herr mit Halbglatze, verteidigte seinen Entschluss für den Ausflug. Schließlich weilten sie nur drei Tage in Hamburg, und da wolle man doch so viele Sehenswürdigkeiten wie möglich besichtigen. Ein Säugling weinte in einem Kinderwagen, die Mutter gab sich alle Mühe, das Kleine zu trösten. Eine junge Frau, sie war nicht viel älter als Matei, sah wie eine getaufte Maus aus, ihre Hände waren vor der Brust verschränkt, sie zitterte, ihre Miene war so missmutig, wie Matei sich fühlte. Nachdem der Regen aufgehört hatte, lief sie eine Weile durch Hamburg und landete irgendwann an den Landungsbrücken von St. Pauli. Dieser Ort voller Leben beeindruckte sie. Schiffe,

Jollen und Ewer fuhren hier auf und ab. Ausflugsdampfer warben um Kundschaft. Große und kleine Hafenrundfahrten wurden angeboten. Es gab Imbisse und Cafés. Touristen flanierten den Anleger entlang und betrachteten den Trubel um sich herum mit strahlenden Augen. Seemänner verluden Waren auf unterschiedlich große Schiffe, ein Straßenmusiker mit einem braunen Filzhut auf dem Kopf sang Seemannslieder und zwinkerte ihr lächelnd zu. Das Tor zur Welt. An diesem Ort war die Verheißung spürbar, die dieser Begriff in sich trug. In diesem Augenblick wünschte sie sich, sie hätte ihren Zeichenblock bei sich, um all das Leben um sich herum einfangen zu können. Der Hamburger Hafen mit seiner Lebendigkeit stellte ihren Kummer für eine Weile hintan. Doch er kehrte jäh zurück. Sie entdeckte den Salonschnelldampfer Cobra. Das Schiff bediente die Nordseelinie, brachte Touristen von Hamburg nach Hörnum. Es fuhr nach Hause. Der Schmerz kam zurück, die Schmach und die Schande.

Ihr Reiseführer hatte sie in die Pension von Inge Mumm geführt, und sie war geblieben. Der Zimmerpreis war günstig und enthielt ein Frühstück. Doch lange würde das Geld auch für diese Unterbringung nicht mehr reichen. Sie musste sich etwas einfallen lassen. Vielleicht könnte sie ebenso wie Lena irgendwo als Zimmermädchen Arbeit finden. Nicht in einem Haus ersten Ranges. Dafür hatte sie zu wenig Erfahrung. Aber es gab viele Hotels und Pensionen in Hamburg. Gewiss war es möglich, irgendwo unterzukommen. Oder sie arbeitete in einem Café. Davon verstand sie etwas. Schließlich war sie Mitinhaberin eines Kaffeegartens.

Ein Klopfen an der Tür ließ sie aufmerken. Nachdem sie »Herein« gerufen hatte, trat Inge Mumm ein. Sie war der Inbegriff der perfekten Herbergsmutter. Wiebke hätte sie auf den ersten Blick geliebt. Die Mittfünfzigerin hatte ergrautes Haar, das etwas von einem Vogelnest hatte. Sie war klein und rundlich, trug dunkelblaue Kleider und weiße Küchenschürzen mit Spitze am unteren Saum. Ihre vollen Wangen waren stets gerötet, ihr Blick war herzlich.

»Moin«, grüßte sie. Ihre Stimme klang in dem kleinen Raum seltsam laut. »Wat ein Schietwetter heute. Da jagt man keinen Hund vor die Tür. Ich hab Streuselkuchen gebacken und wollt fragen, ob Sie auch welchen möchten. Ich hätt auch Tee, gern auch mit Rum. Der wärmt von innen. Hier oben in den Kammern ist es ja recht kühl. Unten bollert der Ofen. Aber nur, wenn es recht ist. Ich will nicht aufdringlich sein.«

»Ich komme gern.« Matei erhob sich. Das unerwartete Angebot freute sie. »Streuselkuchen klingt wunderbar.« Sie nahm ihr wollenes Schultertuch von dem einzigen in der Kammer stehenden Stuhl, legte es sich um die Schultern und folgte Inge Mumm aus dem Raum.

Normalerweise frühstückten Matei und die anderen Pensionsgäste in einer gemütlich eingerichteten, direkt an die Küche grenzenden Stube. Es gab zwei mit grünem Samt bezogene Sitzbänke, Caféhausstühle und runde Tische mit gehäkelten Tischdecken darauf. Auf den Fensterbänken und auf dem hellblauen Kachelofen stand allerlei Nippes. Inge Mumm schien einen Narren an Keramikfiguren gefressen zu haben. Es gab sie in allen Größen und Formen. Grazile Mädchen in Teekleidern aus dem 19. Jahrhundert hatte sie anscheinend besonders gern. Solche Figuren besaß sie in mehreren Ausführungen. Dazu Tänzerinnen, Kinder mit Pausbacken und nackten Füßen, drei Meerjungfrauen, einen etwas dürr geratenen Burschen mit einer Laute. Viele Figuren waren mit Goldrändern verziert. Elin hätte bei dem Anblick des vielen Kitschs die Hände über dem Kopf zusammengeschlagen. Sie liebte es, Keramiken herzustellen, doch solche

176

Figuren verabscheute sie zutiefst. An den Wänden hingen Öl-gemälde von Hamburg. Keine schlechten Arbeiten, wie Matei fand. Zu sehen waren die Landungsbrücken, eine Gasse, der Michel, das Hamburger Wahrzeichen, im Hintergrund. Segelboote auf der Außenalster. Die Bilder waren hübsch anzusehen, aber irgendwie nichtssagend. Matei hatte eine Weile überlegt, woran es lag. Dann war es ihr bewusst geworden: Auf den Bildern fehlten die Menschen.

Heute winkte Inge sie zu sich in die Küche. Dort hatte sie bereits den Tisch gedeckt, was Matei rührte. Sie wusste, dass Inge Mumm seit vielen Jahren Witwe war. Ihr Mann war Hafenarbeiter gewesen und bei einem Unfall ums Leben gekommen. Kinder hatte das Paar nicht. Einige Monate nach seinem Tod hatte sie die Pension eröffnet.

Die Küche war weiß getüncht, auf dem schmiedeeisernen Ofen standen große und kleine Töpfe und ein mit Blumen bemalter Teekessel, darüber hingen Kellen und Schöpflöffel. An der Wand neben der Tür stand ein hellgraues Küchenbuffet, das mit Tellern und Tassen vollgestopft war. Am Fenster hingen grün-weiß karierte Vorhänge, ein auf der Fensterbank stehender Trockenblumenstrauß machte einen etwas verstaubten Eindruck.

»Setzen Sie sich, min Deern. Setzen Sie sich.« Inge deutete auf einen der vier Stühle und stellte eine bauchige Teekanne mit einem Blumenmuster auf ein Stövchen, in dem bereits ein Teelicht brannte. Sie holte einen Tortenheber aus dem Küchenbuffet, setzte sich Matei gegenüber und verfrachtete sogleich ein übergroßes Stück Streuselkuchen auf ihren Teller.

»Sie sehen so mager aus, Kindchen. Sie müssen mehr essen.« Ein ähnlich großes Stück wanderte auf ihren eigenen Teller. Tee landete in den Tassen, Matei fügte Kandiszucker hinzu. Es war schwarzer Tee, der herrlich duftete.

177

»Sie sind ja im Moment mein einziger Gast«, sagte Inge und spießte ein Stückchen Kuchen auf ihre Gabel. »Möchte man gar nicht meinen, denn normalerweise herrscht im Sommer immer Hochbetrieb in der Stadt. Obwohl die meisten Touristen eher feinere Hotels und Pensionen für sich beanspruchen. Solche Leute hab ich hier nur selten. Eher Damen auf der Durchreise. Viele wollen nach Übersee.« Sie sah Matei an. »Aber Sie nicht, gell? Lena hat erzählt, dass Sie eine Künstlerin sind. Es sollte eine Ausstellung geben, hat sie gesagt. Sie müssen entschuldigen. Sie wollte gewiss nicht tratschen. Sie sahen nur immer so traurig aus. Ich war in Sorge. Sie meinte, Sie wären nicht gut behandelt worden.«

Lena also, Matei seufzte innerlich. Sie hatte eigentlich nicht vorgehabt, Inge Mumm die genaueren Umstände ihren Aufenthalt in Hamburg betreffend zu erläutern. Doch das ging nun nicht mehr.

»Lena hat recht. Ich bin Künstlerin, und es sollte eine Vernissage in einer Galerie am Jungfernstieg geben. Aber daraus ist leider nichts geworden.«

»Nichts geworden ist gut«, empörte sich Inge Mumm. »Lena hat gemeint, Sie wären arg über den Tisch gezogen worden. Sie hat gesagt, es wäre ein Fall für die Polizei. Betrüger und Diebe wären dat. Welche Galerie war dat denn? Ich kenn mich mit Kunst ja nicht so aus. Aber ich kann 'n büschen rumfragen.«

»Das ist lieb.« Matei war ehrlich gerührt von Inges Anteilnahme. »Aber es wird nicht mehr viel Sinn haben. Gewiss sind meine Bilder aus den Ausstellungsräumen längst verschwunden. Es wurden die Signaturen gefälscht, und ich habe keine Zeugen. Ich war einfach naiv und dumm.« Matei spürte, wie Tränen in ihre Augen stiegen. Sie versuchte sie rasch wegzublinzeln, doch es half nichts.

Inge hatte sie gesehen. »Ach, min Deern. Dat tut mir leid. Ich hätt gern geholfen. Und wat nu? Du kommst von Sylt, oder? Willste wieder nach Hause?« Ohne großes Federlesen war Inge Mumm zum vertraulichen Du übergegangen.

»Ich weiß noch nicht so recht«, antwortete Matei zögerlich. »Mir gefällt Hamburg ganz gut. Vielleicht bleibe ich für eine Weile hier. Allerdings muss ich dann Arbeit finden. Denn lange wird mein Geld nicht mehr reichen.« Den wahren Grund dafür, weshalb sie nicht heimfahren wollte, musste sie Inge Mumm nicht auch noch auf die Nase binden.

»Ach, in Hamburg findet sich rasch Arbeit für eine tüchtige Deern«, war sich Inge sicher. Sie hatte ihr erstes Stück Kuchen aufgegessen und lud ein weiteres auf ihren Teller. Matei beobachtete das Vorgehen staunend. Sie hatte ihr erstes Stück noch nicht einmal bis zur Hälfte geschafft.

»Wat kannst du denn noch außer malen?«

»Ich könnte als Zimmermädchen arbeiten. Darin hab ich etwas Erfahrung. Ich war in einem Kaffeegarten tätig, der auch Gäste beherbergte. Und ich war im Krieg Hilfsschwester im Lazarett.«

»Zimmermädchen klingt gut. Hilfsschwester auch. Kaffeegarten, sagst du. Dann kannst du bestimmt auch bedienen und backen und den ganzen Krams?«

Matei nickte, obwohl ja eher Wiebke in der Backstube gestanden hatte. Aber so ab und an hatte sie mitgeholfen.

»Meiner Freundin Trude ist ihre Haushaltshilfe weggelaufen. Sie hat mir erst gestern deshalb vorgejammert. Und wie schwer dat doch wäre, anständiges Personal zu finden. Obwohl ich dat gar nicht für so schwer halte. Also wenn ich ein neues Zimmermädchen suche, dann geht das jedes Mal flott. Ich würd dich gern nehmen. Aber ich hab ja die Elfi und die Lotte. Sind recht zuverlässig, dat muss ich sagen. Die Trude ist 'n büschen mäkelig. Aber bei dir könnt ich mir vorstellen, dass dat passen könnte. Bist ja auch nicht mehr ganz grün hinter den Ohren. Ich meine, keine von den ganz jungen Lütten mehr. Kannst du Karten spielen? Canasta oder Rommé? Ist nicht nur eine Haushaltshilfe, die sie braucht. Wärst auch mal Gesellschafterin. Sie ist oft einsam. Ihr Karl ist vor drei Jahren an einem Herzinfarkt gestorben. Obwohl der eh nie da gewesen ist. Der war immer nur in der Reederei beschäftigt.« Sie winkte ab und nippte an ihrem Tee.

Matei überdachte kurz ihre Antwort. So wirklich verheißungsvoll klang die Stellenbeschreibung nicht gerade. Aber was sollte es schon. Es wäre ein Anfang. Wenn es ihr bei der Dame nicht gefiel, könnte sie sich anderweitig umsehen. Wenn sie sie überhaupt einstellen würde.

»Einen Versuch wäre es wert«, meinte sie.

»Auf diese Antwort hatte ich gehofft.« Inge erhob sich freudig. »Dann geh ich sie rasch anrufen. Vielleicht kannst du dich noch heute Nachmittag bei ihr vorstellen. Sie bezahlt auch gut. Besser als die Pensionen auf jeden Fall. Und ihr Haus ist entzückend. Unweit von der Außenalster gelegen, von einem schönen Garten umgeben. Du wirst es lieben.« Sie wuselte aus der Küche. Verdutzt sah ihr Matei nach. Es schien, als hätte Inge nur auf diese Zusage gewartet. Es dauerte nicht lange, bis sie wieder zurückkam.

»Hach, die Trude hat sich wat gefreut«, sagte sie überschwänglich. »Du kannst gleich rüberkommen. Sie wohnt im Graumannsweg. Dat ist von hier nicht weit. Bis zur Außenalster runter, dann rechts und beim Alsterbad rechts rein. Hausnummer fünf.«

Matei wollte etwas erwidern. Doch die Hausglocke unterbrach sie.

»Vermutlich Kundschaft«, sagte Inge. »Du schaffst dat schon.«
Sie klopfte Matei auf die Schulter. »Büschen aufhübschen, nett
lächeln. Aber wenn du auf Empfehlung von mir kommst, kann
da nicht viel schiefgehen. Ich drück die Daumen.« Flugs war sie
aus der Küche gelaufen. Matei sah ihr kopfschüttelnd nach. So
euphorisch hatte sie ihre Wirtin noch nie erlebt. Sie erhob sich.
Was war das noch gleich? Graumannstraße. Am Alsterbad rechts
rein. Gut, das würde sie finden. Sie verließ ebenfalls die Küche
und grüßte die beiden in dunkle Mäntel gehüllten Frauen, die
vor dem Empfangstresen im Eingangsbereich standen und einen
durchnässten Eindruck machten. Auf dem Weg nach oben blickte sie nach draußen. Es schüttete. Doch am Horizont war bereits
der blaue Himmel zu erkennen. Er kam ihr plötzlich vor wie ein
Hoffnungsschimmer. Es ging voran, und das war gut. Es geht immer irgendwie weiter. Pauls Worte. Sie wusste nicht, wann ihr
Ziehvater sie zu ihr gesagt hatte. Aber er hatte recht. Sie lief die
Stufen weiter nach oben, und zum ersten Mal seit ihrem Raus-
wurf aus der Galerie empfand sie wieder so etwas wie Zuversicht.

17. KAPITEL

Keitum, 21. August 1922

*E*s ist ein weiterer Meilenstein beim Dammbau«, sagte Lorenz und blickte über den *Inselboten* hinweg auf Elin, die ihm gegenüber am Frühstückstisch saß und sich Erdbeermarmelade auf ihr Brötchen schmierte. »Gestern kam die Nachricht, dass mit dem Inkrafttreten des Winterfahrplans am 8. Oktober der neu gebaute Abschnitt zwischen Niebüll und Klanxbüll in Betrieb genommen werden kann. Heute steht es auch schon in der Zeitung. Auch die Arbeiten auf dem Vorland von Klanxbüll bis zum Seedeich gehen gut voran. Es wird sogar bereits die erste Etappe ins Meer hinein in Angriff genommen.«

Elin nickte, antwortete jedoch nichts. Lorenz war nun offiziell am Dammbau beteiligt. Er gehörte zur Planungs- und Vermessungsabteilung. Besonders in diesem Bereich konnte er durch sein Studium Erfahrung vorweisen. Einen Narren hatte er an dem Bauleiter, dem Regierungsbaurat Dr.-Ing. Pfeiffer, gefressen. Er bezeichnete den Mann inzwischen sogar als Meister des Dammbaus. Seine Fachkenntnis beeindruckte ihn. Jeden Tag war Lorenz nun im Planungsbüro oder an der Baustelle vor Ort. Die Belange des Kaffeegartens interessierten ihn nur noch am Rande. Er ist wie ein kleiner Junge, den man auf dem perfekten Spielplatz ausgesetzt hat. So hatte es Hinnerk neulich auf den Punkt gebracht. Elin freute sich über seine Begeisterung. Doch in ihr schwangen auch zweifelnde Gefühle mit. Die letzten Wochen waren anstrengend gewesen. Die ständige Übelkeit raubte ihr die

182

Kräfte, dazu noch die Sorge um Matei. Noch immer war keine Nachricht von ihr eingetroffen. Hinzu kam der Kummer um Wiebke. Sie hatte einen Schlaganfall erlitten, von dem sie sich nur langsam erholte. Ihr linker Arm schien für immer gelähmt zu bleiben. Anfangs hatte sie kaum sprechen können. Sie würde den Moment niemals vergessen, als sie in die Küche gekommen war. Wiebke hatte geweint und unverständliche Laute von sich gegeben. Elin hatte in diesem Moment geglaubt, sie würde sterben. Sie würde sie verlassen. Sie war wie betäubt gewesen, unfähig zu reagieren. Hinnerk hatte Doktor Hinkebein gerufen. Er war innerhalb weniger Minuten da gewesen und hatte sich gekümmert. Wiebke war ins Krankenhaus nach Westerland gekommen, und dort hatte sie nur wenige Tage später bereits die Schwestern und Ärzte schikaniert. Wiebke und Krankenhäuser, das passte nicht zusammen. Man war übereingekommen, sie wieder nach Hause zu holen, und Alwine bemühte sich seitdem rührend um sie. Ihrer Meinung nach hatte Wiebke noch großes Glück gehabt. Sie war dem Tod noch einmal von der Schippe gesprungen. Auch Hinnerk kam jeden Tag, um Zeit mit ihr zu verbringen. Meistens spielten sie Karten. Piet kümmerte sich gemeinsam mit Gantje um die Backstube. Man sah es der zierlichen Gantje nicht an, aber sie konnte anpacken. Sie war neuerdings stets die Erste in der Küche und setzte den Hefeteig an, backte Brötchen. Das sechzehnjährige Mädchen mit den rotblonden Locken und den vielen Sommersprossen auf der Nase war ein wahrer Glücksgriff. Auf die musste aufpassen, hatte Piet gesagt. Sonst heiratet sie uns flott noch einer weg. Allerdings konnten Piet und Gantje allein unmöglich den Betrieb in der Backstube dauerhaft am Laufen halten. Deshalb hatte Elin eine Stellenanzeige im *Inselboten* veröffentlicht. Ein weiterer Bäckergeselle wurde gesucht, gern auch mit Erfahrung als Konditor. Elin hatte anfangs überlegt, selbst in der Backstube mitzuhelfen. Aber sie war keine Bäckerin. Ihr Versuch, Friesenkekse zu backen, war misslungen. Sie waren mal wieder zu hart geworden. Damit kannst einen erschlagen, hatte Piet geurteilt. Auch war sie im Augenblick in der Töpferwerkstatt gut beschäftigt. Gleich mehrere Aufträge von Gästehäusern waren eingetroffen. Ein Haus aus Westerland hatte vierzig Teller und Tassen geordert, allesamt mit dem gleichen Strandmotiv versehen. Seitdem Matei die Insel verlassen hatte, konnte sie nur noch Druckmotive anbieten. Doch den meisten Abnehmern war das genug. Nur eine Kundin hatte auf handbemalt bestanden. Eine Teekanne mit passendem Pott als Geschenk hätte es sein sollen. Elin hatte ablehnen müssen. Nachdem die alte Frau gegangen war, hatte sie zu weinen begonnen. Für Matei wäre es ein Kinderspiel gewesen, das gewünschte Motiv, ein ganz bestimmtes altes Friesenhaus aus Keitum, auf das Geschirr zu bringen. Sie fehlt so sehr. Wo war sie nur? Hoffentlich ging es ihr gut. Ihre Worte waren hart gewesen, ihr Verhalten ungerecht. Aber es wäre alles vergeben und vergessen. Wenn sie sich doch nur endlich melden würde. Elins Blick wanderte nach draußen. Es war ein grauer Morgen, der Himmel war bedeckt, kein Lüftchen regte sich. Es herrschte Ebbe. Weit draußen war ein Schiff zu erkennen. Der Sommer schien sich in diesem Jahr frühzeitig verabschieden zu wollen. Seit Tagen schon war es kühl, in der letzten Woche hatte es starke Regenschauer gegeben. Elin bedauerte diesen Umstand. Die warmen und hellen Tage des Sommers liebte sie am meisten. Wenn sie abends noch lange im Garten verweilen konnten und morgens von den Strahlen der Sonne geweckt wurden. Bald schon würden die ersten Stürme die Insel heimsuchen und der Winter mit seiner Düsternis und Tristesse Einzug halten. Aber vielleicht hatten sie ja Glück und es gab noch einige warme Tage. Der Altweibersommer mit seinem goldenen Licht stand vor der Tür. Obwohl es dann in den Nächten bereits empfindlich kühl werden konnte.

Es klopfte an die Tür. Nachdem Lorenz »Herein« gerufen hatte, trat Alwine ein. Ihre Miene war missbilligend.

»Moin, ihr beiden«, grüßte sie. »Ich störe nur ungern, aber unsere Patientin zeigt sich heute nicht gerade von ihrer besten Seite. Sie ist unten in der Küche und will unbedingt Friesenkekse backen. Mit ihrer Laune steht es auch nicht zum Besten. Sie hat eben Gantje fortgescheucht, und Piet hat ebenfalls eine üble Rüge erhalten. Seine Brötchen seien zu dunkel, die Friesentorte könne man so nicht verkaufen. Sie hat verkündet, ab heute wieder die Leitung der Küche übernehmen zu wollen. Aber dazu ist sie gar nicht in der Lage. Ihr linker Arm ist noch immer gelähmt, und sie hat Probleme mit der Koordination und ermüdet schnell. Es ist gar nicht auszudenken, was geschehen könnte, wenn sie sich überfordert.«

»Ich komme.« Elin erhob sich seufzend.

Lorenz tat dies ebenso. Verkündete jedoch, dass er sich nicht um das Problem Wiebke kümmern könne, denn die Arbeit im Ingenieurbüro rufe. Er gab Elin rasch einen Kuss und verließ noch vor ihr und Alwine den Raum.

»Ihm fehlt die Geduld für ihre Launen«, versuchte Elin sein Verhalten zu entschuldigen.

»Die fehlt mir langsam auch«, erwiderte Alwine. »Und man sagt mir nach, dass ich eine Menge Geduld hätte. Aber solch einem Sturschädel wie Wiebke begegnet man nicht jeden Tag.«

In der Küche angekommen, empfing sie eine düstere Stimmung. Wiebke stand an der Arbeitsplatte und füllte Mehl in eine auf der Küchenwaage stehende Schüssel. Sie war allein. Weder Piet noch Gantje waren zugegen. Vermutlich hatten sie die Flucht ergriffen, was Matei ihnen nicht übel nehmen konnte.

Wiebkes Miene war finster. Ihre Hand zitterte, ein Teil des Mehls ging daneben.

»Moin, Wiebke«, versuchte es Elin mit einer betont fröhlichen Begrüßung. »Das sollen gewiss Friesenkekse werden, oder?«

Wiebke warf Elin einen finsteren Blick zu.

»Mit dir rede ich nicht. Du Betrügerin.«

Elin schwante Übles. Sollte es tatsächlich sein, dass Wiebke von ihrer Anzeige im *Inselboten* erfahren hatte? Sie las doch nie Zeitung.

»Du suchst also bereits einen Ersatz für mich. Willst mich aufs Abstellgleis schieben. Die Alte kann es nicht mehr. Aber so nicht, meine Liebe. So nicht. Ich werde es euch allen beweisen. Ich bin in dieser Backstube die Herrin. Ich allein.« Ihre Stimme war laut geworden. Sie funkelte Elin wütend an. Schlagartig verfluchte sich Elin dafür, die Anzeige geschaltet zu haben. Sie hätte ein bisschen herumfragen können. Gewiss hätte sich auch so ein Bäcker gefunden. Mund-zu-Mund-Nachrichten funktionierten hervorragend auf der Insel. Nun galt es, den Schaden zu begrenzen. Sie hob beschwichtigend die Hände.

»Niemand will dich aufs Abstellgleis schieben«, sagte sie. »Aber leider hast du noch immer mit den Nachwehen des Schlaganfalls zu kämpfen und musst dich erholen. Wir wollen alle, dass du wieder richtig gesund wirst, und das geht nicht, wenn du dich zu früh überforderst. Hör doch dieses Mal auf die Ärzte und auf Alwine. Sie wissen, was gut für dich ist. Und der Bäcker soll ja nur vorübergehend eingestellt werden. Als Aushilfskraft. Wenn du wieder richtig fit bist, dann wirst du wieder deine alte Stellung einnehmen. Das verspreche ich dir.«

Wiebkes Miene blieb finster. Sie sah von Elin zu Alwine.

»Elin hat recht«, sagte diese. »Wir haben darüber gesprochen. Ich hab ihr gesagt, dass du bestimmt bald wieder richtig gesund sein wirst. Aber bis dahin wird es noch ein Weilchen dauern. Und Elin kann in ihrem Zustand doch unmöglich deine Aufgaben in der Küche übernehmen. Piet und Gantje geben sich alle Mühe. Aber es ist doch recht viel zu tun. Der neue Bäcker soll wirklich nur vorübergehend eingestellt werden. Einige Wochen, vielleicht bis Weihnachten. Dann bist du bestimmt wieder auf dem Damm.«

Wiebkes Miene blieb finster, doch ihre Haltung veränderte sich. Sie ließ die Schultern sinken. Elin glaubte, plötzlich Tränen in ihren Augen schimmern zu sehen.

»Dat glaubt ihr doch wohl selber nicht«, sagte sie und legte den Löffel für das Mehl zur Seite. »Dieser dumme Arm hängt nur noch an mir dran. Ein Krüppel bin ich. Und dat wird niemals wieder gut werden. Der dumme Kopp. Warum macht er dat?« Sie schlug sich gegen die Stirn. Nun weinte sie endgültig. Alwine ging auf sie zu, legte liebevoll den Arm um ihre Schultern und führte sie zu einem der Stühle. Wiebke sackte darauf wie ein Häufchen Elend in sich zusammen. »Und wat soll nu mit den Friesenkeksen werden? Die kann doch keiner so gut wie ich backen. Die ganze Insel weiß dat. So ein neuer Bäcker kriegt die auch nicht hin.«

Elin setzte sich neben sie, nahm ihre Hand und sah ihr fest in die Augen.

»Wir backen sie gemeinsam. Ich mache alles so, wie du es mir sagst. Dein Wissen und meine gesunden Hände werden die besten Friesenkekse zaubern, die ganz Sylt jemals gesehen hat. Das verspreche ich dir. Aber du musst mir jetzt auch etwas versprechen.« Sie sah Wiebke eindringlich an. »Du musst dich an die Anweisungen von Alwine und dem Arzt halten und deine Übungen regelmäßig machen. Ich weiß, das sind alles Quacksalber, aber in dem, was sie tun, sind sie Profis. Alwine würde niemals auf die Idee kommen, Kekse zu backen.« Sie sah zu Alwine, die sich zu nicken beeilte.

»Natürlich nicht. Backen konnte ich noch nie. Bei mir wird alles schwarz und ungenießbar. Ich war zeit meines Lebens der Meinung, dass man die Dinge stets den Fachleuten überlassen sollte. Deshalb gibt es schließlich Menschen mit Ausbildungen. Du kannst die besten Friesenkekse der Insel backen, ich hole Kinder auf die Welt und pflege Kranke. Und Doktor Hinkebein war ja nicht umsonst auf der Universität. Dem kannst du vertrauen. Der ist einer von den ganz Guten.«

»Ach, dat weiß ich doch.« Wiebke zog die Nase hoch. »Und nu? Im Verkaufsregal im Laden stehen noch zwei Päckchen Friesenkekse. Ist noch wat im Lager?« Auf ihre Art war sie der Diskussion mal wieder ausgewichen.

»Nicht mehr viel«, antwortete Elin ehrlich. »Piet hat gestern überlegt, welche zu backen.«

»Na, dann ist es ja gut, dass ich wieder da bin. Piet kann Brot und Brötchen ganz gut, auch Streuselkuchen bekommt er hin. Aber Friesenkekse. Nein, die schmecken nicht. So leid es mir tut.«

»Also backen wir sie jetzt gemeinsam.« Elin war froh darüber, Wiebke wieder beruhigt zu haben. »Und Alwine macht sich auf die Suche nach Piet und Gantje. Schließlich müssen ja auch noch andere Backwaren hergestellt werden, nicht nur die Friesenkekse.« Sie sah zu Alwine, die nickte und den Raum verließ. »Und wir zwei Hübschen trinken jetzt einen ordentlichen Kaffee mit Sahne. Das gibt Energie, und es arbeitet sich flotter. Wäre doch gelacht, wenn wir das nicht hinbekämen.«

Wiebkes Gesichtszüge wirkten nun entspannter, Elin glaubte, sogar ein Lächeln auf ihren Lippen zu erkennen. Sie füllte zwei Pötte Kaffee und mopste aus der Kuchentheke im Laden zwei Rosinenbrötchen. Genüsslich futterten sie die süße Köstlichkeit.

Piet, Gantje und Alwine kehrten zurück. Alwine verabschiedete sich jedoch rasch wieder. Sie wollte nach einer ihrer Patientinnen sehen. Tatje Boysen war bereits seit einer Woche über der Zeit. Da galt es, als Hebamme wachsam zu sein. Als Wegzehrung nahm sie ein Puddingteilchen mit. Obwohl der Weg nun wirklich nicht weit war. Tatje wohnte unweit des Kaffeegartens im Erich-Johannsen-Wai in einem alten Friesenhaus. Keine fünf Minuten brauchte man dorthin. Verhungert war auf dieser Strecke gewiss noch niemand. Wiebke entschuldigte sich bei Piet und Gantje mit zerknirschter Miene für ihr schlechtes Benehmen.

»Ist nicht so tragisch«, meinte Piet. »Wenn mein linker Arm es nicht mehr tun würde, wäre ich auch knatschig.«

Sie machten sich an die Arbeit. Piet setzte einen Hefeteig an, und Gantje wusch und entsteinte Pflaumen, die heute Morgen von dem Gemüsehändler Hindrichs geliefert worden waren. Elin führte Wiebkes Anleitungen aus, wog Mehl und Zucker ab und verknetete beides in einer großen Schüssel mit Eiern, Butter und Vanille. Dann ging es daran, akkurate und gleich große Rollen zu formen. Darauf legte Wiebke besonderen Wert. Schließlich sollten die Kekse alle einheitlich aussehen. Nachdem sie fertig waren, wanderten die Teigrollen in die Kühlung. Erst wenn der Teig schön fest war, ließen sich die Scheiben ordentlich abschneiden. Dann wurden sie bei mittlerer Hitze für zehn Minuten gebacken. Noch warm, kam Hagelzucker darauf. Eigentlich kein Hexenwerk, dachte Elin, der die Arbeit Spaß zu machen begann. Auch Wiebke wirkte nun entspannt und erkundigte sich bei Piet nach seinen Lütten. Während sie arbeiteten, kam die Sonne hinter den Wolken hervor.

»Jetzt wird das Wetter tatsächlich besser«, sagte Elin freudig und trat ans Fenster, um die Wetterbesserung genauer zu begutachten. »Der Himmel ist plötzlich wie rein gewaschen, keine

Wolke weit und breit. Wir könnten also doch noch die Tische draußen eindecken. Magst du mir dabei helfen, Wiebke? Bis wir fertig sind, können wir bestimmt die Rollen aus der Kühlung holen und die Kekse backen.«

Wiebke stimmte zu, und die beiden gingen nach draußen. Gemeinsam säuberten sie die Tische und legten die grün-weiß karierten Tischdecken darauf. Elin platzierte die Windlichter mit den Muscheln in der Mitte, daneben stellte Wiebke Aschenbecher. Drei Stockenten kamen sie besuchen, ihnen folgten zwei Schafe. Elin kannte die flauschigen Kumpane bereits. Sie gehörten, wie sollte es auch anders sein, zu Hinnerk.

»Na, ihr beiden«, begrüßte sie die Tiere lächelnd. »Seid ihr mal wieder ausgebüxt. Unser Gras könnt ihr gern haben. Aber wehe dem, ihr knabbert meine Tischdecken an. Dann sind wir keine Freunde mehr.« Sie hob mahnend den Zeigefinger. Auch Wiebke brachte der Besuch der Schafe zum Schmunzeln. Sie hatte sich an einen der Tische gesetzt, um ein wenig Kraft zu schöpfen.

Elin setzte sich neben sie. Eine Weile sahen sie schweigend den Schafen beim Grasen zu. Die Stockenten bekamen Gesellschaft von einer Eiderente. Elin legte die Hand auf ihren Bauch. Noch wölbte er sich nicht, aber lange würde es wohl nicht mehr dauern. Durch die ständige Übelkeit war sie noch etwas schmaler geworden. Doch in den letzten Tagen war der Appetit zurückgekehrt. Besonders die eingelegten Gurken hatten es ihr angetan. Davon konnte sie gar nicht genug bekommen. Ach, wenn sie das alles doch mit Matei teilen könnte. Der Gedanke an sie ließ sie traurig werden. Auch kam die Sorge wieder zurück, die sie nie laut aussprach. Was, wenn ihr etwas zugestoßen war? Wenn sie … Nein, diesen Gedanken wollte sie nicht zu Ende denken. Ein Schnarchen ließ sie aufblicken. Wiebkes Augen waren geschlossen, ihr Kinn herabgesunken. Sie schlief im Sitzen. Elin betrachtete sie wehmütig. Wiebke Gehtherum war sie früher genannt worden. Ihre Ruhelosigkeit hatte sie nach dem Verlust ihres Strandcafés in Westerland stets durch Keitum getrieben. Bei ihnen im Kaffeegarten hatte sie ein Zuhause gefunden und den Ökelnamen Gehtherum wieder verloren. Sie hatte Anna ins Leben zurückgeholt, sie mit ihrer Tatkraft nach Pauls Tod aus ihrer Erstarrung befreit, mit ihrer Hilfe hatten sie den Kaffeegarten aufgebaut. Sie war ein Teil der Familie geworden. Und Familie kümmerte sich, auch wenn es schwierig war. In Elins Augen traten Tränen. Um Wiebke konnte sie sich kümmern, um Matei nicht. Sie war irgendwo, vermutlich in Hamburg. Sie wusste nicht, wie es ihr ging, was sie dachte, tat, wie ihr Alltag aussah. War sie glücklich?

Es war Alwine, die sie aus ihren Gedanken riss. Sie trat näher, warf einen kurzen Blick auf Wiebke und nickte.

»Es war alles zu viel für sie.«

»Ich weiß«, antwortete Elin. Nun kullerten endgültig die Tränen über ihre Wangen.

»Ach, Mädchen«, sagte Alwine. Sie zog einen Stuhl heran, setzte sich und nahm Elin in die Arme. »Das wird schon werden«, sagte sie. »Irgendwie wird es doch immer.«

191

18. KAPITEL

✦——————✦——————✦

Hamburg, 3. September 1922

Mateis Blick ruhte auf einem Gesteck aus weißen Rosen. Die ersten Blumen ließen bereits die Köpfe hängen. Lang würde es nicht mehr dauern, bis sie ganz verwelkt wären. Sie konnte nicht sagen, weshalb ihr Weg sie noch einmal auf den Ohlsdorfer Friedhof geführt hatte. Vielleicht, weil dieser Ort etwas Besonderes an sich hatte? Er strahlte eine ganz eigene Art von Friedlichkeit und Ruhe aus, die sie seit ihrer Ankunft in Hamburg vermisst hatte. Oder taten das Friedhöfe nicht immer? Sie stand vor dem Grab ihrer Arbeitgeberin. Trude von Langenhagen war nur drei Tage, nachdem sie ihre Stellung angetreten hatte, verstorben. Sie selbst hatte sie gefunden. Tot hatte sie morgens in den Kissen gelegen, weiß wie ein Gespenst. Das war ein Schreck gewesen. Der Butler, Martin, ein recht unheimlicher Geselle, der bereits seit über vierzig Jahren in den Diensten des Ehepaars gestanden und die achtzig bereits überschritten hatte, hatte den Arzt informiert. Dieser hatte Herzversagen als Todesursache auf den Totenschein geschrieben. Trude von Langenhagen hatte schon länger unter Herzproblemen gelitten. Matei war wie vor den Kopf gestoßen gewesen. Wie betäubt hatte sie, nachdem die Leiche fortgebracht worden war, in ihrer winzigen Dachkammer gesessen, die äußerst spartanisch eingerichtet gewesen war. Ein einfaches Metallbett, ein Tisch am Fenster, dazu ein Stuhl und eine Kommode, auf der Waschschüssel und Krug standen. Bilder oder andere Dekorationsartikel gab es nicht. Trude selbst lebte in komfortabel eingerichteten Räumen. Schwere Vorhänge an den Fenstern, weiche Teppiche auf den Fußböden, Seidentapeten an den Wänden. Gepolsterte Sessel standen im Salon vor dem offenen Kamin. Die Sitzgruppe im Esszimmer war aus dunklem Holz gefertigt. Die Wände zierten Gemälde von Hamburg, auf dem Kaminsims standen Fotografien. Ihr verstorbener Mann Karl war selbst in seinen jungen Jahren kein sonderlich attraktiver Mann gewesen. Untersetzt und mit Brille. Später wirkte er regelrecht aufgedunsen, kaum ein Haar war ihm noch auf dem Kopf geblieben. Und Trude war, was Mode betraf, nicht mit der Zeit gegangen. Sie hatte noch immer Korsett und bodenlange Kleider getragen. Matei hatte sie nur in Schwarz gesehen. Die Köchin, ihr Name war Helena, erklärte ihr, dass sie seit Karls Tod keine andere Farbe getragen hatte. Sie hatte ihre Rolle der trauernden Witwe großartig gespielt. Obwohl die Ehe zerrüttet gewesen war. Die beiden hatten nur noch nebeneinanderher gelebt. Nun lagen sie miteinander in einem Grab. Zur Beerdigung waren nur wenige Menschen gekommen. Inge Mumm natürlich, Nachbarn, zwei Ehepaare und die Angestellten. Es waren kaum zwanzig Leute gewesen. Einen Leichenschmaus hatte sich die Tote vor ihrem Ableben verbeten. So waren die mehr oder weniger Trauernden nach der Beerdigung still gegangen. Inge war mit Matei gegangen. »Min Deern, wat soll nu mit dir werden?«, hatte sie gefragt. Matei wusste es selbst nicht. Vielleicht war Trudes Tod ja ein Wink des Schicksals. Oder mit dem Zaunpfahl. Das konnte sie sich jetzt wohl aussuchen. Sie sollte zurück nach Sylt gehen, sich bei Elin entschuldigen und wieder ihr altes Leben leben. Anfangs würden die Leute reden und tratschen, doch rasch würden andere Dinge wieder interessanter werden. So war es doch immer. Doch war sie schon bereit für diesen Sturm? War sie bereit, ihre Niederlage einzugestehen? Und was sollte auf Sylt werden? Einfach weitermachen wie bisher, fühlte sich nicht richtig an. Trude war eine eigentümliche Person gewesen. Korrekt traf es gut. Aber auch freundlich. Sie hatte bereits bei ihrer ersten Begegnung sehr direkte Fragen gestellt. Es schien, als würden ihre blauen Augen tief in ihr Innerstes blicken. Matei erzählte ihr von ihrer misslichen Lage, und Trude warf ihr an den Kopf, was für ein Dummchen sie doch gewesen sei. Und sie hatte recht damit. Sie war ein Dummchen und hatte sich einwickeln lassen. Trude verlangte von ihr, sie zu zeichnen. Martin hatte Papier und Stift zu bringen, und Matei porträtierte die in dem Lehnstuhl am Fenster sitzende Frau mit raschen Strichen. Es herrschte eine besondere Stimmung im Raum. Als hätten sich zwei Menschen gefunden, die einander gesucht hatten. Matei hatte sich in diesem Augenblick angekommen gefühlt. Sie griff in ihre Jackentasche und holte das Porträt hervor. Wehmütig strich sie über Trudes Gesicht.

»Ich wollte es Ihnen noch bringen«, sagte sie. »Es gehört Ihnen. Ich hätte Sie gern noch besser kennengelernt und erfahren, wieso ich Sie zeichnen sollte.«

»Weil ich das immer getan habe«, sagte plötzlich jemand hinter ihr. Erstaunt wandte sich Matei um. Vor ihr stand eine ältere Frau in heruntergekommener Kleidung. Sie trug eine graue, schlichte Bluse, dazu einen dunkelblauen, altmodischen Rock, darüber eine ausgeleierte, grob gestrickte braune Jacke. Ihr ergrautes Haar war zu einem Zopf geflochten, einige Strähnen hatten sich gelöst.

Die Frau trat näher und sah auf das Grab hinunter.

»Ich hab sie so oft gezeichnet, und sie hat es geliebt.« Ihr Blick fiel auf das Bild in Mateis Hand. »Sie hat sich sehr verändert, ihre Gesichtszüge sind hart geworden. Es war wohl das Leben.

Früher war sie weicher, ihr Lächeln milder.« Sie sah Matei an. »Das Bild ist gut.«

»Danke schön«, antwortete Matei. Sie kannte die alte Frau nicht, aber ihr Kompliment machte sie stolz. Sie spürte, dass jemand vor ihr stand, der Kunst genauso liebte wie sie selbst und Fachkenntnisse hatte. »Wer sind Sie?«, fragte sie.

»Tida«, sagte die Frau. Einen Nachnamen nannte sie nicht. Aber der war auch nicht wichtig.

Matei nannte ihren Vornamen.

Tidas Blick wanderte zurück aufs Grab.

»Sie hat mich stets um mein Talent beneidet. Schon als wir Kinder waren. Derweil trug sie selbst ein solch großes Talent in sich. Sie konnte wie keine andere Geschichten erzählen, Stimmungen nur mit Worten entstehen lassen. Ich konnte ihr stundenlang zuhören. Manchmal habe ich ihre Worte festgehalten, ihre Figuren gezeichnet. Die Prinzessin und den Bettler, die Königin und das prachtvolle Segelschiff, das über alle Meere fuhr. Sie hat sie nie aufgeschrieben. Ich hab ihr gesagt, dass mehr aus ihr werden könnte. Eine richtige Schriftstellerin. Doch sie wählte den Weg, den sie alle wählen. Sie heiratete und wurde unglücklich. Und sie wurde wütend auf mich. Sie jagte mich fort. Die Freundin aus Kindertagen, die Schwester, die sie nie hatte, ihre einzig wahre Vertraute, die sie besser kannte als jeder andere Mensch auf der Welt.« Sie verstummte.

Eine Weile sagte niemand etwas. Es war eine eigentümliche Art der Stille, die in der Luft lag. Tidas Blick war auf das einfache Holzkreuz gerichtet, an dem ein schwarzes Stoffband hing. Die Freundin aus Kindertagen, die Schwester, die sie nie hatte. Das hörte sich vertraut und schön an. Doch das Ende war traurig. Matei dachte an Elin, und ihr wurde schwer ums Herz. Wie es ihr wohl gerade ging? Ob sie an sie dachte? Ob sie noch wütend auf sie war? Vermutlich schon. Sie wäre es an ihrer Stelle.

Tida sah Matei an. »Wollen wir ein Stück laufen? Erzählst du mir von ihr?«

»Da gibt es nicht viel zu erzählen«, antwortete Matei. »Ich kannte sie kaum.«

»Du kanntest sie gut genug, um dieses Porträt zu zeichnen. Also gibt es auch etwas zu erzählen.« Tida deutete erneut auf das Stück Papier in Mateis Händen.

Matei stimmte zu. Ihr gefiel Tida. Sie faltete das Porträt zusammen und legte es auf das Grab.

Sie folgten dem bekiesten Weg, vorbei an Gräbern mit Namen darauf, die Lebensgeschichten erzählten, bis zum Hauptweg. Der Ohlsdorfer Friedhof mutete wie ein riesiger Park an. Laubbäume spendeten Schatten, auf hübsch angelegten Teichen schwammen Enten und Schwäne. Es gab sogar ein Rosarium. Dort ließen sich die schönsten Sorten von Rosen bewundern. Schmetterlinge flatterten durch die Luft, Matei sah ein Eichhörnchen flink einen Baumstamm hinaufklettern.

»Ich hab den Friedhof gern«, erzählte Tida, nachdem sie eine Weile schweigend nebeneinanderher gelaufen waren. »Er wirkt so vollkommen, das perfekt kreierte Bild eines Künstlers. Hier können die Seelen der Menschen zur Ruhe kommen. Es finden sich aber auch immer neue Motive in diesem Garten des Friedens, wie ich ihn auch gern nenne. Die alten Trauerweiden an den Ufern der Teiche sind ein gutes Motiv, aber auch der eine oder andere Weg, umrandet von herbstlichem Laub im Nebel. Die trauernde Witwe, die gebückt vor dem Grab ihres Gatten steht. Aus der Ferne eingefangen. Wir Künstler sind doch auch immer etwas Voyeure, nicht wahr?«

196

Matei war neugierig. Sie wollte gern mehr über die Frau erfahren, die neben ihr lief und zu der sie nach einer solch kurzen Zeit bereits eine Verbindung spürte.

»Was hat dich zu Trude geführt?«, fragte Tida.

»Sie hat ein Hausmädchen gesucht«, antwortete Matei. »Inge Mumm von der Frauenpension hat mich vermittelt. Sie waren befreundet.«

»Inge also. Kein schlechter Mensch, bisschen neugierig und auf Tratsch aus. Aber das Herz am rechten Fleck. Wie bist du bei ihr gelandet?«

»Ich brauchte ein Dach über dem Kopf«, wich Matei ihr aus.

»Ist was schiefgelaufen, oder?« Sie blieben am Ufer eines Teiches stehen und betrachteten die darauf schwimmenden Schwäne und Enten.

Matei sah Tida irritiert an.

»Wenn dich Inge zu Trude vermittelt hat, dann ist was schiefgelaufen«, erklärte Tida ihre Schlussfolgerung. »Die meisten ihrer Gäste sind auf der Durchreise, wollen nach Amerika oder sonst wohin. Manch eine hat eine Anstellung oder gar einen Ehemann in Aussicht. Vermittelt werden nur die Härtefälle.«

Mateis Irritation wich durch diese Erklärung nicht. Hamburg erschien ihr so groß. Doch in gewisser Hinsicht schien es auch nur ein Dorf zu sein. Sie fühlte sich ertappt. Sie überlegte, was sie antworten sollte.

»Ich bin wegen einer Ausstellung nach Hamburg gekommen. Zur Vorstellung bei einem Galeristen. Aber es wurde leider nichts.«

»Hm …« Die Antwort schien Tida nicht zu befriedigen. »Das Urteil von Galeristen wird zumeist überschätzt.«

Matei antwortete nichts. Die Versuchung war groß, Tida von dem Betrug zu erzählen, sie an ihrem Kummer teilhaben zu lassen. Aber würde sie sie dann nicht auch für ein Dummchen halten? Erneut würde sie die Schmach spüren, und das wollte sie nicht.

Tida schwieg nun, was Matei erleichterte. Sie liefen nebeneinanderher Richtung Friedhofsausgang. Eine Trauergesellschaft kreuzte ihren Weg. Gut fünfzig Personen folgten einem teuer aussehenden Sarg, auf dem ein übergroßes Blumengesteck, bestehend aus weißen Lilien und Rosen, lag. Direkt hinter dem Sarg lief eine junge Frau in Mateis Alter. Sie erinnerte sie an sie selbst. Eine junge Witwe, die Träume für ein ganzes Leben gehabt hatte und nun wie eine Verlorene schien. Der Schmerz in ihrem Inneren kehrte zurück, Jan war wieder in ihren Gedanken. Sie hatte, indem sie Sylt den Rücken gekehrt hatte, auch ihn und ihr kleines Mädchen verlassen. Aber sie hatten sie doch allein gelassen. Sie hatten ihre Heimat für sie zu einem Ort gemacht, der voller Erinnerungen und oftmals nur schwer zu ertragen gewesen war. Vielleicht hatte sie ja dumm sein wollen.

»Fortlaufen macht es nicht immer besser«, sagte Tida plötzlich neben ihr.

Matei kam sich schon wieder ertappt vor. Sie blieb stehen und sah Tida an. Ihr Gesicht war faltig, ihre blauen Augen strahlten jedoch, hell und lebendig. Sie ähnelten denen von Trude. Matei begriff.

»Sie waren Schwestern.«

»Eine wahre Künstlerin mit einem guten Auge für Details«, bemerkte Tida. »Ja, das waren wir. In einem anderen Leben. Ach, die alten Geschichten. Es ist Vergangenheit. Verschüttete Milch, längst aufgewischt. So gut es eben ging. Irgendwas sickert immer in den Boden.«

Sie setzten sich wieder in Bewegung. Matei überlegte nachzuhaken. Was war geschehen? Was hatte die Schwestern entzweit?

Sie dachte darüber nach, Tida nun doch von dem Streit mit Elin zu erzählen. Diese Frau würde sie nicht für ein Dummchen halten. Das spürte sie.

»Was wirst du jetzt tun?«, fragte Tida, nachdem sie den Friedhof durch den Haupteingang verlassen hatten. Sie steuerten auf den Ohlsdorfer Bahnhof zu. Mit der Vorortsbahn würde es zurück in die bunte Hamburger Stadtwelt gehen.

»Inge Mumm hat mich wieder vermittelt. Ich stelle mich heute Nachmittag in einem Haushalt vor, dieses Mal als Dienstmädchen.«

»Bestimmt bei den Ohlingers. Dorthin vermittelt sie gern. Ein Haus an der Alster?«

Sie hatte ins Schwarze getroffen. Matei nickte und fragte: »Woher wissen Sie das?« Im Gegensatz zu Tida blieb sie bei der höflichen Anrede. Inzwischen standen sie auf dem Bahnsteig. Eine Durchsage kündigte die Einfahrt des Zuges an.

»Weil Inge nur in eine Handvoll Haushalte vermittelt, und bei Ohlingers werden ständig neue Dienstmädchen gesucht. Die Hausdame ist, sagen wir mal, etwas eigen.«

Der Zug fuhr ein, und sie stiegen ein. Es war voll, und sie fanden nur noch Stehplätze. Während der Fahrt war ein Gespräch nicht möglich, denn die Fenster waren geöffnet, und es war laut. Matei bedauerte diesen Umstand. Sie hätte zu gern gewusst, was Tida mit eigen meinte, doch sie kam nicht mehr zum Nachfragen. Drei Haltestellen weiter stieg Tida plötzlich ohne Vorwarnung aus. Matei sah ihr verdutzt nach. Sie hatte sich nicht einmal von ihr verabschiedet.

Sie beobachtete, wie Tida den Bahnsteig hinunterlief. Was für eine eigentümliche Begegnung das doch gewesen war. Sie hätte gern mehr Zeit mit dieser Frau verbracht, die ihr fremd und vertraut zugleich gewesen war. Wer war sie? Wieso wirkte ihre

Kleidung so abgerissen? Verschüttete Milch, alles ließ sich nicht aufwischen. Was sie damit wohl gemeint hatte? Ob sie noch immer zeichnete? Vermutlich würde sie es nie erfahren.

Die Bahn setzte sich erneut in Bewegung, und Matei verließ sie einige Haltestellen später mit einem unguten Gefühl im Bauch. Sie hatte noch dreißig Minuten Zeit, bis sie sich bei den Ohlingers vorstellen musste. Die Hausdame sei eigen, hatte Tida gesagt. Dorthin vermittele Inge oft. Eigen bedeutete in diesem Zusammenhang vermutlich unausstehlich. Sie blieb an einem Zeitungsstand stehen und ließ ihren Blick über die vielen Illustrierten, Anzeiger und Tageszeitungen schweifen. Es war an der Zeit, das Schicksal selbst in die Hand zu nehmen. Sie kaufte sich gleich drei vielversprechend aussehende Zeitungen und beschloss, die Stellenanzeigen darin bei einer Tasse Kaffee im Alsterpavillon zu studieren. Wenn sie Glück hatte, würde sich die richtige Anstellung für sie finden. Inge Mumm war eine freundliche Herbergsmutter, aber als Arbeitsvermittlerin schien sie nicht sonderlich gut zu sein.

19. KAPITEL

Keitum, 10. Oktober 1922

Sie hörte den Sturm toben und wüten. Er tanzte ums Haus und schleuderte den Regen gegen die Fenster. Seit dem gestrigen Abend ging das nun schon so. Das Herrenhaus am Watt war umgeben vom Tosen und Brausen des ersten Herbststurms, der in diesem Jahr die Insel heimsuchte. Elin verabscheute Stürme, denn sie brachten die Erinnerungen an die Nacht zurück, als sie ihre Eltern verloren hatten. Als sie mit Matei in dem kleinen Friesenhaus in Tinnum bei flackerndem Kerzenlicht ausgeharrt hatte. Später hatten sie Arm in Arm in ihrem Alkovenbett gelegen, den Naturgewalten lauschend, sie hatte Matei die Geschichte der kleinen Meerjungfrau von Hans Christian Andersen erzählt, um sie zu beruhigen. Die hatte sie besonders gerngehabt. Sie kannte sie auswendig, jedes Wort, heute noch. Irgendwann war sie über dem Erzählen eingeschlafen, und am Morgen war der Sturm abgezogen und hatte eine bedrohliche Stille zurückgelassen. Die Schlacht war beendet, der Kampf geschlagen. Ihre Eltern hatten ihn verloren. *Trutz, Blanke Hans,* kam ihr in den Sinn. Der Titel des Gedichts über Rungholt von Liliencron. Rungholt, die versunkene Stadt der Bürger, die im Überfluss gelebt hatten und von Gott gestraft worden waren. Aber ihre Eltern hatten nicht im Luxus gelebt. Sie waren einfache Bauern gewesen. Sie dachte an Westerland, den aufstrebenden Badebetrieb, immer mehr Menschen sollten kommen, immer prachtvollere Gästehäuser waren geplant. Die Sucht nach

Wohlstand schien unersättlich. Am Ende wäre Sylt bald wie Rungholt, ein Sündenpfuhl, der dem Herrgott ein Dorn im Auge war. Oder war das alles Unsinn? Vermutlich war Rungholt einfach nur ein friesisches Dorf auf einer Insel gewesen, mehr nicht. Sie kuschelte sich enger an Lorenz, der neben ihr lag und fest zu schlafen schien. Seine Wärme und Nähe zu spüren, vermittelte ihr das Gefühl von Sicherheit. Sie war nicht allein, er war bei ihr und würde sie beschützen. Sie lauschte seinem gleichmäßigen Atem. So oft hatte sie dies bei Matei getan. Der Gedanke an sie ließ das Gefühl von Hilflosigkeit zurückkehren. Immer noch hatte sie keine Nachricht von ihr erreicht. Wo war sie nur? Sie hatte erneut in der Galerie in Hamburg nachgefragt, doch die Antwort war gleich geblieben. Eine Matei Bohn kannte dort niemand. Auch ein Hannes von Bransbeck war der Dame am Apparat unbekannt gewesen. Was nur war geschehen? Am Ende war ihr tatsächlich etwas zugestoßen. Vielleicht war sie sogar tot. Davon hätten wir erfahren, hatte Alwine gesagt. Die gute Alwine, die stets praktisch dachte. Von Toten wurden die Angehörigen gesucht, sie wären verständigt worden. Vielleicht lag es an ihrem Streit, an ihren Zweifeln. Sie hatte Hannes stets infrage gestellt. Dieses dumme schlechte Bauchgefühl hatte sie nie losgelassen. Sie hatte sich bemüht, hatte Mateis neuen Weg annehmen wollen. Doch sie musste sich eingestehen, dass sie kläglich gescheitert war. Matei hatte ihr Zögern gespürt, ihre vorsichtigen Warnungen als Kritik aufgefasst. Sie kannten einander zu gut, um nicht zu wissen, wie die andere dachte. Sie hörten die ungesagten Worte. Es war nicht ihr erster Streit gewesen. Schwestern stritten und versöhnten sich. So war das nun einmal. Sie waren stets eine Einheit gewesen, was auch gekommen war, wie schlimm der Sturm gewesen war, sie hatten es gemeinsam durchgestanden. Oder hatte sie diesen einen schweren Sturm unterschätzt, den, der Matei Jan genommen hatte? Sie hatten ihn nicht kommen sehen. Er war hinterlistig und ihnen fremd gewesen, gnadenlos.

Trutz, Blanke Hans. Sie dachte an die letzten Zeilen des Gedichts.

> »*Wo gestern noch Lärm und lustiger Tisch,*
> *Schwamm anderntags der stumme Fisch,*
> *Heute bin ich über Rungholt gefahren,*
> *Die Stadt ging unter vor fünfhundert Jahren.*«

Matei war auf ihre Art in diesem schrecklichen Sturm untergegangen, und sie hatte es nicht richtig gesehen. Sie war zu schnell zur Tagesordnung übergegangen, hatte zu sehr an sich gedacht. Der stumme Fisch war seit Jans Tod niemals vom Tisch verschwunden. Sie hätte es sehen, es erkennen müssen.

Ihr Blick wanderte zum Fenster. Durch einen Spalt in den weinroten Vorhängen fiel graue Helligkeit auf den Dielenboden. Sie hatten ihn bei der Renovierung abgeschliffen und neu eingeölt. An einer Stelle knarrte er noch immer. Früher war dieser Raum das Schlafzimmer ihrer Eltern gewesen. Zu dieser Stunde fiel normalerweise die Morgensonne hinein. Elin liebte es, wenn ihre goldenen Strahlen über den Fußboden hinweg zum Bett krochen und sie in den Tag lockten. Dann fiel ihr das Aufstehen bedeutend leichter. Heute fehlten sie, und der Sturm fegte weiterhin ums Haus. Sie setzte sich trotzdem auf und blickte auf Lorenz. Er lag auf dem Rücken und trug nur ein Hemd. Sein dunkles Brusthaar war zu sehen. Er schnarchte leicht, sein Mund war halb geöffnet. Sie lächelte, und in ihrem Inneren breitete sich dieses herrlich warme Gefühl aus, das sie so sehr liebte. Gestern Abend war er erst spät nach Hause gekommen. Es hatte auf der Baustelle vieles zu sichern gegeben. Die Sorge war groß gewesen, dass der nahende Sturm größere Schäden anrichten könnte. Danach waren sie noch bei Emil Eschels versumpft. Lorenz trank nur selten. Gestern war es zu viel gewesen. Er hatte leicht geschwankt, seine Augen hatten vom Alkohol geglänzt. Mit einem Kuss hatte er sie geweckt. Sie war in der Stube im Lehnstuhl am Kamin über ihrem Strickzeug eingeschlafen. Sein Atem hatte nach Bier gerochen. Sie hatte es hingenommen. Der Dammbau tat Lorenz gut, und darauf kam es an. Ein Mann braucht eine Aufgabe im Leben, etwas, das ihn ausfüllt, das Leidenschaft in ihm weckt. Hatte das Paul einmal gesagt? Sie wusste es nicht mehr.

Sie stand auf, trat ans Fenster und blickte nach draußen. Die Äste der Ulmen bogen sich im Wind, der an ihrem bunten Blätterkleid zerrte und rüttelte. Der Wattweg stand unter Wasser, das Meer war grau, Regentropfen liefen am Fenster hinunter. An einem solchen Tag jagte man keinen Hund vor die Tür. Sie legte ihre Hand auf den Bauch. Langsam begann er sich nun doch zu wölben. Ein sanftes Lächeln umspielte ihre Lippen, und sie verspürte ein leichtes Kribbeln in ihrem Inneren. Sie freute sich so sehr auf das kleine Wesen und konnte es kaum erwarten, es endlich im Arm halten zu dürfen. Es war ein Teil von ihr, es war Familie. Sie würde ihre eigene kleine Familie haben. Sie selbst war unschlüssig darüber, was sie lieber hätte. Eine Tochter wäre schön. Vielleicht würde sie ihr kreatives Talent erben. Sie könnte ihr das Töpfern beibringen. Lorenz sprach meist nur von seinem Sohn. Er sollte auf jeden Fall auf die höhere Schule gehen und studieren. Sylt war und blieb aufstrebend, und wenn der Wattenmeerdamm erst einmal fertiggestellt worden war, würde der Wohlstand Einkehr halten, und Sylt würde noch mehr strahlen, wie vor dem Krieg. Er könnte Architekt oder Bauingenieur werden. Sie schmiedeten schon Pläne, derweil hatte sich gerade erst die Übelkeit gestellt. Elin lächelte. Hauptsache, es ist gesund, hatte Alwine gesagt. Alles andere findet sich dann von allein. Die Ansicht einer Hebamme. Was sich wohl Matei wünschen würde? Sie wurde Tante. Wieder hatte sie sich in ihre Gedanken geschlichen, und Elins Lächeln verschwand. Würde sie ihre Nichte oder ihren Neffen jemals kennenlernen? Es musste so sein. Einen anderen Gedanken wollte sie nicht zulassen. Matei würde heimkehren, und dann würde alles wieder gut werden.

Sie wandte sich vom Fenster ab, warf einen letzten Blick auf ihren schlafenden Ehemann und schlich zu der schmalen Seitentür, durch die sie in ihr neu geschaffenes Ankleidezimmer gelangte. Gewiss werkelten Piet, Gantje und Wiebke bereits unten in der Küche. Der Tag mit all seiner Alltäglichkeit hatte längst begonnen. Es wurde Zeit, dass sie daran teilnahm.

In der Küche angekommen, staunte Elin nicht schlecht. Sie hatten Gäste. Hinnerk und Friedrich saßen am Tisch. Die beiden machten einen durchweichten Eindruck und tranken bereits einen Pharisäer. Liebe Güte. Es war noch nicht einmal neun Uhr durch, und die beiden nahmen schon den ersten Alkohol zu sich. Selbst Hinnerk hielt sich normalerweise zu dieser Stunde noch zurück. Es musste etwas geschehen sein, das den zeitigen Alkoholkonsum rechtfertigte.

»Moin, zusammen«, grüßte Elin in die Runde. Piet holte gerade frisches Brot aus dem Ofen. Wiebke beschäftigte sich damit, einen Apfelkuchen zu belegen, und Gantje bestrich einen Tortenboden mit Johannisbeergelee. Wiebke hatte sich in den letzten Wochen wieder gut erholt. Nur leider blieb ihr linker Arm gelähmt, was sie wurmte. Doktor Hinkebein, der ihr leider keine Hoffnungen auf eine baldige Besserung machen konnte, hatte sie zu trösten versucht. Immerhin sei es nicht der rechte. Auf ihre Stellenanzeige hatte es einige Bewerbungen gegeben. Allerdings war kein erfahrener Bäckermeister dabei gewesen. Sogar zwei Matrosen waren unter den Bewerbern gewesen. Sie hatten beide behauptet, in der Kombüse ausgeholfen zu haben. Nach Erfahrung klang das nach Elins Meinung nicht gerade. In einer Schiffskombüse wurde gewiss keine Sahnetorte angeboten. Ein Bewerber hatte wie ein Landstreicher ausgesehen und auch so gerochen. Sie hatte das Vorstellungsgespräch zügig beendet. Nachdem der stinkende Herr gegangen war, hatte sie lange Kriegsrat mit Piet gehalten. Sie waren übereingekommen, es erst einmal ohne eine weitere Kraft zu versuchen. Wiebke arbeitete im Rahmen ihrer Möglichkeiten wieder in der Backstube mit. Und im Winter war es allgemein ruhiger. Im Frühjahr konnten sie dann immer noch sehen, wie es weiterging.

»Was treibt euch beiden denn zu so früher Stunde zu uns in den Kaffeegarten?«, fragte Elin.

»Dat ist nicht unsere Sturmnacht gewesen«, sagte Hinnerk und schüttelte den Kopf. »Mir sind doch glatt mal wieder meine beiden Ausreißer ausgebüxt. Dieses Mal nicht von der Weide, sondern aus dem Stall. Die Tür stand sperrangelweit offen, als ich heute Morgen nach den Tieren gucken wollte. Ich hab sie wohl gestern Abend nicht richtig geschlossen, ich Dösbaddel. Alle Schafe waren da. Bis auf die beiden Herumtreiber. Und wo hab ich sie gefunden? Bei Friedrich im Garten. Da stehen die beiden, als wäre nix gewesen, einfach so auf der Wiese. Und der Sturm schien ihnen auch nix ausgemacht zu haben. Sind halt echte Inselschafe, die können wat ab.« Er nahm einen kräftigen Schluck aus seinem Kaffeepott.

»Und ich war beim Einfangen behilflich«, sagte Friedrich. »War gar nicht so einfach, die beiden Sturköpfe dazu zu bewegen, wieder nach Hause zu gehen. Und schon gar nicht bei dem Schietwetter.«

»Aber nu sind die feinen Ausbrecher wieder bei ihren Kameraden im Stall«, erklärte Hinnerk. »Jetzt haben sie wenigstens wat zu erzählen. Bisschen dumm sind die ja schon. Wat die bei dem Sturm draußen gesucht haben, wissen sie vermutlich selber nicht. Hätt auch übel enden können. Wären nicht die ersten Schafe gewesen, die bei einer Sturmflut ersoffen sind.«

»Und weil wir von der Schafjagd recht entkräftet waren, haben wir beschlossen, im Kaffeegarten um Asyl und eine Mahlzeit zu bitten«, sagte Friedrich. »Wir hatten bereits Licht gesehen.«

Elin musste schmunzeln. Friedrichs etwas geschwollen klingende Rede wollte heute so gar nicht zu den Umständen und ihrem äußeren Erscheinungsbild passen. Obwohl Friedrichs Ausdrucksweise selten zu seinem Äußeren passte. Wie man sich adrett kleidete, würde er in diesem Leben nicht mehr lernen.

»Sag doch gleich, dass euch der Hunger hergetrieben hat«, sagte Wiebke. »Gleich vier Rosinenwecken mit frisch eingekochtem Pflaumenmus darauf hat jeder von ihnen verdrückt. Dazu trinken sie bereits den zweiten Pharisäer. Damit ist jetzt aber genug.« Sie hob mahnend den Zeigefinger. »Meiner Meinung nach hätte es ein warmer Tee auch getan.«

»Lass mal gut sein, Wiebke«, mischte sich Piet in das Gespräch ein. »Auf einem Bein kann man nicht stehen, und der Pharisäer wärmt schön von innen. Ist nicht nur stürmisch, sondern auch fies kühl draußen. Der Sturm treibt einem die Kälte selbst durch den Wachsmantel bis in die Knochen. Da braucht es mehr als einen warmen Tee.«

»Wo steckt denn der Hausherr?«, fragte Friedrich. »Ich hab gehört, gestern saßen die Herren vom Dammbau noch länger bei Emil beisammen. Bin ja gespannt, ob der Sturm größere Schäden an der Baustelle anrichtet. Solche Naturgewalten können zu schwerwiegenden Verzögerungen der Bauarbeiten führen, was bedauerlich wäre.«

»Also bedauerlich fände ich da gar nix«, antwortete Hinnerk. »Wenn du mich fragst, kann der Blanke Hans das ganze Gedöns grad wieder abreißen. Dann haben wir Sylter wenigstens wieder unsere Ruhe. Das mit diesem dämlichen Damm war schon immer eine Schnapsidee.« Seine Stimme klang nun grummelig.

»Also ich fände den Damm gut«, sagte Piet. »Meine Schwester Merle wohnt drüben in Niebüll. Ist nach der Hochzeit mit ihrem Kurt dorthin gezogen. Er hat den Hof von seinem Vater übernommen. Ich könnte sie einfacher besuchen und meine Nichten und Neffen sehen. Die kleine Lütte hat letzte Woche ihren ersten Geburtstag gefeiert. Ich hab sie zuletzt gesehen, da war sie vier Monate alt. Ist ja im Moment eine halbe Weltreise bis Niebüll, und dann das Gedöns mit den Dänen, die uns wie Erzfeinde behandeln, da bleibt man lieber auf der Insel. Aber wenn der Damm fertig ist: Flugs bin ich drüben, und ich muss nicht einmal bis Westerland. Soll ja einen Bahnhof hier in Keitum geben. Das ist eine feine Sache.«

»Feine Sache. Das werden wir schon sehen. Verarmen werden alle Bauern auf der Insel. Bald gibt's dann nur noch Pensionen, Gästehäuser und Hotels hier. Und für unsere alten Inseltraditionen interessieren sich die ganzen Zugereisten aus Berlin und sonst wo auch nicht. Hauptsache, es klingelt anständig in der Kasse.«

»Also ich denke nicht, dass die Bauern auf Sylt einen Nachteil haben werden. Es können ja auch Regeln eingeführt werden, die die Insellandwirtschaft bevorzugen«, meinte Elin.

»Wir klönen und klönen, und derweil hast du noch gar kein Frühstück«, warf Wiebke ein. »So eine werdende Mama muss schon anständig wat essen. Geht ja jetzt endlich wieder. Rosinenbrötchen? Ich mach dir gern Butter und Pflaumenmus drauf.«

Elin stimmte zu und gesellte sich zu Hinnerk und Friedrich an den Tisch. Ihr Blick wanderte kurz nach draußen. Da sah sie Alwine, die regelrecht über den Hof geflogen kam. Rasch sprang sie auf und eilte in den Eingangsbereich, um ihr die Tür zu öffnen. Alwine wehte ins Haus. Sie trug einen dunkelblauen Regenmantel und schob die Kapuze nach hinten.

»Danke dir, Liebes. Guter Gott, was ein Sturm. Ich dachte, ich fliege davon. So kräftig hat das lang nicht mehr geweht.« Sie begann den Regenmantel zu öffnen. Ihr graues Haar hatte sie zu dem üblichen Dutt hochgesteckt, einige Strähnen hatten sich gelöst und klebten feucht an ihrer Stirn. Wie gewohnt trug sie eine helle Bluse und einen dunklen Rock, der allerdings zur Hälfte durchnässt war. Schmutz klebte am unteren Saum.

»Wieso bist du bei dem Schietwetter überhaupt draußen unterwegs?«, fragte Elin. »Da bleibt man doch lieber in seiner warmen Stube.«

»Nicht, wenn man als Hebamme tätig ist«, antwortete Alwine. »Das Baby von Jule Nissen hat es sich auch endlich mal überlegt, auf die Welt zu kommen. Die Gute war ja schon zehn Tage über dem ausgerechneten Termin. Der Junge ist heute früh um fünf geboren worden. Hat ein stattliches Geburtsgewicht von acht Pfund. Mutter und Kind sind wohlauf. Nur leider ist das bei meinem Häuschen anders. Da hat der Sturm das halbe Dach abgerissen, und es regnet in die Stube. Und ich dachte immer, diese Reetdächer können so etwas ab.«

»Ach du je«, sagte Elin. »Das ist ja dumm. Aber war das Dach nicht sowieso renovierungsbedürftig?«

»Ja, das war es wohl. Das Haus hat ja schon ein paar Jährchen auf dem Buckel. Aber woher soll eine schlecht bezahlte Hebamme wie ich denn bitte schön das Geld für ein neues Reetdach nehmen? Der Kaufpreis für das Häuschen hat bereits meine gesamten Ersparnisse verschlungen. Wie es jetzt weitergehen soll, weiß ich nicht. Ich will gar nicht wissen, was die Reparatur des Daches kostet.« Sie winkte ab. »Ich trink ja sonst nicht, und schon gar nicht um diese Uhrzeit. Aber hättest du vielleicht einen Schnaps für mich? Den kann ich jetzt wirklich gut gebrauchen.«

Elin sah Alwine verdutzt an. Nach Schnaps hatte sie sie noch nie gefragt. Alwine lehnte Alkohol meist strikt ab. Sie vertrug auch keinen. Ein Gläschen Sekt, und ihre Wangen färbten sich bereits rot, Stärkeres konnte man ihr nur in kleinen Dosen verabreichen, ihr wurde rasch übel. Aber manchmal heiligte der Zweck die Mittel. Oder er beruhigte jedenfalls die Nerven.

»Aber gewiss doch. Du kannst auch einen Pharisäer haben. Rosinenwecken?« Sie deutete Richtung Küche. »Und über sturmgeplagte Gesellschaft kannst du nicht klagen. Hinnerk und Friedrich sind da. Die sind heute Morgen schon Hinnerks Schafen nachgelaufen. Mal sehen, wen der Sturm heute noch so alles zu uns wehen wird.«

Alwine nahm das Angebot des Pharisäers gern an und wurde in der Küche mit einem großen Hallo begrüßt. Sie berichtete, was geschehen war, und erhielt Beileidsbekundungen.

»Dat ist aber auch doof«, sagte Hinnerk. »Aber dat alte Haus war eh schon 'n büschen baufällig. Hat mich sowieso gewundert, dass du dat gekauft hast. Und wat nu?«

»Nu zieht sie zu uns«, antwortete Wiebke voller Überzeugung. »Wir haben genug Platz. Sie kann im Friesenhaus wohnen. Dort steht seit Mateis Weggang alles leer.«

Elin sah Wiebke verdutzt an.

»Wer zieht zu uns?«, fragte plötzlich Lorenz. Unbemerkt von den Anwesenden hatte er den Raum betreten und blickte in die Runde.

»Alwine«, beantwortete Wiebke seine Frage. »Und dat ist auch gut so. Mir hat dat von Anfang an nicht gefallen, dass sie nicht bei uns wohnt. Alwine gehört zum Kaffeegarten wie die Friesenkekse und der Kaffeeduft. So ist dat.« Zur Bekräftigung ihrer Worte nickte sie und schob ihr Kinn nach vorn.

Lorenz sah von Wiebke zu Elin, die keine Widerworte gab und mit den Schultern zuckte. Sie fühlte sich überrumpelt. Immerhin war sie die Eigentümerin des Kaffeegartens und traf die Entscheidungen. Allerdings hatte Wiebke schon recht mit dem, was sie sagte. Alwine war ein Teil ihrer Gemeinschaft. Es war gut, dass sie wieder zu ihnen zog. Jedenfalls für eine Weile. Alles Weitere würde sich finden.

20. KAPITEL

Hamburg, 2. November 1922

Rosi Stein stellte Matei ein weiteres Glas Bier auf das Tablett. »Das ist für Tisch vier«, sagte sie. Matei nickte. Es folgten vier gefüllte Schnapsgläser und ein Rotweinglas.

»Heute ist mal wieder der Teufel los«, stöhnte Rosi und trocknete sich an einem Tuch die Hände ab. »Hast du Else gesehen? Ach, das dumme Ding. Bestimmt treibt sie sich mal wieder irgendwo herum. Aber die kann was erleben, wenn sie heimkommt.« Rosi machte eine eindeutige Handbewegung, ihre Stimme klang ruppig und weckte Erinnerungen an Wiebke in Matei. Rosi Stein, die mit vollem Namen eigentlich Rosemarie hieß, leitete das rustikal eingerichtete, direkt an der Reeperbahn gelegene Bierrestaurant Stein nun bereits seit acht Jahren allein. Ihr Mann war an einem Herzinfarkt verstorben, und sich aufs Altenteil zu setzen, war für Rosi nicht in die Tüte gekommen. So hatte es Else, ihre Tochter, Matei erklärt. Eigentlich sollte Else im Geschäft mitarbeiten, glänzte jedoch nicht durch Zuverlässigkeit. Sie war Anfang zwanzig, recht hübsch anzusehen und tingelte lieber durch die Theater und Varietés, als ihrer Mutter zur Seite zu stehen. Dort verdreht sie den Seemännern und Hafenarbeitern die Köpfe, hatte Rosi einmal gesagt. Kommt einem Wunder gleich, dass sie noch nicht mit einem Braten in der Röhre nach Hause gekommen ist.

Rosi gab das Bild der perfekten Wirtin ab. Sie war Anfang sechzig, korpulent und rotwangig. Ihr graues Haar trug sie stets zu einem strengen Dutt gebunden. Sie bevorzugte dunkle Röcke und Blusen, dazu weiße Schürzen. Ähnlichkeiten zwischen ihr und ihrer Tochter Else suchte man vergebens. An den Wänden hingen alte Familienfotos. Die Steins hatten auch Söhne gehabt, drei an der Zahl, allesamt waren sie im Krieg gefallen. Nur Else war Rosi geblieben. Der Nachzögling, mit dem sie gar nicht mehr gerechnet hatte. Sie ähnelte ihrem gut aussehenden Vater. Dasselbe Kinn, dieselben Augen, hochgewachsen, blondes Haar. Kein Wunder, dass ihr sämtliche Seemänner und Matrosen Hamburgs schöne Augen machten. Mit diesem Aussehen könnte es Else zu mehr bringen als zur Wirtin eines Bierrestaurants. Schauspielerin könnte sie werden, vielleicht auch Sängerin. Davon träumte Else auch. Zum Film wollte sie und ein Star wie Henny Porten werden.

Matei hatte sich eigentlich gar nicht als Bedienung in einem Restaurant oder Gasthaus bewerben wollen. Doch all ihre Bemühungen, in einem Privathaushalt oder Ladengeschäft eine Anstellung zu erhalten, waren fehlgeschlagen. In einem Anwesen an der Außenalster wäre sie genommen worden. Als Küchenhilfe. Allerdings hatte sie, nachdem sie der Hausdame, einer großen Frau mit strenger Miene, zugesagt hatte, beobachtet, wie die Köchin eine der Küchenhilfen, ein junges Ding, nicht älter als vierzehn, mit dem Kochlöffel verprügelt hatte. Da war sie wieder gegangen. Unter einer solchen Furie wollte sie nicht tätig sein. In einer Bäckerei hätte sie ebenfalls anfangen können. Der Bäckermeister, er war Anfang fünfzig und Witwer, hatte recht freundlich getan und ihr sogleich alles gezeigt. Sie hätte in einer sauberen Kammer unter dem Dach wohnen können, er bezahlte gutes Geld. Allerdings hatte er ihr bereits während des Vorstellungsgesprächs die Hände um die Hüften gelegt, einmal sogar kurz auf den Allerwertesten. Hinzu kam dieses besondere

Strahlen in seinen Augen. Dieser Mann suchte keine Verkäuferin für den Laden, er suchte eine Ehefrau. Also war sie auch hier wieder gegangen. Inge Mumm hatte sie ebenfalls noch einmal zu vermitteln versucht. Eine wohlhabende Familie suchte ein Kindermädchen. Matei hatte sich in dem luxuriösen Anwesen auf der Uhlenhorst vorgestellt. Einer Villa mit Türmchen und Erkern, umgeben von einem prachtvollen Garten. Gleich fünf Kinder unterschiedlichen Alters hatten sie umringt. Zwei Mädchen und drei Jungen. Sie waren entzückend gewesen. Allerdings hatten sie allesamt etwas unerzogen gewirkt. Die Hausherrin, ein mageres Mädchen, kaum älter als Matei selbst, die Stiefmutter der Kinder, wie sich im Gespräch herausgestellt hatte, war sichtlich überfordert gewesen. Sie sprach von einer starken Hand. Es brauche eine Gouvernante, die hart durchgreife. Matei wusste, dass sie diese nicht darstellen würde. Als dann der Älteste, sie hatte den Namen von dem Blondschopf vergessen, auch noch versuchte, hinter ihrem Rücken ihren Rock anzuzünden, war sie schleunigst wieder gegangen. In diesem Haus bestand für ein Kindermädchen eindeutig Lebensgefahr. Hier benötigte es vermutlich eine Art Fräulein Rottenmeier. Und selbst sie würde es schwer haben.

Sie hatte Inge Mumm nach ihrer Rückkehr vom Friedhof nach Tida ausgefragt. Inge war verwundert, ihre Antworten zögerlich gewesen. Sie wüsste nichts Genaueres. Tida sei ein eigentümlicher Mensch. Angeblich sei sie nicht richtig im Kopf, lebe stets in ihrer eigenen Welt. Wo sie wohne, wisse niemand. Zeichnen könne sie wohl, darin sei sie stets gut gewesen. Aber was half das schon? Damit kann eine Frau doch nichts anfangen. Matei hatten Inges Worte getroffen, und sie fühlte sich beleidigt. Aber hatte Inge nicht auch recht? Sie konnte zeichnen, aber was ließ sich damit anfangen? Bilder auf Pötte konnte sie malen, ihre Gemälde waren ihr gestohlen worden. Ohne einen Mann, der sie förderte, war sie nichts in der Welt der Kunst. Oder war das alles Unsinn? Wieso sollte es eine Frau nicht auch allein schaffen können? Wieso wurde jemand wie Tida, Matei war sie ganz vernünftig vorgekommen, als wirr und eigentümlich abgestempelt, nur weil sie anders war und nicht in das klassische Rollenbild passen wollte, das die Gesellschaft hatte? Da waren sie wieder: die Gedanken, die sie auch auf Sylt bereits umgetrieben hatten. Sie hatten der Gesellschaft gerecht zu werden. Am besten heiraten, Kinder bekommen und die Klappe halten. Aber Frauen waren doch so vieles mehr. Sie konnten Künstler, Ärztinnen und vielleicht eines Tages sogar Politikerinnen werden. Vielleicht war dieses Empfinden der Grund dafür, weshalb sie bei Rosi arbeitete. Sie hatte die Wirtin auf den ersten Blick gemocht. Rosi war direkt und nahm kein Blatt vor den Mund. Sie hatte ihr geradeheraus ins Gesicht gesagt, dass sie eine zuverlässige Mitarbeiterin brauche, die ehrlich sei. Lügnerinnen liefen in dieser Stadt weiß Gott genug herum. Sie hatte alles wissen wollen. Woher sie kam, was sie in Hamburg wollte, wie lange sie bleiben wollte. Alter, Kinder, Ehemänner. Ihr Blick war eindringlich gewesen. Sie hatten an einem der Tische in der Wirtsstube bei einem Bier gesessen, ein seltsamer Ort für ein solches Gespräch. Und Matei hatte geredet und geredet. Irgendwann war es ihr so vorgekommen, als erzähle sie nicht mehr für Rosi, sondern nur noch für sich selbst. Nachdem sie geendet hatte, war es still gewesen. Rosi hatte sie eine Weile nur angesehen, dann hatte sie genickt, hatte ihr Bierglas in einem Zug geleert, war aufgestanden und zur Theke gegangen. Matei hatte ihr verwundert nachgesehen. Sie hatte das Glas auf den Tresen gestellt und gesagt: »Zimmer ist unterm Dach, nichts Besonderes, winzig, aber es gehört dir allein. Arbeitsbeginn ist um acht. Dann muss hier alles geputzt und gewienert werden. Wir öffnen um elf. Mittagstisch gibt es ab zwölf. Schluss ist um Mitternacht, manchmal auch später. Je nachdem, wann der letzte Gast geht. Trinkgeld kannst du behalten.« Matei hatte ohne Umschweife zugesagt. Rosis Angebot war ehrlich, es gab keine Hintertürchen. Trotzdem wollte sie wissen, weshalb sie ausgerechnet sie einstellte. Es gab gewiss Bewerberinnen mit mehr Erfahrung.

»Gefällst mir eben«, hatte Rosi geantwortet. »Und mir gefällt nicht jede, Erfahrung hin oder her.«

Matei balancierte das Tablett zu Tisch vier, an dem eine Gruppe Hafenarbeiter saß. Die Herren waren recht ausgelassen und mit einem Kartenspiel beschäftigt.

»Männer, da kommt die nächste Runde Schnaps«, rief ein blonder Bursche mit Schnauzbart. Matei schätzte ihn auf Anfang zwanzig. Er schenkte ihr ein wohlwollendes Lächeln, behielt seine Hände jedoch bei sich, was nicht immer vorkam. Matei konnte nicht mehr zählen, wie oft sie seit ihrem Dienstbeginn bereits unsittlich berührt worden war. Einmal hatte sie ein arg betrunkener Mann auf ihren Schoß ziehen wollen. Da war Rosi dazwischengegangen und hatte ihn rüde zurechtgewiesen. Danach hatte es eine Einweisung im Umgang mit zudringlichen Männern von ihr gegeben. Bestimmt zurückweisen, Hände zur Seite schieben, sollte er zu direkt sein, durften auch Ohrfeigen verteilt werden. Das Bierrestaurant Stein war ein anständiges Haus. Wenn sie Mädchen betatschen wollten, sollten sie drei Häuser weiter in dafür bekannte Etablissements gehen. Da gab es genug nacktes Fleisch zum Ansehen und Anfassen.

Matei blieb neben dem Klavier stehen und stellte dem alten Bruno sein Bier darauf. Er machte gerade eine Pause und bedankte sich mit einem schiefen Lächeln.

»Hab vielen Dank, min Deern. Meine Kehle ist schon ganz trocken.« Er griff nach dem Bier und nahm einen kräftigen Schluck.

»Und? Wie ist die Lage? Kommste zurecht mit den Jungen vom Hafen? Bist ja noch grün hinter den Hamburger Ohren.«

»Es funktioniert ganz gut«, antwortete Matei lächelnd. Sie hatte den alten Bruno vom ersten Moment an ins Herz geschlossen. Der über Sechzigjährige mit dem schütteren grauen Haar saß bereits seit über zwanzig Jahren Abend für Abend am Klavier im Bierrestaurant Stein. Früher war auch er einer von den vielen Hafenarbeitern gewesen, die wie die Ameisen jeden Morgen zu den Landungsbrücken und in die Docks zogen. Doch nach einem Unfall hatte sein Rücken nicht mehr mitgemacht. So war er bei den Steins gelandet und geblieben. Er spielte und sang auch ab und an. Am liebsten hatte er Seemannsschnulzen, in denen Seemänner ihrer daheimgebliebenen Liebsten nachtrauerten. Obwohl er niemals ein Seemann gewesen war. Ob es eine Liebste in seinem Leben gegeben hatte, wusste selbst Rosi nicht. Matei war fest davon überzeugt, dass es irgendwann einmal eine große Liebe gegeben haben musste, denn jedes Mal, wenn Bruno eine seiner schmalzigen Balladen zum Besten gab, hatte er Tränen in den Augen. Wie so mancher Gast ebenfalls. Doch diese Momente dauerten meist nicht lang. Das Lied endete, kurz herrschte eine eigentümliche Stille im Raum, dann begann Bruno meist einen fröhlichen Gassenhauer zu spielen, und die traurigen Facetten von so manchem Liebesleben wurden mit lautem Gegröle und freudigem Schunkeln aus dem Raum gejagt.

»Wenn dir einer dumm kommt, dann sagst du es mir, min Deern. Ich zeig dem Burschen dann, wo der Hammer hängt.« Er machte eine eindeutige Handbewegung und zwinkerte Matei zu. Dann legte er die Hände erneut auf die Tasten und begann eine fröhliche Melodie zu spielen.

Matei ging zurück zum Tresen und holte das nächste gut gefüllte Tablett ab. So ging es eine ganze Weile weiter. Rosi zapfte Bier und füllte Gläser, Matei balancierte damit durch den Gastraum. Dessen Einrichtung war eher schlicht gehalten. Es gab keine Tischtücher, Besteck stand in Krügen auf den Tischen. Tinnef kannste in einer Bierhalle voller Hafenarbeiter nicht gebrauchen, hatte Rosi erklärt. Dafür hatte sie stets genügend Würfel- und Kartenspiele auf Vorrat. Skat war besonders beliebt. Die Männer spielten gern um Groschen, höhere Summen waren nicht erlaubt. Darauf achtete Rosi genau, denn schon so mancher Laden hatte wegen illegalen Glücksspiels dichtmachen müssen.

Matei brannte der Rauch der vielen Zigaretten in den Augen. Sie räumte leere Gläser von einem Tisch ab. Nachdem sie diese bei Rosi abgeliefert hatte, beschloss sie, einen kurzen Moment nach draußen zu gehen, um etwas frische Luft zu schnappen. Vor der Bierhalle empfing sie kühle und feuchte Novemberluft, in der eine sonderbare Geruchsmischung nach gebratenem Fleisch, Urin und Holzrauch hing. Eine Gruppe betrunkener Seemänner torkelte laut singend und Arm in Arm an ihr vorüber. Ein junger Bursche, er war kaum älter als zwölf, drückte ihr einen Zettel in die Hand, auf dem eine neue Vorstellung in einem der unzähligen Theater und Varietés angekündigt wurde. Leuchtreklamen und eine über der Straße hängende Lichterkette spiegelten sich in den Pfützen der Straße. Matei tat, trotz des üblen Geruchs, die frische Nachtluft gut. Besonders ihre brennenden Augen erholten sich hier draußen ein wenig. Sie wurde auf eine Frauengestalt aufmerksam, die, in einen dunklen Mantel gehüllt, näher kam. Es war Else. Sie blieb neben ihr stehen.

»Matei, Liebes. Was machst du hier draußen? Pause?« Sie hatte eine Zigarette in der Hand, zog daran und blies den Rauch in die Luft.

»Nur zwei Minuten Luft schnappen«, antwortete Matei. »Wo warst du? Deine Mutter vermisst dich bereits.«

»Ach, das tut sie immer.« Else winkte ab. »Gewöhn dich dran. Ich hab keine Lust darauf, in diesem elenden Bierrestaurant zu versauern. Das gefällt ihr nicht. Aber das ist mir einerlei.« Sie musterte Matei von der Seite. »Und du solltest das auch nicht. Du bist viel zu hübsch dafür. Du könntest Tänzerin oder Schauspielerin werden. So wie ich eine bin.«

»Du bist Schauspielerin?«, hakte Matei verdutzt nach. Das war ihr neu.

»Ja, das bin ich. Aber erzähl es bloß nicht Mama. Ich hab letzte Woche im Ernst-Drucker-Theater für eine der größeren Nebenrollen in einem Stück vorgesprochen und sie bekommen. Jeden Abend hab ich jetzt Vorstellung. Hach, ich bin so glücklich. Wenn das so weitergeht, schaffe ich es noch zum Film. Und dann werde ich so berühmt wie Henny Porten. Alle großen Filmschauspieler fangen am Theater an.« Ihre Augen strahlten nun. Ihre Freude sprang auf Matei über, und sie lächelte.

»Ich gratuliere. Das sind ja wunderbare Neuigkeiten. Was ist das denn für ein Stück? Übermorgen hab ich meinen freien Abend. Gibt es noch Karten?«

»Eine Komödie«, berichtete Else. »Das mit den Karten könnte schwierig werden. Das Ernst-Drucker-Theater ist eines der beliebtesten am Spielbudenplatz. Wir sind jeden Abend ausverkauft. Aber ich werde sehen, was sich machen lässt. Danke, dass du dich für mich freust. Hätte ich nicht erwartet. Durch mein Fernbleiben hast du jetzt noch mehr Arbeit.«

»Ach, das ist nicht schlimm«, winkte Matei ab. »Allerdings solltest du bald mit deiner Mutter über das feste Engagement reden. Sie hat die Wahrheit verdient.«

»Ja, das hat sie wohl«, erwiderte Else und seufzte. »Es fällt mir trotzdem schwer. Sie redet ständig davon, dass ich den Laden übernehmen soll. Das Bierrestaurant Stein soll ein Familienbetrieb bleiben. Mein Bruder Jakob hatte den Betrieb eigentlich weiterführen wollen. Aber es hat nicht sein sollen. Er ist kurz nach Kriegsbeginn gefallen. Danach noch Simon im Osten. Es tut mir in der Seele weh, sie enttäuschen zu müssen. Aber ich bin nicht zur Wirtin geschaffen.«

Matei konnte Else gut verstehen. Sie dachte an den Kaffeegarten. Vor dem Krieg hätte niemals jemand auch nur einen Gedanken daran verschwendet, dass in dem prachtvollen Herrenhaus am Watt jemals ein Café eröffnet werden würde. Anna und Paul hatten im Luxus geschwelgt. Sein Tod hatte alles verändert. Jan kam ihr in den Sinn, und sie spürte den dumpfen Schmerz des Verlustes in sich. Träume und Vorstellungen für die Zukunft erfüllten sich nicht immer. Das Leben verfolgte seine eigenen Pläne. Und in Rosis Fall war der Kummer verschmerzbar.

»Rede mit ihr«, sagte Matei. »Sie hat es verdient.« Sie schlang die Arme fröstelnd um den Oberkörper. »Ich geh dann wieder rein. Ist kalt heute.« Sie ging zurück in den Gastraum. Else folgte ihr nicht.

Eine Weile darauf, Matei räumte gerade einen der Tische ab, zeigte die Uhr über dem Tresen Mitternacht. Bald war der Arbeitstag geschafft. Ihre Beine und ihr Rücken schmerzten. Nicht mehr lange, und sie würde in ihrer Kammer in ihr Bett kriechen und innerhalb von wenigen Minuten in einen tiefen, traumlosen Schlaf fallen. An die körperlichen Belastungen, die dieser Beruf mit sich brachte, musste sie sich erst noch gewöhnen. Sie wollte gerade ihr Tablett anheben, da sah sie ihn. Hannes. Er betrat in Begleitung von zwei ihr unbekannten Männern den Raum. Wie das siebte Weltwunder starrte sie ihn an. Ihr Herzschlag beschleunigte sich, ihre Hände begannen zu zittern. Sie stellte das Tablett auf dem Tisch ab und beobachtete mit Argusaugen, wie die drei zu einem der Tische gingen. Was sollte sie jetzt tun? Sie spürte Wut in sich aufwallen und ballte die Fäuste. Betrüger, kam ihr in den Sinn. Gottverdammter Lügner. Die zweite Bedienung, Luise, ein dunkelhaariges Ding mit Korkenzieherlocken, trat an den Tisch. Matei wusste, dass sie keine Bestellung mehr aufnehmen würde. Rosi schenkte nun nicht mehr aus. Plötzlich stand Bruno neben Matei.

»Also ich will ja nicht neugierig sein, min Deern«, sagte er. »Aber es kommt bei deinem bösen Blick einem Wunder gleich, dass die drei Herren dort drüben noch leben. Magst du einem alten Mann erzählen, welcher von ihnen dir das Herz gebrochen hat?«

Matei sah Bruno verdutzt an. Seine Frage sorgte dafür, dass ihre Wut verrauchte und sich ein Gefühl von Hilflosigkeit in ihre ausbreitete. Sie ließ die Schultern sinken, und ihre geballten Hände entspannten sich wieder.

»Der Blonde. Er hat mich bestohlen und belogen. Nur das Herz. Das hat er mir nicht gebrochen. Das hat bereits ein anderer getan.« Den letzten Satz sprach Matei im Flüsterton. Tränen stiegen in ihre Augen. Sie hatte in den letzten Tagen erfolgreich Jan aus ihrem Leben verdrängt. Sylt mit all seinen Erinnerungen war weit fort. Sie hatte sich in ihrem neuen Leben einzurichten versucht. Es war an der Zeit, die alten Lasten hinter sich zu lassen. Doch sie lagen noch immer auf ihren Schultern und wogen in diesem Augenblick schwerer denn je. Sie beobachtete, wie die drei wieder aufstanden und ihre Mäntel anzogen. Er ging. Sie musste etwas tun, reagieren, mit ihm reden. Ihn anschreien, ihn schlagen. Sie musste wütend sein und ihm eine Szene machen. Doch sie tat es nicht. Wie zur Salzsäule erstarrt stand sie da und beobachtete, wie die drei durch die Tür gingen. Erste Tränen rannen über ihre Wange.

Bruno stand noch immer neben ihr und blickte hilflos drein.

»Ach, min Deern«, sagte er irgendwann und legte ihr tröstend den Arm über die Schulter. »Nicht weinen. Sonst heul ich alter Trottel auch noch. Komm. Wir gehen ans Klavier, und ich spiel noch ein fröhliches Lied. Dann ist der Kummer nicht mehr ganz so schlimm.«

Sein unbeholfener Versuch, die Situation zu retten, sorgte tatsächlich dafür, dass Matei schmunzeln musste. Sie ließ sich von ihm mitziehen und saß alsbald neben ihm auf dem Klavierhocker. Er roch nach Schweiß, Tabak und Alkohol. Seine Hände landeten auf den Tasten, und er begann zu spielen. Matei kannte das Lied und sang den Text mit. Mit jeder Strophe wurde ihr tatsächlich wieder leichter ums Herz. Das neue Leben war noch holprig. Nicht so, wie sie es sich vorgestellt hatte. Aber so war es wohl. Es galt, das Beste daraus zu machen. Ihr Blick wanderte zur Theke. Dort stand Rosi und wusch die Gläser. Sie weiß es, dachte Matei. Sie will die Wahrheit nur noch nicht sehen. Sie würde die letzte Stein sein, die dieses Haus leitete. Was danach kommen würde, stand in den Sternen.

21. KAPITEL

Keitum, 24. Dezember 1922

D a muss noch etwas mehr Mehl dran«, sagte Wiebke. »Der Teig ist noch zu klebrig. So wird das nix mit dem Ausstechen.« Sie öffnete den Deckel der auf dem Tisch stehenden Mehldose und streute eine Handvoll Mehl über den Teigklumpen. Sogleich begann die neben Wiebke sitzende fünfjährige Merle damit, das Mehl in den Teig zu kneten. Während sie dies tat, sortierte ihr Bruder Matz, er war drei Jahre alt, schon mal die Ausstechförmchen. Stern und Mond, Herz und Schaukelpferd, Lebkuchen- und Schneemann. »Das werden die schönsten Butterplätzchen, die Sylt jemals gesehen hat«, sagte Wiebke mit Überzeugung in der Stimme. »Möchte noch jemand Kakao?«

Beide Kinder nickten. Piet füllte die Becher erneut und strich seinem Sohn über den blonden Schopf. Er hatte die beiden heute notgedrungen zur Arbeit mitbringen müssen. Seine Frau Tesje plagte eine üble Grippe. Sie konnte kaum das Bett verlassen. Und das ausgerechnet an Heiligabend. Somit war ihm nichts anderes übrig geblieben, als seinen Nachwuchs in die Backstube mitzunehmen. Es galt noch einige Bestellungen fürs Fest fertig zu machen. Hauptsächlich waren es Futjes, die an Heiligabend gekauft wurden. Aber auch einige Torten und Kuchen waren bestellt worden, die es noch zu backen galt. Ihr Küchenmädchen Gantje ging ihm zur Hand. Sie fertigte gerade einen Teig für einen Streuselkuchen und summte dabei fröhlich *Ihr Kinderlein kommet*. Piet hatte gedacht, Wiebke würde ein Donnerwetter

223

wegen der Kinder veranstalten. Besonders in den letzten Tagen war sie recht gereizt gewesen. Das nasskalte Wetter hatte ihre Beschwerden mit dem Ischiasnerv wiederkehren lassen, und sie ärgerte sich noch immer über ihren gelähmten linken Arm. Doch heute war sie die Ruhe in Person und wirkte ausgeglichen und herzlich. Sogleich hatte sie sich Merles und Matz' angenommen. Es erweckte den Eindruck, als würde eine Großmutter mit ihren Kindern am Tisch sitzen.

»Nun dürfte es genug Mehl sein«, sagte Wiebke. »Ja, kräftig kneten. So ist es gut. Siehst du, jetzt ist es gar nicht mehr so klebrig. Dann wollen wir mal mit dem Ausrollen anfangen. Kannst du mir bitte mal das Nudelholz reichen, Gantje?«

Elin trat ein und blickte verwundert auf die am Küchentisch sitzenden Kinder. Bisher hatte sie sich noch nicht im Kaffeegarten sehen lassen. Obwohl sie bereits lange wach war. Schon seit drei Stunden saß sie in ihrer Keramikwerkstatt und kümmerte sich um die letzten weihnachtlichen Bestellungen. Unzählige Pötte, Teekannen und sonstiger Nippes hatten liebevoll verpackt werden müssen. Lange würde es nicht mehr dauern, bis die erste Kundschaft eintreffen und die Geschenke für ihre Lieben abholen würde.

»Guten Morgen«, grüßte sie in die Runde und streckte sich gähnend. »Das ist ja mal eine schöne Überraschung. Wir haben heute zwei junge Küchenhilfen. Was verschafft uns die Ehre?« Sie sah zu Piet.

Doch Wiebke antwortete an seiner statt: »Tesje hat die Grippe.«

»Oje«, sagte Elin. »Und das ausgerechnet an Weihnachten. Das tut mir leid für euch.«

»Das kam gestern Nachmittag ganz plötzlich«, meinte Piet. »Innerhalb von fünf Minuten war sie todkrank.«

224

»Und wer kümmert sich jetzt um sie?«, fragte Elin. »Sie ist doch hoffentlich nicht allein?«

»Bedauerlicherweise schon. Sie hat vorhin tief und fest geschlafen. Da dachte ich, kannste sie mal für ein Weilchen allein lassen. Ich wollte heute nicht fehlen. Gibt doch noch so viel Arbeit. Die vielen Bestellungen fürs Fest ...«

»Bekommen wir bestimmt auch ohne dich fertiggestellt«, fiel Elin ihm ins Wort. »Du liebe Zeit. Die arme Tesje kann unmöglich allein bleiben. Du gehst jetzt auf der Stelle heim und kümmerst dich.« Sie krempelte ihre Ärmel hoch. »Wir kriegen das mit den Bestellungen schon hin. Das wäre doch gelacht, oder, Wiebke?«

Wiebke nickte. »Dat hab ich ihm auch schon gesagt. Aber er wollte ja nicht hören. Aber die Lütten bleiben hier. Wir haben doch gerade erst mit dem Backen angefangen. Und es müssten auch noch die Jöölboome in der Stube aufgestellt und dekoriert werden. Dabei können sie bestimmt helfen.«

»Meint ihr wirklich?« Piet blickte etwas verunsichert in die Runde. »Also das wäre, ich meine ...«

»Jetzt geh schon und kümmere dich um Tesje«, sagte Elin. »Sie braucht dich jetzt. Wenn du möchtest, kannst du vorher noch schnell aus dem Büro bei Doktor Hinkebein anrufen. Deine Schilderungen hören sich nicht gut an. Und ihr habt doch kein Telefon im Haus. Bestimmt ist er heute noch in seiner Praxis. Die Lütten bringen wir euch dann später nach Hause.«

»Also gut«, antwortete Piet. »Danke dir, Elin. Das ist wirklich nett von dir. Dann mal frohes Fest euch allen. Merle und Matz, ihr benehmt euch. Ich will keine Klagen hören.« Er hob mahnend den Zeigefinger. Dann legte er seine Küchenschürze ab und ging.

»Das hätten wir erledigt«, sagte Elin. Sie fischte einen Pott vom Regal und füllte ihn mit Kaffee, noch ein Schluck Milch

225

hinein, Zucker durfte auch nicht fehlen. Davon reichlich, gleich vier Löffel tat sie hinein.

»Was für eine süße Plörre«, kommentierte Wiebke und schüttelte den Kopf. »Ich würde das Zeug nicht hinunterbekommen.«

»Und ich verstehe nicht, wie du den Kaffee schwarz trinken kannst. Da schmeckt er so scheußlich bitter.« Sie trat näher an den Tisch und begutachtete die ersten ausgestochenen Plätzchen wohlwollend. »Wie hübsch«, sagte sie. »Die könnt ihr dann später eurer Mama schenken. Sie wird sich gewiss darüber freuen. Und vielleicht geht es ihr bis heute Abend schon wieder etwas besser.« Sie nickte Merle und Matz aufmunternd zu und sah nach draußen. Langsam wurde es hell. Es war ein grauer und nasskalter Dezembermorgen. In diesem Jahr wollte sich der Winter noch nicht so recht zeigen. Es regnete viel und war oftmals windig. Schneeflocken suchten sie bisher vergeblich. Die Äste der Ulmen waren längst kahl, das Wattenmeer war grau. Düster waren die Tage und ließen sie oftmals schwermütig werden. Das Jahr endete mit vielen neuen Sorgen. Die Inflation schritt weiter voran. Beinahe täglich wurden für gängige Lebensmittel neue Preise festgesetzt, die schwindelerregend schienen. Fleisch war erneut Mangelware. Weizenmehl wurde vermehrt mit Maismehl gestreckt. Besonders Zucker war teuer geworden. Aber darauf wollte Elin gerade jetzt zur Weihnachtszeit nicht verzichten. Dann musste es eben anderweitig Einschränkungen geben. Die Vielfalt ihres Tortenangebots hatte sie bereits im November herabgesetzt. Sämtliche Sahnetorten waren aus dem Sortiment genommen worden. Leider gehörte dazu auch die allseits beliebte Friesentorte, was besonders Alwine bedauerte. Elin legte die Hand auf ihren gewölbten Bauch. Ihre Schwangerschaft war nun unübersehbar. Auch spürte sie das kleine Wesen in ihrem Inneren bereits. Anfangs hatte sie die Bewegungen gar nicht zuordnen können. Alwine hatte gemeint, viele Frauen glaubten, Probleme mit der Verdauung zu haben. In den ersten Monaten der Schwangerschaft haben die kleinen Schätze noch Platz im Bauch, hatte sie erklärt. Da schlagen sie gern mal Purzelbäume. Die Vorstellung gefiel Elin und hatte sie zum Schmunzeln gebracht. Lorenz hatte bereits mehrfach seine Hand auf ihren Bauch gelegt, um das Kind ebenfalls zu fühlen. Doch bisher war es ihm noch nicht gelungen. Dafür musste das Kleine noch ein wenig größer werden. Die Freude auf das Kind trübte Mateis Fehlen. Elin hatte so sehr darauf gehofft, dass sie sich zu Weihnachten melden würde. Doch bisher war keine Nachricht von ihr eingetroffen. »Vielleicht kommt sie auch einfach«, hatte sie erst am Vorabend hoffnungsvoll zu Lorenz gesagt. »An Weihnachten passieren doch Wunder. Wenn sie nur endlich wieder nach Hause kommen würde.« Sie vermisste sie mit jeder Faser ihres Körpers. Schlimm war auch die Ungewissheit. Wie ging es ihr? Was machte sie? Wo würde sie das Fest feiern? War sie noch in Hamburg?

»Also gut«, sagte Wiebke und stand auf. »Ihr zwei Bäckermeister müsst jetzt ohne mich weiter ausstechen. Es gibt nämlich ordentlich zu tun. Ich kümmere mich um die Futjes, und du, meine liebe Elin, machst Pfefferkuchen. Gantje ist ja noch mit dem Streuselkuchen beschäftigt.«

»Und wer kümmert sich um den Verkauf?«, fragte Elin. »Schon bald wird die erste Kundschaft auftauchen.«

»Hattest du dafür nicht jemand Neues eingestellt? Eine Lore Irgendwas?«

»Lore Trabert ist ihr Name«, antwortete Elin. »Sie ist eine patente Frau mit Erfahrung. Zuletzt war sie im Caféhaus Matzen in Westerland tätig. Aber der alte Matzen gibt ja den Betrieb auf. Nachfolger hat er keinen. Er hat wohl Schulden. Lorenz wusste zu berichten, dass er sich mit einem Anbau verkalkuliert hat. Lore bringt sowohl Erfahrung in der Küche als auch im Verkauf mit. Und sie ist bereits Mitte vierzig.«

»Was nicht das Schlechteste ist«, meinte Wiebke. »Dann heiratet sie uns nicht so schnell einer weg. Alte Schachteln sind bei den Männern nicht so beliebt.«

»Also Wiebke«, gab Elin entrüstet zurück. »Was redest du denn?« Ihr Blick wanderte zu den Kindern. Gantje grinste, sagte jedoch nichts. »Leider kann Frau Trabert erst nach den Feiertagen anfangen.« Bewusst ging Elin nicht weiter auf Wiebkes Bemerkung ein. »Ich dachte, das wäre kein Problem. Bisher sind wir ja auch zurechtgekommen. Aber nun …« Sie seufzte.

»Was wäre kein Problem?« Alwine stand plötzlich in der Küchentür. »Moin, die Damen. Kinder, ich sag's euch. So was erlebt man nicht alle Tage. Henni Jansen hat Zwillinge bekommen. Einen Jungen und ein Mädchen. Und ich dachte die ganze Zeit, da wäre nur eines drin.« Sie schüttelte den Kopf. »Aber alle wohlauf. Die haben vielleicht was gestaunt. Und so niedlich, die Lütten.«

»Oh, was für eine schöne Nachricht«, antwortete Wiebke. »Da freuen sich die Geschwister bestimmt. Hat Henni nicht schon acht Kinder?«

»Ja, drei Buben und fünf Mädchen. Also sind es jetzt insgesamt zehn. Noch eines, und sie können ihre eigene Fußballmannschaft gründen. Gibt es Kaffee? Die Geburt hat sich gezogen. Über zwanzig Stunden hat es gedauert. Möchte man gar nicht meinen. Angeblich soll es ja mit jedem Kind flotter gehen. Diese Aussage trifft bedauerlicherweise nicht auf jede Mutter zu.«

»Unerwartete Zwillinge. Du liebe Güte …« Elin legte die Hand auf ihren Bauch.

»Bisher war bei dir nur ein Herzschlag zu hören«, suchte Alwine sie sogleich zu beruhigen. »Ich übernehme aber keine Garantie.« Sie hob die Hände. »Und da denkt man, nach so vielen Dienstjahren passiert einem so was nicht mehr. Aber wir können eben nicht in den Bauch reingucken. Gibt es zum Kaffee auch Kekse?«

»Gab's bei Henni nix zu essen?«, fragte Wiebke. »Kann ich mir gar nicht vorstellen. Die alte Jansen ist doch immer so gastfreundlich. Und backen kann sie. Fast so gut wie ich. Besonders ihr Rosinenbrot ist fein. Ich hab sie schon mehrfach nach dem Rezept gefragt. Aber sie will dat einfach nicht rausrücken.«

Elin füllte einen Kaffeebecher und kippte Milch hinein.

»Wir hätten Anisplätzchen im Angebot. Piet hat sie vor seinem Abgang noch aus dem Ofen geholt. Die hast du doch gern.« Sie sah Alwine fragend an.

»Anisplätzchen, wie schön«, freute sich Alwine. Die Frage von Wiebke ließ sie bewusst unbeantwortet, was darauf hindeutete, dass sie von Constanze Jansen durchaus gut versorgt worden war. Kam selten vor, dass man eine Hebamme hungern ließ. Alwine nahm Teller und Kaffeepott entgegen und gesellte sich zu Merle und Matz an den Tisch.

»Guten Tag, Kinder«, sagte sie. »Was macht ihr zwei Hübschen denn hier?«

»Tesje ist krank«, antwortete Elin. »Sie hat es übel erwischt. Damit sie ihre Ruhe hat, sind Matz und Merle heute unsere Küchenhelfer. Ich hab Piet nach Hause geschickt, damit er sich kümmern kann.«

»Ach du je. Und das zu Weihnachten. Das ist wirklich unschön.« Alwine biss in ihren ersten Keks.

»Ja, leider. Und es gibt noch einiges zu tun. Ich trau mich gar nicht zu fragen, denn du hast eine anstrengende Geburt hinter dir. Aber vielleicht könntest du uns ein wenig behilflich sein?«

»Aber gern, ich bin jetzt sowieso viel zu aufgedreht, um schlafen zu können. Was soll ich tun?«

»Du könntest für mich das Backen der Pfefferkuchen übernehmen«, bat Elin. »Dann kann ich mich um den Verkauf kümmern. Gantje und Wiebke übernehmen die Herstellung der Futjes. Friesenkekse backen wir die Tage wieder. Wir haben noch einen Notvorrat im Lager. Das wird für den heutigen Verkauf gewiss ausreichen.«

»Pfefferkuchen backen«, sagte Alwine. »Liebe Güte. Das hab ich noch nie gemacht.«

»Na bravo«, stöhnte Wiebke. »Eine blutige Anfängerin. Und das an Weihnachten.« Sie schüttelte den Kopf und erhob sich. »Aber wat mut, dat mut. Dann wollen wir mal loslegen. Dauert ja nicht mehr lange, bis die erste Kundschaft kommt.«

Die Gruppe machte sich an die Arbeit. Elin beschäftigte sich damit, die verpackten Geschenke aus der Werkstatt in den Kaffeegarten zu holen. Danach begab sie sich auf den Dachboden des Herrenhauses, um die Jöölboome herunterzuholen. Es waren sechs an der Zahl, die im Gastraum auf den Fensterbrettern verteilt werden sollten. Buchsbaum, kleine Äpfelchen, die traditionellen Salzteigfiguren und Kerzen lagen schon zum Dekorieren bereit. Gerade als sie die Jöölboome von den Spinnweben mit einem Kehrbesen befreite, traten Hinnerk und Lorenz ein. Und sie hatten, Elin traute ihren Augen kaum, einen Weihnachtsbaum dabei.

»Moin, Elin«, grüßte Hinnerk fröhlich. »Da staunst du, wat? Den haben wir am Hafen von Nils Nissen bekommen.«

»Oder sagen wir lieber, du hast ihn abgestaubt«, sagte Lorenz.

»Er lag da eben so rum. Schon seit drei Tagen, und keiner hat ihn haben wollen. Und Nils hat so was gar nicht gern. Sein Hafen soll sauber sein. Und von Weihnachtsbäumen hält er nix.

›Der kommt mir nicht in die Stube‹, hat er gesagt. Er hat überlegt, ihn in den Ofen zu stecken. Aber davon hab ich ihm abgeraten. Ist ja feucht und dann die Öle in den Nadeln. Helge hat
dat mal gemacht. Der hat wat geflucht. Die ganze Küche war arg
verqualmt, und geknallt hat dat. Er hatte schon Sorge, der Ofen
würde ihm in die Luft fliegen. Und wir hatten doch schon Weihnachtsbäume. Also wegen dem Lazarett und so … Da dachte ich.
Packste dat gute Stück mal ein.«

»Wir bekommen einen Weihnachtsbaum«, sagte plötzlich
Wiebke. Ihr folgte Alwine, deren Kleid bereits voller Mehl war.
Sie musterte den Baum näher und zog eine Augenbraue in die
Höhe.

»Ist der schief? Sieht recht struppig aus.«

»Was ist ein Weihnachtsbaum?«, fragte plötzlich Matz. Er
stand hinter Wiebke und zupfte an ihrem Rock.

»Also für einen Jung von Sylt ist dat eine berechtigte Frage«,
erwiderte Hinnerk und tätschelte dem Kleinen den blonden
Schopf.

Im nächsten Moment öffnete sich die Eingangstür, und die erste Kundschaft tauchte in Form von Gesa und Paul Holzwurm auf.

»Moin, zusammen«, grüßte Gesa fröhlich. Die vielen Schwangerschaften der letzten Jahre hatten die junge Frau runder werden lassen. Doch die Fülle stand ihr gut zu Gesicht. Ihre vollen
Wangen waren heute von der Kälte gerötet. Ihr blondes Haar
trug sie wie gewohnt zu einem Zopf geflochten. Von der neuen
Mode, das Haar kurz zu tragen, hielt sie nichts. »Oh, ihr habt
einen Weihnachtsbaum, wie hübsch. Er ist aber etwas krumm,
oder?« Sie legte den Kopf schräg.

»Dat gehört so.« Hinnerk wurde die Kritik an dem von ihm
geretteten Baum jetzt offenbar zu viel. »Komm, Lorenz. Wir bringen ihn in die Stube und rücken ihn ins rechte Licht. Ihr werdet

schon sehen: Dat ist der schönste Baum, den das Herrenhaus jemals gesehen hat.«

Lorenz, der die letzte Nacht auf dem Festland verbracht hatte, es hatte in Niebüll eine Versammlung den Dammbau betreffend gegeben, hauchte Elin kurz einen Kuss auf die Wange und folgte mit einem breiten Grinsen auf den Lippen Hinnerk in die Gaststube.

»Also heute steckt irgendwie der Wurm drin.« Elin stemmte die Hände in die Hüften. »Das kann ja ein heiterer Heiliger Abend werden.«

»Steckt nicht immer irgendwo der Wurm drin?«, fragte Gesa. »Bei uns geht auch alles drunter und drüber. Drei Kinder haben eine scheußliche Erkältung, im Hühnerstall ist das Licht ausgefallen, und zu allem Übel ist heute Morgen Tams heiß geliebtes Automobil nicht angesprungen. Nun hängt er bereits seit zwei Stunden über der geöffneten Motorhaube und flucht die ganze Zeit vor sich hin.« Gesa seufzte.

»So hat eben jeder seine Sorgen«, sagte Paul Holzwurm. »Wie sieht es denn mit meiner Bestellung aus?«

»Alles fertig.« Elin ging zu dem seitlich neben der Kuchentheke stehenden Tisch, auf dem sie die verpackten Keramiken platziert hatte. Jedes Päckchen war mit einem Namensschild versehen, damit nichts durcheinandergebracht wurde. »Paul Holzwurm. Hier haben wir es«, sagte sie. »Vier Pötte mit dem alten Friesenhaus von Tad darauf. Wie bestellt.«

»Fein«, antwortete er. »Da wird sich meine Hanne gewiss freuen. Sie findet nämlich, dass Tads Häuschen das schönste von ganz Keitum ist.« Er nahm das Paket entgegen. Elin überreichte ihm noch ein kleines Geschenk, bestehend aus zwei liebevoll verpackten Friesenkeksen und einem kleinen, mit Kandiszucker gefüllten Metalldöschen, das blau-weiß gestreift war. Paul bedankte sich, beglich die Rechnung und verabschiedete sich. Gesa hatte eine Teekanne mit vier passenden Pötten bei Elin in Auftrag gegeben. Das Geschenk war für ihre Schwiegermutter bestimmt, die in diesem Jahr das Fest auf Sylt verbringen würde.

So ging es munter weiter. Ein Kunde nach dem anderen betrat den Laden, rasch hatte sich eine beachtliche Schlange gebildet. Wiebke brachte die fertigen Futjes, die schon bald ausverkauft waren. Die bestellten Keramikgeschenke, Kekse und Kuchen wurden abgeholt. Es wurde allseits ein frohes Fest gewünscht. Man sehe sich später in der Kirche beim Gottesdienst. Friedrich erschien und trollte sich zu Hinnerk und Lorenz in die Gaststube, in der Merle und Matz mit dem Schmücken des Weihnachtsbaums beschäftigt waren, der nun gar keinen solch schiefen Eindruck mehr machte. Er kommentierte den Fund sogleich fachmännisch.

»Solch ein Weihnachtsbaum ist in den jetzigen Zeiten ein wahrer Luxus. In der Zeitung stand heute Morgen, dass die Bäume in Berlin zu den reinsten Wucherpreisen verkauft werden. Ein Händler wollte für eine Fichte doch glatt siebenhundert Mark verlangen. Da musste sogar die Schutzpolizei eingreifen, denn die Kundschaft stürmte empört den Laden. Selbst ein einziger Zweig Tannengrün wird in Berlin für fünfzig Mark verkauft. Das muss man sich mal vorstellen.«

»Also den hier gab es umsonst«, sagte Hinnerk und brachte Elin damit zum Schmunzeln.

»Auf Sylt hätte dieser Händler vermutlich keine hundert Mark für seine Bäume bekommen. Sind halt nicht so beliebt.« Lorenz legte liebevoll den Arm um Elin. »Und das wenige Baumaterial für unsere Jöölboome bekommen wir noch immer recht günstig.«

»Die hab ich eh viel lieber«, sagte Wiebke. »Nadelt wenigstens nicht. Und der Buchsbaum wächst kostenlos im Garten.«

Einige Stunden später, auch die letzte Kundschaft war versorgt worden, saßen sie gemütlich in der Gaststube beisammen. Der graue Tag versank im Dämmerlicht des Abends. Hinnerk hatte es sich nicht nehmen lassen und die Kerzen am Baum bereits entzündet. Alwine hatte Matz und Merle zurück nach Hause gebracht. Zur allgemeinen Erleichterung hatte sie berichten können, dass es Tesje bereits etwas besser ging. Sie saß nun mit ihrem Strickzeug am reichlich gedeckten Kaffeetisch. Es gab einen gut gefüllten Teller Futjes, Plätzchen, Friesenkekse und Pfefferkuchen. In der Küche schmorte der Weihnachtsbraten in der Röhre, es würde die gewohnte Ente aus der Vogelkoje geben. Wiebke war in einem der Sessel in der Leseecke am offenen Kamin eingenickt. Elin hatte sie liebevoll mit einer grün-blau karierten Wolldecke zugedeckt. Der Tag war anstrengend gewesen, Wiebke hatte ihr Nickerchen verdient.

Friedrich kam erneut auf das Thema Weihnachtsbaum zu sprechen. »Also ich bin ja schon immer ein großer Freund von dem Brauch, Weihnachtsbäume in der Stube aufzustellen, gewesen«, sagte er und nippte an seinem Tee. »Nichts gegen einen Jöölboom, aber ich finde, so ein farbenfroh geschmückter Baum mit den vielen leuchtenden Kerzen daran strahlt eine andere Form der Heimeligkeit aus. Meine Nachbarin in Berlin, die alte Marlene, Gott hab sie selig, sie starb leider im letzten Sommer, mich erreichte ein Brief, ihr wisst, ich erzählte davon, hatte stets ein prachtvolles Exemplar in ihrem Wintergarten stehen, hübsch mit Lametta und silbernen Kugeln dekoriert. Dieser hier könnte fast mithalten. Obwohl er doch etwas schief ist.«

»Dat ist eben so gewachsen«, fühlte sich Hinnerk gemüßigt, den Baum erneut zu verteidigen.

»Weil wir gerade beim Thema Brauchtum sind«, sagte Elin. »Wir haben den Puken noch gar nicht ihre Grütze mit Milch hingestellt. Das müssen wir unbedingt noch tun. Wenn wir uns nicht richtig um unsere kleinen Hausgeister kümmern, bricht Unglück über uns herein. Aber ich denke, das wird Wiebke machen wollen. Sie hat diesen Brauch besonders gern und behauptet stets, genau zu wissen, wie die Puken ihre Grütze mögen.« Sie erhob sich und ging zu der noch immer im Sessel am Kamin sitzenden Wiebke. Deren Kinn war nun herabgesunken, das Lächeln auf ihren Lippen war verschwunden. Elin betrachtete sie näher, und plötzlich beschleunigte sich ihr Herzschlag. Irgendetwas stimmte hier ganz und gar nicht. »Wiebke«, sagte sie und rüttelte an ihrem Arm. »Wiebke, so sag doch was! Alwine, schnell. Ich glaube, es geht ihr nicht gut.«

Alwine eilte zu ihnen. Sie sah es auf den ersten Blick, suchte dennoch den Pulsschlag am Hals. Auch Friedrich, Hinnerk und Lorenz traten nun näher. Alwine zog ihre Hand zurück und schüttelte den Kopf. In ihren Augen schimmerten Tränen. Wiebke war von ihnen gegangen.

22. KAPITEL

Hamburg, 31. Dezember 1922

I st es so gut?«, fragte Matei.

»Vielleicht noch ein Stück höher«, antwortete Else. Matei schob die bunte Girlande noch etwas nach oben. »Ja, so ist es gerade. Sieht gut aus.«

Matei befestigte die Girlande mit einer Reißzwecke an der Holzvertäfelung, kletterte von der Leiter und nahm ihr Werk noch einmal in Augenschein.

»Ja, so können wir es lassen. Sämtliche Girlanden hängen nun halbwegs gerade und da, wo sie sein sollen. Und mit dem Verteilen der Luftschlangen und des Konfettis auf den Tischen sind wir auch schon fertig. Obwohl ich von dem Konfetti kein Freund bin. Das finden wir bestimmt noch zu Ostern in irgendwelchen Ecken.« Sie zog eine Grimasse.

»So ist das eben zu Silvester«, meinte Luise, die ebenfalls beim Dekorieren des Gastraums geholfen hatte. »Konfetti gehört dazu. Und es spielt eine Tanzkapelle.« Sie klatschte freudig in die Hände. »Bestimmt können wir auch mal das Tanzbein schwingen.« Ihre Augen strahlten regelrecht vor Freude. »Ach, ich liebe Silvester. Meine Mama hat immer gesagt, dann fängt das neue Jahr an, und all der Kummer vom alten ist fort. Wenn um Mitternacht alle ihre Gläser heben, dann tanzen unzählige Wünsche und Träume in den Himmel. Und manche von ihnen werden tatsächlich in Erfüllung gehen. Hach, ist das nicht wunderbar?«

Matei sah zu Else, die ein kurzes Schulterzucken andeutete und sanft lächelte. Luise war eine hoffnungslose Romantikerin, die, so wussten es Matei und Else, gewiss den Wunsch nach einem Ehemann in den Neujahrshimmel schicken würde. Sie war neunzehn Jahre alt und kam aus Altona. Ihre Eltern hatten dort einen Tabakladen geführt. Ihr Vater war leider an der Spanischen Grippe gestorben, ihre Mutter wirr geworden. Sie lebte jetzt in einem Sanatorium, und Luise besuchte sie ab und an. Luise hatte zuerst in einem der Theater bedient, doch einer der Schauspieler, ein schmieriger Mittvierziger, war zudringlich geworden. Es wäre wohl zum Äußersten gekommen, wenn nicht zufällig ein Gast aufgetaucht wäre, der sich auf der Suche nach der Toilette in der Tür geirrt hatte. Luise hatte fortlaufen können, und bereits am nächsten Tag hatte sie sich bei Rosi vorgestellt und war sofort eingestellt worden.

»Und wenn es doch nicht klappt, können wir auf das nächste Jahr hoffen.« Else seufzte. Sie sprach aus Erfahrung. Ihre Wünsche und Hoffnungen für das Jahr 1922 waren kurz vor Weihnachten endgültig geplatzt. Das Ernst-Drucker-Theater hatte ihr die zugesagte Rolle in einem der Stücke nach einigen Vertröstungen doch noch abgesagt. Sie hatte die Welt nicht mehr verstanden und war wütend und traurig gewesen. Drei ganze Tage hatte sie sich in ihrer Kammer eingeschlossen. Erst an Heiligabend hatte sie sich von Luise und Matei dazu überreden lassen, wieder herauszukommen. Sie hatten an diesem Abend Weihnachten mit Stammgästen des Hauses gefeiert. *Geschlossene Gesellschaft* hatte an der Tür gestanden. Der Weihnachtsbaum in der Ecke hatte bereits seine Zweige hängen lassen. Er stand seit dem Beginn der Adventszeit dort. Beinahe hätte Rosi in diesem Jahr keinen gekauft. Die Preise waren eine Frechheit gewesen. Aber so ganz ohne Baum war es ihr dann auch blöd vorgekommen. Der gehörte in der Adventszeit zum

Bierrestaurant Stein einfach dazu. Bruno hatte Klavier gespielt. Sie hatten *Stille Nacht* gesungen, und es hatte Gänsebraten mit Klößen und Rotkraut gegeben. An Weihnachten war Rosi stets sentimental. Sie trank zu viel und redete von ihren Söhnen. Von damals, als sie noch Kinder gewesen waren, den Kopf voller Träume. Als ihr geliebter Mann noch gelebt und sie sich voller Hoffnungen der Vorstellung hingegeben hatte, das größte und schönste Bierrestaurant von ganz St. Pauli zu leiten.

Auch Matei hatte zu viel Wein getrunken. Und während Bruno *Vom Himmel hoch, da komm ich her* gespielt hatte, waren ihre Gedanken nach Sylt gewandert. Wie Elin und die anderen wohl dieses Fest feiern würden? Vermutlich wie gewohnt in der Gaststube des Herrenhauses, es würde Futjes und Entenbraten geben. Hübsch dekorierte Jöölboome auf den Fensterbrettern und keinen Weihnachtsbaum mit hängenden Zweigen. An diesem Abend hatte sie ernsthaft überlegt, einen Brief an Elin zu schreiben. Nur, was sollte er beinhalten? Sie müsste zugeben, dass Elin von Beginn an mit ihren Vorbehalten recht gehabt hatte. Da war sie wieder. Die gekränkte Eitelkeit. Die Furcht davor, die Verliererin zu sein, auf die alle mit dem Finger zeigten. Von Paris, Mailand und New York hatte sie geredet. Und was war daraus geworden? Ein Bierrestaurant in St. Pauli. Elin und der Kaffeegarten fehlten ihr so sehr. Der unverbaute Blick aufs Meer, der Geruch von Schlick in der Luft. Du vermisst Dinge erst, wenn sie nicht mehr da sind. Jan hatte das mal zu ihr gesagt, nachdem er aus dem Krieg an seine geliebte Nordsee heimgekehrt war. Heimweh war ein bissiger Schmerz. Er setzte sich in einem fest und war schwer loszuwerden. Und so wie es aussah, würde er sich auch durch die Veränderung einer Jahreszahl nicht vertreiben lassen.

Rosi trat näher und begutachtete das Werk ihrer drei Angestellten.

»Das habt ihr großartig gemacht, meine Lieben. Jetzt polieren wir noch rasch die Sektgläser und stellen die Häppchen bereit, und dann kann die Sause losgehen.«

Sie hatte sich für das Silvesterfest in Schale geworfen und trug ein weinrotes Kleid mit einem tiefen Ausschnitt, der ihre vollen Brüste in Szene setzte. Ihr ergrautes Haar hatte sie raffiniert am Hinterkopf festgesteckt, ihr Augen dunkel betont. Für ihr Alter sah sie äußerst attraktiv aus. Auch Else und Luise hatten sich zurechtgemacht. Beide trugen der Mode entsprechende Kleider, das von Else war dunkelblau und mit silbernen Fäden durchwirkt, das von Luise grün und am Dekolleté mit Rüschen verziert. Die Mädchen trugen ihr halblanges Haar der Mode entsprechend in Wellen gelegt. Else hatte es mit dem roten Lippenstift etwas übertrieben. Sie sah damit ziemlich verrucht aus. Matei hatte keine große Lust auf Herausputzen gehabt. Sie trug eine hellblaue Bluse, dazu einen dunkelgrauen Rock, der bis zur Mitte ihrer Waden reichte. Ihr Haar war ebenso in Wellen gelegt, sie war dezent geschminkt.

Das Bierrestaurant Stein gab jedes Jahr einen Silvesterball. Dann wurden Tische und Stühle zur Seite gestellt, damit Platz zum Tanzen war. Auf einer extra aufgebauten kleinen Bühne spielte eine Tanzkapelle, zu der selbstverständlich auch Bruno gehörte. Der war bereits anwesend und klimperte auf dem Klavier herum. Auch er hatte sich für den Abend in Schale geworfen und trug Frack mit Fliege, dazu einen Zylinder auf dem Kopf.

»Wo bleiben nur die restlichen Musiker?«, sagte Rosi und blickte auf ihre Armbanduhr. »Sie müssten längst eingetroffen sein. Jedes Jahr ist es dasselbe.« Sie seufzte. »Kommt, Mädchen. Lasst uns an die Arbeit gehen. Noch ein paar Stunden müssen wir in diesem vermaledeiten Jahr aushalten. Dann ist es geschafft. Ich sag euch. Dreiundzwanzig kann nur besser werden.«

Sie ging zum Tresen, und Luise, Matei und Else folgten ihr. »In diesem zweiundzwanzig hat Mords der Wurm gesteckt. Dass ich mal ein Glas Bier für vierunddreißig Mark verkaufe. Im Leben hätte ich das nicht gedacht. Heute Abend muss ich für den Sekt beinahe das Gleiche nehmen. Im Moment wird alles gefühlt täglich teurer. Liebe Zeit. Wo soll das nur enden?«

Matei wusste, wovon sie sprach. Sobald sie ihren Wochenlohn erhielt, lief sie neuerdings sogleich los, um die notwendigen Dinge zu besorgen. Bereits am nächsten Tag war das Papier nur noch die Hälfte wert. Die genauen Zusammenhänge, weshalb das Geld mit jedem Tag mehr von seinem Wert verlor, konnte sie nicht nachvollziehen. Friedrich hätte es ihr wohl erklären können. Obwohl sie seinen Ausführungen häufig nur schwer hatte folgen können. Es galt zu hoffen, dass die Regierung im neuen Jahr für dieses Problem eine rasche Lösung finden würde, sonst würde sie bald mit einem Wäschekorb voller Papier in der Drogerie stehen.

Die nächste Stunde polierten sie die Gläser und richteten das Buffet. Es gab Käsehäppchen, mit Räucherlachs belegten Pumpernickel, Kartoffel- und Krautsalat, dazu Würstchen, die auf einer Warmhalteplatte lagen. Auch Krabbensalat war vorhanden, ebenso ein Nudelsalat mit Schinken und Erbsen darin. Der Eintrittspreis für das Fest war von Rosi auf hundertzwanzig Mark festgelegt worden. Im Preis waren ein Glas Sekt zur Begrüßung und das Buffet enthalten. Das kam bei den Gästen an. Sie hatten über einhundert Karten verkauft. Es würde also voll werden.

Inzwischen war auch die Tanzkapelle eingetroffen.

Sie bestand aus vier Männern in hellen Anzügen. Keiner von ihnen war gut aussehend.

»Ich glaube, Mama sucht mit Absicht jedes Jahr hässliche Musiker aus«, sagte Else und warf der Truppe einen abschätzenden Blick zu. »Sie hat Sorge, ich könnte mich in einen Musiker verlieben. Und die wären zumeist arme Schlucker. Musiker rangiert auf ihrer Beliebtheitsskala für Ehemänner nur knapp hinter Schauspieler.« Sie zog eine Grimasse. »Du warst doch schon einmal verheiratet, Matei, oder? Wie war er so? Mochte ihn deine Mutter?«

Matei sah Else verdutzt an. Die Tatsache, dass sie Witwe war, war weder von Else noch von Luise jemals zuvor angesprochen worden. Bisher hatte sie geglaubt, sie wüssten es nicht. Bevor sie antwortete, sah sie kurz zu Rosi. Hatte sie tatsächlich geglaubt, sie würde ihr Vorleben für sich behalten? Rosi mochte das Herz auf dem rechten Fleck haben, aber sie war eine Gastwirtin, und die tratschten nun einmal gern.

»Er hieß Jan«, antwortete Matei. Bereits das Aussprechen seines Namens sorgte für ein warmes Gefühl in ihrem Inneren, und ihre Lippen umspielte plötzlich ein Lächeln. »Und meine Mutter mochte ihn sehr gern. Er war der Sohn eines Klempners von der Insel Amrum. Und er war ein begnadeter Maler. Wir wollten gemeinsam eine Künstlerkolonie in Keitum eröffnen. Doch dann ist er kurz vor Kriegsende an der Spanischen Grippe gestorben.« Den letzten Satz sprach Matei ganz leise. Sie sah ihn vor ihrem inneren Auge. Wie er in dem Bett in der Kammer gelegen hatte, wie jeder Atemzug ihn angestrengt, wie sich seine Finger blau gefärbt hatten. Die Zeit verging. Aus Minuten wurden Stunden, Tage und Wochen, Monate und Jahre. Der Schmerz blieb. Und der Neujahrstag würde daran nichts ändern. Sie blinzelte, doch eine Träne kullerte trotzdem ihre Wange hinunter. Sie wischte sie rasch weg und senkte den Blick. »Es tut mir leid«, sagte sie. »Ich wollte nicht …«

»Nein, nein«, erwiderte Luise. Ihre Stimme klang hektisch. »Mir tut es leid. Ich hätte dich nicht darauf ansprechen sollen. Das war taktlos von mir.«

»Also einen Klempner fände Mama, glaub ich, ganz gut«, kam Else auf Jans Beruf zu sprechen. »Der könnte im Haus auch mal was in Ordnung bringen. Mit einem anständigen Handwerker kann man immer was anfangen, hat sie neulich zu mir gesagt. Aber das mit der Künstlerkolonie. Hm, ich weiß nicht. Kunst ist doch eher brotlos.«

»Oder man wird erst berühmt, wenn man tot ist. Wie. dieser eine Maler. Wie hieß der noch gleich? Irgendwas mit Gott. Über den stand neulich was in der Zeitung. Eines seiner Gemälde ist für eine Unsumme verkauft worden.«

Luises arglose Bemerkung brachte Matei zum Schmunzeln.

»Du meinst bestimmt Vincent van Gogh«, antwortete sie. »Jan mochte seine Bilder sehr.«

»Kannst du auch zeichnen?«, fragte Else.

»Ein wenig.« Mateis Blick wanderte erneut zu Rosi, die gerade überschwänglich die ersten Gäste begrüßte. Herrn Bernhard Stellmann nebst seiner Gattin Brunhilde, er war beim Bauamt tätig und stand kurz vor seiner Pensionierung. Den Teil mit der Galerie und dem Betrug von Hannes schien Rosi für sich behalten zu haben. Dafür war Matei dankbar. Sie wollte dieses unschöne Erlebnis ein für alle Mal aus ihrem Leben streichen. Vielleicht auch die Malerei. Darüber hatte sie in den letzten Tagen öfter nachgedacht. Das Zeichnen war mit Jan verbunden und würde es immer sein. Wenn sie sich vom Zeichnen verabschiedete, schaffte sie es vielleicht auch, den Schmerz in den Hintergrund zu drängen.

»Da stehen sie und tratschen, derweil sind bereits die ersten Gäste am Eintreffen. Nun aber husch!« Rosi wedelte mit den Armen. »Verteilt den Sekt, weist den Herrschaften die Tische.«

Die drei machten sich an die Arbeit. Tatsächlich hatte sich am Eingang bereits eine beachtliche Schlange Vergnügungssüchtiger gebildet.

Die nächsten Stunden vergingen wie im Flug. Matei servierte Getränke, räumte Tische ab. Lachte mit dem einen oder anderen Gast, beantwortete Fragen. Einmal tanzte sie sogar mit einem jungen Herrn, weil er einfach nicht lockerlassen wollte. Er war ein hervorragender Tänzer und führte sie sicher über das Parkett. Sie trat ihm jedoch mehrfach auf die Füße. Der Tanzunterricht, den ihnen Anna hatte angedeihen lassen, war doch schon etwas zu lange her, und auf Sylt waren die Tanzgelegenheiten eher selten gewesen. Der junge Mann, sein Name war Günter, hielt tapfer durch und verzog keine Miene. Ein zweites Mal forderte er sie jedoch nicht mehr auf. Else tanzte ebenfalls, sogar mehrfach, was ihr von Rosi den einen oder anderen bösen Blick einbrachte. Doch Else war das gleichgültig. Sie war die Tochter der Wirtin und nicht nur Bedienung. Ihrer Meinung nach musste sie die Gäste deshalb auch unterhalten. Und der junge Mann, der sie gar nicht mehr von der Tanzfläche lassen wollte, war durchaus attraktiv. Dunkelhaarig, große braune Augen, breite Schultern. Und er war ein guter Tänzer. Auch Else tanzte hervorragend. Sie bewegte sich mit einer Eleganz, von der Matei nur träumen konnte. Sie schienen gemeinsam regelrecht über das Parkett zu gleiten.

»Sind sie nicht ein schönes Paar?« Luise war neben Matei mit einem Tablett voller leerer Gläser stehen geblieben. Sie seufzte. »Und der gut aussehende Mann ist auch noch einer der gefragtesten Junggesellen von ganz St. Pauli. Sein Name ist Alexander Richter. Sein Vater leitet die Volksoper. Wenn Else den heiratet, dann stehen ihr alle Türen in der Welt der Bühne offen. Obwohl Alexander mit dem Schauspiel selbst ja nicht viel am Hut hat. Er ist eher ein Kaufmann. Aber eben an der richtigen Stelle.«

Matei nickte. Sie betrachtete das junge Paar näher. Er schien Else mit seinen Augen regelrecht zu verschlingen. Sie strahlte über das ganze Gesicht. Vielleicht bahnte sich da tatsächlich eine Liebesgeschichte an. Gönnen würde Matei es Else. Durch die Einheirat in eine solch bekannte und einflussreiche Familie wäre es gewiss möglich, als Schauspielerin Fuß zu fassen.

Und da sah sie plötzlich Hannes. Er nahm in Begleitung einer hübschen Blondine gerade an einem der Tische Platz. Ihr Herzschlag beschleunigte sich, und sie begann so sehr zu zittern, dass ihr das Tablett mit den vier gefüllten Rotweingläsern darauf aus den Händen rutschte. Klirrend fiel es zu Boden. Die um sie herumstehenden Gäste wichen erschrocken zurück. Eine Frau kreischte, ein Mann, auf dessen helle Hose der Rotwein gespritzt war, schimpfte lauthals. Leider war Matei der Fauxpas ausgerechnet während einer Musikpause passiert. Nun schienen sämtliche Blicke auf sie gerichtet zu sein. Auch der von Hannes. Er sah sie mit geweiteten Augen an. Matei konnte nicht umhin und erwiderte seinen Blick. Und in diesem Moment schien es nur noch sie beide zu geben. Sie wartete auf die Wut in ihrem Inneren. Auf irgendein Gefühl. Doch sie war wie erstarrt. Es war eine seltsame Art von Machtlosigkeit, die sie spürte. Er war nur wenige Schritte von ihr entfernt. Ihr Verlobter, ein Betrüger, der Mann, von dem sie geglaubt hatte, sie würde ihn lieben. Wie dumm sie gewesen war. Und nun kam doch ein Gefühl. Sie fühlte sich im Angesicht dieses Mannes verletzbar. Sie musste hier fort. Weg von der Musik, den bunten Girlanden, dem allem hier. Wo war sie hier? Was sollte das alles? War das ihr Leben? Sie drehte sich um und ging. Sie hörte Rosis Stimme, wurde angerempelt. Else griff nach ihrem Arm. »Matei, warte. Was ist passiert?« Sie riss sich los und steuerte auf den Ausgang zu, beschleunigte ihre Schritte. Draußen empfingen sie eisige Luft, es schneite leicht. Sie lief einfach weiter, irgendwohin. Sie musste fort von hier. Weg aus dieser Welt, von der er ein Teil zu sein schien. Wie hatte sie annehmen können, sie könnte in dieser Stadt ein selbstbestimmtes Leben beginnen, den Neuanfang wagen? Er war wie ein Gespenst, ein düsterer Schatten, der sie zu verfolgen schien.

Vollkommen außer Atem erreichte sie die Landungsbrücken. Auch hier herrschte bunter Trubel. Grell beleuchtete Ausflugsschiffe lagen an den Anlegern, auf vielen von ihnen wurde ebenfalls gefeiert. Sie blieb an einem Geländer stehen und umklammerte es fest. Der Wind wehte ihr ins Gesicht, fröhliche Musik drang an ihr Ohr. Das Licht der Girlanden auf den Booten spiegelte sich im schwarzen Wasser der Elbe.

»Solltest du vorhaben reinzuspringen, ich hol dich nicht raus«, sagte plötzlich jemand hinter ihr. Matei erkannte die Stimme sofort. Es war Tida. Sie wandte sich um. Die alte Frau stand vor ihr. Sie trug einen dunklen Mantel, in dem sie zu versinken drohte, ein grob gestrickter Wollschal war mehrfach um ihren Hals gewickelt. Ihr graues Haar war zerzaust, sie hatte eine grüne Mütze auf dem Kopf.

»Tida«, sagte Matei. Sie wusste nicht, warum. Aber der Anblick der alten Frau erleichterte sie.

»So nennt man mich für gewöhnlich«, antwortete Tida. »Du trägst keinen Mantel.« Sie deutete auf Mateis Kleider. »Wirst dir in dem Aufzug den Tod holen. Ist was geschehen, oder?«

»Eigentlich nicht«, sagte Matei. »Oder vielleicht doch. Ach, es ist kompliziert. Lange Geschichte.«

»Ich hab Zeit zum Zuhören. Und Ole auch. Er mag lange Geschichten ganz besonders.« Sie deutete hinter sich auf einen schäbig aussehenden Kiosk. »Wir haben Tee, Rum, Kekse und einen Ölofen im Angebot.«

»Das klingt verlockend.«

Die beiden gingen zu dem Kiosk, wo sie von einem alten Mann mit schütterem grauen Haar und einem zottig aussehenden

Hund namens Herr Anton begrüßt wurden. Matei setzte sich auf eine auf dem Boden liegende Matratze, auf der eine Flickendecke lag. Tida drückte ihr eine Emailtasse mit Tee, der arg nach Rum roch, in die Hand. Und während sie zu erzählen begann, hörten sie das erste Pfeifen und Knallen der Raketen, Stimmen und Gelächter drangen von draußen zu ihnen herein. Das neue Jahr hatte begonnen. Doch so recht schien das weder Ole noch Tida zu interessieren.

23. KAPITEL

✦———————✦———————✦

Keitum, 2. Januar 1923

s war bitterkalt. Ein eisiger Ostwind wehte unzählige Schneeflocken in die Gesichter der Trauergäste, die sich auf dem Friedhof von St. Severin versammelt hatten, um Wiebke Olsen die letzte Ehre zu erweisen. Elin stand wie betäubt neben dem offenen Grab, in dem eben der Sarg versenkt worden war. Lorenz hatte den Arm um sie gelegt. Neben ihm standen Hinnerk, Alwine, Friedrich und Piet mit traurigen Mienen. Es schien, als wäre ganz Keitum gekommen, um sich von Wiebke Gehtherum, wie sie jahrelang genannt worden war, zu verabschieden. Der Pfarrer sprach ihren Ökelnamen in der Grabrede an.

»Wiebke Olsen hat das Schicksal zu uns nach Keitum geführt. Anfangs wirkte sie ein wenig verloren. Wiebke Gehtherum wurde sie genannt, weil sie stets über die verschlungenen Wege unseres Ortes lief, als wäre sie auf der Suche nach dem richtigen Weg für sich. Sie hat ihn im Herrenhaus gefunden und den dortigen Bewohnern Mut gemacht. Hansens Kaffeegarten ist ihr Zuhause, und Matei und Elin sind ihre Familie geworden. Es wird für uns alle schwer werden, uns dieses Anwesen ohne sie und ihre Tatkraft vorzustellen.«

Elin schniefte. Sie dachte daran, wie sie Wiebke damals auf dem Friedhof an Pauls Grab getroffen hatte. Wie sie mit ihr gemeinsam am Wattweg entlanggelaufen war. Sie hatte ihnen und auch Anna neuen Lebensmut gegeben, sie aus ihrer Erstarrung geweckt. Ohne Wiebke würde es den Kaffeegarten in seiner heutigen Form nicht geben. Sie war seine Seele gewesen. Und nun? Was sollte werden? Matei und Elin waren ihre Familie geworden, hatte der Pfarrer gesagt. Matei. Sie fehlte. Sie war irgendwo, und sie wusste es nicht.

Der Pfarrer begann nun die für eine Beerdigung üblichen Sätze zu sprechen. Sie flogen an Elin vorüber, sie nahm seine Worte kaum noch wahr. Nachdem er geendet hatte, löste sie sich aus Lorenz' Arm und ging auf das Grab zu. Sie zitterte am ganzen Körper, jeder Schritt fiel ihr schwer. Sie blickte auf den Sarg hinab. Er war mit weißen Lilien und roten Rosen geschmückt. Alwine hatte den Blumenschmuck gut gewählt. Elin hatte ebenfalls eine Rose in der Hand. Sie war bereits welk, vertrug die Kälte nicht.

»Mach es gut, meine Liebe. Danke, dass du für uns da gewesen bist. Du weißt, Matei hat dich ebenso geliebt. Du hast gesagt, dass sie heimkommen wird. Du hast gesagt, sie gehört zu uns. Es tut mir so leid.« Den letzten Satz flüsterte sie nur noch, Tränen rannen über ihre Wangen. Sie warf die Blume ins Grab und ließ sich dankbar von Lorenz wegführen. Die letzten Tage hatten sie wie betäubt verbracht. Der Kaffeegarten war geschlossen gewesen. Silvester war nicht gefeiert worden. Hinnerk und Friedrich waren gekommen, Alwine hatte gekocht. Eintopf mit Kaninchen und Wurzeln. Sie hatte jeden Besucher verscheucht, um Verständnis gebeten. Auch um die Beerdigung hatte sich Alwine gekümmert, die Auswahl des Sargs und der Blumen. Sie hatte mit dem Pfarrer gesprochen, neben Elin gesessen und gemeinsam mit ihr geschwiegen. Und vor den Fenstern war der Winter mit Kälte und Frost ins Land gekrochen. Im Herrenhaus hatte erneut der Tod Einzug gehalten.

Sie liefen den Kirchenweg hinunter. Es schneite noch immer, tief hingen die Wolken. Die Friesenhäuser wirkten unter der

248

dicken Schneedecke verschlafen, in dem einen oder anderen Fenster brannte selbst jetzt, am Tag, Licht. Das Herrenhaus kam in Sicht. Der Ort, der für Elin stets wie ein Bollwerk gegen jeden Sturm gewesen war. Nun hatte selbst das vertraute Gebäude Risse bekommen. Sie liefen die Stufen zum Eingang hinauf, jeder Schritt fiel Elin schwer. Im Inneren empfing sie der Verkaufsraum, die leere Kuchentheke. In den Regalen standen letzte Päckchen mit Friesenkeksen. Ihr Anblick schmerzte. Wiebkes Friesenkekse. Sie hatten sie als die besten von ganz Sylt verkauft. Und nun? Wer sollte jetzt die Kekse backen? Piet? Er könnte es. Aber sie würden nicht dasselbe sein. Lorenz half Elin aus dem Mantel, und sie gingen in den Gastraum. Die Tische waren bereits für den Leichenschmaus gedeckt. Es würde Kaffee und Kuchen geben, später Eintopf mit Schwarzbrot. In der Küche stand bereits alles bereit. Elin hätte am liebsten gar keinen Leichenschmaus stattfinden lassen. Doch es gebot die Höflichkeit. Der Raum füllte sich. Alwine und Friedrich, Piet und seine Frau Tesje, Moild und Carsten, Paul Holzwurm mit seiner Gattin Hanne und Gesa mit Tam. Das Küchenmädchen Gantje, auch einige der verflossenen Küchenmädchen waren anwesend, ebenso die Damen vom Stricktreff und die Mitglieder des Frauenvereins. Sogar der von Wiebke stets beschimpfte Jens war gekommen, um ihr die letzte Ehre zu erweisen. Auch Heike war anwesend. Sie ertrug tapfer Kresdes Getratsche. Der Raum war von gedämpften Stimmen erfüllt, und der Rauch der vielen Zigaretten vernebelte die Sicht. Elin saß in einem der Sessel in der Leseecke. Sie war wie betäubt, den vor ihr stehenden Streuselkuchen rührte sie nicht an. Neben ihr saß Hinnerk, der einen niedergeschlagenen Eindruck machte. Er hatte bereits den dritten Pharisäer getrunken.

»Wat soll denn nu werden?«, fragte er zum wiederholten Mal. Er wirkte so hilflos. Eingefallene Schultern, sein graues Haar war struppig, tiefe Falten lagen in seinem vom Wetter gegerbten Gesicht. Er sah so aus, wie Elin sich fühlte. Das Kind in ihrem Inneren bewegte sich. Sie legte die Hand auf den Bauch. Wiebke würde es nicht mehr kennenlernen. Sie hatte sich auf das Kleine gefreut. Der Lütten bring ich dann gleich anständig Backen bei, hatte sie gesagt.

Elin ließ Hinnerks Frage unbeantwortet. Sie wusste nicht, was nun werden sollte. Ihr fehlte die Kraft.

Friedrich trat näher und nahm neben Hinnerk Platz. Ihn plagte eine starke Erkältung, seine Nase war vom vielen Schnäuzen gerötet, seine Augen glänzten fiebrig. Trotzdem war er zum Friedhof gekommen, um sich von Wiebke zu verabschieden, was ihm Elin hoch anrechnete.

»Sie hätte sich über das Kommen der vielen Menschen gefreut«, sagte Friedrich. »Da bin ich mir sicher. Ich glaube, sie hat gar nicht gewusst, wie sehr die Keitumer sie mit den Jahren schätzen gelernt haben. Sie hatte eine harte Schale, das muss ich zugeben. Aber einen mehr als weichen Kern.«

Es war eine typische Rede für Friedrich. Etwas geschwollen.

Alwine gesellte sich zu ihnen. Sie hatte tatsächlich einen Pharisäer in Händen. Ihre Wangen waren gerötet.

»Ich weiß, ich dürfte nichts trinken, aber wenn Rum im Kaffee ist, wärmt er gleich viel besser. Und mir war scheußlich kalt. Also so einen eisigen Jahreswechsel hatten wir länger nicht. Heute Morgen stand in der Zeitung, dass, sollte es weiterhin so frostig bleiben, die Eisbootfahrer bald wieder ihren Dienst aufnehmen müssen.«

»Das habe ich auch gelesen«, meinte Friedrich. »Und die Eisbootfahrten sind wahrlich ein gefährliches Geschäft. Ich habe mich vor einer Weile längere Zeit mit einem Fachmann auf diesem Gebiet unterhalten. Falting Boysen hat mir geschildert, wie so etwas abläuft. Er hat auch erlebt, wie ein junger Mann ums Leben kam. Ist unters Eis geraten und ertrunken. Es ist wahrlich eine tapfere Aufgabe, die die Männer bewältigen, um die Versorgung auf der Insel sicherzustellen.«

Er nieste und putzte sich die Nase mit einem karierten Stofftaschentuch. Alwine musterte ihn näher.

»Du solltest nach Hause gehen, Friedrich. Du hast Fieber. Mit so einer Erkältung ist nicht zu spaßen. Du hättest gar nicht erst zum Friedhof kommen sollen. Bei der Kälte wird da rasch eine Lungenentzündung draus.«

»Das hätte mir Wiebke niemals verziehen. Und ihr wisst doch, wie sie mit der Thematik Erkältung umgegangen ist.«

»Wir wissen es.« Alwine seufzte. »Ich will nicht wissen, wie viele Grippeviren wir in den Jahren über ihre Friesenkekse in die Welt verteilt haben.« In ihrem letzten Satz schwang Wehmut mit. Und plötzlich schwiegen alle. Hinnerk schien noch ein Stück weiter in sich zusammenzusacken. Friedrich steckte sein Taschentuch zurück in die Hosentasche. Er wirkte seltsam unbeholfen. Die Gespräche der anderen schienen in diesem Moment weit fort zu sein. Lorenz trat näher und legte Elin die Hand auf die Schulter. Sie ergriff sie. Die Geste rührte Alwine. Zeigte sie doch die Vertrautheit des Paares. Es war schön zu sehen, dass Elin mit Lorenz den perfekten Partner gefunden hatte. Mit ihm an ihrer Seite würde sie auch diesen Sturm überleben. Dessen war sie sich sicher.

»Mein Onkel und meine Tante sind eben gekommen«, sagte Lorenz. Seinem Blick war anzumerken, wie sehr ihm ihr Auftauchen missfiel. »Sie wollten dir ihr Beileid aussprechen.«

»Wo waren die beiden denn auf dem Friedhof?«, fragte Alwine mit spitzer Stimme. Sie machte keinen Hehl aus ihrer Abneigung.

251

Lorenz ließ ihre Frage unbeantwortet. Er sah Elin abwartend an. Sie ergab sich in ihr Schicksal.

»Wegen mir. Aber nur kurz. Ich bin müde und würde mich gern zurückziehen.«

Lorenz nickte. Karl und Carla traten näher. Carlas Blick war kühl, sie trug ein schwarzes, altmodisches, hochgeschlossenes Kleid mit Rüschen am Kragen. Der Ökelname Fräulein Rottenmeier war wahrlich treffend.

Elin ließ die Beileidsbekundungen über sich ergehen und bedankte sich mit matter Stimme für ihr Kommen. Alwine verbiss sich eine scharfe Bemerkung. Die beiden verschwanden so schnell, wie sie gekommen waren. Karl erzählte etwas von einem wichtigen Termin, man könne bedauerlicherweise nicht länger bleiben. Sie waren kaum außer Hörweite, da war es Friedrich, der einen ersten Kommentar abgab. »Heuchler sind diese Leute«, sagte er und traf den Nagel damit auf den Kopf. Zur Bekräftigung nieste er dazu noch kräftig dreimal hintereinander und fing sich dafür einen finsteren Blick von Alwine ein.

»Also dat ist wirklich eine dolle Rüsselpest«, sagte Hinnerk. »Meine Rieke hätte dich gar nicht mehr aus dem Haus gelassen. Dat kann ich dir sagen.«

»Schon gut, schon gut.« Friedrich hob beschwichtigend die Hände. »Ich geh nach Hause und ruh mich aus. Elin, meine Liebe. Noch einmal mein Beileid.« Er deutete eine Verbeugung an, was etwas seltsam anmutete. Dann ging er.

Nur wenige Minuten nach ihm verabschiedete sich auch Elin. Alwine war diejenige, die sie in die privaten Räume des Herrenhauses begleitete, während Lorenz sich um die verbliebenen Gäste bemühte. Im Obergeschoss angekommen, trat Elin ans Fenster. Es dämmerte bereits, Schnee lag auf den Ästen der Ulmen. Es schneite noch immer. Und ein böiger Wind trieb mit den Flocken sein Spiel.

Sie schwiegen. Es war eine sonderbare Stille, die im Raum hing. Elin war diejenige, die sie brach.

»Sie hat das Haus gerngehabt. Obwohl es nicht nach Keitum passte. Ist wie mit mir, hat sie einmal gesagt. Ich pass auch nicht so ganz hier rein. Und derweil hat sie so gut gepasst. Keitum war genau der richtige Ort für Wiebke. Der Platz, an den sie gehörte.«

»Sie hat stets darunter gelitten, kein Mitglied des Frauenvereins zu sein«, sagte Alwine. »Diese doofen Zicken. Aber bei ihrem Leichenschmaus kommen sie und futtern sich mit Kuchen und Eintopf voll. Am liebsten hätte ich diese Tratschtanten allesamt vor die Tür gesetzt. Die Mitgliedschaft in dem Club will ich nicht geschenkt haben.«

Alwines Geschimpfe brachte Elin zum Schmunzeln. Wo sie recht hatte. Auch sie verzichtete liebend gern auf eine Mitgliedschaft in diesem Verein, dem neuerdings Kresde vorstand. Wiebke hatte sie nie leiden können.

»Und nun?«, fragte Elin und sah Alwine an. »Wie soll es weitergehen? Ich hab das Gefühl, ohne Wiebke kann es das nicht.«

»Natürlich kann es das«, antwortete Alwine. »Wiebke würde nicht wollen, dass du aufhörst. Sie hat nie aufgegeben, selbst wenn es ihr schlecht ging. Sie mag gezetert haben und unleidig gewesen sein. Aber sie war eine Kämpferin, auch am Ende ihres Lebens. Es geht doch immer irgendwie weiter. Das hat sie mal zu mir gesagt.«

»Ja, das tut es.« Elin gähnte.

»Du solltest ruhen«, sagte Alwine. »Es war ein anstrengender Tag, besonders für eine werdende Mutter.«

Elin trat vom Fenster weg und nahm Alwines Hand. »Danke, dass du da bist. Ich glaube, ich hab es nie gesagt. Aber es ist so schön, dich hier auf Sylt und in unserem Haus zu haben.«

Alwine drückte Elins Hand, in ihren Augen schimmerten nun Tränen. »Danke dafür, dass ich bei euch wohnen darf. Es war wohl der liebe Gott, der mich auf diese Insel und zu euch geführt hat. Ach, jetzt werd ich so sentimental.« Sie wischte sich eine Träne aus dem Augenwinkel. »Das muss wohl der Pharisäer sein. Ich vertrag wirklich nix.« Sie lächelte.

»Schon gut«, beschwichtigte Elin. »An einem Tag wie heute kann man gut sentimental werden. Abschiede dieser Art sind nie leicht.« Elin dachte an Matei. Ihr war dieser düstere Wintertag erspart geblieben.

»Matei hat gefehlt«, sagte Alwine plötzlich. Es schien, als hätte sie Elins Gedanken erraten.

»Ja, das hat sie«, pflichtete Elin ihr bei. »Sie fehlt ständig. Jeden Tag, jeden Augenblick. Oftmals denke ich, gleich betritt sie den Raum, gleich sehe ich sie über den Hof laufen. Wenn sie nur da wäre. Ich würd auch mit ihr streiten. Hauptsache, sie wäre nicht mehr fort.« Nun rannen die Tränen endgültig über Elins Wangen.

Alwine legte behutsam den Arm um sie und führte sie vom Fenster weg zu einem Kanapee, zwang Elin, sich hinzulegen. Fürsorglich deckte sie sie mit einer Wolldecke zu.

»Wo Matei auch immer ist«, sagte sie. »Sie ist ein tapferes Mädchen mit ganz viel Kraft. Sie wird alle Herausforderungen meistern, die sich ihr in den Weg stellen, und sie wird wieder nach Hause kommen. Davon bin ich überzeugt. Schlaf ein wenig.« Sie tätschelte Elins Arm und nickte ihr zu. Dann ging sie, und Elin war nur wenige Minuten später tief und fest eingeschlafen.

Es war Lorenz, der sie erst am nächsten Morgen wieder weckte. Verdutzt sah Elin erst ihn an, dann blickte sie um sich. »Wo bin ich? Ist was geschehen?«

»Moin, meine Schöne«, sagte er und lächelte. »Du bist in der Wohnstube. Du hast gestern Abend so friedlich geschlafen. Ich wollte dich nicht wecken.« Lorenz hatte einen Pott Kaffee in der Hand.

Elin entspannte sich. Im nächsten Moment verpasste ihr ihr kleiner Mitbewohner einen festen Tritt. »Autsch«, sagte sie und strich sich über den Bauch. »Das wird immer fester. Wenn das so weitergeht, hab ich bald gebrochene Rippen.« Ihr Blick wanderte kurz zum Fenster. Der Wind wehte die Schneeflocken dagegen, die Zweige der Ulmen bewegten sich. Es schien stürmischer geworden zu sein. Ein Klopfen an der Tür ließ sie aufmerken.

»Wer stört?«, rief Lorenz ruppig. Es war das Küchenmädchen Gantje, das schüchtern in den Raum blickte.

»Also wir hätten da ein Problem. Unten steht eine Frau Stark. Sie sagt, sie soll hier heute als Bäckerin anfangen.«

»Stark?«, fragte Elin verwundert. »Aber es sollte doch eine Lore Trabert kommen. Allerdings hatte ich der Dame bis auf Weiteres wegen Wiebkes Tod abgesagt.« Sie schob die Decke zurück, erhob sich, schlüpfte in ihre vor dem Sofa stehenden Schlappen und strich ihr schwarzes Kleid glatt. Ein Blick in den Spiegel zeigte, dass ihre Frisur kaum gelitten hatte. Sie richtete kurz ihr Haar, legte ein wollenes Tuch über ihre Schultern und folgte Gantje in Begleitung von Lorenz aus dem Raum.

Im Verkaufsraum wartete eine hagere Frau, die einen schwarzen Wollmantel trug. Elin schätzte sie auf Anfang fünfzig. Auf ihrer Nase ruhte eine Brille, ihr dunkelblauer Filzhut war ihr leicht zu groß. Sie hatte einen Regenschirm am Arm hängen, der einen etwas mitgenommenen Eindruck machte, was bei den herrschenden Wetterverhältnissen kein Wunder war.

»Guten Morgen«, grüßte die Dame. »Frieda Sstark mein Name. Ich nehme an, Ssie ssind hier zusständig?« Sie lispelte ausgeprägt, was sich komisch anhörte.

»Ich bitte mein Eindringen zu ssolch früher Sstunde zu entschuldigen«, sagte sie. »Aber die Fähre hatte sso ihre Probleme wegen des Wetterss. Die Überfahrt dauerte über zwanzig Sstunden. Normalerweise bin ich nicht sso unzuverlässig. Ich hoffe, Ssie legen das nicht zu meinem Nachteil aus.«

Elin sah sie verdutzt an. Sie wusste nicht so recht, wie sie reagieren sollte. Woher kam diese seltsam anmutende Frau?

»Gewiss nicht«, antwortete Elin. Sie fühlte sich überrumpelt und suchte nach Worten. »Aber ehrlich gesagt hab ich nicht mit Ihnen gerechnet. Es sollte eine Frau Trabert bei uns anfangen. Allerdings vertröstete ich sie wegen eines Sterbefalls innerhalb der Familie.«

»Dann hat Lore nicht Bescheid gessagt? Dass ist wieder typisch für ssie. Sständig vergisst sie Sachen. Wäre ihr Kopf nicht festgewachsen, er wäre längsst weg. Ssie hat mich als Ersatz geschickt. Ihre Schwester ist krank geworden. Und jetzt muss ssie sich um die acht Blagen kümmern, drüben in Husum. Und dann hat ssie ja auch noch den Hof zu verssorgen, und der Uwe, der kann ja gar nix mehr. Der ist ein Kriegsversehrter, Krüppel ssoll man ja nicht sagen. Wir haben zusammen in Itzehoe Ausbildung gemacht. Beim Bäcker Husen. Kennen uns schon ewig. Ssie müssen keine Ssorge haben. Ich bin kompetent und erfahren. Mein Beileid wegen dess Todessfallss.«

Das war eine lange Rede gewesen, und Elin hatte aufgrund des starken Lispelns Mühe gehabt, alles zu verstehen. Liebe Güte. Und was jetzt? Die Dame schien extra vom Festland angereist zu sein. An Wegschicken war nicht mehr zu denken. Sie fügte sich also in ihr Schicksal. Piet kam mit neugierigem Blick aus der Backstube. Verdutzt sah Elin ihn an.

»Piet. Was machst du hier?«

»Nur mal nach dem Rechten sehen und aufräumen. Ich hätte

Rosinenwecken im Ofen. Sind gleich gut. Und Kaffee wär auch fertig.«

Elin wusste nicht so recht, was sie erwidern sollte. Da stand diese Frieda Stark im Verkaufsraum, Piet backte Rosinenwecken. Die Tür öffnete sich, und der Wind wehte Hinnerk und eine Ladung Schneeflocken herein.

»Moin, zusammen«, grüßte er. »Ich wollte mal gucken, wie die Lage ist. Ich hab schon Licht gesehen. Heut weht aber ein rechter Sturm ums Haus.« Sein Blick blieb an Frieda hängen. »Wer ist dat denn?«

Elin seufzte innerlich. Das Leben schritt voran. Und ihr blieb nichts anderes übrig, als mitzugehen. Wiebke hätte es so gewollt. Dessen war sie sich sicher.

24. KAPITEL

Hamburg, 11. Januar 1923

Kälte lag über den Landungsbrücken. Eisschollen schwammen auf der Elbe, es schneite leicht. Es war ein grauer und düsterer Tag, und die Wolken hingen tief. Matei stand vor dem Salonschnelldampfer Cobra und betrachtete ihn bereits seit einer ganzen Weile. Das Schiff, das normalerweise zu dieser Zeit nach Sylt aufbrechen würde. Die Elbe hinunter, vorbei an Helgoland, bis Hörnum. Dort würde es anlegen, und die Menschen würden zur Inselbahn strömen, die sie nach Westerland brächte. Doch die Kälte hinderte das Schiff daran auszulaufen. Die Elbe war flussabwärts zugefroren, Eisbrecher waren unterwegs. Die Fahrten zu den Nordfriesischen Inseln waren bis auf Weiteres eingestellt. Gewiss würden auf Sylt bald wieder die Eisbootfahrer losziehen. Sollte der Wattenmeerdamm gebaut werden, benötigte es diese gefährlichen Fahrten nicht mehr. Sicher würde Friedrich die aktuelle Wetterlage wieder als Argument für den Dammbau benutzen, Hinnerk würde grummelnd reagieren. Vielleicht saßen sie gerade jetzt bei Wiebke in der Küche. Gewiss hatte sie Futjes gebacken. In ganz Hamburg hatte es das vertraute Hefegebäck nicht gegeben, was Matei traurig gestimmt hatte. Sie hatte überlegt, selbst welche zu backen, doch ihr war das Rezept nicht eingefallen. Und so gut wie die von Wiebke wären sie gewiss nicht geworden. Also hatte sie den Gedanken wieder verworfen. Sie beobachtete die auf der Elbe fahrenden Barkassen. Viele von ihnen waren mit Waren beladen, fuhren zur Speicherstadt, kamen von ihr. Dem Freihandelszentrum der Stadt mit seinen vielen roten Backsteinhäusern und Wasserkanälen, in denen heute der Nebel hing. Die altehrwürdige Hansestadt zeigte sich so trostlos, wie Mateis Stimmung war. Jan war mehr denn je in ihren Gedanken und verfolgte sie in ihren Träumen. Meist sah sie ihn ein Stück von sich entfernt stehen. Er sah sie einfach nur an, manchmal schüttelte er den Kopf. Sie wusste, was er ihr mitteilen wollte. Was tust du hier? Zeichne wieder, geh heim. Das hier ist nicht deine Welt. Aber was wusste er schon? Er hatte sie mit all den schmerzhaften Erinnerungen an ihr gemeinsames Leben allein gelassen. Niemals wieder würde sie jemanden so sehr lieben, jemandem so sehr vertrauen können. Tränen stiegen in ihre Augen, sie verschränkte die Arme vor der Brust und richtete den Blick erneut auf die Cobra. An Deck stand einer der Matrosen an der Reling und rauchte eine Zigarette. Ein weiterer gesellte sich zu ihm. Und wenn sie doch heimkehren würde? Erneut dieses Hadern. Sie hasste sich für ihre Wankelmütigkeit. Was sollte auf Sylt besser sein als hier? Der Kaffeegarten war Elins und Lorenz' Reich. Sie wollte nicht mehr zeichnen, was sollte sie noch in ihrem Atelier in Tinnum? Die meisten ihrer Bilder waren fort, verkauft, irgendwo, sie wusste es nicht. Ihr Leben konnte doch nicht daraus bestehen, Leuchttürme und alte Friesenhäuser auf Kaffeepötte zu malen. Sylt war nah und doch weiter entfernt als jemals zuvor. Hundegebell war es, das sie erschrocken zusammenzucken und nach unten blicken ließ. Es war der struppige Herr Anton, der neben ihr stand und sie schwanzwedelnd ansah. Seine hoffnungsvoll dreinblickenden schwarzen Kulleraugen brachten Matei zum Lächeln, und sie beugte sich zu dem Hund hinunter. Er war eine Promenadenmischung, recht schmal, zottiges graues Fell.

»Moin, Herr Anton«, sagte sie und begann den Hund zu streicheln. »Bist du heute auch schon wieder auf den Beinen.« Sie
sah Richtung Oles Kiosk. Ole rollte gerade seinen Zeitungsständer nach draußen. Er sah so müde wie sein schäbiger kleiner
Verkaufsstand aus, der nicht mehr als eine klapprige Hütte war.
Seine Haltung war gebeugt, seine Schritte schlurfend. Auf dem
Kopf trug er eine dunkelblaue Strickmütze, ein Schal in der-
selben Farbe hing um seinen Hals, sein brauner Cordmantel
war abgetragen. Matei beschloss, zu ihm zu gehen. Wenn sie
Glück hatte, hatte er bereits Kaffee aufgebrüht. Seine besondere
Mischung mit Rum und einem Löffel Zucker weckte die Lebens-
geister. Hinnerk hätte diese Kombination geliebt. Anton hüpfte
fröhlich vor ihr her und wurde von seinem Herrn mit einem
Kopftätscheln begrüßt.

»Na, min Jung. Wo hast du dich wieder rumgetrieben? Ach, du
hast Kundschaft mitgebracht.« Er lächelte Matei an. »Moin, min
Deern. Was treibt dich denn an diesem kalten Wintertag zu so
früher Stunde an die Landungsbrücken? Siehst ja ganz durchge-
froren aus. Kaffee wär schon fertig. Magst einen Becher voll?«

Matei nickte und antwortete, während sie ihm in das Innere
des Kiosks folgte. »Ich konnte nicht mehr schlafen und wollte
etwas frische Luft schnappen. In meiner winzigen Dachkammer
war es recht stickig.«

»Versteh ich. Dachkammern sind allgemein eher schwierig. Im
Winter kalt, im Sommer heiß.« Er füllte einen Emailbecher mit
Kaffee, kippte, ohne nachzufragen, Milch, Rum und Zucker hinein und reichte ihn Matei, die auf dem einzigen sich im Raum
befindlichen Stuhl, einem hölzernen Klappstuhl, Platz nahm. Sie
trank einen Schluck und genoss das warme Gefühl, das sich in
ihrem Magen ausbreitete. Sie ließ ihren Blick durch den kleinen,
hoffnungslos vollgestopften Raum schweifen. Ein winziger Ofen

bollerte in der Ecke und sorgte für Wärme. Es gab ein kleines Hinterzimmer, abgehängt durch einen dunkelblauen Vorhang. Dort schlief Ole. Überall lagen Zeitungsstapel herum, die Wände waren mit Zeitungsausschnitten der letzten Wochen tapeziert. Jeden Tag nahm Ole welche ab und ersetzte sie durch neue. Sie stammten aus allen möglichen Zeitungen. Es ging um Politik, aber auch um andere Dinge, wie Frauenthemen. Schließlich musste so ein Zeitungsverkäufer immer bestens informiert sein. Und Ole war schlecht darin, sich zu merken, was in welcher Zeitung wann gestanden hatte. Also hängte er die wichtigen Sachen stets auf. Und die seiner Meinung nach besonderen Sachen. Die hingen noch viel länger. Es waren teilweise Artikel darunter, die über zehn Jahre alt waren. Das Kriegsende, der Kriegsbeginn, Artikel, die Aufnahmen des Kaisers zeigten. Viele Artikel schilderten Veränderungen des Hamburger Hafens. Einer thematisierte das Wahlrecht der Frauen. In einem ging es um die neueste Wintermode aus dem Jahr 1917. Den könnte er langsam abhängen. Zwischen den Zeitungsausschnitten hingen andere Dinge, die oftmals seltsam anmuteten. Kunstblumen in allen möglichen Formen und Farben waren darunter, die er allesamt auf dem Hamburger Dom an einem der Schießstände geschossen hatte. Ein Mädchen, dem er sie hätte schenken können, hatte er nicht. Also hingen sie hier, um sein Herz zu erfreuen. Dazu kamen einige Skizzen von Hamburg, die eindeutig Tidas Handschrift trugen. Die Häuser der Speicherstadt waren auf einer von ihnen zu sehen, auf einer weiteren eines der Touristenschiffe auf der Elbe. Alltägliche Bilder, die Ole eigentlich jeden Tag vor Augen hatte. Die durch Tidas Art zu zeichnen jedoch ein ganz eigenes Gesicht bekommen hatten. Matei mochte ihren schlichten Stil. Er besaß eine Prägnanz, der man sich nur schwer entziehen konnte. Auf einem der Bilder stand ein junges

Mädchen an der Reling eines Schiffes. Es trug einen Mantel, sein langes Haar fiel ihm bis zur Taille, die Füße steckten in feinen Schuhen. Ihre Miene war ernst. Sie wirkte irgendwie verloren in der großen Szenerie, die sie umgab. Das Bild faszinierte. Matei spürte, wie es in ihren Fingern juckte. Am liebsten würde sie nun ebenfalls eine Skizze anfertigen. Vielleicht von den Wasserkanälen der Speicherstadt im Nebel. Das Motiv wäre lohnenswert.

»Bist du noch bei Rosi?«, riss Ole sie aus ihren Gedanken.

Matei sah ihn einen Moment lang irritiert an, bevor sie antwortete: »Ja, ich bin noch dort. Ich wüsste nicht, wo ich sonst hinsollte. Und sie bezahlt gut.«

»Etwas anderes hätte ich von ihr auch nicht erwartet«, meinte Ole. »Rosi ist eine gute Haut. War sie schon immer. Und sie hat so vieles verloren. Bewundernswert, wie sie alles allein gestemmt bekommt. So als Witwe muss man auf der Reeperbahn gleich dreimal seinen Mann stehen. Das kann ich dir sagen.« Er nahm einen Schluck von seinem Kaffee. Matei wollte Antwort geben, doch sie kam nicht dazu. Ein Junge, vielleicht zwölf oder dreizehn Jahre alt, mit einer Schirmmütze auf dem Kopf trat näher.

»Moin, Ole«, sagte er. »Ich bring ein Extrablatt. Kommt frisch aus der Druckerei. Gibt mal wieder Ärger mit den Franzmännern. Die haben das Ruhrgebiet besetzt.«

»Ach du je«, rief Ole aus. »Das sind keine guten Neuigkeiten an diesem grauen Wintertag. Aber so hat es kommen müssen. Es grummelte ja schon länger. Elende Reparationszahlungen.« Er winkte ab. »Na, dann gib mal her, den Stapel. Sortiere ich gleich vorn ein. Immerhin bringt das ein gutes Geschäft.« Er nahm dem Jungen einen ordentlichen Stapel der Extraausgabe ab, bezahlte ihn und gab ihm auch noch etwas Traubenzucker. »Und grüß mir die Frau Mama. Wie steht es denn mit der Lene? Geht es besser?«

Sie schnackten noch einen Moment, und Matei hörte mit. Lene war die Schwester des Jungen. Sie war an Kinderlähmung erkrankt. Besserung gab es kaum. Sie würde wohl niemals wieder laufen können. Matei reagierte betroffen auf die Worte des Jungen. Das arme Mädchen. Diese Behinderung würde es ihr ganzes Leben lang einschränken. Und was tat sie? Sie zerfloss in Selbstmitleid, machte sich Gedanken über das Gerede der Tratschtanten auf Sylt, schämte sich für eine Niederlage, die verschmerzbar schien. Sie konnte laufen, leben, vielleicht irgendwann wieder glücklich sein. Oder waren diese Dinge überhaupt miteinander vergleichbar? Die Seele kann ebenso schmerzen wie der Körper. Alwine hatte das irgendwann einmal zu ihr am Grab ihres kleinen Mädchens gesagt. Die gute Alwine, die beste Hebamme, die Sylt jemals gesehen hatte. Ihr Kind hatte auch sie nicht retten können.

Der Junge ging, und Ole blickte ihm kopfschüttelnd nach. »Der Jung hätt das Zeug für mehr, so klug, wie er ist. Der könnt mal einer von den Oberen sein. Anwalt oder so was. Aber mehr als ein Hafenarbeiter wird er wohl nicht werden. Arbeitet jetzt schon an den Docks, damit seine Familie durchkommt. Sein Vater ist im Krieg gefallen, die Mutter ist halb blind, vier Geschwister gilt es durchzubringen, dazu die Sache mit der Lene. Es ist ein Trauerspiel.«

Solche Geschichten geisterten überall durch Hamburg. Der Krieg war vorbei. Doch seine tiefen Risse und Wunden waren längst nicht verheilt. Es war so viel Not und Elend geblieben. Und nun gab es auch noch die Besetzung des Ruhrgebiets. Mateis Blick blieb an der Schlagzeile des Extrablatts hängen. Darunter war ein Bild von den Franzosen zu sehen, wie sie in Essen einmarschierten. Umringt von Menschen, die sie kritisch beäugten. Am Ende gab es einen erneuten Krieg. Wieso nur bekam

Deutschland nun alles ab? Wieso sollten sie allein für all das geradestehen? Alle hatten doch mitgemacht. Begonnen hatte es weit fort. In Serbien, in Österreich. Sie verstand es nicht.

Der erste Kunde blieb stehen und kaufte ein Extrablatt. Es folgten weitere. Ole hatte nun gut zu tun. Herr Anton hatte es sich auf seinem Kissen in der Ecke neben dem Ofen gemütlich gemacht und schlief. Matei kam sich in dem gemütlichen Kiosk plötzlich überflüssig vor. Auch sollte sie zurück ins Bierrestaurant. Längst hatte ihre Arbeitszeit begonnen. Es galt, den Fußboden zu säubern, die Tische abzuwischen und Gläser zu spülen. Die Karte für den Mittagstisch musste neu geschrieben werden. Rosi verabscheute nichts mehr als Unzuverlässigkeit.

Matei verabschiedete sich von Ole. Vor seinem Kiosk stand nun eine lange Schlange Informationshungriger. Für ihn bedeuteten solche Schlagzeilen ein gutes Geschäft. Da sprang für Herrn Anton vielleicht ein Stück Fleischwurst vom Metzger raus. Matei entschied sich, noch nicht gleich zurück in das Bierrestaurant zu gehen. Es hatte leicht zu schneien begonnen. Dicke weiße Flocken tanzten vom Himmel und landeten vor ihr auf dem Pflaster, schmolzen in der Elbe. Es zog sie zu einem einsamen Porträtzeichner, der ein Stück von Oles Kiosk entfernt seinen Stammplatz in der Nähe des Hochbahnausgangs selbst an einem winterlichen Tag wie diesem gerade einnahm. Matei kannte ihn. Sein Name war Horst. Er war Ende vierzig und lebte von der Hand in den Mund, wie viele Künstler in Hamburg. Von einer Vernissage in einer Galerie am Jungfernstieg konnte Horst, der nach eigener Aussage vor dem Krieg Kunst an der Hochschule studiert hatte, nur träumen. Obwohl seine Porträts durchaus gut waren. Allerdings fehlte ihnen nach Mateis Meinung das gewisse Etwas. Sie blieb vor Horst stehen, der mit einem abgetragenen Wollmantel bekleidet war, seine Hände steckten in schäbigen Handschuhen, die bereits Löcher aufwiesen. Auf seinem Kopf lag eine hellgrüne Wollmütze, ein brauner Schal, der an den Enden ausgefranst war, hing um seinen Hals. Kennengelernt hatten sich Matei und er in der Neujahrsnacht bei Ole im Kiosk. Nach und nach waren sie dort mehr, irgendwann eine ganze Gruppe seltsamer Menschen geworden, oder einfach nur Gestrandeter, die ein wenig die Nähe von anderen in einer Umgebung suchten, die gefahrlos zu sein schien. In Oles Kiosk wurde jeder so genommen, wie er war.

»Moin, Matei«, grüßte Horst. Er hatte gerade seinen Klapptisch aufgestellt und verteilte seine Malutensilien darauf. »Bist heute aber schon früh hier unten.«

»Moin, Horst«, erwiderte Matei den Gruß. »Das kann ich von dir auch sagen. Denkst du, du wirst bei diesem Schietwetter Kundschaft finden? Die Kälte treibt die Touristen doch eher in die warme Stube.«

»Sag das nicht«, antwortete er. »Selbst an schlechten Tagen geht was mit dem Geschäft. Obwohl es heute schon arg frostig ist. Da werden mir rasch die Finger steif.« Er rieb sich die Hände. »Aber vielleicht wärst du heute mein erstes Motiv. So ein hübsches Antlitz zu zeichnen, würde mir glatt den düsteren Tag erhellen.« Er grinste scheel.

Matei lächelte ebenfalls. »Nein, ich wollte mich nicht zeichnen lassen. Aber wir könnten trotzdem ins Geschäft kommen. Könnte ich dir einen Skizzenblock abkaufen und einen Kohlestift? Jetzt gleich?«

Er sah sie verdutzt an. »Wozu das? Willst mir etwa Konkurrenz machen? Ich dachte, du bist Bedienung bei der Stein.«

»Das bin ich auch. Aber ich kann auch ein wenig zeichnen. Nur Porträts mach ich seltener. Wärst du so lieb? Ich würde gern in die Speicherstadt gehen und die besondere Stimmung einfangen. Der Nebel in den Kanälen hat etwas Mystisches an sich.«

Sein Blick wurde noch verwunderter. »Mädchen«, sagte er. »Da überraschst du mich aber. Hörst dich ja schon an wie unsere gute alte Tida. Die ist Spezialistin für Stimmungen. Ich sag ihr ja immer, dass man damit kein Geschäft machen kann. Aber sie will nicht hören.« Er klappte seine Federschachtel auf und nahm zwei Kohlestifte heraus, aus seiner Tasche holte er einen weiteren Skizzenblock.

»Zehn Mark, und wir sind im Geschäft. Und ich will sehen, was du gezeichnet hast. Vielleicht kann ich dir ja noch ein paar Tipps geben. Siehst wie eine blutige Anfängerin aus.«

Matei kramte das Geld aus ihrer Tasche und reichte es ihm, ohne auf seinen letzten Satz einzugehen. »Danke dir.« Sie nahm die Stifte und den Skizzenblock an sich und wünschte ihm viel Glück für das Tagesgeschäft. Dann machte sie sich auf den Weg zur nahen Speicherstadt. Heute würde sie von Rosi wegen ihrer Unpünktlichkeit Ärger bekommen. Aber das war ihr gleichgültig. Sie spürte etwas in ihrem Inneren, das lange nicht mehr da gewesen war. Sie konnte nicht sagen, warum dieser Drang nach Kreativität ausgerechnet jetzt in ihr ausgebrochen war. Aber sie wollte das Gefühl um jeden Preis festhalten. Und wenn das Ärger mit Rosi bedeutete, dann war das eben so.

In der Speicherstadt angekommen, umfing sie die ganz besondere Stimmung dieses besonderen Ortes. Die roten Backsteinhäuser ragten in den grauen Himmel. Es herrschte trotz der Kälte und der Eisschollen auf den Kanälen der übliche Betrieb. Waren wurden von Barkassen ins Innere der unzähligen Lagerhäuser verfrachtet, oder die kleinen Boote wurden beladen. Jeden Morgen kamen unzählige Arbeiter in die Speicherstadt. Sie strömten aus der Hochbahn und über die Brücken in dieses besondere Viertel Hamburgs, das wie der Pulsschlag dieser Stadt zu sein schien. Der

Freihandelsort, in dem man stets ein wenig die große weite Welt verspürte. In den Lagerhäusern fand sich alles, was das Herz begehrte. Kaffee und Gewürze aus aller Herren Länder ebenso wie unzählige andere Waren. Die Ende des 19. Jahrhunderts erbaute Speicherstadt war mit ihren Backsteinhäusern bereits zu einer der Sehenswürdigkeiten Hamburgs geworden. Längst fuhren auch hier die Touristenboote durch die schmalen Kanäle. Und die Bootsführer erzählten alte Geschichten. Von Stadtteilen wie dem Kehrwieder oder dem Hammerbrook, die dem Freihandelszentrum hatten weichen, von Zehntausenden Menschen, die umziehen hatten müssen. Die Namen der Kanäle erinnerten noch an die Viertel.

Auf einer der vielen die Kanäle überspannenden Brücken blieb Matei stehen. Ihr Blick war auf das sogenannte Wasserschloss gerichtet. Das ebenfalls aus rotem Backstein erbaute Schlösschen lag in exponierter Lage auf einer Halbinsel zwischen dem Wandrahmsfleet und dem Holländischbrookfleet und war mit seinen Türmchen und Erkern ein wahrer Hingucker. Matei wusste von Ole, dass das Häuschen den Hafenarbeitern als Unterkunft diente, die sich um die Wartung und Reparatur der hydraulischen Speicherwinden kümmerten. Die Männer wurden Windenwärter oder Windenwächter genannt und hatten neben anderem technischen Personal das Privileg inne, in der Speicherstadt zu leben. Matei wünschte sich, sie könnte auch in diesem hübschen Schlösschen leben. Es war der perfekte Ort für einen Künstler, um Inspiration zu finden. Jan hätte den Anblick gewiss ebenso geliebt. Sie seufzte innerlich und schlug den Skizzenblock auf. Doch noch bevor sie den ersten Strich setzen konnte, wurde sie angesprochen. Sie erkannte die Stimme sofort und wandte sich um. Es war Tida, die vor ihr stand. Sie hatte sie gar nicht kommen hören. Aber das war normal. Tida schien nicht zu laufen, sondern zu schleichen. Sie trug einen ausgeleierten Mantel voller Flicken, einen langen grünen Wollschal um den Hals, ihre Füße steckten in Stiefeln, die schon bessere Tage gesehen hatten.

»Du wirst doch nicht etwa das Wasserschloss zeichnen wollen«, sagte sie ohne Gruß. »Das abgedroschenste Motiv der gesamten Speicherstadt. Wenn du was Anständiges malen willst, dann komm mit mir. Kann aber ein bisschen dauern, bis alles passt. Aber so ist das mit dem passenden Motiv. Ein guter Künstler wartet geduldig ab, bis es ihm vor den Skizzenblock springt. Oder er sucht so lange, bis er es gefunden hat.«

Matei begrüßte Tida lächelnd. In ihrem Inneren breitete sich ein besonderes Wohlgefühl aus.

»Ich weiß«, antwortete sie.

»Na dann ist ja gut«, erwiderte Tida. »Dann lass uns mal gucken gehen. Dahinten hab ich vorhin was gesehen. Wäre was für dich, Kindchen.« Sie bedeutete Matei, ihr zu folgen. Schon bald wusste Matei nicht mehr, wo sie sich in dem Labyrinth voller Wasserstraßen, Brücken und Lagerhäuser befanden. Doch sie entdeckte ihr Motiv. Ein winziges Fleet voller Ewer und Barkassen, das an diesem winterlichen Tag verloren und gleichzeitig wunderschön aussah. Sie zückte den Stift und begann zu zeichnen, vergaß alles um sich herum. Nun gab es nur noch sie und den Anblick, den es einzufangen galt. Tida sah ihr, ein Lächeln auf den Lippen, dabei zu.

25. KAPITEL

Keitum, 22. Januar 1923

Elin betrat die Gaststube des Kaffeegartens und ließ ihren Blick durch den Raum schweifen. Sämtliche Tische waren leer. An diesem grauen und eiskalten Spätnachmittag trieb es kaum jemanden aus dem Haus. Das Wattenmeer war bereits seit Tagen zugefroren, und die Eisbootfahrer waren zum Festland aufgebrochen, um die Versorgung der Insel zu gewährleisten. Fähren fuhren keine mehr. Lorenz war unter ihnen, was Elin bemängelt hatte. Schließlich wurde er bald Vater. Doch er hatte sich nicht davon abbringen lassen, seinen Dienst für die Allgemeinheit zu verrichten. Nur Friedrich saß, wie gewohnt, an seinem Platz in der Leseecke vor dem Kaminofen, in dem die Glut nur noch ein wenig glomm. Elin wusste nicht so recht, ob sie diesen Nachmittag mögen sollte. Normalerweise konnte sie auch solch düsteren Tagen wie dem heutigen etwas abgewinnen. Dann vergrub sie sich meist in ihrer Keramikwerkstatt und arbeitete bei warmem Tee vor sich hin. Doch seitdem Matei fort war, machte das keinen Spaß mehr. Sie hatten oftmals gemeinsam solche Nachmittage verbracht, hatten geredet, gelacht, waren miteinander kreativ gewesen und hatten neue Ideen entwickelt. Das vertraute Gefühl von Wehmut breitete sich in ihr aus. Ihr Blick blieb an Friedrich hängen. Er hatte ihr bei den Nachforschungen nach Matei geholfen, sich immer wieder nach der Galerie und dem Inhaber erkundigt. Ihre letzte Information bestand darin, dass die Galerie geschlossen worden war. War

Matei jemals dort gewesen? Hatte es die Ausstellung ihrer Bilder gegeben? Niemand in Hamburg konnte Auskunft über eine Künstlerin von Sylt geben, über Bilder von der Insel. Es war wie verhext. Elin sehnte sich so sehr nach einem Lebenszeichen von Matei, dass es schmerzte. Besonders Alwine war davon überzeugt, dass Matei zurückkehren würde. Vermutlich würde sie eines Tages einfach unverhofft im Laden oder im Garten stehen. Elin sehnte diesen Moment herbei. Tränen stiegen in ihre Augen, sie blinzelte und atmete tief durch. Weinen machte es auch nicht besser. Genau in diesem Moment spürte sie eine erneute Kindsbewegung in ihrem Bauch. Sie legte die Hand darauf. Die Regung des Kindes milderte ihren Trübsinn und sorgte für ein warmes Gefühl in ihrem Inneren, das ihren gesamten Körper auszufüllen schien. Diese Empfindung war so wunderbar und einzigartig. Sie wünschte, sie könnte sie für immer festhalten. Mutterliebe ist etwas ganz Besonderes, hatte Alwine vor einer Weile zu ihr während einer Untersuchung gesagt. Elin hatte versucht, in Worte zu fassen, was sie empfand, wenn sie Kindsbewegungen wahrnahm: Sie beginnt in der Schwangerschaft und endet niemals. Auch wenn Mütter ihre Kinder verteufeln, tief in ihrem Inneren werden sie sie immer lieben. Obwohl sich da Elin bei der einen oder anderen Mutter-Kind-Beziehung aus dem Dorf nicht ganz so sicher war. Wenn sie zum Beispiel an Nils Nissen dachte. Der Bengel hatte zeit seines Lebens nur Unsinn im Kopf gehabt und bereitete seiner Mutter auch heute, inzwischen war er dreißig Jahre alt, nur Kummer. Oder Birte Boysen. Sie und ihre Mutter stritten sich, seitdem Elin denken konnte. Da konnte man wohl eher von Hassliebe sprechen. Sie legte die Hand auf den Bauch und sagte leise: »Wir zwei beiden werden uns schon vertragen. Nicht wahr? Das hoffe ich jedenfalls.«

Bestellen kann man nix. Wieder einer von Alwines Sätzen. Elin schmunzelte. Es tat gut, sie gerade jetzt in der Nähe zu wissen. Sie beschloss, zu Friedrich zu gehen, um sich zu erkundigen, ob er noch einen Tee wollte. Als sie näher trat und ihre Frage stellte, hob er den Blick und sah sie über seine Nickelbrille hinweg irritiert an. Es dauerte einen Moment, bis er antwortete. »Wie bitte?«

Elin brachte seine Frage zum Schmunzeln. Die Zeitungslektüre schien heute besonders fesselnd zu sein. Sie überlegte, sich nach den Neuigkeiten zu erkundigen, verwarf den Gedanken jedoch rasch wieder. Friedrich würde sonst zu einer langen Rede über das Zeitgeschehen ansetzen. Erst letztens hatte er groß und breit mit Hinnerk über die Besetzung des Ruhrgebietes diskutiert, oder besser gesagt hatte Friedrich geredet und Hinnerk zugehört. Irgendwann war er eingenickt und hatte selig geschnarcht. Waren es vier oder fünf Pharisäer, die er sich gegönnt hatte? Elin wusste es nicht mehr.

Sie wiederholte ihre Frage, und Friedrich orderte noch einen weiteren Tee. »Schwarz, bitte. Schön bitter, mit einem winzigen Schuss Milch.« Elin nickte und räumte sein benutztes Geschirr von dem kleinen, neben dem Lesesessel stehenden Tisch. Auf dem Weg in die Küche traf sie auf Moild. Sie stand vor der Kuchentheke im Verkaufsraum und sah mitgenommen aus. Auf ihrem schwarzen Mantel schmolzen Schneeflocken, ebenso auf ihrem Filzhut, den sie tief in die Stirn gezogen hatte. Ihre Nase und ihre Wangen waren gerötet. Sie nieste mehrfach und fischte sogleich ein Taschentuch aus ihrer Manteltasche. Elin trat hinter die Kuchentheke und stellte das benutzte Geschirr zur Seite.

»Moin, Moild. Du siehst gar nicht gut aus, wenn ich das sagen darf.« Zur Antwort gab Moild einen Hustenanfall. Es dauerte etwas, bis sie sich wieder beruhigt hatte.

»Carsten hat mich mit dieser scheußlichen Grippe angesteckt. Er liegt schon seit drei Tagen im Bett. Am liebsten würd ich mich neben ihn legen, aber irgendjemand muss den Laden ja am Laufen halten.« Sie nieste und putzte sich die Nase. Elin nickte, um ein Lächeln bemüht. »Schön warm habt ihr dat hier. Habt ihr denn noch genügend Kohlen? Also im Laden heize ich jetzt kaum noch. Die Kundschaft kommt ja eh mit den dicken Mänteln rein, und die Waren halten sich auch bei kühlerer Raumtemperatur. Zu Hause mach ich es nur noch in der Küche und der Stube warm. Jeden Tag werden die Preise für die Kohlen höher. Bald können wir uns dat gar nicht mehr leisten. Dazu kommt dieser ständige Kummer mit den Preissteigerungen und dem vielen Papiergeld. Notgeld hier, massenweise Geldscheine dort. Mir quillt die Kasse über. Diese Infla... ach, ich weiß dat Wort nicht. Dat ist jedenfalls der reinste Irrsinn. Wo soll dat alles nur enden?« Sie nieste erneut und ließ ihren Blick über das eher bescheidene Kuchenangebot schweifen.

»Viel gibt es heute ja nicht. Selbst Streuselkuchen ist aus. Den hätte ich Carsten gern mitgebracht. Habt ihr wenigstens noch Friesenkekse? Vielleicht Reste von Wiebkes? Die waren immer die besten.«

Die Frage nach Wiebkes Keksen versetzte Elin einen kurzen Stich. Wiebke fehlte an allen Ecken und Enden. Normalerweise war sie stets die Erste in der Küche gewesen. Wenn Elin zu ihr hinübergekommen war, hatten Kaffee und Rosinenwecken bereits auf dem Tisch gestanden. Dazu die hausgemachte Marmelade aus Sanddorn oder Fliederbeeren. Selbst ihr Gemecker fehlte ihr. Sogar Gantje, die ständig von ihr wegen Kleinigkeiten ausgeschimpft worden war, war neulich wegen einer Nichtigkeit, die sie an Wiebke erinnert hatte, in Tränen ausgebrochen. Und Piet wirkte oftmals verloren, kratzte sich am Kopf und sah sich um.

Als ob er nur darauf warten würde, eine Anweisung von Wiebke zu erhalten. Sie hatten noch von Wiebke gebackene Friesenkekse. Doch diese hütete Elin wie ihren Augapfel. Niemals würden diese Köstlichkeiten verkauft werden. Essen wollte sie jedoch auch niemand. Kekse als Erinnerung, irgendwann würden sie schlecht werden.

»Es tut mir leid«, entschuldigte Elin die bescheidene Kuchenauswahl. Ein Marmorkuchen, einige Rosinenwecken und zwei Früchtebrote waren noch da. »Unsere Vorräte gehen bedauerlicherweise zur Neige, weshalb wir unser Sortiment einschränken müssen. Den Streuselkuchen hat heute Morgen Lehrer Lämpel gekauft. Er hat etwas von einer Geburtstagsfeier in kleiner Runde gesagt. Leider kam auch die Cobra aus Hamburg mit Waren in den letzten Tagen nicht nach Sylt. Und die Eisbootfahrer sind ebenfalls noch nicht zurück.« Der letzte Satz beunruhigte sie besonders, denn die Gruppe war bereits überfällig, und das gefiel Elin so gar nicht. Hoffentlich war nichts geschehen. Es wäre nicht das erste Mal, dass jemand bei der gefährlichen Fahrt durch und über das Eis ums Leben kam. Doch daran wollte sie gar nicht denken. Gewiss war alles gut gegangen. Sie legte instinktiv die Hand auf ihren Bauch. Moild schien ihre Gedanken zu erraten. Ihr Blick wurde mitleidig.

»Lorenz ist mit ihnen gefahren, oder? Mit Sicherheit wird alles gut gehen. Sie sind doch allesamt erfahrene Insulaner, die das nicht zum ersten Mal machen.« Sie nieste erneut. »Wird Zeit, dat der Bau des Wattenmeerdamms vorankommt. Dann gehören diese Unsicherheiten im Winter endgültig der Vergangenheit an. Da mögen unsere Bauern noch so zetern und schimpfen. Ich finde, der Bau hat nur Vorteile.«

Elin nickte. Frieda betrat den Verkaufsraum. In Händen hatte sie ein Blech mit frisch gebackenen Nusskeksen. Das Rezept hatte sie neu eingeführt. Nachdem alle probiert hatten, war beschlossen worden, die Köstlichkeiten in das allgemeine Sortiment aufzunehmen. Sie kamen bei der Kundschaft gut an. Auch Friedas Friesenkekse sahen ganz passabel aus. So hatte sich Piet ausgedrückt. Nicht ganz so perfekt wie Wiebkes. Aber diese Latte hing ja auch hoch. Niemand würde jemals ihre Perfektion erreichen.

»Moin«, begrüßte Frieda Moild mit einem Lächeln, dann wandte sie sich an Elin. »Die Keksse wären jetzt fertig. Ich dachte, wir könnten ssie gleich in die Auslage legen.«

Moild schenkte Frieda ein aufgesetzt wirkendes Lächeln. Ihre Reaktion brachte Elin zum Schmunzeln. Moild reagierte wie viele Keitumer auf Frieda. Sie betrachtete sie wie einen Fremdkörper, der in ihren vertrauten Bereich eingedrungen war. Man mochte solch eine Reaktion kaum glauben. Denn Sylt quoll besonders während der Saison über vor Fremden, und immer mehr Menschen suchten ihr Auskommen auf der im Wattenmeer liegenden Insel. Hoteliers und Restaurantbetreiber, Kinderheime und Sanatorien waren, meist von Auswärtigen, eröffnet worden, auch hier in Keitum gab es inzwischen eine solche Einrichtung. Über die vielen Touristen redeten sie erst gar nicht. Doch keiner dieser Menschen drang in das Innerste ihres Zirkels ein, viele von ihnen blieben nur auf Zeit, oftmals nur wenige Wochen. Jeder behielt seinen Platz in der von der Alltäglichkeit des Insellebens geprägten Ordnung. Verrückungen dauerten zumeist mehrere Jahre, und wer seinen Stuhl zu schnell in die falsche Ecke stellte, konnte Schiffbruch erleiden. Frieda hatte diese Grenze überschritten. Sie war eine Fremde in einem vertrauten Umfeld, hatte Wiebkes Platz eingenommen. Es würde lange dauern, bis sie akzeptiert würde. Und selbst Elin gab zu, dass sie sich mit der oftmals eigentümlich anmutenden Frau schwertat. Aber vermutlich lag das an Wiebkes großen Fußstapfen. In diese würde niemals jemand passen.

»Nusskekse. Wie schön«, antwortete Elin betont freundlich, um die leicht angespannte Stimmung im Raum zu vertreiben. »Möchtest du von den Keksen kosten, Moild? Es ist ein neues Rezept. Sie schmecken köstlich.«

Moild nahm sich einen der Kekse und biss hinein. Sogleich landeten einige Krümel auf ihrem Mantel, was ihr missfiel.

»Bisschen trocken«, sagte sie, noch mit vollem Mund. »Aber essbar. Könnten was für Carsten sein. Er kann sie ja auch in den Tee tunken. Dat macht er gern. Wat sollen sie denn kosten?« Sie sah Elin an.

»Zehn Stück zwanzig Mark«, antwortete Elin.

Moild zögerte kurz, stimmte dann aber zu. Sie fischte einen der von der Sylter Gemeinde gedruckten Notgeldscheine aus ihrem Geldbeutel und reichte ihn Elin. Rasch wurden die Kekse verpackt. Moild hustete erneut scheußlich. Unschicklich zog sie die Nase hoch.

»Ssie ssollten sich besser ausruhen«, sagte Frieda, die neben Elin stehen geblieben war. »Mit so einer Erkältung ist nicht zu sspaßen.«

Moild sah Frieda verwundert an. Elin ahnte, dass diese Reaktion etwas mit dem starken Lispeln ihrer neuen Angestellten zu tun hatte. Das ständige Anstoßen mit der Zunge erschwerte ihren Start in Keitum zusätzlich. Gestern hatte eine Kundin sogar ein Kichern nicht unterdrücken können, und Hinnerk hatte Frieda offen gefragt, weshalb sie denn so komisch reden würde. Ihr äußeres Erscheinungsbild machte es nicht besser. Klapperdürr war sie, trug stets schwarze, altmodische, bis zum Kinn hochgeschlossene Kleider und eine graue Küchenschürze, die bereits bessere Tage gesehen hatte. An vielen Stellen war sie geflickt.

Ihr lockiges, ergrautes Haar hatte sie nicht im Griff. Trotzdem, dass sie es hochgesteckt hatte, standen überall Strähnen ab. Hinzu kamen die Brille und ihre weiße Gesichtsfarbe. Piet meinte neulich, sie sehe aus wie eine Krähe. Elin wollte lieber gar nicht daran denken, was für einen Ökelnamen die Keitumer Frieda bald verpassen würden. Die Tür öffnete sich, und Gesa trat ein. Jedenfalls wusste Elin, dass sich unter den Unmengen an winterlichem Stoff Gesa befand. Sie trug einen weinroten Wollmantel, darüber einen bunten, aus allerlei Wollresten gefertigten Schal, der bis über die Nase gezogen war. Dazu eine dunkelblaue Mütze.

»Grundgütiger, was ist das kalt«, sagte sie zur Begrüßung und zog ihren Schal nach unten. »Moin, zusammen.« Ihr Blick blieb an Moild hängen und wurde bedauerlich. »Moild, meine Liebe. Was treibt dich denn bei dieser Kälte vor die Tür? Bist du nicht krank? Kresde hat vorhin ihren geliebten Eierlikör bei mir abgeholt und es erzählt. Carsten hat es auch erwischt, oder? Bei der Kälte ist das kein Wunder. Und heizen geht ja auch kaum noch. Überall dieser Kohlenmangel. Man fühlt sich an den Krieg erinnert.« Sie reichte Elin eine mit Eierkartons gefüllte Tasche. »Vierzig Stück. Wie bestellt.«

»Danke dir«, sagte Elin. Gesas Kommen irritierte sie etwas. Normalerweise kümmerte sich ihr Stallbursche Martin stets um die Auslieferung der Bestellungen. Gesa beantwortete die ungestellte Frage.

»Martin ist gestern auf dem Hof ausgerutscht und hat sich das Bein gebrochen. Doktor Hinkebein hat ihn sogleich ins Krankenhaus bringen lassen. Wird gut sechs Wochen dauern, bis er wieder laufen kann. Heute Morgen hat mir Ursel mit den Hühnern geholfen, aber sie ist ja als Hausmamsell eingestellt und zum Kinderhüten. Nicht als Stallhilfe. Und Tam treibt sich noch immer irgendwo mit den Eisbootfahrern herum. Dieses Mal dauert es besonders lang. Oder bilde ich mir das nur ein? Ist Lorenz nicht auch dabei?« Sie sah Elin fragend an.

»Ja, das ist er.« Elin seufzte. »Und mir kommt es dieses Mal auch sehr lang vor.«

»Eisbootfahrer?«, wiederholte Frieda und blickte in die Runde. »Was ist das?«

Elin wollte zu einer Erklärung ansetzen, kam jedoch nicht mehr dazu, denn Hinnerk betrat den Raum. Er machte einen recht aufgelösten Eindruck.

»Ich hab eben Sönk Gucktschief getroffen. Er hat gesagt, bei den Eisbootfahrern hätte es einen Unglücksfall gegeben. Wer genau betroffen und was geschehen ist, weiß er nicht. Die Truppe soll wohl seit gestern Abend wieder auf dem Rückweg vom Festland sein. Ist nicht Lorenz mit dabei?«

Elin sah ihn erschrocken an, auch Gesa wurde schlagartig blass.

»Du liebe Zeit. Das nicht auch noch«, war Moild diejenige, die antwortete. »Das erinnert ja an frühere Zeiten. Als ich achtzehn war, gab es eine schreckliche Katastrophe. Da ist Fedder Peters unters Eis geraten und nicht mehr rausgekommen. Dat war was. Die arme Talke hat dat hart getroffen. Sie hatte damals gerade die Zwillinge bekommen.« Moild schüttelte mit einer theatralisch wirkenden Miene den Kopf. »Du kennst sie bestimmt noch, Elin. Sie ist dann mit den Kindern zu ihrem Onkel mütterlicherseits nach Amerika ausgewandert. Kann ich gut verstehen, dass sie wegwollte. Nach so einem Unglück hätt ich die Insel auch nicht mehr ertragen.« Sie seufzte.

»Also ich würde mich jetzt nicht in Schauergeschichten ergeben«, sagte plötzlich Friedrich, der unbemerkt auf der Suche nach seinem ausgebliebenen Tee näher getreten war. »Vielleicht ist ja gar nichts so Furchtbares geschehen. Grundlos Ängste zu schüren, hat noch nie etwas gebracht.« Er sah Moild streng an. »Was genau hat denn Sönk gesagt?«, fragte er Hinnerk.

»Na, dat, was vorgefallen ist. Ein Unglücksfall. Mehr wusste er auch nicht.«

»Also kann es vieles sein«, erwiderte Friedrich. »Wir sollten abwarten, bis die Männer eintreffen. Dann erfahren wir Näheres. Vielleicht ist es nur eine Verletzung.«

»Hast recht, Friedrich«, meinte Hinnerk. »Und vielleicht ist ja auch alles ein Missverständnis. Der Sönk redet gern mal Unsinn. Der hört nämlich schwer. Dat hat die Lisbeth gesagt. Den ganzen Tag muss sie ihn neuerdings anschreien. Weiß der Kuckuck, was er dieses Mal wieder aufgeschnappt und falsch verstanden hat. Und ich alter Doofkopp hab mich davon nervös machen lassen. Entschuldigt, die Damen. Ich wollte euch nicht erschrecken.« Er sah zu Elin und Gesa. Beide erleichterten seine Worte.

»Das ist gut«, seufzte Gesa. »Ich meine, nicht, dass Sönk nix hört, sondern dass es ein Missverständnis sein könnte.«

Moild nieste kräftig, gleich mehrere Male hintereinander. Nachdem sie sich wieder beruhigt hatte, sagte Friedrich: »Mit Verlaub, meine Teuerste. Sie gehören ins Bett. Sie stecken hier noch alle an.«

»Wo er recht hat«, fügte Hinnerk hinzu. »Ich hatte erst einen Schnupfen. Bin froh, dat der fort ist. Geh lieber heim, Moild.«

»Und lass doch morgen mal den Laden ganz geschlossen«, fügte Gesa hinzu. »Ein Tag Bettruhe wird dir guttun.«

Moild fügte sich in ihr Schicksal.

»Ihr habt ja recht. Mir brummt der Kopf. Ich leg mich wohl doch besser hin. Irgendwo hab ich noch Aspirin.« Den letzten Satz murmelte sie nur noch. Sie nieste erneut. Nun sah sie noch elender als zuvor aus.

»Weißt du was«, schlug Gesa vor. »Ich bringe dich jetzt heim, und später komme ich mit einer warmen Hühnersuppe wieder. Ich wollte heute einen großen Topf kochen, Jette und Fiete sind auch erkältet. Und so eine heiße Hühnersuppe hilft doch immer noch am besten.« Sie legte Moild fürsorglich den Arm um die Schulter und führte sie zum Ausgang.

Elin beobachtete durch das Fenster, wie sie in dem dichter gewordenen Schneetreiben davongingen. Ihren Weg kreuzte Piet. Sein Auftauchen verwunderte Elin. Er hatte doch heute seinen freien Tag. Piet betrat den Verkaufsraum, klopfte sich den Schnee vom Mantel und blickte in die Runde.

»Moin, zusammen. Ich wollte mal sehen, wie die Lage ist. Alles gut bei dir, Elin? Habt ihr schon von dem Unglück bei den Eisbootfahrern gehört? Es soll einen Todesfall gegeben haben.«

Elins Herzschlag beschleunigte sich schlagartig, Schwindel ergriff von ihr Besitz, und sie musste sich festhalten. Also hatte sich Sönk nicht verhört. Ein Todesfall. Es könnte Lorenz sein. Im nächsten Moment läutete das an der Wand hängende Telefon. Es durchschnitt mit seinem Geräusch die lähmende Stille, die sich im Raum breitgemacht hatte. Frieda war diejenige, die den Hörer abnahm. »Hanssens Kaffeegarten, Frieda Sstark am Apparat. Ach, guten Tag, Herr Chrisstiansen. Da sind wir aber erleichtert, von Ihnen zu hören«, sagte sie. »Ja, Ihre Gattin ist anwesend. Ssie ssteht neben mir.« Sie hielt Elin, ihr war die Erleichterung anzusehen, den Hörer hin. Elin nahm ihn entgegen und lauschte Lorenz' Worten. Er befand sich in Munkmarsch. Der aufgekommene Schneesturm zwang die Truppe dazu, die Nacht im Hafenhotel zu verbringen. Es war Ricklef Andersen, der den Tod gefunden hatte. Er war ins Wasser gefallen, unter das Eis geraten und ertrunken.

Elin schloss die Augen, Tränen der Erleichterung rannen über ihre Wangen. Lorenz lebte. Er würde nach Hause kommen. Doch Ricklef Andersens Frau war zur Witwe geworden. Sie wohnte in Tinnum, nicht weit von ihrem ehemaligen Elternhaus entfernt, hatte drei erwachsene Kinder.

Alwine trat ein. Sie war weiß von oben bis unten und begann sogleich draufloszuplappern.

»Ihr Lieben, was ein Wetter das plötzlich ist. Ein richtiger Schneesturm tobt da draußen. Da will ich doch hoffen, dass es sich die Kinderlein überlegen und den Rest des Tages in den Bäuchen bleiben. Hab eben Gerda Johansen von einem gesunden Jungen entbunden. Ein Prachtbursche, beinahe acht Pfund hat er auf die Waage gebracht. Und er sieht runtergerissen wie sein Vater aus.« Sie bemerkte Elins Tränen und fragte verdutzt: »Was ist geschehen?«

»Bei den Eisbootfahrern hat es einen Toten gegeben«, berichtete Hinnerk. Alwines Augen wurden groß.

»Nicht Lorenz«, fügte Friedrich beschwichtigend hinzu. »Der ist am Telefon. Es ist ein Ricklef Andersen aus Tinnum.«

Alwines Miene blieb betroffen.

»Der arme Mann. Der Herrgott im Himmel sei seiner Seele gnädig.« Sie bekreuzigte sich.

Elin weinte noch immer vor Erleichterung. Sie konnte nicht anders. Die Tränen kullerten nur so über ihre Wangen, sie brachte kaum ein Wort heraus. Lorenz ging es gut. Sie hörte seine Stimme am Telefon. Er würde nach Hause kommen. Sie verabschiedete sich von Lorenz, hängte den Hörer ein, wischte sich die Tränen von den Wangen und atmete tief durch. Alwine trat neben sie und legte ihr die Hand auf die Schulter. »Es ist alles gut. Er kommt zurück. Er lässt dich nicht allein.«

»Ich weiß.« Elin wusste, worauf Alwine anspielte. Lorenz kam zurück, Matei fehlte noch immer. Und plötzlich wünschte sich Elin, das Telefon würde erneut klingeln und sie würde ihre vertraute Stimme hören. Doch es blieb stumm.

26. KAPITEL

───────◆───────

Hamburg, 21. Februar 1923

Und du denkst, es ist eine gute Idee, deine Mutter heute Abend allein zu lassen?«, fragte Matei. Sie saß auf Elses Bett in deren Kammer und beobachtete, wie Else sich zurechtmachte. In dem kleinen Raum herrschte eine rechte Unordnung. Überall lagen Kleidungsstücke herum, selbst auf dem Fußboden. Hinzu kam Geschirr mit Essensresten darauf, die Schublade einer Kommode stand offen, daran hing ein Strumpf. Auch auf Elses Toilettentisch sah es wüst aus. Else und Ordnung. Das würde wohl nie zusammenpassen. Sie schminkte sich gerade die Augen, nach Mateis Geschmack etwas zu dunkel. Hinzu kam ein dunkelroter Lippenstift.

»Wieso nicht?«, wollte Else wissen. »Weil sie vorhin über Kopfschmerzen geklagt hat? Das macht sie zurzeit doch ständig. Soll sie eben eine Aspirin nehmen. Heute ist unser freier Abend, und sie hat zwei Aushilfskräfte. Trude und Henni sind zwar nicht die Hellsten, aber für den einen Abend wird es schon gehen. Und wenig Betrieb herrscht auch. Vorhin waren nur drei Tische belegt, und an der Theke saßen die üblichen Verdächtigen bei ihrem Bier.« Sie musterte Matei näher und zog eine Augenbraue in die Höhe. »Du willst doch nicht etwa mit diesen Klamotten ins Kino gehen? Siehst aus wie eine graue Maus. So wird kein Mann auf dich aufmerksam.«

»Wer sagt, dass ich das möchte?«, entgegnete Matei. »Von Männern hab ich erst einmal genug. Und das weißt du auch.« Ihr Tonfall klang schnippisch.

»Was ist denn los?«, fragte Else verdutzt. »Wir hatten letzte Woche bereits ausgemacht, dass wir heute ins Kino gehen und den neuen Film mit Mady Christians ansehen. Hach, ich finde diese Schauspielerin so großartig. Wusstest du, dass sie ihre Karriere in Amerika begann? Das merkt man. Sie wirkt so professionell und international.« Else seufzte.

»Nur weil sie aus Amerika kommt, muss sie nicht professioneller sein als andere Schauspielerinnen«, meinte Matei. »Wie hieß noch gleich der Film? Ich habe es vergessen.«

»*Ein Glas Wasser*«, antwortete Else. »Es ist die Verfilmung eines Bühnenlustspiels und spielt zu Beginn des 18. Jahrhunderts. Ich liebe ja solche historischen Filme, ganz besonders wegen der tollen Kostüme.«

Matei nickte, gab jedoch keine Antwort. Den Tag über hatte sie überlegt, wie sie Else den Kinoabend absagen könnte. Heute plagte sie ganz besonders das Heimweh, und sie verspürte keine Lust auf Ausgehen.

»Und danach könnten wir noch in die American-Bar gehen. Dort hält sich neuerdings öfter Alexander auf. Vielleicht habe ich ja Glück und er ist auch heute da.« Ihre Augen begannen zu strahlen. Matei fand ihre Schwärmerei naiv. Alexander Richter hatte Else seit dem Silvesterabend kaum noch gesehen, eine Verabredung im Januar hatte er platzen lassen. Wirkliches Interesse an einer Frau sah in Mateis Augen anders aus. Sie behielt ihre Vorbehalte jedoch für sich. In solchen Fällen war es besser, den Mund zu halten. Das wusste Matei aus Erfahrung.

»Ich weiß nicht recht«, zögerte sie, ohne auf das Gerede über Alexander einzugehen. »Mir ist heute so gar nicht nach Vergnügungen.«

»Aber weshalb denn nicht?«, hakte Else nach. »Bist du krank?«

»Nein, das ist es nicht. Es ist, also …« Matei stockte kurz, dann sagte sie: »Zu Hause findet heute das Biikebrennen statt.«

»Das was?«, fragte Else.

»Das Biikebrennen«, gab Matei zurück. »Das ist ein alter nordfriesischer Brauch, der jedes Jahr am 21. Februar begangen wird. Wir entzünden Feuer an den Stränden, die den Winter austreiben und die wieder in See stechenden Seefahrer verabschieden sollen. Dazu gibt es stets ein großes Grünkohlessen und Geselligkeit. Ich hab das Fest gern und vermisse es – ich vermisse Sylt.« In ihren Augen standen plötzlich Tränen.

Elses Blick wurde mitleidig. Sie setzte sich neben Matei und legte den Arm um sie.

»Ach, Liebes. Das tut mir leid. Dieses Biikebrennen hört sich nett an. Und eine Austreibung des Winters könnten wir in Hamburg auch ganz gut gebrauchen. Es ist immer noch saukalt da draußen.« Ihre Worte klangen hilflos. Else kannte Heimweh nicht. Sie war in St. Pauli geboren und aufgewachsen, nie von hier fortgekommen. Sie wusste nicht, wie sich der bittere Schmerz anfühlte, der sich nur für eine bestimmte Zeit zurückdrängen ließ. Besonders das Meer vermisste Matei mit jedem Tag mehr. Den Blick aus dem Herrenhaus, über den Garten mit seinen Ulmen, aufs Wattenmeer hinaus. Gewiss war es zugefroren, und die Eisbootfahrer waren unterwegs gewesen. In diesem Moment wünschte sich Matei nichts sehnlicher, als mit Elin in ihrer gemütlichen Keramikwerkstatt am Tisch zu sitzen und im Schein einer Lampe einen ihrer unzähligen Pötte mit dem Motiv eines alten Friesenhauses zu bemalen. Die eigentümliche Geruchsmischung von Ton und Farbe einzuatmen. Sie wünschte, sie könnte ihren alten Mantel anlegen, bei dem es egal war, ob er durch den Funkenflug des Feuers noch ein Loch mehr bekam. Die Mütze auf dem Kopf, den dicken Schal um den Hals, würde

284

sie neben dem Tipkenhoog am Feuer stehen und dem üblichen Tratsch der Keitumer lauschen.

Lautes Klopfen an der Tür ließ die beiden zusammenzucken. Auf eine Reaktion ihrerseits wurde nicht gewartet. Es war die blonde Trude, die in den Raum blickte und sofort drauflosredete: »Else, du musst schnell kommen. Deine Mutter sitzt unten an einem der Tische und ist ganz fürchterlich am Heulen. So hab ich sie noch nie gesehen. Irgendetwas muss vorgefallen sein.«

Else sah Trude verdutzt an. »Wie, sie heult? Wieso das denn?« Trude zuckte die Schultern.

»Ich komme.« Else schlüpfte in ihre Schuhe, Matei stand auf. Gemeinsam verließen sie den Raum.

In der Gaststube herrschte eine angespannte Stimmung. Trude verschwand in der Küche. Henni wusch hinter der Theke Gläser. Rosi saß tatsächlich heulend an einem der Tische, neben sich Bruno, der hilflos dreinblickte. Zwei der Stammgäste umringten die beiden. Es waren Thomas Langmann, ein Hafenarbeiter, der stets braune Latzhosen trug, und Bodo Schmitz, ihm gehörte ein Tabakladen die Straße runter. Sein Markenzeichen war der geringelte Schnauzbart, den er mit Hingabe pflegte.

Else und Matei traten näher, und Else fragte sogleich: »Was ist los, Mama? Wieso weinst du denn?«

Rosi schluchzte und schniefte. Sie wollte sich einfach nicht beruhigen und bekam kein Wort heraus. In einem solch aufgebrachten Zustand hatte Matei die Wirtin noch nie erlebt. Es musste etwas Schreckliches passiert sein.

»So rede doch, Mama«, drängte Else. »Bist du krank? Fehlt dir was? Sollen wir einen Arzt holen?«

»Es ist alles aus«, brachte Rosi hervor. Sie griff in ihre Rocktasche und holte ein zusammengefaltetes Stück Papier heraus.

Else nahm es und überflog den mit Schreibmaschine geschriebenen Text. Matei sah den offiziellen Briefkopf des Hamburger Gerichts und ahnte, dass dieses Schreiben nichts Gutes bedeutete.

»Zwangsversteigerung«, sagte Else und ließ den Brief sinken. »Hier steht etwas von über zehn Millionen Mark Schulden. Ja, bist du denn verrückt geworden?«

»Gar nix bin ich«, entgegnete Rosi. »Und die hohe Summe ist doch nur wegen der doofen Preissteigerung.«

»Ja, aber irgendwo müssen die Schulden doch herkommen. Im Brief steht etwas von Gläubigergemeinschaft. Von wem ist denn da die Rede?«

»Na ja.« Rosis Stimme klang nun kleinlaut, und sie sackte noch ein Stück weiter in sich zusammen. »Von unseren Lieferanten, hauptsächlich der Brauerei. Wir hatten doch letztes Jahr diesen Wasserrohrbruch, die Reparatur hat viel gekostet. Da hab ich um Aufschub der Zahlungen gebeten. Und dann wurden die Lebensmittelpreise immer teurer. Ich hab halt überall anschreiben lassen. Die kennen mich doch alle. Und früher hab ich ja immer pünktlich bezahlt.«

»Das mit dem Wasserrohrbruch ist bereits zwei Jahre her«, stellte Else richtig. »Wie lange lässt du denn schon überall anschreiben?«

»Weiß nicht recht«, wich Rosi aus.

»Mama?«, hakte Else mit einem strengen Unterton in der Stimme nach.

»So ein Jahr«, gestand Rosi. Sie hatte den Blick auf den Boden gerichtet und wirkte nun wie ein Schulmädchen, das etwas ausgefressen hatte. »Und jetzt sind die Kohlen auch noch so teuer. Ich konnte die letzten beiden Rechnungen nicht zahlen. Für Februar wurden keine mehr geliefert. Ich spar schon an allen Ecken und Enden. Aber bald sitzen wir im Kalten.«

»Aber mein Gehalt hast du doch immer pünktlich bezahlt«, sagte nun Bruno. »Und das von den restlichen Angestellten auch.«

»Ich wollt halt nicht, dass ihr es schlecht habt«, meinte Rosi. »Das ging noch von den Tageseinnahmen, obwohl sie täglich weniger werden. Oder mehr, das könnt ihr euch jetzt aussuchen. Der ganze Papierwust passt ja schon gar nicht mehr in die Kasse.«

Else seufzte hörbar. »Aber warum hast du nie was davon gesagt? Vielleicht hätten wir gemeinsam eine Lösung gefunden.«

»Aber wie denn?«, fragte Rosi. »Du hast ja auch kein Geld. Und weg willst du auch von hier. Unser Restaurant ist dir doch gar nix wert. Ständig redest du nur vom Theater und davon, dass du Schauspielerin werden willst. Dir ist es doch gleichgültig, wenn das hier alles vor die Hunde geht.«

»Nein, so war das nicht … Ich meine, so hatte ich nie …« Else stockte und sank neben ihrer Mutter auf einen Stuhl. Matei nahm das auf dem Tisch liegende Schreiben des Gerichtsvollziehers zur Hand. Es war ein Vollstreckungsbescheid. Für Anfang März war die Versteigerung des Bierrestaurants Stein angesetzt. Else war nun weiß wie eine Wand. Matei ahnte, was in ihr vorging. Sie verlor ihr Zuhause. Das Bierrestaurant war der Ort, der ihr Sicherheit gab. Ihre Mutter war eine feste Konstante in ihrem Leben. Die starke Witwe, die in der rauen Umgebung St. Paulis stets ihren Mann stand und sich um ihre Tochter kümmerte. Sie geriet nun ins Wanken. Elses Welt bekam starke Risse. Matei konnte gut nachvollziehen, wie sie sich nun fühlte. Damals, nachdem ihr Ziehvater Paul gestorben war und sie das Herrenhaus fast verloren hätten, war es ihr ähnlich ergangen. Man fühlte sich wie betäubt und war unfähig, einen klaren Gedanken zu fassen.

»Und wenn ihr das Haus vor der Vollstreckung verkauft?«, fragte plötzlich Bodo Schmitz. »Ich hab gehört, dass da einer in

St. Pauli rumläuft und auf der Suche nach Grundstücken ist. Ein Markus Lindemann. Hat wohl vor, so einen großen Vergnügungstempel zu bauen. Solche Dinger gibt es in Berlin. Da ist dann alles drin. Also Kino und Theater, Restaurants und Kneipen. Wegen mir bräuchte es so was auf unserer Reeperbahn ja nicht. Aber wenn euch das den Hintern retten würde ...« Er verstummte.

»Von dem hab ich auch gehört«, sagte plötzlich Bruno. »Ein arroganter Pinsel soll das sein. Aber na ja. Wenn er euch vor der Vollstreckung noch einen guten Preis bezahlt, dann wärt ihr vielleicht wenigstens die Schulden los. Ein Neuanfang findet sich in Hamburg doch immer irgendwo, oder?«

»Aber ich will gar nicht verkaufen«, warf Rosi ein. »Ich will mein Restaurant behalten, so wie es ist. Die können es mir doch nicht einfach so wegnehmen. Seit über dreißig Jahren gehört es uns jetzt schon. Stein, das ist ein Name auf der Reeperbahn. Ich muss das Geld irgendwie auftreiben. Wenn erst einmal die Brauerei bezahlt ist, dann geht es besser. Und bestimmt kommen bald wieder mehr Kunden. Das mit dieser dämlichen Inflation kann ja nicht ewig dauern. Ich brauch nur mehr Zeit. Einen Aufschub, einige Wochen. Dann findet sich das.« Plötzlich kam Leben in sie, und sie stand auf. »Ich geh jetzt zu diesen Amtspersonen und rede mit denen. Bestimmt lässt sich da noch was machen. Kommst du mit, Else?« Sie sah ihre Tochter fragend an.

»Es ist nach sechs«, gab Bruno zu bedenken. »Da ist bei den Behörden schon Feierabend. Du wirst morgen hingehen müssen.«

Rosi warf Bruno einen finsteren Blick zu. »Dann geh ich eben zu diesem Vollzieher, Heinrich Maler. Ich weiß, wo der wohnt. Ich kenn den. Der war früher öfter bei uns mit seinem Vater, der war Richter, zum Mittagessen. Der Vater mochte mein Sauerkraut, hat es immer gelobt. Hat gesagt, es wäre das beste von

St. Pauli.« Sie nahm den Vollstreckungsbescheid an sich und ging Richtung Ausgang. Else folgte ihr. Matei tat es nicht. Sie blieb neben Bodo Schmitz stehen und beobachtete, wie die beiden in ihre Mäntel schlüpften und das Restaurant verließen. Bruno sah bekümmert drein, ebenso Bodo und Theo, der die ganze Zeit über stumm geblieben war und nun von seinem Bier trank.

»Also ich glaub ja nicht, dass dieser Maler einlenken wird«, sagte plötzlich Henni, die näher getreten war. »Meinem Onkel hat der auch seine Metzgerei weggepfändet. Der ist ein ganz Knallharter, hat er gesagt. Seitdem betrinkt er sich nur noch. Mama hat neulich gesagt, der säuft sich noch ins Grab.«

»Was auch nicht das Schlechteste ist«, sagte Theo. »Dann kriegt man von dem ganzen Elend nichts mehr mit.« Seine Stimme klang missmutig. Bruno sah ihn irritiert an. Theo beantwortete die nicht gestellte Frage. »Sie haben mir heute gekündigt. Einsparmaßnahmen. Meiner Hilde hab ich das noch gar nicht gesagt. Wie soll das jetzt nur werden? Acht Blagen haben wir satt zu kriegen, dazu hat die Deern immer Husten. Die letzte Arztrechnung ist noch nicht bezahlt.«

»Ich glaube, es ist besser, wenn wir für heute schließen«, sagte Matei und ging nicht auf das Gerede der Männer ein.

Bruno nickte. »Wollte ich auch vorschlagen. Geh, Henni, und häng ein Schild an die Tür und sperr zu. Und wir trinken jetzt noch einen Schnaps. Oder besser zwei oder drei. Ach, gebt mir am besten die ganze Flasche. Wenn das Restaurant verkauft oder am Ende noch abgerissen wird, dann weiß ich nicht, wohin.«

»Ach, komm schon, Bruno«, sagte Theo und klopfte ihm auf die Schulter. »In Hamburg findet sich doch immer irgendein Weg. Wirst schon nicht gleich unter der Brücke schlafen müssen.«

Matei verspürte plötzlich das Bedürfnis nach frischer Luft. Sie musste hier weg, fort von der Schwarzmalerei. Sie sagte etwas von Kopfschmerzen und verabschiedete sich.

Auf der Straße atmete sie nur wenige Minuten später tief durch. Es war ein kalter Tag, Väterchen Frost hatte die Hansestadt noch immer im Griff. Nur wenige Tage war es zwischendrin mal kurz milder geworden. Nun war es erneut kalt, und ein beißender Ostwind wehte durch die Straßen, der ihren Mantel aufwirbelte. Es schneite nicht, keine Wolke war am Himmel zu sehen, an dem bereits der Vollmond stand. Matei hatte ihren Skizzenblock eingesteckt. Obwohl sich im Dunkeln nur wenige Motive fanden. Aber das Zeichnen beruhigte sie, und Beruhigung konnte sie nach diesen Neuigkeiten gut gebrauchen. Sie schämte sich ein wenig, weil sie nicht mit Else und Rosi gegangen war, um sie durch ihre Anwesenheit zu unterstützen. Doch wieso hätte sie das tun sollen? Sie war erst seit wenigen Wochen bei Rosi angestellt. Sie mochte die Wirtin und Else, doch diese Baustelle war nicht die ihrige. Und wenn Matei etwas in den wenigen Monaten, seitdem sie in Hamburg war, gelernt hatte, dann, dass Theo mit seiner Aussage recht hatte. In dieser Stadt ging es immer irgendwie weiter. Und das würde es auch für Rosi und Else.

Sie erreichte die Landungsbrücken und blickte auf den über dem Hafen stehenden Mond, der sich im schwarzen Wasser der Elbe spiegelte. Auf Sylt liefen sie jetzt bestimmt mit den Fackeln los. Sie spürte den vertrauten Schmerz in ihrem Inneren, der sie bereits den ganzen Tag lang begleitete. Und wenn sie doch heimkehren würde? Vielleicht war der Niedergang von Rosis Restaurant ja ein Zeichen. Matei glaubte an keine Rettung mehr, zu verfahren schien die Situation zu sein.

»Wusste ich doch, dass du heute noch auftauchen würdest. Nur leider bist du zu spät, um den spektakulären Sonnenuntergang einzufangen. Nun ist es dunkel. Obwohl profane Sonnenuntergänge ja sowieso überbewertet werden. Hier am Hafen haben sie aber was. Wo hast du so lange gesteckt?« Es war Tida, die Matei ansprach. Sie wusste inzwischen, dass Tida die Landungsbrücken ihr Zuhause nannte. Sie bewohnte ein schäbiges Hinterzimmer in einem der Restaurants und half dort ab und an in der Küche, damit war die Miete abgegolten. Matei drehte sich um. Normalerweise sorgte Tidas Anwesenheit dafür, dass es ihr sofort besser ging. Sie wusste nicht, woran das lag. Aber es war so. Tida besaß eine bestechende Ausstrahlung. Noch nie war sie einem Menschen mit einer solch besonderen und geheimnisvoll anmutenden Aura begegnet. Viel wusste sie noch immer nicht über diese Frau, die ihr trotzdem vertrauter war als irgendein anderer Mensch in dieser Stadt.

Tida trat neben sie und blickte auf das Wasser hinaus. »Ich mag Vollmondnächte«, sagte sie. »Das fahle Licht des Mondes, wenn es aufs Wasser fällt und die Welt auf seine Art erhellt.«

»Ich mag ihn auch«, antwortete Matei. So war Tida. Sie fragte selten nach Alltäglichkeiten. Für sie standen andere Dinge im Mittelpunkt.

»Wenn sein Licht aufs Meer fällt, ist es besonders schön«, sagte Matei.

»Das Meer«, seufzte Tida. »Ich würde es so gern einmal im Leben sehen, es zeichnen dürfen. Ich kenne es nur von Bildern. Einmal an einem richtigen Strand stehen, den Wind in den Haaren spüren ...«

»Und das Salz in der Luft schmecken«, vollendete Matei ihren Satz.

»Kann man das?«, fragte Tida.

»Ja, das kann man.« Matei lächelte. »Manchmal riecht es auch nach Schlick. Manch einer sagt, es stinkt. Aber ich liebe diesen Geruch, er bedeutet Heimat.«

Tida nickte. Eine Weile sagte keine von beiden etwas. Einer der Ausflugsdampfer fuhr an ihnen vorüber, er war mit Girlanden beleuchtet, die sich im Wasser spiegelten.

»Rosis Restaurant wird vermutlich zwangsversteigert«, sagte Matei irgendwann. »Sie hat hohe Schulden.«

»Ja, ich weiß.«

Matei hakte nicht nach, wie Tida davon erfahren hatte. Hamburg ist ein Dorf, min Deern, hatte sie erst neulich zu ihr gesagt. Und Tida kannte immer irgendwen, der irgendwas wusste.

»Was wirst du jetzt tun?«, wollte sie wissen.

»Ich weiß es nicht«, antwortete Matei.

Tida schwieg. Matei wusste, was sie für sich behielt. Sie konnte sich die Frage selbst beantworten: Geh nach Hause, min Deern. Doch war sie dazu wirklich schon bereit? Der Bruch mit der Heimat war groß. Unüberwindbar, wie es schien. Monatelang war sie nun schon fort, hatte nichts von sich hören lassen. Es ging nicht mehr nur um den Streit mit Elin oder die Schmach ihre Kunst betreffend. Sie hatte sich getrennt und ihren eigenen Weg gewählt. Und sie würde ihn weitergehen, auch wenn er gerade holprig war.

27. KAPITEL

Keitum, 2. März 1923

Der Wind wirbelte Elins Mantel und ihren Rock in die Höhe. Sie stemmte sich dagegen, doch so recht wollte sie nicht vorwärtskommen. Um sie herum bogen sich die Äste der Bäume bedrohlich. Einer von ihnen lag bereits unweit von ihr auf dem Weg. Elin kämpfte sich weiter voran. Ein Blecheimer wehte an ihr vorüber, ihm folgte Zeitungspapier. Es war seit Wochen der erste Sturm, der Sylt heimsuchte. Mit dem Wind war die Kälte des Februars endgültig gewichen. Am gestrigen Tag hatte es durchgehend geschüttet, doch heute schien die Sonne von einem blau-weißen Himmel. Der Schnee taute, und das Meer verlor seine eisige Schicht. Elin erreichte das Haus von Tad Peters. Sie war gerade damit beschäftigt, ihre Bettlaken von der Leine zu nehmen, und winkte ihr freudig zu.

»Moin, Elin. Wat ein Wetter heute. Dat wird bestimmt noch heftig werden. Unser Barometer ist noch einmal gefallen. Aber bei dem milden Wind werden wenigstens die Laken trocken. Wie geht es dir? Bist ja immer noch rund. Langsam könnte das Kind kommen, oder?«

»Ja, das sollte es. Ist schon überfällig. Aber drin geblieben ist noch nie eines. So sagt es jedenfalls Alwine.«

»Unsere gute Alwine«, meint Tad mit einem Lächeln auf den Lippen. »Sie ist großartig. Meine Birte lag ja nicht richtig. Aber sie hat alles hinbekommen. Solch eine gute Hebamme hat Sylt noch nie gehabt. Es ist ein Segen, dass sie zu uns gekommen ist. Hat der Krieg wenigstens ein Gutes gehabt.«

Elin nickte. Eine erneute Windböe rüttelte an ihrem Rock und riss einen der Äste an dem Baum neben ihr ab. Er flog an Elin vorbei, sie zuckte erschrocken zusammen. »Liebe Güte. Ich geh dann mal lieber weiter. Ich muss nur schnell zu Moild in den Laden. Uns ist die Hefe ausgegangen. Wenn es noch heftiger weht, nimmt der Wind selbst mich unförmiges Ei noch mit. Und eine Sturmflut können wir nach der scheußlichen Kälte nicht auch noch gebrauchen. Mach es gut, meine Liebe.« Sie winkte zum Abschied.

Tad winkte zurück und machte sich daran, ein weiteres Laken von der Leine zu nehmen. Elin kämpfte sich die Straße hinunter und grüßte Simon Husen, der mit seinem mit Bierfässern beladenen Fuhrwerk ihren Weg kreuzte, seine Pfeife im Mund, mit dem üblichen ausgeglichenen Gesichtsausdruck, als würde es um ihn herum nicht wehen und stürmen. Bestimmt war sein Ziel der Gasthof von Emil Eschels. Dorthin lieferte er jeden Freitag sein Bier, das er von der Brauerei Jever bezog. Elin kannte den aus Kampen stammenden Mittsechziger bereits seit ihrer Kindheit.

»Moin, Elin«, grüßte er mit dem üblichen knorrigen Unterton in der Stimme. »Schön, dich mal wieder zu sehen, min Deern. Hab gehört, euch ist eine komische neue Bäckerin zugelaufen. Soll seltsam reden und wie eine Krähe aussehen. Kann sie wenigstens backen?«

Elin seufzte innerlich. Da hatte die Keitumer Gerüchteküche ja mal wieder ganze Arbeit geleistet, und die arme Frieda war dabei, wie vermutet, nicht gut weggekommen.

»Ihr Name ist Frieda Stark, und sie lispelt leider ein wenig. Aber sie kann hervorragend backen und hat sich bereits gut bei uns eingelebt. Sie ist etwas mager, aber weit entfernt von einer Krähe.«

»Ach, lispeln, wie süß. Das mag ich. Hört sich nett an. Ich muss mir euer Lispelein dann mal persönlich ansehen. Wird sowieso Zeit, dass ich mal wieder auf einen Schnack bei euch reinschaue. Euer Pharisäer ist der beste der ganzen Insel.« Er zwinkerte ihr zu und verabschiedete sich.

Elin sah seinem Fuhrwerk kopfschüttelnd nach. Lispelein. Damit war wohl der Ökelname für Frieda geboren. Es hätte schlimmer kommen können. Mal sehen, wann sie ihn das nächste Mal hören würde.

Nur wenige Minuten später betrat Elin, froh darüber, dem böigen Wind entfliehen zu können, Moilds Laden. Sie hatte Mühe, die Tür hinter sich zu schließen.

»Moin, Elin«, grüßte Moild, die wie gewohnt hinter ihrer Verkaufstheke stand. »Büschen Wind heute. Aber das sind wir ja gewohnt. Carsten hat heute Morgen die Zeitungsständer gar nicht erst rausgerollt. Sonst fliegen sie uns noch die Straße hinunter. Wie ich sehe, ist das Kind noch immer nicht da. Wann war denn Termin? Ist überfällig, oder?«

»Seit über einer Woche.« Elin legte die Hand auf den Bauch. »Aber bei dem Wetter wollt ich auch nicht ausziehen. Erst strenger Frost, dann Sturm.«

»Na, wenn es danach ginge, dann wären auf Sylt niemals Kinder geboren worden. Wetterkapriolen sind wir weiß Gott gewohnt. Ich könnte dem Kleinen 'n büschen auf die Sprünge helfen und dir Himbeerblättertee mitgeben. Den kauft Alwine immer bei mir. Der soll gut für die Wehentätigkeit sein.« Sie zwinkerte Elin zu. »Was macht denn eure neue Krähe? Kommt sie denn zurecht?«

Elin bemühte sich, nicht mit den Augen zu rollen. »Ihr Name ist Frieda Stark. Nenn sie bitte nicht so. Sonst tut es bald das ganze Dorf, und das kränkt sie.«

»Ist ja schon gut. War nicht so gemeint. Aber du musst zugeben, sie ähnelt einer. Immer diese schwarzen Kleider. Als wenn sie Witwe wäre.«

Im nächsten Moment schrie Elin auf. Unter ihren Beinen hatte sich eine Pfütze gebildet. »Was ist das denn nun?« Sie machte einen Schritt rückwärts.

Moild ahnte den Grund dafür. »Ich denke, dir ist die Fruchtblase geplatzt. Da will jemand anscheinend auf die Welt kommen.«

Im nächsten Moment schrie Elin auf und krümmte sich zusammen. Ein übler Schmerz zog in ihren Rücken. Moild war sogleich an ihrer Seite und stützte sie. »Liebe Güte. Dat geht jetzt aber flott voran.«

Die Ladentür öffnete sich, und Kresde betrat den Raum. Ihren Hut hielt sie in Händen, ihr graues Haar war zerzaust.

»Moin, ihr Lieben.« Verdutzt sah sie Moild und Elin an. Elin fluchte innerlich. Kresde konnte sie jetzt überhaupt nicht gebrauchen.

»Wat ist denn hier los?«, fragte Kresde sogleich.

»Dat Kind kommt«, antwortete Moild.

»Oh, jetzt? Hier im Laden?«

»Bestimmt nicht«, rief Elin aus. »Ich will nach Hause. Sofort. Und Alwine muss verständigt werden. Sie ist bei Jette in Tinnum zur Nachsorge.«

»Alwine, natürlich. Nach Hause. Dat ist gut.« Moild wirkte nun hektisch. Kam ja nicht jeden Tag vor, dass in ihrem Laden eine Geburt einsetzte. »Aber wir können dich nicht allein gehen lassen. Schon gar nicht bei dem Sturm. Ich würde dich ja gern begleiten. Aber Carsten ist nicht da. Er ist ausgerechnet heute zu Carl Mertens gefahren. Sie wollten irgendwas wegen einem neuen Kaffeelieferanten ausbaldowern. Ich kann unmöglich den Laden allein lassen.«

»Wieso nicht?«, fragte Kresde. »Traut sich doch eh kaum einer bei dem Sturm auf die Straßen. Häng doch einfach ein Schild an die Tür. Vorübergehend geschlossen, komme gleich wieder, so wat in der Art. Ich würd ja sagen, ich helf Elin allein zum Kaffeegarten. Aber der Wind ist nicht zu unterschätzen. Dat da draußen ist inzwischen der reinste Orkan. Dat wird bestimmt eine schlimme Nacht werden und der Blanke Hans ordentlich toben. Ist besser, wir schlagen uns zu dritt durch.«

»Also gut«, meinte Moild. »Ist ja nicht weit bis zum Kaffeegarten. Dann sehen wir mal zu, dass wir dich heimbringen, Elin. Ich ruf aber vorher gleich bei Jette an und sag Alwine Bescheid. Wenn sie Glück hat, kriegt sie noch den Drei-Uhr-Bus.«

»Wenn der noch fährt«, merkte Kresde an.

Moild griff zum Hörer. »Wat ist das denn nu?«, sagte sie und drückte hektisch auf der Gabel herum. »Nix, kein Ton. Die Leitung ist tot. Dat gibt es jetzt wohl nicht.«

»Der Sturm«, sagte Kresde. »Kommt ja häufiger vor, dat dann das Telefon nicht geht. Alwine wird auch so heimkommen.«

»Wollen wir dat hoffen«, sagte Moild. »Die alte Thur ist recht geschwätzig. Da kann dat schon sein, dass Alwine länger hängen bleibt. Und backen kann sie auch ganz gut. Deswegen war die Jette auch während der Schwangerschaft so fett geworden. Ihre Mutter hat sie wie ein Schweinchen gemästet. Hoffentlich geben sie ihr nicht wieder Schnaps. Alwine verträgt doch nix.«

»Alwine trinkt nie, wenn sie als Hebamme unterwegs ist«, winkte Elin ab und fügte etwas leiser hinzu: »Das hoffe ich jedenfalls.« Sie begann erneut zu stöhnen und legte die Hand auf den Bauch. »Uh, jetzt aber. Und ausgerechnet heute ist Lorenz auf dem Festland wegen dieser Sitzung zum Bau des Wattenmeerdamms. Ich hab ihm gleich gesagt, dass das keine gute Idee ist.

Und jetzt kann er wegen dem dämlichen Sturm bestimmt nicht nach Hause kommen.«

Moild sah zu Kresde, die nun etwas hilflos dreinblickte und Elin den Arm tätschelte. »Wird schon werden, min Deern. Wird schon werden. Und Lorenz kann dir eh nicht helfen. Der hat bei der Geburt ja gar nix zu suchen.«

Nachdem sich Elin wieder beruhigt hatte, zog Moild rasch ihren Mantel an und setzte ihre Mütze auf.

»Dann wollen wir mal, die Damen. Auf in den Sturm. Wäre ja gelacht, wenn wir dat nicht hinbekämen.« Sie öffnete die Ladentür, und die drei traten nach draußen. Inzwischen hatte es sich zugezogen, nur noch wenige blaue Flecken waren zwischen grauen Wolken am Himmel zu erkennen. Es ging den Gurtstrich hinunter, und sie bogen in die C.-P.-Hansen-Allee ein. Die Böen waren heftig, und sie hatten Mühe voranzukommen. Immer wieder mussten sie stehen bleiben. Einmal suchte Elin eine weitere Wehe heim. »O Gott, was tut das weh«, sagte sie mit Tränen in den Augen.

»Dat sind noch viele Minuten Abstände«, sagte Kresde. »So mehr als zehn. Da bleibt noch genügend Zeit bis zur Geburt.« Sie musste es ja wissen. Schließlich hatte sie einigen Kindern das Leben geschenkt. Sie kämpften sich weiter voran und bogen in den Weg Am Kliff ein. Die drei hielten sich nun regelrecht aneinander fest. Der Wind toste und wirbelte um sie herum. Äste flogen durch die Luft. Unweit von ihnen lag eine halbe Ulme bereits auf dem Weg.

»Dat wird schlimm werden«, rief Moild gegen den tosenden Wind an. »Ganz schlimm wird dat. Dat gibt eine Sturmflut.« Erste Regentropfen wehten in ihre Gesichter. Elin kam der kurze Weg von Moilds Laden zum Kaffeegarten wie eine Weltreise vor. Noch ein Stück, sie waren auf der Höhe des Altfriesischen

Hauses, gleich war es geschafft. Und wenn sie Glück hatte, war Alwine bereits aus Tinnum zurück.

Das Herrenhaus kam in Sicht. Kurz bevor sie den Garten betraten, suchte sie eine erneute Wehe heim, und sie blieb stehen. »Verdammt noch eins«, fluchte sie. »Warum muss das ausgerechnet jetzt sein? So lange lässt du mich warten. Diese vermaledeite Fruchtblase hätte doch auch heute Morgen oder gestern Abend platzen können.«

»Wann es losgeht, entscheiden eben nicht wir«, suchte Moild Elin zu trösten. »Aber dat wird. Wir sind jetzt gleich da. Nur noch wenige Schritte bis zum Haus.«

Die Tür des Herrenhauses öffnete sich. Es war Hinnerk, der auf sie zugelaufen kam.

»Wat steht ihr Lütten denn hier draußen in dem mächtigen Sturm so lange rum? Seid ihr denn verrückt geworden? Am Ende fällt euch noch ein Baum auf den Kopp.«

»Dat Kind kommt«, schrie Moild.

»Ach du je. Dat auch noch«, klagte Hinnerk. »Dat ist aber nu eine schöne Bescherung. Alwine hat eben angerufen. Sie ist noch bei Jette. Stellt euch vor: Sie ist die Treppe runtergefallen und hat sich den Fuß verknackst. Die kommt heute nicht mehr.«

»Bei euch funktioniert das Telefon?«, fragte Moild verwundert.

»Nein, nein, nein«, sagte Elin. »Das kann nicht sein. Und was jetzt? Ich brauche Alwine. Das Kind kommt! Sie muss kommen. Wir müssen sie holen.« Sie rüttelte Hinnerk an den Schultern. »Du musst sie holen. Ohne sie schaffe ich das niemals.«

Im nächsten Moment traf sie eine starke Böe, die an den Ästen der Ulmen um sie herum zerrte, kleinere rissen ab und wirbelten durch die Luft.

»Ins Haus«, sagte Moild. »Rasch.«

Sie setzten sich in Bewegung und atmeten erleichtert auf, als sie im Verkaufsraum standen. Hinnerk schloss die Tür. Gantje und Frieda standen hinter der Theke und sahen sie mit großen Augen an.

Erneut begann Elin zu jammern und krümmte sich.

»Au, verflixt. Das wird immer schlimmer.«

»Die Abstände sind kürzer«, konstatierte Kresde. »Es geht voran.«

»Nein, nein, nein. Das darf es nicht. Ich brauche Alwine. Ich will, dass Alwine kommt.« Elin japste nach Luft. Nun weinte sie endgültig.

Kresde sah zu Moild. Ihre Blicke waren nun hilflos. Beide hatten Kinder geboren, aber vom Säuglinge auf die Welt holen verstanden sie nur wenig.

Frieda trat näher und legte beruhigend den Arm um Elin. »Dass wird schon werden«, sagte sie. »Wir müssen jetzt ruhig bleiben. Ich bringe Ssie jetzt ersst einmal nach oben, und dann sehen wir weiter. Gantje, koch bitte heißes Wassser und organisiere ssaubere Tücher.« Sie führte Elin zur Treppe. »Ssie erzählen mir jetzt ganz genau, wass wann geschehen ist.«

Moild, Kresde, Hinnerk und Gantje sahen den beiden verdattert nach. Damit, dass ausgerechnet Frieda das Zepter in die Hand nehmen würde, hatte niemand von ihnen gerechnet. Hinnerk war es, der als Erster seine Sprache wiederfand.

»Dann kümmer dich mal, Gantje«, sagte er. »Hast es ja gehört. Heißes Wasser braucht sie und saubere Tücher.«

Gantje nickte und verschwand in der Küche. Moild und Kresde kamen sich nun überflüssig vor.

»Wenn dat so ist«, sagte Moild. »Ich meine, dann ist es nu ja gut. Ich geh dann mal wieder in den Laden. Mut ja weitergehen.«

Kresde nickte nur. Kam selten vor, dass es ihr die Sprache verschlug. Hinnerk zog seine Mütze ab und kratzte sich am Kopf. »Ich bleib besser hier. Muss doch einer sehen, dass dat alles richtig läuft. Also dat braucht ja einen Mann im Haus. Wo ist eigentlich Piet?«

»Der ist vor einer Stunde weg«, antwortete Gantje, die noch immer hinter der Theke stand. »Gab wohl eine Beschädigung am Dach seines Hauses.«

Die Tür öffnete sich, und Friedrich wehte es herein.

»Moin, zusammen«, grüßte er in die Runde. »Das nenn ich heute mal ein Wetter. Ich wäre auf dem Weg hierher beinahe weggeflogen.« Er sah die Anwesenden verdutzt an. »Stimmt was nicht? Ihr seht alle so betrübt aus.«

»Elin bekommt das Kind«, berichtete Moild.

»Ach, welch eine Freude. Da darf man gratulieren.«

»Es ist noch nicht auf der Welt. Und Alwine kann nicht kommen. Sie sitzt in Tinnum fest«, sagte Kresde.

»Das ist natürlich unschön«, merkte Friedrich an. »Und was jetzt? Wir könnten den Arzt verständigen. Doktor Hinkebein kennt sich mit Kinderkriegen gewiss ebenso aus.«

»Der ist doch gar nicht auf der Insel«, wusste Hinnerk. »Der ist auf so 'nem Kongruss in Hamburg oder wie dat gleich noch hieß.«

»Kongress«, verbessere Friedrich. »Das ist bedauerlich.«

»Frieda ist bei ihr«, sagte Hinnerk. »Sie wird dat schon richten. Sie wirkte kompetent. Ach du je. Wat für eine Aufregung. Möchte jemand einen Schnaps? Der ist gut für die Nerven.«

Sämtliche Anwesende stimmten zu. Man begab sich in die aufgrund des heutigen Ruhetags leere Gaststube und nahm an einem Tisch am Fenster Platz. Hinnerk organisierte den Alkohol, während sich Gantje nun endlich um das heiße Wasser und die sauberen Tücher kümmerte.

»Dat wird bestimmt noch ein Weilchen dauern«, sagte Moild, nachdem sie das Schnapsglas in einem Zug geleert hatte. »Beim ersten Kind dauert es gern länger. »Ich glaub, ich brauch noch ein Glas. Huch, wat für eine Aufregung.«

Hinnerk füllte grinsend nach und gönnte sich selbst ebenfalls noch eines. »Dat wird schon werden«, sagte er. »Unsere Elin macht dat schon.« Er hoffte es jedenfalls.

Elin hatte die Hände auf der Fensterbank aufgestützt und stöhnte und schimpfte.

»Huch, verdammt noch eins. Wie das nur so wehtun kann. Himmel, Herrgott noch mal. Und es dauert ewig. Ich kann bald nicht mehr.«

Frieda, die neben ihr stand, tupfte ihr mit einem Tuch den Schweiß von der Stirn. Es war inzwischen nach elf Uhr abends. Draußen tobte noch immer der Sturm ums Haus. Starker Regen hatte eingesetzt, der von den heftigen Böen immer wieder gegen die Fenster geschleudert wurde.

»Ich weiß, es sind bereitss einige Sstunden«, suchte Frieda Elin zu trösten. »Aber dass ist vollkommen normal bei einer Ersstgeburt.«

Die Wehe ebbte ab, und Elin entspannte sich wieder ein wenig. Sie sah Frieda an und stellte die Frage, die bereits, seitdem sie nach oben gegangen waren, im Raum stand. »Woher weißt du, wie Kinderkriegen geht? Du bist Bäckerin.«

»War ich nicht immer. Meine Mutter war Hebamme. Ssie hat vielen Frauen geholfen. Ich dachte, ich könnte dass auch werden. Aber dann hab ich mich in einen Bäcker verliebt und ihn geheiratet. Sso bin ich Bäckerin geworden. Er sstarb im Krieg.« Friedas Miene trübte sich ein. Sie atmete tief durch, dann sprach sie weiter: »Eine Weile hab ich den Laden noch allein weitergeführt. Aber dann hat mich der Vermieter vor die Tür gessetzt. Ein Doofkopp war der.«

»Das tut mir leid.« Zum ersten Mal erfuhr Elin Näheres zu ihrer neuen Angestellten. Eine erneute Wehe bahnte sich an, und Elin nahm Friedas Hand. »Es geht wieder los«, sagte sie. »Jetzt ist es anders. Es tut weh. Es drückt. Es drückt nach unten.«

»Darauf hab ich gewartet«, sagte Frieda. »Nun will es kommen. Rasch zum Bett.« Nachdem die Wehe abgeebbt war, half sie Elin, sich hinzulegen. Sie stopfte ihr viele Kissen in den Rücken und spreizte, nachdem sie sich noch einmal die Hände gewaschen hatte, ihre Beine.

Die nächste Wehe kam, und Frieda wies sie nun an, ganz fest zu pressen.

Elin fluchte und schrie.

»Gut so«, sagte Frieda. »Fester, noch ein Stück. Du machst das hervorragend. Es ist gleich geschafft. Noch ein wenig mehr.«

Die Wehe ließ nach, und Elin legte den Kopf zurück. Schweiß rann ihre Schläfen hinunter, ihr Nachthemd war vollkommen durchnässt. Sie winselte und jammerte.

»Ich kann nicht mehr. Ich schaff das nicht. Ich krieg kein Kind. Ich kann das nicht.«

»Doch, du schaffst dass«, sagte Frieda. Im Eifer des Gefechts war Frieda zum vertraulichen Du übergegangen. »Nur noch ein wenig. Gleich ist dass Kindchen auf der Welt. Ich ssehe schon das Köpfchen. Ess hat schwarzes Haar.«

Die nächste Wehe kam, und ihr folgte eine weitere. Elin presste und jammerte, sie schrie und winselte. Frieda tröstete und ermutigte. Dann war es geschafft, und sie hielt ein laut schimpfendes kleines Wesen in Händen. Sie lächelte, und Tränen der Erleichterung rannen über ihre Wangen.

»Ein Junge«, sagte sie. »Es ist ein ganz bezaubernder kleiner Junge.« Sie durchtrennte rasch die Nabelschnur, wickelte den Kleinen in ein Tuch und legte ihn Elin in die Arme. Elin betrachtete ihn mit strahlenden Augen.

»Moin, kleiner Mann. Liebe Güte. Da bist du ja endlich. Und du bist wunderschön.«

»Ja, er ist ganz bezaubernd«, sagte Frieda erschöpft lächelnd. Es war geschafft. Sie hatte die Geburt gemeistert. Im nächsten Moment wurde die Tür aufgerissen, und Alwine kam in den Raum gehumpelt. Vollkommen verdattert blickte sie auf Elin und den Säugling, dann zu Frieda.

»Alwine«, rief Elin. »Wie kommst du denn hierher? Dein Fuß, der Sturm.«

»Wusste ich es doch«, ging Alwine nicht auf Elins Worte ein. »Ich hab für so was einen Riecher. Die Kinderchen suchen sich immer die umständlichsten Zeiten aus.«

»Ess ist alless gut gegangen«, sagte Frieda. »Ich war die ganze Zeit über bei ihr. Es ist ein gessunder Junge mit kräftigen Lungen.«

Alwine humpelte zum Bett und betrachtete den Kleinen.

»Du dummer Jung«, sagte sie mit einem Lächeln auf den Lippen. »Ich wollte dich auf diese Welt holen. Das verzeih ich dir nie.«

Elin lachte und fragte: »Ist er nicht wunderschön?«

»Ja, das ist er!« Alwine sank auf die Bettkante. In ihren Augen schimmerten nun Tränen. »Er ist das schönste Baby, das ich je gesehen habe.«

28. KAPITEL

Hamburg, 4. April 1923

Das Mädchen weinte bitterlich, und Matei konnte es verstehen. Denn ihre blond gelockte Puppe mit dem rosa Kleidchen schwamm im Hafenbecken. Eben war sie hineingeplumpst. Ein Rempler von einem hektisch vorbeilaufenden Passanten, und es war geschehen.

»Meine Lotti«, schluchzte das Mädchen. »Meine arme Lotti.« Hilfe suchend sah Matei sich um. Irgendjemand an diesem Anleger musste doch in der Lage sein, die Puppe wieder aus dem Wasser zu fischen. Ihr Blick blieb an einem jungen Burschen hängen, der unweit von ihr gerade das Deck eines Ausflugsdampfers schrubbte.

»Hallo, du da«, rief sie und winkte. »Junger Mann. Kannst du uns helfen?« Der Bursche blickte auf. »Die Puppe des Mädchens ist ins Wasser gefallen. Wir bräuchten einen Retter«, bat Matei. Der Bursche zuckte mit den Schultern. So recht schien er kein Interesse an einer Puppenrettungsaktion zu haben. Die Kleine weinte weiter, und Matei verfluchte sich dafür, der Mutter des Kindes die Aufsicht für einige Minuten versprochen zu haben. Doch dann trat Theo Backhaus, einer der Barkassenfahrer, mit einer großen Stange in Händen näher und hatte im Handumdrehen die Puppe aus dem Hafenbecken gefischt. Mit einem Lächeln auf den Lippen reichte er sie dem Mädchen. »Mein Fräulein. Ihre Puppe wurde erfolgreich gerettet. Sie sollten Ihre Lotti jedoch etwas trockenlegen.« Er zwinkerte ihr zu. Mit strahlenden Augen nahm die

Kleine die Puppe entgegen. In diesem Moment trat auch die Mutter, eine hochgewachsene Blondine, wieder näher.

»Aber Marlene, Kind. Was ist denn geschehen? Wieso ist die Lotti denn so feucht? Sie ist dir doch nicht etwa ins Wasser gefallen?«

Die Kleine zog den Kopf ein und gab keine Antwort. Der Blick der Mutter, Matei schätzte sie auf Anfang dreißig, richtete sich auf Matei und Theo.

»Schimpfen Sie nicht mit der Kleinen«, sagte Theo schnell. »Sie wurde angerempelt, weshalb ihr das Missgeschick passiert ist. Ich konnte das werte Fräulein Lotti jedoch erfolgreich retten.« Er schenkte der Frau ein hinreißendes Lächeln. Sie schmolz sichtlich darunter dahin. Wie so ziemlich jede Frau, die mit Theo zu tun hatte. Er war, so hatte es Tida ausgedrückt, ein Herzensbrecher, vor dem es sich in Acht zu nehmen galt. Den Charme hatte er von seinem Vater, der lange Jahre Dampfjollen, später Touristenboote durch den Hamburger Hafen geschippert hatte. Er hatte ebenfalls recht erfolgreich die Damen bezirzt und gleich vier Ehefrauen durchgebracht. Zehn eheliche Kinder gab es, über die anderen hüllte er den Mantel des Schweigens. Vor vier Jahren hatte ihn ein Herzinfarkt mitten aus dem Leben gerissen. Theo, der im letzten Monat seinen sechsundzwanzigsten Geburtstag gefeiert hatte, ähnelte ihm nicht nur vom Charakter, sondern auch äußerlich. Er hatte seine strahlend blauen Augen und sein markantes Kinn geerbt.

»Dann bedanken wir uns recht herzlich bei Ihnen. Marlene?« Sie sah ihre Tochter auffordernd an.

Das Mädchen murmelte ein »Danke«.

»Hat denn der Umtausch der Fahrkarten geklappt?«, erkundigte sich Matei bei der Mutter. Dies war der Grund dafür gewesen, weshalb sie auf die Kleine und ihre Puppe achtgeben hatte sollen.

»Ja, hervorragend«, freute sich die Blondine. »Die Dame am Schalter war äußerst zuvorkommend. Vielen Dank noch einmal für die Beaufsichtigung der Kleinen. Und die Lotti bekommen wir ganz bestimmt rasch wieder trocken.« Sie nickte ihrer Tochter aufmunternd zu und verabschiedete sich. Matei sah ihnen kopfschüttelnd nach, wie sie von dannen spazierten.

»Kleine Mädchen, Puppen und das Hafenbecken waren noch nie eine gute Kombination«, sagte Theo, nachdem sie außer Hörweite waren. Er sah Matei an und fragte: »Was bekomm ich denn für meine Hilfe?« Er zeigte sein verschmitztes Grinsen, das Matei gernhatte. Dann hatte er stets süße Grübchen an den Mundwinkeln. Tida hatte schon recht mit dem, was sie sagte. Er war ein Herzensbrecher. Auch Matei hatte sich bereits innerlich ermahnt, seinen Charme nicht zu sehr auf sich wirken zu lassen. Eine Tändelei mit ihm bringt dir nur Kummer ein, hatte Tida gesagt. Und Kummer hatte Matei in den letzten Wochen weiß Gott genug gehabt.

»Von mir?«, fragte Matei verdutzt. »Meine Puppe hast du doch gar nicht gerettet.«

»Aber du hast um Hilfe gerufen.«

»Ja, aber nicht dich, sondern den Jungen an Deck von dem Ausflugsboot.« Sie deutete nach vorn. »Du hast dich von allein aufgedrängt.« Sie schenkte ihm ein süßes Lächeln.

»Ich gebe mich geschlagen«, erwiderte er. »Für heute. Meine Schöne.«

Matei spürte ein warmes Kribbeln in der Magengegend, das ihr bekannt vorkam. Lieber Gott. Sie konnte sich doch nicht in den größten Weiberhelden der Landungsbrücken verlieben.

»Ich muss dann wieder«, sagte sie. »Ich hab gleich Dienst am Schalter.« Sie deutete zu dem winzigen Verkaufsbüro an Anleger fünf, vor dem ein Aufsteller stand, der die täglichen Ausflugsfahrten im Hafen ankündigte. Besonders die Fahrten durch die Speicherstadt waren bei den Touristen beliebt.

Mateis Leben in Hamburg hatte sich durch die Zwangsversteigerung von Rosis Bierrestaurant sehr verändert. Es war traurig gewesen zuzusehen, wie Rosis Besitz unter den Hammer geraten war. Der neue Besitzer hieß Thomas Schneider. Er war auf der Reeperbahn für seinen schlechten Umgang mit Frauen bekannt. Als Zuhälter hatte Else ihn bezeichnet. Er wollte in dem Gebäude einen Nachtclub mit allen Schikanen und natürlich leicht bekleideten Tänzerinnen einrichten. Vermutlich würde es im Obergeschoss Räumlichkeiten für diskrete Treffen geben. Rosi war außer sich gewesen, doch es war nun einmal, wie es war. Sie wohnte jetzt bei ihrer Cousine Merle und half ihr im Laden. Merle Bartner betrieb ein Lebensmittelgeschäft nicht weit vom Millerntor entfernt. Sie war, ebenso wie Rosi, Witwe. Ihr Mann war vor einigen Jahren an Lungenkrebs gestorben. Unter Tränen hatte Rosi ihr Personal weggeschickt, ihnen sogar noch einen Teil ihres letzten Lohns ausbezahlt. Besonders für Bruno war es hart gewesen. Er hatte Tränen in den Augen gehabt, und Rosi und er hatten sich eine ganze Weile fest umarmt. Else hingegen sah einer rosigeren Zukunft entgegen. Sie hatte eine Nebenrolle in einem Stück am Schiller-Theater ergattert und Unterschlupf bei Anni Martens, einer jungen Kollegin, gefunden. Matei hatte sie seit der Schließung des Bierrestaurants nur noch einmal kurz gesehen. Da hatte Else von dem Theater und ganz besonders von einem der Schauspieler geschwärmt. Ein Martin Kraubler, die Neuentdeckung am Schiller-Theater. Er spielte im neuen Stück die Hauptrolle. Allzu lange würde es wohl nicht mehr dauern, bis Else unter die Haube kam. Oder sie machte doch noch eine große Schauspielkarriere. Wünschen würde Matei Else Letzteres, denn der Erfolg auf der Bühne war ihr großer Traum.

Aus der Not heraus war Matei zu Tida in ihr winziges Hinterzimmer gezogen. Durch Tidas Kontakte hatte sie dann auch die Anstellung als Aushilfskraft beim Barkassenbetrieb von Heinrich Meyer bekommen. Er bezahlte schlecht, aber immerhin verdiente sie etwas. Und sie erhielt Kost und Logis frei. Sie wohnte nun mit seinen anderen Mitarbeitern im ersten Stock eines Lagerhauses unweit der Landungsbrücken und teilte sich dort eine Kammer mit Hannelore und Jette. Die vierzigjährige Jette war für die Reinigung der Barkassen zuständig, und Hannelore, sie war Ende fünfzig und redete wie eine der Verkäuferinnen vom Fischmarkt, kochte tagtäglich für die Mitarbeiter und kümmerte sich um die Wäsche. Sämtliche Angestellten von Meyer trugen dieselben dunkelblauen Matrosenhemden, und sie hatten ordentlich auszusehen. Matei bereiteten ihre neuen Aufgaben Freude. Sie verteilte Werbeblätter und verkaufte Fahrkarten. Wie ein Marktschreier tingelte sie neuerdings über die Landungsbrücken und genoss die frische Luft, die vielen Menschen um sich herum und den Ausblick auf die vielen Boote, Barkassen und Schiffe. Morgens trank sie den ersten Kaffee mit Tida und Ole in seinem Kiosk, und hin und wieder begleitete sie auf ihren Touren Herr Anton, der mit seinem Schwanzwedeln und seinem fröhlichen Gebell gerne mal den einen oder anderen Kunden auf sie aufmerksam werden ließ.

»Guten Tag, Fräulein«, sprach sie ein älterer Herr an. »Fährt von hier aus das Ausflugsboot zur Speicherstadt? Wir haben Karten. Vierzehn Uhr ist Abfahrt.«

»Das ist gleich hier vorne.« Matei deutete auf die Barkasse von Theo, die bereits gut gefüllt war. Doch Theo verstand es, möglichst viele Touristen in den Booten unterzubringen. Und er erzählte immer auf besonders mitreißende Art die neuesten Neuigkeiten und Anekdoten aus dem Hamburger Hafen, der

Speicherstadt und vom Welthandel. Noch ein Talent, das er von seinem Vater geerbt hatte.

Das Ehepaar bedankte sich, wurde nur wenige Augenblicke später von Theo in Empfang genommen und platziert.

Matei überlegte, was sie nun noch tun könnte. Es war ein sonniger und für Anfang April recht milder Nachmittag. So weit waren für die Nachmittagsfahrten sämtliche Karten verkauft. Sie könnte losziehen und noch weitere Werbezettel verteilen, oder aber sie machte für heute Feierabend und sich auf die Suche nach einem lohnenden Motiv. Sie entschied sich für Letzteres, holte ihre Tasche mit den Malutensilien aus ihrem kleinen Verkaufsbüro und schloss es ab.

Wenig später lief sie die Landungsbrücken hinunter. Ole winkte ihr aus seinem Kiosk zu, Herr Anton war nicht zu sehen. Vermutlich hielt er ein Nachmittagsschläfchen. Matei beschloss, dieses Mal den Landungsbrücken den Rücken zu kehren und mit der Hochbahn zur Alster zu fahren. Dort ließe sich an diesem wunderbaren Tag gewiss ein passendes Motiv finden.

Die Hochbahn war gut gefüllt. Sie ergatterte trotzdem einen Sitzplatz neben einem älteren, Zeitung lesenden Herrn. Ihr gegenüber saß eine junge Frau mit aschblondem Haar in ärmlicher Kleidung. Sie sah müde aus, ihr Blick war gleichgültig. Matei schenkte ihr ein Lächeln, das nicht erwidert wurde. Die Frau war hager und blass, ihre Augen waren umschattet. Wie wohl ihr Alltag aussah? Vermutlich schlug sie sich mit einfachsten Arbeiten durch, vielleicht hatte sie Kinder, war Witwe. Hamburg leuchtete und strahlte. Die große Handelsstadt, das Tor zur Welt, in dem jeder sein Glück machte. Doch all die Pracht, das funkelnde Nachtleben in St. Pauli und die vielen Touristen an den Landungsbrücken täuschten nicht darüber hinweg, dass auch in der Hansestadt nicht alles Gold war, was glänzte. Die abscheulichen

Gängeviertel mit ihren unhaltbaren hygienischen Zuständen gab es nicht mehr. Wohnviertel für die Armen ohne ausreichend Komfort waren jedoch geblieben. Keine Stadt einer Größe wie Hamburg lebt ohne dunkle Ecken mit all ihren Gestalten und düsteren Schatten. Tida hatte das erst neulich zu ihr gesagt. Sie war eine Meisterin darin, gerade diese dunklen Ecken einzufangen. Die Verletzlichkeit und Hoffnungslosigkeit in den Gesichtern der Menschen, in den Fassaden der heruntergekommenen Häuser. Die Haltestelle Jungfernstieg kam, und Matei stieg aus. Sie tauchte in den Trubel der Hochbahnhaltestelle ein und trat kurz darauf auf den Jungfernstieg hinaus, der im strahlenden Licht der Nachmittagssonne lag. Ihr Blick blieb am Café Alsterlust hängen. Der Inhaber hatte auf das gute Wetter reagiert und die Terrasse geöffnet. Da saßen Touristen und Hamburger einträchtig bei Kaffee und Kuchen nebeneinander und genossen das süße Leben. Auf der Binnenalster schipperten die Ausflugsschiffe, auch Tretboote waren wieder unterwegs. Hamburg erwachte aus dem langen Winterschlaf. Dieses Jahr war es so kalt gewesen, dass man auf der Alster sogar hatte Schlittschuhlaufen können. Matei hatte das bunte Treiben vom Ufer aus beobachtet und in einer Skizze festgehalten. Auf das Eis hatte sie sich nicht getraut. Mit rutschigen Oberflächen hatte sie noch nie etwas anfangen können. Tida hatte ihre Skizze von dem bunten Treiben nur mit einem Hochziehen der linken Augenbraue kommentiert. Das tat sie immer, wenn ein Motiv nicht ihren Ansprüchen genügte. Die alte Künstlerin war eben nicht leicht zufriedenzustellen. Jan hätte sie gemocht.

Matei wandte sich um und ließ ihren Blick über die Häuserkette des Jungfernstiegs schweifen. Hierher hatte sie ihr Weg gleich nach ihrer Ankunft in Hamburg geführt. Dort vorne am Droschkenstand war sie ausgestiegen. Wie unbedarft sie damals doch gewesen war. Das Mädchen von Sylt, das keine Ahnung von einem Leben in Hamburg gehabt hatte. Und nun? Ihr Blick wanderte zu dem Eckhaus, in dem sie ihre Niederlage hatte einstecken müssen. Dorthin, wo die Realität sie endgültig eingeholt hatte. Die Galerie gab es nicht mehr. Das wusste sie. Hannes, oder wie er auch immer hieß, hatte sie seit Silvester nicht mehr gesehen. Er war verschwunden, ebenso wie ihre Bilder, die er ihr gestohlen hatte. Oder war es nicht sogar besser, dass die Bilder fort waren? Sie zeigten Sylt, Keitum, sie beinhalteten so viele schmerzhafte Erinnerungen. Bei jedem Pinselstrich hatte sie gedacht, Jan würde hinter ihr stehen und sie anleiten. Am Strand, im Garten des alten Friesenhauses, am Morsum Kliff, überall in ihrer vertrauten Welt, von der er niemals wieder ein Teil sein würde. Hamburg hatte sie aufgenommen, und die Stadt hatte mit ihren neuen Herausforderungen Jan in den Hintergrund treten lassen. Der städtische Schmelztiegel bot ihr nun ein Zuhause, und Sylt und besonders Keitum mit seiner Alltäglichkeit schienen weit fort zu sein.

Ihr Blick blieb an einem bunten Zeitungsstand hängen, der unweit des Cafés Alsterlust stand. Dort wurden auch Ansichtskarten verkauft. Sie könnte eine Karte an Elin senden. Ihr mitteilen, dass es ihr gut gehe und sie sich keine Sorgen machen müsse. Darüber dachte sie seit einer Weile öfter nach. Ein Lebenszeichen auf die Insel senden. Aber was sollte sie schreiben? Sollte sie von ihrem Leben erzählen? Ein schales Gefühl breitete sich in ihr aus, und sie dachte an den letzten Moment, den sie mit Elin gehabt hatte. An ihren Streit, ihre Zweifel an Hannes. Paris, Mailand, New York. Sie war hoch geflogen und tief gefallen. Heute verteilte sie Werbezettel für Ausflugsfahrten im Hamburger Hafen und verdiente damit einen Bettellohn. Sie müsste zu Kreuze kriechen und ihre Niederlage zugeben. Oder etwa nicht? Ein »Es geht mir gut« auf einer Karte würde für den Anfang doch ausreichen. Aber würde es das besser machen?

Sie schob die trübsinnigen Gedanken zur Seite. Heute war kein Tag, um sich in Selbstmitleid zu suhlen. Hamburg erfreute sie mit milden Sonnenstrahlen, die herrlich auf der Wasseroberfläche der Alster glitzerten. Der Tag musste genossen werden. Sie beschloss, sich auf den Weg zur Außenalster zu machen, und lief an dem bunten Zeitungskiosk vorüber zum linken Ufer der Binnenalster. Hier gab es einen herrlichen, von alten Bäumen beschatteten Uferweg, den sie entlanglief. Linker Hand lagen schicke Hotels ersten Ranges, wie das Hotel Vier Jahreszeiten. Vermutlich würde Matei ein solch edles Etablissement niemals von innen sehen. Dagegen wirkten die Häuser ersten Ranges in Westerland wie einfache Hütten. Sie folgte dem Weg weiter und lief unter der Lombardibrücke hindurch, über die gerade ein Zug fuhr. Sie erreichte die auf der anderen Seite der Brücke gelegene Außenalster und folgte dem Weg. Hier zeigte Hamburg ein anderes Gesicht. War die Stadt auf dem Jungfernstieg noch hektisch und voller Leben gewesen, so kam sie jetzt beschaulich, ja fast schon ländlich anmutend daher. Am Ufer standen Trauerweiden, die ihre langen Äste im Wasser der Alster treiben ließen. Ein Ruderclub hatte hier seinen Standort. Eine Gruppe junger Männer war gerade dabei, ein Boot startklar zu machen. Auf den Wiesen blühten Krokusse und Schneeglöckchen in Hülle und Fülle, und an dem einen oder anderen Busch zeigten sich Weidenkätzchen. Die Alster war hier ein großer Binnensee. Matei liebte diesen Anblick und ganz besonders die Alsterschwäne, die sich gemeinsam mit Stockenten und Blesshühnern auf der funkelnden Wasseroberfläche tummelten. Hier am Ufer roch es nach Schlick und feuchten Blättern. Der Duft erinnerte ein wenig an zu Hause und zauberte ein Lächeln auf ihre Lippen. Linker

Hand des Alsterufers reihten sich mondäne Villen aneinander. Viele der prachtvollen Häuser gehörten Hamburger Reedern, die hier ihren Reichtum oftmals protzig zur Schau stellten. Manches Haus sah mit Türmchen und Erkern aus wie ein kleines Schloss, andere wiederum bestachen durch schlichte Eleganz und große Gartenanlagen. An der Außenalster und in Blankenese, da wohnen die Reichen, hatte Tida ihr erklärt. Diejenigen, die solch eine wie mich einfach vollkommen übersehen. Vermutlich würden sie auch Matei nicht wahrnehmen. Aber wenn sie am Strand von Westerland in der Brandung mit hochgekrempelten Hosenbeinen stehen, dann sind sie alle gleich. Wer hatte das noch gleich gesagt? Matei wusste es nicht mehr. Sie lief weiter den Weg hinunter und erfreute sich an einer blühenden Ansammlung Krokusse neben einer am Ufer stehenden Bank. Sie blieb stehen und betrachtete das sich ihr bietende Bild genauer. Es war eindrücklich. Die leere Bank, die Frühblüher, die Alster und die nahe Trauerweide, deren Äste im Wasser schwammen. Unter ihr lag ein verlassenes Ruderboot am Ufer, das bereits bessere Tage gesehen hatte. In seinem Inneren stand das Wasser, in dem einige Äste und braune Blätter schwammen. Das war das Motiv, nach dem sie gesucht hatte. Sie zückte rasch ihren Skizzenblock und begann zu zeichnen. Sie hatte einen leicht schrägen Blickwinkel gewählt. So konnte sie die Bank, die sich davor befindlichen Krokusse und auch das alte Boot festhalten. Es war ein Stillleben, wie für einen Künstler geschaffen. Tida würde es bestimmt gefallen. Sie liebte solche Motive.

»Hallo. Entschuldigung«, drang plötzlich eine Frauenstimme an Mateis Ohr, und sie wandte sich um. Eine dunkelhaarige Frau stand vor ihr, die ihr bekannt vorkam.

»Sind Sie nicht die Malerin, die damals in der Galerie war, wegen der Bilder von Sylt?«

Matei sah die Frau erstaunt an, und sie erkannte sie wieder. Sie war damals die Empfangsdame gewesen. Ihr Herzschlag beschleunigte sich.

»Ja, die bin ich«, antwortete Matei. »Was wollen Sie?« Ihre Stimme klang ruppig.

»Vielleicht wissen Sie, dass es die Galerie nicht mehr gibt. Jakob Stegmann hat Konkurs anmelden müssen. Das war bereits kurz nachdem Sie«, sie kam kurz ins Stocken, »nachdem Sie gegangen sind. Die Ausstellung der Sylter Bilder hat nicht mehr stattgefunden. Und dieser junge Künstler, also der Mann, den Sie Hannes genannt haben, hat sich im Februar erschossen. Er hatte wohl hohe Schulden, gab Gerede in der Branche um ihn. Ging um Hehlerei. Mehr weiß ich nicht.«

Mateis Augen wurden groß. Die Nachricht von Hannes' Tod traf sie, obwohl er sie belogen und betrogen hatte.

»Ihre Aussagen von damals«, sprach die Frau weiter, »sie stimmten, oder? Die Bilder haben Sie gezeichnet.«

Matei nickte. »Ja, das hab ich.«

»Sie sind sehr schön«, sagte die Frau. »Ich hab sie mir lange angesehen. Ich verstehe nicht viel von Kunst. Aber mir gefielen sie ausgesprochen gut.«

Matei nickte. Sie konnte die Ausführungen der Frau kaum glauben. Die Ausstellung hatte niemals stattgefunden. Die Bilder waren nicht verkauft worden.

»Ich weiß, wo die Bilder sind«, sagte die Frau. »Sie wurden von der Polizei als Hehlerware beschlagnahmt und in ein Lagerhaus in der Speicherstadt gebracht. Was mit ihnen geschieht, weiß ich nicht. Aber ich dachte, Sie würden es gern wissen.«

Matei sah die Frau verdutzt an. Ihre Bilder waren noch da, hier in Hamburg. In der Speicherstadt.

»Vielleicht finden Sie ja einen Weg, sie wiederzubekommen«,

fuhr die junge Frau fort. »Viel Glück.« Sie ließ Matei stehen und ging zu einem Mann in einem braunen Mantel, der ein Stück von ihnen entfernt, eine Zigarette rauchend, auf sie gewartet hatte.

Mateis Hände zitterten nun. Ihre verloren geglaubten Bilder waren irgendwo in der Speicherstadt. Sie konnte sie wiederhaben. Nur wie sollte sie das bewerkstelligen? Sie könnte zur Polizei gehen und den Betrug erklären. Doch wie sollte sie beweisen, dass es ihre Bilder waren? Die Signatur war gefälscht. Es könnte jeder kommen und so etwas behaupten. Sie bräuchte Zeugen, jemanden, dem die Polizei vertrauen würde. Friedrich war so jemand. Sie könnte ihm schreiben und ihn um Hilfe bitten. Er kannte jedes ihrer Bilder. Ihre Hände zitterten so sehr, dass ihr der Stift aus der Hand fiel. Sie hob ihn wieder auf und setzte sich auf die Bank. Das Gehörte musste sie erst einmal verarbeiten. Hannes war tot. Er hatte sich das Leben genommen, Hehlerei. Ein Lagerhaus in der Speicherstadt. Plötzlich verspürte sie eine unbändige Sehnsucht in sich, die Bilder zu sehen, sie berühren zu dürfen und die Momente zu erspüren, in denen sie sie gezeichnet hatte. Vielleicht wusste Theo davon. Er kannte im Hamburger Hafen alles und jeden. Sie musste ihn fragen. Sofort. Und wenn sie die Bilder erst einmal mit eigenen Augen gesehen hatte, würde sie entscheiden, wie es weiterginge.

29. KAPITEL

Keitum, 24. April 1923

*J*a, nun ist aber mal gut, min Jung. Da muss man doch nicht so arg schreien.« Heike hatte den kleinen Finn an ihrer Schulter liegen, tätschelte seinen Rücken und lief in Elins Andenkenladen auf und ab. Der Säugling schrie, trotz ihrer Worte, weiter. Sein Köpfchen war schon ganz rot, seine Fäustchen geballt. Elin stand am Verkaufstresen und packte die Sachen aus, die Heike mitgebracht hatte. Geschirrtücher, die mit Leuchttürmen bestickt waren. Handtücher mit dem Schriftzug *Sylt* darauf. Auch Küchenschürzen mit den Worten *Moin, Moin* hatte sie mitgebracht. Elin hatte ihr Sortiment im Keitumer Andenkenladen nun auch um Heikes Textilien erweitert. Hinzu kam auch der Verkauf von Kerzen aus Bienenwachs, die sie von Gerda und Pedder Johannsen, Ökelname Honigs, bezog. Die beiden betrieben in Tinnum einen größeren landwirtschaftlichen Betrieb, und Pedder war begeisterter Imker. In seinem Garten standen unzählige Bienenkästen. Auch den Honig für den Kaffeegarten bezogen sie von dort. Passend zu den Kerzen hatte Elin in ihrer Keramikwerkstatt in den letzten Wochen Kerzenständer in drei verschiedenen Größen hergestellt. Sie waren eher schlicht gehalten, weiß lackiert, mit einfachen blauen Punkten bemalt. Matei hätte sie gewiss mit hübschen Ornamenten verziert, aber Elin fehlten dafür das Geschick und auch die Zeit. Ihr kleiner Finn hatte die ersten Tage nach der Geburt zumeist selig geschlafen und war von allen als besonders braver Säugling gelobt worden.

Damit war es dann jedoch innerhalb weniger Tage vorbei gewesen. Nun schrie er viele Stunden des Tages und ließ sich selbst von Alwine nur selten beruhigen. Die Tonlage von Finns Geschrei nahm eine neue Lautstärke an. Er brüllte nun schon fast hysterisch und zog die Beinchen an.

Elin nahm den Kleinen Heike ab und setzte sich mit ihm in einen Korbsessel. Sie legte Finn mit dem Rücken auf ihre Beine und begann, seinen Bauch zu massieren.

»Dreimonatskoliken«, rief sie über das Gebrüll hinweg Heike zu.

Heike nickte mit mitleidigem Blick. Sie wirkte etwas überfordert, was Elin gut verstehen konnte. Sie selbst hatte sich bereits an die ständige Schreierei aus der Not heraus gewöhnt, aber wenn man so einen brüllenden Säugling nicht ständig um sich hatte, konnte er recht rasch zu einer Belastung werden. Frieda kam, ein mit Fencheltee gefülltes Fläschchen in Händen, das sie Elin reichte.

»Heute isst es aber wieder arg«, sagte sie. »Der arme Kleine.« Ihr Gruß an Heike war bei dem Gebrüll kaum hörbar.

Elin legte Finn in ihren Arm und steckte ihm das Fläschchen in den Mund. Er begann zu saugen, und es trat erfreuliche Ruhe ein. Sämtliche Anwesende atmeten erleichtert auf.

»Wie ssteht es denn in Westerland?«, fragte Frieda Heike. »Man hört ja so einigess, wegen der Inflation. Angeblich sollen die Buchungen noch einmal sstark zurückgegangen sein.«

»Ja, das sind sie leider«, bestätigte Heike mit ernster Miene. »Im letzten Jahr waren es ja bereits weniger Besucher aufgrund der wirtschaftlichen Lage im Reich. Aber nun sieht es noch düsterer aus. Besonders das kleine Logierhausgewerbe ist durch die unzureichenden Einnahmen vom Vorjahr schon geschwächt. Gestern war Else Mertens bei mir im Laden. Sie weiß bald gar nicht mehr, wie es weitergehen soll. Sie hat erst eine Buchung für Juli erhalten. Vor dem Krieg war sie stets ab Ostern voll ausgebucht, und sie hatte zwei Angestellte. Die benötigt sie jetzt natürlich nicht mehr. Besonders die Arbeiter trifft es. Mit jedem Tag gibt es mehr Arbeitslose. Aber wenigstens geht es seit März beim Dammbau weiter. Das sorgt für etwas Hoffnung. Und irgendwann muss ja dieser Geldspuk auch mal wieder ein Ende haben. Erst gestern hat die Stadtverwaltung wieder neues Notgeld in Auftrag gegeben.«

»Ja, das mit dem Geld ist besonders belastend«, sagte Elin. »Ein Küchenmädchen bekommt nun bereits zehntausend Mark Gehalt monatlich. Die Anzeige habe ich heute Morgen in der *Sylter Zeitung* gelesen, für die ich stolze vierzig Mark bezahlt habe.« Sie schüttelte den Kopf.

»Und nächste Woche werden es dann vermutlich zwanzigtausend sein«, meinte Heike. »Bei mir sieht es im Moment noch ganz gut aus. Ich hab durch Kontakte einen Großauftrag vom Hotel Miramar an Land gezogen. Sämtliche Zimmermädchen brauchen neue, der Mode entsprechende Uniformen. Das und der Verkauf im Laden bringt mich über den Sommer. Und vielleicht haben wir ja Glück, und es läuft am Ende besser als gedacht. So kann es doch nicht weitergehen.«

Elin nickte und zog ganz vorsichtig das Teefläschchen aus dem Mund ihres Sohnes. Er war eingeschlafen und nuckelte nun selig. Alle drei betrachteten hoffnungsvoll den Säugling. Würde er ruhig bleiben? Er nuckelte weiter, seine Züge wirkten entspannt.

»Oh, Gott ssei Dank«, sagte Frieda leise. »Dass Geschrei war heute wirklich nichtss für mich. Mich plagt mal wieder meine Migräne. Dass ist der warme Südwind. Wenn der zu plötzlich kommt, dann rumort es mir immer im Kopf.«

»Obwohl der Südwind mir heute ganz genehm kommt«, erwiderte Heike. »Es war die letzten Tage doch wirklich arg unfreundlich. Und Piet und Hinnerk nutzen die Gunst der Stunde bereits. Sie stellen draußen Stühle und Tische auf. Hach, was freue ich mich wieder darauf, in eurem Kaffeegarten im Schatten der Ulmen zu sitzen und mit dem Geruch von Schlick in der Nase den Blick auf das Wattenmeer zu genießen.«

»Sie stellen schon die Tische auf?«, hakte Elin verdutzt nach. Sie erhob sich vorsichtig und legte den Kleinen in einen bereitstehenden Stubenwagen. Im ganzen Haus waren Schlafmöglichkeiten verteilt. Elin wollte sich, trotz des Babys, frei bewegen können. Der Stubenwagen, in dem Finn nun lag und selig schlief, war aus Korb geflochten und hatte einen hübschen weißen Vorhang, eine Spieluhr war daran befestigt, die *Guten Abend, gute Nacht* trällerte. In ihrem Wohnbereich gab es eine hübsche Wiege, die, für Sylt typisch, blau gestrichen und mit Ornamenten verziert war. Und im Friesenhaus stand ein ähnliches Exemplar in ihrer Keramikwerkstatt. Es war das älteste Modell, angeblich hatte Paul selbst schon darin gelegen. Zur Not kann man so einen kleinen Wurm aber auch einfach in einen Wäschekorb verfrachten. Diese Aussage war von Alwine gekommen.

Sie traten nach draußen. Elin staunte nicht schlecht. Auch Friedrich war nun anwesend, der Piet sogar beim Reinigen der Stühle behilflich war. Spinnweben und Staub mussten entfernt werden. Der Künstler sah, wie gewohnt, etwas schlampig aus. Seine grauen Hosen waren zu kurz, er hatte gelbe Schnürsenkel in seinen schwarzen Schuhen. Wieso das denn? Hinzu kam die übliche ausgeleierte braune Strickjacke, darunter ein kariertes Hemd. Er war und blieb ein liebenswerter Chaot.

»Moin, die Damen«, grüßte Friedrich fröhlich. In Händen hielt er einen Besen, mit dem er die Stühle von den Spinnweben befreite. »Ich dachte, ich mache mich an diesem wunderbaren Tag ein wenig nützlich. Was für eine erquickende Ruhe doch plötzlich herrscht. Ich nehme an, der kleine Mann hat sich beruhigt?«

»Er ist im Land der Träume«, antwortete Elin lächelnd.

»Und bleibt da hoffentlich für eine Weile«, fügte Frieda hinzu.

»Nichts für ungut, dass wir ohne Absprache den Garten eröffnen«, sagte nun Piet. »Aber das Wetter ist so schön. Da dachten wir, wäre das doch ganz nett. Gleich kommen die Damen vom Stricktreff. Sie freuen sich bestimmt darüber, in der warmen Sonne zu sitzen. Jetzt sind die Bäume ja auch noch nicht belaubt.« Er deutete auf die Äste der Ulmen, die zwar erste grüne Spitzen zeigten, jedoch von einem vollen Blätterdach noch weit entfernt waren. In diesem Jahr war die gesamte Vegetation auf der Insel hinterher. In den Gärten der Friesenhäuser blühten noch Krokusse und Schneeglöckchen, zaghaft öffneten die ersten Narzissen nun ihre Blüten. Nur der alte Kirschbaum von Olaf Hansen, sein Haus lag unweit des Kaffeegartens an der Ecke zum Uwe-Jens-Lornsen-Wai, stand wie stets zu dieser Zeit in voller Blüte. Dem Baum schienen Temperaturschwankungen nichts auszumachen.

»Schon gut«, sagte Elin. »Ich hätte selbst an die Eröffnung des Gartens denken können. Finns Schreierei bringt alles durcheinander. Wo ist eigentlich Gantje?« Sie sah sich suchend um. »Bilde ich es mir nur ein, oder war sie seit Tagen nicht mehr hier?«

»Sie hat sich doch den Arm gebrochen«, erinnerte Piet. »Das war vor vier Tagen. Sie wollte der alten Tad Jansen nur rasch ihren geliebten Rosinenkuchen bringen, die Gute hat es ja nicht mehr so mit dem Laufen. Da ist sie über eine Wurzel gestolpert. Ich hatte es dir aber gesagt.«

»Stimmt ja. Richtig«, erwiderte Elin. »Entschuldige bitte. Ich weiß zurzeit einfach nicht, wo mir der Kopf steht.«

»Dass ist doch aber auch kein Wunder«, sagte Frieda. »Schläfst du überhaupt noch?«

Die Frage sorgte dafür, dass Elin sich endgültig ihrer Erschöpfung ergab. Sie sackte ein Stück in sich zusammen, und Tränen stiegen in ihre Augen. Sie konnte nicht verhindern, dass sie ihre Wangen hinunterkullerten.

»Ach, Liebes!« Heike legte fürsorglich den Arm um Elin. »Komm. Setz dich.« Sie geleitete Elin zu einem der Stühle. Rasch rückte ihn Piet zurecht. »Du ruhst dich jetzt erst einmal aus. Das ist doch alles viel zu viel. Der Kaffeegarten, die Keramikwerkstatt und der Kleine, den die Koliken ja doch arg plagen. Kein Wunder, dass du erschöpft bist.«

Piet, Friedrich und Hinnerk sahen recht hilflos drein. Eine überforderte Elin waren sie nicht gewohnt.

»Wo steckt eigentlich Lorenz?«, fragte Heike.

»Auf dem Festland, wegen dem Bau des Wattenmeerdamms«, beantwortete Piet ihre Frage. »Dort wird ein Barackenlager für die Arbeiter weiter ausgebaut, und er hat dafür die Bauaufsicht übernommen. Es sollen in dem neu entstandenen Dreieckskoog bald über einhundert Männer untergebracht werden. Das mit dem Dammbau geht jetzt flott voran. Was ja für unser Inselchen ein echter Segen ist.«

Elin erwiderte nichts. Heike konnte sich schon denken, was sie von der längeren Abwesenheit ihres Mannes in der jetzigen Situation hielt. Seine Bestrebungen, den Dammbau betreffend, waren durchaus lobenswert. Aber er war nun Familienvater und hatte auch hier Pflichten.

»Was haltet ihr denn jetzt von einer Tasse Kaffee?«, schlug Heike jetzt vor. Bewusst ging sie nicht weiter auf das Fehlen von Lorenz ein. Sonst würde Elin am Ende erneut in Tränen ausbrechen. »Danach ist man doch gleich viel munterer. Und wenn es dir recht ist, meine Liebe, dann helfe ich heute Nachmittag gerne im Café mit. Du könntest dich dann ein wenig ausruhen. Ein Mittagsschlaf würde dir guttun. Und sollte sich der kleine Schreihals erneut melden, kümmere ich mich gern um ihn.« Sie legte ihre Hand auf Elins Schulter. »Gönn dir die Pause. Du wirst sehen: Danach sieht die Welt wieder ganz anders aus.«

Elin nickte zögerlich. Heike hatte natürlich recht. Doch sie wollte sich auch nicht aufs Abstellgleis schieben lassen.

Alwine tauchte auf. Sie trug einen dunklen Rock und eine weiße Bluse, darüber eine leichte Jacke. Ihr Dutt am Hinterkopf war im Begriff, sich aufzulösen, und sie machte einen abgekämpften Eindruck, dunkle Schatten lagen unter ihren von tiefen Falten umgebenen Augen. In der rechten Hand hielt sie ihren Hebammenkoffer.

»Oh«, sagte sie. »Die Tische stehen ja wieder draußen. Was für eine wunderbare Idee bei diesem herrlichen Wetter. Da kann ich mein Käffchen gleich in der Nachmittagssonne trinken. Und das hab ich mir wahrlich verdient. Meite Bleicken hat einen acht Pfund schweren Jungen geboren. Liebe Güte, was ein Brocken für ein solch zierliches Persönchen. Aber Mutter und Kind sind wohlauf.« Ihr Blick blieb an Elin hängen und wurde mitleidig.

»Elin, Liebes. Du siehst ja ganz mitgenommen aus. Lass mich raten: Finn hat wieder stundenlang geschrien.«

Elin nickte. »Die halbe Nacht und fast den gesamten Vormittag. Vorhin ist er endlich eingeschlafen.«

»Und wir hoffen alle, ess wird ein längeress Schläfchen«, fügte Frieda hinzu. »Dass Geschrei zehrt ganz schön an den Nerven. Du bist doch Hebamme. Du musst doch wissen, wie wir dass abgestellt bekommen. Sonst laufen uns noch die Gässte fort.«

»In Keitum läuft wegen einem schreienden Jung so schnell keiner fort«, sagte Hinnerk. »Dat wird schon werden. Irgendwann hat jede Lütte mit der Schreierei aufgehört.«

»Damit hast du recht, Hinnerk. Deswegen heißt es ja auch Dreimonatskoliken. Bei einigen Kindern muss sich die Verdauung eben erst sortieren«, erklärte Alwine. »Dieser Umstand ist jedoch für sämtliche Beteiligte recht unerfreulich.« Sie streckte sich gähnend. »Wie steht es denn, wenn er Fencheltee bekommt? Hilft das?«

»Nur bedingt«, antwortete Elin. Sie hatte inzwischen Mühe, die Augen offen zu halten.

Im nächsten Moment waren Stimmen zu hören, die vom Wattweg kamen. Drei ihnen unbekannte Damen betraten den Garten. Sie waren mittleren Alters und schienen auf Wandertour gewesen zu sein. Sie trugen festes Schuhwerk, grob gestrickte Jacken, und jede von ihnen hatte einen Wanderstock in Händen, eine trug einen grauen Rucksack. Die Frau sprach sie an: »Moin, zusammen. So sagt man das doch hier oben an der See.« Sie sprach breiten sächsischen Dialekt und strahlte über das ganze Gesicht, ihre runden Wangen waren gerötet. »Ist der Kaffeegarten denn geöffnet? Wir haben unten am Wattweg das Schild gesehen und würden gerne auf unserem Weg zum Morsum Kliff bei Ihnen eine Pause einlegen. Ihre angepriesene Friesentorte hört sich verführerisch an.«

»Gern, die Damen«, erwiderte Piet. »Offiziell öffnen wir zwar erst um vierzehn Uhr das Café. Aber Sie sind herzlich eingeladen, sich bereits jetzt einen Platz zu suchen. Vielleicht dort vorne?« Er deutete auf einen Tisch am Ende des Gartens. »Von dort aus lässt sich besonders gut die Aussicht auf das Wattenmeer genießen.«

Die Damen nahmen seine Empfehlung freudig an und steuerten auf den angewiesenen Tisch zu.

»Na, dann lasst uns mal loslegen.« Elin stand auf. »Der Alltag ruft.«

»Nicht für dich, wie ich gesagt habe«, erwiderte Heike mit strengem Blick. »Mittagsschlaf.«

Elin wollte etwas entgegnen, wurde jedoch durch ein ihr nur zu gut bekanntes Geräusch unterbrochen. Dem Weinen des kleinen Finn, das durch das geöffnete Fenster des Andenkenladens nach draußen drang.

»Das war es dann mit der Ruhe und dem Mittagsschlaf«, sagte sie und seufzte. »Ich geh dann mal nach ihm sehen. Vielleicht lässt er sich ja wieder mit dem Fencheltee beruhigen. Ich könnte auch einen Spaziergang mit ihm machen. Das hat er gern.« Sie ging ins Haus.

Alwine sah ihr mitleidig nach. »Die Ärmste. Der Kleine ist aber auch eine Krawallschachtel. Wir Hebammen haben es da ja gut. Wir holen die Zuckerstücke auf die Welt, und in den ersten Tagen nach der Geburt sind sie ja meist noch friedlich. Die Schreierei fängt erst später an, wenn wir wieder fort sind. In Berlin hat es häufiger Fälle von Kindsmord gegeben. Da haben sie die armen Würmchen aus Verzweiflung totgeschockelt.«

Eine der unweit von ihnen sitzenden Damen sah mit entsetztem Blick in ihre Richtung.

»Alwine, bitte«, mahnte Heike. »Erzähl doch keine solchen Schauermärchen. Unsere Elin würde Finn niemals so etwas Abscheuliches antun. Und jetzt wäre es nett, wenn du uns zur Hand gehen würdest. Die Tische benötigen noch Tischtücher und Dekoration. Gleich kommt noch der Stricktreff zu seinem wöchentlichen Kaffeeklatsch, und wie du weißt, fällt unsere Gantje für längere Zeit aus.«

Alwine fügte sich in ihr Schicksal und schob die Zigarette, die sie eben aus ihrem kleinen silbernen Etui geholt hatte, wieder zurück. »Wegen mir.« Sie erhob sich seufzend. »Der Stricktreff. Ach du je. Da ist Kresde dabei. Die ertrage ich heute nicht. Ich helfe noch beim Eindecken der Tische, dann findet ihr mich in der Küche beim Kaffee kochen. Keine zehn Pferde bringen mich heute in die Nähe dieser elenden Tratschtanten.« Sie nahm ihren Hebammenkoffer auf und folgte Heike ins Haus.

Eine Weile darauf schob Elin den Kinderwagen mit dem kleinen Finn darin den Wattweg hinunter. Hinnerk lief neben ihr her. Er hatte ihr dabei geholfen, das etwas unhandliche schwarze Gefährt mit den großen Rädern über die Treppe nach unten zu bringen. Finn schlief, nachdem er gefüttert und gewickelt worden war, nun selig unter seinem gehäkelten hellblauen Babydeckchen, das sie von Gesa zur Geburt geschenkt bekommen hatte.

Das Wattenmeer funkelte im hellen Licht der Nachmittagssonne, der Geruch des Schlicks hing in der milden Luft, nur ein leichter Wind rüttelte an dem neben ihnen wachsenden Schilf. Möwen und andere Vögel zogen über ihnen laut rufend ihre Kreise, eine Gruppe Eiderenten kreuzte ihren Weg und verschwand schnatternd in einem der an den Weg grenzenden Gärten.

»So ein kleiner Jung ist schon eine Aufgabe«, sagte Hinnerk irgendwann. »Denkt man gar nicht, dass einen so ein winziges Menschlein so auf Trab halten kann. Also meine Mutter sagte immer, ich wäre ein recht lieber Säugling gewesen. Nur mein Bruder, der hätt oft Rabatz gemacht.«

»Du hast einen Bruder?«, hakte Elin nach. »Davon weiß ich ja gar nichts. Wie heißt er denn?«

»Ole. Wir haben ständig gestritten, schon als Kinder. Waren immer wie Feuer und Wasser. Er hat Sylt verlassen, als ich vierzehn war. Wollte zur See fahren. Seitdem hat er nichts mehr von sich hören lassen. Manchmal frag ich mich, wat aus ihm geworden ist.«

Elin nickte. Es war das erste Mal, dass Hinnerk etwas über seine Vergangenheit erzählte. Seltsam. Bisher hatte sie gedacht, sie würde den alten Inselbauern sehr gut kennen. Aber nun musste sie sich eingestehen, dass sie nur wenig über ihn wusste. Seine Worte ließen sie an Matei denken. Sie hatten nur selten gestritten und waren stets eine Einheit gewesen. Und nun waren sie trotzdem getrennt. Der Sturm war aufgezogen, und sie hatte es nicht verhindern können. Ihr Blick fiel auf das schlafende Baby im Kinderwagen. Der Kleine sah so friedlich aus. Er trug ein von Gesa gehäkeltes Mützchen, viel abgelegte Babykleidung hatte sie von ihr geerbt. Matei kannte Finn nicht. Sie wusste nicht einmal, dass er existierte. Sie wusste nicht, dass Wiebke sie verlassen hatte. Sie war weit fort von der Insel, irgendwo, vermutlich in Hamburg, vielleicht auch irgendwo anders. Plötzlich wünschte sie so sehr, sie wäre wieder bei ihr. Sie könnte mit ihr reden, sie könnten gemeinsam ihren Alltag bewältigen, tratschen, lachen, Pläne schmieden, einfach nur zusammen sein. Matei würde Finn lieben. Da war sie sich sicher. In ihre Augen traten Tränen, sie blinzelte sie fort. Und da hörte sie plötzlich eine vertraute Stimme, die ihr Herz höherschlagen ließ. Sie wandte sich um. Es war Lorenz, der freudig winkend auf sie zugelaufen kam. Da ließ sie den Kinderwagen stehen, rannte los und fiel in seine Arme.

»Hoppla«, rief er überrascht aus. Sie klammerte sich an ihm fest und weinte nun endgültig. Vor Freude, vor Erschöpfung, aus Traurigkeit. Sie wusste es nicht. Und genau in diesem Moment begann der kleine Finn erneut lautstark zu schimpfen.

30. KAPITEL

Hamburg, 6. Mai 1923

»Wieso verkaufst du deine Bilder eigentlich nicht?«, fragte Matei.

Tida ließ ihren Stift sinken und sah Matei missbilligend an. Matei verfluchte sich dafür, die Frage gestellt zu haben, die ihr schon seit einer ganzen Weile auf der Zunge gelegen hatte. Tida zeichnete, sie skizzierte und erschuf Bilder mit einer besonderen Ausdruckskraft. Sie konnte problemlos mit den Großen der Branche mithalten. Doch sie hortete ihre Werke wie einen Schatz. In ihrer bescheidenen Behausung stapelten sich die Skizzenblöcke bis zur Decke. Tida könnte so viel mehr werden, eine angesehene Künstlerin. Ihre Bilder könnten in Wohnungen und Gaststätten hängen, sie könnte Ausstellungen machen. Matei dachte an die wenig ausdrucksstarken Bilder in der Pension von Inge Mumm. Tidas Skizzen würden viel besser in den gemütlich eingerichteten Gastraum passen.

Sie befanden sich auf einem von Efeu umrankten Balkon am Fleet bei der Herrlichkeit in der Hamburger Altstadt. Tida hatte Matei gebeten, sie hierher zu begleiten. Sie wusste nicht so recht, weshalb sie das tun sollte. Hatte jedoch zugestimmt. Nachdem sie den Balkon betreten hatte, beantwortete sich ihre Frage von allein. Das vor ihren Augen liegende Motiv war bezaubernd. Es zeigte das Fleet, die alten Häuser mit den schiefen Fenstern, hölzernen Balkonen, Erkern und Winkeln linker Hand, auf der anderen Seite des Wasserlaufs standen Bäume, die erstes Grün zeigten. Der Blick ging über kleine Boote hinweg bis zur Schaartorbrücke, dahinter sah man den Mastenwald des Niederhafens. Es war ein perfektes Motiv, das sich einzufangen lohnte. Der Ort schien zu dieser Stunde, Abendlicht lag bereits über der Stadt, wie verzaubert zu sein.

Matei erwartete mehr als den missbilligenden Blick von Tida. Eine Erklärung, eine Rechtfertigung oder Zurechtweisung. Aber sie kam nicht. Stattdessen begann Tida zu erzählen.

»Ich kann mich noch gut daran erinnern, wie ich zum ersten Mal auf diesem alten Balkon gestanden und auf das Fleet gesehen habe. Damals war meine Freundin und Lehrmeisterin bei mir. Ebba Tesdorpf. Sie war etwas ganz Besonderes und die beste Künstlerin, die ich jemals im Leben kennengelernt habe. Ich versuche seit Jahren, diesen Ort so zu zeichnen, wie sie es getan hat. Doch es will mir nicht gelingen. Sie hatte ein ganz besonderes Auge für die Stadt mit all ihren Eigenheiten. Sie hat vieles festgehalten, das es heute nicht mehr gibt. Die alten Wohnviertel auf dem Kehrwieder oder dem Wandrahm. Dort stehen nun die Häuser der Speicherstadt. Sie hat all ihre Bilder von Hamburg der Stadt geschenkt. Sie sind eine unvergleichbare Dokumentation des Hamburger Stadtbilds. Sie hat keinen Pfennig dafür verlangt. Sie hat gesagt, es ist meine Mission, das alte Hamburg für die Nachwelt festzuhalten. Ihre Welt waren die kleinen, dicht zusammengerückten Häusergruppen, die Hamburg in den Höfen und an den Fleeten in großer Zahl besaß. Motive wie dieses hier. Ihren Blick fürs Detail habe ich stets beneidet. Sie fehlt mir.« Es entstand eine Pause.

Matei wusste nicht, was sie erwidern sollte.

»Ich hab von ihr gelernt, dass es beim Malen nie um den großen Erfolg geht, darum, reich und berühmt zu werden«, setzte Tida ihre Rede fort. »Es geht darum, glücklich zu sein.« Sie sah

Matei an, und ihr Blick wurde milde. »Ich sehe es in deinen Augen. Das Glück, wenn du zeichnest, wenn du ein für dich perfektes Motiv gefunden hast. Die Welt um einen herum verschwimmt und verschwindet. Man wird eins mit ihm und versucht, es in Vollkommenheit einzufangen. Nach der Zufriedenheit dieses Augenblicks bin ich süchtig. Und kein Geld der Welt, kein Ruhm oder Reichtum kann ihn mir schenken. Er könnte mich verändern, mich aus der Bahn werfen. Davor hab ich Angst.« Sie sah Matei direkt in die Augen und hielt ihren Blick fest.

Matei verstand, was sie ihr gerade auf ihre ganz eigene Art gesagt hatte. Sie selbst war aus der Bahn geflogen, weil sie mehr gewollt hatte. Sie hatte sich ablenken lassen von dem, was wirklich zählte. All die Zweifel der letzten Monate, die Fragen, die sie Jan gestellt hatte. Ist es gut genug, wird es das jemals sein? Ihre Zeichnungen mussten nicht für eine Vernissage erschaffen werden, wo sie auch immer stattfinden würde. Die Bilder mussten ihr selbst genügen. Sie musste sie fühlen. Tränen traten in ihre Augen, und sie spürte den Schmerz in sich. Jan hatte ähnlich gedacht. Du musst es fühlen, darin versinken. Sie dachte an den Moment, als er ihr das gesagt hatte. Kurz nach ihrer Hochzeit, sie hatten auf dem Kliff in Keitum unweit des Altfriesischen Hauses im Schatten der Ulmen mit ihren Staffeleien gestanden und die Wolkenstimmung über dem Meer eingefangen. Er fehlte so sehr. Sie dachte an ihre verschwundenen Bilder und fragte sich, bei wie vielen von ihnen sie diese Leidenschaft gefühlt hatte. Waren einige nicht als Mittel zum Zweck entstanden? Sie hatte sie nicht für sich gezeichnet, sondern für Hannes, um anderen zu gefallen. Waren die Bilder in diesem Lagerhaus wirklich Teil ihrer Seele? Sie hatte überlegt, zur Polizei zu gehen, nach den Bildern zu fragen. Doch was hätte sie dort sagen sollen? Es sind meine Gemälde? Beweise hatte sie keine. Und ob Zeugen ausreichen, wusste sie nicht. Würde man Friedrich wirklich Glauben schenken? Würde er überhaupt nach Hamburg reisen? Durfte sie das von ihm verlangen? Sie überlegte noch einmal, Theo zu fragen, ob er sich umhörte. Er würde die Bilder finden. Er kannte in der Speicherstadt alles und jeden. Doch etwas in ihrem Inneren stellte sich quer. Sie konnte sich dieses Gefühl nicht erklären. Was würde sie tun, wenn sie die Bilder sah? Sie konnte sie nicht einfach mitnehmen. Die Gemälde waren Sylt, sie zeigten ihre Niederlage, waren ein Abbild ihrer Eitelkeit. Wollte sie sie überhaupt wiederhaben?

»Deine Bilder sind hier, im Zimmer nebenan«, sagte plötzlich Tida. Matei sah sie verdutzt an. Sie hatte mit Tida noch nicht über die Bilder geredet. Nur mit Ole, im Kiosk. Er war ihr als sicheres Terrain vorgekommen. Und sie hatte irgendwen gebraucht, dem sie es erzählen konnte. Sonst wäre sie geplatzt. Ole hatte das getan, was er immer tat. Er hatte zugehört, nebenbei seinen Kaffee mit Rum gekocht und ihr einen Becher gegeben. Sie hatten gemeinsam an seinem kleinen schäbigen Tisch im Kiosk gesessen und geschwiegen. Und jetzt wusste es Tida.

»Ole?«

Tida nickte. »Er erzählt mir immer alles. Die Sache brannte ihm unter den Nägeln. Ich kenn da wen, der wen kennt. War keine große Sache, die Bilder zu bekommen. Du kannst sie behalten. Die im Lager waren froh, sie loszuwerden. Karl, der Verwalter, hat noch nie was von Kunst verstanden, und auf der Wache gilt der Fall seit der Schließung der Galerie und dem Selbstmord des angeblichen Künstlers als abgeschlossen. Nächsten Monat wären deine Bilder vernichtet worden. Karl hat sie hierherbringen lassen. Hier können sie erst einmal bleiben.«

Matei konnte nicht glauben, was sie hörte. Ihre Bilder waren hier. Einfach so. In diesem alten, verfallenen Haus mit den

331

schiefen Fenstern. Deshalb hatte Tida sie hierher mitgenommen. Nicht wegen der Schönheit des städtischen Motivs. Ihre Hände begannen zu zittern.

»Wieso sagst du das erst jetzt?«, fragte sie.

»Weiß nicht.« Tida zuckte die Schultern. »Dachte, wir könnten vorher noch das hübsche Licht über dem Fleet bewundern. Und die Bilder laufen ja nicht fort.« Sie grinste schelmisch. »Komm.« Sie bedeutete Matei, ihr ins Innere des Hauses zu folgen. »Ich will dir meinen Favoriten zeigen.«

Matei folgte Tida. Ihr Herz schlug heftig, als sie den kleinen Raum betrat. An den Wänden hingen die Reste einer blumigen Tapete, der Dielenboden war staubig. Durch das mit Spinnweben verhangene Fenster fielen die Strahlen der Abendsonne an die Wände. Auf dem Boden lagen ihre Bilder. Leinwände, in Tücher gewickelt, in einem Stapel. Eines von ihnen lehnte an der Wand. Es zeigte den Weststrand an einem stürmischen Tag. Das Meer war aufgewühlt, und ein Teppich aus weißem Schaum hatte sich auf dem Strand ausgebreitet. Die Wolken erschufen ein dramatisches Bild, ein einzelner Sonnenstrahl fiel durch sie hindurch und ließ die Wasseroberfläche an dieser Stelle leuchten. Tida hatte eine gute Wahl getroffen. Dieses Bild war keines derjenigen, die sie angefertigt hatte, um Hannes zu gefallen. Sie hatte es kurz nach dem Tod von Jan gezeichnet. Es war ein kalter Tag gewesen. Sie hatte in einem der einfachen und verlassenen Unterstände der abgezogenen Kriegstruppen gestanden. Er bot Schutz vor dem Wind und dem Flugsand. Doch nicht vor der Kälte, gegen die selbst ihre Handschuhe irgendwann nicht mehr halfen. Sie hatte gemalt und seine Nähe gespürt. Der Schmerz hatte ihren Pinsel geführt und die Dramatik dieses Augenblicks eingefangen.

»Es ist einmalig«, sagte Tida. »Ich wusste, dass du Talent hast. Aber das hier übertrifft all meine Vorstellungen. Das Meer mit seinen vielen Farben und Facetten. Dazu die Wolken darüber, dramatisch und finster. Der einzelne Sonnenstrahl wirkt wie ein Lichtbringer. Er zeigt die Hoffnung in dir, trotz all der Düsternis.« Tida ging in die Hocke und berührte das Gemälde, strich behutsam mit den Fingerspitzen über den am Strand liegenden Meeresschaum. Matei rannen nun die Tränen über die Wangen. Tida hatte in Worte gefasst, was sie damals gefühlt hatte.

»Als kleines Mädchen hab ich davon geträumt, irgendwann in meinem Leben an einem solchen Strand stehen zu dürfen«, sagte Tida mit Wehmut in der Stimme. »Bisher hab ich es nur zum Elbstrand geschafft. Hast doch genug Wasser um dich rum, hat meine Mutter zu mir gesagt. Doch Wasser ist nicht gleich Wasser. Das sieht man schon an Hamburg mit seinen vielen Fleeten, der Binnen- und Außenalster, der Elbe. Vielleicht bin ich deshalb so gern an den Landungsbrücken. Dort riecht man die Ferne und das Meer. Von dort aus starten die großen Dampfer in die Welt hinaus. Mich werden sie wohl niemals mitnehmen. Aber das ist auch nicht so schlimm. Was soll so eine Hamburger Deern auch in der großen weiten Welt?«

Matei betrachtete ihr Bild nun plötzlich mit anderen Augen. Für sie war der Sylter Weststrand ein alltäglicher Anblick gewesen. Auch das Wattenmeer. Jeden Tag hatte sie es von ihrem Fenster aus gesehen. Vermisste sie es? Wasser war nicht gleich Wasser. Tida hatte recht.

»Es ist nicht nur der Anblick, der es besonders macht«, sagte sie und ging neben Tida in die Hocke. »Es ist so vieles mehr. Der Wind, der einem an einem solchen Tag die Röcke aufwirbelt, der Flugsand, der einem in die Augen weht. Ich habe es immer geliebt, durch den angespülten Schaum zu laufen, ihn mit der Hand aufzuheben und fortzupusten. Unser Herrenhaus, der Kaffeegarten. Er steht, umrandet von alten Ulmen, am Wattenmeer. Es verändert sich ständig, das Wasser kommt und geht mit den Gezeiten. Der Geruch von Schlick in der Luft ist einzigartig, den gibt es nur dort, ebenso den Geschmack von Salz auf den Lippen.« In Matei breitete sich ein warmes Gefühl aus. Sie dachte daran, wie gern sie früher im Lesezimmer des Herrenhauses am Fenster gestanden und aufs Watt hinausgeblickt hatte. Diese Aussicht war für sie der schönste Anblick gewesen, den sie gekannt hatte. Stundenlang hatte sie ihn betrachten können. Sie hatte ihn skizziert, doch die Skizzen meist fortgeworfen. Ihre Bilder trafen die Schönheit der Realität nicht. Niemals würde ein Bild das können.

Eine Weile sagte keine von beiden etwas. Die Sonnenstrahlen waren inzwischen verschwunden, Dämmerlicht breitete sich im Raum aus. Die Stille hatte etwas Beruhigendes an sich. Die Ruhe des Moments und auch Tidas Nähe taten Matei gut. Seitdem sie von den Bildern erfahren hatte, war sie hin- und hergerissen gewesen, was sie tun, ob sie überhaupt etwas unternehmen sollte. Nachts hatte ihr Gedankenkarussell sie nicht schlafen lassen, sie war in wirre Träume versunken. Hannes und Jan waren Teile davon gewesen. Aber auch Tida, Elin und die Frau am Alsterufer.

»Wollen wir gehen?«, fragte Tida irgendwann. »Ole hat doch heute Geburtstag. Er wollte uns nach Feierabend einladen. Bestimmt gibt es wieder seine teuflisch gute Gulaschsuppe.«

»Ach du je«, antwortete Matei. »Das hab ich ganz vergessen. Ich hab gar kein Geschenk für ihn. Ich Dummbatz aber auch.«

»Du hast doch eines. Einen ganzen Stapel voll.« Tida deutete auf die Bilder. »Ich hab schon eines ausgesucht. Ich weiß ja, was er gernhat.« Sie nahm ein Bild zur Hand, das ganz oben auf dem Stapel gelegen hatte. Es zeigte den Hafen von Munkmarsch mit seinen Fischkuttern und bunten Häusern an einem sonnigen

Tag. Die perfekte Inselidylle, wie sie so mancher Tourist bei seiner Ankunft auf Sylt sah.

»Es ist entzückend«, sagte Tida freudig. »Die kleinen Häuser und Boote. Ole wird es lieben.«

Matei nickte lächelnd. Da hatte Tida wahrlich das perfekte Bild für den alten Kioskbesitzer ausgesucht, denn er hatte eine Vorliebe für idyllische Hafenansichten. Und es wurde eindeutig Zeit, dass in seinem Kiosk auch mal Bilder eines anderen Künstlers außer Tida hingen.

Sie verließen das alte, halb verfallene Haus, und während sie die Straße hinuntergingen, fragte Tida, was es denn genau mit Flugsand auf sich habe. Matei begann zu erklären, und sie verspürte plötzlich ein ganz besonderes Gefühl von Zuneigung für Tida. Am liebsten hätte sie sie in diesem Augenblick fest in den Arm genommen und an sich gedrückt. Tida war eigentümlich, ihre Denkweise und Handlungen waren nicht immer nachvollziehbar, aber sie hatte das Herz auf dem rechten Fleck, und darauf kam es an. Und vielleicht würde sie ja doch noch irgendwann in ihrem Leben das Meer sehen und zeichnen können. Matei wünschte es ihr.

Bald darauf saßen sie vor Oles Kiosk. Er feierte heute seinen sechzigsten Geburtstag, und es hatte sich eine recht ansehnliche Gruppe Gratulanten eingefunden, die auf Bierbänken verteilt rund um seinen Zeitungskiosk Platz genommen hatten. Es gab, wie von Tida bereits angekündigt, Gulaschsuppe, zusätzlich wurden von dem Imbissbudenbesitzer Heinz, sein Geschäft stand direkt neben Oles Kiosk, Würstchen gegrillt. Sogar eine kleine Kapelle gab es. Sie bestand aus den drei Straßenmusikanten Heinrich, Klaus und Dieter, die öfter abends auf dem Jungfernstieg die Touristen mit fröhlichen Gassenhauern unterhielten.

Sie trugen ihre übliche Arbeitstracht: Hosen mit Hosenträgern, dazu graue Hemden und lustige Filzhüte auf den Köpfen. Alle hatten die fünfzig bereits überschritten, Klaus war kein Haar auf dem Kopf geblieben, und Dieter bemühte sich redlich, seinen gezwirbelten Schnauzbart in Form zu halten. Auch der Porträtmaler Horst war anwesend. Der Mittvierziger zählte zu Oles absoluten Stammkunden und besten Freunden. Heute war er barfuß, irgendwelche Komiker hatten ihm die Schuhe geklaut, und für neue reichte sein Geld nicht. Er hatte Ole, wie sollte es auch sein, ein Porträt geschenkt, das er nach Mateis Meinung ordentlich geschönt hatte. Darin war Horst besonders gut. Auch die Touristen zeichnete er gern etwas hübscher, als sie tatsächlich waren. Die Realität ist bei dem Großteil der Leute schlecht fürs Geschäft, hatte er einmal zu ihr gesagt und ihr grinsend zugezwinkert.

An den Tischen saßen bekannte Gesichter. Barkassenfahrer, Fahrkartenverkäufer. Mina, die gute Seele des Fischrestaurants vom Anleger sechs, war auch gekommen. Sie hatte ihre Freundin Anni, sie verkaufte Fahrkarten für die Seebäderlinie von Ballin, mitgebracht. Es wurde erzählt und gelacht, nach einer Weile begannen sogar erste Paare zu den Gassenhauern zu tanzen. Herr Anton hüpfte bellend mit. Für den Hund, der bereits mehrere Bratwürste abgestaubt hatte, schien das Fest ein besonders großer Spaß zu sein. Auf den Tischen standen Kerzen, die warmes Licht verbreiteten. Matei, die neben Tida saß, klatschte fröhlich den Takt der Musik mit. Es war der perfekte Abend für ein solches Fest. Keine Wolke war am sternenklaren Himmel zu sehen, und die Lichter des Hafens funkelten im schwarzen Wasser der Elbe.

Und plötzlich saß Theo neben Matei. Sie hatte ihn bisher noch gar nicht bemerkt.

»Moin, meine Schöne«, grüßte er. Matei spürte ihren schneller werdenden Herzschlag. »Was sitzt du hier auf der Bank herum? Eine junge Frau muss doch tanzen.« Er nahm ihre Hand und zog sie auf die Beine. Matei reagierte überrascht, die Bierflasche vor ihr geriet durch ihr abruptes Aufstehen ins Schwanken, und Tida hielt sie rasch fest. Matei ließ sich widerstandslos von Theo auf die Tanzfläche führen, und sie begannen zu dem flotten Walzer zu tanzen, der gerade gespielt wurde. Theo überraschte damit, ein guter Tänzer zu sein. Er führte Matei mit sicherer Hand. Ihr wurde trotzdem rasch schwindelig, denn sie hatte eine gefährliche Mischung von Bier und Wein getrunken. Der Tanz gefiel ihr trotzdem, sie glaubte zu fliegen. Theo ignorierte höflich, dass sie ihm einige Male auf die Füße trat. Nachdem das Lied geendet hatte, tanzte er einfach weiter, als würde noch immer gespielt werden. Er führte sie mit den drehenden Bewegungen von den anderen fort. Matei ließ es geschehen. Sie spürte ein herrliches Glücksgefühl in ihrem Inneren. Erst als sie den Eingang zum Elbtunnel erreichten, blieb er stehen.

»Ich würde dir gern etwas ganz Besonderes zeigen«, sagte er, legte seine Hände auf ihre Schultern und sah ihr tief in die Augen. »Es befindet sich allerdings auf der anderen Seite der Elbe. Wirst du mit mir kommen?«

Matei haderte kurz mit sich. Theo hatte bisher stets kumpelhaft mit ihr agiert, wirkliche Annäherungsversuche hatte er nicht unternommen. Oder war sie blind gewesen? Jedes Mal, wenn er ihrer ansichtig wurde, strahlten seine Augen, er fand stets ein flapsiges oder nettes Wort und suchte ihre Nähe. Sie war wohl im Umgang mit liebäugelnden Männern etwas aus der Übung. Es schickte sich für eine junge Frau nicht, sich mit einem Junggesellen allein herumzutreiben. Allerdings war sie kein unbedarftes Mädchen mehr, sondern bereits Witwe. Und

337

wen juckte es schon? Sie wollte in diesem Augenblick unvernünftig sein, seine Hand nehmen und sich von ihm mitziehen lassen. Morgen würde vermutlich der Kater kommen. Aber das war es ihr in diesem Moment wert. So nahm sie seine Hand, und er führte sie zum Eingang des Elbtunnels. Durch diesen war sie während ihrer gesamten Zeit in Hamburg noch nicht einmal gelaufen. Der im Jahr 1911 eröffnete Tunnel galt als technische Innovation und ermöglichte es vielen Arbeitern, einfacher zu ihren Arbeitsstätten auf der Elbinsel Steinwerder zu gelangen, wo viele Werften angesiedelt waren. Es ging mit einem Fahrstuhl in die Tiefe hinab und einen langen, gekachelten Gang hinunter. Reliefs, die Delfine oder Seesterne darstellten, schmückten die Wände.

»Mein Großonkel hat beim Bau mitgearbeitet«, erklärte Theo mit Stolz in der Stimme, während sie durch den in fahlem Neonlicht liegenden Tunnel liefen. »Er hat unzählige der Kacheln an die Wände gebracht. Ich habe ihn damals ab und an besucht, weil ich den Tunnelbau spannend fand. Nur Mama wollte das nicht. Sie war stets in Sorge um uns kleine Steppkes. Siehst du den Delfin dort vorne? Dieses Relief durfte ich gemeinsam mit meinem Vater befestigen. Ist das nicht großartig? Ich habe an einem solch bedeutenden Bau mitgewirkt. Nur leider ist aus meiner Karriere als Fliesenleger nichts geworden. Ich habe dann doch schwankende Planken im hellen Tageslicht den Arbeiten im düsteren Tunnel vorgezogen.« Er zwinkerte Matei zu. Die ganze Zeit über hielt er ihre Hand. Es fühlte sich vertraut und richtig an, und Matei genoss das Gefühl, sich nach so langer Zeit mal wieder von einem Mann begehrt zu fühlen. Er zog sie mit sich und beschleunigte seine Schritte. Sie liefen los und kicherten, drehten sich im Kreis, er fing sie auf, als sie taumelte. Es fühlte sich an wie fliegen.

Am anderen Ende brachte sie ein Fahrstuhl wieder an die Oberfläche zurück. Hier stand, ebenso wie an den Landungsbrücken, ein großes, kuppelartiges Gebäude, das den Eingang zum Tunnel markierte. Neben dem Fahrstuhl für Fußgänger und Radfahrer konnten auch Automobile und Fuhrwerke den Tunnel durchqueren, wer sich sportlich betätigen wollte, konnte in den Kuppeln Wendeltreppen nach oben oder unten laufen. Draußen empfingen sie kühle Luft und das Leuchten einer Straßenlaterne. Er nahm ihre Hand und führte sie Richtung Elbe. Sie blieben dort an einem beliebten Aussichtspunkt für Touristen stehen. Zu dieser Zeit war er verwaist. Von hier aus hatte man einen großartigen Blick über die Landungsbrücken von St. Pauli. Die unzähligen Lichter der Stadt waren wunderschön. Viele von ihnen spiegelten sich im schwarzen Wasser der Elbe. Es war ein einmaliges Bild.

»Ist es nicht wunderschön?«, fragte er und legte von hinten die Arme um sie.

Sie nickte. »Ja, das ist es. Zauberhaft.« Sie lehnte sich an ihn, und seine Umarmung wurde fester. Da wandte sie den Kopf nach hinten, ihre Lippen fanden sich. Er drehte sie zu sich und drückte sie an sich. Seine Zunge drang in ihren Mund ein, sie schloss die Augen. Und in diesem Moment spürte sie nichts anderes als pures Glück.

31. KAPITEL

Keitum, 19. Mai 1923

ie schöne Torte!«, rief Frieda und blickte auf die auf dem Boden liegende Kirschsahnetorte. »Ich bin aber auch ein Tölpel.«

»Das kannst du laut sagen«, pflichtete Piet ihr bei, während er über ihre Schulter guckte. »So eine Sauerei.« Sie standen am Eingang zur Backstube, Piet hielt ein mit Tüchern abgedecktes Blech Streuselkuchen in Händen. »Und Kirschsahne ist immer sehr beliebt, besonders bei den Herren. Liegt vermutlich daran, weil wir ordentlich Kirschwasser reintun. Nun geh mal zur Seite. Der Streuselkuchen muss zum Wagen. Und der andere Kram auch.«

Gantje trat ein und blieb vor dem Malheur stehen. »Ach du je. Die schöne Torte. Wie konnte das denn passieren?«

Da brach Frieda in Tränen aus. Verdutzt sahen Gantje und Piet sie an. So sentimental kannten sie Frieda gar nicht.

Piet stellte das Kuchenblech rasch auf einem Tisch ab. »Wegen so einem bisschen Kirschsahne muss man doch nicht weinen«, sagte er tröstend. »So etwas kann im Eifer des Gefechts jedem passieren. Es ist ja auch dein erstes Ringreitenturnier. Da kann man schon mal nervös werden.« Er zog ein grün-weiß kariertes Taschentuch aus seiner Tasche und hielt es Frieda hin. »Nur einmal kurz geschnäuzt, also fast sauber.«

Frieda nahm es entgegen und tupfte sich damit die Tränen von den Wangen.

»Es muss am Wetter liegen«, brachte sie hervor. »Ich versspüre heute bereitss den ganzen Tag ein Schwindelgefühl.«

Alwine trat ein und blickte verdutzt auf das sich ihr bietende Bild.

»Liebe Güte. Was ist denn hier passiert? Wie kommt denn die schöne Sahnetorte auf den Fußboden?«

Frieda heulte auf. Piets Blick wurde hilflos. Gantje sah bedröppelt drein.

Hinter Alwine tauchte Hinnerk auf. Er hatte sich dem Anlass entsprechend zurechtgemacht, trug ein frisch gewaschenes, blau-weiß gestreiftes Hemd und seine Kapitänsmütze.

»Wo bleibt denn nu der restliche Kuchen? Wir müssten schon längst losfahren. Elin und die anderen warten auf uns. Dat Turnier fängt doch bald an.« Sein Blick blieb an der heulenden Frieda hängen, dann wanderte er zu der Torte auf dem Fußboden. »Also die isst heute keiner mehr. Wer war dat denn?«

Alwine sah ihn missbilligend an. Sie beschloss, die Angelegenheit in die Hand zu nehmen. Sonst würden sie gar nicht mehr weiterkommen. Elin, Heike und ihre extra für das Fest eingestellte Hilfskraft, Antje Boysen aus Archsum, das Mädchen war vierzehn Jahre alt und mit seinen langen blonden Haaren hübsch anzusehen, warteten bestimmt bereits auf dem Festplatz ungeduldig auf sie. Alwine mochte die Ringreitturniere auf Sylt, die jedes Jahr von Mai bis August stattfanden. Auf der Insel gab es gleich mehrere Ringreitervereine, die gegeneinander antraten und darauf hofften, dass aus ihren Reihen der neue König gekürt würde. Die Kunst bestand darin, einen an einem über die Wiese gespannten Band hängenden Ring mit der Lanze in vollem Galopp aufzuspießen. Das Ringreiten war jedoch nicht nur ein sportlicher Wettkampf. In der Satzung des Keitumer Ringreitvereins, der vor drei Jahren offiziell zum ersten Mal in Erscheinung getreten war, stand geschrieben, dass das Ringreiten dem Zwecke der sportlichen, aber auch der geselligen Zusammenkunft diene. Neben dem Wettkampfplatz wurden jedes Jahr Zelte aufgebaut, es spielte eine Blaskapelle, und natürlich gab es allerlei Leckereien zum Essen, und es floss ordentlich Alkohol.

»Also gut, ihr Lieben«, Alwine klatschte in die Hände, »wir müssen zusehen, dass wir loskommen. Frieda, meine Gute. Jetzt ist Schluss mit der Heulerei. Davon bekommen wir die Torte auch nicht mehr gerettet. Gantje, du reinigst rasch den Boden. Was steht denn noch in der Küche? Sind die Friesentorten bereits verladen?«

»Nein, noch nicht«, antwortete Piet. »Das übernehme ich höchstpersönlich. Nicht, dass unsere Frieda wieder ins Schwanken gerät.«

»Warum schwankst du denn?«, erkundigte sich Hinnerk. »Du bist doch nicht etwa schon angetüddelt?«

»Unsere Frieda doch nicht«, gab Piet für Frieda zurück. »Das ist der Kreislauf. Bei dem plötzlichen Wetterumschwung ist das aber auch kein Wunder. Vor drei Tagen lag morgens noch Frost auf den Feldern, und jetzt haben wir über zwanzig Grad. Da kann es einem schon mal ganz anders werden. Meiner Tesje war heute Morgen auch ganz blümerant zumute. Aber nach dem ersten Kaffee ging es dann.«

»Ja, das Wetter. Das kann einen mit raschen Veränderungen schon mal am Wickel packen«, sagte Alwine. »Am besten hilft dann etwas Belebendes wie ein Gläschen Sekt.«

»Oder Schnaps«, sagte Hinnerk. »Der hilft immer.«

Alwine warf ihm einen strafenden Blick zu und wandte sich an Piet. »Hätten wir noch eine Flasche in der Küche? Gestern war doch der Geburtstag von Doktor Hinkebein.«

»Ich geh nachsehen. Glaub, in der Speisekammer steht noch eine halb volle Flasche. Aber dann flott. Elin wird bestimmt schon nervös. Der Festumzug ist mit Sicherheit bereits in Tinnum, und von dort ist es nicht mehr weit bis zum Turnierplatz.« Piet ging in die Küche.

Alwine half Frieda, sich zu erheben, und sie folgten ihm. Es fand sich besagte Sektflasche, und Frieda wurde mit einem Gläschen versorgt, was tatsächlich ihre Lebensgeister weckte. Gantje reinigte den Fußboden, und es wurden rasch sämtliche Torten und Kuchen zum Wagen gebracht. Darunter drei Friesentorten, zwei Nusssahnetorten, drei Bleche Streuselkuchen, davon einer mit Apfel. Ein Russischer Zupfkuchen, das Rezept stammte von Frieda, drei Marmorkuchen und vier Dosen Friesenkekse.

Alles wurde sicher auf Hinnerks Fuhrwerk verstaut, und die Fahrt konnte beginnen. Rumpelnd ging es vom Hof. Sie bogen in den schmalen Hoyerstieg ein und fuhren bald darauf den Kirchweg hinunter. Der Festplatz lag etwas außerhalb von Keitum auf einem freien Feld. Hier waren bereits Zelte aufgebaut, unzählige bunte Fähnchen wehten im Wind. Einige Schönwetterwölkchen zogen über den blauen Himmel. Es war das perfekte Wetter für das Ringreitturnier. Als hätte es irgendeine höhere Macht bestellt. Alwine war dankbar dafür. Im letzten Jahr hatte es genieselt und war scheußlich kalt gewesen. Sie hatte sich einen dicken Schnupfen geholt. Aber einen anständigen Friesen hielt ja schlechtes Wetter nicht von Unternehmungen unter freiem Himmel ab. Getreu nach dem Motto: Es gibt kein schlechtes Wetter, nur schlechtes Gewand. Sie hatten Glück und trafen vor dem Festzug ein, der dieses Mal den Weg über die Munkmarscher Allee wählte. Elin erleichterte ihr Anblick.

»Da seid ihr ja endlich«, sagte sie und kam zum Wagen. »Ich hatte schon Sorge, dass etwas passiert ist.« Sie hatte sich für das Fest extra herausgeputzt und trug ein hellblau-weiß gepunktetes Baumwollkleid, das bis zur Hälfte ihrer Wade reichte und der Mode entsprechend eine tiefe Taille hatte. Darüber eine passende Strickjacke. Ihr halblanges Haar hatte sie seitlich aufgesteckt, und sie war dezent geschminkt. Neben Elin trat Heike. Sie hatte ihren Laden in Westerland heute geschlossen und würde an ihrem Kuchenstand mitarbeiten. Diesen hatten Lorenz, Piet und Hinnerk bereits am Vortag aufgebaut. Es war ein mittelgroßes Zelt, im vorderen Bereich standen Biertische, die als Kuchentheke dienten. Dahinter gab es Wärmeplatten für die Kaffeekannen. Heißgetränke wurden mit der Hilfe von Gaskochern gekocht. Im Angebot waren die für die Insel typischen Getränke: Pharisäer und Sylter Welle. Selbstverständlich gab es auch einfachen Kaffee mit Milch und Kakao für die Kinder. Elin, Heike und ihre Aushilfskraft Antje hatten schon Kaffee gekocht, Teller, Tassen und Besteck standen bereit. Die kleine Kasse war aufgebaut, die Schilder allesamt beschriftet. Ein Stück Friesentorte würde heute einhundert Mark kosten. Ein charmanter Preis. Aber es half ja nichts. Es kam in diesem Jahr einem Wunder gleich, dass das Ringreiten in seiner normalen Form überhaupt stattfinden konnte. Viele Vereinsmitglieder konnten aufgrund der hohen Inflation ihre Mitgliedsbeiträge nicht mehr aufbringen. Zur Not durfte auch mit Naturalien wie Butter oder Eiern bezahlt werden. Tauschgeschäfte nahmen auf der Insel in den letzten Wochen immer mehr zu. Den immer wertloseren Geldscheinen wurde mit jedem Tag weniger getraut.

»Moin, Elin«, grüßte Hinnerk fröhlich und sprang vom Kutschbock. »Unsere Verspätung tut uns leid. Aber unserer Frieda ging es eben nicht so gut. Sie war 'n büschen tüddelig wegen dem

Kreislauf. Aber Alwine hat sie mit einem Gläschen Sekt wieder geradegerückt. Nur die Kirschsahne, die konnten wir nicht mehr retten.«

»Solang es nur das ist …« Elin erkundigte sich bei Frieda, die eben mit der Hilfe von Piet vom Wagen gestiegen war, nach ihrem Befinden. Frieda war noch etwas blass um die Nase, sie schien geweint zu haben, doch sie lächelte, und ihre Wangen zeigten eine leichte Röte.

»Mir geht es wieder ssehr gut. Wass so ein Glässchen Ssekt doch ausrichtet. Herrlich.« Sie kicherte wie ein kleines Mädchen.

Elin sah zu Alwine, die die Schultern zuckte und ebenfalls grinste. Es waren ehrlicherweise drei Gläser gewesen, die Frieda recht schwungvoll in sich hineingeschüttet hatte. Wenn das Zeug hilft, hatte sie gesagt, dann soll es reichlich davon sein. Nun schien sie einen Schwips zu haben. Aber der würde auf dem Ringreitturnier nicht weiter auffallen. Schon bald würde es auf dem Platz nur noch wenige nüchterne Erwachsene geben. Und selbst die Reiter tranken gern mal einen. Schließlich förderte der sogenannte Satteltrunk die Geselligkeit.

Nun waren die Töne der Blaskapelle zu hören, die den Festzug begleitete.

»Jetzt aber rasch«, sagte Elin. »Die Kundschaft naht.«

Die Kuchen und Torten wurden auf dem Tisch arrangiert. Elin und Heike platzierten sich dahinter. Auch Heike hatte sich zurechtgemacht. Sie trug einen hellgrünen Pullover aus dünner Wolle, dazu einen beigefarbenen Rock, der bis zu ihren Fesseln reichte, und hatte eine Perlenkette umgelegt. Ihr dunkles Haar hatte sie im Nacken zusammengebunden. Elins Blick wanderte noch einmal zu dem im Zelt stehenden Kinderwagen, in dem der kleine Finn selig schlief. Lange würde er das wohl nicht mehr tun, denn bald würde ihn erneut der Hunger wecken. Aber dafür war vorgesorgt. Antje hatte den Auftrag erhalten, sich während des Festes um das Baby zu kümmern.

Die ersten Gäste trafen ein. Es galt, sich die besten Plätze mit guter Sicht zu sichern. Auch die Ringreiter aus den verschiedenen Ortschaften zogen an ihrem Stand vorüber. Lorenz, der dem Keitumer Ringreiterverein angehörte, winkte Elin fröhlich zu. Sie winkte zurück und warf ihm eine Kusshand zu.

Er sah in der Uniform des Keitumer Ringreiterkorps großartig aus. Die Jacke war in Dunkelblau gehalten und mit roten Bändern verziert. Er trug dazu eine ebenfalls dunkelblaue Hose und eine Kapitänsmütze, auf der das Vereinsabzeichen der Keitumer Ringreiter zu sehen war. Lorenz war ein hervorragender Reiter und ehrgeizig. Er wollte in diesem Jahr unbedingt der König des Turniers werden. Allerdings gab es einen Haken an der Sache: Es galt die Regel, dass niemand vorab üben durfte. Jeder Reiter musste ohne Vorkenntnisse sein Geschick am Wettkampftag unter Beweis stellen.

»Guten Tag, meine Liebe«, drang plötzlich eine Stimme an Elins Ohr, die ihre gute Laune sogleich etwas dämpfte. Fräulein Rottenmeier trat näher und musterte sie mit diesem süffisanten Grinsen von oben bis unten, das Elin so gar nicht leiden konnte. Lorenz' Tante trug, wie gewohnt, ein etwas altmodisches Kleid aus fliederfarbener Seide. Viele, besonders ältere Damen konnten sich mit den kürzeren Röcken und der korsettlosen Mode noch immer nicht so recht anfreunden. Ihr ergrautes Haar hatte sie zu einem Dutt am Hinterkopf hochgesteckt, mit dem Rouge hatte sie es nach Elins Meinung etwas übertrieben.

»Du hast also doch in diesem Jahr den Verkaufsstand auf dem Fest errichtet. Ich wollte es erst gar nicht glauben. So eine frischgebackene Mutter sollte doch andere Prioritäten haben. Findest du nicht? Also ich an Lorenz' Stelle …«

»Sie sind aber nicht an Lorenz' Stelle«, war es Alwine, die Fräulein Rottenmeier ins Wort fiel. »Sie sind seine Tante, und soweit ich weiß, haben Sie keine Ahnung davon, was es bedeutet, einen Betrieb zu führen oder ein Kind aufzuziehen. Also hören Sie auf, über Dinge zu sprechen, von denen Sie nichts wissen. Und noch etwas: Die Zeiten, in denen Frauen nur hübsches Beiwerk ihres Gatten waren, sind endgültig vorbei. Wir gehen wählen, wir werden Ärztinnen und studieren. Und wir leiten auch einen eigenen Kaffeegarten. Ob es Ihnen nun gefällt oder nicht.«

Carla schnappte nach Luft. Sie sah ein wenig so aus wie ein aufs Land geworfener Kabeljau. Elin musste sich wahrlich zusammenreißen, um nicht laut loszulachen. Alwines forscher Tonfall erinnerte an ihre besten Lazarettzeiten. Mit einer solch direkten Zurechtweisung hatte Carla nicht gerechnet. Sie sah Alwine verdattert an. Alwine hatte die Arme vor der Brust verschränkt und erwiderte ihren Blick mit finsterer Miene.

Elin machte sich auf einen hysterischen Ausbruch von Carla gefasst, doch er blieb aus. Carla bemühte sich stattdessen um ein Lächeln. »Nun gut«, sagte sie in einem verbindlichen Tonfall. »Dann soll es eben so sein. Ich hoffe jedoch, du hast den Kleinen bei einem Kindermädchen in einer ruhigen Umgebung gelassen. Solch eine Veranstaltung ist weiß Gott nichts für ein solch kleines Wesen.« Sie linste über Elins Schulter hinweg in das Innere des Zelts. Heike, die die Problematik Fräulein Rottenmeier zur Genüge kannte, stand zufälligerweise genau in diesem Moment direkt vor dem Kinderwagen, sodass Carla ihn nicht sehen konnte. »Und die Friesentorte sieht mal wieder prächtig aus. Obwohl das ja so gar nichts für mich ist. Zu viel Sahne. Das geht direkt auf die Hüften.« Sie musterte Elin von oben bis unten. Elin ahnte, was ihr durch den Kopf ging. Sie war noch weit davon entfernt, wieder ihre schlanke Figur von vor der Schwangerschaft zu haben. Aber Alwine sah das ganz pragmatisch. Neun Monate braucht es, bis es kommt. Neun Monate braucht es, bis es geht. Allerdings musste Elin sich eingestehen, dass sie in den letzten Wochen noch mehr in der Backstube genascht hatte wie vor oder während der Schwangerschaft. Vermutlich lag es an der zusätzlichen Belastung mit dem Kleinen, hinzu kam Lorenz' häufige Abwesenheit, die an ihren Nerven zehrte. Das Ringreitturnier hatte ihn von der Festlandbaustelle des Wattenmeerdamms weggeführt und für einige Tage in den Kaffeegarten gebracht. Doch bereits am Dienstag plante er seine erneute Abreise nach Niebüll. An so manchem Tag fühlte sie sich wie eine alleinstehende Frau. Wenn wenigstens Wiebke noch bei ihnen wäre. Sie und ihre Tatkraft fehlten noch immer an allen Ecken und Enden. Mit ihr im Haus wäre vieles leichter gefallen.

»Carla, meine Liebe«, war eine kreischende Frauenstimme zu hören. Jule Decker, eine langjährige Freundin von Carla, trat näher. Früher war die Endfünfzigerin mit der heftigen Naturkrause blond gewesen, nun mischte sich immer mehr Grau darunter. Im Gegensatz zu Fräulein Rottenmeier war Jule ein recht umgänglicher Mensch und stets freundlich. Obwohl sich Elin nicht sicher war, inwieweit ihre Worte ehrlich gemeint waren. Jule und ihr Mann Martin leiteten in Wenningstedt bereits seit einigen Jahren erfolgreich ein mondän eingerichtetes Gästehaus für die gut betuchte Gesellschaft. Elin vermutete jedoch, dass in den letzten Jahren auch bei den Deckers eher Schmalhans angesagt war.

»Elin, meine Liebe. Wie schön, dich hier zu sehen. Gut siehst du aus. Und schon wieder so schlank. Also ich hab nach der Geburt meines Johannes noch ewig die Pfunde mit mir herum-

geschleppt. Wenn man es genau nimmt, tu ich das heute noch.«
Sie winkte lachend ab. »Eben konnte ich auch schon Lorenz Guten Tag sagen. Er ist guter Dinge, dass er heute gewinnen wird.
Aber du weißt ja, wie das mit dem Gönnen des Siegs ist. Natürlich drücke ich meinem Sohn die Daumen.« Sie ließ ihren Blick
über die Kuchenauswahl schweifen. »Hach, welch süße Sünden
ihr doch wieder aufgestellt habt. Aber heute soll es egal sein mit
den guten Vorsätzen. Ich hätte gern ein Stück von der Friesentorte. Du auch, Carla? Komm. Ich lad dich ein. Dazu Kaffee mit
Milch. Oder noch besser: Wir gönnen uns zwei Pharisäer. Wenn
dekadent, dann richtig.« Sie lachte wie eine Ziege. Carla fügte
sich in ihr Schicksal, und Elin verfrachtete rasch die Kuchenstü-
cke auf die Teller. Wenig später zogen die beiden von dannen,
und Elin atmete erleichtert auf.

»Also diese Frau braucht man wie einen Kropf am Hals«, sagte
Alwine neben Elin und schüttelte den Kopf. »Man möchte gar
nicht meinen, dass ein solch attraktiver und freundlicher Mensch
wie Lorenz eine solch scheußliche Verwandtschaft hat.«

»Sie ist ja nur angeheiratet«, sagte Elin und wandte ihre Aufmerksamkeit einer erneuten Kundin zu.

Bald darauf begann das Turnier, und es galt, die Daumen zu
drücken. Reiter für Reiter versuchte, den Ring mit der Lanze zu
erobern. Aber es gelang nicht jedem. Elins Herz schlug jedes Mal
höher, wenn Lorenz an der Reihe war. Es war ihm bisher jedes
Mal gelungen, den Ring von dem Band zu holen. Aber mit jedem
Durchgang wurde dieses Kunststück schwieriger, denn die Durch-
messer der Ringe wurden immer kleiner. Jedoch spielte Lorenz in
die Karten, dass einige seiner Gegner dem einen oder anderen
Satteltrunk gegenüber nicht abgeneigt waren und alsbald aufgrund ihrer Volltrunkenheit den Ring nicht mehr trafen. Ricklef
Petersen, er trat für den Archsumer Ringreiterkorps an, fiel sogar

während eines Versuchs vom Pferd, was für großes Gelächter sorgte.

Am Ende des Tages war es leider nicht Lorenz, der den Sieg holte, sondern sein schärfster Konkurrent und Freund aus Kindertagen, Falting Hansen, der sich ebenfalls im Dammbau engagierte und mit seiner Familie bereits seit einigen Jahren in Kampen wohnte, wo sie einen Kolonialwarenhandel betrieben.

Die Kuchentheke war wie leer gefegt. Bis auf den letzten Keks war alles fort. Lorenz, der nun ebenfalls den einen oder anderen Satteltrunk zu sich genommen hatte, ließ sich von Elin und den anderen, während sie das Zelt abbauten, bedauern.

»Dann gewinnst du eben beim nächsten Turnier«, sagte Hinnerk und rollte eine der Planen ein. »Dat hat der Falting heute gut gemacht. Dat muss man neidlos anerkennen.«

»Ja, das muss man«, gab Lorenz zu. Er hatte seinen rechten Arm um Elin gelegt. »Aber im Juli in Archsum ist er dran. Dann werde ich mich rächen.«

Elin wollte etwas antworten, doch ein sich ungut anhörendes Donnergrollen hielt sie davon ab. Alle Anwesenden wandten sich erschrocken um und sahen zum Himmel.

»Ach du je«, rief Frieda. »Wo kommt dass denn so plötzlich her?«

»Dat sieht nicht gut aus«, sagte Hinnerk. »Wir sollten lieber rasch Land gewinnen.«

Im nächsten Moment fegte schon die erste heftige Windböe über die Festwiese. Frauen kreischten, das Fluchen von Emil Eschels war zu hören. Dem Wirt verhagelte das Unwetter nun die nach einem solchen Fest doch recht reichlichen Einnahmen. Ans nach Hause gehen dachten die meisten Besucher des Turniers zumeist noch lange nicht. In warmen Sommernächten saß man gern noch länger gemütlich beisammen und trank sich, im wahrsten Sinne des Wortes, unter den Tisch.

»Hinnerk, wir holen rasch den Wagen. Wo ist der Kleine?«, fragte Lorenz.

Es dauerte nicht lange, bis alles auf dem Fuhrwerk verstaut war. Elin hatte den kleinen Finn im Arm, der trotz der ganzen Aufregung selig schlief. Neben ihr saß Alwine, ihr gegenüber Heike und Frieda. Gantje hielt mit der rechten Hand den Kinderwagen fest, der kurzerhand ebenfalls auf das Fuhrwerk geladen worden war. Antje war verabschiedet worden. Elin hatte sie bereits ausgezahlt. Sie überlegte, das Mädchen vielleicht für die Sommersaison als Hilfskraft im Kaffeegarten einzustellen. Sie hatte sich heute als äußerst patent erwiesen.

Die Zeltplanen hatten sie eingerollt und gegen das Fortfliegen gesichert. Es würde reichen, sie am nächsten Tag abzuholen. Hinnerk schwang sich auf den Kutschbock und trieb sein altes Pferd an, das sich, wie gewohnt, behäbig in Bewegung setzte. Die Wolken zogen vor die Sonne, als sie den Kirchweg hinunterfuhren. Lorenz war bereits vorausgeritten. Als sie den Kaffeegarten erreichten, wirbelte der Wind den Staub der Einfahrt auf. Erste Regentropfen fielen vom Himmel.

»Immer gleich die Dicken«, kommentierte Alwine grummelnd.

Hinnerk stoppte den Wagen direkt vor dem Eingang und sprang vom Bock. Lorenz und er halfen den Damen vom Wagen, und sie eilten ins Herrenhaus. Rasch wurde der Wagen von Hinnerk in den Schutz einer hinter dem alten Kapitänshaus stehenden Remise gefahren, in der es auch eine Unterstellmöglichkeit für das Pferd gab.

»Liebe Güte«, sagte Alwine, die sich in der Küche an den Tisch gesetzt hatte. »Da haben wir ja gerade noch einmal Glück gehabt. Dieses Unwetter kam schneller als der Wind.«

»Manchmal ist es so.« Elin setzte sich zu ihr. Im Arm hielt sie noch immer den kleinen Finn, der inzwischen aufgewacht war und sie mit großen Augen ansah. Hinnerk trat ein und vermeldete die ordnungsgemäße Unterbringung des Wagens. »Die Kuchenplatten und den anderen Tinnef können wir auch ausräumen, wenn sich die Lage wieder beruhigt hat.«

Plötzlich bemerkte Elin eine Gestalt, die mit einem schwarzen Regenschirm in Händen über den Hof gehuscht kam. Sie ahnte, wer da unterwegs war. Alwine öffnete rasch die Tür, und Friedrich trat ein.

»Ach du je«, sagte er und klappte seinen Schirm zu, der bereits einen etwas mitgenommenen Eindruck machte. »Was ein Wetter aber auch. Nur gut, dass das Ringreitenfest morgen stattfindet. Solch einen Regen hättet ihr dort nicht gebrauchen können.«

Verdutzt sahen ihn alle Anwesenden an.

»Dass Fesst war heute«, klärte ihn Frieda lispelnd auf.

Seine Augen wurden groß. »Wie, heute. Aber das kann nicht sein. Ich habe es in meinem Kalender notiert. Sonntag, den 20. Mai, Beginn zwölf Uhr. So hat es doch in der Zeitung gestanden. Deshalb hatte ich extra meinen Besuch bei meinem Freund Olaf aus Berlin in Westerland vorgezogen. Wir haben den Tag in Hörnum bei einem Künstlertreffen verbracht.«

»Auf den *Inselboten* war dieses Mal leider kein Verlass«, sagte Hinnerk. »Ich sag ja schon länger, dass unser Schreiberling nicht mehr alle Sinne beisammenhat. Aber dat will mir keiner glauben. Die Anzeige wurde reklamiert. Aber wenn so falsche Sachen mal in der Welt sind …« Er zuckte die Schultern. »Magst einen Schnaps, Friedrich?«

Friedrich stimmte zu und setzte sich neben Elin. Draußen stürmte, schüttete und hagelte es nun. Elin blickte plötzlich mit einem schalen Gefühl in das tosende Unwetter, und sie dachte an Matei. Bei ihrer Vernissage hatte der Schreiberling, sein Name war eigentlich Anton Boysen, ebenfalls zuerst ein falsches Datum abgedruckt. Sie war damals extrem wütend gewesen. Wie es ihr jetzt wohl ging? Sie hätte gewiss Freude an dem Fest gehabt. Das Ringreiten hatte sie stets gern gemocht.

32. KAPITEL

$\cdot\!\!\!-\!\!\!\longrightarrow\!\!\!-\!\!\!\cdot\!\!\!-\!\!\!\longleftarrow\!\!\!-\!\!\!\cdot$

Hamburg, 17. Juni 1923

*M*atei saß in ihrem Fahrkartenverkaufshäuschen und blickte missmutig in den Regen. Es schüttete bereits seit Stunden kräftig und war, obwohl sie vier Uhr nachmittags hatten, recht düster. Dieser Juni schien sich als November verkleiden zu wollen. Seitdem er begonnen hatte, hatte es keinen einzigen beständigen Tag gegeben. Durchgehend war es kühl, mal gab es Schauerwetter, dann Nieselregen, nun war es Dauerregen, der vom Himmel fiel und die Gäste vergraulte. Sämtliche Touristenboote und Barkassen lagen am Anleger. Bei diesem abscheulichen Wetter hielten sich die Touristen lieber in den Museen und anderen, wetterfesteren Sehenswürdigkeiten der Stadt auf. Matei überlegte, für heute Feierabend zu machen. Sie könnte zu Ole in den Kiosk gehen und mit ihm gemeinsam einen Tee mit Rum trinken. Der wärmte wenigstens. Fröstelnd zog sie ihr Schultertuch enger um sich. Vorhin hatte das neben der Tür hängende Außenthermometer neun Grad angezeigt. In ihrem Verkaufsbüro schien es nicht viel wärmer zu sein. Und an Einheizen, in der Ecke stand ein winziger Ofen, war natürlich nicht zu denken. Im Juni wurde grundsätzlich nirgendwo geheizt, selbst wenn Eiszapfen von der Decke hingen.

Mateis Blick wanderte zurück zu dem aufgeschlagenen Modemagazin, das vor ihr auf dem Tisch lag. Es zeigte, passend zum Wetter, bereits die neueste Wintermode. Hübsche Kleider und Kostüme, allesamt wieder ein wenig kürzer als die Modelle der

Vorsaison. Die Taille wurde noch weniger betont. Die Kleider waren aus fließenden, oftmals schimmernden Stoffen wie Samt gefertigt, die Pullover schmal geschnitten, ebenso die Röcke. Kostüme aus Tweed und Baumwollstoff, Mäntel mit Pelzbesatz. Einen von ihnen fand Matei besonders hübsch. Ein dunkelblaues Modell, das röhrenartig geschnitten war und weite Ärmel hatte. Der Kragen war aufgestellt und mit einer Stickerei verziert. Passend dazu trug die Dame einen der eng anliegenden Hüte, die immer mehr in Mode kamen und auch als Topf- oder Glockenhüte bezeichnet wurden. So einen wunderschönen Mantel und Hut hätte Matei gern. Aber ihr schmales Budget gab den Erwerb solch kostspieliger Kleidungsstücke nicht her.

Ihr Blick wanderte erneut nach draußen, blieb an einer der Barkassen hängen, und sie stützte das Kinn auf die Hand. Theo kam ihr in den Sinn. Bereits seit einigen Tagen hatte sie ihn nicht mehr gesehen. Nach ihrer kurzen Tändelei an Oles Geburtstag waren sie eigentümlich miteinander umgegangen. Theo schien ihre Nähe täglich mehrfach zu suchen, berührte sie scheinbar unabsichtlich an der Schulter und streifte ihre Hände im Vorbeigehen. Sein Grinsen war verschmitzt. Manchmal hatte Matei das Gefühl, er würde sie anstarren. Sie empfand etwas für ihn, auch in nüchternem Zustand. Es war nicht nur der Alkohol gewesen, der sie dazu gebracht hatte, sich an jenem Abend von ihm verführen zu lassen. Das musste sie sich eingestehen. Wenn er in ihrer Nähe war, verspürte sie das herrliche Kribbeln im Bauch, das sich in ihrem gesamten Körper auszubreiten und bis in die Fußspitzen zu reichen schien. Wo er wohl steckte? Langsam war es sonderbar, dass er nicht auftauchte. Auch bei Regenwetter kam er sonst mindestens einmal täglich zum Verkaufsbüro, um sich nach der Lage zu erkundigen. Vielleicht wusste Ole etwas. Mateis Blick wanderte zu der an der Wand hängenden

Uhr. Es war kurz nach vier. Heute würde vermutlich kein Tourist mehr auftauchen. Und Fahrten fanden ebenfalls keine statt. Nur die üblichen Dampfjollen, Fähren und andere, meist mit Waren beladenen Boote und Segler waren auf der Elbe unterwegs. Und dann gab es seit heute Morgen noch etwas Besonderes zu bestaunen: Einer der ganz großen Überseedampfer stand seit den frühen Morgenstunden unweit von ihrem Büro entfernt, am Dock zehn. Es war die Albert Ballin. Das neu gebaute Flaggschiff der Reederei Hapag, das schon bald zu seiner Jungfernfahrt nach New York auslaufen sollte. Das große Schiff war beeindruckend. So etwas hatte selbst Matei in ihrem Leben noch nie gesehen. Dagegen waren die Schiffe der Seebäderlinie kleine Nussschalen. Über den Dampfer hatte es einen Bericht in der *Hamburger Morgenpost* gegeben. Das Schiff war nach dem Generaldirektor der Hapag, Albert Ballin, benannt, dem die Reederei einen Großteil ihres guten Geschäfts zu verdanken hatte. Auch das auf dem Veddel gelegene Auswandererzentrum hatte er gegründet, das wie eine kleine Stadt anmutete. Dieses Zentrum galt als sicherer Ort für Emigranten, die auf ihre Überfahrt nach Amerika warteten. Der Aufenthalt, die Unterkunft und die Verpflegung waren im Passagierticket enthalten. Tida hielt das Zentrum für eine großartige Idee. Früher hatten die Auswanderer in heruntergekommenen Baracken in unsäglichen Zuständen gehaust. Dort hatte auch die verheerende Choleraepidemie von 1892 große Opfer gefordert.

Matei beschloss, das Verkaufsbüro für heute zu schließen. Sie drehte das in der Tür hängende Schild auf *Geschlossen* um, zog ihren Regenmantel über und nahm einen Schirm aus dem neben der Tür stehenden Ständer. Der Weg zu Oles Kiosk war nicht weit, aber selbst beim Zurücklegen dieser Strecke war man ohne Regenschutz vermutlich komplett durchweicht.

Sie schloss gerade die Tür ab, da hörte sie Schritte und wandte sich um. Es war Theo. Sogleich schlug Mateis Herz höher. Er trug einen dunkelblauen Wachsmantel, die Kapuze zog er nun vom Kopf. Sein braunes Haar war vom Regen feucht. Allgemein machte er einen recht durchnässten Eindruck.

»Moin, Matei«, grüßte er. »Ich hatte gehofft, dich hier noch anzutreffen. Bist eben doch ein gutes Mädchen und hältst das Verkaufsbüro offen, obwohl sich bei diesem Schietwetter nicht einmal die Straßenkatzen nach draußen trauen.«

»Dafür werde ich bezahlt«, antwortete Matei und fragte: »Wo hast du die letzten Tage gesteckt?«

»Sag nicht, du hast mich vermisst?« Er grinste breit und berührte kurz ihre Hand, was sich wie ein elektrischer Stromschlag anfühlte.

»Vielleicht ein wenig.«

»Soll ich dir zeigen, wo ich gewesen bin? Ist sehenswert.« Er zwinkerte ihr zu.

»Ist es das?«, fragte Matei mit einem neckenden Unterton in der Stimme. Liebe Güte. Sie benahm sich wie ein tändelnder Backfisch.

»Komm.« Er nahm ihre Hand und zog sie mit sich die Landungsbrücken hinunter in Richtung der Albert Ballin. An einer der Fallreepstreppen des beeindruckenden Passagierschiffes stand ein junger Aufseher, der Theo jedoch nur kurz grüßte. Ehe sichs Matei versah, waren sie bereits über die Treppe gelaufen und traten auf das vordere Deck. Der Regen hatte, als wollte er Theos Pläne unterstützen, nun aufgehört, und in der Wolkendecke zeigten sich blaue Lücken. »Ist es nicht großartig?«, schwärmte Theo, während sie über das Deck liefen. Matei musste auf ihre Schritte achten, denn der Boden war durch die Nässe äußerst rutschig. »Der Dampfer ist stolze einhunderteinundneunzig

357

Meter lang«, erklärte Theo, »und vierundzwanzig Meter breit. Er bietet über eintausend Passagieren Platz, hinzu kommen noch über vierhundert Besatzungsmitglieder.«

Matei ließ sich von seiner Begeisterung anstecken und sah sich staunend auf dem großen Deck um. Es schien noch nicht alles fertig zu sein. An einigen Stellen wurde offenbar noch gearbeitet. Verschlossene Farbeimer zeugten davon, aber auch anderes Handwerkszeug. In einer Ecke standen bereits die für solche Decks üblichen Liegestühle. Selbstverständlich waren die Rettungsboote an ihren Plätzen. Ihr Anblick erinnerte Matei an die schreckliche Geschichte der Titanic. Das Schiffsunglück war auch auf Sylt ein großes Thema gewesen. Paul hatte damals gesagt, die Aussage, das Schiff sei unsinkbar, sei der blanke Hohn gewesen. Jeder Seemann wusste, dass es niemals ein unsinkbares Schiff geben würde. Der Blanke Hans durfte niemals unterschätzt werden. Er war und blieb unberechenbar. Obwohl es bei der Titanic ja nicht der Blanke Hans, sondern ein Eisberg gewesen war, der den Größenwahn der Schiffsbauer gestutzt hatte. Demut gegenüber den Naturgewalten war ein hohes Gut. Wo lernte man das besser als auf einer vom Meer umgebenen nordfriesischen Insel?

Matei schüttelte die negativen Gedanken ab. Schiffe sanken und strandeten, Seemänner kehrten niemals wieder in ihre Heimat zurück. So war nun einmal das Leben in der Seefahrt. Es galt zu hoffen, dass der Albert Ballin dieses Schicksal erspart blieb.

Sie liefen bis ans vordere Ende des Decks. Von hier aus hatte man einen herrlichen Blick über die Elbe. Rechter Hand lagen der Elbstrand und die Häuser von Blankenese, die jetzt tatsächlich von der Nachmittagssonne beschienen wurden. Die blauen Lücken in der Wolkendecke waren noch größer geworden. Das Himmelsblau spiegelte sich in den großen Pfützen auf den hier nicht mehr überdachten Landungsbrücken.

Theo schlang von hinten seine Arme um Matei und legte seinen Kopf auf ihre Schulter. Der Geruch seines Rasierwassers stieg ihr in die Nase. Seine Nähe fühlte sich berauschend an, und in ihr bebte alles. War sie wirklich drauf und dran, sich in ihn zu verlieben? In den größten Schürzenjäger von ganz St. Pauli? Wie dumm war sie eigentlich? Aber Verstand und Gefühle gingen nicht immer dieselben Wege. Das wusste sie nur zu gut.

»Wenn das Schiff jetzt ablegen würde, würden wir mit dem Sonnenuntergang die Elbe hinunter bis Cuxhaven fahren«, sagte er. »Von dort aus ginge es auf die Nordsee und nach Westen, zum Ärmelkanal. In England würden wir noch einmal in der berühmten Hafenstadt South Hampton anlegen. Dort ist auch die Titanic ausgelaufen. Wäre das nicht spannend? Wir würden den Spuren dieses Mythos folgen. Natürlich ohne die Gefahr von Eisbergen. Im Juli treiben sie weniger durch den Nordatlantik, und die Route dieses Schiffes soll südlicher liegen. Wir würden in New York einlaufen, an der Freiheitsstatue vorbeifahren. Amerika. Das Land der unbegrenzten Möglichkeiten. Dort soll jeder sein Glück machen können.« Seine Stimme klang schwärmerisch, fast schon sehnsüchtig. »Könntest du dir vorstellen, dorthin zu gehen?«

Matei erstaunte seine Frage. Obwohl das Thema Auswanderung gerade in Hamburg allgegenwärtig war. Mehrfach in der Woche bestiegen Glückssuchende an den Landungsbrücken voller Träume und Wünsche Überseedampfer, die zumeist nach Amerika fuhren. Auch von Sylt und den anderen Nordseeinseln waren viele Menschen, besonders im 19. Jahrhundert, ausgewandert. Die Inselbewohner wollten mehr sein als Walfänger, Fischer oder einfache Bauern, deren Vieh und Land tagtäglich den Launen der Nordsee ausgeliefert waren. Doch mit dem aufstrebenden Seebädertourismus hatte sich viel auf den Inseln verändert,

und die Insulaner blieben. Sie dachte nur an Sylt, kam ihr plötzlich in den Sinn. Nicht an Hamburg. Die Stadt, die ihr in den
letzten Wochen immer mehr zur Heimat geworden war. Oder
konnte sie das überhaupt? Besaß man im Leben nicht nur eine
Heimat?

»Ich bin mein Lebtag nicht über Hamburg hinausgekommen.
Mein Vater war Hafenarbeiter, sein Vater ebenso. Meine Mutter
war Verkäuferin am Fischmarkt. Ich hab ihr als Kind oft geholfen. Ich mochte die Atmosphäre dort. Das Geschrei und Feil-
schen um die besten Preise. Als Zwölfjähriger konnte ich lauter
brüllen als jedes Hamburger Fischweib, und mich haute kein
Kunde übers Ohr. Ich wäre der perfekte Fischverkäufer geworden. Doch dann hat mich mein Onkel auf seine Barkassentouren
durch den Hamburger Hafen mitgenommen, und ich hab meine
Bestimmung gefunden. Aber manchmal frag ich mich schon, wie
die Welt die Elbe hinunter so ist? Wie es sich anfühlen mag, in
den Hafen von South Hampton einzufahren, nichts zu sehen,
außer den Atlantik. Wie fühlt sich New York an?«

Matei antwortete nicht. Theos Schwärmereien verunsicherten
sie ein wenig. Er hörte sich so an, als plane er eine Auswanderung. Aber das konnte nicht sein. Er hatte es selbst gerade gesagt.
Er war tief mit Hamburg verwurzelt, die Barkassenfahrten waren
seine Bestimmung. Und er war gut in dem, was er tat. Selbst Tida
gab das neidlos zu. Es gab keinen Barkassenfahrer in ganz Hamburg, der bessere Anekdoten auf charmantere Weise zum Besten
geben konnte. Tida wusste aber auch zu berichten, dass Theo
durch den Krieg Pech gehabt hatte. Er hätte den Betrieb seines
Onkels übernehmen sollen. So war es vorgesehen gewesen. Doch
dann war dieser noch vor Kriegsende in Konkurs gegangen, und
die Barkassen mussten an einen der größten Konkurrenten verkauft werden. Theos Onkel, der ein recht kaisertreuer Mann

gewesen war und stets an einen Sieg der Deutschen geglaubt hatte, hatte sich Ende November erschossen. Es war eine Tragödie gewesen. Wo Licht ist, liegt stets auch Schatten. Das hatte Ole hinzugefügt. In diesem Moment hatte eine eigentümliche Stimmung im Kiosk geherrscht, und Matei hatte seit Längerem wieder an Jan gedacht.

»Komm«, riss Theo sie aus ihren Gedanken. »Wir sehen uns die erste Klasse an. Es ist einmalig. Du wirst staunen.«

Die beiden liefen das Deck hinunter und betraten das Innere des Schiffes. »Kennst du eigentlich die andere Bedeutung von der Abkürzung Hapag?«, fragte Theo, während sie Hand in Hand einen wenig spektakulären Gang mit weißen Wänden hinunterliefen, von dem immer wieder Türen abgingen.

Matei verneinte. Sie kannte nicht einmal die richtige Bezeichnung. Irgendetwas mit Paketfahrt und Aktiengesellschaft. So hatte sie es irgendwo aufgeschnappt.

»Albert Ballin selbst soll irgendwann einmal gesagt haben, Hapag bedeute ›Haben alle Passagiere auch Geld?‹«

»Was eine berechtigte Frage ist«, meinte Matei lachend. »Ich kenne auch von den Seebäderlinien so manche Geschichten von blinden Passagieren. Und diese betrieb ja auch Albert Ballin.«

Es ging eine Treppe nach oben und einen weiteren Flur entlang, der ebenfalls eher schlicht gehalten war. Doch nach einer kleineren Treppe weiter oben erreichten sie eine scheinbar andere Welt. Vor ihnen öffnete sich ein großer Salon. Die in warmem Weiß gehaltenen Wände waren mit goldenen Schnörkeln und Stuck verziert. Von der Decke hing ein Kronleuchter. Es waren mit rotem Samt gepolsterte Sitzgruppen im Raum verteilt, die Schritte dämpfte ein ebenfalls in Rot gehaltener Teppich. Rechter Hand gab es eine lange Bar, dahinter verglaste Regale, denen jedoch der alkoholische Inhalt noch fehlte.

»Hier, mein Fräulein, sehen Sie einen der Aufenthaltsräume für die Passagiere der ersten Klasse.« Er ließ Matei keine Zeit zum Antworten, sondern führte sie weiter. Durch eine Flügeltür gelangten sie in eine Art Wintergarten. Hier standen unzählige Palmen und andere südländische Gewächse. Es gab ein Wasserbassin in der Mitte des Raumes, vermutlich befand sich darin ein Springbrunnen. Korbsessel mit kleinen Tischen und Bänken waren in dem mit hellem Parkett ausgelegten Raum verteilt. Die durch die Glasfronten scheinende Sonne heizte den Raum auf und machte es stickig. An einem warmen Tag war es hier vermutlich kaum erträglich. Matei bemerkte zwei Flügeltüren, die zu den seitlichen Decks hinausführten. Gewiss konnten diese dauerhaft geöffnet werden, um frische Luft einzulassen.

»Ein wahrer Luxus, nicht wahr?«, sagte Theo. »Hier werden sich vermutlich gern die Damen aufhalten. Natürlich nur die der besseren Gesellschaft. Ein einfacher Emigrant aus der dritten Klasse wird diese Räumlichkeiten niemals betreten. Aber vielleicht schafft es ja der eine oder andere von ihnen, in Amerika seinen Traum zu leben und irgendwann einmal doch ein Erste-Klasse-Passagier zu werden.« Er zwinkerte Matei zu, nahm ihre Hand und zog sie weiter mit sich. Sie liefen einen ebenfalls mit goldenen Ornamenten an den weißen Wänden verzierten Gang hinunter, ihre Schritte dämpfte auch hier ein roter Teppich. Theo lief schnell, Matei hatte Mühe, mit ihm Schritt zu halten. Sie sah sich immer wieder um. Durften sie überhaupt hier sein? Gewiss gab es Wachmänner, die nach dem Rechten sahen. Theo öffnete am Ende des Flures eine Zimmertür, an der die Nummer vierzehn stand. Er betätigte einen Lichtschalter, denn inzwischen hatte es sich erneut zugezogen, sogar erste Regentropfen landeten an den Fenstern der Kabine. Mehrere Steh- und Tischlampen gingen an. Sie tauchten den luxuriös eingerichteten Raum in warmes Licht.

»Darf ich Ihnen Ihre Kabine für die Nacht zeigen, mein Fräulein?«, fragte Theo und machte vor ihr einen Diener. »Sie bietet jeden nur erdenklichen Komfort. Eine Sitzgelegenheit.« Er deutete auf eine gepolsterte, mit einem grünen, schimmernden Stoff bezogene Sitzgruppe. »Hinzu kommt ein Schreibplatz für Ihre Geschäfte.« Schreibplatz war untertrieben. Ein mit Intarsien versehener Sekretär stand linker Hand, darauf eine hübsche Stehlampe mit gläsernem Schirm. Davor ein bequem aussehender Lehnstuhl. Von hier aus gelangte man auf das private Außendeck der Kabine. Dort standen bereits zwei der hölzernen Deckliegen für die betuchte Gesellschaft bereit.

Theo ging zu einer doppeltürigen Schiebetür und öffnete sie.

»Und hier befindet sich Ihre Schlafkammer, mein Fräulein. In diesem Bett werden Sie wie auf Wolken über den Atlantik schweben. Das verspreche ich Ihnen.«

Matei trat näher. Der Schlafraum war groß, die Decke mit Stuck verziert. Den Mittelpunkt machte ein Doppelbett aus, über das eine seidig schimmernde Tagesdecke in Dunkelblau ausgebreitet war. Unzählige Kissen am Kopfende, teils mit Rüschen, sahen einladend aus.

»Und natürlich müssen Sie nicht wie das profane Volk die Gemeinschaftsbäder und Toiletten auf den Fluren benutzen.« Theo öffnete eine Seitentür. »Ihr eigenes Badezimmer, feinster Marmor, natürlich fließend Wasser, warm und kalt. Hinzu kommt ein begehbarer Kleiderschrank, gleich nebenan, der Ihren Bedürfnissen hoffentlich gerecht werden wird.«

So langsam wurde Matei Theos geschwollenes Gerede zu viel. Sie warf einen Blick in das mit beigem Marmor ausgestattete Badezimmer, das sogar eine Badewanne mit goldenen Wasserhähnen hatte. Plötzlich fühlte sie sich in dieser luxuriösen Umgebung vollkommen fehl am Platz. Sie konnte sich nicht einmal den Mantel aus dem Katalog leisten. Das hier war nicht ihre Welt. Selbst das Ticket für die Überfahrt in der dritten Klasse wäre für sie unerschwinglich. Dort glichen die Kabinen vermutlich eher engen Hühnerställen.

»Es ist alles schön«, gab Matei zu. »Aber wieso zeigst du mir das? Können wir nicht wieder gehen? Ich wollte noch zu Ole. Er hat bestimmt Tee mit Rum gemacht.«

Theo trat zu ihr und zog sie in seine Arme.

»Ach, Matei. Du bist so bescheiden. Jede andere junge Frau würde sich von all der Pracht beeindrucken lassen. Und du siehst es dir nicht einmal richtig an. Das bewundere ich an dir. So wie ich alles an dir bewundere. Ich denke, du kennst meinen Ruf. Ich meine, du weißt bestimmt, was geredet wird. Es stimmt schon. Ich mag Frauen und bin selten einer Liebelei gegenüber abgeneigt. Aber bei dir ist es anders. Bei dir geht es mir nicht um eine kurze Liaison. Ich kann es nicht erklären. Ich fühle mehr. Ich will alles von dir wissen. Ich will dich beschützen, dich im Arm halten. Ich will dich niemals wieder loslassen. Ich glaube, ich liebe dich. Und das schon, seitdem ich dich zum ersten Mal gesehen habe.«

Seine Worte beantworteten nicht Mateis Frage. Doch das war in diesem Moment gleichgültig.

»Denkst du, dass du mich auch lieben könntest?«

Matei nickte. Tränen rannen plötzlich über ihre Wangen. Sie konnte sie nicht aufhalten. In ihrem Inneren bebte alles. Seine Lippen näherten sich den ihren, ihre Zungen fanden sich, und er zog sie fest in seine Arme. Sein Kuss wurde leidenschaftlicher, fordernder, und er schob sie zum Bett. Matei ließ es geschehen, dass er sie darauf drückte. Seine Hände schienen plötzlich überall zu sein. Seine Lippen wanderten ihren Hals hinunter. Sie wusste, dass es geschehen und dass sie einander lieben würden.

Und sie ließ es zu. Sie wollte, dass er zu ihr kam und dass sie einander spürten und sich vereinigten. Sie schloss die Augen und gab sich ihm endgültig hin. Was danach kam, schien in diesem Augenblick gleichgültig.

33. KAPITEL

Westerland, 1. Juli 1923

lso ich und min Fadder haben ja schon vor einer Weile gesagt, dass dat so kommen würde. Jetzt haben wir erst recht ein totales Durcheinander im Ort. So wat kann doch keiner gewollt haben.«

Elin, die es sich mit Heike in einem Straßencafé in Westerland in der Sonne gemütlich gemacht hatte, schmunzelte, als sie die altbekannte Stimme vom Nebentisch hörte. IchundminFadder, seines Zeichens Angestellter in der Stadtverwaltung und deshalb allwissender Friese, kannte jeden einzelnen Behördenvorgang. Und die Bekanntmachung vom 9. Juni dieses Jahres hatte es durchaus in sich gehabt. Die Stadt Westerland hatte aufgrund der allgemein ungünstigen wirtschaftlichen Lage das vorzeitige Ende der diesjährigen Badesaison beschlossen. Als die Entscheidung die Runde gemacht hatte, waren alle Insulaner geschockt gewesen. Man hatte, trotz der schlechten wirtschaftlichen Lage im Reich und der unzureichenden Fährverbindungen, auf zahlreiche Erholungssuchende gehofft. Nun schien dieses Jahr weiteren Kummer zu bringen. Viele Annehmlichkeiten des Bades standen den Touristen jedoch auch weiterhin zur Verfügung. Der Zugang zur Strandpromenade blieb frei, das Bad in der See war erlaubt, allerdings badete man nun auf eigene Gefahr. Es wurde keine Kurtaxe erhoben, weshalb kein offizielles Vertragsverhältnis zwischen den Kurgästen und der Badeverwaltung galt. Doch das Ende der Badesaison schien nicht sonderlich ins Gewicht zu fallen. Viele Gäste reisten trotzdem an. Wie gewohnt spie die Inselbahn in Westerland ein illustres Publikum aus, das sich in den Straßen der Stadt, mit Koffern bewaffnet, auf die Suche nach einer Unterkunft machte. Was jedoch jetzt, in dieser etwas anderen Hochsaison, nicht so einfach war. Die Zimmerpreise stiegen täglich, manch eine Pension war aufgrund der wirtschaftlichen Lage gar nicht erst geöffnet worden. Und die Täfelchen mit den Aufschriften *Zimmer mit Seeblick zu vermieten*, oder *Logis*, hingen sowieso nur im Juni an den Häusern. Danach konnte man erst wieder ab August auf freie Zimmer hoffen.

»Wo er recht hat«, stimmte Heike zu. »Die Zustände sind wirklich chaotisch. Normalerweise kümmern sich die Mitarbeiter der Kurverwaltung stets um die Ordnung und sämtliche Belange der Gäste. Aber jetzt macht jeder, was er will. Und voll ist es trotzdem. Bis Berlin und in andere Großstädte hat sich die Bekanntmachung über die Schließung nicht verbreitet. Nach vier bekommt man neuerdings in den Cafés kaum noch Kuchen, meist keine Schlagsahne mehr. Und durch die immer schlimmer werdenden Zustände bei der Fährverbindung laufen hier ständig zu den sonderbarsten Stunden Menschen auf der Suche nach einer Unterkunft durch die Straßen. Neulich hat ein junges Ehepaar bei mir um Mitternacht an die Tür geklopft, weil es noch Licht gesehen hat. Du weißt doch, ich sitze abends öfter länger in der Nähstube. Sie flehten mich an, ihnen für die Nacht Obdach zu geben. Was sollte ich da machen? Ich hab sie eingelassen und in meinem Gästezimmer übernachten lassen. Am nächsten Tag konnte ich sie bei Trude im Haus Seeblick unterbringen. Seit diesem Vorfall schließ ich jetzt immer die Tür zu meiner Nähwerkstatt, damit man das Licht nicht sieht. Ich bin Schneiderin und keine Herbergsmutter.« Sie seufzte, nippte an ihrem Kaffee und erkundigte sich nach der Lage in Keitum.

»Es ist ruhiger als die Jahre zuvor«, berichtete Elin. »Auch bei uns im Kaffeegarten. Aber die übliche saisonale Stammkundschaft ist trotzdem da und hält uns die Treue. Auch einige unserer ersten und liebsten Gäste im Kaffeegarten sind, besonders zur Freude von Hinnerk und Friedrich, wieder angereist. Johannes Schleicher und Herbert von der Lauen aus Berlin. Die Herren sind vorgestern eingetroffen und sind, wie gewohnt, bei Inge untergebracht. Sie wollte ja dieses Jahr gar nicht mehr vermieten, ist ihr mit ihrer Gicht alles zu anstrengend, hat sie noch im April bei einem Schwätzchen am Gartenzaun zu mir gesagt. Aber für die beiden hat sie noch einmal eine Ausnahme gemacht. Allerdings nur Logis, Kost bekommen sie bei uns im Kaffeegarten. So sitzt nun jeden Morgen eine illustre Runde bereits beim Frühstück zusammen und klönt. Nur Hinnerk hat, wenn es um künstlerische Themen geht, das Nachsehen. Aber das stört ihn nicht im Geringsten. Er fährt die Männer sogar mit seinem Fuhrwerk zu ihren Motiven über die Insel. ›Dieser Umstand hat mich doch nach Jahren endlich mal wieder ins Gasthaus Rantum Inge gebracht‹, hat er gestern strahlend zu mir gesagt. ›Der Ole hat sich was gefreut.‹ Die beiden waren dem Alkohol recht zugetan. Hinnerk hatte erheblich Schlagseite. Es kam einem Wunder gleich, dass er die Künstlergruppe noch unfallfrei nach Hause kutschiert hat. Aber der gute Fiete kennt ja den Weg.«

Heike lachte laut auf. »Geht doch nix über ein zuverlässiges Pferd«, erwiderte sie. »So etwas kannst du von einem der neuartigen Automobile nicht erwarten. Sag dem mal, bring mich heim.«

Marie, die Inhaberin des Cafés, kam nach draußen und nickte ihnen mit einem Lächeln zu. Sie hatte es anscheinend eilig. Einen Korb mit Deckel unter dem Arm, lief sie die Straße in Richtung Bank hinunter.

»Vermutlich erhofft sie sich eine Geldauszahlung«, sagte Heike. »Ich hab den Gang zur Bank schon fast aufgegeben. Stundenlang steht man dort in der Schlange und wird doch nur vertröstet. Es kommt kaum noch Geld an, Schecks werden nicht ausgezahlt. Erst gestern hat ein Däne lautstark geflucht und von seiner sofortigen Abreise gesprochen. So etwas habe er noch nie erlebt. Die Dänen haben leicht reden. Sie können nach Hause fahren und müssen sich nicht jeden Tag mit diesem Irrsinn beschäftigen. Unser Kaffee mit Milch wird uns heute dreißigtausend Mark kosten. Und keiner weiß, was für eine schwindelerregende Summe wir nächste Woche dafür bezahlen werden. Es ist zum Verrücktwerden.«

Elin antwortete nichts. Was sollte sie auch erwidern? Im Kaffeegarten schrieb sie beinahe jeden Tag die Schilder für die Verkaufstheke neu, stets kamen mehr Nullen an die Preise. Längst stellten sie schon keine Angebotstafeln mehr vor die Tür. Piet hatte es aufgegeben, die vielen Zahlen zusätzlich zu dem Text darauf unterzubringen.

»Wie geht es eigentlich Lorenz?«, fragte Heike unvermittelt. »Ich habe gehört, dass es mit den Bauarbeiten des Wattenmeerdamms weiterhin gut vorangehen soll. Inzwischen sollen mehrere Hundert Arbeiter beschäftigt sein.«

»Ja, so scheint es wohl«, antwortete Elin knapp. Sie hatte darauf gehofft, dass sich Heike nicht nach Lorenz erkundigen würde. Denn der Haussegen hing aktuell schief, und ihr Klönausflug nach Westerland sollte ihr Ablenkung von dem tagtäglichen Kummer in ihrer Ehe bringen.

Heike ließ ihre knappe Antwort aufhorchen. »Was ist los?«, fragte sie.

»Nichts. Was soll sein?«, versuchte sich Elin rauszureden. Aber da hatte sie die Rechnung ohne Heike gemacht.

»Er ist dir zu viel auf dem Festland, oder?«, erriet sie den Grund für Elins Verhalten.

Elin nickte. Sie spürte die aufsteigenden Tränen und blinzelte.

»Er hat gestern angerufen und nur vom Dammbau geredet«, erzählte sie. »Ihn interessiert nur noch dieses eine Thema. Er scheint wie besessen davon. Nicht einmal nach seinem Sohn hat er sich erkundigt, oder danach, wie es mir geht, wie es im Kaffeegarten steht. Ich weiß, ich habe auf meine Eigenständigkeit stets beharrt und wollte als Inhaberin des Kaffeegartens die Verantwortung tragen. Aber ein wenig mehr Unterstützung hatte ich mir von meinem Ehemann dann doch, besonders in diesen schwierigen Zeiten, erhofft. Manchmal frage ich mich, ob er mich überhaupt noch liebt. Gestern hatten wir am Telefon einen scheußlichen Streit. Ich habe ihm Vorwürfe gemacht, habe ihm gesagt, dass wir ihm gleichgültig geworden sind. Er hat gesagt, er erwarte von mir, dass ich ihn unterstütze. Von Karriere hat er geredet, von einer Frau, die hinter ihm stehen soll. Er hat sich schon angehört wie sein gottverdammter Onkel.«

Heikes Blick wurde mitleidig. Sie selbst kannte, wenn es um die Liebe ging, nur Tragik. Der einzige Mann, den sie je geliebt hatte, war im Krieg gefallen. Ihr Carsten, sie hatten sich seit Kindertagen gekannt. Sie waren verlobt gewesen, bei seinem nächsten Heimaturlaub hatten sie heiraten wollen. Und dann hatte sein Name auf einer der Gefallenenlisten gestanden, die tagtäglich in der Zeitung abgedruckt worden waren. Monatelang war sie wie betäubt gewesen und hatte sich an die Hoffnung geklammert, dass die Zeitung einen Fehler gemacht hatte und er doch zu ihr zurückkehren würde. Er war es nicht, und sie hatte Hamburg und dem elterlichen Geschäft, einer großen Näherei mit mehr als zwanzig Angestellten, den Rücken gekehrt. Sylt war ihr Zufluchtsort geworden, und bisher war sie erfolgreich jedem Annäherungsversuch von männlicher Seite aus dem Wege gegangen.

Heike wusste, dass Elin sich oftmals überfordert fühlte. Sie vermisste Matei schmerzlich. Die Tatsache, dass sie seit ihrem Weggang nichts von ihr gehört hatte, nagte wie ein ständiger Schmerz in ihr. Hinzu kam der Tod von Wiebke, der ihr ebenfalls schwer zugesetzt hatte. Sie war mit den Jahren zu einem Familienmitglied geworden, um dessen Verlust Elin noch immer stark trauerte. Sie konnte verstehen, dass sie nach Halt im Leben suchte. Allerdings verstand sie auch Lorenz' Seite. Ein Mann brauchte seinen eigenen Weg, um sich zu beweisen. Unter dem Pantoffel stand keiner von ihnen gern.

»Du solltest nicht so streng mit ihm sein«, warf Heike ein. »So sind Männer nun einmal. Er sieht im Dammbau die Möglichkeit, sich zu beweisen. Wir wissen doch beide, wie sehr Lorenz unter seinem Onkel gelitten hat, der ihm ständig das Gefühl gegeben hat, wertlos zu sein.«

»Du hast ja recht«, gab Elin zu. »Aber an manchen Tagen fällt es mir eben schwer. Finn lässt mich manchmal die ganze Nacht kein Auge zutun. Ich kann nicht sagen, wie oft ich mit ihm um den Esstisch gelaufen bin. Erst als der Morgen dämmerte, sind wir gemeinsam eingeschlafen. Ich bin so froh darüber, dass Alwine sich heute bereit erklärt hat, ihn zu hüten. Dieses ständige Geschrei kann einen in den Wahnsinn treiben. Gestern war Gesa kurz im Laden, und sie hat ihn natürlich sofort auf den Arm genommen. Finn gefiel das so gar nicht. Er hat sie nur angeschrien. Darüber, dass er die Gäste irritiert, brauchen wir gar nicht erst zu reden. Ein ständig brüllender Säugling ist nicht gut fürs Geschäft. Zwei ältere Damen sind erst gestern regelrecht vor ihm geflohen.«

»Ja, manche Säuglinge können an den Nerven zehren«, wusste Heike. »Hast du mal überlegt, ein kompetentes Kindermädchen einzustellen? Das würde dir viele Dinge erleichtern, und du könntest dich auch wieder mehr ums Geschäft kümmern.«

»Daran dachte ich schon«, erwiderte Elin. »Aber ehrlich gesagt fehlt uns im Moment das Geld für die Einstellung neuen Personals. Wir würden auch für den Kaffeegarten eine zusätzliche Kraft benötigen. Gantje übernimmt im Moment viel mehr Tätigkeiten, als sie sollte. Sie arbeitet in der Küche, als Hausmädchen, an der Kuchentheke, kümmert sich um die Verkäufe im Andenkenladen und bedient die Gäste. Sie ist wie ein Wirbelwind. Bewundernswert. Hinnerk hilft, wo er kann, und Piet und Frieda stehen in der Backstube. Selbst Alwine hilft, wenn sie Zeit hat. Neulich hat sogar Friedrich eine ältere Dame bei der Auswahl einer Teekanne beraten.« Elin lächelte. »Und er hat seine Sache so gut gemacht. Sie hat uns zusätzlich noch vier Pötte und eine Zuckerdose abgekauft. Wenn er so weitermacht, stell ich ihn noch als Verkaufskraft ein«, sagte Elin lachend.

Heike musste jetzt ebenso schmunzeln. »Siehst du. Es ist doch alles nur halb so schlimm. Du bist nicht allein und hast viele Helfer. Es kommen auch wieder bessere Zeiten. Und wenn der Dammbau weiterhin solch gute Fortschritte macht, wird Lorenz bald wieder dauerhaft auf der Insel und bei dir im Kaffeegarten sein. Eines weiß ich nämlich ganz bestimmt«, sie legte ihre Hand auf die von Elin, »er liebt dich mehr als alles andere auf der Welt. Also hör damit auf, auf den Wattenmeerdamm eifersüchtig zu sein.« Sie zwinkerte Elin zu. Dann sah sie auf ihre Armbanduhr. »Ach du je«, rief sie. »Gleich vier Uhr. Ich muss los. Ein Ankleidetermin steht an. Die Zeit ist mal wieder geflogen.« Sie winkte der Bedienung, und die beiden bezahlten. Elin bedauerte den nun doch etwas hektischen Aufbruch. Sie hätte noch stundenlang mit Heike in der Nachmittagssonne sitzen und klönen können.

Nachdem sich die beiden mit einer Umarmung voneinander verabschiedet hatten, schlenderte Elin die Strandstraße hinunter und an dem im hellen Sonnenlicht liegenden Kurhaus vorbei, das, trotz der vielen Touristen in den Straßen, einen etwas verlassenen Eindruck machte. Sie erreichte den Ostbahnhof. Dort stand bereits der Bus nach Keitum an der Haltestelle. Kurz nachdem sie eingestiegen war, fuhr er los. Während der Fahrt ließ Elin ihren Blick über die Häuser und Felder schweifen. Die Gärten der Gästehäuser waren gepflegt, Rosen und Margeriten blühten in ihnen in Hülle und Fülle. In manch einem Garten stand ein Strandkorb, der zum Verweilen einlud. Tinnum, das sie bald darauf durchfuhren, wirkte dagegen verschlafen. Als der Bus an einer der Haltestellen stehen blieb, überlegte Elin, auszusteigen und zu Mateis Atelier zu gehen. Sie verwarf den Gedanken jedoch wieder. Was sollte sie dort? Nach dem Rechten sehen? Mateis kleine Welt betrachten? Der Rasen müsste gemäht, das Unkraut gezupft, die Räume gelüftet werden. Ihr fehlte die Kraft dazu. Noch immer erwartete sie jeden Tag eine Nachricht von ihr in der Post. Mit zittrigen Händen ging sie stets die Briefe und Telegramme durch. Wenn das Telefon läutete, erhoffte sie sich jedes Mal, ihre Stimme zu hören. Doch es kam kein Brief, kein Anruf. Diese gottverdammte Stille. Sie wünschte sich, sie könnte mit ihr reden, ihr von Finn erzählen, von Wiebkes Tod. Sie könnten gemeinsam um sie trauern. Matei würde Finn bestimmt vergöttern, selbst wenn er sie anschrie. Sie erreichten Keitum, und Elin stieg aus. Die Haltestelle befand sich am Landschaftlichen Haus. Gegenüber lag Moilds Laden. Moild, sie füllte gerade die Zeitungsständer auf, kam sogleich auf Elin zugelaufen. Dieses Verhalten war sonderbar. Normalerweise winkte Moild Elin in solchen Situationen nur kurz zu. Elin war auf der Hut. Es war hoffentlich nichts vorgefallen.

»Elin, Liebes«, sagte Moild und blieb vollkommen außer Atem vor ihr stehen. Sie erweckte einen recht aufgelösten Eindruck. »Dat tut mir so schrecklich leid. Ich wollte nicht, dass dat passiert. Aber es ist doch auch normal bei uns. Niemand echauffiert sich wegen so etwas gleich so sehr. Dat kann man ja nicht wissen.«

»Was tut dir leid?«, fragte Elin verdutzt.

»Na, die Sache mit der Krähe. Also mit eurer Neuen. Wenn ich dat gewusst hätte. Niemals hätte ich den Ökelnamen so laut gesagt. Wer muss denn da aber auch gleich so beleidigt sein?«

Elin schwante Übles. »Was ist vorgefallen?«, erkundigte sie sich.

»Ich war vor einer Weile bei euch im Kaffeegarten. Also der arme Finn. Die Schreierei. Den plagt es ja recht ordentlich. Selbst die gute Alwine hat den Jung nur schlecht beruhigen können.«

»Nicht Finn, sondern Frieda«, fiel Elin Moild ungeduldig ins Wort.

»Ich wollte die Friesenkekse für den Laden abholen. Und da hab ich Gantje nur gefragt, wo denn ihre lispelnde Krähe stecken würde. Ich meine, im ganzen Ort wird sie inzwischen als die Krähe bezeichnet. Und sie lispelt ja auch. Na ja. Sie hat dat gehört und fing an zu heulen. Büschen empfindlich, die Dame. Davongelaufen ist sie. Die Treppe nach oben. Sie hat gesagt, dat sie kündigt. Aber dat glaub ich nicht. Wegen so einer Kleinigkeit. Dat kann doch …«

Elin alarmierten Moilds Worte. Liebe Güte. Das konnte sie jetzt so gar nicht gebrauchen. Moild redete noch immer, da rannte sie bereits die Straße hinunter und bog in den Weidemannweg ein, der zum Weg Am Kliff führte. Als sie das Herrenhaus erreichte, herrschte dort im Garten nur wenig Betrieb. Ein aus fünf

Frauen bestehendes Damenkränzchen saß an einem der Tische und spielte Karten. Ein junges Pärchen machte sich gerade über zwei Stücke Friesentorte her. Ein weiterer Gast, er war Künstler und wohnte im Ort, Elin konnte sich seinen Namen nicht merken, verließ gerade den Garten und ging Richtung Wattweg davon. Sie eilte zum Haus und traf dort auf eine bedröppelt dreinblickende Truppe in der Gaststube. Es hatten sich Piet, Gantje, Friedrich, Hinnerk und Alwine versammelt. Finn lag friedlich schlafend in seinem Kinderwagen, den Alwine neben der geöffneten Terrassentür platziert hatte, damit er frische Luft bekam.

»Ich hab eben Moild getroffen«, sagte Elin. »Wo ist Frieda?«

»Weg«, antwortete Alwine.

»Moild ist bald auch nicht mehr besser als Kresde«, sagte Hinnerk. »Dat kannst du doch nicht machen. So wat versteht doch so eine Zugereiste nicht. Obwohl die Deern ja schon 'n büschen wie eine Krähe aussieht. Und dann dat komische Gerede.«

Elin sah zu Piet, der ihre ungestellte Frage beantwortete: »Sie ist vor einer halben Stunde mit gepackten Koffern weg, hat gekündigt. In einer solchen Umgebung kann sie nicht dauerhaft arbeiten. Sie fühlt sich nicht willkommen. All so ein Zeugs hat sie geredet.«

»Wo wollte sie hin?«, hakte Elin nach.

»Zum Hafen. Es fährt ja heute noch eine Fähre«, berichtete Friedrich. »Sie wollte keine Sekunde länger auf der Insel bleiben. Also ich bin ja der Meinung, Reisende soll man nicht aufhalten. Und ich möchte noch etwas hinzufügen: Manchmal passt es eben nicht. Und hier scheint weniger das Arbeitsumfeld das Problem darzustellen, sondern eher die äußeren Einflüsse. Rauer Seewind ist nicht für jeden geeignet.«

Alwine brachte Friedrichs geschwollene Rede zum Schmunzeln.

Elin sank auf einen Stuhl. »Rauer Seewind«, wiederholte sie. »Eher das gottverdammte Getratsche. Ja, sie war eigentümlich, und sie hatte wirkliche Ähnlichkeit mit einer Krähe. Und ja, das Gelispel war gewöhnungsbedürftig. Aber sie konnte hervorragend backen. Und sie hat Finn auf die Welt geholt. Ich hätte nicht gewusst, was ich damals ohne sie getan hätte. Ich fing an, sie wirklich gernzuhaben. Und jetzt konnte ich mich nicht einmal von ihr verabschieden.«

Elin erntete betretenes Schweigen. Sämtliche Anwesende zogen die Köpfe ein. Ihre Mienen waren schuldbewusst.

»Also ich hätte ja mit ihr geredet«, meinte Alwine. »Aber Finn hat so geschrien. Da musste ich mich kümmern.«

»Und ich hatte Kundschaft im Andenkenladen. Eine ältere Dame, die sich ewig zwischen zwei Pötten nicht entscheiden konnte«, sagte Gantje.

»Ich traf erst ein, als sie mit den Koffern die Treppe runterkam«, sagte Friedrich und zuckte die Schultern. »Wie eine Furie ist sie an mir vorbeigerannt.«

»Da ist man mal einen Nachmittag nicht da, und dann passiert wieder nur Unsinn«, sagte Elin resigniert.

»Und wat nu?«, fragte Hinnerk.

Elin wusste nicht, was sie antworten sollte. Kurz hatte sie überlegt, zum Hafen zu fahren, um Frieda zu beruhigen und zurückzuholen. Aber diese Idee verwarf sie nun endgültig. Friedrich hatte schon recht mit dem, was er sagte. Frieda und Sylt hatten nie so recht zueinandergepasst. Wiebkes Fußstapfen waren zu groß. Doch wie sollte es jetzt weitergehen? Wieder waren sie um eine Person dezimiert. Elin war kurz davor, in Tränen auszubrechen.

Eine der Damen des Kaffeekränzchens war es, die sie daran hinderte. Sie stand plötzlich in der Gaststube und erkundigte sich nach einem weiteren Stück Friesentorte.

Elin erhob sich. »Aber natürlich, gern. Ich bringe es Ihnen sofort.«

Sie ging zur Kuchentheke und hörte Hinnerk im Hintergrund leise sagen: »Meint ihr, wir könnten einen Schnaps trinken? Also ich könnte jetzt einen gebrauchen.«

34. KAPITEL

Hamburg, 5. Juli 1923

Hamburg, 3. Juli 1923

Meine liebste Matei,

ich weiß, wie Du jetzt über mich denken wirst, und Du hast alles Recht der Welt, wütend auf mich zu sein. Ich bin ein Feigling, weil ich es nicht fertigbringe, Dir meinen Entschluss persönlich mitzuteilen. Ich werde Hamburg den Rücken kehren und mit der Albert Ballin nach New York reisen. Ich habe auf dem Schiff eine Anstellung als Steward erhalten. Vielleicht hast du an jenem Abend, als wir uns zum ersten Mal liebten, als wir wie neugierige Kinder die Ballin erkundeten, bereits geahnt, welcher Traum in mir schlummert. Hamburg ist mir so vertraut, es ist öde geworden. Mich reizen neue Ufer, ein anderes Leben. Und ich bin fest davon überzeugt, dieses in Amerika zu finden. Ich hatte nicht daran geglaubt, dass ich mich wirklich verlieben könnte. Schwärmereien für Frauen sind einfach, sich betören lassen auch. Aber an die wahre Liebe dachte ich nie. Nun liebe ich. Oder ich glaube jedenfalls, es zu tun. Du bist nicht wie all die anderen Mädchen, die ich bisher kannte und verführte. Du bist besonders und einzigartig. Ich wünschte, Du könntest für immer in meiner Nähe bleiben. Ich hatte wirklich darüber nachgedacht, Dich um Deine Hand zu bitten. Wir hätten gemeinsam das Wagnis Amerika meistern können. Aber ich glaube, das ist nichts für Dich. Du würdest dort nicht glücklich werden. Es ist

verrückt, oder? Da liebe ich einmal ein Mädchen, und ich muss
es verlassen. Weil in mir der Freiheitswille tobt und er alles an-
dere in den Schatten stellt, selbst die Liebe.
Ich wünsche Dir alles Glück auf Erden, Matei, mein Augen-
stern, mein Licht.

Tausend Küsse
Dein Theo

Matei saß wie betäubt im hellen Licht der Nachmittagssonne auf
einer Bank an den Landungsbrücken. Theos Brief hatte sie sinken lassen. Eben war die Albert Ballin mit großem Jubel zu ihrer
Jungfernfahrt nach New York verabschiedet worden. Noch sah
man die Rückseite des Dampfers. Mit an Bord war Theo. Sie hatte sich bereits darüber gewundert, wo er abgeblieben war, und
hatte sich ständig suchend umgeblickt. Dass er die Abfahrt des
großen Überseedampfers, dem neuen Flaggschiff der Hapag, ver-
säumte, passte so gar nicht zu ihm. Niemals wäre Matei auf die
Idee gekommen, dass er sich an Bord des Schiffes befand. Um sie
herum herrschte bunter Trubel. Eine Kapelle spielte fröhliche
Marschmusik. Viele Menschen hatten sich versammelt, um dem
Schiff eine gute Reise zu wünschen. Eine große Zahl von ihnen,
besonders die Kinder, hielten bunte Fähnchen in Händen. An
den Imbissständen der Landungsbrücken herrschte Hochbetrieb.
Es gab sogar Zuckerwatte und Eiscreme zu kaufen. Der Start eines
solch großen Schiffes zu seiner Jungfernfahrt galt in diesen Zeiten als etwas Besonderes. War es doch ein Zeichen für den wirtschaftlichen Aufschwung. Wenn auch nur ein kleines. Doch wo,
wenn nicht in Hamburg, dem Tor zur Welt, sollte man es setzen.
Matei musste sich eingestehen, dass sie bereits am gestrigen
Abend gespürt hatte, dass mit Theo etwas nicht stimmte. Er war

ihr gegenüber kurz angebunden, fast schon ruppig gewesen, hatte noch etwas von einem Termin in der Speicherstadt gesagt. Sein letzter Kuss war flüchtig auf die Wange gewesen. Sie dachte an den Abend zurück, als er sie auf die Albert Ballin mitgenommen hatte. An ihre gemeinsame Nacht in dieser verschwenderisch luxuriösen Kabine, wie sie sich kichernd wie kleine Kinder, die etwas ausgefressen hatten, in den frühen Morgenstunden, die Sonne war gerade aufgegangen, von Bord geschlichen hatten. Sie dachte an seine Worte, daran, was er von Amerika und New York gesagt hatte. Vielleicht hatte er zu diesem Zeitpunkt längst gewusst, dass er mit diesem Schiff Hamburg verlassen würde. Sie musste sich eingestehen, dass sie eine seiner Eroberungen war, wie so viele andere Frauen vor ihr. Oder stimmten seine Zeilen in dem Brief? Sie würde keine Antwort auf diese Frage erhalten. Er war fort, das Schiff wurde immer kleiner und würde bald ganz aus ihrem Blickfeld verschwunden sein. Sie seufzte. In den letzten Tagen hatte sich in ihrem Inneren der Gedanke gefestigt, diesen Mann lieben zu können. Ihr kleines geschundenes Herz hatte wieder Hoffnung gehabt. Wie gutgläubig sie doch gewesen war. Vielleicht sollte sie ein für alle Mal damit aufhören, sich zu verlieben. Die Liebe und sie passten nicht zusammen.

Ein altes Ehepaar fiel ihr ins Auge. Beide hatten ergrautes Haar. Sie trug ein altmodisches dunkelblaues Seidenkleid mit Rüschen am hochgeschlossenen Kragen. Er einen Frack und einen Zylinder auf dem Kopf. Sie sahen aus, als wären sie aus der Zeit gefallen. Sie hielten einander an den Händen und wirkten so vertraut. So hatte es sich Matei mit Jan gewünscht. Ein Leben lang an seiner Seite. Es hatte nicht sein sollen. In ihrem Hals bildete sich ein Kloß, und sie schluckte, doch er wollte nicht weichen. Theo hatte es tatsächlich geschafft, die Erinnerung an ihn zurücktreten zu lassen. Er war wie ein ungestümes Abenteuer gewesen. Nun war sie in der Realität aufgewacht und spürte den Schmerz der größten Narbe auf ihrer Seele. Jans Verlust. Tida setzte sich neben sie. Sie schwieg, wofür Matei dankbar war. Eine Weile beobachteten sie gemeinsam die vielen Menschen. Ein kleines blondes Mädchen lief mit strahlenden Augen an ihnen vorüber. In Händen hielt sie eine riesengroße rosa Zuckerwatte. Viele Passanten waren stehen geblieben und lauschten einer Gruppe Straßenmusikanten. Der Porträtmaler Horst saß an seinem Stammplatz und hatte gut zu tun. An einem Tag wie heute rollte der Rubel. Wenn ein solch großes Schiff wie die Albert Ballin ihre Jungfernfahrt antrat, dann übte das stets eine große Faszination auf die Menschen aus. Es galt zu hoffen, dass sie sicher in New York ankommen würde.

»Ich mag den Trubel«, sagte Tida irgendwann. »Diese Lebendigkeit. Dann wirkt der Hafen wie verzaubert, und alle Menschen sind fröhlich. Und von der Fröhlichkeit können wir im Moment säckeweise gebrauchen. Endlich gibt es mal keine miesepetrig dreinblickenden Gesichter. Wegen mir könnten jeden Tag solch große Schiffe nach Amerika fahren. Ich hatte sogar überlegt, die Abfahrt des Schiffes zu skizzieren. Aber dann habe ich es doch nicht getan. Mir fehlte das richtige Motiv. Wenn man vor dem Schiff stand, war es riesig, von hinten sah es nicht so hübsch aus. Und für die Ausfahrt aus dem Hafen hätte ich weiter nach oben gemusst, um einen guten Überblick zu haben. Aber zum Treppensteigen war ich jetzt zu faul. Bin ja auch nicht mehr die Jüngste. Am End krieg ich noch einen Herzkasper. Da bleib ich lieber bei den alten Fleeten, Winkeln und Ecken, die sonst keiner sieht. Die fahren mir wenigstens nicht mit großem Trara davon.«

Matei nickte. Ihr traten nun doch Tränen in die Augen. Das hatte sie verhindern wollen. Sie sollte nicht heulen, war sie doch selber schuld. Sie hatte gewusst, welch einen Charakter Theo hatte. Sie hätte es erst gar nicht so weit kommen lassen sollen. Vernunft und Gefühl. Das hatte noch nie zusammengepasst. Eine erste Träne kullerte ihre Wange hinab. Sie wischte sie rasch fort, doch Tida hatte sie gesehen.

»Ach, min Deern«, sagte sie. »Sei nicht traurig. Das wird schon alles wieder irgendwie werden.«

Matei wischte sich eine weitere Träne vom Gesicht. Sie war dankbar dafür, dass Tida nicht aussprach, was sie dachte. Dass Theo ein Schürzenjäger war, wusste sie selbst. Ihr Blick fiel auf seinen Brief, den sie noch immer in der rechten Hand hielt. Sie knäulte ihn zusammen und zielte damit auf einen unweit von ihnen stehenden Papierkorb. Sie traf und erhielt Beifall von Tida.

»Hervorragend. Ein wahres Talent. Der Mann weiß gar nicht, was er für eine großartige Frau zurückgelassen hat. Obwohl ich davon ausgehe, dass du sowieso nicht mit ihm gefahren wärst, oder?«

Tidas Frage sorgte für ein warmes Gefühl in Mateis Bauch und zauberte ein Lächeln auf ihre Lippen. Sie kannte Tida inzwischen so gut, dass sie wusste, was sie ausdrücken wollte. Sie hätte sie nur ungern gehen lassen, denn sie waren Freunde geworden. Vielleicht sogar mehr als das. Tida war ihr Halt in Hamburg, eine verlässliche Konstante, eine Künstlerin wie sie selbst. Sie verstanden einander ohne Worte und sprachen aus, was wichtig war.

»Ole hat zu einem Umtrunk geladen und fragt, ob du auch kommst. Er hat heute so viele Zeitungen verkauft wie sonst in zwei Wochen. Das muss gefeiert werden.«

Matei sagte zu. Was sollte sie auch sonst machen? Sich verkriechen und in Selbstmitleid suhlen? Nein, so weit würde sie es dieses Mal nicht kommen lassen. Ihr Blick blieb an Horst hängen, und sie wurde stutzig. Der Porträtmaler stand nun mit seiner Staffelei unweit von ihnen und hatte den Blick auf sie gerichtet. Matei ahnte, was er tat.

»Ich glaube, wir werden gerade gezeichnet«, sagte sie und deutete auf Horst. Er ließ seinen Stift sinken und grinste breit. Heute sah er recht sommerlich aus. Er trug einen Strohhut mit einem hellblauen Hutband, dazu ein weißes, kurzärmeliges Hemd über einer grauen Baumwollhose. Er war braun gebrannt. Das ging bei Horst stets recht rasch. Nur wenige Stunden in der Sonne reichten aus, damit er eine gesunde Gesichtsfarbe bekam.

Er nahm seinen Skizzenblock von der Staffelei, klappte diese zusammen und kam zu ihnen.

»Verzeiht mir, meine Damen. Ich konnte nicht anders. Ihr beiden wart das beste Motiv, das mir heute vor die Linse kam. Und wenn ich das noch hinzufügen darf: auch das hübscheste.«

»Süßholzraspler«, meinte Tida. »Zeig schon her.« Sie deutete auf seinen Skizzenblock. Er ließ sich nicht lange bitten und öffnete ihn. Matei staunte, als sie das Bild sah. Er hatte sie gut getroffen. Sie saßen nebeneinander auf der braunen Holzbank. Tida sah, wie gewohnt, etwas unordentlich aus. Sie trug ein hellblaues Sommerkleid mit Streublümchen darauf, das ihr viel zu groß war. Dazu ihre übliche ausgeleierte Strickjacke. Ihr graues langes Haar hatte sie zu einem Zopf geflochten, aus dem sich einige Strähnen gelöst hatten. Falten lagen um ihre blauen Augen, ihre Mundwinkel. Er hatte ihr ein leichtes Lächeln auf die Lippen gezaubert.

Matei besah sich selbst mit kritischem Blick. Sie trug eine rosa Bluse zu einem grauen Rock, der bis zur Mitte ihrer Knöchel reichte. Ihr Haar war in den letzten Wochen gewachsen, Geld für einen Friseurbesuch besaß sie keines. Sie hatte es im

Nacken zusammengebunden. Voller Neid hatte Matei die vielen hübschen und oftmals farbenfrohen Kleider der Damen gemustert. Orange-weiß kariert, blau mit Streublümchen, Stehkragen und glockige Ärmel. Dazu war der untere Saum meist nicht mehr gerade, sondern wies eine Art Zipfel auf, was dem Kleid einen gefälligeren Fall gab. Nur zu gern hätte Matei so ein Kleid gehabt. Das Bild von Horst zeigte sie als die graue Maus, als die sie sich fühlte. Wie ein Mann wie Theo sich in sie hatte verlieben können, war ihr in diesem Moment schleierhaft. Immerhin lächelte sie auf Horsts Bild. Aber nur ein wenig. Er hatte einen guten Blick für Details. Sie sah nach vorn, in ihren Augen lag keine Fröhlichkeit, eher Ernsthaftigkeit war darin zu finden. Wer genau hinsah, erkannte die Traurigkeit des Augenblicks. Matei beeindruckte das Porträt. Sie hatte gewusst, dass Horst gut in dem war, was er tagtäglich tat. Aber ein solch großes Talent hätte ihm vermutlich nicht einmal Jan zugesprochen.

»Nicht übel«, war Tida die Erste, die eine Beurteilung des mit raschen Strichen angefertigten Kunstwerks von sich gab. »Was meinst du, Matei? Ich sollte mir wirklich mal eine neue Strickjacke kaufen. Sie sieht arg heruntergekommen aus. Findest du nicht?«

Matei musste schmunzeln. Eine bessere Kritik konnte Horst nicht von ihr erwarten.

»Wenn du sie dir leisten kannst«, erwiderte sie. »Neulich habe ich ein Preisschild in einem Schaufenster an einem ähnlichen Modell gesehen. Das gute Stück sollte über hunderttausend Mark kosten.«

»Da lern ich lieber stricken«, winkte Tida ab. »Ich würde das Bild gern behalten«, wandte sie sich an Horst. »Was willst du denn dafür haben?«

»Eure Einschätzung ist mir Lohn genug«, antwortete Horst. »Es war mir eine Freude, euch beide an einem solch geschichtsträchtigen Tag an diesem besonderen Ort für die Ewigkeit festzuhalten.«

»Wieder raspelt er Süßholz«, sagte Tida. Sie faltete das Bild zusammen, steckte es in die Tasche ihrer Strickjacke und meinte zu Matei: »Ich passe für uns beide auf dieses wertvolle Zeitdokument auf, min Deern.«

Matei antwortete mit einem Lächeln. Sollte Tida das ruhig machen.

Horst wandte sich Matei zu. »Sag mal, Matei, du kommst doch von Sylt und hast viele Gemälde von dort nach Hamburg gebracht, oder?«

Matei sah ihn verwundert an.

»Ja, hab ich. Wieso fragst du?«

»Weil ein alter Freund von mir eine Ausstellung plant. Er möchte eine kleine Galerie in der Nähe des Hauptbahnhofs eröffnen. Er ist ein großer Anhänger von Gemälden mit Strandmotiven, auch liebt er die nordfriesischen Inseln. Vor dem Krieg war er häufiger auf Amrum in der Sommerfrische. Er hat mich gefragt, ob ich jemanden kenne, der wen kennt. Du weißt schon.«

Matei sah Horst verwundert an. Mit einer solchen Anfrage hätte sie von seiner Seite nicht gerechnet.

»Sicher. Es sind viele Strandmotive, aber auch eher landschaftliche Motive, alte Friesenhäuser und solche Sachen. Wenn dein Freund mag, kann er sich die Bilder gern ansehen. Sie lagern in einer kleinen Wohnung am Fleet neben der Herrlichkeit. Aus der damals geplanten Vernissage ist ja leider nichts geworden.«

»Oh, das ist fein«, freute sich Horst. »Wenn du magst, kannst du gleich mit meinem Freund die Angelegenheit besprechen. Er ist hier. Sein Name ist Herbert Köhler.« Er deutete zu Oles Zeitungskiosk. Davor standen bereits einige Bierbänke. Auf einer von ihnen saß ein Mann mittleren Alters mit dunklem Haar in einem hellen Sommeranzug, der in ihre Richtung zu blicken schien.

»Jetzt gleich?«, fragte Matei verdutzt.

»Wieso nicht?«, antwortete Tida. »Das hört sich doch vielversprechend an. Dann bekommst du doch noch deine Ausstellung. Vielleicht nicht in ganz so luxuriösem Rahmen. Aber was soll's. Und wenn du Glück hast, verdienst du noch ein paar Mark mit den Bildern. Obwohl ich mich an deiner Stelle lieber mit Naturalien bezahlen lassen würde. Das Geld ist ja am nächsten Tag nicht einmal mehr die Hälfte von dem wert, was draufsteht.«

Matei nickte. Ihre Bilder verkaufen. Eine richtige Ausstellung geben. Sie würde wieder als Künstlerin in Erscheinung treten. Sie konnte es kaum glauben. Aber wollte sie das auch? Waren ihre Bilder wirklich gut genug dafür? Die Zweifel einer Künstlerin. Niemals würden sie sich ganz betäuben lassen. Allerdings stellte die Lagerung der Gemälde in der heruntergekommenen Wohnung keine dauerhafte Lösung dar. Die Bezahlung in Naturalien klang gut. Ein neues Kleid wäre schön, vielleicht auch ein hübscher Wintermantel. So einen wie den, den sie neulich in dem Katalog bewundert hatte. Er würde sie im nächsten Winter herrlich warm halten, und sie könnte sich endgültig von ihrem in die Jahre gekommenen Wollmantel voller Flicken trennen. Obwohl er zum Biikebrennen noch geeignet wäre. Aber das gab es ja hier in Hamburg nicht. Auf Amrum war der Freund von Horst vor dem Krieg öfter gewesen. Vielleicht hatte er Jan gekannt. Sie könnte ihn danach fragen.

»Also gut«, sagte Matei und stand auf. »Dann rede ich mit ihm. Und vielleicht finden meine Bilder ja tatsächlich Gefallen.« Alle drei gingen zu Oles Kiosk, und Herbert Köhler erhob sich. Mateis Herz schlug höher, während sie ihm die Hand reichte und Horst sie vorstellte und von ihren Bildern, die er doch gar nicht kannte, in den höchsten Tönen zu schwärmen begann.

35. KAPITEL

Keitum, 17. Juli 1923

*E*lin schnitt ein weiteres Stück Friesentorte ab und lud es auf einen Teller. Dann machte sie sich daran, eine Portion Kaffee vorzubereiten. Rasch die Kanne gefüllt, die Sahne bereitgestellt, den Kaffeelöffel und natürlich den kleinen Keks nicht vergessen. Gantje tauchte auf und brachte weitere Bestellungen.

»Viermal Kirschstreuselkuchen, dreimal Mandeltorte und zwei Pharisäer«, las sie vor und legte die Zettel auf die Kuchentheke. »Wie sieht es denn mit der bestellten Sylter Welle aus? Der Gast wird langsam ungehalten. Er wartet nun bereits seit über einer halben Stunde darauf.«

»Ach du je«, Elin schlug sich gegen die Stirn. »Die Welle hab ich ganz vergessen. Ich mach sie gleich fertig. Richte bitte meine Entschuldigung aus. Heute ist aber auch der Teufel los. Wo hab ich nur den Rotwein hingestellt?«

»Ist ja auch bestes Wetter«, meinte Gantje. »Da sitzt es sich gut in einem Kaffeegarten mit herrlichem Blick aufs Wattenmeer. Eben ist noch eine Gruppe Spaziergänger eingetroffen. Drei ältere Herren mit hochgekrempelten Hosenbeinen in bester Laune. Ich muss mich sputen und ihre Bestellung aufnehmen.« Sie nahm die Friesentorte und die Portion Kaffee und ging wieder nach draußen.

Piet kam aus der Küche. In Händen hielt er eine weitere Friesentorte, die er in der Kuchentheke verstaute.

»Nachschub«, sagte er und zwinkerte Elin zu. »Marmorkuchen hab ich auch einen im Ofen, und die Friesenkekse kühlen gerade ab.«

»Danke dir, Piet. Ach, was würde ich nur ohne dich machen. Du bist ein Schatz.«

Piet tätschelte Elin die Schulter. »Ich hab doch gesagt, dass wir das Kind auch ohne die Krähe geschaukelt kriegen. Das wäre doch gelacht.«

Elin nickte. Piets Geste fühlte sich wie Balsam für ihre geschundene Arbeitgeberinnenseele an. Es war ein Segen, dass er damals den Weg zu ihnen gefunden hatte und trotz der vielen Schikanen von Wiebke geblieben war. Seitdem die Krähe, wie auch Elin Frieda neuerdings nannte, sie fluchtartig und beleidigt wie ein trotziges Kind verlassen hatte, hatte Elin großartige Unterstützung von allen Seiten erfahren. Gesa hatte ihr angeboten, dass Finn tagsüber zu ihnen kommen könnte. Sie beschäftigte schon länger ein Kindermädchen, dem es gar nicht genug Schreihälse sein konnten. Und besonders an Säuglingen hatte das junge Mädchen, ihr Name war Keike, sie kam aus Wenningstedt und war die einzige Tochter der Martensens, einen Narren gefressen. Als Einzelkind hatte sich die Fünfzehnjährige stets Geschwister gewünscht. Doch dieser Wunsch war unerfüllt geblieben. Nun arbeitete sie als Kindermädchen und träumte davon, eines Tages Lehrerin zu werden. Das blonde Mädchen war ein wahrer Segen. Finn hatte sie vom ersten Augenblick an gemocht. Wenn sie ihn auf dem Arm hatte, weinte er nicht und quietschte sogar fröhlich. »Als wäre er in sie verliebt«, hatte Piet neulich scherzhaft gesagt, als er dieses offensichtliche Wunder zufällig beobachtet hatte. So brachte Elin Finn nun jeden Morgen um neun zu Gesas Hühnerhof, blieb meist für ein kleines Schwätzchen und nahm auf dem Rückweg die Eier für den Kaffeegarten mit. Abends wurde der Kleine dann von Keike wieder nach Hause gebracht.

Selbst Alwine half, wenn sie nicht als Hebamme im Einsatz war, in der Backstube mit. Dann hackte sie freudig Nüsse, entkernte mit einer Engelsgeduld Pfirsiche und berichtete fröhlich von der einen oder anderen Geburt. Manches geschilderte Detail ließ Piet schon mal etwas blass um die Nase werden und beschämt zu Boden blicken. Und die gute Gantje war und blieb ihr Wirbelwind. Sie war jeden Tag die Erste in der Backstube und setzte den Hefeteig an. Sie reinigte die Kuchentheke und die Tische im Garten. Sogar die Zeit für liebevolle Dekorationsarbeiten fand sie noch. Manchmal fragte sich Elin, ob ihr Tag mehr Stunden als der ihrige hatte.

Hinnerk half ebenfalls mit. Er erledigte zuverlässig sämtliche Einkäufe, reparierte, wenn etwas kaputt war, und lieferte ihre bestellten Keramiken auf der ganzen Insel aus. Obwohl gerade dieses Geschäft in der letzten Zeit weniger wurde. Es kam nur noch selten vor, dass ein Gästehaus eine größere Bestellung aufgab. Auch fehlte Elin die Zeit dazu, neue Keramiken anzufertigen. So veräußerte sie ihren Lagerbestand, das meiste wurde in ihrem Verkaufsraum im Kaffeegarten an Laufkundschaft verkauft. Kaffeepötte mit Inselmotiven darauf als Mitbringsel für die Lieben daheim waren immer noch das meistverkaufte Souvenir.

Der Zusammenhalt war es, den Elin an ihrer kleinen Gemeinschaft, ja an ganz Keitum so sehr schätzte. In Westerland, dieser ruhelosen, sich ständig verändernden Stadt, fand man so etwas nicht. Dort waren die vielen Gästehäuser, Hotels, Läden, Cafés und Geschäfte mehr Konkurrenten denn Freunde. Und in diesem Jahr, wo die Inflation mit jedem Tag schlimmer zu werden schien, war das Klima in der Stadt besonders belastet. So hatte es Heike erst gestern bei einem kurzen Besuch berichtet. Sie hatte mal wieder neue Stoffwaren für den Laden gebracht und war auf einen kurzen Kaffeeschnack geblieben, was Elin sehr genossen hatte. Es gab aber auch bei ihnen Wermutstropfen: Lorenz war seit Friedas Weggang nur einmal für zwei Nächte bei ihnen gewesen. Sie hatte sich Mühe gegeben, ihm keine Vorwürfe zu machen, und hatte sich Heikes Worte ins Gedächtnis gerufen. Ein Mann muss sich beweisen. Und das tat er. Der Dammbau machte weiter große Fortschritte. Er hatte davon geschwärmt und von der großartigen Arbeit berichtet, die jeden Tag geleistet wurde. Doch er hatte sie auch nach ihren Belangen gefragt, hatte den Weggang von Frieda noch einmal bedauert. Er hatte sich nach der finanziellen und personellen Situation erkundigt und tatsächlich Zeit mit seinem Sohn verbracht. Und als hätte Finn es gewusst, hatte er ausnahmsweise mal nicht geschrien, sogar ein Lächeln hatte er seinem Vater geschenkt und fröhlich gequietscht, als ihn dieser immer wieder in die Höhe gehoben hatte.

Es war eine harmonische und ruhige Zeit mit launischem Wetter gewesen, was Elin entgegengekommen war, denn dann fanden sich nur wenige Sommerfrischler im Kaffeegarten ein. Sonnenlücken hatten sie für Spaziergänge am Wattweg genutzt. Auch geliebt hatten sie einander, und Lorenz hatte ihr in jener Nacht versprochen, sich wieder mehr Zeit für seine Familie zu nehmen. Elin hatte so sehr darauf gehofft, dass er dieses Versprechen wahr machen und wenigstens die Wochenenden nun dauerhaft bei ihnen im Kaffeegarten verbringen würde. Aber dem war nicht so. Seit über zwei Wochen war er nun wieder auf der Baustelle, und alles schien wie zuvor zu sein. Wann er die Zeit finden und wieder für einige Tage nach Hause kommen könne, wisse er nicht. Er sei im Moment unabkömmlich. Wieder galt es, Geduld zu haben und die eigenen Bedürfnisse hintanzustellen.

Aber darin hatte Elin ja bereits Übung. Und dann war da noch der Gedanke an Matei. Er schlich sich immer wieder an und mit ihm die Fragen und die Ungewissheit. Wo war sie? Wie ging es ihr? Wieso meldete sie sich nicht? Hoffentlich ging es ihr gut.

Friedrich trat ein und beendete ihr Grübeln.

»Moin, Elin, meine Teuerste. Was für ein wunderbarer Tag das heute doch ist. Findest du nicht auch? Wie geschaffen für eine Künstlerseele wie die meinige. Und ich hatte auch noch das Vergnügen, den herrlichen Sonnenschein mit lieben Kollegen in den Dünen des Weststrands zu genießen.«

Seine Fröhlichkeit brachte Elin zum Lächeln. Er sah heute wie der perfekte Sommerfrischler aus. Wenn man mal davon absah, dass er wie immer ein wenig schlottrig erschien. Sein weißes Hemd, das nicht in seiner Hose steckte, war falsch geknöpft. Die Hemdsärmel waren hochgekrempelt. Seine hellbeige Stoffhose war ebenfalls nach oben gekrempelt, und man sah seine kreideweißen dünnen Waden. Socken trug er keine. Seine Füße steckten in beigen Slippern. Auf dem Kopf hatte er einen Strohhut, der an der rechten Seite eine Beschädigung aufwies. Als hätte ein Mäuschen daran geknabbert. Seine Nase war gerötet. Er hatte eindeutig etwas zu viel von dem herrlichen Sonnenschein abbekommen.

»Bestünde die Möglichkeit, für Herbert, Johannes und mich jeweils ein Stück von der köstlichen Friesentorte und einen Pharisäer zu bekommen?«

Elin nickte schmunzelnd. Seine geschwollene Rede war aber auch zu schön.

Hinnerk tauchte auf und zeterte sogleich drauflos.

»Moin, zusammen. Ich glaub dat einfach nicht. Dat tut mir jetzt echt leid. Diese elende Fährverbindung. Dat wird immer schlimmer. Also selbst ich, der ich ja immer gegen diesen vermaledeiten

Wattenmeerdamm gewesen bin, fange an, mich drauf zu freuen, wenn dat Ding endlich fertig ist. Und dann ist mir dat auch egal, ob die Eier und das Fleisch oder wat auch immer vom Festland kommt.«

»Was ist denn nur geschehen, dass du dich so echauffierst, mein Freund?«, fragte Friedrich irritiert.

»Vier Stunden hab ich in Munkmarsch auf die dösbaddelige Fähre gewartet. Sie sollte um zwölf ankommen. Aber nix war es. Und am Hafen wusste man nicht so genau, wie es aussieht. Das Schiff ist mal wieder im Schlick stecken geblieben. Wann genau die dat freibekommen, wusste keiner. Da bin ich auf einen Schnack zu Boy ins Hafenhotel. Aber der war heute unausstehlich. Hexenschuss. Konnte sich kaum rühren. Wir haben dann zusammen zwei Köm getrunken. Der alten Freundschaft wegen. Und die liebe Thur hat uns Rührei mit Speck gemacht. Kundschaft haben sie im Moment kaum. Eine ältere Dame auf der Durchreise, mehr nicht. Und die hat recht ordentlich gepichelt. Dat sag ich euch. Die saß die ganze Zeit auf der Terrasse und hat ein Glas Wein nach dem anderen in sich reingekippt, da war flott eine ganze Flasche weg. Also wenn die ma später nicht über der Reling gehangen und die Fische gefüttert hat, dann heiß ich Paule.« Er grinste breit.

Gantje tauchte erneut auf und ließ ihren Blick über den leeren Tresen schweifen.

»Wo bleiben denn meine Bestellungen?«, fragte sie. Ihr Tonfall klang nun genervt. »Es kommen immer mehr Beschwerden. Die Sylter Welle hat sich erledigt. Die Herrschaften sind eben empört aufgebrochen, und den Kuchen haben sie nicht bezahlt, weil sie ihn ja trocken hinunterwürgen mussten.«

»Also dat nenn ich mal eine Frechheit«, konstatierte Hinnerk.

Elin zog den Kopf ein. Und das, obwohl sie die Chefin war. Sie ließ sich immer wieder zu leicht von ihrer Arbeit ablenken. Wie hatte das Wiebke früher nur geschafft? Sie hatte fröhlich mit den Gästen geklönt, und trotzdem waren stets sämtliche Bestellungen pünktlich rausgegangen. Ihre nachlässige Arbeitsweise brachte ihr am Ende weniger Kundschaft ein. Unzufriedene Leute kamen nicht wieder und gaben auch keine Empfehlungen ab.

»Entschuldige, Gantje. Ich kümmere mich gleich. Was war das noch? Friesentorte? Und Kaffee? Wo wir gerade beim Thema sind. Kam dann nach der langen Wartezeit das Schiff doch noch an? Und hatte es den von uns bestellten Kaffee an Bord?«

»Dat ist es ja, wat ich die ganze Zeit sagen wollte«, antwortete Hinnerk. »Dat Schiff kam, doch der Kaffee war nicht dabei. Nur Schafe waren drauf. Und eine Horde genervter und büschen mitgenommen aussehender Touristen, die von Bord gerannt sind, als wäre der Teufel persönlich hinter ihnen her. Roluf hat gesagt, er wüsste nix von Kaffee. Die Überfahrt hätte mehr als zwanzig Stunden gedauert. Ich sag euch wat: Der war total tüddelig. Der hat ordentlich gebechert. Hätt ich an seiner Stelle vermutlich auch. Zwanzig Stunden mit den Touristen und den Schafen auf einem Boot, da kannste keinen klaren Kopp behalten.«

Elin stöhnte. »Also gut«, sagte sie. »Bis morgen reichen unsere Vorräte noch. Zur Not müssen wir eben bei Moild Nachschub besorgen. Obwohl ihre Preise natürlich höher sind. Wenn wir Glück haben, kommt die Fähre morgen Mittag besser durch und hat unseren Kaffee dabei.« Sie wandte sich an Gantje. »Hilfst du mir rasch mit den Bestellungen? Dann geht es flotter.«

»Und wer soll dann bedienen?«, fragte Gantje verdutzt.

»Also dat kann ich doch machen«, bot sich Hinnerk an. »Dat büschen Kuchen und Kaffee krieg ich schnell serviert. Und

Friedrich hilft ebenso. Nicht wahr, alter Freund?« Er schlug Friedrich mit der flachen Hand auf den Rücken, was diesen zusammenzucken ließ. »Dat wäre doch gelacht. Wir kriegen den Kaffeegarten schon geschaukelt.«

Friedrich fügte sich in sein Schicksal. Und so arbeitete die Truppe den restlichen Nachmittag weiter. Elin und Gantje organisierten gemeinsam die Theke. Zwei Friesentorten wurden noch verkauft, auch der frisch gebackene Marmorkuchen fand Anklang bei der Kundschaft. Friesenkekse wurden meist zum Mitnehmen erworben. Piet musste einmal das Regal im Verkaufsraum auffüllen. Sogar der eine oder andere Pott wurde gekauft. Eine ältere Dame strahlte über das ganze Gesicht, während sie ihre Souvenirs in ihre Tasche packte. »Da wird sich meine Tochter freuen«, sagte sie. »Das sind aber auch reizende Tassen, dazu die leckeren Kekse. Selten solch hervorragendes Backwerk gegessen. Mein Lob an den Bäckermeister.«

Nachdem auch der letzte Gast gegangen war, kehrte Ruhe ein. Doch an Feierabend war noch lange nicht zu denken. Während Piet und Gantje sich um den Abwasch und die Reinigung der Küche kümmerten, machte sich Elin endlich an die von ihr so verhasste Buchhaltung, die sie bereits seit einigen Tagen vor sich herschob. Mit einer Tasse Tee und dem letzten Stück Friesentorte machte sie es sich an ihrem Schreibtisch bequem und blickte auf den Stapel Rechnungen, die vor ihr lagen. Von dem Papierstapel wanderte ihr Blick nach draußen. Im Garten herrschte nun die anheimelnde Stimmung eines Sommerabends. Es war kurz nach sieben Uhr, und die Strahlen der Sonne waren milder geworden. Ein sanfter Wind rüttelte an den Zweigen der Ulmen, die Rufe der Seevögel drangen durch das geöffnete Fenster in den Raum, ebenso der Geruch von Schlick, den sie so sehr liebte. Wie sehr sie sich doch plötzlich wünschte, Matei wäre hier und sie könnten, so wie sie es als kleine Mädchen an einem solchen Abend oft gemacht hatten, barfuß am Wattufer entlanglaufen, in das Watt hinein, sich schwarze Füße holen, Muscheln und Krebse aufheben, miteinander lachen und am Tipkenhoog sitzen und der Sonne beim Untergehen zusehen. Die Freiheit von Kindern, ein Leben ohne Verpflichtungen. Es war herrlich gewesen.

Und da stand plötzlich Lorenz, seinen Sohn Finn auf dem Arm, in der Tür und grinste verschmitzt.

»Da ist sie ja«, sagte er zu dem Säugling. »Wir haben deine hübsche Mama gefunden.«

Verdutzt sah Elin die beiden an.

»Da guckst du«, meinte Lorenz lachend. »Da ist mir die Überraschung ja geglückt. Guten Abend, mein Augenstern. Was hältst du von einem Spaziergang mit deinem Mann und Sohn am Watt entlang? Es ist herrlich draußen. Bei einem solchen Wetter sollte man nicht über der Buchhaltung versauern. Oder was meinst du, min Jung?« Er schüttelte Finn sanft, was ihn dazu brauchte, einen fröhlichen Juchzer von sich zu geben. Elin wurde es warm ums Herz. Tränen der Rührung traten in ihre Augen. Sie konnte nicht verhindern, dass eine von ihnen über ihre Wange kullerte. Sie wischte sie rasch fort und lächelte.

»Lorenz, was machst du denn hier?«, fragte sie. »Ich dachte, du wärst auf der Baustelle unabkömmlich? Und wie kommst du an Finn?«

»Viele Fragen auf einmal«, antwortete er. »Ich beantworte sie der Reihe nach. »Ich wollte meine Familie sehen. Ich habe meiner Frau neulich ein Versprechen gegeben, und daran möchte ich mich halten. Die Baustelle kann ruhig auch mal einige Tage ohne mich. Und den kleinen Mann hier und seinem Kindermädchen bin ich auf dem Weg hierher zufällig auf der Straße begegnet. Da dachte ich, bringe ich meinen Sohn mal nach Hause.

Und er scheint bester Laune zu sein. Die ganze Zeit über ist er am Lachen. Gesa und ihre Rasselbande tun ihm offenbar gut.«

»Ein paar Tage?«, hakte Elin nach.

»Eine ganze Woche.« Lorenz zwinkerte ihr zu.

Elin konnte seine Worte kaum glauben. Eine ganze Woche würde er bei ihr sein. Welch eine Freude.

Sie ging zu ihren beiden Männern, und Lorenz legte den linken Arm um sie und küsste sie. Es war so herrlich, seine Nähe zu spüren, seine Bartstoppeln auf der Wange zu fühlen, den Geruch seines Rasierwassers in der Nase zu haben. »Ich hab dich so sehr vermisst«, raunte er ihr ins Ohr. Ihr ganzer Körper begann zu kribbeln. Der Kleine zappelte fröhlich und quietschte. Sie lösten sich wieder voneinander.

»Na, dann will ich die Buchhaltung für heute mal Buchhaltung sein lassen«, sagte Elin lächelnd. »Und gehe mit meinen beiden Männern am Watt spazieren.«

Sie stupste Finn auf die Nase, und er quietschte erneut fröhlich.

36. KAPITEL

Hamburg, 9. August 1923

A lso ich finde ja, das ist keine Galerie, sondern eine Bruch-
bude!« Ole ließ seinen Blick durch den nicht sonderlich
einladend wirkenden Raum schweifen. Matei musste ihm recht
geben. Sie befanden sich in einer heruntergekommen aussehenden Lagerhalle, zwei Querstraßen vom Hauptbahnhof entfernt
im Stadtteil St. Georg. Bereits der Hinterhof hatte keinen besonders erfreulichen Eindruck gemacht. Nachdem sie das schäbige
hölzerne Eingangstor geöffnet hatten, waren zwei Ratten vor
ihnen geflohen, die sich zwischen vollkommen überfüllten Mülltonnen an vergammelten Essensresten gütlich getan hatten. Es
war düster und stank. Hinzu kam ein angeketteter Hund, der wie
ein Torpedo aus einem Verschlag geschossen gekommen war und
sie mit gefletschten Zähnen angebellt hatte. Matei hatte erschrocken die Augen aufgerissen. Ein alter Mann in schäbiger Kleidung hatte den Hund zurückgepfiffen und sie finster angesehen.
Horst, der Matei, Tida und Ole an diesen wenig einladend wirkenden Ort geführt hatte, hatte bereits im Hof zum ersten Mal zu
beschwichtigen versucht. Oles Bemerkung verleitete ihn dazu,
seine Worte zu wiederholen.

»Ich sagte es bereits. Es soll alles instand gesetzt werden. Herbert hat feste Zusagen vom neuen Eigentümer. Mit etwas frischer
Farbe an den Wänden und einer hübschen Beleuchtung wird
diese Räumlichkeit gleich ganz anders aussehen.« Er bemühte
sich um einen heiteren Tonfall, während Matei mit Grausen die

Überreste eines toten Vogels entdeckte. Das schwarze Federkleid ließ die Vermutung zu, dass es sich um einen Raben gehandelt haben musste.

»Farbe und Beleuchtung«, wiederholte Ole. »Und was ist mit den Fenstern? Die sind alle hin. In den Ecken schimmelt es, es stinkt. Wenn du mich fragst, ist das eine Abrissbude. Über den Innenhof reden wir erst gar nicht. Wer geht denn bitte schön an stinkenden Mülltonnen mit Ratten vorbei zu einer Kunstausstellung?«

»Niemand«, antwortete Tida, die sich bisher nur schweigend umgesehen hatte. »Und ehrlich gesagt wollte ich auch gar nicht, dass meine Bilder in einer solchen Umgebung ausgestellt werden. Habt ihr den Hund erlebt? Spätestens wenn der kommt, ergreift der letzte Kunstinteressierte, den die Ratten noch nicht verjagt haben, die Flucht. Wie konnte Herbert Köhler nur auf die Idee kommen, dass man aus diesen Räumlichkeiten etwas machen kann? Es ist grauenhaft. Mateis Bilder sind viel zu wertvoll, um in einer solchen Umgebung ausgestellt zu werden. Und wo steckt eigentlich der ambitionierte Galerist? Wollte er nicht hier sein, um uns alles zu zeigen?«

»Ja, das wundert mich auch«, meinte Horst. »Elf Uhr Vormittag war ausgemacht. So kenne ich Herbert gar nicht. Normalerweise ist er immer pünktlich.«

»Wenn ich das gewusst hätte, wär ich in meinem Kiosk geblieben«, grummelte Ole. Er hatte extra für den Besichtigungstermin seinen alten Freund und Weggefährten Paul gebeten, auf den Kiosk und Herrn Anton achtzugeben. Paul schlug sich im Hafen mit Gelegenheitsarbeiten durch. Die Aussicht, sich ein paar Mark mit der einfachen Tätigkeit des Zeitungverkaufens zu verdienen, hatte ihm gefallen. Und Kaffee mit Rum gab es zusätzlich.

»Also ich muss hier raus«, sagte Tida. »Der Gestank macht einen wahnsinnig. Hier riecht es, als würde irgendwo jemand verwesen.« Sie trat zur Tür und öffnete sie. Matei und die anderen folgten ihr. Im Innenhof trafen sie auf Herbert Köhler, der einen etwas aufgelösten Eindruck machte.

»Wie hat es euch denn hierher verschlagen?«, fragte er, nach Luft japsend. Er nahm seinen Hut vom Kopf und wedelte sich damit Luft zu. »Ich habe bereits nach euch gesucht. Der Gemüsehändler an der Ecke meinte, er hätte eine kleine Gruppe, auf die meine Beschreibung passte, hier reingehen sehen. Du liebe Güte. Was für ein heruntergekommener Ort das ist.« Er betrachtete die überfüllten Mülltonnen mit angewidertem Blick. »Und dieser Gestank. Was in aller Welt wolltet ihr nur hier?«

»Na, die Galerie«, antwortete Horst. »Du hast gesagt: Brennerstraße 15. Hier: Ich habe mir die Adresse extra aufgeschrieben.« Er fischte einen Notizzettel aus seiner Hosentasche und faltete ihn auseinander. Das Geschreibsel darauf war nur mit Mühe zu entziffern.

»Nicht 15, sondern 25«, Herbert sah Horst missbilligend an. »Mit Zahlen hattest du es wahrlich noch nie, mein Freund. Ich würde doch meine Galerie niemals in einer solch heruntergekommenen Umgebung einrichten.«

Horst zog den Kopf ein, sein Blick wanderte kurz zu Matei. Auf ihrem Gesicht zeigte sich jedoch Erleichterung. Es war ein Irrtum. Sie befanden sich einfach nur am falschen Ort.

»Lasst uns schnell von hier verschwinden«, sagte Herbert und bedeutete ihnen, ihm zu folgen. »Zu meiner Galerie ist es nicht weit. Kaum hundert Meter, die jedoch Welten trennen.«

Erleichtert verließen sie den abscheulichen Hinterhof und standen wenig später vor einem bedeutend einladender aussehenden fünfstöckigen Stadthaus mit weiß gestrichener Fassade.

Im Untergeschoss war ein Tabakladen untergebracht. Durch einen Seiteneingang gelangte man in ein sauberes Treppenhaus, in dem es nach Bohnerwachs roch. Die Stufen der nach oben führenden Holztreppe mit ihrem hübschen geschwungenen Geländer knarrten ein wenig. Mehr gab es jedoch nicht zu bemängeln. Die Galerie lag in einer Wohnung im ersten Obergeschoss. Bereits der Eingangsbereich wirkte freundlich. Es gab einen auf Hochglanz polierten Parkettboden in Fischgrätoptik. Von der Decke hing ein kleiner Kronleuchter. Weitere Einrichtungsgegenstände fehlten jedoch. Es roch nach Farbe. Die Wände schienen ihren weißen Anstrich erst vor Kurzem erhalten zu haben. »Es ist noch etwas karg«, rechtfertigte Herbert die Leere des Raumes. »Aber in den nächsten Tagen sollen weitere Möbel geliefert werden. Ein Empfangstisch, eine Sitzgruppe zum Verweilen, auch an einige Gemälde hatte ich gedacht. Vorzugsweise sollten die Bilder Eindrücke von Hamburg zeigen. Die Ausstellungsräume wären dann hier.« Er ging auf eine seitlich gelegene Flügeltür zu und öffnete sie. Der Raum, den sie nun betraten, war ebenfalls weiß gestrichen und mit demselben Parkett ausgelegt. Hohe Fenster sorgten für Helligkeit. Es waren bereits hellgraue Stellwände platziert worden, an denen die Ausstellungsstücke aufgehängt werden konnten. Eine Tür an der rechten Wandseite stand offen. Der danebenliegende Raum war ähnlich ausgestattet. Matei lief hindurch in das Nebenzimmer und einen weiteren Raum, der noch etwas größer als die beiden ersten war und an dessen Decke ebenfalls ein Kronleuchter hing. Es war alles schlicht gehalten, was ihr äußerst gut gefiel. Schließlich sollte kein unnötiges Chichi das Auge des Betrachters von den ausgestellten Exponaten ablenken. Trotzdem hatte sie noch Zweifel. Herbert Köhler hatte ihre Bilder noch nicht begutachtet. Sie befanden sich weiterhin in der Wohnung an dem Fleet neben der Herrlichkeit. Was, wenn sie ihm nicht gefallen würden?

»Mein liebes Fräulein Matei«, Herbert Köhler riss sie aus ihren Gedanken. Die Tatsache, dass auch er sie mit Fräulein ansprach, ignorierte sie. Auch, dass er den vertraulichen Vornamen wählte, war ihr in diesem Moment gleichgültig. »Wie gefallen Ihnen die Räumlichkeiten? Ich hoffe, es ist Ihnen nicht zu eintönig.« Er sah sie fragend an. Wie adrett er heute wieder aussah, dachte Matei. Köhler trug einen hellen Zweireiher, sein Oberlippenbart war perfekt gestutzt. Sein Haar war bereits etwas schütter, Falten lagen um seine Mundwinkel und Augen. Wie alt er wohl war? Vielleicht Anfang sechzig. Durchaus war er noch attraktiv.

»Es ist ganz wunderbar«, antwortete Matei. »Und so sauber.« Sie lächelte.

»Ja, kein Vergleich zu dem schrecklichen Hinterhof, in dem ich Sie eben fand.« Er zwinkerte ihr zu. »Ihre Bilder werden hier ganz wunderbar zur Geltung kommen. Davon bin ich überzeugt. Ich muss Ihnen auch noch ein Geständnis machen. Ich hoffe, Sie sind mir deshalb nicht böse. Ich habe Ihre Werke bereits hierherbringen lassen. Sie lagern ein Stockwerk höher in unseren Büroräumlichkeiten. Nachdem mir Horst so sehr von Ihrem Talent vorgeschwärmt hatte, war ich zu neugierig. Ich hoffe, Sie können mir mein Vorpreschen verzeihen. Und diese muffige Wohnung am Fleet bei der Herrlichkeit war nun wirklich kein guter Platz für solch herausragende Kunst. Sie sind eine wahre Spezialistin darin, die Farben des Meeres festzuhalten. Selten habe ich solch eine Perfektion bewundern dürfen. Ich bin mir sicher, dass diese Ausstellung ein erfolgreicher Auftakt für meine Galerie sein wird. Und ich verspreche Ihnen schon heute, dass ich Kunst kennendes Publikum einladen werde. In meinem Freundes- und Bekanntenkreis befinden sich einige Sammler, die gerade solch maritime Motive lieben. Ich hatte daran gedacht, die Ausstellung im September stattfinden zu lassen. Was meinen Sie? Vielleicht am dritten? Wir würden dann natürlich auch die Presse informieren, vorab Werbung machen, ein Nachbericht wäre ebenso gut. Das würde Ihren Namen bekannter machen. Sollte die Ausstellung ein Erfolg werden, würde ich natürlich eine längere Zusammenarbeit mit Ihnen anstreben.«

Matei sah Herbert Köhler erstaunt an. Ihre Bilder waren hier? Er hatte sie abholen lassen, ohne sie zu fragen. Obwohl er schon recht damit hatte, dass die schäbige Wohnung auf Dauer kein guter Lagerplatz für ihre Werke gewesen wäre. Er hatte die Bilder bereits angesehen, sie gefielen ihm. Kunst kennendes Publikum, die Presse, eine längere Zusammenarbeit. Seine Worte schwirrten nur so durch ihren Kopf. Der ersehnte Traum von der Vernissage in Hamburg, vielleicht sogar davon, berühmt zu werden, schien plötzlich wieder zum Greifen nah. Aber sollte sie dieser Sehnsucht folgen? Hatte sie in den letzten Monaten nicht gelernt, demütiger zu sein? Wieder stand jemand vor ihr, der sie umgarnte, der ihr Versprechungen machte. Was war, wenn sie erneut einem Betrüger aufsitzen würde? Eine weitere Niederlage würde sie nicht verkraften. Allerdings kam dieser Mann auf Empfehlung von Horst. Und der war eine ehrliche Haut. Und was hatte sie schon zu verlieren?

Tida trat neben sie und sagte: »Ich muss mich bei dir entschuldigen. Ich habe Herrn Köhler deine Bilder gezeigt. Ich hatte ein Gespräch von ihm und Horst mit angehört und ihn spontan in die Wohnung geführt. Ich hoffe, du bist mir nicht böse. Es ist ja doch ein kleiner Vertrauensbruch gewesen. Ich habe ihm dann auch die Erlaubnis gegeben, die Bilder hierherbringen zu lassen. Ich ging davon aus, dass du dagegen nichts haben wirst. Als ich dann jedoch vorhin dieses heruntergekommene Lagerhaus gesehen habe, dachte ich, jetzt trifft mich der Schlag.« Sie grinste.

Nun musste auch Matei schmunzeln. »Das kann ich mir vorstellen«, antwortete sie. »Und ich bin dir nicht böse. Obwohl ich bei der Erstbegutachtung gern dabei gewesen wäre, um die Meinung von Herrn Köhler zu dem einen oder anderen Werk sogleich zu hören.«

»Zum Meinungsaustausch werden wir gewiss noch ausreichend Gelegenheit haben«, entgegnete der freudestrahlend. Die Erleichterung über Mateis entspannte Reaktion war ihm anzusehen. So ganz wohl war ihm anscheinend nicht dabei gewesen, die Bilder ohne das Wissen der Künstlerin in seine Räumlichkeiten zu schaffen. Nun fiel ihm sichtlich ein Stein vom Herzen.

»Also halten wir den dritten September als Termin für die Vernissage fest? Dann würde ich alles Weitere in die Wege leiten. Und selbstverständlich können Sie gern Teil der Planungen sein. Sie entscheiden die Aufteilung der Bilder, gern thematisch.«

Matei stimmte zu. In ihrem Inneren breitete sich ein warmes Gefühl der Zufriedenheit aus, das sie schon sehr lange nicht mehr gespürt hatte. Es schlich sich aber auch Genugtuung hinzu. Sie dachte an Hannes, oder wie er auch immer geheißen hatte. Nun kam sie doch noch zu ihrem Recht. Doch Matei kam noch etwas anderes in den Sinn. Es waren Tidas Bilder. Auch sie sollten einem größeren Publikum zugänglich gemacht werden. Tida wollte das nicht, aber Matei sah das anders. Sie hatte Aufmerksamkeit verdient.

»Ich hätte da noch eine Künstlerin, die ich empfehlen kann«, sagte sie. »Unsere Tida hier. Sie werden niemand anderen in Hamburg finden, der die Seele dieser Stadt auf solch großartige Weise einfängt, wie sie es tut.«

»Sie sind ebenfalls Künstlerin?«, fragte Herbert Köhler Tida erstaunt. »Aber davon weiß ich noch gar nichts. Nun ist meine Neugierde geweckt. Wenn Sie von solch einem Talent wie dem Fräulein Matei gelobt werden, können es nur herausragende Bilder sein. Es wäre mir eine Ehre, Ihre Werke begutachten zu dürfen. Und selbstverständlich könnten wir dann ebenfalls eine Ausstellung machen.«

Tidas Gesichtsausdruck wurde abweisend. »Ich zeichne nur für mich«, gab sie in schroffem Tonfall zurück und verschränkte die Arme vor der Brust. »Das ist so. Und wird auch so bleiben.«

Etwas hilflos dreinblickend sah Herbert Köhler zu Matei. Mit einer solchen Reaktion hatte er nicht gerechnet.

»Du immer mit deinem Sturschädel«, rügte Matei Tida. Sie kam jedoch nicht mehr dazu, weitere Überzeugungsarbeit zu leisten, denn Ole trat nun näher und fragte: »Wären wir dann fertig? Ihr wisst, dass ich meinen Kiosk nur ungern in fremden Händen sehe.«

»Ja, wir wären dann so weit fertig.« Matei sah Tida finster an. Sie nahm sich vor, später noch einmal mit ihr zu reden. »Dritter September wäre dann also der Termin?« Sie sah Herbert Köhler an.

»Richtig«, erwiderte er. »Wir bleiben in Kontakt. Ich freue mich schon jetzt auf die Ausstellung. Sie wird gewiss ein voller Erfolg werden.« Er reichte Matei zum Abschied die Hand und sah noch einmal kurz zu Tida, die noch immer recht abweisend dreinblickte.

Als sie wenig später wieder auf der Straße standen, herrschte eine gelöste Stimmung. »Hab ich nicht gesagt, dass das großartig werden wird?«, sagte Horst euphorisch. »Auf diesen Erfolg sollten wir anstoßen. Ich gebe heute einen aus.«

Ein junger Zeitungsverkäufer, kaum älter als zwölf, mit einer grauen Schirmmütze auf dem Kopf, lief an ihnen vorüber und plärrte die neuesten Nachrichten in die Welt: »Extrablatt. Extrablatt. Unruhen auf den Werften. Blohm und Voss sperrt achthundert Mitarbeiter aus. Es kommt zu Krawallen.«

»Krawalle!«, wiederholte Ole alarmiert. »Am Ende gibt es die auch an den Landungsbrücken. Mein Kiosk. Wenn ich Pech habe, schlagen die ihn kurz und klein. Ich muss sofort zurück. Gottverdammt noch eins. Ich hätte ihn gar nicht erst allein lassen sollen.«

Er eilte zu einer unweit von ihnen entfernten Straßenbahnhaltestelle. Die anderen folgten ihm raschen Schrittes. Mit einem Schlag rückte Mateis geplante Ausstellung in den Hintergrund. Auch Tidas Miene war nun besorgt. Der Streik der Mitarbeiter auf den Hamburger Werften hatte heute in den frühen Morgenstunden begonnen. Dass sich die Lage nun so zuspitzte, war jedoch besorgniserregend. Krawalle konnte niemand gebrauchen. Am Ende entwickelten sich daraus schlimme Ausschreitungen mit Gewalt und Todesopfern. Zu verdenken war den Menschen ihre Wut nicht. Ein Liter Milch kostete aktuell einundzwanzigtausend Mark. Und wenn es mit der Geldentwertung so weiterginge, würden sie nächste Woche vermutlich beinahe das Doppelte bezahlen. So schnell konnte man mit seinem Wochenlohn gar nicht losrennen und die notwendigen Besorgungen erledigen, wie sein Wert schwand. Vor den Lebensmittelgeschäften bildeten sich zumeist an den Freitagen, dann erhielten viele ihre Wochenlöhne, lange Schlangen. Jeder hatte Sorge, am nächsten Tag für sein hart erarbeitetes Auskommen nur noch die Hälfte zu erhalten. Wann hatte dieser Unsinn nur endlich ein Ende? Irgendeinen Ausweg mussten die Politiker in Berlin doch finden.

Als sie die Landungsbrücken erreichten, herrschte dort tatsächlich Chaos. Unmengen an Werftarbeitern mit Plakaten hatten sich versammelt und riefen Parolen. Es stellte schon ein Kunststück dar, aus der Straßenbahn heraus auf den Gehweg zu treten, so voll war es. Tida nahm Mateis Hand, und sie schoben sich gemeinsam durch die aufgebrachte Menge. Und dann sahen sie Oles Kiosk. Er stand lichterloh in Flammen.

37. KAPITEL

Niebüll, 30. August 1923

Elin saß in einem Café am Fenster, und ihr Blick wanderte nach draußen über die Niebüller Hauptstraße. Eben hatte es einen kurzen Regenschauer gegeben, das Pflaster und die vor dem Café stehenden Tische waren noch feucht. Jetzt schien erneut die Sonne von einem weiß-blauen Himmel, als ob nie etwas gewesen wäre. Doch Elin ließ sich von dem lieblichen Sonnenschein nicht täuschen. Gewiss würde bald der nächste Regen aufziehen. Es wehte ein recht böiger Wind, der an den Blättern der Bäume zerrte, die dem Café gegenüber in einem Vorgarten standen. Perfektes Sommerwetter sah anders aus. Gewiss hatten Piet und Gantje heute den Garten nicht geöffnet, sondern bedienten die Gäste lieber in der regensicheren Stube. Ob Friedrich bereits anwesend war? Er war etwas geknickt, denn seine Freunde aus Berlin hatten vor wenigen Tagen die Heimreise angetreten. Hinnerk würde ihn gewiss trösten. Und Trost fand sich am besten bei einem leckeren Pharisäer. Elin brachte der Gedanke zum Lächeln. Es war verrückt. Sie hatte Sylt erst vor zwei Tagen verlassen und vermisste die Insel schon jetzt. Niemals hätte sie sich träumen lassen, dass sie Niebüll einmal aus der Nähe sehen würde. Das Festland war für sie stets ein Ort gewesen, den sie nur vom Hörensagen kannte. Noch nicht ein Mal hatte sie Sylt verlassen. Und nun war sie hier, und die fremde Welt erschien ihr vertrauter, als sie gedacht hatte. Die roten Backsteinhäuser der Hauptstraße ähnelten denen von Westerland, und es gab auch viele reetgedeckte Häuser. Sie waren in einem hübschen kleinen Gästehaus untergebracht, und ihre Hauswirtin, Tatje Clausen, sie war bereits über siebzig, war eine äußerst herzliche Person, die ihnen jeden Morgen ein reichhaltiges Frühstück kredenzte und gern mit ihnen klönte. So hatte Elin erfahren, dass es erst seit Februar in Niebüll elektrischen Strom gab. Und dass ihr Mann erst vor einem Jahr verstorben war. Er war Vorsteher des Niebüller Bahnhofs gewesen, der als Verkehrsknotenpunkt in der Region galt. Von hier startete auch die Kleinbahn nach Dagebüll, von wo aus die Fähren nach Amrum und Föhr fuhren. Er hätte gern noch erlebt, wie von Niebüll aus die Gäste mit der Bahn über den neu gebauten Wattenmeerdamm bis nach Sylt fuhren. Dann wären sie beide zum ersten Mal auf die Insel gefahren, die Tatje Clausen noch niemals im Leben gesehen hatte und nur von Erzählungen kannte. Ob sie es nun tun würde, wusste sie nicht. Was sollte sie dort auch ganz allein? Weiter als bis Klanxbüll und Dagebüll hatte sie es nie im Leben geschafft. War vielleicht auch besser so. Die große weite Welt könne ihr gestohlen bleiben. Hier wisse sie, was sie habe. Elin hatte lächelnd genickt und sich verstanden gefühlt. Tatjes Tochter Inke arbeitete im Betrieb mit. Ihre Enkelin war im Alter von Finn und ein bezauberndes Mädchen mit vielen dunklen Haaren, das ihnen jedes Mal, wenn sie ihrer ansichtig wurden, ein bezauberndes Lächeln schenkte. Der Schwiegersohn arbeitete auf der Gemeinde und war die rechte Hand des neuen Bürgermeisters Heinrich Schmicker, der eigentlich bereits seit drei Jahren im Amt war. Elin hatte ihn am Vorabend bei einem Abendessen kennenlernen dürfen. Er und seine Gattin Henriette machten einen etwas unterkühlten Eindruck. Auch der Bauleiter Dr. Pfeiffer war mit seiner Gattin anwesend gewesen. Die Männer hatten natürlich nur über den Wattenmeerdamm gesprochen, die anwesenden Damen hatten höfliche Konversation betrieben. Elin hatte sich zwischen den erheblich älteren Frauen, die ihr Dasein als die Frau von fristeten, etwas fehl am Platze gefühlt und war froh darüber gewesen, als sie sich verabschiedet hatten. Es war Lorenz' Idee gewesen, dass sie ihn für einige Tage auf das Festland begleiten sollte. Er wollte ihr seinen Wirkungsbereich und die Fortschritte beim Dammbau zeigen. »Du bist ein Teil meines Lebens«, hatte er gesagt, »und deshalb sollst du es kennenlernen.« Er hatte so voller Stolz gesprochen, sie in seine Arme gezogen und leidenschaftlich geküsst. Elin genoss seine Veränderung und die Aufmerksamkeit, die er ihr schenkte, in vollen Zügen. Sie hielten wieder Händchen, er schäkerte mit ihr. Jedes Mal, wenn sie ihn sah oder seine Stimme hörte, fühlte sie dieses herrlich warme Kribbeln in ihrem Inneren. Sie achtete auf ihr Haar, hatte sich extra eine neue Frisur richten lassen. Es schien wie zu Beginn ihrer Beziehung zu sein. Eine Verliebtheit, die sie genoss und die ihr Kraft gab. Seit einigen Tagen war sie nun auch wieder über der Zeit, und sie wagte zaghaft zu hoffen. Es wäre zu schön, wenn der Herrgott ihnen ein weiteres Kind, vielleicht ein kleines Mädchen, schenken würde. Und wenn sie viel Glück hatten, hatte dieses Kind in den ersten Wochen seines Lebens ein etwas ruhigeres Gemüt. Sie sind alle anders, hatte Gesa erst neulich zu ihr gesagt, als sie Finn zu ihr gebracht hatte. Der kleine Mann hatte seine anfänglichen Probleme nun endgültig überwunden und war zu einem wahren Sonnenschein geworden, der jedem Menschen ein strahlendes Lächeln schenkte und nur noch in den seltensten Fällen ein wenig quengelig war. Es wäre zu schön, wenn er bald ein Geschwisterchen bekäme.

Lorenz trat ein und kam sogleich zu ihr an den Tisch. Er sah aus wie die Arbeiter auf der Baustelle, trug ein weißes Hemd mit hochgekrempelten Ärmeln, darüber eine schwarze Weste zu dunklen Baumwollhosen. Auf seinem Kopf ruhte eine hellbraune Schirmmütze. Durch seine vielen Aufenthalte im Freien waren sein Gesicht und seine Oberarme gebräunt. Wie sehr ihn seine Tätigkeit auf der Wattenmeerdammbaustelle doch verändert hatte, kam es Elin in den Sinn. Er wirkte viel selbstbewusster, ja regelrecht befreit. Er hatte seinen Weg gefunden, sich von dem Einfluss seines Onkels gelöst und schmiedete bereits Zukunftspläne, die vielversprechend klangen.

»Es tut mir leid, meine Liebe, dass ich dich habe warten lassen«, sagte er, beugte sich über sie und küsste kurz ihre Wange. Er roch nach Pfeifentabak. »Die aktuelle Dienstbesprechung hat sich heute in die Länge gezogen. Aber nun ist es überstanden, und wir können endlich losfahren. Und jetzt ist erfreulicherweise auch das Wetter wieder besser geworden, und der Regen hat sich verzogen. Wir könnten von Klanxbüll aus einen Spaziergang bis zur Baustelle machen. Das wäre herrlich.«

Elin stimmte freudig zu. Sie liebte Spaziergänge, und hier gab es ständig etwas Neues zu entdecken.

Lorenz bezahlte die Rechnung, und sie verließen das Café.

Bald darauf saß Elin in einem Automobil. Es war eines der wenigen Fahrzeuge, die von den hochrangigen Mitarbeitern der Baustelle genutzt werden durften. Und zu diesen durfte sich Lorenz, der direkt dem Bauleiter Pfeiffer unterstellt war, zählen. Elin war etwas nervös, als er den Motor ankurbelte.

»Und du bist dir sicher, dass du mit diesem Gefährt zurechtkommst?«, fragte sie, während er neben ihr auf dem Fahrersitz Platz nahm. »Auf Sylt bist du nie mit einem Automobil gefahren. Benötigt man dafür nicht eine gewisse Erfahrung?«

411

»Sei unbesorgt«, beschwichtigte er. »Die habe ich längst erworben.« Er drückte kurz ihre Hand. »Ich fahre hier sehr häufig mit dem Automobil. Du musst dir keine Gedanken machen.«

Der Wagen setzte sich in Bewegung. Elin staunte, wie routiniert er mit dem Fahrzeug umging. Er bewegte den sich in der Mitte befindlichen Hebel, die Gangschaltung, wie er ihr erklärte, und lenkte den Wagen sicher um die Kurven. Sie kamen recht flott voran und ließen Niebüll alsbald hinter sich. Um sie herum lagen nun Wiesen und Weiden. Unzählige Kühe grasten hier. Neben einem großen landwirtschaftlichen vierseitigen Bauernhof, sämtliche Dächer waren reetgedeckt, befanden sich unzählige Gänse auf einer Wiese, die schnatternd umherliefen. Auch hier wuchsen Strandrosen am Wegesrand, eine Wiese war von Unmengen der lila blühenden Strandnelken überzogen, was ganz bezaubernd aussah. Daneben lag ein Kornfeld, ein Stück weiter standen Pferde auf einer Weide, zwei Fohlen waren darunter, die fröhlich miteinander tobten. Der Wind hatte inzwischen weiter aufgefrischt. Sie sah, wie sich die Äste der Büsche und Bäume bogen. Die Wolkenfetzen sausten nun regelrecht über den Himmel.

Sie erreichten Klanxbüll. Das Friesendorf bestand nur aus wenigen Gehöften. Auf der ungeteerten Straße war niemand unterwegs. In einem Garten stand ein altes Mütterchen und beschnitt seine in Hülle und Fülle blühenden Stockrosen.

Lorenz parkte den Wagen in der Nähe eines etwas außerhalb des Ortskerns gelegenen reetgedeckten Anwesens.

»Das hier wollte ich dir zeigen«, sagte er, während sie ausstiegen. »Von diesem Ort hast du gewiss schon gehört. Es ist der sagenumwobene Bombüllhof, wo sich einst Störtebeker versteckt haben soll.«

»Oh, das ist also der Bombüllhof«, sagte Elin freudig und betrachtete das idyllisch aussehende Anwesen. Das alte Friesenhaus war aus rotem Backstein gefertigt und mit Reet gedeckt. Die Fenster und die Tür waren weiß gestrichen. Im Garten standen Holzstühle und ein Tisch. An einem sich an der Hauswand befindlichen Gitter rankte eine hellgelb blühende Kletterrose hinauf, im Garten blühten zahllose Stockrosen neben Fingerhut und Glockenblumen. Umgeben war das Gelände von Lindenbäumen.

»Also mir kommt bei dem Wort Bombüll eher die alte Geschichte von dem Puk in den Sinn«, erzählte Elin. »Paul hat sie uns früher öfter vorgelesen. Ich glaube, es war die Fassung von unserem geliebten Inselchronisten Hansen, den Papa sehr gemocht hat. Ich kann mich nur noch daran erinnern, dass der Puk eine Menge Unsinn getrieben hat. Und an die Geschichte mit seinen Beinen, die er aus der Bodenluke gestreckt hat. ›Hier ist Puks eines Bein. Hier ist Puks anderes Bein. Und hier ist Puk vollständig.‹ Paul hat damals sogar stets seine Beine in die Höhe gehalten, wenn er diese Stelle vorgelesen hat.« Sie lächelte bei der Erinnerung daran.

»An diese Geschichte erinnere ich mich auch noch«, antwortete Lorenz. »Das muss ein recht frecher und auch arg gefräßiger Puk gewesen sein. Als er einmal nicht ausreichend Butter in seinen Brei bekam, hat er sogleich die beste Kuh im Stall getötet.«

»Unsere Wiebke hat ebenfalls an die kleinen Hausgeister geglaubt und ihnen an Weihnachten stets einen Brei mit einem Stück Butter darin hingestellt. Ich weiß noch, wie sie unserem damaligen Lazarettarzt erklärt hat, was es mit den Puken auf sich hat.«

»Wenn man einen Puk hat, der sich mit einer Schüssel Brei einmal im Jahr zufriedenstellen lässt, dann ist das eine feine Sache«, meinte Lorenz. »Ich glaube aber, dass der von Bombüll gieriger gewesen ist. Da hilft dann wohl nur noch, ein Wagenrad als Tür zu benutzen. Denn wie wir aus den alten Überlieferungen

413

wissen, mögen Puken Wagenräder nicht, weil sie sie für das Symbol der Sonne halten, und sie fürchten Stahl und Eisen, die auf den Blitz deuten. Dann ist man einigermaßen sicher. Allerdings hält ein Wagenrad keinen Störtebeker ab.« Er zwinkerte Elin zu.

Im nächsten Moment öffnete sich die Tür des Hauses, und eine alte Frau trat heraus und näherte sich ihnen. Sie ging gebückt, trug einen grauen Rock und eine beige Bluse, darüber eine karierte Schürze. Auf dem Kopf hatte sie ein buntes Kopftuch.

»Moin«, grüßte sie und blieb an der geschlossenen Gartentür stehen. Gibt es wat?«

»Moin«, grüßte Elin zurück. »Mein Mann war nur so nett und hat mir Ihr Haus gezeigt. Der Bombüllhof ist ja berühmt.«

»Ja, ja. Wegen dem Störtebeker und dem Puk«, rief die Alte. »Aber dat ist lang her. Gibt hier keine Seeräuber und keine Hausgeister mehr. Also gibt dat auch nix zum Gucken.« Ihre Stimme klang abweisend. Elin beschwichtigte.

»Entschuldigen Sie bitte. Wir wollten nicht aufdringlich sein.«

Die Frau sah kurz zu Lorenz, dann zu Elin. Ihr Gesichtsausdruck wurde eine Spur milder.

»Ist schon gut, min Deern. Gibt halt immer wieder Leute, die kommen und dumm glotzen. Manch einer läuft einfach in den Garten und guckt in den Stall. Dat muss man sich mal vorstellen. Als ob da zwischen den Schweinen noch der Störtebeker persönlich sitzen würde.« Sie winkte ab. »Aber ihr solltet lieber zusehen, dat ihr nach Hause kommt. Dat mit dem Wind, dat wird heute noch schlimm. Wird ein richtiger Sturm werden. Dat spür ich in den Knochen.« Sie deutete nach Westen.

Lorenz reagierte irritiert, und sein Blick wanderte ebenfalls zum westlichen Horizont. Doch dort waren nur wenige weiße Wattewolken zu sehen. Es war windig, aber das war nicht ungewöhnlich.

Er beschwichtigte. »Es wird nicht so schlimm kommen. Das Barometer ist heute Morgen nur leicht gefallen. Bleiben Sie also ganz ruhig.«

»Barometer«, wiederholte die Alte und schnaubte. »Neumodischer Krams. Meine Knochen haben sich noch nie geirrt. Wird schlimm werden, eine Sturmflut. Da können sich die von der Baustelle warm anziehen. Dat sag ich euch. Wenn die da Pech haben, dann schwemmt dat denen alles wieder weg. Ich geh dann jetzt mal die Schotten dicht machen. Solltet ihr auch tun. Schönen Tag noch.« Sie wandte sich um und schlurfte über den bekiesten Weg zurück zum Haus, wo sie damit begann, die Blumentöpfe vor der Eingangstür einzusammeln. Elin und Lorenz wandten sich ab. Lorenz schwieg, sein Blick war in die Ferne gerichtet.

Elin nahm seine Hand. Die Worte der alten Frau hatten auch sie verunsichert. Als hätte sie es gewusst, wirbelte eine starke Windböe genau in diesem Moment den Staub der Straße auf. Im nächsten Moment zog eine Wolke vor die Sonne, und Elin fröstelte. Dennoch bemühte sie sich um Beruhigung.

»Wir sollten losgehen«, sagte sie. »Der Spaziergang wird uns guttun.«

»Ich weiß nicht, ob wir noch laufen sollten«, zögerte Lorenz. »Unter diesen Umständen würde ich gerne ins Barackenlager Dreieckskoog fahren. Sei mir bitte nicht böse. Aber ich möchte sogleich ein Gespräch mit Friedrich, unserem Bauleiter, führen. Und das Barometer muss erneut überprüft werden.«

»Du glaubst der Frau doch nicht etwa?«, fragte Elin verdutzt.

»Du denn nicht?«, stellte er eine Gegenfrage. »Die alten Knochen einer Frau lügen selten. Die meiner Großmutter haben es nicht einmal getan. Wenn sie gesagt hat, ein Sturm zieht auf, dann geschah es auch. Komm.« Er legte den Arm um sie.

»Lass uns rasch fahren. Bis zum Barackenlager ist es nicht weit. Dort gibt es eine Kantine für die Mitarbeiter. Das Ehepaar Martensen leitet sie. Elli wird dir einen warmen Tee zubereiten. Es tut mir schrecklich leid. Aber aus der Führung wird heute wohl nichts mehr werden. Ich muss gleich zur Bauaufsicht, und wir müssen den Stand der Dinge besprechen. Mal sehen, was das Barometer aktuell spricht.« Er brachte sie zum Auto. Es dauerte eine Weile, bis er es mit der Kurbel in Gang gebracht hatte. Als sie losfuhren, herrschte eine angespannte Stimmung. Elins Blick wanderte zum westlichen Horizont. Die Wolken waren dunkler geworden, der Wind hatte weiter aufgefrischt und peitschte nun regelrecht über die Felder. Für Ende August war diese Heftigkeit ungewöhnlich. Sturmfluten gehörten in den Herbst und Winter. Im Sommer kamen sie so gut wie nie vor. Auch in ihr breitete sich ein mulmiges Gefühl aus. Was war, wenn die alte Frau recht behalten sollte und es größere Schäden an der Baustelle geben würde? Aber konnte sie das überhaupt einschätzen? Knochen erkannten eine Wetterveränderung, das wusste sie ebenfalls aus Erzählungen von älteren Leuten. Sie waren sehr zuverlässig. Doch wie heftig eine solche Veränderung war, konnten die alten Leute nur selten sagen. Elin hoffte darauf, dass es bei stürmischem Wind bleiben und dieser rasch wieder abflauen würde.

Lorenz war nervös. Er trat aufs Gaspedal. Ihre Geschwindigkeit war hoch und jagte Elin Angst ein.

»Nicht so schnell«, rief sie. »Langsamer!«

Doch Lorenz antwortete ihr nicht. Seine Hände lagen auf dem Lenkrad, sein Blick war nach vorn gerichtet. Und da geschah es. Aus einem uneinsehbaren Feldweg, eine aus Birken bestehende Baumgruppe versperrte die Sicht, kam ein Traktor auf die Straße gefahren.

»Pass auf!«, rief Elin noch. Doch es war bereits zu spät. Lorenz schaffte es nicht mehr, rechtzeitig zu bremsen, und sie stießen mit dem landwirtschaftlichen Gefährt zusammen. Das Letzte, was Elin wahrnahm, war ein lauter Knall, dann wurde alles schwarz um sie herum.

Als Elin wieder zu sich kam, blickte sie auf eine weiß getünchte Zimmerdecke. Ihr Kopf schmerzte, und sie stöhnte. Dann blickte sie in Alwines Gesicht.

»Elin, Liebes«, sagte Alwine. »Du bist wach. Wie schön. Hallo. Oh, was bin ich froh.«

»Alwine«, murmelte Elin. »Was …«

»Du bist im Krankenhaus, Liebes«, ließ Alwine sie nicht ausreden. »Ihr hattet einen Unfall mit dem Automobil. Erinnerst du dich? Du hast ordentlich eines auf den Kopf bekommen, und dein rechtes Handgelenk ist gebrochen. Aber jetzt, da du wach bist, wird alles wieder gut. Es wird alles wieder gut werden.« In ihren Augen schimmerten Tränen. »Das wird es.«

»Ein Unfall«, wiederholte Elin.

»Ja, an dem Tag dieser fürchterlichen Sturmflut. Weißt du noch? Er liegt über eine Woche zurück.«

»Sturmflut. Die alte Frau. Bombüllhof. Lorenz. Er fuhr so schnell. Der Traktor. Wo ist er?«

Alwines Miene trübte sich ein. »Du brauchst noch Ruhe. Es wird alles gut werden.«

Angst ergriff von Elin Besitz. Alwine wich ihr aus. Es war kein gutes Zeichen, wenn sie das tat. Sie ergriff mit der linken Hand ihren Arm, umklammerte ihn und sah sie eindringlich an. »Wo ist er?«, wiederholte sie ihre Frage mit klopfendem Herzen. »Geht es ihm gut? Ist er auch im Krankenhaus?«

Alwine schloss kurz für einen Moment die Augen, als müsste

sie Kraft sammeln, bevor sie das Unvermeidliche in Worte fasste. Das, was Elin bereits ahnte, doch sie klammerte sich noch an die Hoffnung, sich zu irren. Es durfte nicht sein. Sie durfte ihn nicht verlieren. Eben war doch alles gut gewesen. Eben hatten sie noch über den alten Puk geredet, über Störtebeker, er hatte ihr alles zeigen wollen, sie waren einander wieder nähergekommen.

»Er hat es nicht geschafft«, antwortete Alwine leise. Nun rannen endgültig Tränen über ihre Wangen. »Es tut mir so unendlich leid.«

38. KAPITEL

Hamburg, 15. September 1923

Matei lief die Landungsbrücken hinunter, auf denen sich ein illustres Publikum tummelte. Touristen und Hafenarbeiter, Menschen, die es in die Ferne zog, Seemänner, die aus allen Ecken der Welt nach Hamburg kamen und während ihres kurzen Aufenthalts in den Varietés, Bars, Theatern und Nachtclubs von St. Pauli Ablenkung suchten, gern im Arm eines schönen Mädchens. Ein Leierkastenmann hatte sich in bester Lage in der Nähe der Straßenbahnhaltestelle platziert und drehte kräftig an seiner Kurbel. Als Matei an ihm vorüberlief, lüpfte er kurz seinen Hut und lächelte. Den Morgen über war der Tag grau gewesen, und es hatte leicht genieselt. Doch nun hatten sich die Wolken verzogen, und die Sonne schien vom blauen Himmel. Es war das perfekte Wetter für einen lauschigen Spätnachmittag an den Landungsbrücken. Matei blieb bei Ole stehen. Herr Anton begrüßte sie gewohnt freudig und sprang sogleich fröhlich bellend um sie herum. Ole war beschäftigt. Er hämmerte an seinem neuen Zeitungsstand herum. Genauer gesagt, stand er auf einer Leiter und schlug lange Nägel in die grauen Dachplatten, die er von irgendwoher organisiert hatte.

»Moin, Ole«, grüßte Matei. »Wie geht es denn mit deinen Plänen für den Neubau voran?«

»Wie es eben so geht«, nuschelte er. »Einer von den Arbeitern aus der Speicherstadt, ich glaub, du hast ihn schon mal gesehen, Heinz, kennt da wen, der auf einem Schrottplatz arbeitet. Dort könnte ich günstig Baumaterial bekommen. Wir wollen die Tage mal hin und gucken.«

Matei nickte. Ihr Blick wanderte zu dem provisorischen Unterstand, den sich Ole gebaut hatte. Auf einem Klapptisch lagen die Zeitungen unter einer gespannten Plane, dahinter befand sich ein Zelt, in dem Ole und Herr Anton aktuell schliefen. Die Zerstörung von Oles Zeitungsstand war für sie alle ein Schock gewesen. Doch Ole war kein Mann, der lange trauerte. Er hatte bereits am nächsten Tag die Trümmer beseitigt und seinen Stand provisorisch wieder aufgebaut. Einige der Hafenarbeiter schien das schlechte Gewissen zu plagen, weshalb sie ihm bei der Arbeit halfen. Viele hatten Kleidung und Decken gebracht, auch etwas Geschirr und einen Gaskocher, auf dem er seinen geliebten Kaffee mit Rum kochen konnte. Wie es jedoch im nahenden Winter weitergehen sollte, wusste Ole noch nicht. In dem notdürftig aus Planen zusammengebastelten Zelt konnte er dann nicht mehr nächtigen.

»Heute ist dein großer Abend, oder?«, fragte Ole. Er hatte die beiden Nägel aus seinem Mund verarbeitet, kletterte von seiner Leiter und wischte sich die Hände an einem Tuch ab. »Nun hat sich ja doch schneller als gedacht ein neuer Termin für die Ausstellung gefunden. Konnte ja keiner ahnen, dass die in dem Haus einen Brand im Sicherungskasten haben. Gott sei Dank konnte dieser noch rechtzeitig gelöscht werden.

Ich hab die Anzeige in der Zeitung gelesen. War nicht klein. Du wirst als berühmt bezeichnet. Also Berühmtheiten waren noch nie bei mir Kaffee mit Rum trinken. Muss ich mir ab morgen Sorgen machen, dass du nicht mehr kommst? Wäre schade. Nicht nur für mich, sondern auch für Herrn Anton. Ich glaub nämlich, dass der in dich verliebt ist.«

»Es steht in der Zeitung?«, fragte Matei verdutzt und ließ davon ab, Herrn Anton zu streicheln. Ihr Herzschlag beschleunigte sich. Den ganzen Tag über war sie bereits nervös, die Nacht zuvor hatte sie kaum ein Auge zugetan. Der Alltag war es gewesen, der ihr in den letzten Stunden etwas Ruhe vermittelt hatte. Nachdem der erste Termin für die Ausstellung aufgrund des Brands geplatzt war, hatten sich erneut Zweifel angeschlichen. Gewiss war das ein schlechtes Omen. Sollte sie vielleicht doch alles absagen? Waren ihre Bilder wirklich gut genug? In vielen von ihnen steckte nicht ihre Seele. Jan hätte sie kritisiert, er hätte kleine Mängel gefunden, Schlampereien in der Ausführung, auf die sie nicht geachtet hatte. Sie hatte in den letzten Tagen die gefälschten Signaturen von Hannes sorgsam entfernt und jedes einzelne Bild noch einmal betrachtet. Überall hatte sie Fehler gefunden. Dem Garten des alten Friesenhauses fehlte es an Vielfältigkeit, das Motiv am Wattenmeer wirkte profan und alltäglich. Wer wollte ein Bild von einem Leuchtturm im Abendlicht kaufen? Tida war diejenige gewesen, die ihr die Zweifel genommen hatte. Sie hatte jedes einzelne Werk mit ihr begutachtet. Gemeinsam hatten sie Stärken und Schwächen besprochen, sie thematisch sortiert. Sie hatte ihr Mut gemacht, ihr immer wieder gesagt, wie gut die Bilder seien. Doch etwas hatte die ganze Zeit über zwischen ihnen gestanden. Es schien wie eine neu errichtete Mauer, die sich nicht einreißen ließ. Empfand Tida Neid? Doch Tida wollte keine Ausstellung haben. Sie zeichnete nur für sich selbst. Oder sagte sie das nur so? Ein Künstler wollte doch wahrgenommen und gesehen werden. Wieso sollte das bei Tida anders sein? Erst gestern waren sie einander nah gewesen, nun schienen sie sich voneinander zu entfernen. Oder bildete sich Matei das nur ein? Vielleicht sollte sie die Ausstellung doch nicht stattfinden lassen. Am Ende war das alles falsch. In ihr waren erneut Hoffnungen aufgeflammt, die ihr Hannes eingeredet hatte. Paris, London, New York. Du könntest berühmt werden. Du könntest als die Künstlerin nach Sylt heimkehren, die du an dem Tag werden wolltest, als du die Insel verlassen hast. Sie würde es allen zeigen. Aber wollte sie das überhaupt noch? War sie in den letzten Monaten nicht zu einer anderen geworden? In ihr befand sich noch immer die Seele einer Künstlerin. Aber sie tickte anders. Der Wunsch nach Anerkennung war einem anderen, unbeschreiblichen Gefühl gewichen. Der Zufriedenheit, wenn sie zeichnete. Es gab nichts Schöneres, als das perfekte Motiv vor Augen zu haben und es mit jedem Pinselstrich mehr einzufangen. Der ganze Ruhm und das Lob von Außenstehenden würden dieses Gefühl nicht erreichen.

»Ja, hier. Sieh doch.« Ole nahm die *Hamburger Nachrichten* zur Hand und blätterte bis zu der Seite, auf der Veranstaltungen angekündigt wurden. »Sogar recht groß.« Er hielt Matei die Zeitung unter die Nase. Sie nahm sie zur Hand und überflog den Anzeigentext.

Herausragende Kunstausstellung der berühmten Künstlerin Matei Bohn.

Maritime Ansichten der Insel Sylt. Das sollten Sie nicht verpassen.

Es folgten Ort, Uhrzeit und Datum. Im Eintrittspreis von zehn Millionen Mark war ein Glas Sekt enthalten.

»Ich werde als berühmt angekündigt«, sagte Matei. »Aber das bin ich doch gar nicht.«

»Aber was nicht ist, kann doch noch werden«, antwortete Ole. »Und wenn man nicht ordentlich klappert und übertreibt, kommt keiner. Was hätte er denn sonst schreiben sollen? Der Deern, die ganz gut malen kann?«

Matei rollte die Augen und musste grinsen.

»Allerdings siehst du noch nicht wirklich wie eine berühmte Künstlerin aus«, bemerkte Ole. »Eher wie das, was du eben bist:

ein junges Fräulein, das auf den Landungsbrücken Fahrkarten für Barkassenfahrten verkauft.«

Matei blickte an sich hinab. Wo er recht hatte. Sie trug einen schlichten blauen Rock, dazu eine Matrosenbluse und eine Schirmmütze auf ihrem Kopf. Da es recht kühl war, hatte sie ein dunkelblaues Wolltuch über ihre Schultern gelegt.

Tida trat näher. Sie machte einen etwas abgehetzten Eindruck. Ihr graues Haar war zerzaust, auf ihrem dunkelbraunen, viel zu großen Rock zeigten sich einige Flecken. Über ihrer rosa Bluse trug sie die gewohnte ausgeleierte Strickjacke.

»Hier steckst du«, sagte sie und blieb, nach Luft japsend, neben Matei stehen. »Liebe Güte. In meinem Alter sollte man nicht mehr so schnell laufen. Ich hab nach dir gesucht. Dachte, ich treffe dich noch in deinem Verkaufsladen an. Ich hab eine Überraschung für dich. Hat mit heute Abend zu tun. Sie befindet sich aber nicht hier, sondern in St. Pauli, im Schiller-Theater.«

Matei sah Tida verwundert an. »Im Theater? Aber was will ich denn dort?«

»Das wirst du schon sehen. Kommst du? Wir werden bereits erwartet.«

Matei sah zu Ole, der die Schultern zuckte.

»Na, dann geht ihr mal«, sagte er. »Ich verarbeite weiter meine Dachpappe. Wir sehen uns dann in der Galerie. Ich bin gespannt, was mich da erwartet. Mein Lebtag war ich noch nicht auf einer Kunstausstellung.«

Kurze Zeit später betrat Matei gemeinsam mit Tida eine der Garderoben des Schiller-Theaters, und es fühlte sich an, als würde sie gegen eine Wand unterschiedlichster blumiger Gerüche laufen. Die Garderobe war eher klein. Es gab drei Schminktische mit Spiegeln, die von Lampen umrandet waren und auf denen ein rechtes Chaos herrschte. Unzählige Schminkutensilien, Haarbürsten, Parfümflakons und anderer Kleinkram lagen darauf wild durcheinander. An Kleiderständern hingen Unmengen von Kostümen in den unterschiedlichsten Farben und Ausführungen. Es gab ein Fenster, das jedoch keine besondere Aussicht bot. Man blickte auf die rot geklinkerte Wand des Nachbarhauses. Zu ihrem Erstaunen war es Else, die sie mit einer Umarmung begrüßte.

»Matei, meine Liebe. Da staunst du, nicht wahr? Ich hab die Anzeige in der Zeitung gelesen und war sogleich begeistert. Und dann ist mir zufällig Tida über den Weg gelaufen, und da hab ich spontan vorgeschlagen, dich hier bei uns im Theater zurechtzumachen. Wo, wenn nicht in der Garderobe von Schauspielerinnen, die jeden Tag eine Welt der Illusion erschaffen, ginge das besser.« Sie zwinkerte Matei zu. »Du musst mir alles erzählen. Tida rückt ja mit nichts raus.« Sie zog kurz eine Schnute und sah zu Tida. »Wie bist du denn an deine Bilder gekommen? Und wieso gibt es nun doch eine Ausstellung? Wer ist der Galerist? Sieht er gut aus?« Ihre vielen Fragen prasselten nur so auf Matei ein. Matei registrierte verwundert, wie verändert Else aussah. Ihr blondes Haar trug sie kürzer als früher, es reichte nicht einmal mehr bis zum Kinn. Der Schnitt stand ihr jedoch. Wie gewohnt war es in Wellen gelegt. Sie war dezent geschminkt, nur mit dem Rouge hatte sie es etwas übertrieben. Sie trug noch kein Kostüm, sondern einen schimmernden hellblauen Morgenmantel, der an den Ärmeln und am unteren Saum mit weißer Spitze versehen war. In ihr machte sich das schlechte Gewissen bemerkbar. Seitdem das Bierrestaurant Stein geschlossen worden war, hatten sie nur noch selten Kontakt gehabt, die letzten Wochen gar nicht mehr. Längst hatte sie in eine ihrer Vorstellungen gehen wollen.

»Jetzt setz dich erst einmal«, sagte Else und rückte einen Stuhl vor einem der Schminktische zurecht. »Gut siehst du aus. Dein Haar ist etwas zu lang geraten. Aber wir werden schon etwas zaubern.« Sie befingerte Mateis Haare. »Wie willst du heute Abend aussehen? Vielleicht etwas verrucht in Schwarz, fröhlich wie ein bunter Vogel im Blumenkleid oder eher schlichte Eleganz?«

Matei fühlte sich überfordert. Else war wie ein Wirbelwind. Hilflos sah sie zu Tida, die sich ein Grinsen nicht verkneifen konnte.

»Also verrucht fände ich toll«, warf Tida mit einem scherzhaften Unterton in der Stimme ein. »So kenne ich dich gar nicht.«

»Ich und verrucht«, brummelte Matei. »Am besten noch mit einer Zigarette an einer solchen Stange. Nein danke. Das passt nicht zu mir. Die Gäste betrachten maritime Motive von der Insel Sylt. Bestimmt haben sie eine adrett gekleidete Künstlerin vor Augen.«

»Adrett klingt langweilig«, konstatierte Else. »Dann nehmen wir lieber elegant. Also ich hätte da ein ganz zauberhaftes Kleid im Angebot.« Sie ging zu einem der Kleiderständer und schob die darauf befindlichen Kleidungsstücke von links nach rechts. »Wo hab ich es nur gleich? Hoffentlich hat es sich nicht Trude ausgeliehen. Das macht sie öfter. Sie hat eine neue Bekanntschaft, irgendwas Gehobenes. Arzt oder Anwalt. Ach, ist ja auch egal. Er führt sie ständig in noble Häuser aus. Neulich waren sie in der Oper. Wie eine einfache Schauspielerin aus St. Pauli darfst du da nicht aussehen. Ach, da ist es ja. Was meinst du?« Sie hielt ein Abendkleid in die Höhe. Dunkelblau, bodenlang, mit silbernen, funkelnden Steinen am tief geschnittenen Dekolleté. Es war hübsch, keine Frage, für die Oper geeignet, aber für den heutigen Abend doch etwas zu viel des Guten.

»Also ich weiß nicht recht«, sagte Matei zögerlich. »Gibt es noch etwas anderes, vielleicht etwas schlichter?«

»Adrett, schlicht«, sagte Else. »Liebe Güte. Stell dein Licht doch nicht immer so unter den Scheffel. Das wird heute dein großer Abend, du wurdest als berühmt in der Zeitung angekündigt. Dann sollst du auch so aussehen und nicht wie ein Fahrkarten verkaufendes Mauerblümchen. Was ist, wenn morgen ein Bild von dir in der Zeitung ist? Die berühmte Künstlerin trägt eine Matrosenbluse, und ihr Haar ist struppig.« Elses Stimme war laut geworden.

Matei zog den Kopf ein. Sie sah zu Tida, die nun hilflos dreinblickte.

»Also ich sehe das wie Matei«, mischte sie sich zaghaft ein. »Etwas schlichter wäre passender. So ein Abendkleid ist für die Oper geeignet, aber bei einer Kunstausstellung sollte es doch etwas gediegener sein.«

Elses Miene verfinsterte sich. Matei ahnte, dass sie eine bissige Bemerkung hinunterschluckte. Sie bemühte sich um Schadensbegrenzung.

»Also die Schuhe dort drüben gefallen mir ausgesprochen gut.« Sie deutete auf ein Paar dunkelblauer Absatzschuhe mit Riemchen. »Gehören sie dir? Gäbe es dazu vielleicht ein passendes Kleid? Oder kann ich die nicht tragen?«

Else sah verdutzt auf die Schuhe. »Ja, doch. Ich meine, natürlich. Die Schuhe gehören zu meinem neuen Bühnenkleid, das ich als Marieke in einer Komödie trage, die wir ab der nächsten Woche aufführen werden. Moment, es müsste hier hinten hängen.« Sie ging zu einem in der Ecke stehenden Kleiderständer und kam mit einem dunkelblauen Kleid zurück. Das Oberteil war seitlich mit einem Muster in Rostbraun verziert, die halblangen Ärmel waren aus demselben Stoff gefertigt. Hinzu kam ein passender Gürtel. Der Rock wies die modernen Zipfel auf und fiel locker bis zu den Knöcheln. Matei war sogleich begeistert. »Das ist es. Es ist perfekt. Schlicht und elegant, nicht zu viel, nicht zu wenig.«

»Meinst du?«, vergewisserte sich Else und betrachtete das Kleid skeptisch. »Ich spiele eine Tante der Hauptfigur. Ich dachte, es wäre altbacken. Aber vermutlich liegt es an meiner Rolle. Du kannst es gern heute Abend tragen. Auch die Schuhe, wir haben ja dieselbe Größe.«

»Na fein«, sagte Tida. »Dann haben wir endlich etwas Passendes gefunden. Nun aber flott. Die Hauptperson des heutigen Abends sollte zu ihrer Ausstellung nicht zu spät kommen.« Sie klatschte in die Hände.

Eine Weile darauf standen Matei und Tida wie aus dem Ei gepellt vor der Galerie von Herbert Köhler. Sie waren nicht ganz pünktlich, die Ausstellung hatte bereits vor einer halben Stunde begonnen. Aber Tida war der Meinung, dass Künstler nie pünktlich kamen. Und auf den Star des Abends wartete jeder gern. Else hatte es bedauert, dass sie der Ausstellung nicht beiwohnen konnte. Sie hatte Vorstellung, und ihre Zweitbesetzung fiel wegen einer scheußlichen Erkältung aus. Matei liebte das von ihr gewählte Kleid. Es war bequem, saß perfekt, und der Stoff schimmerte sogar ein wenig. Es duftete herrlich nach irgendeinem blumigen Parfüm. Sie war dezent geschminkt, ihr Haar in sanfte Wellen gelegt und seitlich hochgesteckt. Sie hatte ihr Spiegelbild kaum wiedererkannt. Vor ihr stand eine richtig erwachsene und reif aussehende Frau. Nun gut. Sie war inzwischen sechsundzwanzig Jahre alt, verwitwet, hatte ein Kind verloren und in Hamburg einen Neubeginn gewagt. Trotzdem war sie zeit ihres Lebens die Jüngere gewesen. Das Küken, auf das Elin, die große

Schwester, achtgegeben hatte. Elin. Was sie wohl heute zu ihr sagen würde? Wie es ihr wohl ging? Vermutlich wie immer. Auf die alltäglichen Abläufe Keitums war Verlass. Aber vielleicht gab es ja doch Veränderungen. Sie könnte schwanger sein, am Ende hatte sie längst ein Kind geboren. Einen kleinen Neffen oder eine kleine Nichte, die Matei fremd waren. War Elin ihr am Ende fremd geworden? Ging das überhaupt?

»Dann auf ins Gefecht«, riss Tida sie aus ihren Gedanken. Auch sie hatte eine Runderneuerung über sich ergehen lassen. Sie trug nun ein hübsches, etwas altmodisches Kleid aus einem leichten lila Baumwollstoff, das ihr ausnahmsweise mal passte und nicht um ihren dünnen Körper schlabberte. Darüber eine schwarze Kostümjacke, die mit einem Gürtel in der Taille geschlossen wurde. Auf ihre ausgetretenen Schuhe hatte sie jedoch bestanden. Die braunen Stiefel mit dem abgewetzten Leder passten nicht dazu. Aber was sollte es. Gewiss würde ihr nicht jeder Besucher auf die Schuhe gucken, die sowieso von dem etwas zu langen Rock zur Hälfte verdeckt wurden.

Matei nickte. Ihr Herz schlug nun wie wild. Vor dem geöffneten Hauseingang stand ein Aufsteller mit einem Plakat daran, das die Ausstellung ankündigte.

Tida nahm ihre Hand und drückte sie aufmunternd. »Es wird großartig werden. Das weiß ich bestimmt.«

Sie gingen ins Haus, Hand in Hand die Stufen nach oben. Als sie die Galerieräume betraten, wurden sie von Herbert Köhler persönlich in Empfang genommen. Er strahlte über das ganze Gesicht, legte Matei die Hände auf die Schultern und küsste sie rechts und links auf die Wangen. »Meine Teuerste. Da sind Sie ja endlich. Es ist unglaublich. Die Ausstellung ist bereits jetzt ein voller Erfolg. Und das, obwohl wir erst am Anfang sind.« Ein Fotograf trat näher und machte sogleich ein Bild von ihnen.

Mateis Hände begannen vor Aufregung zu zittern. »Nun ist aber gut«, sagte Herbert Köhler zu dem Fotografen. »Später wird noch genügend Zeit für die Presse bleiben. Ich muss Ihnen unbedingt jemanden vorstellen«, sagte er zu Matei. »Bitte kommen Sie.« Er legte den Arm um sie und führte sie in die Ausstellungsräume. Dort traf sie auf einen gut aussehenden Mann in einem hellen Anzug. Matei schätzte ihn auf Mitte vierzig.

»Mr Johnson«, rief Herbert Köhler. »Nun habe ich endlich die Ehre, dass ich Ihnen die großartige Künstlerin Matei Bohn persönlich vorstellen darf. Fräulein Bohn. Ich freue mich, Ihnen Mr Michael Johnson, seines Zeichens Galerist aus London, vorstellen zu können. Durch einen Zufall weilt er aktuell in Hamburg, und die Neugierde hat ihn zu uns in die Galerie geführt. Und er ist begeistert von Ihren Gemälden.«

»Miss Bohn«, grüßte der Engländer und sprach auf Deutsch mit einem bezaubernden englischen Akzent weiter. »Es ist mir ein Vergnügen, Sie kennenzulernen. Ihre Bilder sind sensationell, großartig und von einer selten gesehenen Perfektion. Könnten Sie sich vorstellen, in London eine Ausstellung in meinem Haus zu geben?«

Entgeistert sah Matei den Mann an. Sie hatte mit allem Möglichen gerechnet, aber nicht mit einem solchen Angebot. Im nächsten Moment hörte sie laute Schreie. Eine der Mitarbeiterinnen kam in den Raum gelaufen. Sie war vollkommen aufgelöst. »Einen Arzt!«, rief sie. »Wir brauchen einen Arzt. Die alte Dame. Sie ist zusammengebrochen.«

Matei sah die Frau für eine Sekunde entgeistert an. »Tida«, sagte sie. Sie rannte in den Empfangsbereich, wo Tida, umgeben von den Besuchern, bewusstlos auf dem Boden lag.

39. KAPITEL

Keitum, 20. September 1923

Der Wind fegte den Regen gegen die Fensterscheiben des alten Friesenhauses. Alwine sah von ihrer Flickarbeit auf und nach draußen. Stühle und Tische waren zusammenklappt und aufeinandergestapelt, große Pfützen bildeten beinahe einen See auf dem Rasen und der bekiesten Auffahrt. Das Wetter hatte sich der düsteren Stimmung im Kaffeegarten angepasst. Seit Tagen regnete es durchgehend. Mal war es nur Niesel, dann schüttete es wieder wie aus Kübeln, ein anderes Mal waren es bloß vereinzelte Tropfen, die vom Himmel fielen. Das Wattenmeer lag grau und düster da. Der Blanke Hans hatte sein Werk getan und schien sich schlafen gelegt zu haben. Die Insulaner waren sich einig. Eine solche Sturmflut hatte es Ende August noch nie gegeben. Der unfertige Damm war stark beschädigt, ja fast komplett weggeschwemmt. Auch hier auf der Insel gab es Schäden, jedoch waren sie überschaubar.

Ein Knarren im Treppenhaus ließ Alwine aufhorchen. Doch sie hörte keine Schritte. Wahrscheinlich war es nur der Wind gewesen, der ihr einen Streich gespielt hatte. Ihr Blick wanderte zu der hölzernen Wiege, die neben der Tür zur Speisekammer stand. Finn lag darin und schlief selig. Seit ihrer Rückkehr nach Sylt hatte Elin ihren Sohn nicht einmal angesehen. Sie war auch nicht ins Herrenhaus gegangen. Mit Händen und Füßen hatte sie sich dagegen gewehrt, es zu betreten. Sie hatte sich oben in dem ehemaligen Zimmer von ihr und Matei vergraben, lag die meiste

Zeit im Alkovenbett und starrte vor sich hin. Manchmal saß sie auch in dem Lehnstuhl am Fenster und sah mit teilnahmsloser Miene nach draußen. Als Lorenz beerdigt worden war, hatte sie noch in Niebüll im Krankenhaus gelegen. Es war eine der größten Beerdigungen gewesen, die Keitum jemals gesehen hatte. Es schien, als wäre ganz Sylt anwesend. Hinnerk weinte. Zum ersten Mal in seinem Leben sah man ihm seine über sechzig Jahre an. An diesem Tag wirkte er wie ein tattriger alter Mann. Sie stützten einander gegenseitig, überstanden irgendwie den bei Emil Eschels stattfindenden Leichenschmaus, Lorenz' Onkel hatte es so gewollt. Danach saßen sie wie betäubt in der Gaststube des Kaffeegartens. Alwine und Hinnerk, Piet und Friedrich, selbst Gantje blieb. Der Kaffeegarten war geschlossen. Trotzdem kam Piet jeden Tag und backte und kochte das Mittagessen für sie. Er wisse nicht, was er sonst machen solle, sagte er. Hinnerk leistete ihm viele Stunden des Tages Gesellschaft, auch Friedrich tat das. Gantje hatte sämtliche Möbel in den privaten Wohnräumen des Herrenhauses mit Leintüchern abgedeckt. Alwine mochte die Räume gar nicht mehr betreten. Die weißen Tücher malten ein trostloses Bild der Verlassenheit. Sie tat ihre Arbeit und kümmerte sich um den kleinen Finn. Der arme Junge würde seinen Vater niemals wiedersehen. Es war ein fürchterlicher Unfall gewesen. Ein Zusammenstoß mit einem Traktor. Lorenz war sofort tot gewesen, Genickbruch. Elin war aus dem Wagen geschleudert worden und in einem Gestrüpp am Wegesrand gelandet. Der weiche Aufprall hatte ihr vermutlich das Leben gerettet. Alwine sah Elin am Tag der Abreise aufs Festland vor sich. Sie hatte sich hübsch zurechtgemacht und einen dieser modernen neuen Topfhüte getragen. Dazu ein helles Kleid, das ihre wieder vollkommen schlanke Figur betont hatte. Rouge hatte auf ihren Wangen gelegen, ihre Augen hatten gestrahlt. Lorenz und sie hatten wie

Verliebte Händchen gehalten. Er hatte verstanden, dass er Elin in seine Welt einbeziehen, dass er mehr für seine Familie da sein musste. Der kurze Anflug einer Ehekrise war überwunden gewesen. Nun war er tot, plötzlich aus dem Leben gerissen. Und Elin lag oben in dem alten Alkovenbett in Mateis Zimmer unter der grün-weiß karierten Bettdecke, die ihr vielleicht das Gefühl von Geborgenheit vermittelte. Matei fehlte so sehr. Elin brauchte sie. Mit Matei an ihrer Seite könnte es wieder gut werden.

Finn erwachte. Alwine beugte sich über die Wiege. Der kleine Mann streckte sich und grinste sie mit strahlenden Augen an. Das Lachen eines Säuglings war so bezaubernd. Alwine konnte nicht umhin und musste zurücklächeln.

»Na, mein Kleiner. Schon wach?«, begrüßte sie ihn und nahm ihn hoch. Er kiekste freudig und zappelte mit den Beinchen. Alwine schnüffelte und zog die Nase hoch. »Huh«, machte sie. »Ich glaube, da benötigt jemand dringend eine neue Windel.«

Plötzlich bemerkte Alwine eine weibliche Gestalt auf dem Hof. Sie erkannte sie nicht. Denn sie trug einen schwarzen Regenmantel, die Kapuze hatte sie über den Kopf gezogen. Die Frau lief die Stufen zum Herrenhaus hinauf und verschwand im Inneren. Nun war Alwine neugierig. Wer besuchte sie an einem solch grauen Nachmittag?

Sie legte sich rasch ein wollenes Tuch über die Schultern, wickelte Finn in eine Decke, nahm ihren Regenschirm zur Hand und eilte über den Hof zum Herrenhaus. Dort staunte sie nicht schlecht, als sie Moild am Küchentisch sitzen sah. Piet stellte ihr gerade einen dampfenden Pott vor die Nase, dazu einen Teller mit einem Stück Streuselkuchen darauf.

»Moild, meine Liebe«, sagte Alwine. »Was treibt dich denn bei diesem abscheulichen Wetter zu uns? Ist dir im Laden langweilig geworden?«

Moild begrüßte Alwine und geriet sogleich in Verzückung, als sie Finn erblickte.

»Ja, min kleiner Jung. Wie geht es dir? Na, du wirst ja immer hübscher.« Sie kräuselte die Nase. »Kann es sein, dass er die Windel voll hat?«

»Kann sein«, antwortete Alwine. Sie wandte sich an Gantje, die gerade damit beschäftigt war, Kartoffeln zu schälen. »Könntest du ihn frisch machen?«

»Aber gern«, erwiderte Gantje, legte das Messer weg und wusch sich rasch die Hände. Sie nahm Alwine Finn ab und verließ mit ihm die Küche.

»Dass sie noch hier arbeitet«, sagte Moild und blickte ihr nach. »Der Kaffeegarten ist doch bis auf Weiteres geschlossen. Und wenn ihr mich fragt, wird Elin ihn nach dieser Tragödie auch nicht wiedereröffnen. Im Dorf wird bereits gemunkelt, dass sie alles verkaufen wird. Dat würde ich an ihrer Stelle vermutlich auch tun. In dem Herrenhaus wohnen einfach zu viele Gespenster.«

»Im Dorf wird immer irgendwas gemunkelt«, entgegnete Alwine. »Bisher ist Elin einfach nur traurig, und das ist weiß Gott verständlich. Und sie muss sich noch von den Folgen des Unfalls erholen. Sie hatte eine schwere Gehirnerschütterung, und ihr Handgelenk ist gebrochen. Wir werden sehen, wie es weitergeht. Ich bitte dich, meine liebe Moild, die Gerüchteküche nicht weiter anzuheizen. Dummes Geschwätz von irgendwelchen Tratschweibern können wir im Moment ganz und gar nicht gebrauchen.« Sie sah Moild streng an. Die Ladenbesitzerin zog den Kopf ein. Da war er wieder: der Tonfall einer Oberschwester, die nichts anderes als das Wohl ihrer Patientin im Sinn hatte. Wenn Alwine so redete, dann galt es, sich vor ihr in Acht zu nehmen. Das wusste inzwischen sogar Moild.

Hinnerk tauchte auf. Er trug seinen üblichen Wachsmantel, der ordentlich feucht war, ebenso wie sein Gesicht und seine Hosen.

»Mir sind die Hühner ausgebüxt«, grummelte er. »Vorhin stand die Stalltür offen. Aber ich bin mir sicher, dass ich den Riegel vorgelegt hab. Dat war bestimmt dieser Dösbaddel von Eierdieb, der neuerdings auf den Höfen sein Unwesen treibt. Tam hat mich gewarnt. Bei ihm ist auch schon wat weggekommen. Aber wat will einer mit so vielen Eiern? Dat versteh ich nicht. Vier der Hennen hab ich wieder eingefangen, aber die Trudi ist verschwunden. Weiß der Kuckuck, wo sie abgeblieben ist. Ich such schon seit zwei Stunden nach ihr. Am Ende hat sie schon der Fuchs geholt. Und dat bei dem Schietwetter. Haste vielleicht einen Tee mit Rum für mich?« Er sah zu Piet.

Der nickte und antwortete: »Vielleicht hat der Dieb ja auch deine Trudi geklaut. In Morsum sollen nicht nur Eier, sondern auch Hühner weggekommen sein.«

»Ein Hühnerdieb auf Sylt. Also so wat hatten wir noch nie. Wenn ich den erwische, dann aber.« Hinnerk zog seine feuchte Jacke aus, hängte sie an einen Haken neben der Tür und gesellte sich zu Moild und Alwine an den Küchentisch. Sein Blick wanderte aus dem Fenster zum Friesenhaus. »Wie steht es denn um die Deern?«

»Unverändert«, berichtete Alwine. »Sie liegt die meiste Zeit im Bett, schläft oder starrt vor sich hin. Die körperlichen Wunden werden heilen, aber die seelischen …« Alwine seufzte. »Es ist eine Tragödie.«

»Ja, das ist es.« Moild nippte an ihrem Tee.

Für einen Moment sagte niemand etwas, und es breitete sich eine beklemmende Stille aus in der Küche des Herrenhauses, die für Alwine stets ein besonderer Ort gewesen war. Zwischen den blau-weißen Kacheln, den Öfen und der hier zumeist herrschenden Geschäftigkeit fühlte sie sich wohl und geborgen. Doch in diesem Moment verlor sogar dieser Raum sein anheimelndes Gefühl. Und da half es auch nichts, dass Piet die Kerzen auf dem Tisch und in der Laterne auf der Fensterbank entzündet hatte.

»Aber Tragödien passieren«, war Hinnerk derjenige, der die sonderbare Stille brach. »So ist dat nun mal, und so war dat schon immer. Unfälle gibt es, Menschen sterben. Meine Rieke hat mich ja auch allein gelassen. Aber es geht doch weiter. Ich mein: Dat ist dat Leben. Und für Elin wird es auch weitergehen. Sie hat ja auch noch den Jung. Um den muss sie sich kümmern.«

»Apropos Elin. Ist sie das nicht?«, fragte plötzlich Moild. Verdutzt sah Alwine nach draußen. Moild hatte recht. Es war Elin, die gerade vom Hof ging. Sie trug einen dunklen langen Rock, einen Regenmantel darüber und hatte die Kapuze übergezogen.

»Wo will die Deern denn bei dem Schietwetter hin?«, fragte Hinnerk.

»Ich glaub, ich weiß es«, antwortete Alwine und erhob sich. »Und diesen Weg sollte sie nicht allein gehen.« Sie verließ, ohne ein weiteres Wort der anderen abzuwarten, die Küche, schlüpfte rasch in ihren Regenmantel und griff zum Schirm. Auf der Straße holte sie Elin ein. Beide sagten nichts. Sie folgten dem Kirchweg. Regen prasselte in die Pfützen auf dem Weg. In den Gärten der alten Friesenhäuser ließen die Blumen die Köpfe hängen. Als St. Severin in Sicht kam, empfand Alwine so etwas wie Dankbarkeit. Die alte, auf dem Geest stehende Kirche strahlte eine ganz eigene Art von Beständigkeit aus, die ihr seltsamerweise das Gefühl von Sicherheit vermittelte. Über Jahrhunderte hinweg achtete sie auf die Seelen der Verstorbenen. Sie hatte jedem Sturm getrotzt. Sie würde auch gut auf Lorenz aufpassen. So wie sie es mit Wiebke und all den anderen tat. In ihrem

Schatten fand man Trost. Sie liefen an dem zerbrochenen Findling in der Kirchenmauer vorüber. An Ing und Dung. Inzwischen kannte auch Alwine die alte Sage, wie so viele Geschichten und Mythen, die über die Insel geisterten und von vielen der Bewohner für bare Münze gehalten wurden.

Sie leitete Elin durch die Reihen bis zu Lorenz' Grab, das am hinteren Ende des Friedhofs neben einem großen Fliederbusch lag. Es besaß noch keinen Grabstein, die Kränze und Gebinde von der Beerdigung lagen darauf und waren inzwischen verwelkt. Es wurde Zeit, sie wegzuräumen, dachte Alwine. Ein schlichtes Holzkreuz stand am oberen Ende des Grabs. Lorenz' Name stand darauf, darunter sein Geburts- und Todesjahr.

Elin stand vor dem Grab und starrte es an. Alwine blieb neben ihr, hielt den Schirm über sie und spürte, wie ihr selbst der Regen in den Kragen tropfte und den Rücken hinunterlief. Doch sie blieb, wo sie war, bewegte sich nicht. Die Zeit verrann. Irgendwann begann Elin zu sprechen.

»Als wir Kinder waren, hat er mich immer geärgert. Er wusste, dass ich mich vor Regenwürmern ekelte. Er ist mir immer damit nachgelaufen oder hat mich damit beworfen. Neulich hat er mich bei einem Spaziergang am Wattweg gefragt, ob ich sie noch immer verabscheue. Und er hatte diesen schelmischen Blick. Er sah wieder aus wie der Blondschopf von damals. Und ich habe diese unbändige Liebe in mir gespürt. Dieses Gefühl einer tiefen Vertrautheit. Ich mag Regenwürmer auch heute noch nicht.« Sie schniefte.

Alwine sagte nichts. Es war gut, dass sie redete. Irgendetwas erzählte. Was, war gleichgültig. Jedes Wort, jede Erinnerung, und war sie noch so profan, waren ein Weg zurück in einen Neubeginn. Es galt, die Erstarrung und das Schweigen zu brechen.

»Matei hat ihn nicht gemocht. Oder vielleicht doch? Sie war wohl eifersüchtig. Das war ich auch. Auf ihr Glück mit Jan, ihre erste Schwangerschaft. Sie war die Jüngere und heiratete als Erste. Vielleicht starb Jan, weil ich ihn ihr nicht gönnte? Ach, es ist doch alles Unsinn. Was rede ich nur. Dummes Zeug. Sie ist fort und wird niemals wiederkommen. Sie weiß nicht, dass er tot ist. Er ist tot. Wir waren bei diesem Hof. Dem Bombüllhof. Kennst du die alte Geschichte von dem Puk? Unser Chronist Hansen hat sie erzählt. Ich hab das mit den Beinen gesagt. ›Hier ist Puks eines Bein. Hier ist Puks anderes Bein. Und hier ist Puk vollständig.‹ Er war ein recht unfreundlicher Puk. Einmal war ihm sein Stück Butter im Brei nicht groß genug. Da hat er gleich das beste Pferd im Stall getötet. Und Störtebeker, der war dort angeblich auch. Am Bombüllhof, wo diese alte Frau an den Zaun kam. Sie war seltsam und abweisend. Sie hat die Sturmflut vorhergesagt. Sie spürt es in den Knochen, hat sie gesagt. Lorenz hat ihr geglaubt. Er fuhr viel zu schnell. Wir waren nur deshalb dort, weil er mir alles zeigen wollte. Ich bin schuld. Er wollte es mir zeigen.« Sie schluchzte auf. Alwine legte nun die Arme um sie. Elin sank hinein. Der Regen hatte nachgelassen, es nieselte nur noch.

»So darfst du nicht denken«, sagte Alwine und strich Elin tröstend über den Rücken. »Niemals darfst du das. Du kannst nichts für seinen Tod. Hörst du! Es war ein Unfall, ein furchtbarer Zufall. Niemand trägt daran Schuld.«

Elin schluchzte, ihr gesamter Körper bebte. Alwine begann, sich langsam mit ihr hin und her zu wiegen und eine Melodie zu summen. Endlich zeigte Elin eine Reaktion. Ihre Gefühle brachen sich Bahn, ihre Erstarrung löste sich. Ein erster Schritt war getan. Weitere würden, so hoffte es Alwine jedenfalls, folgen. Es dauerte eine ganze Weile, bis sich Elin beruhigt hatte. Schweigend verließen sie den Kirchhof. Für den Rückweg wählten sie

437

den Wattweg. Er war von Pfützen übersät, doch das war ihnen gleichgültig. Manch eine umrundeten sie, wenn es nicht anders ging, liefen sie mitten hindurch. Schuhe und Röcke konnten nicht mehr nasser und schmutziger werden. In der grauen Wolkendecke zeigten sich vereinzelte blaue Lücken. Der vertraute Geruch des Schlicks stieg Alwine in die Nase. Über dem Wasser zogen unzählige Seevögel ihre Kreise, ihre lauten Rufe waren das einzige Geräusch, das man hier wahrnahm. Im Moment war es windstill.

Alwine hatte den Arm um Elin gelegt und versuchte sich in alltäglicher Konversation. »Mir ist jetzt aber kalt. Wollen wir gleich gemeinsam in der Küche mit Piet und den anderen einen heißen Tee mit Rum trinken? Das wird uns wieder aufrichten. Also ich finde, es ist für September bereits ausgesprochen kühl.« Es kam keine Antwort. Alwine plapperte weiter und bemühte sich um einen leichten Tonfall. »Und Finn wird sich freuen, dich zu sehen. Er ist ja solch ein Sonnenschein geworden. Wenn einen der Junge anstrahlt, da geht einem richtig das Herz auf.«

Elin antwortete erneut nichts. Alwine sah sie kurz von der Seite an. Ihr Gesichtsausdruck war ernst, ihr Blick starr nach vorn gerichtet. Sie sah mitgenommen aus. Die Augen umschattet, die Wangen gerötet. Ihr halblanges Haar war im Nacken lose zusammengebunden. Einige Strähnen hatten sich gelöst und klebten nun feucht an ihrer Stirn. Alwine wünschte sich, sie könnte all den Kummer mit einem Schlag von ihr nehmen. Sie liefen die Stufen zum Herrenhaus hinauf. Oben angekommen, löste sich Elin aus Alwines Arm und ging wortlos zurück zum Friesenhaus. Alwine ließ sie gewähren, hielt sie nicht auf, versuchte nicht, sie umzustimmen. Die Gesellschaft der anderen in der Küche war wohl noch immer zu viel verlangt. Sie würde ihr gleich warmen Tee mit Kuchen auf ihr Zimmer bringen und ihre schmutzige und feuchte Wäsche mitnehmen. Kleine Schritte, für den Anfang war es gut gewesen.

Als sie keine Minute später die Küche betrat, hatte sich bei den Gästen etwas verändert. Moild war fort, stattdessen saß nun Friedrich am Küchentisch, neben ihm stand ein Pharisäer. Hinnerk platzte sogleich mit den Neuigkeiten heraus. Er hielt die *Hamburger Nachrichten* in die Höhe. Alwine konnte kaum glauben, was sie sah. Eine Fotografie von Matei.

»Friedrich hat Matei gefunden«, sagte Hinnerk freudig. »Ist dat nicht toll. Der Deern geht es gut. Und stell dir vor: Sie ist doch berühmt geworden.«

40. KAPITEL

Hamburg, 24. September 1923

Matei stand auf dem kleinen Balkon am Fleet bei der Herrlichkeit und blickte auf das sich ihr bietende Motiv. Es war ein grauer Herbsttag, und es war nur wenig von der angeblichen Herrlichkeit zu sehen. Ihren eigentümlichen Namen hatte die Straße daher, dass hier im 16. Jahrhundert die herrlichsten Gartengrundstücke der Ratsherren von Hamburg gelegen hatten. Längst gab es diese nicht mehr, und es reihten sich Häuser aneinander. Nur der Name zeugte noch von der grünen Oase, die es einst hier gegeben haben musste. Obwohl dieser Ort auch heute noch seinen Reiz hatte. Die Stadthäuser sahen müde aus, auf dem Fleet lagen die üblichen Boote, meist kleine Barkassen oder Ruderboote. Hinter der Schaartorbrücke sah man den Mastenwald der Boote des Niederhafens. Rechter Hand ragten die Äste eines Baumes über das Fleet. Seine Blätter hatten sich bereits bunt verfärbt, einige von ihnen trieben im Wasser. Das Bild wirkte so trostlos, wie Matei sich fühlte.

Was würde Tida jetzt sagen, wenn sie hier wäre? Sie liebte diesen Ort und war oft hierhergekommen. Vielleicht hatte sie gerade deshalb ihre Bilder an diesem für sie so wichtigen Platz in Sicherheit gebracht. Auf diesem Balkon schien Hamburg leiser und friedlicher zu sein. Und das, obwohl sie sich mitten in der Altstadt befanden. Vielleicht stimmte der Straßenname auch heute noch. Herrlichkeit war oftmals eine subjektive Wahrnehmung. Was dem einen missfiel, mochte ein anderer. Manchmal hilft es, die kleinen Dinge wahrzunehmen, um das große Ganze zu begreifen. Tida hatte das einmal zu ihr gesagt. Und sie war so verdammt gut darin, kleine Dinge zu sehen, die bedeutender waren, als es den Anschein hatte.

»Du musst wieder aufwachen«, sagte Matei leise. »Es gibt noch so viele Motive, die es einzufangen lohnt. Du darfst mich nicht allein lassen. Du nicht auch noch.« Sie holte ihren Skizzenblock hervor und begann, das vor ihr liegende Bild zu zeichnen. Für Tida und für sich selbst, um die Angst in ihrem Inneren und die Stimmen zu betäuben, die Zweifel säten, die schlimme Prophezeiungen brachten und sie nicht schlafen ließen. Tida war stark, sie würde es schaffen. Aber nicht allein. Sie musste ihr beistehen und für sie da sein. Das hatte Matei verstanden. Hamburg war eine solch große Stadt, voller Menschen mit Träumen, Hoffnungen und Niederlagen. Und in all dem Durcheinander hatten sie einander gefunden. Zwei Seelen, die zueinanderpassten, die sich Halt gaben. Das konnte kein Zufall sein. Und nun lag Tida seit Tagen wie schlafend in einem Krankenbett auf der Armenstation des Eppendorfer Krankenhauses. Ein Herzanfall war es gewesen, der sie in die Knie gezwungen hatte. Ob sie jemals wieder aufwachen würde, konnten die Ärzte nicht sagen. Nachdem Tida bei der Ausstellung zusammengebrochen war, war diese für Matei vorbei gewesen. Sie hatte sie im Krankenwagen begleitet, hatte stundenlang auf dem scheußlichen und lauten Krankenhausflur ausgeharrt. Schwestern, Pfleger und Ärzte hasteten an ihr vorbei, Patienten warteten, standen und saßen, liefen ungeduldig auf und ab. Manch einer saß auf dem Fußboden. Ein alter Mann mit einer Augenbinde, Blut klebte an seiner Wange, saß Matei gegenüber. Er sah so verloren aus, stöhnte hin und wieder. Ein Mütterchen, das einen viel zu großen schwarzen Mantel trug, schlief in einem Rollstuhl. Irgendwann brachte eine Schwester sie fort.

Ein kleines Mädchen erzählte seiner Puppe eine Fantasiegeschichte von Elfen in einem Zauberbaum. Seine Mutter trug ein zerschlissenes graues Kleid, ihre Wangen waren eingefallen, ihre Augen glänzten fiebrig. Hoffnungslosigkeit verbreitete dieser Ort, der doch heilen sollte. Irgendwann durfte sie zu Tida. Nur ganz kurz, denn sie brauchte Ruhe. Sie lag in einem riesigen Krankensaal voller weißer Metallbetten. Sie sah so zerbrechlich und winzig klein aus. Ihr Gesicht weiß wie die Wand. Ein junger Arzt redete mit Matei. Er sah aus, als hätte er erst vor wenigen Tagen die Schule verlassen. Seine Stimme war schnoddrig, sein Blick herablassend. Er hatte von einem Herzinfarkt geredet, kaum noch Hoffnung, nächste Stunden kritisch. Es schien, als wäre ihm Tida nichts wert. Eine arme, alte Frau, wie es viele in dieser Stadt gab, niemand Besonderes in seinen Augen. Doch für Matei war sie etwas Besonderes. Für Matei war Tida ihr Halt in Hamburg geworden. Was sollte sie ohne sie tun? Horst hatte ihr von der erfolgreichen Ausstellung erzählt, es gab einige Interessenten für die Bilder. Dieser Galerist aus London hatte sein Angebot noch einmal bekräftigt. Aber was sollte sie in London? Eben erst hatte sie Hamburg mit all seinen Macken und seinem ganz eigenen Zauber lieben gelernt. Sie hatte Freunde gefunden. London war weit fort. In der Zeitung hatte es einen Artikel über die Ausstellung gegeben. Die Fotografie war darin abgedruckt worden, die gleich nach ihrer Ankunft gemacht worden war. Ihr Lächeln wirkte aufgesetzt, man sah ihr die Aufregung an.

Matei skizzierte die Boote auf dem Fleet, die Häuser mit ihren winzigen Fenstern, eines von ihnen war geöffnet. Die Äste des Baumes, die schwimmenden Blätter auf der Wasseroberfläche. Auch den kleinen Jungen malte sie, der auf einem zum Fleet führenden Treppenabsatz saß und sich damit beschäftigte, Papieschiffchen schwimmen zu lassen. Die Schaartorbrücke, kurz deutete sie die Masten der Schiffe dahinter an. Sie waren eher schemenhaft zu erkennen. Das schmale Fleet stand im Vordergrund. Mateis Stift sauste nur so über das Papier. Es war nur eine Bleistiftskizze. Sie würde sie nicht kolorieren. Tida fertigte meist bloß Skizzen an. Sie liebte ihre schlichte Ausdruckskraft. Gerade deshalb musste alles mit einer besonderen Perfektion festgehalten werden. Bleistift- oder Kohlezeichnungen waren eine Kunst für sich.

Matei dachte daran, wie sie mit Tida zum ersten Mal hier gewesen war. Wie Tida ihr ihr favorisiertes Bild gezeigt hatte. Den Weststrand auf Sylt. Sie träumte davon, einmal im Leben das Meer zeichnen zu können. Mit all seinen Facetten und Farben. Das Meer, dachte Matei. Plötzlich verspürte sie eine ungewohnte Sehnsucht danach. Sie schloss die Augen und beschwor in sich das Rauschen der Brandung herauf, wünschte sich, sie würde die frische Brise aus West fühlen, den Geschmack von Salz auf den Lippen haben. Wie es Elin wohl ging? Gerade jetzt wäre es schön, sie bei sich zu haben. Wenn eine von ihnen Kummer hatte, war die andere stets für sie da gewesen. Als Jan damals gestorben war, war es Elin gewesen, die sie zurück ins Leben geholt hatte. Sie hatten einander nach dem Tod ihrer Eltern die Kraft gegeben, um weiterzumachen und den Schmerz zu überwinden. Der Verlust von Paul und Anna.

Matei ließ den Stift sinken und atmete tief durch. Vielleicht war es nun an der Zeit, sich bei ihr zu melden. Aber was sollte sie sagen? Oder tat sie das nur aus Egoismus? Jetzt ging es ihr schlecht. Jetzt brauchte sie die Schwester, die sie tröstete. All die Monate hatte sie sich nicht bei ihr gemeldet. Zuerst waren es ihre Wut und ihr Starrsinn gewesen, die das verhindert hatten. Zuletzt eine seltsame Art von Unsicherheit. Wie sollte sie nach einer solch langen Zeitspanne den Kontakt wiederherstellen? Wollte Elin das überhaupt noch? Oder war es nicht doch besser, wenn jede von ihnen endgültig ihr eigenes Leben lebte? Sie könnte doch nach London gehen und weitere Erfolge feiern. Würde Tida das befürworten? Sie zeichnete um des Zeichnens willen. Für sich selbst, für sonst niemanden. Du musst es spüren, hatte Jan zu ihr gesagt. Wenn du keine Leidenschaft fühlst, ist es nicht das Richtige. London streichelte ihre Eitelkeit. Der Weg dorthin führte nicht in eine bessere Zukunft, sondern in die Vergangenheit. Und diese hatte sie längst abgeschüttelt.

Sie betrachtete ihr Bild. Es bestach durch seine Einfachheit und doch durch Präzision. Die Gesichtszüge des Jungen, der sich über das Wasser beugte, um sein Papierschiff schwimmen zu lassen, waren perfekt eingefangen. Das Wasser des Fleets, dunkel und von Wirbeln durchzogen, die Herbstblätter, die darin schwammen. Das Ruderboot, in dem ein Fischernetz und ein Paar alte Schuhe lagen. Matei blickte noch einmal auf die Realität, dann auf ihre Zeichnung. Es war ihr gelungen, den Moment für die Ewigkeit zu konservieren und den Betrachter an einem einfachen Lebensmoment dieser Stadt teilhaben zu lassen. Sie lächelte, und ein warmes Gefühl breitete sich in ihrem Inneren aus. Vielleicht konnte sie die Zeichnung Tida bald zeigen. Sie würde sie betrachten, beurteilen und sie lieben. Das wusste Matei schon jetzt. Sie klappte den Skizzenblock zu und verstaute ihn und den Stift wieder in ihrer Tasche. Es hatte gutgetan, an diesen besonderen Platz zu kommen, die Gedanken zu ordnen und eine Weile Kraft zu sammeln für das, was kommen würde. Nun galt es, in die Realität zurückzukehren und darauf zu hoffen, dass Tida ihren Sturschädel durchsetzen und wieder aufwachen würde.

Eine Stunde später verließ Matei die Straßenbahn an der Haltestelle des Eppendorfer Krankenhauses. Nun dämmerte es bereits. Das Krankenhausgelände war weitläufig, und es gab mehrere

Gebäude, allesamt aus rotem Backstein. Die Anlage war mit Grünflächen aufgelockert, es gab Parkanlagen, durch die die Patienten spazieren gehen konnten. Doch an einem solch grauen Tag wie heute, inzwischen hatte es leicht zu nieseln begonnen, trieb es nur wenige Patienten nach draußen. Nur einige Schwestern und Ärzte befanden sich auf dem Außengelände. Mateis Blick wanderte zu einem der rechter Hand des Hauptgebäudes liegenden Häuser. Darin befand sich die sogenannte Armenabteilung des Krankenhauses. Dort wurden diejenigen behandelt, denen das Geld für eine ärztliche Behandlung fehlte. Matei graute es davor, das Gebäude zu betreten, in dem Siechtum und Tod an jeder Ecke lauerten. Arme Menschen kamen zumeist nur dann hierher, wenn es ihnen so schlecht ging, dass es keinen anderen Ausweg mehr gab. Viele schämten sich. Matei konnte diese Scham nachvollziehen. Auch Tida hatte so geredet. In ihren Augen waren Ärzte Wichtigmacher und Quacksalber. Irgendwann in ihrem Leben musste es ihr besser gegangen sein. Matei dachte an Tidas Schwester, an das Haus, in dem sie gelebt hatte. Tida war in keinen ärmlichen Verhältnissen aufgewachsen. Als gehobenen Mittelstand konnte man diese Lebensverhältnisse durchaus bezeichnen. Wie sie zu dem geworden war, was sie heute war, wusste Matei noch immer nicht. Kannte sie Tida wirklich? Wer war die Frau, die sie in ihr Herz gelassen hatte? Zählte die Vergangenheit überhaupt noch? Alte Geschichten, geschehen ist geschehen. Niemand kann es rückgängig machen, reden hilft da auch nix. Ihr Ziehvater Paul hatte das einmal zu ihr gesagt. Heute wusste sie, dass es der Schmerz über die Verluste gewesen war, den er mit dieser Aussage hatte verdrängen wollen. Sie alle verloren so vieles im Leben. Doch das Gestern beeinflusste auch die Zukunft. Es war ein Teil von ihnen. Es wegzusperren, half nicht immer weiter. Und vielleicht würde Tida ja doch noch mit ihr über die Vergangenheit reden. Sie blickte zu dem roten Backsteinhaus, straffte die Schultern, atmete tief durch und setzte sich in Bewegung. Auf in den Kampf.

In dem Krankensaal, den sie kurz darauf betrat, war das Licht gedimmt. Nachttischlampen brannten. Die einzelnen Betten waren durch Vorhänge voneinander getrennt. Es roch nach Schweiß und Urin. Eine Krankenschwester lief mit einer Bettpfanne in Händen an ihr vorüber. Tidas Bett lag ganz am Ende der Reihe neben einem Fenster. Immerhin bekam sie so etwas Tageslicht. Als Matei es erreichte, erhob sich Ole. Er hatte während Mateis Abwesenheit auf Tida aufgepasst. Eigentlich galten feste Besuchszeiten in der Klinik, aber die Oberschwester, eine dickliche, dunkelhaarige Frau um die sechzig, gestand ihnen zu, tagsüber an Tidas Bett zu sitzen. Wenn die Nachtschicht kam, hatten sie jedoch zu gehen. Da blieb sie hart. Heute verblieben noch drei Stunden bis zu diesem Zeitpunkt. Ole sah mitgenommen aus. Dunkle Schatten lagen unter seinen Augen, Bartstoppeln übersäten sein Kinn und seine Wangen. Matei wusste, dass er seit Tidas Zusammenbruch kein Auge zugetan hatte. Er wirkte seltsam verloren, wie er da stand und sich die Hände an seiner blauen Hose abwischte. Tida und er waren nie ein Liebespaar gewesen. Das wusste Matei. Aber sie pflegten eine besondere und tiefe Freundschaft seit vielen Jahren.

»Wie geht es ihr?«, fragte Matei.

»Unverändert«, antwortete Ole. »Ein Arzt war vorhin noch einmal da und hat nach ihr gesehen. Ausnahmsweise mal nicht dieser arrogante Jungspund, sondern ein älterer. Er hat gemeint, dass es weiterhin kritisch wäre, deutete es jedoch als gutes Zeichen, dass sie noch am Leben ist. Sie waren davon ausgegangen, dass sie die erste Nacht nicht überstehen würde.« In seinen

Augen schwammen plötzlich Tränen, und er sank zurück auf den neben dem Bett stehenden Stuhl.

»Aber das sind doch gute Neuigkeiten«, versuchte Matei ihn aufzumuntern. »Unsere Tida ist eine Kämpferin. Sie wird es überstehen. Das weiß ich bestimmt.« Sie nahm sich ebenfalls einen Stuhl und setzte sich neben Ole. Er nickte und wischte sich über die Augen.

»Ich hab sie noch nie krank erlebt. In all den Jahren hatte sie nicht einmal einen Schnupfen. Und das bei uns in Hamburg, wo wir doch immer dieses ganze nasse und wechselhafte Schietwetter haben. Ich bin zäh wie Leder, hat sie immer gesagt. Mich haut so schnell nichts um. Und jetzt liegt sie in diesem Bett und sieht so verletzlich aus, wie eine Fremde.«

Matei nickte schweigend. Eine Weile sagte keiner von beiden etwas. Irgendwann holte sie ihren Skizzenblock hervor und zeigte Ole, was sie eben gezeichnet hatte.

»Das Fleet bei der Herrlichkeit«, sagte er lächelnd. »Diesen Platz hat sie aus irgendeinem Grund besonders gern. Er ist aber auch bezaubernd. Unser Hamburg ist schon etwas Besonderes. Das viele Wasser liebe ich. Und es sieht überall anders aus. Selbst Binnen- und Außenalster kann man nicht miteinander vergleichen. Dann die Elbe und die Landungsbrücken, die vielen Wasserstraßen in der Speicherstadt, die Fleete in der Altstadt. Hat dir Tida von Ebba Tesdorpf erzählt? Sie hat viele der Orte noch festgehalten, die es heute nicht mehr gibt. Den Wandrahm und das alte Kehrwiederviertel. Sie war Tidas Vorbild, von ihr hat sie viel gelernt.«

»Sie hat von ihr erzählt«, erinnerte sich Matei. »Ich hätte sie gern kennengelernt.«

»Und doch war da was in Tida«, sagte Ole und betrachtete ihr Gesicht wehmütig. »Eine Sehnsucht, die oftmals in ihrem Blick gelegen hat. Manchmal hat sie davon geredet, einfach auf eines der Schiffe zu steigen und die Elbe hinunter bis ans Meer zu fahren. Einmal die offene See sehen, einen richtigen Strand, nicht nur den der Elbe. Davon hat sie immer geträumt. Deshalb haben ihr wohl auch deine Bilder so gut gefallen. Auch ich finde sie großartig. Leider ist ja das schönste von allen, das mit dem hübschen kleinen Hafen, mitsamt meinem Kiosk verbrannt. Wie hieß er noch gleich?«

»Munkmarsch«, antwortete Matei. Das Aussprechen des Namens erweckte ein wehmütiges Gefühl in ihrem Inneren.

»Richtig. Ein hübscher Name. Passt zu dem Ort. Ich würde ihn gern mal sehen. Könnte mir schon gefallen, genauso wie diese hübschen Häuser mit den Reetdächern. Wie hieß das Dorf noch mal, aus dem du kommst?«

»Keitum. Es liegt an der Ostseite der Insel, direkt am Wattenmeer. Dort ist die See ruhiger, und man muss den Blanken Hans nicht so sehr fürchten wie auf der Westseite. Dort liegt die Stadt Westerland. Dorthin treibt es die meisten Sommerfrischler. An den Strand, den ich auf vielen Bildern gezeichnet habe.«

»Den Strand«, wiederholte Ole und nahm Tidas Hand. »Wenn sie wieder wach wird, dann sollte sie das Meer endlich sehen und es zeichnen dürfen. Oder was meinst du? Würdest du zwei alten Hamburgern, wie wir es sind, deine Heimat zeigen?«

Matei sah ihn verdutzt an. Doch nicht sie antwortete, sondern jemand anderes. Erschrocken blickte Matei auf, denn die Stimme kannte sie nur zu gut.

Es war Alwine, die vor ihr stand. Sie erhob sich und sah sie mit großen Augen an.

»Also ich hätte nichts dagegen, wenn du endlich wieder nach Hause kommen würdest«, sagte sie. »Gern auch mit Gästen. Wir vermissen dich, und Elin braucht dich. Mehr, als du dir vorstellen kannst.«

Mateis Herzschlag beschleunigte sich. Elin brauchte sie. Es musste etwas passiert sein, sonst wäre Alwine nicht hier. Plötzlich hatte sie so viele Fragen im Kopf. Wie hatte sie sie gefunden? Wieso war sie allein gekommen? Was war geschehen? Doch noch ehe sie die erste Frage stellen konnte, rief plötzlich Ole: »Tida. Du bist wieder wach. Tida, meine Liebe. Du bist wach. Dem Herrn im Himmel sei Dank. Du bist aufgewacht.«

Tida hatte die Augen aufgeschlagen und sah von Ole zu Matei. Dann sagte sie: »Hab ich das eben richtig verstanden? Wir fahren ans Meer?«

In Mateis Augen traten Tränen. Erleichtert umarmte sie Tida und nickte. »Ja«, antwortete sie. »Aber ja doch. Wir fahren ans Meer, und du wirst es mit all seinen Farben endlich zeichnen dürfen. Das verspreche ich dir.« Sie richtete sich wieder auf, sah zu Alwine und hielt ihren Blick fest. »Es wird Zeit, heimzukehren.«

———◆———◆———◆———

41. KAPITEL

Hoyerschleuse, 2. Oktober 1923

Ole musterte den dänischen Wachmann misstrauisch, während er, Herrn Anton im Schlepptau, an ihm vorüberlief. Alwine, die neben ihm ging, grüßte den Mann hingegen betont freundlich. Der Däne reagierte mit einem Lächeln und wünschte ihnen eine gute Überfahrt.

»Ich habe Ihnen doch gesagt, dass sie keine Unmenschen sind«, sagte Alwine. »Bestimmt mögen sie diese Arbeit auch nicht sonderlich. Wer steht schon gern in und vor einem Bahnhofsgebäude und glotzt die ganze Zeit deutsche Touristen an? Sie hoffen vermutlich genauso wie wir, dass dieser Zirkus bald ein Ende nimmt.«

Matei und Tida liefen hinter ihnen in Richtung Fähranleger. Matei hielt die Nase in den Wind und sah auf das Meer hinaus. Die Nordsee erweckte heute keinen sonderlich einladenden Eindruck. Das Wasser war grau wie der Himmel, Möwen kreisten kreischend darüber. Es wehte ein böiger Wind, immerhin regnete es nicht. Sie atmete tief die salzige Luft und den Geruch des Schlicks ein. Wie sehr sie diesen einmaligen Duft vermisst hatte, wurde ihr erst jetzt richtig bewusst. Tida, die neben ihr herlief, sah sich neugierig um. Ihr wenig begeisterter Gesichtsausdruck zeugte davon, dass sie sich das Meer anders vorgestellt hatte.

»Vielleicht reißt es während der Überfahrt noch auf«, versuchte Matei sie aufzuheitern. »Es ist nicht immer so grau.«

»Das weiß ich doch«, antwortete Tida. »Ich hatte mir meinen ersten Blick aufs Meer eben anders erträumt. So mit Dünen und Strand, Wellen, die ans Ufer schlagen. Wie auf deinen Bildern.«

Matei lächelte. »Das wirst du auch noch sehen. Fest versprochen.«

Sie betraten die Fähre, auf der bereits reger Betrieb herrschte. Touristen waren an diesem grauen Herbsttag weniger unterwegs, dafür befanden sich umso mehr Tiere an Deck. Unzählige Gänse in Käfigen, die aufgeregt mit den Flügeln flatterten und schnatterten. Hinzu kamen rund zwanzig Schafe, die sich im vorderen Bereich des Schiffes befanden und lautstark blökten.

»Na, das ist ja eine illustre Gesellschaft, die wir hier haben«, sagte Ole fröhlich. »Also Gänse kommen auf der einen oder anderen Jolle in Hamburg auch mal vor. Aber Schafe hab ich noch nie auf einem Boot gesehen. Denkt ihr denn, die Tiere sind seefest? Nicht, dass sie uns nachher noch alles vollspucken.« Er hatte Herrn Anton nun auf den Arm genommen und ermahnte ihn zur Ruhe.

»Ole, wirklich«, sagte Tida. »Was du nur redest. Spuckende Schafe. Du liebe Zeit. Also ich finde, die Tiere stinken jetzt schon. Wenn sie noch kotzen, dann kann das heiter werden.« Sie kicherte.

Matei sah zu Alwine, die grinste und die Schultern zuckte. Zwei Hamburger lernten das nordfriesische Landleben kennen. Das konnte lustig werden. Oles und Tidas Aufregung und Begeisterung konnten Matei jedoch nicht das schale Gefühl in ihrem Inneren nehmen, das sie seit dem Auftauchen von Alwine in Hamburg empfand. Sie war nervös, hinzu kam das schlechte Gewissen. Nachdem Alwine sie über die Vorgänge der letzten Monate im Kaffeegarten informiert hatte, war sie wie betäubt gewesen. Sie hatte stets angenommen, dort würde alles seinen gewohnten Gang gehen, und alle wären wohlauf. Aber dem war nicht so, wie sie nun erfahren hatte. Wiebke war an einem Schlaganfall an Weihnachten gestorben. Diese Neuigkeit hatte sie erst einmal verarbeiten müssen. Alwines Worte hatten sie schwer getroffen. Wiebke, die gute Seele, die mit den Jahren so viel mehr als eine Freundin für sie geworden war. Sie war Familie gewesen. Der Kaffeegarten war ohne sie nicht vorstellbar. Sie hatte sich nicht von ihr verabschieden können, hatte ihr nicht beigestanden. Matei fühlte sich schändlich und schlecht. Elin hatte ihr erstes Kind geboren, einen Sohn, der den Namen Finn bekommen hatte. Sie hatte ihn noch nie im Arm gehalten, nichts von ihm gewusst. Und derweil war sie seine Tante. Elin, ihre geliebte Elin. Sie hatte Lorenz verloren. Er war bei einem Unfall gestorben. Matei hatte sie allein gelassen. Mit all den Veränderungen, dem Schmerz und dem Kummer. Sie hatte sich in ihrer gottverdammten Eitelkeit gekränkt gefühlt und nur sich selbst gesehen. Sie hatte ihre eigenen Bedürfnisse und Empfindungen über die der Menschen gestellt, die sie am allermeisten liebte, die für sie da gewesen waren, als es ihr selbst schlecht gegangen war. Wie würde Elin reagieren, wenn sie sie wiedersah? Matei würde es verstehen, wenn sie ihr Vorwürfe machte. Sie hatte es verdient. Ihre Wut, ihre Ablehnung.

Die anderen beschlossen, sich in den Salon zu begeben, denn es begann leicht zu nieseln. Doch Matei und Alwine blieben an Deck. Sie sahen, wie einer der Matrosen die Leinen löste, wie noch schnell eine Frau mit einem kleinen Kind an Bord eilte, bevor die Zugangsbrücke zum Schiff eingeholt wurde. Das Schiffshorn ertönte. Matei hielt sich an der Reling fest und beobachtete, wie sich das Festland immer mehr entfernte. Wie die wenigen Häuser von Hoyerschleuse immer kleiner wurden. Sie wusste, dass sie diesen Ort für lange Zeit nicht wiedersehen würde, vielleicht sogar für immer.

»Willst du mir von deiner Zeit in Hamburg erzählen?«, fragte Alwine irgendwann. »Ich habe viel geredet, du nur wenig. Was ist aus Hannes geworden? Du hattest ihn nicht mehr erwähnt.«

Matei hatte gewusst, dass diese Frage irgendwann kommen würde. Sie zögerte mit einer Antwort. Wo sollte sie beginnen? Alwine sah sie abwartend an.

»Sein Name war nicht Hannes. Er hat mich belogen und betrogen. Elin hatte recht. Ich bin einem Scharlatan aufgesessen.«

Alwine nickte. »Deshalb hast du dich nach deiner Ankunft in Hamburg nicht gemeldet«, sagte sie. »Es ging alles schief, und du hast dich wegen deiner Niederlage geschämt.«

Alwine war schon immer gut darin gewesen, die Wahrheit treffend in Worte zu fassen.

»Ich hab mich dann so durchgeschlagen und lernte Tida kennen«, sagte Matei. »Sie ist etwas Besonderes.«

»Ja, das ist sie.« Alwine lächelte. »Und berühmt bist du am Ende doch geworden. Wenn man dem Artikel in der Zeitung Glauben schenken mag.«

»Ach, berühmt«, erwiderte Matei. »Das ist nicht mehr wichtig.« Sie dachte an den Galeristen aus London. Vor ihrer Abreise hatte sie ihm endgültig abgesagt. Dieser Traum des großen Ruhms war nicht der ihrige. Das wusste sie jetzt. Ihr Blick wanderte aufs Meer hinaus. Inzwischen zeigten sich in der Wolkendecke tatsächlich blaue Lücken. Durch eine von ihnen fiel ein Sonnenstrahl auf die Wasseroberfläche und brachte sie zum Leuchten. Auf einer nicht weit von ihnen entfernten Sandbank saß eine Gruppe Seerobben.

»Denkst du, Elin wird mit mir reden?«, fragte Matei.

»Ich weiß es nicht«, antwortete Alwine ehrlich. »Sie ist so sehr in ihrer Trauer gefangen. Seitdem sie wieder bei uns ist, hat sie das Friesenhaus erst ein Mal verlassen. Sie war an seinem Grab, und ich war bei ihr. Sie gibt sich die Schuld an seinem Tod. Aber das ist Unsinn. Sie vergräbt sich in eurem ehemaligen Zimmer, liegt stundenlang im Alkovenbett und starrt vor sich hin, manchmal sitzt sie auch im Lehnstuhl am Fenster. Die körperlichen Wunden heilen. Ich bin dem Herrgott im Himmel so dankbar, dass sie noch bei uns ist. Doch wie es mit den seelischen Verletzungen aussieht, ist eine andere Sache. Dein Weggang hat sie schwer getroffen, dann der Tod von Wiebke, und nun hat sie auch noch Lorenz verloren.« Alwine verstummte. Matei bemerkte ihre feuchten Augen. Alwine war kein besonders sentimentaler Mensch, sie hatte ihnen nur selten das Gefühl gegeben, nicht Herrin der Lage zu sein. Doch nun wirkte auch sie hilflos.

»Es scheint wie ein Fluch zu sein, der an Elin und mir klebt«, sagte Matei plötzlich. »Es scheint, als dürften wir nicht glücklich sein. Wir haben unsere Eltern verloren, Paul und Anna ebenso. Jan ist gestorben, meine Tochter. Lorenz hat Elin verlassen. Und Wiebke ist ebenfalls tot. Es sind zu viele Schicksale, zu viele Schatten.«

»Nein«, warf Alwine ein. »Es ist kein Fluch, sondern das Leben. Geliebte Menschen sterben, so ist das nun einmal.«

Matei wollte etwas erwidern, doch sie wurde durch ein lautes Rumpeln unterbrochen. Das Schiff bebte und blieb abrupt stehen. Alwine und Matei gerieten ins Schwanken und umklammerten erschrocken die Reling. Lautes Fluchen war sogleich aus der unweit von ihnen liegenden Kapitänskajüte zu hören.

»Verdammt noch eins. Dieser elende Schlick. Wenn ich einen von diesen Doofköppen von Dänen erwische, dann drehe ich ihm den Hals um. Dat machen die doch mit Absicht.«

»Oje«, sagte Matei. »Ich denke, wir werden uns auf eine länge-re Überfahrt gefasst machen müssen. Wir hätten doch, wie zuerst von mir vorgeschlagen, mit dem Salonschnelldampfer über Hel-goland nach Hörnum fahren sollen. Der Weg über Hoyerschleu-se wird durch die Verschlickung der Fahrrinne immer unwägba-rer. Das haben wir jetzt davon.«

»Ich weiß, ich weiß«, stimmte Alwine zu. »Aber mir reicht schon das Geschaukel auf diesem Boot. Das halte ich gerade noch aus. Aber so richtiger Wellengang auf hoher See, das geht nicht. Da wird mir speiübel. Und teurer war die Überfahrt auch.«

Tida und Ole kamen nach draußen.

»Was ist denn passiert?«, fragte Tida. Auf ihrem Mantel prang-te ein feuchter Fleck. »Solch ein Gerumpel aber auch. Da hab ich mir doch vor Schreck glatt den Tee übergekippt. Wieso ste-hen wir denn jetzt?«

»Wir sind vermutlich im Schlick stecken geblieben«, antwor-tete Alwine. »Das kommt leider in der letzten Zeit häufiger vor. Gab schon Überfahrten, die durch eine solche Sache über zwan-zig Stunden gedauert haben.«

Tidas Augen wurden groß. »Zwanzig Stunden? Ach du liebe Zeit. Das ist ja eine halbe Ewigkeit. Dann müssten wir ja die Nacht auf diesem Boot verbringen. Das könnte äußerst unangenehm werden. Hier draußen sind die Tiere, die ersten Schafe haben schon was fallen gelassen, und im Salon ist es arg verraucht. Einer qualmt scheußlich stinkende Zigarren. Das hält man kaum aus. Sollen wir dann an Deck nächtigen? Das wird aber kühl werden.«

Als hätte irgendeine höhere Macht Tidas Worte gehört, wehte genau in diesem Moment eine heftige Windböe über das Deck und blies Ole den Hut vom Kopf. Fluchend rannte er seiner Kopfbedeckung, verfolgt von dem lautstark bellenden Herrn Anton, hinterher.

»Na, das kann ja heiter werden.« Alwine seufzte. »Jetzt weiß ich wieder, warum ich lieber auf der Insel bleibe. Reisen auf das Festland sind eine einzige Strapaze. Gibt es in dem Räucherofen dort drin wenigstens etwas zu essen?«, fragte sie Tida und deutete auf die Tür zum Salon.

»Die Auswahl ist begrenzt«, antwortete Tida. »Fischbrötchen und Nudelsuppe mit Schwarzbrot.«

»Kein Kuchen? Kekse? Bei diesem Schreck könnte ich etwas Süßes gut gebrauchen. Das beruhigt die Nerven.«

Tida sah zu Matei, die grinste. Alwine war und blieb eine Naschkatze.

Einer der Schiffsmatrosen rannte an ihnen vorüber. Alwine hielt ihn auf, indem sie ihn am Arm festhielt und ihren rauen Oberschwesternton anschlug. »Junger Mann«, sagte sie. »Wie ist die Lage? Wir haben als Passagiere dieses Schiffes ein Recht darauf, über unvorhergesehene Vorgänge informiert zu werden.«

»Wat soll daran unvorhergesehen sein?«, gab er ruppig zurück und riss sich los. »Dat Schiff sitzt im Schlick. Wie ständig in der letzten Zeit. Dat kann dauern, bis dat vorangeht.« Er lief weiter.

»Also gut«, sagte Matei und blickte zum Himmel. Die wenigen blauen Lücken waren verschwunden, und es begann zu regnen, eine erneute Windböe wirbelte ihren Rock in die Höhe. »Dann lasst uns mal in den verrauchten Salon gehen. Hier draußen wird es jetzt ungemütlich.«

Im Inneren angekommen, empfing sie dicke Luft. Die wenigen Passagiere hatten sich in dem gediegen eingerichteten Salon verteilt. Matei entdeckte sogleich den älteren Herrn mit den stinkenden Zigarren. Er saß an einem Tisch neben der Theke und las Zeitung.

Sie entschieden sich für einen Tisch, der möglichst weit von ihm entfernt in der Nähe der Eingangstür lag. So konnten sie immer mal wieder etwas frische Luft atmen, wenn sich diese öffnete. Ole tauchte irgendwann wieder auf und gesellte sich mit säuerlicher Miene zu ihnen. Sein Hut war leider über Bord gegangen. »Und den hatte ich mir erst im letzten Jahr neu gekauft«, moserte er.

Der Ober trat näher und erkundigte sich nach ihren Wünschen.

»Kaffee mit Milch wäre großartig«, sagte Alwine. »Gibt es Kuchen?«

Es gab Butterkuchen, den Alwine sogleich freudig orderte. Ole fragte nach Kaffee mit Rum, der selbstverständlich verfügbar war. Der Ober empfahl ihm einen Pharisäer. Nachdem er erklärt hatte, welche Zutaten das Getränk enthielt, war Ole begeistert und bestellte dieses. Matei wollte Tee und Tida die Suppe. Die Frage, wann es vielleicht weitergehe, konnte der Ober leider nicht beantworten. Aber er würde sich regelmäßig beim Kapitän nach der Lage erkundigen.

Bald darauf waren sie mit Kaffeetrinken und Essen beschäftigt. Ole fand lobende Worte für den Pharisäer.

»Das ist eine herrliche Mischung. Damit könnte man in Hamburg richtig was verdienen.« Er wischte sich die Sahne von der Oberlippe. Tida meinte, dass der Koch verliebt sei, denn die Suppe war total versalzen.

»Oder ihm ist vorhin, als es so gerumpelt hat, das Salzfass reingefallen«, mutmaßte Alwine, die sich inzwischen bereits das zweite Stück Butterkuchen bestellt hatte und der Meinung war, dass dieser durchaus mit dem Backwerk von Piet mithalten konnte.

So vergingen die Stunden. Der Ober brachte keine Neuigkeiten über eine baldige Fortsetzung der Fahrt. Die Dämmerung brach herein, und Tida schlief irgendwann an Mateis Schulter gelehnt ein. Der böige Wind wehte Regentropfen gegen die Fensterscheibe. Es war ein ungemütlicher Abend. Normalerweise wären sie längst in Munkmarsch angekommen. Alwine schlief im Sitzen, die Hände auf ihrem rundlichen Bauch gefaltet. Matei betrachtete sie mit einem Lächeln auf den Lippen. Und plötzlich kam ihr ihre erste Begegnung in den Sinn. Damals, als sie mit Elin zusammen von einem Spaziergang zurückgekehrt war und sie durch ihr Zuspätkommen bei Alwine als Hilfsschwestern des Lazaretts in Ungnade gefallen waren. Es kam ihr vor, als wäre dieser Moment in einem anderen Leben gewesen. Kurz darauf hatte sie Jan kennengelernt. Sie spürte den vertrauten Schmerz in sich aufsteigen. Käme mit ihrer Rückkehr nach Sylt auch der Kummer zurück, vor dem sie fortgelaufen war? Was hatte Alwine vorhin gleich noch einmal gesagt. Der Tod gehört zum Leben dazu. Sie hatte wohl recht. Auch wenn es ihnen nicht gefiel, wenn er ihnen geliebte Menschen fortnahm. Sie hatten es zu akzeptieren. Jan würde stets ein Teil ihrer Erinnerung bleiben. Ebenso wie ihre Eltern, Paul und Anna, oder Wiebke. Sie sollte dankbar dafür sein, dass sie sie ein Stück weit auf ihrem Lebensweg begleitet hatten, sie hatte kennenlernen dürfen. Und wer wusste schon, was die Zukunft brachte? In Hamburg hatte sie gelernt, dass das Leben stets Überraschungen, aber auch Prüfungen brachte. Es galt, die Herausforderungen zu meistern. Und ihre bestand nun darin, heimzukehren und für Elin da zu sein. Ihr eigenes Ich hintanzustellen und die Schwester zu sein, die Elin jetzt mehr brauchte als jeden anderen Menschen auf der Welt.

Im nächsten Moment ging ein Ruck durch das Schiff. Alwine zuckte zusammen und öffnete die Augen, auch Tida erwachte.

»Ich glaube, wir fahren weiter«, sagte Matei erleichtert.

»Oh, das sind doch mal gute Neuigkeiten«, freute sich Alwine. »Obwohl ich mich frage, wie wir zu dieser nachtschlafenden Zeit nach Keitum gelangen sollen. Aber irgendein Weg wird sich schon finden.«

Es dauerte noch weitere vier Stunden, bis das Schiff endlich den Hafen von Munkmarsch erreichte und sie von Bord gehen konnten. Auch den Schafen war die Erleichterung über ihre Ankunft anzumerken. Ihre Hüter hatten es schwer, sie auf dem Anleger zusammenzuhalten. Die Tiere gehörten zu einem Bauernhof in Munkmarsch. Der Besitzer Nils Christiansen erwartete die Tiere gemeinsam mit seinen Söhnen bereits ungeduldig.

»Und was nun?«, fragte Ole und sah sich um. Der kleine Hafen lag im Dunkeln. Es würde noch eine ganze Weile dauern, bis die Sonne aufging. Trotz der nicht sonderlich komfortablen Ankunftszeit des Schiffes herrschte Betrieb. Einige Fuhrwerke standen am Anleger, auch die Inselbahn schien auf Kundschaft zu warten. Man hatte sich auf Sylt inzwischen ganz gut den Unwägbarkeiten des Fährbetriebs angepasst. Zu ihrem Glück hatte sich der Gemüsehändler Siegfried Hindrichs am Hafen eingefunden. Er wartete gemeinsam mit seinem neuen Lehrjungen Peter auf frische Ware vom Festland und begrüßte sie mit einem breiten Grinsen.

»Moin, zusammen. Na, die Gesichter kenn ich doch. Wenn dat mal nicht Matei und Alwine sind. Wat treibt euch denn zu dieser frühen Stunde an den Hafen? Braucht ihr eine Mitfahrgelegenheit?«

Freudig stimmten Alwine und Matei zu, und die kleine Reisegruppe kletterte erleichtert auf Siegfrieds Wagen. Da sie zwischen Kohlköpfen, Feldsalat und Schwarzwurzelgemüse auf der Pritsche saßen, entgingen sie den Fragen des Händlers, was Matei entgegenkam. Ihr Herzschlag schien mit jedem Meter, den sie sich Keitum näherten, schneller zu werden, und ihre Hände begannen zu zittern. Alwine bemerkte ihre Unruhe und legte ihre Hand auf die von Matei.

»Sie wird sich freuen, dich zu sehen«, sagte sie leise. »Davon bin ich überzeugt.«

Hindrichs setzte sie bald darauf am Kaffeegarten ab. Im Herrenhaus brannte bereits in der Küche Licht, ansonsten lag das Anwesen im Dunkeln.

»Das ist bestimmt Gantje«, sagte Alwine. »Unsere kleine gute Seele des Hauses. Sie hat sicher schon die ersten Rosinenwecken gebacken. Wer hat Hunger? Also ein Kaffee wäre jetzt großartig.«

»Gibt es hier auch diesen Pharisäer?«, fragte Ole.

»Rosinenwecken hat früher meine Mutter immer gebacken«, sagte Tida. »Ich hab sie ewig nicht gegessen.«

Die drei steuerten auf das Herrenhaus zu und liefen die Treppen nach oben. Matei blieb zurück. Alwine bemerkte es und nickte ihr kurz zu. Die Tür des Herrenhauses schloss sich hinter der kleinen Gruppe, und Matei blieb noch für einen Moment auf dem Hof stehen. Sie atmete tief die nach Salz schmeckende Luft ein, der Geruch des Schlicks war so herrlich vertraut. Ihr Blick wanderte Richtung Wattenmeer. Im Osten wurde es langsam hell. Einzelne Sterne waren noch am Himmel zu sehen. Die Wolken hatten sich nun endgültig verzogen. Wenn sie Glück hatten, verwöhnte sie dieser erste Tag auf der Insel mit Sonnenschein. Besonders Tida würde das freuen. Matei wandte sich dem alten Friesenhaus zu. Es war nur schemenhaft zu erkennen, die Fenster lagen im Dunkeln. Hinter dem rechts oben schlief Elin. Sie atmete tief durch, straffte die Schultern. Elin brauchte sie. Das war alles, was nun zählte.

Als sie kurz darauf die Zimmertür öffnete, schlug ihr der vertraute Geruch des Raumes entgegen. Die Vorhänge waren nicht zugezogen, das fahle Licht des heraufziehenden Morgens fiel in den Raum. Auf dem Tisch am Fenster stand Geschirr, Kleidungsstücke hingen über der Lehne eines Stuhls und lagen auf dem Fußboden. Der alte Dielenboden knarrte, als sich Matei dem Alkovenbett näherte, in dem Elin lag und schlief. Sie erkannte ihr Gesicht, ihr blondes Haar war offen.

Matei ging neben dem Bett in die Hocke, betrachtete Elin eine Weile stumm und spürte das vertraute Gefühl von Wärme in sich. Langsam hob sie die Hand und strich der Schwester eine Haarsträhne aus der Stirn. Da öffnete Elin die Augen.

»Hallo«, sagte Matei leise. »Ich bin es. Rückst du ein Stück? Dann kuschle ich mich zu dir.«

»Matei«, sagte Elin. »Du bist hier. Träum ich?«

»Nein, du träumst nicht«, antwortete Matei. »Ich bin wieder bei dir.« Endgültig rannen nun Tränen über ihre Wangen. »Und ich geh niemals wieder fort. Das verspreche ich dir.«

Elin rückte wortlos zur Seite, und Matei legte sich neben sie. Elin kuschelte sich eng an sie. Ihre Nähe und Wärme waren so herrlich vertraut. »Er ist tot«, sagte sie leise. »Lorenz ist tot.«

»Ich weiß.« Matei begann, ihr behutsam über das Haar zu streicheln. »Ich weiß.«

42. KAPITEL

Westerland, 31. Dezember 1923

Matei fror. Sie hatte die Arme um den Oberkörper geschlungen und trat von einem Fuß auf den anderen. Wie hatte sie sich von Tida nur dazu überreden lassen können, an diesem frostigen letzten Tag des Jahres noch einmal an den Weststrand zu gehen? Ja, das Wetter war für einen Wintertag hübsch anzusehen. Die Sonne schien, und nur wenige Wolken zogen wie niedlich aussehende Wattebausche über den Himmel. Allerdings wehte ein eisiger Ostwind, der direkt aus Sibirien zu kommen schien. Sie fühlte sich wie ein Eisblock, besonders ihre Beine spürte sie kaum noch. Da half es auch nichts, dass sie mehrere Strümpfe übereinander angezogen und ihre Schuhe zusätzlich mit Zeitungspapier ausgelegt hatte. In tiefgekühltem Zustand war es nicht weit her mit der Kreativität. Tida jedoch war begeistert. Ihr schien die Kälte nichts auszumachen. Sie trug ihren gewohnten Flickenmantel, eine wollene Mütze auf dem Kopf und hatte sich einen Schal fest um den Hals gebunden. Ihre Hände steckten in Handschuhen, die Matei ihr zu Weihnachten geschenkt hatte. Ihre Staffelei stand vor ihr im Sand, ihr Blick war auf die winterliche Strandidylle gerichtet. Schnee lag auf den Dünen und dem Strand. Am Flutsaum hatte sich Eis gebildet, das im hellen Sonnenlicht funkelte und immer wieder von den sanften Wellen des Meeres überspült wurde. Eine heftige Brandung gab es durch den Ostwind, er flachte das Wasser ab, nicht zu bestaunen.

»Ist es nicht herrlich?«, sagte Tida. »Was für ein Motiv, wie zauberhaft der Winter hier doch ist. In Hamburg sucht man solche Eindrücke vergebens. Und diese Ruhe. Es ist göttlich. Ich könnte den ganzen Tag hier stehen und diese Idylle betrachten.«

Matei nickte lächelnd. Tidas Begeisterung war, trotz der Kälte, herzerwärmend. Sie würde nie den Moment vergessen, als Tida zum ersten Mal den Weststrand gesehen hatte. Sylt hatte sich an diesem herbstlichen Tag wahrlich ins Zeug gelegt, das musste man der Insel lassen. Es war ein stürmischer, aber sonniger Tag gewesen. Eine steife Brise von West hatte die Wellen des Meeres aufgetürmt und Unmengen an Meeresschaum an den Strand gespült. Matei hatte bewusst nicht den Zugang über die Kurpromenade gewählt, sondern einen etwas südlicher gelegenen Strandzugang. Sie erklommen die letzte Stufe des Strandübergangs und blickten aufs Meer hinaus, das im Licht der Sonne schimmerte. Sie wusste nicht mehr, wie lange sie dort oben gestanden und es einfach nur angesehen hatten. Auch Matei hatte an jenem Tag der vertraute Anblick für sich eingenommen und verzaubert. Das Rauschen der Wellen war in diesem Moment das schönste Geräusch seit langer Zeit gewesen. Wie hatte sie nur einen Augenblick lang glauben können, sie könne Sylt für immer den Rücken kehren? Irgendwann liefen sie die Stufen nach unten und bis zur Wasserlinie. Tida betrachtete das Meer wie hypnotisiert. Es schien, als wollte sie jede Nuance in sich aufsaugen, jede Kleinigkeit erfassen. Sie liefen ein ganzes Stück, Tida hob den Meeresschaum auf und pustete ihn durch die Luft, Matei zeigte ihr kleine Krebse und nannte ihr die Namen der Vögel. Strandläufer und Silbermöwen waren hauptsächlich unterwegs. Sogar zwei Robben begegneten ihnen. Es waren noch Jungtiere, die es sich im hellen Sonnenlicht am Strand gemütlich gemacht hatten. Als sie sich ihnen näherten, flohen sie jedoch rasch zurück in die

Wellen. Tida war begeistert. Sie hatte das Meer für sich entdeckt, und die Begeisterung würde sie wohl niemals wieder loslassen. Schnell war die Entscheidung gefallen, dass auch sie nicht mehr nach Hamburg zurückkehren würde. Sie bewohnte nun eines der Dienstbotenzimmer im Obergeschoss des Herrenhauses. Wie ihre Zukunft auf Sylt aussehen würde, wusste sie noch nicht. Aber irgendetwas würde sich finden. Im Zimmer nebenan war Ole untergebracht. Auch er wollte auf Sylt bleiben. Allerdings war es bei ihm nicht das Meer, das ihn dazu verleitet hatte. Es war die Beschaulichkeit Keitums, in die er sich verliebt hatte. Besonders die Reetdachhäuser hatten es ihm angetan. Eines von ihnen, es lag nicht weit von Moilds Laden entfernt, plante er nun zu mieten. Und er wollte nicht mehr nur einen Zeitungskiosk, sondern gleich einen richtigen Buchladen eröffnen. Davon habe er schon sein ganzes Leben lang geträumt. Sylt war für ihn und auch für Tida ein Neubeginn, der verheißungsvoll zu sein schien. Doch was war die Insel für sie selbst? Wer wollte sie sein? Eine Künstlerin, eine Geschäftsfrau, Mitinhaberin eines Kaffeegartens? Würde sie jemals wieder lieben dürfen?

Und dann war da noch Elin. Durch ihre Rückkehr war sie tatsächlich aus ihrer Erstarrung erwacht und hatte in den letzten Wochen Stück für Stück zurück in den Alltag gefunden. Auch den Kaffeegarten hatten sie in der Weihnachtszeit wiedereröffnet. Es hatten die gewohnten Adventskaffees stattgefunden, sie hatten die Stube und den Laden hübsch weihnachtlich dekoriert, natürlich auch mit Jöölboomen, die auf den Fensterbänken gestanden hatten. Vertraute Dekoration, die Matei das Gefühl von Geborgenheit vermittelt hatte. Der kleine Finn war ein wahrer Sonnenschein, in den sich Matei auf den ersten Blick verliebt hatte. Sogar in der Keramikwerkstatt hatte sie mit Elin wieder den einen oder anderen Nachmittag verbracht, und gemeinsam hatten sie begonnen, neue Motive für ihre Pötte, Teekannen und all den anderen Nippes zu ersinnen. Tida hatte ihnen bereits mehrfach Gesellschaft geleistet, und natürlich hatte auch sie sogleich Vorschläge eingebracht.

Kurz vor Weihnachten hatte der Winter über Nacht Einzug gehalten und war seitdem nicht mehr gegangen. An Heiligabend hatte es den ganzen Tag über geschneit, und die alten Friesenhäuser hatten dicke Schneehauben bekommen. Matei liebte Schnee. Er machte die Welt stets leiser und ließ sie zur Ruhe kommen. Allerdings missfiel ihr nun der kalte, über die Dünen pfeifende Ostwind, der für unangenehmen Flugsand sorgte. Er hatte wahrlich nichts mit winterlicher Romantik zu tun. Sie sehnte sich nach einem heißen Grog und einem Stück Friesentorte, von der sie neuerdings nicht genug bekommen konnte.

»Ich weiß, das Motiv ist hübsch«, startete sie einen Versuch, Tida dazu zu überreden, ihren künstlerischen Ausflug für heute zu beenden. »Aber es ist eisig. Ich spüre meine Beine gar nicht mehr. Wenn ich noch länger hier stehen muss, bekomme ich bestimmt die Erkältung meines Lebens.«

Tida ließ den Stift sinken. Sie war gerade dabei, die Dünen zu skizzieren. Sie sah Matei missbilligend an.

»So kalt ist es nun auch wieder nicht. Und es scheint ja auch die Sonne. Und du hast noch gar nicht angefangen zu zeichnen.« Sie deutete auf Mateis im Schnee liegende Tasche. »Wenn du arbeitest, merkst du die Kälte gar nicht. Solch eine hübsche Ansicht kommt so schnell bestimmt nicht wieder. Die letzten Tage hatten wir ständig diese graue Hochnebeldecke. Ein guter Künstler muss die Gunst der Stunde nutzen und zäh sein.«

»Und krank werden«, fügte Matei grummelnd hinzu und rieb sich über die Arme. »Und ich bin eine gute Künstlerin, auch wenn ich nicht zäh bin.«

»Dann geh du doch zurück nach Hause ins Warme«, blaffte Tida sie an. »Ich bleib hier und zeichne dieses Bild. Ich find auch ohne dich nach Hause.«

Im nächsten Moment zog eine Wolke vor die Sonne, und eine kräftige Böe fegte über sie hinweg. Sie beförderte mit Schwung den Sand auf Tidas Leinwand und in ihre Augen.

»Verdammt noch eins«, fluchte sie laut. »Elender Wind.« Sie rieb sich die Augen, was es nicht besser machte. »Wo kommt der denn so plötzlich her? Oh, meine Augen. So ein Mist.«

»Ich dachte, du bist zäh«, neckte Matei grinsend, die rechtzeitig das Gesicht abgewandt hatte.

»Gegen Kälte. Aber dieser Sand ...« Tida rieb sich weiterhin die Augen, die nun zu tränen begannen. Eine weitere Böe wehte über sie hinweg und brachte eine erneute Portion Sand mit. »Schon gut, schon gut«, rief Tida. »Ich habe es verstanden. Wir gehen heim. Du und diese Insel, ihr habt euch gegen mich verschworen. Gebt es zu.«

Matei schmunzelte. »Das ist eben Sylt. Hier bekommt Zähigkeit an manchen Tagen eine ganz neue Bedeutung. Komm. Ich helfe dir beim Einpacken deiner Sachen.«

Bald darauf saßen die beiden in dem nach Keitum fahrenden Bus, und die Erleichterung darüber, dem böigen Ostwind entflohen zu sein, war selbst Tida nun anzumerken. Bedauerlicherweise saß in der Stuhlreihe neben ihnen ein alter Bekannter. Carl Feddersen, der sie sogleich in ein Gespräch verwickelte.

»Matei, min Deern«, grüßte er freudig. »Welch ein netter Zufall, dich hier zu treffen. Ich habe schon davon gehört, dass du wieder auf der Insel bist. Und von deiner großartigen Ausstellung in Hamburg habe ich in der Zeitung gelesen. Sie soll ja ein voller Erfolg gewesen sein. Ich gratuliere.« Sein Blick

wanderte zu Tida. »Und wer ist deine bezaubernde Begleitung?«

Matei stellte die beiden einander vor.

»Wie nett«, meinte Carl. »Eine Freundin aus Hamburg. Ebenfalls Künstlerin, wenn ich fragen darf?«

Tida nickte. Ihr war anzumerken, dass sie noch nicht so recht
wusste, was sie von Carl zu halten hatte.

»Nun ja«, sagte er. »Da du ja nun wieder zurück bist, könnten wir vielleicht mal eine gemeinsame Ausstellung planen. Ich
habe zwar eine gute Verkaufsmöglichkeit meiner Werke in Aussicht, der Neubau eines Gästehauses in Westerland, vierzig Zimmer sollen mit meinen Bildern ausgestattet werden. Aber eine
gewisse Geschäftstüchtigkeit schadet ja nie.« Er lächelte.

»Ich denke darüber nach«, antwortete Matei höflich. Wieder
einmal hatte er einen Großauftrag in Aussicht. Wenn er sie alle
erhalten hätte, dann wäre er vermutlich ein gemachter Mann.
Aber leider waren sie meist nur Gerede, erfundene Träume, die
sich nicht verwirklichten. Auch dieses Mal war das vermutlich der
Fall. Irgendwie tat er Matei leid. Sie wusste inzwischen nur zu gut,
was es bedeutete, seine Träume nicht leben zu dürfen. Trotzdem
würde sie ihm, was die Veranstaltung einer Ausstellung betraf,
nicht einmal den kleinen Finger reichen, denn Carl würde vermutlich sogleich die ganze Hand nehmen. »Im Moment ist nichts
in Planung. Elin und ich möchten das Geschäft mit den Keramiken vorantreiben, und auch im Kaffeegarten gibt es viel zu tun.«

Carls Miene trübte sich kurz ein. Matei registrierte es verwundert. Er konnte sich von diesem zufälligen Aufeinandertreffen
unmöglich mehr versprochen haben. »Ich verstehe schon«, sagte
er. »Familiäre Verpflichtungen gehen natürlich vor. Dieser fürch-
terliche Unfall von Lorenz war eine Katastrophe, die arme Elin.
Sie ist zu bedauern. Richte ihr bitte liebe Grüße von mir aus.

Und ich wünsche euch selbstverständlich einen guten und erfolgreichen Start ins neue Jahr.«

»Ich werde es ausrichten«, versprach Matei, erleichtert darüber, dass Carl sich nun erhob und an der nächsten Haltestelle den Bus verließ.

»Wer war das denn?«, fragte Tida, nachdem sich die Türen des Busses wieder geschlossen hatten.

»Ein alter Bekannter.« Matei beobachtete, wie Carl die Straße entlanglief. Er ging leicht gebückt, sein Mantel war schäbig, sein Hut eingedrückt. Er lebte in seiner eigenen Welt aus Träumen und Hoffnungen, die sich niemals erfüllen würden. Jedenfalls nicht auf Sylt.

Der Bus setzte sich wieder in Bewegung, und sie erreichten nur wenige Minuten später die Haltestelle am Landschaftlichen Haus in Keitum. Auf dem Weg zum Herrenhaus begegneten sie Kresde und Moild. Die beiden grüßten freundlich.

»Matei, wie nett«, sagte Moild. Tida schenkte sie nur einen kurzen Blick, der alles sagte. Die eigentümlich anmutende Künstlerin aus Hamburg war ihr suspekt. »Was ein Wetter heute. Selten hatten wir es so kalt an Silvester. Wir waren eben noch auf einen kurzen Schnack bei euch im Kaffeegarten, und ich hab uns gleich eine Tüte Futjes mitgenommen. Sie sind zwar nicht von Wiebke gebacken, aber Piet macht das ebenso gut. Und dieser Mann aus Hamburg … Hach, ich kann mir seinen Namen nicht merken. Der will schon im Januar mit dem Laden anfangen. Also ich weiß ja ehrlich gesagt noch nicht so recht, wat davon zu halten ist. Ist ja immer so eine Sache mit den Zugereisten. Nix für ungut.« Sie schenkte Tida ein aufgesetztes Lächeln. »Gehören halt eher nach Westerland. Wissen Sie, da ist dat ganz normal, dat Fremde kommen. Aber hier in unserem Keitum bleiben wir doch lieber unter uns.«

»Ja, so ist dat«, pflichtete ihr Kresde rasch bei. »Dat hat man ja auch an dieser Krähe gesehen. Für die war dat hier auch nicht das Richtige.«

Matei wusste, von wem die Rede war, und sie hatte nun ein für alle Mal genug. Diesem elenden Getratsche musste etwas entgegengesetzt werden.

»Vielleicht wäre es das gewesen«, gab sie mit einem schnippischen Unterton in der Stimme zurück. »Wenn es hier in Keitum nicht Bewohner geben würde, die die Worte Respekt und Toleranz mit Füßen treten würden. Für das neue Jahr sollte man sich gute Vorsätze vornehmen. Denkt mal darüber nach. Schönen Tag noch.« Sie ging, und Tida folgte ihr, verdutzt dreinblickend.

»Was war das denn?«, fragte sie. »Und von wem war eigentlich die Rede? Eine Krähe?«

»Ich erklär es dir später«, antwortete Matei. »Und sollte dir eine sonderbare Bezeichnung für dich zu Ohren kommen, dann steh einfach drüber und nimm es nicht so ernst. So ist Sylt nun einmal. Man nennt es Ökelnamen. Elende Tratschweiber.« Sie machte eine wegwerfende Handbewegung.

»Also vor solchen Schreckschrauben wie den beiden musst du mich nicht beschützen«, entgegnete Tida. »Da bin ich aus Hamburg andere Kaliber gewohnt. Ich sag nur Fischweiber. Mehr musst du nicht wissen.« Sie grinste, und Mateis Anflug von Wut verflog.

»Hast ja recht. Und die lispelnde Krähe, von der eben die Rede war, muss auch arg eigentümlich gewesen sein.«

Sie erreichten den Kaffeegarten, und Matei hielt kurz inne, um das alte Herrenhaus zu betrachten. Es lag im Licht des Spätnachmittags vor ihnen. Nicht mehr lange, und die Sonne würde untergehen. Das Wattenmeer war bereits von einer dünnen Eisschicht überzogen, der Schnee unter den Ulmen funkelte im

469

Licht der letzten rotgoldenen Sonnenstrahlen. Matei spürte das herrliche Gefühl in ihrem Inneren. Hier war sie zu Hause, dieser Ort war alles, was sie brauchte. Das hatte sie nun endgültig verstanden. Nichts und niemand würde sie jemals wieder von Sylt wegbringen.

Die Tür des Hauses öffnete sich, und Hinnerk trat nach draußen.

»Moin, ihr Lütten«, rief er fröhlich. »Da seid ihr ja endlich. Wird auch Zeit, sonst kriegt ihr gar keine Futjes mehr. Kommt rasch ins Warme. Dat ist aber auch saukalt heute.«

Das ließen sich die beiden nicht zweimal sagen. Raschen Schrittes stapften sie zum Haus. Im Inneren trafen sie auf eine illustre Runde am Küchentisch. Friedrich, Ole und Hinnerk, Gantje und Piet, der Finn auf seinen Knien schockelte, was dem Kleinen ausgesprochen gut gefiel, denn er quietschte fröhlich. Elin stand mit einem Schaumlöffel in Händen, eine Küchenschürze mit der Aufschrift *Moin, Moin* umgebunden, mit roten Wangen am Herd, fischte fertig frittierte Futjes aus dem heißen Fett und verfrachtete sie auf ein Papiertuch.

»Da seid ihr ja endlich«, sagte sie. »Wo habt ihr so lange gesteckt? Ich habe zum ersten Mal in meinem Leben Futjes gebacken. Und sie sind großartig geworden. Ihr müsst sie unbedingt probieren. Wiebke wäre stolz auf mich.«

»Und ihr braucht einen Tee mit Rum, der wärmt schön von innen«, sagte Hinnerk. »Oder besser gleich einen Pharisäer?«

»Also ich würde jetzt noch nicht so sehr dem Alkohol zusprechen«, mahnte Friedrich. »Schließlich wollen wir später noch Rummelpott laufen. Und dabei wird es noch genügend Alkohol in Form von Hochprozentigem geben.«

»Wir laufen Rummelpott?«, fragte Matei verdutzt und sah zu Elin, die freudig nickte.

»Ja, das machen wir dieses Jahr. Wir haben es eben spontan beschlossen. Nur Kostüme brauchen wir noch. Aber da wird sich schon etwas finden. Ihr lauft doch mit, oder?«

»Was ist Rummelpott?«, fragte Tida.

»Ach, wat ganz Feines«, antwortete Hinnerk. »Komm. Setz dich zu mir, min Deern. Ich erklär es dir.« Er rückte den Stuhl neben sich zurecht, und Tida nahm, etwas irritiert dreinblickend, darauf Platz. Matei schmunzelte. Sie sah zu Elin, die gerade drei weitere Futjes aus dem heißen Fett holte und auf das Papiertuch legte. In ihrem Inneren breitete sich ein unbändiges Glücksgefühl aus. Sie ging zu ihr, nahm einen der Futjes und steckte ihn sich komplett in den Mund. »Sie sind köstlich«, nuschelte sie. »Das hast du großartig gemacht, Schwesterchen.« Sie legte spontan den Arm um Elin und küsste ihre Wange. Elin küsste zurück. Sie duftete herrlich süß, in ihrem blonden Haar hing noch etwas Mehl. Ja, sie beide hatten viel verloren, beinahe sogar einander. Doch sie waren wieder vereint und gaben sich wieder den Halt, den sie brauchten. Die Vergangenheit wog schwer, doch es galt, gemeinsam die Zukunft zu bestreiten und zu gestalten. In wenigen Stunden begann ein neues Jahr. Und Matei war fest davon überzeugt, dass es ihnen Glück bringen würde.

NACHWORT

Für mich ist der Kaffeegarten ein besonderer Sehnsuchtsort geworden, der erfüllt ist von Wärme und Gemütlichkeit – und von Liebe. Ich begleite Elin und Matei unendlich gern auf ihrem Lebensweg, und manchmal wünschte ich mir natürlich, sie hätten es etwas leichter, aber so ist nun mal das Leben. Der Verlust von Wiebke schmerzt, denn ich hatte sie mit all ihren Eigenarten ins Herz geschlossen. Der Krieg ist überstanden, die Wunden heilen, doch es bleiben Narben. Besonders hart war es für Matei, die nach den vielen Verlusten ihren Platz im Leben suchte und jetzt hoffentlich endgültig in ihrer Heimat gefunden hat. Elin und Matei sind wieder eine Einheit, und das ist gut so. Die beiden sind und bleiben die Mädchen vom Herrenhaus.

Jetzt noch einige Worte zu den geschichtlichen Hintergründen im Roman:

Eine Reise nach Sylt war nach dem Krieg ein beschwerliches Unterfangen. Hoyerschleuse lag nun in Dänemark, und mit Zügen musste Feindesland durchquert werden. Auch hatten die Fähren so ihre Probleme, denn die Dänen hatten kein großes Interesse daran, für deutsche Fähren die Fahrrinnen auszukoffern. Immer wieder blieben die Schiffe im Schlick stecken, und die Überfahrten dauerten dadurch oftmals viele Stunden länger. Einen Ausweg für diese prekäre Situation stellte der Bau des Hindenburgdamms dar.

Pläne für einen Bau des Damms gab es bereits im 19. Jahrhundert. Der Inselchronist und Keitumer Lehrer C. P. Hansen hatte diese Idee gehabt und bereits Pläne geschmiedet, wo genau der Damm verlaufen könnte, sogar einen ersten Kostenvoranschlag hatte er damals bereits vorgelegt.

Konkreter wurden die Pläne im Jahr 1913. Der Landtag bewilligte die Mittel zum Bau des Dammes. Er sollte bis zum Jahr 1917 fertiggestellt sein. Doch dann mischte sich die Weltgeschichte ein, und 1914 brach der Krieg aus. Anfang der Zwanzigerjahre wurden die Pläne zum Bau des Damms wieder spruchreif. Die Verbindung zur Insel Sylt über Dänemark war unzulänglich und teuer. Die Arbeitslosigkeit auf der Insel war im Vergleich zum restlichen Reich exorbitant hoch. Viele Bauprojekte kamen nicht zum Abschluss, weil die Materialfrage unlösbar schien. Am 13. April 1922 wurde im *Rendsburger Tageblatt* gemeldet, dass der Dammbau endgültig genehmigt wurde. Viele Sylter betrachteten den Damm als Segen, manch andere, besonders die Landwirte, als Fluch. Sie fürchteten um ihre Existenz, wenn preisgünstigere Produkte in wenigen Minuten vom Festland auf die Insel kommen konnten. Einen herben Rückschlag erlitten die Dammbauarbeiten Ende August 1923 durch eine für die Jahreszeit ungewöhnlich starke Sturmflut. Erst im Jahr 1924 wurden die Bauarbeiten fortgesetzt. Am 1. Juni 1927 wurde der Eisenbahndamm, der die Insel Sylt mit dem Festland verbindet, mit einem Festakt in Betrieb genommen. Unter den Gästen war auch Paul von Hindenburg.

1923 machte dem gesamten Deutschen Reich, aber auch Sylt, die sogenannte »Galoppierende Inflation« zu schaffen. Am 12. Juli 1923 kostete die *Sylter Zeitung* beispielsweise stolze tausend Mark, und für einen Brief im Fernverkehr musste man im November 1923 zehn Milliarden Mark bezahlen. Auch auf Sylt wurde, wie überall im Reich, das sogenannte Notgeld gedruckt, da die Banken mit dem Nachdrucken des Geldes nicht mehr nachkamen. Bereits am nächsten Tag war das Papier oftmals nur noch die Hälfte wert.

Im Juni 1923 musste die Badesaison aufgrund der »Galoppierenden Inflation« vorzeitig abgebrochen werden. Bittere Not war die Folge, und das kleine Logierhausgewerbe war durch die unzureichenden Einnahmen so geschwächt, dass es sorgenvoll auf die nächste Saison blickte.

Noch einige Kleinigkeiten zu im Roman genannten Nebenfiguren. Einer der Bewohner Sylts, sein Name war Hans Peter Christiansen, hatte tatsächlich den Ökelnamen IchundminFadder erhalten, da er viele Sätze mit dieser Redewendung begann. Auch unschöne Ökelnamen, das Aussehen betreffend, kamen gerne mal vor. Ein Mann wurde Martin Dackel genannt, da er kurze und krumme Beine hatte. Ob er mit diesem Spitznamen einverstanden war, ist fraglich.

Der Maler Carl Christian Feddersen lebte zur damaligen Zeit tatsächlich auf Sylt. Ihn kann man als Sylter Original bezeichnen. Da er sich finanziell häufiger in einer Notlage befand, bezahlte er gerne mit Bildern. Seine Bilder, meist Landschaftszeichnungen, hingen in vielen Keitumer Haushalten.

Noch einige Kleinigkeiten zu Hamburg, der wunderbaren Handelsstadt, dem Tor zur Welt mit seinen vielen Kanälen, der Binnen- und Außenalster und natürlich dem Vergnügungsviertel St. Pauli und den Landungsbrücken, der Speicherstadt. Einige Dinge, die in der Geschichte einen Platz gefunden haben, hat es zur damaligen Zeit tatsächlich gegeben.

Es gab in St. Pauli das Bierrestaurant Stein. Allerdings bin ich mir nicht sicher, ob die Wirtin Rosi hieß. Auch gab es die Frauenpension Mumm, in der Matei am Anfang absteigt. In Hamburg wurden tatsächlich im Jahr 1923 erstmals Ampeln in Betrieb genommen. Es gab in Hamburg die Künstlerin mit dem Namen Ebba Tesdorpf. Es existiert ein wunderschönes Bild von ihr, das das Fleet bei der Herrlichkeit genauso zeigt, wie es im Buch beschrieben ist. Leider sieht dieser Ort heute ganz anders aus. Es lohnt sich, anhand ihrer vielen Bilder der Hansestadt eine Zeitreise in das alte Hamburg zu machen. Ich selbst hatte das große Glück, die Stadt an der Elbe im Sommer besuchen zu dürfen. Besonders die Landungsbrücken waren für mich ein favorisierter Platz. Dort hab ich gern gesessen, den Booten und Barkassen zugesehen und die einmalige Atmosphäre auf mich wirken lassen. Ich kann Matei verstehen, dass sie sich an diesem Ort wohlgefühlt hat. Übrigens trat von dort aus die Albert Ballin tatsächlich im Sommer 1923 ihre Jungfernfahrt nach New York an. Ob einer der Matrosen an Bord Theo hieß, ist heute nicht mehr nachzuweisen. Zum Abschluss gibt es nun wieder Rezepte aus dem Kaffeegarten. Ich wünsche viel Spaß beim Nachbacken. Oder auch: Wohl bekomm's! Wir lesen uns … in Keitum auf Sylt.

REZEPTE

Friesentorte

Zutaten:
- 400 g Mehl
- 4 Päckchen Vanillin-Zucker
- 1 Messerspitze Backpulver
- 150 g stichfeste saure Sahne
- 275 g Butter
- 85 g Zucker
- ½ TL gemahlener Zimt
- 450 g Pflaumenmus
- 750 g Schlagsahne
- 3 Päckchen Sahnesteif
- 1–2 TL Puderzucker
- Salz
- Fett

Zubereitung:
1. 250 g Mehl und Backpulver mischen und in eine Schüssel sieben. Zwei Päckchen Vanillin-Zucker, Salz, saure Sahne und 175 g weiche Butter zufügen. Erst mit den Knethaken des Handrührgerätes, dann mit den Händen zu einem glatten Teig verkneten. Teig in Folie wickeln und kalt stellen.

2. Inzwischen für die Streusel 150 g Mehl, 75 g Zucker, 1 Päckchen Vanillin-Zucker und Zimt in einer Schüssel mischen. 100 g kalte Butter in kleinen Würfeln zufügen und mit den Händen zu einem krümeligen Streuselteig verkneten.

3. Knetteig dritteln, auf einem gefetteten Springformboden ausrollen und mehrmals mit einer Gabel einstechen. Mit ⅓ der Streusel bestreuen und im vorgeheizten Backofen (E-Herd 200 Grad / Umluft 175 Grad) 15–20 Minuten backen.

4. Fertigen Boden sofort vom Springformboden lösen und auf einem Kuchengitter auskühlen lassen. Aus dem restlichen Teig und den Streuseln nacheinander zwei weitere Böden backen. Einen der Böden noch heiß in zwölf Tortenstücke schneiden.

5. Die beiden ganzen Böden mit Pflaumenmus bestreichen. Sahne steif schlagen, dabei 1 EL Zucker, 1 Päckchen Vanillin-Zucker und Sahnesteif einrieseln lassen. Sahne in einen Spritzbeutel mit großer Sterntülle füllen.

6. An den Rand der beiden ganzen Böden jeweils zwölf dicke Sahnetuffs spritzen. Restliche Sahne in die Mitte der Böden spritzen. Die beiden Böden aufeinandersetzen und die geschnittenen Tortenstücke jeweils schräg auf einen Sahnetuff legen.

7. Den Kuchen circa eine Stunde kalt stellen. Kurz vor dem Servieren mit Puderzucker bestreuen.

Pharisäer

Eine große Tasse etwa bis zur Hälfte mit frischem Kaffee füllen. Zucker und reichlich Rum dazu, mit Schlagrahm anhäufen. Wichtig: Nicht umrühren, nur schlürfen.

Sehnsuchtsziel Sylt:
Der Auftakt der großen Saga um ein Café in Keitum

ANKE PETERSEN

Der Kaffeegarten
SALZ IM WIND

Obwohl sie ihre Eltern früh durch eine Sturmflut verloren haben, wachsen die Schwestern Matei und Elin behütet und geliebt
beim Kapitäns-Ehepaar Paul und Anna Hansen auf. Als Paul
jedoch Anfang 1914 überraschend stirbt, stellt sich heraus,
dass kaum noch Geld übrig ist. Anna beginnt, Gästezimmer
an Künstler zu vermieten, und entwickelt gemeinsam mit den
Mädchen die Idee, einen Kaffeegarten zu eröffnen. An einem
wunderschönen Sommertag ist es so weit und das Haus endlich
wieder voller fröhlicher Stimmen. Doch kaum ist das Glück zu
den Hansens zurückgekehrt, ziehen mit dem 1. Weltkrieg erneut
dunkle Wolken auf …

»Das Rauschen der Wellen, der Duft der Rosen
und viel Romantik – einfach zum Wegträumen ist
diese Sylt-Saga von Anke Petersen!«
Anne Jacobs, Autorin des Bestsellers »Die Tuchvilla«

Hotel Inselblick – Die große Amrum-
und Hoteltrilogie von Anke Petersen

HOTEL INSELBLICK – *Wolken über dem Meer*

Der Beginn einer Trilogie um den Hamburger Kaufmann Wilhelm Stockmann, der 1892 das erste Mal nach Amrum kommt und sich sofort in die Insel verliebt.

Als in Norddorf ein altes Schulgebäude zum Verkauf steht, beschließt er, seiner Frau Marta ihren größten Wunsch zu erfüllen. Sie darf ihr eigenes Hotel eröffnen. Doch dann bricht in Hamburg eine schreckliche Cholera-Epidemie aus, und auch auf der Insel gibt es die ersten Fälle. Auch das Hotel Stockmann bleibt nicht verschont …

HOTEL INSELBLICK – *Wind der Gezeiten*

Amrum Anfang des 20. Jahrhunderts: Die Familie Stockmann hat sich auf der Nordseeinsel gut eingelebt, und ihr Hotel Inselblick blüht und gedeiht. Dann erfährt die Familie, dass Jacob, der inzwischen Tochter Rieke geheiratet hat, ruiniert ist und nach Amerika auswandern will. Droht die Familie Stockmann zu zerbrechen?

Hotel Inselblick – *Stürmische See*

Der dritte Teil und krönende Abschluss der großen Familiensaga von Anke Petersen voller Nordseezauber und Nostalgie um ein Hotel auf Amrum, das es wirklich gegeben hat.